四哥·永新

······

寻忆永新

《寻忆永新》编撰委员会

主　　任：郑军平　古秋云

副主任：杨小成　范晓鸣　饶　星　龚　云　周家龙

编　　委：贺江华　龙天然　刘晓翔　贺剑文

《寻忆永新》编纂人员

主　　编：龚　云

副主编：刘晓翔

统　　稿：龙天然

撰　　稿：曾亮文　李作明　董海涛

编　　务：陈莉君　胡佩涵　刘　坤

百世流韵

中共永新县委员会　永新县人民政府　编

郑军平　古秋云　主编

图书在版编目（CIP）数据

寻忆永新：百世流韵/中共永新县委员会，永新县人民政府编；郑军平，古秋云主编.--南昌：江西人民出版社，2024.5
（四寻永新；2）
ISBN 978-7-210-15548-5

Ⅰ.①寻… Ⅱ.①中…②永…③郑…④古… Ⅲ.①随笔-中国-当代 Ⅳ.① I267.1

中国国家版本馆 CIP 数据核字（2024）第 106784 号

四寻永新　寻忆永新：百世流韵
SI XUN YONGXIN XUN YI YONGXIN： BAI SHI LIU YUN

中共永新县委员会　永新县人民政府　编　　郑军平　古秋云　主编

策　　　划	黄心刚
责 任 编 辑	郭　锐
封 面 题 字	龙　友
封 面 设 计	同异文化传媒

江西人民出版社 出版发行
Jiangxi People's Publishing House
全国百佳出版社

地　　　址	江西省南昌市三经路 47 号附 1 号（330006）
网　　　址	www.jxpph.com
电 子 信 箱	jxpph@tom.com
编辑部电话	0791-86893801
发行部电话	0791-86898801
承　印　厂	湖北金港彩印有限公司
经　　　销	各地新华书店

开　　　本	880 毫米 ×1230 毫米　1/32
印　　　张	7.75
字　　　数	168 千字
版　　　次	2024 年 5 月第 1 版
印　　　次	2024 年 5 月第 1 次印刷
书　　　号	ISBN 978-7-210-15548-5
定　　　价	458.00 元（全 4 册）

赣版权登字 -01-2024-181

版权所有　侵权必究
赣人版图书凡属印刷、装订错误，请随时与江西人民出版社联系调换。
服务电话：0791-86898820

序

记忆,我想就是一个人对过往经历的情感存储和印象累积。

对于某个人来说,有些记忆,甚至已然融入生命,成为生命中不可或缺的一部分,不需要任何提醒或唤起,就能够自然而然地出现在脑海,展现在眼前,一如与生俱来。一个地方也是这样,总有它自身独有的文化记忆,随着时间的推移,融入它的历史人文之中,积久以来成为这个地方的品质和精神。它们或以文化遗产留存,或以民间风俗流传,或以生活习惯伴随,和当地息息相关,薪火相传。

我的老家——江西永新,早在西周时期就有先民居住,县西的文竹现今还留有那时的渚形村落,东汉建安九年(204)就已建县,自唐兴乡贡制举至清代,史载进士197人,举人

603人,居相位者2人——可以说,人文底蕴深厚,文化记忆丰裕。永新的地域文化是庐陵文化的重要组成部分,又因地处湘东赣西,兼有湖湘文化熏染,形成了自己独有的文化特色,彰显出自己独特的文化魅力。追寻这些文化记忆,就恍如翻阅永新这部古籍原典,我们可以从永新盾牌舞中,领略永新赓续血脉的"忠勇信义";从永新小鼓中品尝寻常巷陌的"酸甜苦辣";从红军斗笠中感受峥嵘岁月的红色遗韵;从牛田草席中体味村头巷尾的艺手匠心……

"昔有六代宫,今为百姓园。"我觉得,所有的历史陈迹,终究会"流落"民间,文化也终会接上地气。古人云:"礼失而求诸野。"民间的文化记忆,不但有历史的旧痕迹,更有蓬勃的生命力。就拿永新小鼓来说,原是清乾隆年间,由养济院盲人欧阳承相自创出来的说唱表演艺术,旧称"唱号音",永新也有"黑俚(盲人)唱号音"的俗语——这样的民间艺术形式,不正应验了陆游"斜阳古柳赵家庄,负鼓盲翁正作场"的诗句吗?

这般看来，所谓的文化记忆，到底还是要去民间寻找。所以，我以为，挖掘整理一个地方的非遗、民俗等颇具记忆的民间文化，是很有必要的，也是很有意义的。也正因如此，老家永新策应文旅发展，推出《寻忆永新：百世流韵》一书，以非物质文化遗产为主干，延伸拓展到各种民俗文化，以常见小品散文的文体、平实朴素的文笔和充满生活气息的文风，融入生活体验，结合个人经历，生动地记录描述了一个个印证永新文化记忆的民俗活动，确如书名所言"百世流韵"。

文化，本就要溯本求源，只有这样，才能顺流而下。文化遗产的保护核心就是这个地方的文化记忆，而文化记忆的旅游利用，无疑会激发外地人对这个地方的情感认同和文化认同，这是游客和这个地方特殊的、直观的文化交流和情感对话。捧读这本书，尤其是我，一个在外的游子，在伴着字里行间散发的乡愁，一下被拉回到过去的同时，油然被这些本土作家"热恋这块故土"的真情所感染，也从心底感谢永新县委、县政府为永新留存了一笔可贵的精神文化财富,更要感谢他们推动地方文化繁荣和文旅发展的良苦用心。

"黄金时代在我们面前,而不是身后。"盛世如今,家乡永新定然会走进自己的黄金时代。

诚谢作序之邀,甚幸。

欧阳自远

(欧阳自远,中国科学院院士、发展中国家科学院院士、国际宇航科学院院士、中国月球探测工程首任首席科学家)

目录

001　亲亲货郎

006　小暑吃新

012　走,看撞轿去

017　送娘娘记事

023　正月正,耍狮灯

028　龙鱼化彩灯

032　叠,叠罗汉

037　人间"七月半"

042　五月的禁忌

048　围炉守岁

054　双双舞采莲

061　斗笠风雨情

069	盾牌舞韵
081	重提割棕制绳
089	婚俗琐记
097	火旺中秋
104	练武记
113	橹歌穿云十八滩
122	年味趣谈
130	牛田草席溢清香
138	夏天乘凉
146	小草扇,大文化
156	谚语中的村史
168	一曲沧桑是小鼓
175	远去的早稻
184	竹筒布袋赶圩去
191	宗祠联族谊
202	驺冈岭上鞭鼓声
213	最后一个匠人
224	最是山歌动我心
230	醉美不过三角班

亲亲货郎

于我们这一代人而言,童年似乎像一帧黑白的照片。我们的童年虽然快乐,但简单,少了一些明媚的色彩。偶尔会有学习的念头,却不曾有过眺望远方的姿态。我们每日一起床,便开始在村子里无所事事地转悠,有时跟伙伴们去拔草、游泳、放牛,帮大人做一些力所能及的家务活,从不关心外面的世界。但有一度我却不可自拔地迷上了从远方而来、那些走街串巷的货郎。

货郎常常在下午来到我们的村子。在我的印象中,货郎通常挑着一副担子,晃晃悠悠的。在夏日的傍晚,阳光将他拉成长长的影子。货郎左手持着一副铁板,右手捏着一个铁棒,"叮砣——叮砣——叮叮砣"地敲击着,紧一声,长一声,明亮又清脆,中间的停顿像在思索。那些声音在幽静的村子里传得很远、很远,对于我而言,那是十分奇妙的曲子,那是世上最好听的声音,似磁石般吸引着我。只要一听见这些声音,不管是在过家家，抑或在滚铁环，我便立即停下手中的游戏，同伙伴们叽叽喳喳地围拢过去。然后除了货郎，我什么都忘了。

　　印象中的货郎似乎都是老者，面容慈祥。见有人前来，也不说话，就势搁下货担，等着大伙儿的挑选……货郎似乎深受村里女人的欢迎，作家平凡在《支农路上带头人》中写道："顿时，货担边像星期天的圩场一样热闹。"女人们通常要买些松紧带、绣花针、彩线，用来纳鞋垫、刺手帕等，做些七七八八的女红。货郎的到来最受孩子们的欢迎。货郎仿佛一位尊贵的宾客，被大家围个水泄不通。透过玻璃罩，能够清楚地预览方格里五花八门的物什，哨子、气球、卷笔刀、针线、纽扣，十分稀奇。最令我垂涎欲滴的是那些用彩色的纸包裹着的缤纷糖果。糖果眨巴着眼睛望向我们，令我们心驰神往。还有金黄的米糖，五颜六色的豆子糖，以及只需一分钱即可买到的薄荷糖，晶莹、闪亮，蛊惑着我的心。每当这个时候，我便急急地跑回家，将家中拾掇好的鸡毛、鸭毛、牙膏皮之类的东西通通找了出来，然后满心期待地跑过去递给货郎。货郎拈拈鸡毛的斤两或根据牙膏皮的大小给我几颗糖果。我用沾满灰尘的小手小心翼翼地接过糖果，攥紧在手心，然后拣一光滑的石板就地坐下和妹妹分食起来，津津有味地享受着人间的美味。这真是幸福美妙的时光，要知道这种机会可不是常有的，因为家中不会总是杀鸡杀鸭，鸡毛鸭毛并不常有，更何况货郎不可能时常前来。所以，

打米糖

更多的时候只能一次又一次失望地瞅着货郎晃晃悠悠地在我的视线里慢慢地消失。这是多么令人惆怅的时刻！多年后，这种记忆像是茂盛的草一样葳蕤在我的脑海里，是那么清晰真切，摇曳多姿。

但是有一天，我获得了一笔巨款。我在村子外玩耍时碰见我的一个表哥，他从我身旁经过时，我怯生生地叫了他一声"哥"，大概是他看我乖巧就奖给了我七角钱。对我而言，七角钱，那可是一笔巨款，我从没有见过这么多钱。我把钱紧紧地攥在手心，心儿突突地飞跳着，然后我做贼一般地溜到家中，把钱藏在一个秘密的角落，确定万无一失后，方才跑去找小朋

卖货郎

友接着玩。

　　从此,我便老是巴望着货郎的到来。很多时候,我会情不自禁地走到村口转悠,踮着脚尖,候鸟一般地张望。那份焦渴的心情今天想来依然是那么清晰。可那一阵,却始终听不到美妙动听的"叮砣——叮砣——叮叮砣——"声,我疑心自己玩得太疯以致于错过了。它一度让我烦躁不安，夜晚常常做梦……

终于有一天，趁家人下地时，我起了一个很大的决心，独自一人徒步到约三公里外的一间合作社去买东西。对于我而言，这是童年最大胆的远征。我要了豆子糖，还有一些花花绿绿的糖果，一共花去了两角钱，然后兴高采烈地回到了村子。这件事做得神不知鬼不觉，成了我童年里一个隐秘的记忆。

这已是四十年前的事了，曾经的故事渐行渐远。而今，随处可见的超市、琳琅满目的商品和鼓起来的钱袋最大限度地满足了我们的物欲。作为一个时代的影子和业已消失的职业，货郎在时间的路上越行越远，已经走到我们现在需要坐在案前侧首回忆的时间维度。但他们曾经带给我们的不仅是外界新鲜的物什，货郎作为一种沟通城乡的桥梁，更多地激起了我们对外面世界的向往，以及对未来的期待。

"货郎不见影，旧景入梦里。"货郎是我们曾经岁月的见证，留给我的是甜蜜，是温馨，是一段甜甜的回忆。

小暑吃新

汽车在南方的大地上疾驰。每年这个时候,我都要回到几十公里外的村庄。这已经是盛夏,车外是毒辣的阳光以及广阔的田野,远处还有起伏的丘陵。水田种满了水稻,往日那些纵横交错的阡陌已经被茂盛的水稻遮蔽得严严实实,看不出任何的纹路,稻子一直绵延至远方,它们是土地生动的再现,也是村里永恒的主角。

此时,正是稻子成熟的季节,稻子一垄一垄的黄,极目远望,铺天盖地。那种金贵的黄色,令人沉醉。大地上生机勃勃,像一种诗意的吟唱。风吹过大地,翻开稻子深藏的秘密,稻子像波浪一样翻涌,层层叠叠,生动又流畅。这是稻子自由的抒发,它们的铺陈细腻、繁密奔放,令人惊心动魄……

一年里最好的收获跟节气一样准确无误地到了。

这个时候,时间的指针刚好走到农历六月初六,大约在小暑的前后,就在这几日,村里会准时迎来一个热闹的稻谷节——吃新。

在大家看来,吃新是一年当中仅次于春节的第二大节日。"牛歇谷雨马歇夏,人歇吃新不要哇(说的意思)。"对于永新北

收割早稻

村民吃新节祭拜

乡的人们而言,这是一年里一个十分重要的节日,再忙,也要歇一歇手中的活。每当节日将临,外出务工的村民都要纷纷赶回家中。人们忙碌起来,邀四方亲朋。节日的菜肴有鸡、鸭、鱼、肉,当然,蕹菜、苋菜、豇豆、毛豆、茄子、丝瓜等新鲜时蔬也一样不少。大家拜先祖,供谷神,丝毫不敢马虎。小暑吃新,万物从心,吃过了新,生活就会变得更加有奔头,对于父老乡亲而言,一年里全部的希望都在此一举。

　　许多年前,我曾受堂姐之邀去到芦溪的炎村,真正感受到吃新的盛况。那里保留着最地道的吃新传统仪式。吃新通常是在农历六月上旬,具体的时间,各村会有一些不同,大体都在早稻收割前几日。还在几个礼拜之前,炎村的人们便开始谋划,并向各路亲朋好友发出邀请。为显示诚意,主人们往往会亲自登门郑重邀请。我堂姐嫁到了炎村后,每年的吃新节前几日就会回到娘家,请我们去吃新。那份热

饭前敬五谷神

情,满满的真诚,让你没法拒绝。所以,有了邀请,没有特殊情况,一般都会去赴宴。

吃新这一日,整个村子里弥散着一股浓浓的喜悦之情,家家户户忙着杀鸡宰鸭,认真地置饭备斋。这天,主人还有一件重要的事情要做,那就是去稻田里割一束稻穗,通常选择颗粒饱满的稻子,用红线扎好,插于堂屋的神龛上,再洒一盅酒,然后双

摘取饱满成熟的稻穗供于祠堂

手合十,默念几句,以此表达对土地的感恩。祭拜神灵和祖先后,全家人按照长幼辈分,依次入座就餐,庆祝五谷丰登、百业兴旺。在乡间,生活的秩序与欢愉总是得益于自然的恩赐。那日,村庄里的鞭炮声此起彼伏,穿过村庄,穿过田野,抵达更远的地方,仿佛要将自己所有的喜悦之情与更远的人们分享。天空下,平日里寂静的村庄显得格外喜庆、热闹,有时,还会有文艺节目,比如请三角班剧组来村里表演,吃过晚饭,家家户户端着凳子去礼堂里观看。三角班里那些风趣的俚语,惹得大家哈哈大笑，无疑是丰收时节里的锦上添花。

江南这个与稻米同生共长的节庆和仪式，符合时令饮食的养生之道，也就是我们常说的因时而食。据说吃新节源于周代。我问过村里最年长且最有学问的老人，他须发皆白、面色安详，很乐意跟我探讨这个话题，却语焉不详。我不甘心，又去问我父亲，我觉得凭他对稻子的热爱，应该略知一二。只是，我父亲不太耐烦，说："你问这个做什么？祖宗传下来的习俗，照着做就不会错嘞。"他的话让我有些失望。估计村里已经没有人说得清吃新的渊源与历史了。不过，无论时间怎样变化，每个夏天，吃新这个传统节日都会给村庄带来新的激情与狂欢。

吃新后的第二天，农民就开始挥镰收割，一年里最盛大，也是最辛苦、最有意义的劳作开始了。一年又一年，一茬又一茬的稻子回到了村庄，回到了农人殷实的粮仓。《荀子·王制》曰："春耕、夏耘、秋收、冬藏，四者不失时，故五谷不绝，而百姓有余食也。"是呀，稻子生长的地方，村庄总是那样流光溢彩……

走，看撞轿去

遥远而湛蓝的天空下，一支迎亲队由南向北前进，另一支迎亲队由北向南前进，喧嚣的锣鼓声与唢呐声在广袤的乡间田野里回荡。这是以前乡村婚礼最常见的情形。

结婚，是人生大事，双方家庭都很重视。对于新人而言，结婚有"六礼"，必须经过纳采、问名、纳吉、纳征后，接着是拣日子，就是挑一个黄道吉日。俗话说："子靠生时，女行嫁年。"据说，拣日子关乎新郎、新娘的命运，得先查过皇历，要趋吉避凶，经过两家的商讨，定下结婚日。最后就是最热闹、最隆重的"亲迎"了。

在孩提时，每次听到迎新的唢呐声和锣鼓声，我便像得到指令一样，飞快地从家里跑出来，然后在巷子里喊道："走，看撞轿去！"很快，小伙伴们都知道了，大家兴奋地跑出村子，朝着迎新的队伍跑过去。我们跟着新娘的轿子跑呀跳呀，那个时候还经常边走边撩开帘子的一角，隔着缝隙偷看新娘，看看新娘子美不美。当然,也总有几个掉了牙后迟迟没有长出新牙的小孩子,会在大人的帮助下,央求新娘子用手摸一摸豁口。新娘都很乐意摸一摸。据说,新娘摸过以后的牙齿会很快长出来。

迎亲队伍一路吹吹打打,热热闹闹,喜气洋洋,等有人来观看时,那些唢呐手鼓着腮帮子吹得更加卖力,那些打镲的、

撞亲

打手鼓的，也打得越加欢快。据说，男方迎亲的队伍通常是单数，表示单去双回，添丁进口。女方送嫁的队伍要求双数，寓意双双对对，白头偕老。接到新娘后，迎亲队伍一般行进得比较急，希望能够一路避开其他的迎亲队伍，然后顺顺利利地完成婚礼。但是，也有很多人家会选中同一个黄道吉日，所以，在乡间撞亲的事情时有发生。即便是大家努力地避开，迎亲的队伍最终还是在一个路口尴尬地撞在了一块。一旦撞轿，就是一件大事了，气氛很快就紧张了起来。通常，两支迎新队伍会各不相让，僵持不下。据说，先让的一方到了婆家后，新娘可能会受婆家的气。

这个时候，媒婆首先出来了。两个人不是来讲理的，而是出来比口才的。一方媒婆说："我们李家好儿郎，还需你们先让让。"另一方则说："世上道路千万条，麻烦你们绕一绕。"……双方都不甘示弱，通常要费很多口舌，有时简直是唾沫四溅，但是，最终的结果还是双方各不相让。

最后，必须是双方新娘出面了。但是，按照习俗，新娘的脚是不能着地的，更不能抛头露面。双方新娘各自下轿了，但新娘的双脚不能落地，只能履青布条、毡席或一条麻袋。因古人认为，地与天都是神圣的境界，不得侵犯，而新娘的脚一旦与土地接触会触犯地神，因此，必须铺上毡或席。唐代白居易《和春深二十首》一诗中记叙了这一习俗,"青衣传毡褥,锦绣一条斜"。由此看来,撞轿的习俗古来有之。

通常,为了能够让婚礼顺利地完成,双方新娘会双手合十向对方行礼,以表谦让。然后将准备好的红包给对方的轿夫,打点一下轿夫。轿夫很快抬轿起身,然后双方平稳地相互穿过。媒婆会说上一句"喜冲喜啰——"然后相互放一挂鞭炮,可谓相逢一笑。这是撞亲最好的结果,据说,这样双方新娘以后都会得到丈夫的宠爱,婆媳关系也会和谐,家里自然和和睦睦。

不过,我也看过另一种撞亲。双方因为言语有冲撞,然后吵起来,到最后,甚至发生斗殴。我见过双方新娘都从轿子里冲出来,分别从旗手那里拉过红旗,然后跑向附近的一处高地,她们都想占据制高点。然后,将红旗高高地举起来,越高越好。据说,哪个新娘的红旗举得高,哪个新娘以后就会得到幸福,而举得相对低的新娘,未来可能会不幸。乡里有句俗语:"争了上风家发人兴,败了下风人霉家衰。"所以争斗的场面往往十分混乱,也十分激烈,以致多年后,我依然牵挂那个撞亲输了的新娘,关心她日后的命运。我曾经问过我母亲,"那个新娘后来怎么样?过得好不好?"但是,母亲好像也不甚了解,让我有些失落。

后来随着时代变革,出现过用自行车迎娶新娘的,也有开拖拉机或者驾毛驴车迎娶新娘的,即便使用这种交通工具也是有讲究的,比如自行车要用"永久"牌,取永久的谐音,寓意比较好。现在结婚基本上都使用婚车接送新娘,当然,这也是旧时新娘"坐花轿"的现代化变化。轿车上插满花朵和气球,改装成花轿的模样,从外观上看依然保持花轿的特色。

后来,我也多次看过双方轿车撞亲,但是,大家似乎没有想象的那么紧张,双方的轿车缓缓地擦身而过,新娘相互点头微笑,给对方送上无言的祝福。

送娘娘记事

时间像是一个沙漏,许许多多的往事被一点一点地遗忘,孩童时的记忆逐渐地模糊起来,但是,有些记忆至今是那样的深刻,好像烙印在我们的生命里。比如乡间里送娘娘的习俗,那么遥远,却又那般清晰。

有一段时间,村里流行水痘,很多小孩都未能躲过,我姐姐出水痘,接着我也跟着出。记得那个时候,村里所有的小孩都会出一次水痘,一旦出水痘,身体就会发热,还会长水泡。水泡具有向心性,而且越长越多,越长越大,如绿豆般大小,并伴有严重的瘙痒感。水痘还具有传染性,村里一旦哪个小孩得了水痘,马上就有很多小孩子跟着出水痘,每当这个时候,大人们就变得紧张起来,商量着怎么办。我们这边把长水痘叫作"出娘娘"。

"出娘娘"的话,孩子只能待在家里,大人不让孩子出去。家里一般会打开窗子通风,父母不断告诫孩子们,那些水痘

敬香"送娘娘"

千万不能用手去抓挠，否则会留下疤痕，非常难看，近似毁容。为了不留疤痕，大人给孩子们的吃食都很清淡，一律不放辣椒。听大人说，出水痘千万不能吃韭菜，说韭菜是发物，吃了就会出九次娘娘。虽然没有科学依据，但还是把我们给镇住了，谁愿意再出娘娘呢，多难受啊，所以我们通常会忍着，一直到水痘起痂，差不多就见好。

那时，小孩出水痘，由于没有特别有效的医疗技术和药物，所以病情非常凶险。人们以为小孩是老娘娘赐的，小孩的生命完全操纵在老娘娘的手里。因此，只得烧香许愿，求老娘娘保佑孩子平安度过

用斋模做"斋饼"

这一险关。于是大人就把娘娘的纸像,请到家里供奉。一般供于进门正厅中央,高点红烛,供品为米酒、斋饭和水果之类的,大约三到五种。小孩的母亲则必须"晨昏三叩首,早晚一炉香",一直持续近半个月。其间,大人还会选择在天断黑之际,趁着夜色,到村头的大樟树上扎一条红布,跪拜几下,念叨几句"请神明照拂"之类的话,据说大凡心诚的,小孩都会痊愈,灵验得很。

小孩一旦病愈(一般为十二天),人们则认为是件大事,值得庆贺,同时必须答谢老娘娘,因幸亏有了她的庇佑。清朝前因居士《日下新讴》云:"当差儿见痘花苗,家供娘娘十二朝。鼓乐深宵送神去,揭痒贺礼馈炉烧。"因此,要在小孩病愈的当天撒供时,举行一个送娘娘归庙的仪式。这种风俗在二十世纪七八十年代我们村里还在流行,后来,小孩多接种牛痘疫苗,进行有效预防,很少有出天花者,此种习俗就逐渐被淘汰了。

送娘娘算喜事的一种,有些人家会办酒席宴请宾朋。前来祝贺的除了送礼金外,主要是送一种名叫"斋米果"的点心。

斋米果是一种不错的点心,好看又好吃。我曾看父母做过。首先得在洁净的溪水里,用笎帚把做斋米果的模子刷得一尘不染,唯恐做出的米果不洁,对娘娘不敬。其次是将大米浸泡,得好几个小时,米一般是用粳米,如果用糯米则不易成形。等大米吸足水分后磨粉,大多数人家有手推的石磨,磨粉虽然费时费力,但是用石磨磨出的米粉洁白、细腻,有黏性,很适合做斋米果。接着就是熬浆,然后搓米粉,不断地搓揉,一直到米粉成团,并且柔软,极其粘手,方可打米果。做斋米果的模子是阴刻的一块木板,上面有"福"字或莲花、鲤鱼等图案,把揉搓好的米团填充进去压实,翻过来拍一下,一个带着图案的斋米果就做好了,一排排、一列列,煞是好看。最后就是烧大火,等水开了,放到锅里去蒸一下,一切就大功告成。

送娘娘的时间一般选在傍晚。夜幕降临之前,由本家老太太(即小孩的母亲)至"娘娘驾"前上香,全家及近亲们一一叩拜。这时,乐手们便用大锣、唢呐、水钹奏起敬神的乐曲,音乐节奏缓慢,显得庄严肃穆。拜罢,便将供品撤走。随即请

娘娘起驾，神像由本家老太太一人捧着，由小孩的两名至亲左右护送，鼓乐前导，出门往东送之。

记得我妹妹送娘娘的那天，母亲挎着篮子，里面放着水果和斋米果，然后沿着山间的溪水走。我母亲说，娘娘身份尊贵，怎能走路，一般是坐舫船回去，所以，我们得沿着溪水一路相送，既是礼节，又显诚意。

送娘娘之后，母亲还到杀猪匠那里买了一条猪尾巴。我不知道原理，后来翻书才知道猪尾巴含有较多的胶原质，可以防止或减轻脸部水痘破溃结痂形成麻脸。除此，送走娘娘后，母亲还去了银匠那里一趟，打了一挂银质的"长命锁"，上面铸有"长命富贵"字样，每日挂在妹妹的脖子上，相当于护身符。同时，大人还要向各家要一些颜色各异的零星碎布，做一件"百家衣"，谓能得百家之福，小孩能驱灾少病，易长大成人。

这些记忆已经久远了，村里人似乎也不作兴了，但是，它总能穿过时间的长河让我回到过去，回到童年。

正月正，耍狮灯

"假面胡人假狮子。刻木为头丝做尾，金镀眼睛银帖齿。奋迅毛衣摆双耳……"一千多年前，唐朝诗人白居易生动地描写了狮子舞的场景。由此可见，唐代就有关于舞狮的记载了。狮子舞是中国一项古老的民间活动，作为一种民族文化标识，它已经深深地融入了中国人的血脉中。

狮子舞，在永新也叫耍狮灯。我们村里，耍狮灯通常在正月里进行，大约从初五起，村里的耍狮灯就正式开始了。正月里，大人也没什么大的农事要忙，有大把大把的时间可以放肆地耍。

还在年前，村里的年轻人就聚在一起开始酝酿。

首先是做狮灯，它是一项重要的准备。当然，做狮灯得在一些老者的指导下完成，这些老者年轻时都是做狮灯、耍狮灯的行家里手，极具经验，也颇具权威。接着就是打帖子，也叫送帖子。通常，那些生了孩子的、刚刚结婚的、孩子考上了大

耍狮送喜

中专院校的人家等,都是当年要进场耍狮灯的对象。在大家的观念里,过年耍狮灯,能扫除一方瘟疫,镇妖除魔,有助于家庭和睦,祈祷风调雨顺、六畜兴旺、百事顺畅。寓意是极好的。耍狮灯通常只耍本姓户,不走外姓家。年前,舞狮队敲锣打鼓,将帖子送过去,通知相应人家。有机会接到耍狮灯的帖子,是这户人家的光荣,这个是不能拒绝的,不然是不吉利的。而且,主人家通常要放一挂鞭炮表示欢迎,还必须封个红包,这样才体面。

狮灯通常由四人扮演,分两组。因为耍狮灯需要耗费大量体力,通常都是青壮年来表演。狮身彩皮下,一人舞狮头,一人舞狮尾,中间再换一组人。通常一个晚上三五户人家,每家二十分钟左右。舞狮灯的地点一般在主人的堂屋,比较宽敞,可以容纳几十人。主人要放一长串的鞭炮来迎接舞狮队进场,表演结束的时候还会放一挂短一点的来相送。在噼里啪啦的鞭炮声里,耍狮灯让整个村子热闹非凡。

狮子的眼睛像灯笼一样,胡子老长老长的,十分威武。狮灯耍起来时,红光映照,流光溢彩,人声鼎沸,鼓锣喧天,大地上震颤着幸福的心跳。狮灯摆阵是一种传统习俗,通过惊险刺激、扣人心弦的高难度动作吸引观众,满足他们的好奇心和心愿。其中有一个动作叫"逗狮",主人站在堂屋门口,取出蒲扇,戴上一个脸谱,对着狮子做出各种挑逗、戏闹的动作,狮子便在地上翻滚、跳跃,周身挂的铃铛"叮铃铃"响个不停。舞狮人的身手很是敏捷、矫健,狮子的两只大耳时而竖起,时而扇动,狮头时而高抬,狮子时而横卧,时而呼啸向前,时而屏息凝视,爬、坐、滚、蹲……各种动作惟妙惟肖,首尾引合,真是生动可爱。这时候围观的人越来越多,精彩之处,掌声雷动。这天,主人通常要买许多鞭炮,有千响的、万响的大地红,还有摔炮、

耍狮舞

滚炮，一时间鞭炮声、呐喊声、锣鼓声、嬉笑声，把主人家的堂屋塞得满满的。现场的观众往往围了个水泄不通，尤其是小孩子，火光下，他们捂着耳朵乱闯，紧张又兴奋，叫着，喊着，跳着，真是快乐极了。

最后是"锻灯"，也是耍狮灯的一个重要环节。狮子进堂屋拜了年，舞弄一番之后，锣鼓声渐渐稀疏，舞狮队便指派一个人出来说唱。说唱的句子都是祝福主人家的，如"雪月柳梅开新春，吉祥狮灯贺旺门""正月狮灯送福来，幸福家庭发大财"，全是吉祥话，自然很受用，主人家开开心心地封红包，有的还会准备茶点，回敬"恭喜发财""万事如意"之类的话。双方你来我往，一派喜气洋洋，好不热闹。

耍狮灯一般要到正月十五这天方才逐渐结束。出元宵当天晚上，耍狮灯达到了高潮。这天，家家户户灯火闪烁，把大地照得如同白昼。最热闹的还是祠堂，鞭炮处处炸响，像花朵一样绽放。"开锣了，狮灯要开始了。"狮灯队首先烧上一炷香，这叫敬神、敬祖先，接着开始摆阵，然后出阵，朝村口的那一片古树走去。这些参天古树枝干遒劲，有的已经好几百年了，似乎带着神秘的色彩。大家每年都要在古树旁耍一阵，热闹一番，据说这样可以让村庄得到神的庇佑，未来必会逢凶化吉，村民会福寿绵延。舞狮灯一般在祠堂里收场，这是一年里最热闹的时刻，那些欢快的锣鼓声像磁石一样几乎把所有的人都吸

群狮送福

引过来。单单这场舞狮会要耍半个多小时，中途得换几次人，那些硕大的雷管爆竹将村庄震得地动山摇，也极大地调动了大家亢奋的情绪，大伙儿沉浸在欢快之中，久久不肯散去。结束之后，舞狮队的成员会一起吃一顿好的，也叫散伙会，大家喝点水酒，相互猜拳，一直闹到半夜。最后，趁大家熟睡之际，他们悄无声息地将狮灯的骨架丢到一个偏僻的地方，一年里的狮灯会就正式结束了。

第二天，总会有人一大早就起床，争着去捡狮灯。据说，捡到狮灯的人家，来年不仅五谷丰登，而且六畜兴旺。

时至今日，村里的狮灯已经多年不耍了。但它早已长在了一代人的身体里，藏进了一代人的记忆里。

龙鱼化彩灯

天空蔚蓝，阳光普照。永新县埠前镇湖田村四处张灯结彩，鞭炮声不断炸响，大地一片喜气。这是正月里的美好时光，耍狮灯，三角班，放电影，村庄里各种文娱活动轮番上演。此时，锣鼓声"咚咚咚"响了起来，响彻整个天空。随着那些欢快的鼓点，一群身着黄色衣服、腰扎红色丝带的男男女女在村庄的巷子里鱼贯而出。他们手上举着一尾彩色的龙灯，左右旋转摆动，后面的人随着领头阵的人不停变换动作，一会儿向左，一会儿向右，大家紧紧跟着前方的人，在人流密集的巷道里穿梭，我们小孩子跟着队伍使劲地跑，欢呼雀跃着，幸福的日子像糖块一样津甜。远远望去，龙鱼灯像一条色彩斑斓的丝带，成了这个节日里最热闹、最靓丽的一道风景……

这是许多年前埠前镇湖田村里的景象。每到春节，龙鱼灯便是村里的一个保留节目。龙鱼戏是湖田人为纪念先祖功德编

舞鱼灯闹新春

舞鱼灯祈盼新的一年 幸福美满

创的,通常从大年初一开始,到正月十六结束,持续半月有余。正月十六那日,村民们敲锣打鼓,将龙鱼灯下湖,谓之"龙鱼回归海湖"。

　　龙鱼灯寓意吉祥。龙灯一般用木、竹、纸、布扎成,龙头的装饰十分讲究,突出龙的眼睛和张开的嘴,形态逼真,光彩夺目。龙是我国古代的图腾,龙兴云雨利万物。龙代表贵气、吉祥、如意;金鱼代表财气、财富。紫金鱼灯,突出鱼头腮帮和鱼尾的灵活,模样可爱,寓意自然是极好的。龙鱼灯寄托了大家美好的愿望。

龙鱼戏是一种流行于永新县乡村的传统民间戏种，来源于庆祝春节的活动，是一种独特的传统民俗文艺形式。龙鱼灯是一种大型游动性的彩灯，由于它意头好，热闹，又极具观赏性，所以很受大家的欢迎，每次表演都吸引许多人驻足观看。

龙灯可大可小，可长可短，长的约七节，通常每节由一个人持掌，领头人一般由年长的人担任。鱼灯，仅一米长，可一人随手舞动。鱼灯分鱼头、鱼身、鱼尾三节，可灵活转动，首先用竹片扎成鱼形，鱼头和鱼身用木棍固定，以便扛抬行走，节与节之间用铁丝连着，还须经历裁剪、选色、描画鱼鳞等程序。每一道程序都要花费较多的时间和精力。

表演龙鱼戏，可谓大阵仗，加鼓乐手，差不多要20个人参与，一般都是社区里的人。"龙鱼"出场，声势浩大。为了表演得好看，村民们经常利用农闲时间排练，作为一个老少皆爱的节目，龙鱼戏是春节里的必备节目，增添了浓浓的年味气息。为了满足村民们的愿望，有时还从晚上舞到天亮，尤其是元宵节。一些痴迷的村民几乎是逢演必看。即便人们现在的文化活动非常丰富，但龙鱼戏在乡村仍有很高的"收视率"。十几个村民，身着盛装和五彩缤纷的饰品，举着一长串的鱼灯舞动着，在村里表演，那些小孩，一路跟着表演团队，兴奋地跑着，叫着，看龙鱼灯的似乎比耍鱼灯的还要高兴。

龙鱼戏最风光的时候是二十世纪八九十年代，龙鱼戏在永新乡村长盛不衰，在禾川镇尤盛，我曾多次在禾川镇的大街上看过龙鱼灯的表演。龙鱼灯象征彩龙兆祥、民富国强，深受大家喜爱。通常，元宵节的晚上是看龙鱼灯的最佳时间，此时，所有龙鱼灯里面的蜡烛或煤油灯都点燃了，叫"点光"或"开灯"，寓意前途光明。表演的仪式通常选择在社区的一片开阔地开始，而后再由静态灯变为动态灯。队伍兴高采烈地走街串巷，从房子高处望下去，龙鱼灯点亮老街，街道里华彩锦绣，在明亮的灯光里，鱼儿仿佛在巡游。宋代辛弃疾《青玉案·元夕》中写道："东风夜放花千树。更吹落，星如雨。宝马雕车香满路，凤箫声动，玉壶光转，一夜鱼龙舞。"词作中渲染出的绚丽多彩的热闹场面令人神往。满城灯光，游人如织，民间艺人们载歌载舞，热闹的夜晚鱼龙形的彩灯在翻腾。

如今，曾经表演龙鱼灯的年轻人早已衰老，村里会制作龙鱼灯的人也越来越少了。但是，不管时间如何流转，每逢新年，龙鱼灯就会在村里舞起来。"龙鱼龙鱼，风调雨顺。龙鱼龙鱼，年年有余。"期待龙鱼灯更加的明亮，如花朵一样开遍来年的乡村和街区。

叠，叠罗汉

锣鼓、唢呐等乐器响起来了，那么欢快，像夏日的雨点一样急促又密集，永新县芦溪乡合东村一年一度的叠罗汉表演即将开始。所有的小孩都朝着音乐的方向跑去，大人们也抱着或牵着小孩，兴致勃勃地小跑着过去。我随着人流跟了过去，今天，我要亲眼见证叠罗汉的艺术魅力。

叠罗汉是一种融武术、舞蹈、杂技为一体的表演形式，是当地人祈求五谷丰登、人丁兴旺的文娱活动。通常在每年的农历十二月至正月进行，每年这个时候，它总能为热闹的新年增喜添彩。

舞台设在祠堂前的空地上，平坦又开阔，足够容纳几百人，音乐《观音赞》周而复始地响着，清亮而抒情。大家围成一圈，翘首以待罗汉班的出场。叠罗汉通常由18人组成，清一色的男子，寓意十八罗汉。根据队形，叠罗汉分为下架、二架、三架、尖顶四个类型。

下架也叫头桩，叠成罗汉阵形时站立底层，通常都是腿脚粗壮的壮汉。二架就是二桩，一般是个子不高的人，但是手臂很有力量。三架俗称金顶，身材精瘦，很灵活。尖顶就是童子，在额头点一红印，扣个瓜皮小帽，胖乎乎，粉嘟嘟，惹人怜爱。

只听锣鼓喧天，鞭炮齐鸣，表演开始了。十八罗汉统一着装，通常以金色、亮黄色为主。他们在队长的带领下，绕着会场走圈。队伍中，前后各有一套锣鼓，一路吹吹打打，朝着舞台走去。场上早已人山人海，人们期待着一年一度的盛会。

为了表演好叠罗汉，村里有经验的老者通常会在大年前挑选精兵，大都是身体精壮的年轻人，他们整编、练习，再经过无数次反复地磨合、排练。叠罗汉是一种具有一定危险性的表演，一不小心就会受伤，所以需要反复训练，队员之间也要极其信任，方能顺利完成表演。

那天，我和朋友挤在人群中，准备一睹叠罗汉的风采。锣鼓声骤然停止，全场安静了下来，大家屏息凝视。只见罗汉们排成一排，整齐地走进祠堂。领头的罗汉来到祠堂的佛龛前，先烧一炷香，其他人跟着一起拜了拜，口中念念有词，大意是祈求风调雨顺、健康平安。然后，罗汉们走出祠堂，乐队敲响锣鼓，表演正式开始了。

忽闻口哨声四起，罗汉们发出咆哮声，只见他们一个个左手叉腰，右手举起，随着锣鼓、唢呐的伴奏不停地摇摆。最先出场的是一名壮汉，很敦实，只见他大步流星跨到场地中央，将腰间

进洞关门

的布带紧紧一勒,平伸出两条粗壮的胳膊,两名罗汉随即攀立其肩头,四个半大的小罗汉接着攀上二桩的双肩,此造型被称作"一顶六人"。随着带队师傅大喝一声"起!"顶起六人重量的头桩开始沿着场地缓缓迈步,围观群众随之大声叫"好"。

  接着,下一个罗汉绕着另一个罗汉转一圈回到前面,后面的依次转开,类似于走马灯的套圈,也叫"开场子"。此时的锣鼓声急促而紧凑,鼓点声是指挥棒,敲得越急促,身着金色衣裳的罗汉们穿行速度就越快,手臂挥洒如同雪飘,令人眼花缭乱。此时,考验的是头桩和二桩的力量与配合。六名男子压在身上，没有几把子力气是做不了头桩的。但此时的二桩也很难受，双脚踩在别人的肩膀上，稳定性不好，还要承受上面两人的重量，上压下悬，腰部力量必须很好才能做到。

表演的节目有"老鹰伸翼""乌龟扫地""蛤蟆跳井""珍珠架塔""拜送观

珍珠架塔

音""进洞关门"等等，生动形象又通俗易懂。其中，最危险的当属"十八罗汉阵"，十八人共同堆叠的造型叫"金莲座"，也叫"金莲满堂"，每一个成年罗汉都是一叶"莲花瓣"，加上一个童子，十八位演员共同组成人墙绕场一周，才算是演出高潮。

堆叠"金莲满堂"时，按照罗汉的年龄和体重大小，一层一层纵横组合，在童子没有被送上去之前，倒数第二层的一个小罗汉不是自动攀上去，而是由下面的人托起往上抛，被高处的大罗汉伸手接住后，小罗汉突然来个"金鸡倒立"，继而翻身站立，双手合掌向观众致意。这个动作险象环生。这是一种文化的创造，也是一种文化的力量，无法用语言描写它给我带来的震撼。

"叠罗汉"的艺术特点是叠加和构架，讲求力与美的融合，人架人、手拉手，构造出几米高的造型，表现出型中有型、图中有图、人中有人的艺术境界。表演的造型可根据观众的需求而变化：庆贺娶亲嫁女，他们会叠架出"喜鹊搭桥""观音送子""永结莲心"等；庆贺新房竣工，他们会摆出"喜鹊上梁""五柱顶天""招财进宝"等；……

凡此种种，无一不是寓意大吉大利，"叠罗汉"展现的不仅是人们的力量与美，还表达了这块土地上的人们对生活的热爱。

人间"七月半"

小时候,我经常缠着大人讲故事。我母亲虽没读过什么书,却很擅长讲故事。她的声音很好听,表情也丰富,还时常用上一些肢体语言,引人入胜。她所讲的故事,神鬼的居多,《山海经》里的九头蛇反反复复出现,听得我战战兢兢的。有时夜深了,大人都催了很多遍了,就是不敢一个人进屋去睡觉,那时候我真的很胆小。

初秋的时候,明月青山,高天晚风。我躺在院子的凉席上,仰望着天空,想着牛郎织女的故事。印象中,七夕节那天总是格外的晴朗,到了晚上,繁星密布,仿佛连天气也不想捣乱。确实,万里相思一夜中,异地恋的滋味总是不好受的,再怎么样,也得让牛郎织女好好地见上一面吧,毕竟人家夫妻一年才有这么一天。

我记得,那天大人会叫女孩子将戴在手上的"百索子",剪下来撂上屋顶,让喜鹊衔去,飞到天上去架起一座像彩虹一样美丽的桥,以便牛郎和织女相会。因着这个故事,我对喜鹊有着特别的好感。

据说,七月初七那天,所有喜鹊都消失了。我母亲说,它们都跑到天上搭桥去了。我不信,在村里四处寻找,从东走到西,还到溪边去找,果真没有看到喜鹊的影子。

第二天放牛时,在野外我倒是看见了喜鹊,它们参着羽毛,一副疲惫不堪的样子。后来,我读到《西京杂记》中有记载:织女渡河,使鹊为桥。故是日,人间无鹊,至八日,则鹊尾皆秃。

我对此深信不疑,有时就想:天河里亮着的那么多星星,一闪一闪的,不会都是喜鹊变的吧?

农历"七月半"里,尤其是七月初一与十五这两天,是有讲究的,不办酒席,不走亲戚,邻里之间也不串门,如若贸然上门,会被视为不吉利,主人心里会不高兴的。邻里之间,不可以做一些令人不开心的事,这是一条不成文的规定。大家还是喜欢跟懂规矩的人交往。

农历七月初一这天晚上,先祖们"回"到家乡。家人先将先祖们的牌位一一请出,每天晨、午、昏供奉斋饭,半月有余,客客气气的。传承的是一种孝道文化。

七月初七逢太社,七星高照。七月初七这一天,家人还得做一顿好吃的招待先祖们,让他们安心在家里待着。到七月十五这一天,就得把先祖送走了,时间一般选择断黑之际,好酒好

烧"钱"纸

菜待之,再点些香烛、烧些纸钱,放几响鞭炮,好生"送回"。

我母亲说,这天如果你蹲在毛豆藤下,还能听见他们回去时说话的细语声。母亲的说法让我特别好奇,我倒是很想听一听我爷爷奶奶说话的声音。我就一直等着这一天的到来,我和一个小伙伴商量着要去听。不过,事到临头,他胆怯了,他说害怕。我不怕,蹲在毛豆藤下,侧着耳朵仔细地听,除了风声和若有若无的虫鸣声，我什么也没有听到。一回去我就问母亲，母亲没想到我当了真，忍俊不禁。

这些天的禁忌很多，大人会不断地叮嘱孩子尽量少出门，身上不要带红绳、铃铛，不要在晚上吹口哨，尤其是路边的纸钱不能捡。

还有，这天小孩子不准在屋里打伞，否则不仅长不高，而且不吉利。至于为什么，母亲也不知。但是，这天我们会变得小心翼翼，生怕一不小心惹祖先生气。

《礼记·月令》载："凉风至，白露降，寒蝉鸣。"中元节与立秋节气较为接近，紧接着就是处暑，暑气至此而止，天气有所回凉。我感觉这天经常是阴天或下雨，心情自然不是很好。

先祖们大都是要坐船回去，途经奈何水。因为晚上路黑，所以通常要在溪水或池塘里放河灯，照亮他们回家的路。这个事，母亲一向做得很虔诚。

不管你信不信，中元节的乡俗已经有很多年了，每当到这一天，大人们就会认真地准备，鸡鸭鱼肉一样也不能少，老祖宗一年才回一次，可怠慢不得。

再说，你不用心准备酒菜，邻居也会嘀咕的，人言可畏呀。人活在这个世界上，脸面是不能不要的，什么时候都是如此。

据说那天晚上，如果你去到村外的旷野或山林，会发现一些火，在远处飘忽不定。村里人都说是鬼火，切勿靠近。

烧香

有一次，我父亲从外地回来，看见前方有一星若隐若现的火，他说他走火也走，他停火也停。隐隐约约中，父亲看见一个人影，忽高忽低的，他心里有些打鼓。后来，他骂了一句，索性冲上去伸开双手一抱，却发现是一棵小树。父亲满脸骄傲地说，那星火其实是磷火，不可怕。

如今，这个故事的讲述者，每年的七月我都在祭拜他。

五月的禁忌

我们村里人仍旧习惯过农历,就说五一劳动节吧,在大家的意识里,就是一个普通的日子,平素里甚少有人提及,大家照样到田里去干活。

端午,倒是一个很大的节日,自然过得很隆重,村民们在半个月前就开始谋划。女人们在巷子里碰面,会相互问道:"箬叶买了吗?没有的话,我家还有一些……糯米呢?浸好了吗?"语气自然,声音恬淡,似问非问,闲谈的话语里都是手脚忙碌的时光。端午节,粽子是光彩的主角,别的可以敷衍,粽子一定是马虎不得的。吃了粽子,才算是过了节。

端午这天,吃食都很丰盛,按传统,大人小孩都要吃"五子",即粽子、螺子(田螺)、鸡子(鸡蛋)、蒜子、油果子,寓意"五子登科",孩子将来能考取功名。印象中,端午节前后,母亲还会做一种叫"凉皮面"的吃食,每次吃的时候,母亲就不忘说一句:"吃了凉皮面,一年都康健。"

包粽子

捆粽子

挂艾草、菖蒲也是节日里必需的,这是一种古老的仪式。我们就地取材,从池塘里拔来,悬于门庭。菖蒲新鲜、透亮,极像一把绿剑,威武至极,那些个大鬼小鬼自然近身不得。《清嘉录》载:"截蒲为剑,割蓬作鞭,副以桃梗蒜头,悬于床户,皆以却鬼。"有些人家把菖蒲和艾草捆在一起插于檐下,俗称"蒲剑艾虎"。因着这些,

集市买艾草

插艾草　挂香包

那些平常的日子总是过得平静祥和，顺顺当当。

端午节期间，晒衣洗被，洒扫庭院，屋前屋后拔草除杂，都得忙活，桩桩件件，哪样都得认认真真。除此之外，还得在房屋的四周撒上一层石灰。这样做自然是有道理的，因进入农历五月，雨多、溽热、潮湿，易霉变，滋生害虫。

艾草泡脚

    我母亲还会给每个孩子做一个香包，花色别致，很是素雅，里面塞的是艾叶、兰草等，香香的。香包不仅可以用来装饰，还能避邪驱疫。小孩子把香包挂在身上，然后在村子里晃荡，碰上同伴，就会拿出香包相互欣赏，自然都是开开心心心的。

    是日，母亲还要烧一大锅水，里面放入一些干艾管，煮好一阵子，直到艾管的香气散得满院子都是。通常，不管大人小孩都得洗个澡。艾水既可止痒，又可防止疥疮，借助节气的力量抑制霉运。准确地讲，端午也是个家庭防疫动员日。记得有一天，我趁母亲烧水的时候躲了起来。结果，不久后我的头上就长出来一个疮，肿得很大。因头上裹着白纱条，我怕难为情就不想去上学。后来用草药治好了，却留下一个疤。用我姐姐的话说,它影响了我的光辉形象。

  五月,蛇开始在田野里横行。在田埂上走的时候,经常冷不丁就有一条蛇从你的脚下溜过去,让人心惊肉跳。我是一个胆小的孩子。有时,草丛里出现一只蜥蜴,蜥蜴不咬人的,但是,它们花纹杂乱,模样古怪,我对它们也是怕得很。在村里,杀龟打蛇的举动还是时常有的,因村里不少村民被蛇咬伤过,还差点丢了性命。但是,端午这一天,老人是不准我们打蛇的,说那是白娘子现了形。在大家的观念里,白娘子是好

涂雄黄酒

用雄黄酒写"王"字

人,让好人遭罪总是不好的。所以,如果当天碰见了蛇,一般绕道走。

这一天,大人们还会把雄黄酒涂在孩子的手背、脚心等处,有时还要在眉心写一个"王"字,寓意自然是好的。早年我看电影《白蛇传》,知道了端午原来是她们姐妹的一次大劫,虽然白娘子道行高,但是雄黄酒是她们的死穴,几杯酒下去后,最终还是现了原形。

传说归传说,节还得一如既往地过,要的就是那份安详与喜乐。

围炉守岁

月穷岁尽,在人们忙忙碌碌置办、里里外外打扫的喜庆里,又一个行色匆匆的年毫不迟疑地走来。年来了,要忙的东西很多,要准备的东西也很多,大人们一直要忙到除夕这一天。除夕,对每一户人家而言是一年里的最后,也是最重要的一件大事。鞭炮开始响起来了,春联、窗花也一一贴起来了,家家户户的屋里飘出好闻的肉香与酒香。每当除夕之夜,闻着浓烈的硝烟味儿,我的记忆总能穿透夜的喧嚣和黑暗抵达多年前与父亲一起守岁的情景。

守岁,对村里的老人来说,是跨年活动中的一件极为重要的事情。那夜,家家户户遍燃灯烛,是谓"燃灯照岁",村里四处灯火通明,年长者守岁为"躲太岁",有珍惜光阴之意。村里的老人说,躲了太岁就等于躲过了一年的光阴,寿命就会相应延长一岁。延年益寿是中国人的一种朴素愿望。我伯母年年都要守岁,从大年三十晚延续到正月初一凌晨,初一这天也不出

大家族一起吃年饭

全家一起守岁

门,等着后辈来给她拜年。后来,她活到了近九十岁。村里人说,那是因为她年年守岁,躲过了岁月的侵袭。

通常,年夜饭后父亲就要准备煮饭,这是准备正月初一的早饭,表示家里的粮食年年有盈余。接着,父亲还要在堂屋的神龛上插香烛,烧一沓冥钞,再浇一盅米酒,拜上几拜,然后长吁一口气说"好了"。这是父亲守岁的序曲。然后,父亲将各个屋子里的灯都点亮,连偏屋里也要点上一支蜡烛。除此之外,

村民"燃灯守岁"

父亲通常还要准备一盆炭火。这盆炭火将陪伴家人度过一个漫长而又寒冷的年夜。父亲十分重视守岁,他年年都要守岁,期盼自己健康长寿,同时为子女祈愿求福。

"儿童强不睡,相守夜欢哗。"守岁不仅是大人的事,孩子们也会参与进来,热热闹闹的。印象中,我陪父亲守过一次岁,那是在我参加工作后的第一个新年。那日,我将炉火烧得通红,屋里逐渐明亮、温暖起来。妹妹见状也加入我们守岁,尔

后，我和妹妹将准备好的红纸包递给父亲，这是给他的压岁钱，我们祝愿他健康长寿。父亲有些愕然，如一个孩子般不知所措。潜意识中，他早习惯了每年的除夕之夜给儿女发压岁钱，想不到刚参加工作的孩子们却把"意外"给了他。父亲微微地笑了笑，是幸福的表情，父亲的笑容很好看。父亲感叹说这是他有记忆以来收到的第一份压岁钱。然后父亲给我们讲他小时候的经历。父亲说他八岁便没了爹娘，在世上茕茕孑立，不曾尝过年的味道，别说压岁钱，能活着走过来就不错了。这是我第一次用心倾听，父亲的故事没讲完，我早已泪流满面。父亲显得很满足，说现在生活好了，儿女也孝顺，算是苦尽甘来。我握着父亲的手认真地说："今晚我们跟您一起守岁。"父亲听了很兴奋，话茬儿也多了起来。他给我们讲了做人的要义，还讲了他和我母亲的爱情故事。我在火炉边静静地听着，陪着他守岁，炭火被我们拨了又拨，火光一会儿明，一会儿暗，散发出来的却

围炉守岁

全是温暖。我们一边嗑瓜子、饮茶水,一边看春节联欢晚会,妹妹中途还炒了一碟香香的花生米,我拿着一壶米酒,与父亲小酌起来,一边喝酒,一边期待春天的到来。

"一夜连双岁,五更分二年"。零点过后,鞭炮声又零零星星地响了起来,村里很多跟我们一样坚持守岁的老人掐准零点时分放爆竹。父亲亦是如此,打开大门,在寒风中燃放了一挂鞭炮,然后念叨一句:"大门大大开,金银财宝都进来。"村里管这个叫"开财门",据说能够顺利地将财神请进屋,来年的生活就会更好。熬了大半夜,父亲明显已经疲倦了。凌晨两点后，在我的不断催促下，父亲回到了卧室，不一会儿便传来均匀的鼾声。淡淡的灯光下，父亲睡得那么安详、恬静，虽然他已年逾六旬，却如孩子般令人爱怜。偶尔，父亲露出浅浅的微笑，那应该是梦见他挚爱的儿女了，或许还有我正在天上的母亲。那夜我不曾合眼，就这样静静地坐在父亲的床沿，看着我那须发花白的老父亲。我在心里默默地祈祷，希望父亲能够远离苦难、贫病、烦恼，还祝愿至爱的父亲岁岁平安、长命百岁。我想，父亲给了我生命，又教养了我，现在他老了，如一株散尽了稻香的禾草逐渐没了生气，作为儿子，我得像呵护自己的孩子一样照顾父亲，让他安享幸福、快乐的晚年。

　　岁月的流逝会使你忘却许多记忆，但是一些芬芳的情节却镌刻在了你的灵魂里。我读过很多关于除夕的诗词，一直很喜欢清朝孔尚任的诗句"萧疏白发不盈颠，守岁围炉竟废眠。剪烛催干消夜酒，倾囊分遍买春钱"，温馨熟悉的场景常让我想起多年前那个和父亲一起守岁的除夕，那次难忘的围炉守岁。

双双舞采莲

礼堂里人山人海,水泄不通。半明半暗的灯光里,孩子们在追追打打,嬉闹着。说话声,喊叫声,嗑瓜子声,孩子哭闹声,杂然一堂。在这里,一场采莲舞即将上演。

此时,舞台上的幕布仍然紧紧遮蔽着,灯光若隐若现,极具神秘之感。这将是村庄里一年中最热闹的一个晚上,也是一场文化盛宴,大家都翘首以盼。

突然,幕布徐徐打开,灯光照射下来,现场骤然安静,舞台显得光辉华丽,背景的幕布上面,灼灼荷花,亭亭出水,衬得舞台漂亮极了。接着,二胡、锣鼓、手镲,各种声音骤然响起。不一会儿从舞台的一边出来一个小旦,步履轻盈欢快。只见小旦彩衣彩裤,头戴黑水纱,五彩水银子插,脚踏平底花彩鞋,随着音乐扭动着纤细的腰身。接着男丑出场了,只见他身着短衣,下穿灯笼裤,腰系白腰裙,脸上擦着白粉,头戴娃娃帽，脚蹬平底船式布鞋，一扭一扭地出来，典型的小丑模样。

乐师们一律藏在幕布的后方，他们最先伴奏的曲子是《下相逢》，旋律十分欢快，一下子就吸引了观众。只听演员们唱道：

台下座无虚席

唱响《下相逢》

（男）风和日丽好晴天啦，同妹挽手下湖田啦。哥妹越来心越甜啦，心越甜啦。

（女）春风吹得荷花艳啦，阿哥划船妹采莲，莲藕粗（呀）莲子鲜，哥妹越来心越甜啦。

（男女）风吹荷叶舞翩跹啦，哥妹双双去采莲啦，情意绵啦，情意绵啦。

（男女）满湖莲藕满湖鱼啦，水乡人家乐丰年啦，生活好呀日子甜，哥妹相好情意绵啦，情意绵啦。

演到精彩处，观众不断地喝彩，演员则越发卖力。只见丑角手执桨板，作划桨表演，娇嗔的小旦则坐于无形的花船内，船内船外，边走边摇，一唱一答，十分诙谐有趣。

接着表演的通常是《妹子调》，主要是双方对唱，喧锣密鼓声里，男女双方随着曲调的节奏，快乐地舞蹈，演得十分投入。

（男）湖上莲花红朵朵，不知莲妹歌几多，不要问我歌多

表演《妹子调》

少,你敢唱来我敢和。

(女)哥唱山歌心里乐,一唱就是一大箩,一箩山歌有多少,我的歌儿用船拖。

(女)我的嗓子赛金锣,唱得莲花纷纷落,我在湖边唱支歌,金丝鲤鱼跳上坡。

(男)莲妹就是金丝鲤,阿哥就是金丝钩,银线金钩钩住你,想要脱来不得脱。

(女)阿哥想要钩住我,除非太阳西边出,你若不把惰性改,今生难摘幸福果。

(男)莲妹有心来劝我,好比雪中送炭火,从今要做勤俭人,哥妹同心改山河。

以歌舞演故事

整个舞蹈最有名的曲子就是《双采莲》，它的主旋律贯穿着整个舞蹈的始终，基本上就是"以歌舞演故事"。舞蹈里的故事通俗易懂，老少咸宜。歌词大概是：

正月是新年（嘞），莲子在湖田（嘞），哥妹（个）双双么去采莲啦啰嗬咳。

二月是花朝（嘞），莲叶水上漂（嘞），哥妹（个）双双，同把莲叶捞啦啰嗬咳。

三月是清明（嘞），湖上雨纷纷（嘞），雨洒（个）荷叶，响呀么响丁丁啦啰嗬咳。

四月是立夏（嘞），黄雀子叫喳喳（嘞），哥妹（个）双双，双双么去割麦啦啰嗬咳。

五月是端阳（嘞），大小满湖塘（嘞），龙舟（个）竞渡，哥妹么心欢畅啦啰嗬咳。

六月早禾黄（嘞），人人收割忙（嘞），阿哥（个）阿妹，互助么有帮忙啦啰嗬咳。

七月是七夕（嘞），牛女鹊桥会（嘞），哥妹（个）相爱呀，生死么不相违啦啰嗬咳。

八月是中秋（嘞），月圆正十五（嘞），十五（个）月圆，但愿么人长久啦啰嗬咳。

九月是重阳（嘞），处处桂花香（嘞），登高么望远，前程么放眼量啦啰嗬咳。

十月是立冬（嘞），家家五谷丰（嘞），五谷（个）丰登，一年么满堂红啦啰嗬咳。

哥妹勤劳动（嘞），五谷年年丰（嘞），丰衣（个）足食，幸福么乐融融啦啰嗬咳。

许多年前，我在村礼堂里多次看过这段表演，甚至有些地方还能哼唱几句。表演的是一个很简陋的小戏班子，加乐师不足十人。但是，演员们唱、念、做、打等基本功深厚，表演时十分投入，很容易把大家带入剧情中，因此非常受大家的欢迎。一般村里有喜事，村干部代表村民去请来演一场，不仅要管饭，还要包红包，算是演出费吧。

舞蹈中间时常有些念白，念白里夹杂着本地方言，土味里有乡里乡亲的味道，很有逗乐情趣，尤其是男丑，整个舞蹈有划船、扇子花、花梆步、矮子步、摇船步，表演诙谐幽默，别具一格，时不时引得观众捧腹大笑。表演时，男的划桨，女的采莲，忙忙碌碌里展现的是江南水乡人民在劳动中的无尽乐趣。

演员们有时也会假戏真做。我同学的姐姐是采莲舞的一名演员，扮相俊美，演得十分出彩，附近的男青年几乎都爱慕她。后来，由于她和演丑角的男演员经常一起演戏，日久生情，就爱上了这个演员，虽然遭到她父母反对，最终还是结了婚，成了当地一段佳话。自然，有羡慕的，也有嫉妒的。有一次，我在圩上看见过他们一次，生了一双儿女，生活过得很幸福。

后来，每次看《双采莲》剧目，我就会想起他们，想起他们的美丽爱情，还有他们精彩绝伦的采莲舞……

斗笠风雨情

记忆中，夹带着风雨的片段总是那么清晰。

初一下学期，有一天下午上课时，突降滂沱大雨，晚上还在肆虐不止。那天是周三，照惯例下午第二节课后我要请假回去带菜。突如其来的大雨让我畏惧而止步，晚饭未吃导致的饥饿让我晚自习时偶尔会望着空空的菜瓶子发愁。突然，老师走到我身旁示意我出去。我带着一脸困惑走到门口，看见头戴斗笠、身披雨衣的父亲站在走廊，雨水潺潺从他身上滑落。对视片刻后，父亲递过一个鼓胀的袋子，告诉我下课后打开。没有过多的话，他随即转身步履匆匆地走进雨中。我捧着袋子，怔怔地望着那个被雨帘包裹得严实的身影，耳边响起雨落的声音。下课后，我急切地打开袋子，一个装满素炒萝卜干的瓶子、两个留有余温的鸡蛋赫然在目。那天晚上，我握着一个鸡蛋很晚入睡，梦里飘荡着鸡蛋醉人的味道。

父亲是教师，也是农民。课堂上，他衣着整洁，满手粉尘，对着学生滔滔不绝地传授知识；农田里，他头戴斗笠，满身泥泞，面朝贫瘠的土地弯腰耕种。不同身份的转换，折射出社会的进程。陪伴父亲大半生的斗笠，何尝不是这样呢？

那时家境贫穷，伞是奢侈之物。外出干活，斗笠是最好的陪伴，它可遮阳也可避雨，困了累了就地一躺，斗笠便成为枕头、被子，天气炎热时还可化身为风扇。农闲时节，清洗干净的斗笠往墙上一挂，还有一番别致之美。

人生旅途漫长，未知因素太多。读师范时，我以为自己的一生会跟父亲一样，既为人师，亦做农民。谁知命运在2009年出现转折——我考上了当地的公务员，在城里工作，在城里生活，成了体面的"城里人（方言读yin）"。

父母依然生活在黄门老家。我和妻子多次劝说他们来城里居住，他们总以各种借口推辞。我知道，他们舍不得离开故乡，他们过不惯城里的生活。尽管他们已七十有余，也多病，但没事时他们常戴着斗笠、扛着锄头去七分田的菜园里伺候着果蔬。菜园被宠成一个漂亮的孩子，被父母精心打扮，碧绿、浅黄、深红，春夏秋冬里总是上演绚烂多姿的时装秀，同时为子女家庭提供可观的菜蔬。

小小斗笠，经历太多的风雨，也承载着父母那深沉的爱意。乃至每每看见它的身影，我的眼里都会饱含热泪。

削竹篾

前些年，我有幸陪同江西画报社的同志来到著名的斗笠编织村龙源口镇黄淇村拍摄红军斗笠的制作工艺，邂逅了那顶久违的斗笠。

那天早晨，云霞满天，空气清新。编织高手周学文现场展示了编织斗笠的全过程。

一根长满枝枝蔓蔓的竹子，在篾刀的上下挥舞中，成为一根修长光滑的白竹。随着锯子的切割，一段段长约1.2米的竹筒"咚咚"掉落在地。篾刀再次登场，竹筒变成手指宽的竹棍。

制作红军斗笠

周学文取下脖子上那块颜色发黄的毛巾,擦拭满脸汗水,又"咕咚"喝几口水,开始剖篾丝。几斤重的篾刀好像长在他手上,上下翻飞,轻盈舞动。眼花缭乱中,竹棍变成数不清的毫米薄篾丝,纷纷扬扬,鲜花般缤纷一地。休息片刻,又接着编模。底模的形状如何全凭编者。周学文编织的是圆形,旁边的助手按照底模样式再编出面模。周学文再用篾刀重刨一遍,令篾丝柔软发亮,光泽照人。

周学文起身进屋,取出一张粉红色的油纸,说是几天前做好的,需要熬好桐油,然后掺入适量的珠红粉,在白色的有光纸上细心涂抹后,置于阴凉处阴干而成。他告诉我们,油纸比白纸更不易老化，可以抵御风雨的侵蚀。贴油纸时，要按照斗笠的规格、形状裁剪好，摊在模子的最里层，放上晒干的箬叶，层层铺平，再压上另一个模子，使其合二为一。最后，用剖好的楠竹片把斗笠四周缠紧，并给斗笠顶尖编织一个精致的四边形小顶（也有三角形）。

我的描述较为简单，编织过程却持续了几个小时。终于，一顶洋溢竹香的灵巧斗笠展现在了众人面前。

"手艺真棒！"围观者啧啧赞叹。周学文满头大汗的脸上露出羞涩的笑容。他嚅动厚实的嘴唇，说："只是养家糊口的手艺，还比不上村里的前辈。"

"养家糊口"，多么淳朴的词语！就像朴素的斗笠，风吹雨淋，却从无怨言。

记得以前外出做农活，如果是雨天，都要身披雨衣，头戴斗笠。雨滴打在斗笠上，沙沙作响。可惜那时听不出诗情画意，满心盼望早点把活干完。我在中学诵读词句"青箬笠，绿蓑衣，斜风细雨不须归"时，脸上总会露出会心的微笑。多么美好的画面，我竟然经常经历。参加工作后，遭遇过挫折，碰到过困境，以致一读到宋代苏轼的《定风波》，便铭记于心：

三月七日，沙湖道中遇雨。雨具先去，同行皆狼狈，余独不觉。已而遂晴，故作此词。

莫听穿林打叶声，何妨吟啸且徐行。竹杖芒鞋轻胜马，谁怕，一蓑烟雨任平生。

料峭春风吹酒醒，微冷。山头斜照却相迎。回首向来萧洒处，归去，也无风雨也无晴。

尽管才华横溢，苏轼的仕途却崎岖坎坷，因乌台诗案而贬谪黄州（今湖北黄冈）。苏轼暂居黄州的第三个春天，与朋友相约出游，归途中，突如其来的大雨让同行者尽显狼狈，苏轼却泰然处之。在苏轼眼中，相较于人生风雨的险恶，自然界的风雨又算得了什么。所以他才会头戴斗笠，竹杖芒鞋，一蓑烟雨任平生。这种豁达与乐观，不正是斗笠的生动写照吗？

永新山多林茂，南乡盛产竹子。南乡的先人多居住山地，日晒雨淋是家常便饭。望着漫山遍野的翠竹，他们尝试着编织遮风避雨的用具。经历漫长的摸索和改进，终于形成如今的斗笠。

"学文呐，你就别谦虚了。"这时，旁边一位精神矍铄的老人从矮凳上站起来，为大家揭开周学文的骄人成绩：多次受邀到革命圣地井冈山编织红军斗笠；2007年，电视剧《井冈山》在永新开拍，被聘为永新县编织红军斗笠总技术员、总督导、总设计师，指导上百人编织数千顶红军斗笠……

作为革命老区，永新这块红色沃土从来不缺传奇。在众人

编织斗笠

的追问下,老人又热心地讲述起斗笠与红军的一段情缘来……

　　1927年9月,毛泽东率领秋收起义部队来到永新三湾,领导了举世闻名的三湾改编,并上井冈山创建了井冈山革命根据地。永新南乡人民为了支援红军,不但参军参战,而且利用本地毛竹多、本地人善编织的特点,编织了大量斗笠送给红军,为革命之火燎原立下功劳。后经任弼时提议,永新南乡斗笠改名为"永新红军斗笠"。

　　"斗笠与红军之间竟然还有这样一个感人的故事!"在场的所有人都感慨万千。

　　"那时的斗笠竹叶面上都会贴一颗红五星和'红军万岁'四

个字，表达了永新人民盼望革命成功的心意。"老人继续补充。

红五星！红军万岁！多么质朴的话语！多么质朴的心声！就像质朴的永新斗笠，它来自大山深处质朴的竹子，来自赣西小城质朴的永新人民。

我双手捧着周学文为电视剧《井冈山》编织的红军斗笠，端详着，上凸下扁圆，由竹篾、油纸构成；尖顶圆锥形，下面平铺直径约1米的圆面；圆面为上下层，均用细细的篾丝织成蜂窝状六角小孔，中间夹着一层薄而透明的油纸，纸上印一颗红五星。漫长革命路上，这些斗笠经历了风雨战火的洗礼，一顶又一顶，或在风雨中破损，或在战火中烧毁，但它们依然前仆后继，执着向前。红军斗笠，代表的正是永新人民一颗颗向着共产党的红心，一颗颗为革命无私奉献的红心！

依依挥别黄淇村。我忍不住回眸这个山清水秀的小村庄，这个繁华世界中的世外桃源。此时，一阵嘹亮的山歌随风而来，"小小斗笠头上戴，避雨遮风防日晒。千难万险全不怕，彻底打垮反动派。"歌声粗犷有力，斗志浩然如歌。

恍惚间，那顶红军斗笠渐渐高大起来，幻化成一座顶天立地的不朽丰碑！

盾牌舞韵

明代曹臣有一本结集的历代妙语小品集，叫《舌华录》，里面记载了这样一则故事：柳耆卿、苏长公各以填词名，而二家不同。东坡问一优人曰："我词何如柳学士？"优曰："学士那得比相公。"坡惊曰："如何？"优曰："公词须用丈二将军，铜琵琶，铁绰板，唱相公的'大江东去'。柳学士却着十七八女郎，唱'杨柳外，晓风残月'。"坡为之抚掌。

我私下窃来形容永新的两个国家级非物质文化遗产项目，感觉也有新意：永新小鼓属于"杨柳岸，晓风残月"式的小家碧玉型；盾牌舞则是"大江东去，浪淘尽"般的气象万千，属于洪钟大吕型。

关于永新小鼓的文章，早在2016年就已完稿，且在《江西画报》等报刊发表。对于盾牌舞，我却好似迷途之人彷徨不前，迟迟不敢动笔，惶恐不能写好。毕竟盾牌舞代表了永新人民彪悍的性格和善斗的民风。盾牌舞，是永新非物质文化遗产的代表,是永新的代名词。当下,有很多关于盾牌舞的文章,其中既有阳春白雪,也有下里巴人;既有缪俊杰这样的方家挥笔赞颂,也有平凡的永新人倾注自己对家乡的爱而不遗余力地讴歌。我提笔惆怅,久久落笔不下,既害怕自己才疏学浅,又担忧落入人云亦云的俗套。

我把时间回拨,欲追根溯源,一探究竟。

时间定格在群雄逐鹿的三国时代。我既看见雄姿英发的周瑜手执羽扇、头戴纶巾,谈笑间令曹操军队魂飞魄散,也听到温文尔雅的诸葛孔明用他那磁性的声音,七次不厌其烦地说出这样的话语:孟获是条汉子,放了他吧!

永新盾牌舞表演

永新盾牌舞表演

历史上,七擒孟获是个不朽的传奇。《三国志》原文如下:

建兴三年,诸葛亮率军至南中,所战皆捷。闻有孟获者,为夷汉所服,于是令生致之。既得,亮使观营阵,曰:"此军如何?"获对曰:"向不知虚实,故败。今蒙使观营阵,若止如此,定能胜!"亮笑,心知获尚不服,纵之使更战。七纵七擒,而亮犹欲释获。获曰:"公天威,南人不复反矣。"于是亮进军,南中平。

"南中"在历史上指今天的云南、贵州和四川的交界处。三国时期,南中为蜀汉的一部分。诸葛亮为了平定南中,亲率大军南征。七擒孟获的战役中,最富传奇色彩的是第七次。孟获第六次被放回去后,向乌戈国王兀突骨求援,兀突骨率领三万藤甲兵来到桃花渡口与诸葛亮对阵。诸葛亮派大将魏延迎战，谁知藤甲兵非常厉害，他们手中的那面藤甲浸透了油，可以抵挡刀箭。蜀军从未见过这种武器，无计可施只得败走。魏延向诸葛亮报告此情，左右也惧怕，纷纷劝诸葛亮班师回朝。诸葛亮说："我好不容易到此，岂能轻易退兵！"诸葛亮根据情况分析后，得出"藤甲怕火不怕水，只宜火攻"的结论。为了寻找合适的地势，诸葛亮亲自踏勘、考察地形，寻觅到一条形如盘蛇的山谷。诸葛亮再命魏延与藤甲兵交战，用败兵之计引诱藤甲兵进入盘蛇谷，然后用火把引爆地中火药，把兀突骨和三万藤甲兵全部烧死。作为兀突骨后援的孟获终于又被诸葛亮活捉。至此，孟获口服心服，归顺蜀国。

应该说，这支藤甲兵在当时属于特种兵，给诸葛亮带来了不少的麻烦。而藤甲，无疑成为那个冷兵器时代的一件防守利器。之后的战事里，藤甲这件防守利器在创新中发展，更好地服务于战争。

时间来到明朝嘉靖年间。抗倭名将戚继光根据南方一带多水田沼泽地、大部队作战不易的情况，发明了著名的鸳鸯阵。这是一个小队伍的作战团体，12个人为一队，第一位拿旗的是队长，负责指挥作战，后边两位举着藤牌，再之后两位举着狼筅，之后两位持长枪，再后两位是镗钯手，最后一位是不参加战斗的伙夫。这里的藤甲兵主要起掩护作用，与后面进攻的士兵完美结合，给予倭寇沉重打击。而藤甲更名为藤牌，在制作

永新盾牌舞表演

永新盾牌舞表演

技艺上也有所创新。

　　时间之流默默前行，在清朝，藤甲继续在创新中发展。这一次的创新，跟我的家乡永新有关。藤甲能够与永新结缘，有其必然性。永新属于山区，四面环山，中间一马平川，水源虽充沛，但雨量分布不均，涝时成水患，旱时贵如油。永新山多，山权纠纷也多。因此，争水争山时常发生械斗。械斗催生了武术的发展，简陋的武馆——庄堂，应运而生（我在《南乡庄堂》一文有详细的介绍）。当地流传着"没进庄堂，算不了男子汉"的说法，南乡人庄堂练武成风，南乡因而成为永新有名的武术之乡，传说"个个有两下（武功）"。据考证，太平天国失败后，部分军士流落到了永新南乡南塘村等地。武术无地界之别，因此那些拥有高超武艺的军士在尚武的南乡大受欢迎，当地村民淳朴的本性也赢得军士的认可。通过长期的交流和切磋，太平军的藤牌操在南塘村演化成一种新型武术操——盾牌舞。

这是一种融武术、阵式、舞蹈、音乐等元素于一体的舞蹈。盾牌舞内容简单，主要表现两军对垒破阵的场景，但阵式变幻莫测。整个表演分四角阵、长蛇阵等八个阵式，动作粗犷、雄健、队形变化多样、壮美。

我有幸多次观演。在激昂的锣鼓声中，两军迅疾出场，每军有武将一人，士兵若干（可无限增加，人数越多越壮观），皆头裹汗巾，上穿对襟短衫，下着紧口裤，脚蹬黄麻草鞋。领队武将也叫叉手，手执带环长柄钢叉；士兵唤作刀手，一手持盾牌（由藤牌演变而来，用当地竹子编织而成，表面覆盖坚实的牛皮，形状有椭圆、燕尾、长方形等，牌面绘制狮头、虎首图案，呈威武可怖之貌），一手握响环短刀。在铿锵有力的鼓点和悲壮浑厚的唢呐声中，刀手短刀上下飞舞，刀刀刺向叉手；叉手则凭借沉稳坚实的"丁桩步"和"矮桩步"将危险一一化解；不久后，寒光闪闪的钢叉进行反击，一寸长一寸险，刀手只能用盾牌进行抵挡。这是一场真刀实枪的对战，有时叉手奋力一击，竟将坚实的盾牌劈为两半；有时刀叉相击，出现火花四溅的场面。八个阵式随着对战需要不停变换，刚才还是武士各据一方，叉手勇猛攻击，左冲右突，紧接着阵式一变，成为头尾相接的长蛇阵，武士们踏着急促的鼓点大声呐喊。一段走步之后，突变为八字阵。又在一阵急促的鼓点中，八位武士并排滚挡，宛如黄蜂出洞，以席卷之势而来。接下来是包围和反包围的"荷包阵""龙门阵"。最出彩的是"花牌阵"，武士们凭借平日苦练的武功，真刀真叉打出令人眼花缭乱的"跳牌""扯牌""胶牌""滚牌"等，表现出高超的搏击技巧，令观众心惊肉跳，叹为观止。行家里手介绍，盾牌舞讲究"舞蹈加武术，刚柔两相济"。以下诗句形象地概括了盾牌舞的风格特征：

桩马落地稳如山，手臂舞动柔且刚；
叉来盾挡套路明，刀光闪闪声威壮；
八个阵式变幻多，或攻或守章法强；
拼杀一阵复一阵，人吼马嘶气势狂。

其实，盾牌舞的精彩不仅仅在于此，它的祭祀功能也独具特色。表演前，要举行"盾牌祭"。舞者在族长的带领下参拜宗族祠堂永恩堂。祠堂正中上方供奉着列祖列宗牌位，香案上供品齐备。在鞭炮、土铳声中，族长手擎三炷香向祖宗牌位作揖行礼，全体舞者行三叩九拜之礼。礼毕，族长执利刃杀雄鸡，将鸡血淋于纸表上、洒入酒杯中，纸表焚烧在香案下，舞者要喝下鸡血酒。顿时，个个精神抖擞、壮怀激烈，然后开始表演盾牌舞。这种仪式是为安抚祖先英灵，祈求神灵保佑出征男儿平安。盾牌舞艺人的祖先多为行伍出身，在战火纷飞的年代，征战沙场者往往十去九亡，马革裹尸埋葬异地他乡。

创新后的盾牌舞音乐，既让人感受到以前悲壮的战争场景，又使人体会到舞台上的视觉之美。这是一种富有浓郁永新特色的音乐，多用民间打击乐和吹腔曲牌。绕场子采用《翻鸡毛》

永新盾牌舞表演

（民间乐谱曲牌），特点是在演奏同一锣鼓点时不断反复，或通过加花、减花来渲染、突出重点，造成急骤、紧张之感。表演对打、破花时多采用"急急风"鼓点，起到强化舞蹈一招一式的作用，并提醒舞者在动作间的无缝对接。这里还有一种特殊的民间乐器"呐子"，声音尖细、高昂，极具穿透力，能惟妙惟肖地模仿战马的嘶鸣声。随着剧情的发展，音乐时如急风暴雨，万马奔腾；时如丽日和风，信马由缰；时如小桥流水，莺歌燕舞。加上表演过程中不断响起的铿锵响环声和舞者"嗬嗬"的呼喊声，渲染烘托了不同的气氛，创造出了完美的视听形象。

往事越千年，魏武挥鞭。顺流而下的时间之河里，每一种优秀的文化总是在"取其精华，弃其糟粕"中不断涅槃重生。中华人民共和国成立后，经过文化部门的大力扶持，永新盾牌舞犹如浴火重生的凤凰，不断焕发出蓬勃生机。下面借用一些关键时间以及与之紧密关联的事件进行验证：

1975年，南塘村艺人在江西省第一届民间艺术汇演中表演《盾牌舞》；同年赴京参加全国民间音乐舞蹈会演，获优秀节目奖和表演奖；同年冬，永新盾牌舞在京加工后，随原东北军区歌舞团到苏联、朝鲜等国演出。

1984年，永新盾牌舞被江西电视台选为民族民间舞蹈集锦节目之一，从而被搬上了荧屏。随后，上海科技电影制片厂两次将其选录，中央新闻电影制片厂、珠江电影制片厂都将其搬

永新盾牌舞表演

上屏幕,广泛向社会宣传。

2006年5月,经国务院批准,永新盾牌舞被列入首批国家级非物质文化遗产名录。

2010年,永新盾牌舞入选上海世博会,进行为期一周的踩街巡演。

2018年8月,永新盾牌舞及国家级传承人成功入选国家数字博物馆;

2019年11月25日,永新盾牌舞、永新小鼓《宝朵冲浪》参加在赣州举办的中东部地区国家级文化生态保护实验区建设经验交流活动;

2022年1月7日,永新盾牌舞参加"稻花香里说丰年"江西省首届农民村晚。

2024年2月24日，永新盾牌舞赴吉安参加"庐陵新年最吉安"江西省元宵舞龙大会。

……………

南塘村吴氏宗祠。经历一个雨季的洗礼，淡绿色的青苔在地面肆意滋长，八根硕大的柱子上完整保存的春联，还能让人想起这里曾经的热闹和辉煌。

正当我在祠堂里唏嘘不已之时，外面突然传来鼎沸之声。迈过门槛，只见祠堂前空旷的水泥广场上，一群武士装扮的村民整齐列队，周围人头攒动。霎时间，急促的鼓点响起，高亢的唢呐吹起，盾牌舞开始了演出。在钢叉与盾牌、短刀的碰撞中，一张张兴奋、紧张的脸庞时隐时现……

这是2015年秋季的一天，我陪同中国作家协会采风团来到南塘村。古朴慓悍的盾牌舞，引起了作家采风团的极大兴趣。大家纷纷拍摄照片，喝彩声、鼓掌声不绝于耳。一位军旅作家兴奋地告诉我，他只在非洲观赏过两军对垒的武士舞蹈，像盾牌舞这样原始、激烈、壮美的武士舞蹈，真是全国罕见，不愧为国家级非物质文化遗产。

阑珊与辉煌，未来与过往，该如何衡量？茶香氤氲里，我停止了文字的敲打，但心中那曲由锣鼓、唢呐演奏的音乐依旧余音绕梁，那段气势恢宏的盾牌舞依旧绚烂舞动——从战火纷飞的古代一直到繁荣昌盛的未来……

重提割棕制绳

当今社会，发展日新月异，很多旧物被逐渐遗忘。某日返回老家，在杂物间偶然发现一捆棕绳，布满尘埃，孤独地蜷缩在角落。抚摸那饱经风霜却依然质地坚硬的棕绳，遂不自觉地追忆往事，重提割棕制绳这门老技艺。

割棕制绳是永新埠前这个乡镇独有的老技艺。谈起埠前，不能不提刘沆。

刘沆是庐陵（今江西吉安）史上首个榜眼，宋仁宗时位居宰相，被誉为"庐陵第一人"。《宋史·刘沆传》记载：刘沆，字冲之，吉州永新人。祖景洪，始，杨行密得江西，衙将彭玕据州自称太守，属景洪以兵，欲胁众附湖南，景洪伪许之。复以州归行密，退居不仕。及徐温建国，以礼聘之，不起，官其子煦为殿直都虞候。父素，不仕，以财雄里中，喜宾客。景洪尝告人曰："我不从彭玕，几活万人，后世当有隆者。"因名所居北山曰后隆山，山有牛僧孺读书堂，即故基筑台曰聪明台。沆母梦衣冠丈夫曰牛相公来，已来有娠，乃生沆。

据传，刘沆出生后有异象：当地紫雾缭绕三日，遂名"紫雾源"。就这样，紫雾源村因刘沆一家出名。

提起紫雾源村，不能不提棕绳。紫雾源历来有割棕制绳的传统，是远近有名的棕绳之村。

在当地，流传着这样一个传说：

很久以前的紫雾源，和众多村庄一样，普通得不起眼。山不长树，地不生谷，农民一年忙到头，却收效甚微。无助的他们只能举行古老的仪式向神灵祈祷。精诚所至，金石为开。一夜之间，附近的后隆山长满一种高大挺拔、叶片独特的树木。村民吃惊了，发呆了，不知所措地打量着，议论着，感觉来了一群天外之客。

这时，村外走来一位须发斑白的老者。他微笑着告诉村民，这是棕榈树，棕片可以做成棕绳、蓑衣。棕绳可以捆绑物品，蓑衣可以遮风挡雨。村民一听有这么多的

碎棕

用途，便央求老者指点。老者一一细心传授，等到村民熟悉后，化成一缕青烟消失得无影无踪。

　　这个传说，反映出紫雾源人质朴的愿望。长期以来，紫雾源人收割棕叶，拧出棕绳，制作蓑衣。劳作时，身披蓑衣、头戴斗笠，用结实的棕绳挑着沉甸甸的收获回家。有时他们还会

抽丝

把多余的棕绳、蓑衣挑到圩场去卖，换回家庭所需的日用品。村民们过的是"一蓑烟雨任平生"般与世无争的生活。

早些年村里有句俗话："挑架挂上壁（方言读 bia），锅里冇盐吃（方言读 qia）。"挑架是拧棕绳的一种主要工具，意思是不做棕绳卖，家里连买盐吃的钱都没有。制作棕绳，成为彼时村民主要的谋生手段。随着市场需求的加大，割棕制绳的人越来越多，当地的棕榈树不能满足供应，村民们把目光投向了远方。一进入农闲时节，他们就遍走各地割棕制绳。

割棕是男人的专利。每年三四月份，腰缠白布长巾的男人便结伴外出割棕。一根扁担、一把割刀、一身蓑衣、一个饭盒，就是他们收割的家当。跟主人谈好价钱，他们赶往山上，凭借后天练就的攀爬技术，爬上数米高的棕榈树，用割刀沿棕片基部两侧自上而下竖割一刀，再沿棕片着生的干节环割一圈，这样棕片会与树干脱离，带着村民们的憧憬降落于地。一般来说，每棵成年棕树一年采剥一次，可割大约 10 片棕，同时需保留 12 片棕叶以上，做到剥取棕片后树干不露白，不然的话，会导致棕榈树枯萎。累了，他们用白布长巾洗把脸，把厚实的蓑衣平摊在地，端坐其中，打开饭盒，大快朵颐起来，喝一口甘冽的山泉水，再抽一口劲儿倍大的旱烟，缓缓劲，又继续收割这漫山遍野的棕片。

棕片搬运回来晒干后，开始制作棕绳。这是女人大显身手的时候。天气晴好时，禾场上，巷子里，到处摆开制绳的场面。头扎蓝布头巾的女人晒干棕片，用锐利的铁耙子把坚硬的棕片梳成缕缕棕丝，再用一种叫"摇把"的工具把棕丝抽成单股线，缠绕在转子上，作拧棕绳用。拧棕线看似简单，实则技术性强，且费力劳神，必须用暗劲来操作，稍不注意，拧出的棕线就会粗细疏密不匀。

棕线拧好后，进入最后的程序。男人隆重登场，搬出两个重量级的工具——挑架。这是一种造型独特的工具，上面悬挂密密麻麻的"之"字形铁钩。挑架相间八九米，各用大青石重重压住。女人细心地把转子上的棕线一根根挂在钩上，再由二人操作架子，一人从相反方向转动所有铁钩，另一人用织绳的专用工具从一端移向另一端。如此，才能把几股棕线拧成棕绳。

紫雾棕绳，历经割、晒、梳、抽、拧等多道工序，才锻造出牢固耐用的品质，加之价格低廉，当地农民常以此挑担（也叫"禾担绳"）、捆扎，也会作为井桶绳、牵牛绳。那时没有席梦思这样舒适的床垫，有人尝试用棕绳绷成床垫，躺上去舒适，睡梦里香甜。

小时候，我经常跟棕绳打交道。我家有五六亩田地，春种秋收，夏耕冬藏，都离不开它。棕绳挑担子，一两百斤是常事。我常担心它会断掉，到家一看，坚韧依旧。

读初二那年暑假，我跟随父母去拔花生。天蒙蒙亮，三人

卷绳

囫囵吞枣般吃完早饭，火急火燎地前往两三公里外一个叫"团团岭"的地方。骄阳当头，地气沸腾，天地像一个巨大的蒸笼，熏蒸万物。泥土硬实如铁，要用锄头松动后才能拔出花生藤。母亲锄，我和父亲拔。汗水湿透衣服，不久又被烈日晒干。这是一个循环往复的过程。带来的水很快喝完，我赶紧去不远的水井舀水。说是水井，其实是水沟里的一个洼，水从地里渗透出来。肚里的水饱胀得晃荡晃荡，嘴里还是渴。还未到饭点，我的肚子便"咕咕"直叫,老想着回去,母亲慈爱地看我一眼,劝说父亲回去。但父亲固执,说要拔完,省得再费一个往返的工夫。就这样,顶着烈日忙到下午一点多才往回走。半路上,突然下起倾盆大雨,担子上的花生藤瞬间淋透,重如千斤。我又饿又累,当场把担子撂倒,坐在地上边哭边喊:"累死人了!我不担了!"在前头的父亲却毫不同情,撂下一句"这点担子都扛不起!扛不回来不要吃饭了!"头也不回地消失在雨中。母亲放下担子,从后面急忙小跑过来,安慰我,颤巍巍地帮我扛一段路。泪眼迷蒙中,风雨里那个瘦小的身影用蹒跚的脚步执着向前。我擦干眼泪,跑过去重新扛起花生藤,咬牙前行。

父亲是小学教师,喜欢利用生活中的场景教育孩子。到家吃完饭后,他语重心长地说:"孩子,天底下的劳作哪有轻松的事情?你不好好学习,往后的生活重担就会像今天一样压在你肩上。一吃点苦你就叫累,还哭,这样是不行的。看看这扁担、禾担绳,你受的苦比它们还多吗?它们叫过苦喊过累吗?"我羞愧地低下了头,绞着衣角不做声,心里却暗下决心。

迈过不惑之年,再来回眸往事,心中有无限感慨。小小棕绳,蕴含劳动人民的大智慧,它历经磨炼,精彩蜕变;它负重前行,从不叫苦。这,不正是千千万万劳动人民的品格吗?

婚俗琐记

永新四乡，婚俗大同小异。主要的流程有：说媒、见面、开亲（南乡人又细分成定暗庚、定大庚两个环节）、拣日子、回日子、请客、请提调、过鱼肉、进厨、等客、烘号、接亲、暖房、打发客、回门、等姑郎、等来亲，如果加上头胎男孩出生后的做三朝、等外婆，前前后后共有二十个环节以上。

以前四五个儿子的人家很常见，而且年龄只相差一两岁，也就是说，做父母的从五十岁左右开始，为子女们操劳完婚事，一切顺利的话也要用最少十年的时间。在交通落后、经济拮据、亲戚朋友对礼数讲究挑剔的年代，该要付出多大的心血呀！这般辛苦，今天的为人父母者是不可想象的。

大人的辛苦只能隐藏在心里，婚俗对于孩童带来的快乐却是一眼看得出的。

婚俗的每一道环节在孩童眼里都是那么新奇。从媒人那充

奏乐发亲

迎新娘

满夸张又富有激情的语调到拜堂礼绅庄严喜悦的唱辞；从开亲见面挑礼物的红花篮到过鱼肉的担子；从婚宴序曲的常餐上的豆腐豆芽小炒肉到正餐礼酒的蹄花扣肉福子羹；从正月初二等姑郎到春三二月做三朝，没有不令家有哥哥的孩童无限遐想、无穷期盼的。家有喜事的孩童，在玩伴中的地位也会陡然上升，玩伴看他的眼神充满羡慕。

莫说自家哥哥娶亲让弟妹们幸福快乐，就连亲戚有喜，孩童穿着新衣去吃喜酒的心情也是雀跃的。如果是同族未出五服

哭嫁

新郎抱新娘上轿

鸣炮奏乐

请轿拜堂

迎亲队伍过村走巷

的本家有喜,也是相当于自家有喜似的开心好几天。男孩最大的荣誉是去"把旗",即与另一男童各举着一面上书宗族堂号的旗帜,骄傲地走在迎亲队伍前面,走村串巷,迎接一路看热闹人群中男童们羡慕的眼光。女孩的最大荣誉是"等客娘",即做伴娘,梳头净脸穿新衣,手拿一把花伞,与另外几个女孩组成迎亲团的核心,一路听着别人的好话,心里那个美就别提了。

迎亲队伍的主力是扛嫁妆的。

扛嫁妆是一件辛苦活。路途遥远,山路崎岖,新娘的陪嫁全靠人的双肩抬回来。那时一般人家嫁女讲究"八扛加方台",稍好的是"十二扛加方台",阔气的就是"二十四扛加方台"。"八扛""十二扛""二十四扛"是什么标准,我一直没弄清楚,大概是两人合抬为"一扛"。但主要的几大件还是知道的:大壁橱(相当于大衣柜)一个、木箱几个、脸盆架一个、八仙桌一个、小饭桌一个、新棉被几床、书桌一个,另加炭盆、脚盆、洗脸盆、镜子、梳子、肥皂盒子之类。炭盆、脚盆、洗脸盆要专人挑,承担这个职责的人有一个专用名字叫"挑火子椅俚炭盆的"。不知为什么,人们看见他就会发笑,他自己也会不好意

"连衫师傅"扎铺盖

扛嫁妆

思,在看热闹的人群中低头快速通过,好像比其他"扛嫁妆的"要矮三分似的,后来才隐隐约约听大人玩笑说过,"挑火子椅俚炭盆的"有"端脚盆"的"嫌疑",即他挑的那一担中有个新娘子晚上洗澡用的脚盆,而"端脚盆"是乡下骂人不文明的话。

迎亲队伍进了村,步伐明显故意慢了下来。走在最前面的是扛书桌面子的,桌面上摆满花瓶、镜子、茶杯等贵重玻璃、陶瓷易碎品,约定俗成由做新娘嫁衣的"连衫师傅"(即裁缝)在出嫁的当天清早用红丝线细致而牢固地连接固定住,确保不摇不晃,这项工作称作"绾嫁妆"("连衫师傅"也会获得专属红包),需要非常严谨细致,因为一旦疏忽,路上发生松动打碎事故,损失事小,兆头事大。因此,男方在分派"扛嫁妆"任务时,必选年轻力壮、老练稳重之人任之。他们稳稳地扛牢那份沉甸甸的责任,迈着稳重的细碎步子进村,迎接人们敬佩羡

伴娘迎亲

抬新娘

慕的目光，脸上不禁露出功成名就、劳苦功高的骄傲表情来。扛壁橱（大衣柜）的殿后，壁橱最重，需要老黄牛式的本家或近亲男人去扛，橱身已经很重了，里面还放了很多装着"碗茶"（即陈皮、酱姜、玉兰片等）的坛坛罐罐，就更重了。走走歇歇，慢慢走，走不多远就掉队，为防扛壁橱的人在路上偷橱里的"碗茶"吃，新娘的娘家兄弟会跟着走，既叫"送亲"，也叫"押嫁妆"，要一直押到男方村口才打转身回去。如果路途遥远，扛壁橱的要很晚才到，连正式喜宴都会错过。我父亲老实巴交，经常承担这一职责，有一回他们直到天快擦黑才进村，原来女方家是做木材生意的，为摆阔气，整个壁橱用了厚实的樟木板打成，有普通壁橱两个那么重，他只好咬牙扛，走一程歇一程，肩头都肿了。

婚庆仪式上，对小孩来说，"抢糖盒"是最刺激的一个环节。新娘嫁妆进门，婆家七姑八姨要开箱验货，就是看箱橱中"碗茶"多少，挑好的装两个糖盒摆在拜堂的八仙桌上。拜完堂，新郎新娘入洞房。那两个糖盒早已是人们抢夺的目标，此刻孩童一拥而上，有的大人也会顺手抄一点，顷刻抢个干净。眼明手快的收获多多，呆头呆脑如我者，十回有九回落空。如果是刚承担过"把旗"一职，旁边的事主就会从新房中抓把花生或糖炒兰花根装到"把旗"人兜里，以示犒赏。

对一般客人而言，吃过蹄花扣肉的正席，婚事就算结束了。但村中孩童却还惦记着晚上的"暖房酒"。"暖房酒"是专为本村孩子备办的，本家的孩子全来，其他家的一家一个。主菜是中午正席回收的"糊烂菜"，即"杂烩"，外加咸蛋、瓜子、花生、兰花根这类受孩童欢迎的食品，好像还有用生谷爆成，带谷壳却脆香的爆米花。"暖房酒"专请孩子，据说一是为了管住孩子的腿，别撒丫子往洞房窗户后或房门前这些地方跑，以免听到响动声音大惊小怪；二是封堵孩子的嘴，不要在大喜日子说出不吉利的话。但从现实来看，这两个说法全靠不住。不过客人散尽的事主家，有了叽叽喳喳、打打闹闹的孩子们，喜气就还在，劳累几天的主人主妇看着也欢喜，办一堂婚事，谁还会舍不得几碗"糊烂菜"呢？

火旺中秋

"火"是人类共同的图腾。

永新人对火的崇拜从中秋节的习俗可见一斑。

放风灯、烧油塔,承载着无数永新游子的乡愁记忆,随着岁月的流逝,这两种中秋习俗日趋遭人冷落,但定格在灵魂深处的红火热闹场面却愈发清晰。

离中秋节还有好几天,村巷中就开始热闹起来。性急的半大伢子就张罗着糊风灯。糊风灯的主要材料是白有光纸、篾条、细钢丝。篾条自己动手削,细钢丝从杂屋里容易找到,只是有光纸要从商店里买。阔气的就买五张,糊个两米高的霸王灯;拮据的就买两张,水桶粗细;还有用练习簿纸或旧试卷连接起来做成的,小盒子模样。

节前放的多是水桶式、盒子式的风灯,主角是一群流鼻涕的小伢子,他们属于学徒式的自娱自乐,糊出来的风灯丑模怪样,一点火,往往口中欢呼声还未喊出,风灯就成了一团火,

把柚灯

辛苦半天的成果一瞬间化为乌有。有时运气好,"小水桶""小盒子"也能摇摇晃晃升个半人高,那可就把那群小鼻涕虫乐得蹦起,蹦得比风灯还高!

然而,中秋节正是在小鼻涕虫们的欢呼声中正式拉开帷幕的。

到了中秋节那天,一早就开始了放风灯的盛宴。两米高的大家伙相继出笼。主角多是从学校回家过节的初高中生,也有童心未泯的当家人。他们"实力"雄厚,手艺高超,有光纸一买就是几十张,煤油一打就是一大壶。他们分工合作,效率奇

泼油

高。一顿饭工夫，大风灯就做好了，大家前呼后拥，小心翼翼移到晒谷坪或村外田头空旷处。浸透煤油的旧报纸条或废纸张交叉固定在十字钢丝架上，五个角由五个高个子轻轻捏住，竹圈由经验丰富的人端稳，另一人匍匐在地点火，小鼻涕虫们只有在一旁看热闹的份，那份急切雀跃的心情却是何等的欢喜呀！

  这样的场景，几乎在每个村庄上演。邻近村庄间比着谁家的风灯升得高，飘得远。当风灯升高飘远后，几名主力就分散朝各个方向去追。放风灯最有味的就是追！各个村的风灯在天空中飘向各个方向，追风灯的人则就近跟踪目标，结果发生抢

放风灯

夺打斗也在所难免。大风灯的最终命运要么落到遥远的地方,要么在半空中烧毁,它们的使命也圆满完成。

如果说放风灯是人以火竞雄的好斗心性体现,那么烧油塔则是人对火的虔诚膜拜。

"油塔,油塔,祝你家大发!养牛楼伏高,养猪牛牯大。"

一阵清脆的童声飘荡在村巷间。那是村中孩子为烧油塔而上门到各家收集煤油时念出的祝词。

这个祝词古老而寓意深长。几千年的农耕文化衍生出天人合一的思想,又催生了对命运与自然图腾的崇拜。

一轮皓月东上,晚风送爽,刚享用过一顿难得的丰盛饭食的村民们,齐聚到村中空地。不用指挥,不用命令,合村男女老少配合井然:清理场地、捡拾碎瓦、叠瓦成塔、技术指点、收集谷糠、煤油、柴火、点火烧塔……各项事情都有不同年龄段的人分头去做,村中长者则气定神闲地聚谈节日话题,言笑晏晏,看着儿孙辈奔走忙碌,洒脱的神态下也似在回忆自己儿时的种种趣事。壮年的当家主人主妇们则聚拢在越垒越高的油塔旁,想着一年的

烧塔

劳累，秋来的收获，栏中的六畜，家人的生活，仿佛面前矗立的是一座玲珑宝塔，可超渡一切人间苦难，可护佑家人健康平安。

在合村男女老少的嘻闹喧哗中，油塔下火堆熊熊燃烧起来，各个鱼鳞状的瓦眼中红焰闪烁，与中天月色相映成趣，也辉映出孩童的笑靥、老者的银发、男人壮实的身体、女人似水的双眸……

"油塔油塔，祝你家大发……"童谣再次响起。喧闹声戛然而止，只听燃烧的哔啵声、火焰的呼吸声、瓦片的爆裂声，每个人都抓一把谷糠撒入油塔，引旺塔中火光。为什么要这么做？没有什么权威的答案，也许都是为家人祈福之举吧。

"该喷油了！"不知谁的一句话，让合村人从温馨的梦境中苏醒过来，看到塔中残烬已歇，塔身瓦片通红，立即一阵附和声响起："喷油！喷油！"

人群自动退后，装在喷雾机中的煤油被喷洒到通体发红的塔身上，一阵蓝青火焰立即腾空而起，引得众人一阵欢呼！

这腾空的每一阵烈焰，令中秋节到达最为欢乐的时刻！孩子们开始互相攀比手中的月饼，当家人互相探询今年的收成，老人们感觉到岁月的流逝，为能再度来年的中秋而暗自祈祷……

练武记

1982年,武打电影《少林寺》风靡全国。练武之风,无远弗届。一时间,我村里半大男孩子个个要当"觉远",人人痛恨王仁则。几十个半大男孩,以家族支派或亲缘分成几派,各有一个相对固定场所用来练武。

下边郭家团的以四贤和他哥睡觉的一处老宅为据点,井沿支的以乌头家的灰屋为据点,新屋厅下的以秋生菜园子的黄泥小屋为据点。我们夏楼园在村中是独支,和各支都在五服之外,但和哪一支的关系都还好,于是我就像战国的苏秦,玩起了纵横捭阖之术,从四贤家老宅到秋生的黄泥小屋,再到乌头家的灰屋,我都能进出自如。各派都对另两派的人严防死守,对自己一派练的功夫视若独家秘籍,讳莫如深。我却利用自由出入的优势,对三大门派的独门秘招了如指掌:四贤派的铁砂掌,即用一个破脸盆装满沙子,绷直手掌往里插;乌头派的飞脚,即用两脚轮流踢吊在楼伏上的沙袋;秋生派的轻功，即用砖绑在脚肚上跳；等等。我跟着他们练了一段时间，就想自创夏楼园派，据点先是选在荸梨树下的土坪，每天天朦朦光就去土坪上练"倒功"，走梅花桩，学鲤鱼打挺。有一天正练得起劲，被早起上茅厕的父亲撞见，受到他"正事冇一成（方言读can），野事一担（方言读lan）担"的奚落，而我自羞却不自弃，把据点转移到了屋后竹林中。竹林真是练武的好地方。《少林寺》不就有竹林吗？从竹林中看日出东山，不就是《少林寺》中日出嵩山坳的境界吗？我把沙袋吊在松树上，左一脚右一脚地踢，左一拳右一拳地打；我把家中的锄头把弄出来当齐眉棍，我把贵清叔家挑水的铁钩偷来打制成飞刀……我

耍大刀

在竹子上刻上"夏练三伏，冬练三九"的箴言，坚信有一天能飞起一脚把水桶粗的松树踢断，能纵身一跃飞上竹子梢头……

更有两件武器成为我威震三派的资本。它们藏身于我家床顶上不知多少年了，床顶上厚厚的积灰把它们几乎埋住了。我好早就发现了它们，一把铁打的，形状类似戏文中秦叔宝用的"锏"，但把手处又有一个类似方天画戟样的半圆；一把木柄镶铁头，接榫处三个环，似枪非枪，似戟非戟。以前我玩过一阵后把它们忘了，现在找出，如获至宝，自编了一套演练招式，练了几天，觉得功夫已成，就带着它们到各个山头巡回演出。不出所料，果然赢得众好汉一致推崇。

但好景不长，龙头老大地位被燕良打破。某日他从南塘外家归来，正遇见我在晒谷场上举着那似枪似戟的武器在众好汉面前卖弄，就大喊一句："咍！满狗子休得逞能！尔手中乃南塘人练庄堂打盾牌舞之响叉，非武器也！"我吃他这一喝，顿时恼羞成怒，质问他何以口出狂言，藐视本寨独门武器。

燕良倒不急不恼，告诉众人说我们所练的根本不叫武！真正的练武，是南塘人的庄堂，那才叫好看！他看了看被他一语征服的众好汉，索性坐在大石墩上，把在外家看到和听到的关于庄堂的情形向我们讲开了：

"起庄堂主要是练武。南塘村男性村民十二三岁就开始练。白天做事或上学，晚上练，练拳术和棍术。拳术是一种中矮庄

打拳

的庄式拳套路，名曰'梅花六九'，主要是原地'打四门'的套路，共八式，各式变化无穷。看似简单，其实它的实用性很强。以防御为主，进攻为辅，用于自卫，不向外族人传授。棍术号称'吴式棍'，选取一种叫'对节'的硬韧木材，长一丈余，头粗尾细，可作棍和矛两用。安了矛头时是枪（矛），去掉矛头又可作棍用。棍式和枪式可交换使用，灵活机动，实战性强。有两种套路，一是'野鸡闯河'，二是'打四门'。'野鸡闯河'是枪式，分六式：启势、开手、出击、散打、取胜、收庄。'打四门'是棍式，分八式：开势、打南门、打西门、打北门、打东门、倒棍、左右扫棍、收势。南塘人练庄堂习武，起初是为了和邻村人争禾田水'打大阵'（村与村械斗的俗称）。到'打大阵'时，出阵前，需杀猪统一聚餐，喝血酒。男子头戴竹编的高顶豪须，腰系白汗巾，脚穿草鞋，手执长棍。自己的妻子则腰系一只装有卵石的竹篓护卫左右，一旦自己的丈夫打不过对方，就用卵石助战。交战时，击鼓鸣锣，唢呐助威。后来，庄堂演武最大的目的是外出表演赚钱。春节前后，庄堂由师傅带头，到各同宗家族和友好邻村间串联演出，叫作'打狮灯'。另外还有一种盾牌舞，用盾牌和短刀，不要武功，会翻跟斗就可以玩，领头的人就用这种响叉。"

燕良捞过我手中的"武器"，模仿了一个动作，那三个响环上起了有节奏的"嚓嚓"声。

听完他这一席话，我们一个个都不胜叹服，恨不得马上去南塘投师，把真正的武艺学到手。燕良却笑我们捧着金碗去讨米，因为乌头的爹就是一个有名的打师傅，连南塘庄堂的教头火俚师都是他的手下败将。我们这才恍然大悟，大家竟把村里这个打师傅给忘了。乌头当即答应说服他爹来教大家武功。

晚上，大家都齐集乌头家，听山里眼伯伯讲如何打败火俚师的故事——

有一年过年大闹初一，我去南塘老庚家拜年，正遇上火俚师带着那一班后生在祠堂里起庄堂。一个后生在演棍术，招式倒挑不出毛病，内功上还差点火候。我也是酒后话冲，在旁边多了一句嘴，却被火俚师听到耳里去了。晚上在族长公家的酒桌上，火俚师不知为什么硬要和我划拳斗酒。我尊他年高，又是南乡有名的"舵把子"。让了他几杯，只望他见好就收。但他好像硬要逼我当众出洋相，总拿话来撩我。我还是太冲动，经不起事。见他喊"哥俩好"的时候，两指直直地戳到我眼前，我也就回个"七造化"，五指捏拳硬对硬撞开他的二指禅。他眉毛一下子就拧紧了。反手来擒我的腕，却被我借势捉住了。我感到了他的拳有千斤之力，不敢轻敌，也运全身之气于五指，把他的拳头牢牢锁住。只见他左手端起碗，环顾共席之人，说："我火俚师有幸以武会友。各位做个见证，我到桐木溪拱桥上去站个桩，请大家捧个场，谁破了我的桩，让我的脚动得丝丝的，我即拜他为师，让出庄堂教头这位置。喝完这碗酒，桥上见！"几乎话音刚落，他的拳头就在我的掌中变成了一团棉花。我立即撒手举碗，一饮而尽，也环顾共席之人，说："山里眼不才，只配巡山守棚，今天天赐良机，愿向老舵把子请教！"共席之人一起叫好，随着我们一起来到村外桐木溪的石拱桥上。那正是天寒地冻之时，河里的水倒不深，河边芦苇上有的白霜还未化，呵气成雾。我见火俚师几步蹿上桥，手脚灵便绝不像一个六十多岁老人。他脱了袍子，只着一件对襟马褂，用长手巾束了腰，撩开马步，使个举火烧天式，冲我高声喊："请贤弟

弄棍

过招。"我也上了桥,望见村里看热闹的人比看戏的还多,脸上也有点挂不住,心想这一关不想过也得过了。但不管是输是赢,有一个问题总得弄明白,那就是他为什么今天要和我斗这口硬气。于是就低声问他:"老舵把子,山里眼不成器,只要你乐意,陪你助助酒兴,倒没什么不可以。但有个疑问得先弄明白,我是哪里言语不周或照顾不到的地方,让老舵把子动了怒呢?"他一愣之后,慢吞吞地一字一字地说:"你不是说棍术全在内功吗?演棍不使棍梢闪,就不叫演棍,叫客娘(小姑娘)绣花吗?那就让我的客娘绣花见识见识你的内功。"我这才深悔在看庄堂演武时多的一句嘴，谁知偏偏跑到他的耳朵里去了，平白惹出这么场官司来。看样子赔罪悔过也于事无补，不破他的梅花桩，就要跌下河去洗冷水澡了。我尽量不动声色，仍向他赔罪悔过，说："老舵把子，山里眼一个排骨佬出身的守山人，不懂得堂上规矩，信口胡说，还请包涵。"我一边说，一边寻找可下手的破绽，先与他接手对气，几个回合下来，他手腕之力明显往后泄，我立即抓住时机，一招"牵藤上树"把他的丹田之气逼离脚底，顺势一个"绊山倒石"，仿佛一阵疾风从他背后横扫而过，那座刚才还铁铸石雕一样沉的精瘦之身，瞬间变成一片木叶直向桥下飘。我虽然捞得还算快，但把他拉上桥面时，他脚上的青布鞋连袜子都已湿透。

"山里眼伯伯，你的武功是哪里学的？是从少林寺吗？"

"山里眼爹爹，我们也来起个庄堂吧，你教我们！"

"对呀，我们真练到了十八般武艺，就不怕林场护林队的人来搜木头了。他们胆敢来，管教他们抱头鼠窜回去。"

谁知回到家，我兴奋地把我们要起庄堂练武，然后找林场护林队的人去报仇的话告诉父亲，反被骂了个狗血淋头。父亲把我绑在床头，用竹枝抽我，痛心疾首的样子我至今没忘。他骂了很多脏话，也讲了很多道理，现在还有印象的有"练武是为防身，不是去惹事""偷木头是犯法的，被抓被罚不能有怨言""护林队是林场的人，林场就是政府，打了护林队的人，放在以前,那是造反,那是要杀头的!"……

我被父亲一顿训后,对练武一事再也提不起兴趣,四贤、乌头、秋生他们这几派的人好像也不太提起庄堂的事了。我到各处据点闲逛了几次,见他们的兴趣也已不在铁砂掌和轻功上,而是研制火药枪,一问才知道他们是看了电影《义和团》,发现练武太落后了,再厉害的武功碰到枪炮就完蛋。炮是制不了,因此他们要研制火药枪。用小钢锯子裁下旧喷雾机的钢管,接上一截裁去嘴的铜弹壳,用钢丝绑在木头枪上,弹壳上钻个眼安引线,大爆竹拆出洋硝、火药,混合铁砂后填入枪管,点火就发射子弹。我见他们放过,十几米远的一棵树,能让铁砂射进去很深,这让我大大佩服。直到有一天四贤被火药枪上的弹壳反挫崩去了两颗门牙,差点酿成大祸,大伙吓得屁滚尿流,练武一事才彻底偃旗息鼓。

橹歌穿云十八滩

山川之利有三，一在游览，一在物产，一在运输。在蒸汽机发明之前，禾水是永新人连通外界的唯一通道。其他河流也承载着运送人货的职责。

今人吴一为先生考证，禾川老城南门，是当年全县最繁华、最热闹的码头，南北杂货铺、手工作坊、茶楼酒肆林林总总。南乡的稻米，由南乡转运过来的宁冈新城、遂川藻林、南康唐江等口岸的货源，都在南门码头集散，什么货都靠挑夫用肩膀运上岸，流散到千家万户。吴先生的《南门忆旧》这篇文章中还特意提到一个细节，南门河中停有很多木排，常看见小女孩在木排上撬杉皮。

正是这种木排，和漕运船、客运船一起构成了禾水上的主要景观。

今年夏天的一个午后，窗外是酷暑骄阳，室内冷气嘶嘶，茶香四溢。我和盛长元先生的谈话围绕放排展开。

我：你放排是什么时候？

盛：十六七岁。我父亲是县林业公司水运队队长。

我：水运队是个什么组织？

盛：专门从山里运木材出来。那时没有陆路，运输不发达，木材都从水路出来，木材砍倒后，拖到河边，扎成小排，沿河漂流，到了禾水河，小排打散，再扎成大排。一直放到吉安神岗山那里。

我：说说放排的经历。

盛：放排不是一个人干得了的，排上至少要三个人，一个摇橹，一个撑篙，一个替手。撑篙的最关键，称篙师。他要掌握水流的方向，点篙很有技巧，下滩的时候尤其困难，点得好能避险为安，否则排会撞在石头上散了，人也会被竹篙弹入水中，身上的衣服都被卷掉。那里的篙师很多手艺高超，很少散排。龙源口横溪村有个篙师，叫和尚仔，他还是个武术高强的打师傅，他撑排从永新到吉安，一路上驾轻就熟，什么地方有危险他都了如指掌，几乎鞋子都不会打湿。

我：你放的排散过吗？

盛：散过。记得是在敖城那里，排打散了，好在人没事。木头漂在水里，我们坐在岸上等，派一个人去敖城街上拍电报回永新，请林业公司派车来。河里船上的人，见了木头就捞，拖上船去。我们也没办法。

我：放排有危险，也有乐趣吧？

盛：永新十八滩，处处有危险。但在排上也好玩。以前有一部电影，叫《在没有航标的河流》，我们放排人的生活，就和电影里的是一回事。在有危险的河道，都设置了航标，排只要按照航标走，就是安全的。那时河里很热闹，过往船只，木排，还有打鱼的，放鱼鹰的。大家见面都会示意打招呼。船上伙食也不错。出门时家里会做好路上吃的菜，叫船菜，遇到打鱼的，就买鱼吃；路过村庄，就揽住排，去村里人家搞点蔬菜。放排一般是在夏天，夜里是很凉快的。天气好的时候，躺在排上看天上的星星，感觉与陆地上不一样；白天排上也不热，没事还可以跳到水里洗个澡。排走远了，人也追得上。

我：你可记得放排这一行是什么时候没了的？

盛：我放排的时候，吉安通永新的公路就有了，只是车子

放排

放排汉在放排

少。到了20世纪70年代末,就大量地通过汽车外运木头和其他货物。包括客运,也以陆路为主了吧。至于放排这个行业什么时候消失的,我就不清楚了。(笑)

吴一为先生的考证和盛长元先生的回忆,只是还原了一部分禾水河水运末期的特征和细节。在更远的年代,禾水河的繁华,又有哪些可圈可点处?

先让我们来对禾水河的全貌做一个大概的把握。合琴亭水流入永新境内,禾水一路自西而东,迤逦流淌。昔日水深滩急,舟楫樯橹,直达庐陵出赣水,两岸沃野平畴,映带秀丽。但因地势西高东低,且多为山地峡谷,所以急流险滩为数众多。著名的永新十八滩是从吉安到永新之间的河段,在永新境内有名可考的就有二十三个。

清代进士刘世衢所作的《十八滩挽舟歌有引》云:"由吉入赣有十八滩,分江至新邑多滩,最著者亦十八。""丙申九月,偕师苍弟小舟兀坐,时烟雨连日,无可拨闷,每一滩挽纤者,必以高歌鼓力,颇令人怡。"他因为坐船出入永新,禾水河上的风景非常熟悉,永新十八滩的特征也了然于心。所以写出的十八首诗都生动可感。清同治版《永新县治》收录了其中的八首,分别是(由吉安往永新):蒋崦滩、横灞滩、阳曹滩、门斗石滩、磨刀滩、画角滩、蚯蚓滩和桥翁滩。

当年读沈从文先生的湘西系列小说,最着迷的就是那水手生活。一条沅水养活了多少柏子?临崖贴水的吊脚楼中,柏子们又养活了多少夭夭?谁又能告诉我,一条禾水,养活了多少永新的柏子?

篙师走的是单程,排到码头,流连赏玩尽兴而回,可以坐船,也可以坐车。而水手就像今天的长途货运司机,生命与长途跋涉和无处不在的风险紧密捆绑。一条禾水,与湘西的沅水、潇水比,籍籍无名,但在漫长的岁月中,同样也存在着那么一群吃水上饭的人。永新十八滩,是他们每天必须面对的鬼门关。

"十寻锦缆一枝篙,水怕行舟势欲逃。叠叠长歌声未歇,行舟已自过阳曹。"这就是刘世衢在船上见到的情景,为他牵缆撑篙的也许就是一个快乐简单的柏子。

柏子们的命运交给了老天爷,他们喝酒、唱歌,上了岸给相好的买衣料、绒线和水粉。一个码头总有那一个在盼望他的人。但如果老天不看顾,船也许在某个险滩坏了事,人也就完事了。短短的生命只有吊脚楼上的那个人惦记着,其他什么也没有。永新十八滩,又有多少柏子们喝酒唱歌后在急流中完了事?

沈从文先生还乡,为什么不选择汽车,而宁愿冒着"完事"的风险坐一叶扁舟?透过《湘行散记》,先生那股缠绵悱恻的水手情结让无数读者魂牵梦萦!

水手与篙师,都吃水上饭,但水手比篙师更懂一条河的感情。我在此不妨循着吴一为先生记忆中的背景,设想沈从文先生湘西之行的回程,改由长沙转萍乡,萍乡至莲花,在砻山坐船顺流东下,来还原同一时段禾水河上一个水手的生活。

在一个夏日的清晨,沈先生携着一只藤箧坐在了舟上。年轻的水手笑嘻嘻地冲他说:"先生坐好,船这就开了!"沈先生望着这个皮肤黝黑、眼睛有神的水手,心里说:"柏子,我们又在这里见面了。"嘴上说的却是:"后生家干水手几年了?"小伙子咧嘴一笑:"15岁就在船上,今年19岁!"

说话间,船到砻山口,乱石险峻,舟从石缝中盘旋而出,转折处仅容一棹。但柏子轻松自如就过了滩,回头叫道:"先生,这里叫长砻滩。怕不怕?"

放排汉在放排

沈先生笑而不答。柏子高兴，扯着嗓子喊："一杯酒呀喷喷香，妹俚蒸鸡放酱姜。二杯酒呀细细抿，妹俚为我杀啼鸡……"

沈先生笑眯眯地看着他，拿出香烟请他吸，说："我也会唱。"于是唱："天上起云云起花，苞谷地里种豆荚。豆荚缠上苞谷树，娇妹缠坏后生家。"

柏子说："先生唱得好。再唱一个吧！"

沈先生又唱："娇家门前一重坡，别人走少郎走多。铁打草鞋穿烂了，不是为你为哪个？"

柏子一边撑篙一边充满敬佩地望着先生，又唱起来："天上七星对七星，地下狮子对麒麟……""漂尽江湖过尽乡，见过无数美娇娘。撑船小伙无缘分，大年三十对空床。"

他们唱完歌又聊天。当天晚上他们宿在鹭江。第二天晌午就到了南门码头。柏子要上岸办货，沈先生也随着他上去逛逛。一条鹅卵石铺就的街道，横跨着一座赭色的石坊，上书"解元"二字，雕龙镌凤，倒也古色古香。街边南北杂货铺、手工作坊、茶楼酒肆都很齐全。码头上各种货物装船的、卸船的忙忙碌碌。

沈先生逛了一回，复下到船里，却见柏子把那些什么粉丝、火腿、笋干之类干货一袋袋运入船舱。这些货都是为吉安城里的货号捎带的。柏子们的营生，很大一部分靠这些货号维持。沈先生知道这些规矩，尽管他讲好的是包船，但也对此不介意。

中午饭柏子请他吃酱萝卜老鸭汤，一道本地菜。沈先生很喜欢，拿出酒来，两人对饮三杯，趁着江面的柳荫清凉，沉沉地睡了一觉。

醒来出到舱外，只见江面满是锦绣堆花般的云霞，原来天近黄昏，船已快到了白堡。这里江阔水缓，两岸炊烟人家，桑麻沃野，鸡犬之声可闻。风景与湘西又不同。

柏子见了他就说："先生睡得好香！这里快出永新了。船过滩你都没醒，我们又过了漂布滩、雁塔滩、将军滩、钯宜滩、濠须滩、黄鳝滩，一路水大浪急，在将军滩那里一条上水船搁在那里，请了乡下人来拉纤，讲不同价，那坐船的大爷捉到船老板骂，那船老板用永新土话回骂，那大爷听不懂。你说好笑不好笑！"

沈先生打趣说："后生家莫也用土话骂我喽！"柏子拍胸发誓说："先生请我吸纸烟，还会和我一样唱山歌，我喜欢还来不赢，不会骂你，不会骂你。"沈先生听了哈哈大笑。当晚宿在白堡农家。吃罢夜饭，沈先生在豆油灯下给"三三"写信，称道这永新的山水。柏子打着哈欠走过来对他说："先生，早点睡吧。明天就要下十八滩了。我们早点开船，趁上水船少，好下滩。"

翌晨，沈先生的船果然一路下滩顺利，直到画角滩才大天亮。柏子要沈先生待在舱里，他今天要全力应付那激流下滩，不能陪他聊天。沈先生取出《永新县志》来读。发现不少大家的诗作。明朝文坛"前七子"盟主、茶陵李东阳，吉水状元罗洪先，清初大儒、文学家贺贻孙都曾从这条河上走过。他们留下的诗作皆是精警隽永之句，他们描绘的景色令人神往，可惜一路上并未细细领略。只听得上水船橹歌齐发，高亢悠远，细听则有音无字，难辨难懂。

当晚他们在蒋崦下锚过夜。第二天一路顺风，早早就到了神岗山码头。沈先生在此改乘汽车转道南昌回北平，他的禾水之行画上了句号。

年味趣谈

永新有句古话叫"大人讲莳田,伢俚盼过年"。足见"年"对当家人来说不那么好"过",只有不识愁滋味、不知腊月水米贵三分的懵懂顽童才盼着早点过年。

北方人讲究"过了腊八就是年",在永新,年味是在乡村裁缝脚踩缝纫机发出好听的"嗒嗒嗒、嗒嗒嗒"声中渐浓的。

如果遇上好年景,风调雨顺,栏中猪肥牛壮,田中五谷丰登,阖家庆吉平安,也就是"时运听话",那么当家人心中早早就谋划着请"连衫师傅"来上几天工,给全家人做过年的新衣服。

乡里街上有合作社(即供销社),进门是一面墙的玻璃橱,橱里陈列着一捆捆五颜六色的洋布,名称也稀奇古怪,有"的卡""的确良""呢子""棉绸""凡立丁""毛料",最差的叫"蓝卡叽",偏偏这种"蓝卡叽"最抢手,因为大多数孩童过年的新衣,就是"蓝卡叽"布做成的。

到合作社买布称扯布。

"年底了,今年时运听话,也该去扯几尺布,给崽俚女俚做件新衣服过年呢。"主妇这样与当家人商量说。

煎碗茶

扯布除了要钱,还要一种叫"布票"的东西。布票由政府按人头分发,控制得紧,不是要多少有多少,一般人家总是不够用。不够用,就紧了大人的,先满足孩子的。

不管怎么说,花花绿绿的布料是扯回来了,还得专程去一趟"连衫师傅"家。年关来了,师傅也忙,得预约。

到了预约的日子,早早地就架起了一盆旺旺的炭火,烧好一"添壶"(即热水瓶)开水,讲究的还要弄几碟陈皮、酱姜,一家老小怀着喜悦又紧张的心情恭候着"连衫师傅"的来临。紧张,是怕"连衫师傅"临时有事不能来了。

还好,一大早,远远地看见一前一后、一高一矮的两个人朝家里来了。前面的高,是师傅,手提一个黑铁家伙,脖子上

写春联

擀皮

还挂着一根长长的皮尺（软尺），迈步从容；后面的矮，是小徒弟，弓着腰，肩上压着一张学校课桌样的大家伙，走得跟跟跄跄。

当家的赶紧迎上去，接过师傅手中的铁家伙，口中连声说着"有烦！有烦！"的客套话，把师徒二人请进门。

堂屋中早摆好八仙桌，桌上蒙着旧布毯子，上面放着那几块散发出好闻香味的布料。主妇有点手忙脚乱地侍候着茶水、早饭，饭毕开工。当家的除非有急事，一般不出门，杀鸭子，买肉，搞伙食，孩童照例该上学上学，该放牛放牛；出门之前，

烧香拜祖

会被推到"连衫师傅"前面,举起双手,任由他上上下下地用挂在脖颈上的那根软尺量下尺寸,又见他用一块薄饼样石头(真名叫粉饼)在一块布上划出一些数字,看也看不懂。

　　放学或放牛回家,老远就听到自家堂屋里传出"嗒嗒嗒,嗒嗒嗒"的声音,那声音多么好听!快走几步跨进门,见那小徒弟勾着头在机子上,一双脚踩着踏板,一下一下踩,那机头上一根细的银针穿着线就像鸡啄米样一下一下地动,发出好听的"嗒嗒嗒,嗒嗒嗒"声,针下的布片连在一块,看不出是衣服还是裤子。师傅就站在八仙桌边上,用那块薄石头在摊开的布上比画着，然后用力画出线，再拿起大剪，咔嚓咔嚓地剪起来。

见事主男孩看得着迷发呆，"连衫师傅"就故意板起脸说："你看什么看，你爹又没扯你的布，说你上次数学考了个鸭蛋！"男孩也不是那么好骗的，立即指着一块"蓝卡叽"布，大声说："你哄我！这布是我的，是我和爹一起去合作社扯的。"见哄不到他，"连衫师傅"又生一计，笑嘻嘻地说："那我给你连条喇叭裤好吗？喇叭裤穿上可威风了。只是不知你的喇叭要几宽？"男孩不知道喇叭裤是什么，听说穿上很威风，就大声说："好，好，你就给我连条喇叭裤，喇得几宽就几宽！"惹得一旁的小徒弟忍不住笑出了声。

两天完工，待师徒二人出了门，新衣在各人手中传观、比试了一阵后统统被收入樟木箱中，要大年三十年饭后才能再与它们的主人见面。

放过封财门的鞭炮，洗过手脸，捧着新衣看着，那股混合着樟木香的棉布香味，还有炭盆中炭火的烟味、灶间煎兰花根的油气，混合一起，这就是年味。大人说孩子要守岁，守得越久，长得越高。压岁钱可少不可无，红纸片包着，各给一个，放在新衣口袋里，交待天明才可拆。可等大人一上床，这里就拆了，哪还能等天明。不管五分也好，一毛也好，都已安排好了用途：跌三漫（指一种用多枚硬币赌赢输的游戏）！

谢斋饭

　　这一夜不消说是特别漫长难耐。炭火将烬,瞌睡袭来,上床又睡不着,枕边新衣,衣中红包,还有惦记着的碗中肉,橱中的兰花根,哪一样都能把瞌睡驱赶得远远的。

　　真正的黎明即起。那烧头香开财门的鞭炮把林间鸟雀闹醒,也把一个村的孩童唤起来了。这一天不用上学,不用砍柴,不用放牛,什么都不用干,更不必担心挨打挨骂,因为谁都知道,正月初一不能打骂孩子,要讨全年的吉利。于是,他们就以开时装表演会的豪情齐集到晒谷场,集中到祠堂里,手里紧攥着口袋中那个小小的红纸包封,互相观察对方的新衣,打量对方的表情和眼神,估摸对方口袋的虚实,寻找合适的对手,待拜过年开战。

　　拜年的唯一目的就是洗劫各家的糖盒(装"碗茶"的木格盒子),把新衣裤子的四个口袋装满,然后如奉军令,各邀

大年初一拜年

对手,各据一块阵地,扎堆作战。纸币早已兑换成毫子(即硬币),一分两分,在口袋中叮当作响。游戏规则早已烂熟于胸,也无裁判,也无军师,不拘二人、三人、四人,皆可开战。各出一个等值毫子,平摊在手掌上,默祷片刻,手掌划个优美的弧,掌中毫子从高处跌于硬地面或平整大青石上,滴溜溜乱转,片刻尘埃落定,以字、漫多少来定输赢;依次轮下去,几圈下来,胜败即定:有人口袋已空,有人变得财大气粗。前者退出,有他人补入再战,或后者另觅战团,易地再战。奇怪的是,一天下来,却不再有赢家,早上口袋中的毫子,几乎无一例外地通过"跌三漫"聚集到哥哥姐姐的口袋中了。一夜"暴富"真如黄粱一梦,转瞬又成"穷人"。

好在还有走亲戚拜年快乐多多。亲戚拜年讲究亲疏,"初一仔,初二郎",郎就是外甥。

去外家拜年是又一敛财的好机会。初二开始,三亲四表,齐集一路,吆五呼六,踩得两脚黄泥,梁山好汉冲州陷府般向外家村子杀奔而去。那边外公外婆、舅舅舅妈除了严阵以待、备好巴掌大腊肉"迎敌"外,还得准备个小小包封犒劳"好汉"们。在外家拜年,客气是不必讲的,巴掌大腊肉放心嚼,大小包封大胆收,吃饱了与三亲四表对垒开战,在家输了的趁机扳本,在家赢了的还要扩大战果。外家左邻右舍同龄人大多是熟悉的,有小学同一个教室的,有平日里在野外同处放牛的,也有看露天电影时打过架的。此时再逢,真正如胶似漆,以"赌"会友,几天几夜,一决胜负,直到做客的身上新衣油污发亮,外家桌上腊肉已尽,主客才依依惜别,三亲四表一声呼哨,长亭更短亭,分道扬镳,道声珍重:今年胜负已定,相约来年再战!

牛田草席溢清香

最忆童年如许场景：倘若不下雨，夏夜里农村孩子喜欢呼朋唤友来到晒谷场，浇上清水，瞬间传来"吱吱"的响声，仿佛烧烤知了。待地面干爽凉快，摊开张张草席。大家或盘腿而坐，或四肢舒展，天南地北闲扯，校内校外描绘，颇有天地间唯我独尊之感。星空下，微风徐来。渐渐地，话语消失了，虫儿聒噪起来。嗅着草席散发的芳香，我惬意地仰望星空，萤火虫似的星星连缀成浩瀚的星河，闪耀着美丽的诗句：

我想那缥缈的空中，
定然有美丽的街市。
街市上陈列的一些物品，
定然是世上没有的珍奇。
……

穿竹批

　　夜深沉，星河淡去，诗句隐身。晒谷场上偶尔飘荡着不规律的呼噜声，之后又是静谧。

　　二十世纪八九十年代，在农村时常可见这般景象，就像草席这种物件如此平常。它跟柴米油盐一样，是家家户户必备的生活用品。至于它从何而来，如何编织，有何用途，农家子弟从来不会深究。

　　步入学校，感觉打开了一扇奇妙的大门，门里的世界精彩万分，就连再熟悉不过的草席，也含有深厚的文化内涵，精彩动人的故事。

　　学《过秦论》，每读"有席卷天下，包举宇内，囊括四海之意，并吞八荒之心"的句子，总生心潮澎湃之感。"席卷天下"，像用席子一样将天下据为己有，何其生动，又何其壮哉！"草席"这种日常用品，想不到还会出现在文学作品中。对于草席，我有一种"士别三日，当刮目相看"的诧异感、崇拜感。

随着阅历的加深，对于草席，我像老朋友一样熟稔亲切，知晓它丰富的历史。

在古代人们的生活中，随处可见草席的身影。古人布席于地，坐卧其上，有时吃饭也于席上，所以现在的开桌吃饭也称"吃席"，排座为"安席位"，主持宴席的叫"主席"。小小草席，承载诸多功能！

在古代各类故事中，也随处可见草席的身影。《孝经》讲述了"曾子避席"的故事："仲尼居，曾子侍。子曰：'先王有至德要道，以顺天下。民用和睦，上下无怨。汝知之乎？'曾子避席曰：'参不敏，何足以知之？'"意思是说，曾子有一次在孔子身边侍坐，孔子问他："以前的圣贤之王有至高无上的德行，精要奥妙的理论，用来教导天下之人。人们就能和睦相处，君王和臣下之间也没有不满。你知道它们是什么吗？"曾子听了，明白老师是要指点他最深刻的道理，于是立刻从坐着的席子上站起来，走到席子外面，恭恭敬敬地回答："我不够聪明，哪里能知道？还请老师把这些道理教给我。"从"坐席"到"避席"，看似简单地举手投足，实则体现了曾子的良好修养。

初唐时期,有个叫陈祎的人,小时候跟哥哥听父亲讲"曾子避席"的故事。父亲讲完后问:"这就是'曾子避席'的故事。你们明白了吗?"几个哥哥都坐在席子上说明白了,唯有陈祎站起来,整理好衣襟,毕恭毕敬地说:"明白了!"后来他出家当了和尚,法名玄奘。

时间长河里,承载美好品德的故事从来不会被湮灭,就像草席,一直世代传承着。我怀着敬佩之心端详眼前的草席,那是传承人尹家仔遗留下来的作品:席草粗细均匀,席面光滑平整,席边整齐平顺,柔软舒适,芳香四溢。

尹家仔是牛田村人,1939年出生。他生不逢时,十岁之前活在兵荒马乱之中;他生逢其地,牛田村环境优美,山峰连绵,峰奇谷幽,古柏、古松、野菊、月季,奇花异草铺满山山岭岭、田田坎坎,绘出多姿多彩的山水画;他生逢其人,曾祖父编织草席的技艺高超,遂自幼跟随学习,年长艺成;他生逢其时,中华人民共和国成立后,曾参加全省民间技艺大赛获二等奖,多次为外宾和高级领导编织牛田草席,担任过牛田草席厂总技艺师、牛田草席发展有限公司技术总顾问。前几年年事已高的他不幸离世,实在令人叹惋。庆幸的是,他的不少优秀作品保存完好,文化部门对该项技艺及时挖掘、传承,使其入选江西省非物质文化遗产名录。

永新产草席多在牛田村,价廉物美备受欢迎,美其名曰

过麻丛

"牛田草席"。牛田草席历史悠久,湖南攸县的相关资料有记载:"渌田种植席草、织席有100多年历史。"所以,攸县人一般把草席称作渌田草席。据传,渌田草席起源于江西永新牛田草席。远在东汉末年,当地人们就尝试用这些野席草编织成十分简单的草垫,放在床上当席毯用。到清朝乾隆年间,牛田草席有点名气了,纪晓岚在验证牛田草席的特色后,特意献了一床牛田草席给乾隆皇帝,之后乾隆皇帝下旨命牛田村每年进贡20床。攸县渌田潞甫阳大广,其祖父年轻时曾在江西牛田拜师学木匠手艺,跟师傅做草席编织的木架及附件,又在师傅家编织过草席,同时学到了草席编织技艺,便把织草席之艺带回家乡。后来,祖传父教,祖孙三代既做草席编织木架及附件,也从事手工编织草席。(摘自龙新田《渌田草席的编织技艺》)

牛田盛产草席,既有地理因素,也有历史渊源。百源山流下的水和特殊土质滋生的野席草,是编织草席的天然原材料。当地人就地取材,经过漫长的实践摸索,

压席扣

形成一套独特的制作技艺，拥有一套特殊的制作工具：编织架、编织杆、割草刀、摇麻架。

说来惭愧，虽为永新人，我却不知牛田村的真实样貌。后来因工作之便，得以来到此地，圆了心中之梦。

我看见了阳光下的青山秀水，让人流连；我看见了暴晒后的席草，洁白如雪。编织者细心剖开，形成无数细小、均匀的草段。将事先从棕树割下的棕片，摇成一根根长短不均、细小的麻绳（俗称"摇麻"）。

空旷的晒谷场上，站立着一架专制的编织架，用原木做成，与织布架相似。编织者根据草席的宽幅均匀挂好麻绳（俗称"挂筋"），两脚上下踩蹬曲轴踏板，将剖好的席草一根根投入麻绳中，每隔一根要把草头往席筋对别，并通过第二条席筋，压一根拿一根，用手锤压实后塞进席内，形成锁边（俗称"穿麻"）。编织到规定的长度后，把全席从机上脱离，转入锁边（即把席尾经绳编成"人"字形），用剪刀剪平席边，平刀削去梢头，再放入水池浸泡8天，取出暴晒一周后，就可打包出售。这是一个千锤百炼、反复煎熬的过程。

编织者告诉我们，编织看似容易，火候实难把控。席草的种植和收割要看准时日，掌握气候；剖席草对精密度要求高，做到均匀恰当，不薄不厚；添草、压草力度、密度要相等；晒草、晒席更要掌握火候。

在赞叹的同时，我陷入沉思：在牛田草席身上，我看见了古代的"中庸之道"——不偏激，不为过，顺应天时地利人和。

在牛田，我还看见一支顺应天时地利人和的队伍——红六军团。据党史资料记载：1934年8月，任弼时、萧克、王震率红六军团9700余人，从永新牛田、遂川横石等地出发，离开湘赣苏区，开始突围西征，揭开了红军长征的序幕。

当地人自豪地介绍，红六军团离开牛田村时，携带的草席多为牛田人自发编织、自发赠送的。

我不由得想起家乡的红军斗笠。永新南乡人民为了支援红军，不但参军参战，还利用本地毛竹多、善编织的优势，编织大量的斗笠送给红军。

斗笠与红军、草席与红军，都有一段难以割舍的情缘！

革命精神代代相传。遗憾的是，牛田草席这种传统技艺却在时代大潮中逐渐没落。究其原因，既有物廉价美的机器编织品大量涌现，也有品种单一、宣传力度不够，更在于年轻人不愿学习传承。

"山重水复疑无路，柳暗花明又一村。"近年来，牛田人在当地文化部门的扶持下，开动脑筋，眼光向前，陆续开发出门口席、坐席等产品，并依托"我心中的长征纪念地"评选等活动，加大宣传力度。

小小草席，虽出身寒门，却从不妄自菲薄。它能屈能伸，承载着中华民族优良美德；它谦逊奉献，历经风雨洗礼毫不褪色。正所谓"英雄不问出处"，三国时的刘备虽为汉室后裔，却是编席出身，"玄德幼孤，事母至孝；家贫，贩屦织席为业"，后终成帝王基业。

回来后，我像孩提时惬意地躺在柔软舒适、清香四溢的草席上，微风徐来，悄然入梦。睡梦中，无数牛田草席幻化成张张名片，从牛田出发，飘荡在神州大地。

夏天乘凉

20世纪80年代，乡下虽然通了电，但绝大多数人家没有电风扇，那是一个靠自然风避暑的时代。在我们勺湾村，夏天乘凉的地方有两处。

一处是总门坞（"门坞"是永新人说"大门口"的发音，"总门坞"就是几户人家合用的一个大门口）。

总门坞其实是个院子大门。那个时候勺湾人家房子带院子的，就乌头一家。说是院子，却很寒酸，门虽设而常开，破朽开裂，估计是关不上才不关的吧。只有两边的础石宽可坐人，光滑舒适。总门坞之所以风光独占，全靠地理位置的优势。它东接晒谷场，南邻毛厕角，西通大圳路，北连郭家巷，可谓全村之风水，集此一地。一村之氓，除非宅家不出，否则一举一动，几乎都得接受总门坞前群众雪亮眼睛的检视。

不是吗？南边的晒谷场上，一年四季几乎都有人晒东晒西，春天的油菜和萝卜干，夏天的稻谷和稻草，秋天的番薯藤、芋头叶，冬天的腌菜……

晒东西的人得看守东西不被鸡鸭猫犬糟蹋了，于是往总门圫前大石头上一坐，扯下头巾或撩起衣襟来擦擦汗。朱家奶奶刚坐下，罗家婶婶也来了，两人平日关系不坏，总得谈些什么吧，什么栏里的猪崽田里的禾，圳（永新话读 jun）里的鱼儿河岭的柴，捞到什么说什么。

不久，挑着两箩稻谷去街上特特师家碾米的黑皮老大路过总门圫，听见两个女人闲谈的正是自己感兴趣的还公余粮的事，就放下箩担，也坐下来加入闲谈。

又不久，去大圳洗衣服的阿菊也放下洗衣桶和棒槌，静静地听着。

再不久，郭家巷旁的老房子门开了，贵早把篾器家什弄到总门圫来了，手里捏着篾刀，正赶着把一根翠绿的毛竹破成细篾。

…………

不到一顿饭工夫，总门圫在新的一天里，又毫无悬念地聚集了一批又一批人：晒谷的朱家奶奶踮起小脚回家了，又来了晒棉衣的尹家奶奶，罗家婶婶与尹家奶奶有过口角，也借故走了，她坐的础石马上被郭家媳妇填补了，黑皮老大想起中午等米下锅，匆匆挑起箩担走了，上完毛厕的秃子刚好想与郭家媳妇探讨冬至塘里水浮莲无故少了一大片的原因，就替代了黑皮老大的位置，正听得津津有味的阿菊一眼瞥见扛把锄头在肩上的家

老汉屋外乘凉聊天

公走过来,才想起上午还要去给刚生了根的晚稻田泼肥料,她前脚刚走,她的家公把肩上的锄头一搁,坐到了她的位置……

　　要说总门坞的常客,除了修箩补筐的贵早外,还有上湾的老北和郭家巷的马皮佬。老北是个老鳏夫,一人吃饱全家不饿,平日以上七溪岭斫柴卖糊口,他常在总门坞向大家宣扬他的人生观:"有就穿裘裤,冇就打闹嘎(光屁股)。"他卖了一担柴,先去街上打酒斫肉买豆腐,还要去供销社买一块钱的水果糖,隔一会儿,剥一颗丢到嘴里,嚼得嘎碰嘎碰响。也许糖吃多了,他的牙掉了好几个,说话时漏风喷口水,大家都离得他远远的。

马皮佬有个外号叫"俘虏兵"。他年轻的时候被国民党捉过壮丁,两军交战,又被共产党捉了俘虏,后来又被国民党捉回去了,后来又被共产党捉过来了,他不好意思,就跑回家里来了。这段光荣历史让他在总门坞有了充足的发言资本。但老北却总对他在桐岭偷婆娘的事感兴趣。每回两人碰在一起,老北不等马皮佬开口,就追问昨晚到没到桐岭。

他这一问,在场的成年男人都添了兴趣,等着马皮佬的供述。因为他偷婆娘的事村里妇孺皆知,他也不好否认,却也不上老北的圈套,总是狡猾地一笑,用一句"老北这臭嘴烂舌,少不了婆娘用裤裆来兜你"搪塞过去。他还有一处吸引孩童的地方,就是他很会讲《三国演义》《水浒传》《西游记》里的故事。讲起蜀国五虎将、梁山泊英雄排座次、孙悟空三借芭蕉扇,好像他和这些人都是拜把子兄弟,谁谁谁怎么勇,谁谁谁怎么猛,他肚里一本账,一讲便是大半天——哄得孩童们心甘情愿帮他去撵鸡,帮他"打掩护"(他去桐岭,常被上学的孩童看见,当孩童被老北要求做证时,常常矢口否认)。

总门坞时代没有电视,但人们固有的文化需求总要得到满足,老北与马皮佬的插科打诨只好算精神零食,真正能让大家过瘾的还是贵山讲的《说岳全传》和《杨家将演义》全套。

岳飞之忠,秦桧之奸,赵构之愚,通过贵山眉飞色舞的讲述让村里人知道了人有好坏、臣有忠奸，连皇帝都会被人骗。杨业之冤，潘仁美之坏，宋仁宗之弱，通过贵山唱念做打的表演在村里人心中扎了根。

夏天夜饭一吃，丢下碗，大人小孩都爱往总门坞跑。那里风特别大，特别凉。那里不但适合大人们谈天说地，而且适合顽童们打闹嬉戏。以郭家巷为界，东有哑叔家的废菜园和贵早家的果园，西有乌头家的大院子，哪一处都有无穷的险可探，有无穷的乐可寻。

另一处是仓库楼上。

那是一个公家的仓库，二楼飘出一个很大的露天阳台，大家都把它叫"仓库楼上"。每到夏天，家里床上热得睡不着，男孩子都往仓库楼上去睡。

那天下半夜，我睡得迷迷糊糊，被尿憋醒了，就爬起身，跨过横七竖八躺着的身体，到平台边去撒尿。撒完尿一转身，猛见西边天上一弯新月，像条冰似的，隐隐放着寒冷的光，那漂亮的弧线缺正对着东边的崂岭，自家的竹山，在昏黄的月光下只是一团浓蓝的黑影。田野里的蛙声、虫声都停息了。那近处的一切：池塘边日生家的柚树、十八路头那排茅房、乌头家的总门坞、晒地上谁家没打完的稻堆……都朦胧不清，反而远处的七溪岭和河岭，那高低起伏的山头倒轮廓分明。

我重新睡下。摸摸身下，竹簟上已是一片清凉，又摸一下

老阿婆祠堂门口乘凉

堂内听乐纳凉

平台，水泥地的火热已退。怪不得大家聊着唱着，不知不觉就一个个沉入梦乡去了。

我的睡意被那弯新月的冷辉驱赶走了，手枕着头，白天割禾莳田带来的劳累经过一阵好睡，已经一扫而光。突然发现那弯新月的弦是弯向上边，又想起自己读书时总分不清上弦下弦月。今天是农历七月初一。上弦上弦，就是月初的弦，弦向上；下弦下弦，就是月底的弦，弦向下。我为这一彻悟而欣喜。

又看见那月亮旁边的大星，比其他的星星要亮无数倍，却苦于叫不出它的名字。在十多天前，刚开始割禾的那阵，天天晚上睡在这个平台上，仰望满天星斗，那北斗七星就嵌在碧蓝的天幕上。

我的手碰到笛子，摸起来横在嘴边又放下。如果这个时候吹上一曲《月光下的凤尾竹》，该有多么美妙的感觉！但吵醒大家睡觉就不好了。这半个多月，白天割禾莳田谁不累得精疲力尽？晚上十点以前地上还是滚热的，有一点风也是热的。屋子里就更热。大家在家洗过澡，就抱着枕头布毯直奔这里。吹牛的、唱歌的、讲笑话的，十几个人各有各的事做。

我最惬意的是把笛子拿到这里来吹。《小河淌水》《梅花三弄》《泉水叮咚》《十五的月亮》《望星空》，这些从龙源口中学史相生、刘日生几位师友那里学会的歌，我都喜欢吹。前几天秋生从莲花做手艺回来，教我吹《月光下的凤尾竹》，我几乎为这曲动听的歌如痴如醉，一遍遍地吹。秋生说这歌是一个叫施光南的作曲家写的，听说很年轻就去世了。

我敬佩秋生，他做泥水匠风吹日晒那么辛苦，还愿意看书、唱歌、玩乐器。他的笛子、二胡、口琴都好，在我看来，不比史相生差。他平日多在宁冈、莲花一带做手艺，他母亲种田，到六月割禾，他就回来。他住的地方是独在冬至塘过去一块菜园里的一间土砖屋，六月天不透风，热得没法睡。所以他一回来就加入仓库平台的睡觉队伍。他一来就成为这里的头头，带大家去河岭"偷"厚山人种的西瓜，去崂岭"偷"洪家稿妹老禾太家的水黄李，"偷"上湾烂门家的雪梨。

更多的是讲他在外面做手艺遇到的奇谈怪事。他新买了一把口琴，看我有兴趣，就教我吹《酒干倘卖无》。但他更喜欢拉二胡，村里开货车的少海也喜欢拉二胡，和他最要好。秋生在平台上的琴声一响，少海就跑过来，两人你拉我唱，我拉你唱，讨论指法，商量音节，津津有味。我听他们拉得最多的一首曲调凄婉哀怨，听得人心里酸酸的，就问这是什么歌？少海说这叫《江河水》，是一首描写东北人逃难的曲子。秋生告诉我，少海在公社文艺队干过，拉这首歌出了名。有一个冬夜，夜深人静，他们在秋生的土砖屋里拉《江河水》，好多人睡梦中醒来听着都哭了。

我想到再过十多天，这里就人去楼空，不由得难过起来。秋生说他过两天就回莲花做手艺，自己和燕良，还有那几个学字辈的小孩，都快开学了。乌头说，割完禾要跟他爹去寨北烧炭；四贤说，他要去太湖山学阉猪。反正过几天家里的农活忙完，大家就要各奔东西，这快乐的时光又要告一段落，大家要等来年夏天再相聚在这个仓库阳台上了。

小草扇,大文化

最忆孩提时,秋夜里依偎在父亲怀中的情景:脚底轻柔的小草,头顶璀璨的星空,小草与星空之间,点点萤火轻盈舞动。身为教师的父亲,摇着扇子给孩子们讲解诗歌,讲述故事……

古时候,一个手持轻丝团扇的宫女独卧在秋光中、画屏旁,很久很久。她发呆,也难过,因为拥有万千宠爱的皇帝很难来这里。她感觉到,自己的命运和这把到了秋天就要被遗弃的团扇一样可怜。想到这里,她叹了口气,站起身来,走下台阶。萤火虫在周围飞舞,她突然烦躁起来,用团扇扑打着、驱赶着。夜深了,冰凉的露水打湿白玉台阶,浸湿她的罗袜,一股凉气直透襟袖。她正想回身进屋,猛抬头看见天上的银河,这才想起,今夜是七夕啊!牛郎与织女即使相隔千里,每年终有相会的一天,可是自己呢?皇帝虽说近在咫尺,却难有相逢之日!这对比带来的伤害,让她久久地仰望着正在金风玉露中暗渡银汉的牛女双星……

父亲用富有磁性的男中音讲述着杜牧描写的"秋夕"故事，最后，还教我们背诵与之相关的诗歌：

"银烛秋光冷画屏，轻罗小扇扑流萤。
天阶夜色凉如水，卧看牵牛织女星。"

于是，年幼的我记住了秋天，记住了宫怨，记住了诗歌，也记住了那把美丽又哀怨的团扇。

作为中国汉族的传统工艺品和艺术品，扇子是美丽的。扇子的历史也是悠久的，西汉扬雄在《方言》中早有记载，晋代崔豹也曾在《古今注·舆服》中提到舜帝时期制作"五明扇"，用来广开视听，征求贤才。这是一种仪仗所用的扇，秦汉时公卿大夫皆可用，到魏晋才成为皇帝的专用品。除仪仗外，扇子还可在生活中用来取凉，这在西汉以后就已开始，从各种文学作品中可以管窥一斑：《三国演义》中，诸葛亮轻摇鹅毛扇，妙计横生，运筹帷幄；《念奴娇·赤壁怀古》中的周瑜，"羽扇纶巾，谈笑间，樯橹灰飞烟灭"，那是何等的洒脱！……东汉时，羽毛扇大都改为丝、绢、绫罗之类织品，以便点缀绣画。当时扇子有长圆、葵花、梅花、六角之形；亦有木、竹、骨等材之柄；还有扇坠、流苏、玉器之饰。圆形有柄的扇子称之为"纨扇"或

"团扇",也叫"合欢扇"。

扇子,本是一种生活用品。文人在扇面上写字作画后,它便成了艺术品。宋人郭若虚的《图画见闻志》对其做过较为详尽的描述:"以鸦青纸为之,上画本国豪贵,杂以妇人鞍马,或临水为金砂滩,暨莲荷、花木、水禽之类,点缀精巧。又以银泥为云气、月色之状,极可爱。"最初的写字作画是以团扇为载体,自明代中叶开始转向折扇,尤其是苏扇工艺形成规模之后,吴门画派、画中九友直至四王吴恽等一系列画家无不将折扇作为创作的园地。除了职业画家之外,文人士大夫也将题写、书画扇面视为一种以文会友、交际应酬的风尚,甚至广及僧道闺阁、商贾市井。纵观明清绘画史,扇面的比重不可忽视,虽然其创作空间受到一定的局限,但凡工笔写意、皴擦点染无不展现其间,山水人物、花卉翎毛,无不传神其上,由此成为中国画的一种特殊形式。

后来,扇子与戏曲喜相逢,又造就出别具风情的艺术魅力。戏曲舞台上的生旦净末丑各类人物,皆以扇子作为辅助道具,来增添舞台审美效果。生行中以小生使用最多,显示其风流倜傥;老生执扇,却表现闲适与安详;武生用扇不多,最有代表性的是《艳阳楼》里高登使用的大折扇,长约三尺许,展开硕大,充分显示出人物的桀骜与霸气。旦行用扇有一定讲究,端庄者多用小型泥金彩绘的折扇,如:《贵妃醉酒》中杨玉环的牙柄泥金折扇；昆曲《牡丹亭·游园》一折中杜丽娘用折扇，而丫环春香则用团扇。丑行中的文丑、方巾丑多使用折扇，然开合动作较大，合拢时以扇柄指指画画，甚至将扇子插入脖领，展示了人物的恶俗。

古典小说里的扇子，折射出当时的人生百态，以及朴素的思想情感。

《水浒传》第十六回《智取生辰纲》中，白日鼠白胜挑着一担酒桶走上冈来，边走边唱："赤日炎炎似火烧，野田禾稻半枯焦。农夫心内如汤煮，公子王孙把扇摇。"这把扇子，见证了夏天的炎热和贫富的悬殊。

《西游记》中孙悟空三借芭蕉扇，扑灭火焰山的熊熊大火。芭蕉扇出身不凡，是产于昆仑山的灵宝——太阴的精叶，可以一扇熄火，二扇生风，三扇下雨。这把扇子，反映出古代劳动人民渴望战胜自然的朴素思想。

至于《红楼梦》，关于扇子的故事就更多了。第三十回"宝钗借扇机带双敲"、第三十一回"撕扇子作千金一笑"、第四十八回中的"石呆子因扇遭祸"，无不给人留下极深印象。全书提到扇子之处更是多不胜数。其中，"宝钗扑蝶""晴雯撕扇"等成为刻画人物性格的点睛之笔。

实际生活中，一把折扇的执拿姿势、开合力度、摇动幅度也颇能体现人的态度与修养，或文雅，或庄静，或庸俗，或浮躁。旧时，一袭夏布或云罗长衫，一柄轻拂的折扇，往往呈现出一种文人的沉静与文雅，一种轻缓的节奏与安适。

一把扇子，竟有如许悠久历史！如许深厚的文化底蕴！于是，每到夏天，我便渴望拥一把折扇在手，在众人的艳羡中，轻踱方步，用白皙之手徐徐扇出舒缓软和之风，犹如风度翩翩的唐伯虎。可惜这样的美梦总是难以成真——那时农家子弟家境贫寒，没有闲钱购买这样的奢侈品。

但我终究圆了这样的梦。初中时，有位来自竹山村的朋友赠我一把草扇，堂而皇之代替了梦中的那把折扇，给我送来凉爽的风，还有那不可言说的虚荣感。

那是一把洋溢泥土芳香的扇子。扇面圆形，颜色金黄，没有花鸟人物等精美图案，有的只是一片火红的枫叶，或一个寄寓美好的"福"字。

那把草扇来自竹山——永新南端烟阁乡的一个小山村。此村自元至顺年间迁此落户，迄今近七百年历史。竹山，顾名思义，竹子之山。确实如此，竹山村四面环山，山上长满劲节可风的翠竹，还有高大苍翠的棕树。

俗话说，靠山吃山，靠水吃水。竹山村自先祖落户，就有编织草扇的传统。代代相传，人人会编，既编织幸福的生活，也编织美丽的传说：在很久很久以前，竹山村山多田少，人们只能开垦山地，常常累得汗流浃背。有一天，村外来了一位满头大汗的白胡子老人，他看见竹林中的棕树，眼前一亮，敏捷地爬上树顶，割下几块棕叶，然后撕成条条，眼花缭乱地编织起来，不久便织成一把草扇，舒畅地扇起风来。汗水散发后，老人放下扇子，扬长而去。

竹山人当时并不在意，直到第二年，有人发现老人丢下的草扇，经过一年的风吹雨淋并未腐烂，反而呈现出金黄的光泽。勤劳聪明的竹山人拾到这把扇子后，仿照编织，后来被乡人发现，争相购买，成了畅销货。竹山人找到商机，家家织扇糊口。经过日长月久的揣摩、创新，形成割、蒸、晒、撕、织多套工序，且在扇面上编织精美的图案。

竹山草扇，在空调、电风扇没有普及的贫困年代里，成为永新人去热消暑的精美利器。羽扇出风，不入腠理。我睡觉前常常摇着它，等到手发酸摇不动时，眼皮也慢慢地合拢。有时半夜惊醒，看见慈爱的母亲在一旁扇出轻柔的风，不知不觉中我又酣然入梦。

一把扇子，一种文化；一把扇子，一份情感；一把扇子，一段往事。长大后，我喜欢在文学作品中寻觅扇子的林林总总。

文学作品由文人而作，文人爱扇不胜枚举：诗人白居易笔下的白羽扇，是一位仙风道骨的清瘦白须翁，它"飒如松起籁，飘似鹤翻空"。诗人项斯的那把古扇，看透了世间冷暖，所以才会"千年萧瑟关人事，莫语当时掩泪归"。还有才女班婕妤，因

织扇面

不擅心机而敌不过弱不禁风的赵飞燕,被汉成帝遗弃在长信宫,遂在《怨歌行》一诗中描绘如许悲情之扇:"新裂齐纨素,鲜洁如霜雪。裁为合欢扇,团团似明月。出入君怀袖,动摇微风发。常恐秋节至,凉飚夺炎热。弃捐箧笥中,恩情中道绝。"这把扇子,其实就是班婕妤的象征,被人需要的时候"出入怀袖",不需之时就"弃捐箧笥"。相较而言,我还是喜欢明宣

劈经

宗朱瞻基手中的那把撒扇，它一出场便显示不凡："湘浦烟霞交翠，剡溪花雨生香。"如果再轻摇片刻，就会"扫却人间炎暑，招回天上清凉"。

当然，最难忘孔尚任的《桃花扇》。这是一把抒发亡国之痛的情感之扇，也是一把演绎人间喜怒哀乐的传奇之扇。

"明末四公子"之一的才子侯方域来到江南创立"复社"，邂逅秦淮歌妓李香君，两人陷入爱河并赠题诗扇。魏忠贤亲信阮大铖陷害侯方域，并强将李香君许配他人，香君不从，撞头欲自尽，血溅诗扇。侯方域朋友杨龙友利用血点在扇中画出一树桃花……扇子有情，香君更有义。然而，侯方域却在权势面前低头，变节投奔清朝。李香君严词斥责，撕碎桃花扇，拒绝见侯朝宗，入庵隐居。这是扇子的悲剧，也是爱情的悲剧。作者欲"借离合之情，写兴亡之感"。而扇子，在里面充当着重要的角色。它既是侯方域与李香君陷入爱河时的信物，也是侯、李二人决裂时的殉葬品，更是明王朝覆亡、清王朝建立的见证者。

一把扇子，看似轻盈、洒脱，实则承载太多的文化；一把扇子，看似简单、脆弱，实则却是自强不息奋斗不已。

时过境迁，随着空调冷气的普及和生活节奏的变化，扇子作为用具和佩饰渐渐远离了现实生活。与其他扇子一样，竹山草扇陷入在市场上难以生存、编织手艺濒临失传的困境。欣喜的是，竹山草扇没有做"弃妇怨"选择沉沦，而是在当地文化部门的扶持下，努力适应市场发展，适时宣传自身优势。电视剧《井冈山》中毛泽东手中的那把大草扇，就是当年竹山村的赤卫队队长送给他的。电视剧播出后，竹山草扇在当地又掀起了热潮。

抚扇追往昔，心中多感慨。小小扇子，竟也折射跌宕起伏的历史进程，隐藏五味杂陈的纷繁人生。虽已立秋，依旧炎热，加之思绪繁多，感觉头昏脑涨。我离开电脑，信手拿起静卧一旁的竹山草扇，轻摇着徐步慢行。霎时间，一阵清凉沁入心脾，那渐渐逝去的优雅重又浮现……

谚语中的村史

有人说，中国的乡村没有自己的历史；也有人说，乡村族谱就是她的历史。我却坚信，乡村的历史不在本纪列传，也不在族谱，而在祖辈流传的乡间谚语，因为谚语中有乡村过往岁月的四时烟火。

永新南乡秋溪一带故老口中对1928年那场七溪岭战斗的记忆，不在于宏大叙事，而在于点滴细节，如端午节早上的大雨，如滩背岭（与七溪岭遥对的一条山岭）上一位老人的葬礼，如山湾村一个叫九冬倌的暴动队员从七溪岭上跑下来送信而被打死在水稻田中，等等。还有一条，说是战后几天，一个长发覆耳的瘦长个子红军大官，在久大桥头叉腰向附近村的几百个老百姓喊话，话很长，虽然口音重，但很好懂。"他最后说的一句竟然是'饭熟争闹火'[①]！哈哈，

[①] "饭熟争闹火"，即要在关键时候下功夫，取得最后成功。

想不到这个外方人还知道我们永新人这句土话！"

多少次，我听着父老们每每扯古时讲到这个细节，心就怦然而动。到了对那段历史有所感受的年龄后，便愈发对那种场景下使用民间谚语"饭熟争闹火"来发动群众的那个人心生敬佩！

永新人有一句谚语叫"到哪拉山上唱哪拉曲"，即办事说话看场合看对象，入乡随俗。显然，那位外方人深谙此道，跟一群两腿青腿头裹长巾的庄稼汉讲"社会发展由量变到质的飞跃"这些大道理，无异于让他们"蚂蟥听水响"①，没有效，而用"饭熟争闹火"这句谚语就能说到他们心上去。天天坐茅窠凳烧火蒸饭的庄稼汉，最懂这个道理：锅里的饭熟不熟，就在于夹生时那一通旺火，如果关键时火熄了，就会煮成夹生饭，事后再烧大火，也不会熟，只会烧糊。

"这个人真是呱呱叫。贺麻子和他比，那是'坳背吹唢呐——差到哪里哪里去了！'②"山里眼伯伯口含大喇叭山烟卷，讲这段过往时，必加上这么一句，好像在谈论一位老熟人。贺麻子叫贺赞，四教人，红军走后拉了一支十多条枪的队伍，做了上南乡的土霸王，关于他的事迹民间流传也多，

---

① "蚂蟥听水响"，听不懂对方说的话，瞎凑热闹。
② "坳背吹唢呐——差到哪里哪里去了！"又可说"离天隔帽子"，即离事实差得很远。

老者为后人讲述谚语中的村史

但在善于说书讲古、胸中有颇多古今人物的山里眼伯伯看来，贺麻子专靠"拳头牯服人"①，那算不得人物。

在我眼中，山里眼伯伯却真算得上个人物。传说他年轻时

---

① "拳头牯服人"，即不讲道理，靠武力解决问题。

看过鲁班书，会装野鸡麂俚叫，会捉石蛙，会装套下吊放地铳，家里有吃不完的野味；他还是南乡有名的"打师傅"，与南塘人练庄堂的教头"火俚师"比身手，把"火俚师"打落江里；他中年才成个家，但不善也不愿勤扒苦做，所以日子过得紧巴巴的，却成天乐呵呵，人多处必有他，有他在大伙必然笑声不断，孩子更是没有不喜欢他的。他的胸中装满了无数有趣好听的"时闻"，讲话必用很多谚语，别人讲一件事，讲半天讲不清，他一句就让人过耳不忘。

快过年了，一天天下雪，我去找他的小儿子乌头玩，山里眼伯伯问我父亲去哪里了，我说去长里岗挑炭了。他说："你阿爹这是'光里不行，暗里乱兑'①，叫他跟我去'打铳'，他偏不听，这下'大年三十等猪长'②，下这么大雪还去挑炭！"

他说的时候正坐在饭桌旁，前面一杯酒，几盘菜，说句话，用筷子从一盘炒得红辣辣的肉菜里揿一块，塞进长着黄胡须的大嘴巴，牙巴骨挫动着，嚼得有滋有味。我盯着他的嘴巴看一会儿，又盯着那碗肉菜，问："山里眼伯伯，你吃的是什么肉呀？"

他滋地吸了一口酒，擤了擤鼻子，说："什么肉呀？这是

---

① "光里不行，暗里乱兑"，即做事情不遵守规律。
② "大年三十等猪长"，即过生活没计划，没打算。

干山牛肉，你吃不吃？"

我尝了一块，好吃，真香，细嚼慢咽，吞下去，舌尖上还余味无穷，就问山里眼伯伯："你家天天吃这么好的菜呀？"

他用筷子点着酒，在桌子上画着字，说："你山里眼伯伯就好喝口酒，吃点好菜，今天有今天吃，不管明天事，这叫作'有就穿裘裤，有就打闹嘎'①。"

我笑了，因为我听懂了这句谚语的意思，觉得听他说话更有趣，索性不去外面玩，坐在旁边看他喝酒，听他说话。

山里眼伯伯兴致不错，又无其他人可说话，就把我当成大人，和我讲起他年轻时的事。

"我七岁时是跟爹从湖南逃荒到这里，住在祠堂里，'打地有泥，扫地有灰'②。两年后他就死了。我一个人还住在祠堂里，吃百家饭，穿百家衣，跟着横溪和尚仔学打，学到十八岁，又跟他去学放排。中华人民共和国成立后，和尚仔转成国营林场工人，永新到吉安开通了公路，不用放排了。我又回到村里，还住祠堂，'娘娘就在伞把上，伞把就在娘娘上'……"

我赶忙打断他，问："这句什么意思？"

---

① "有就穿裘裤，有就打闹嘎"，即今朝有酒今朝醉的意思。
② "打地有泥，扫地有灰"，比喻贫穷至极。

"娘娘就是司命灶神的意思。'娘娘就在伞把上,伞把就在娘娘上',是说我单身人,穷得很,人出门,灶神也跟着出门,我回家,灶神也跟着回家。哈哈哈哈!"

山里眼伯伯开心地笑起来,笑过,又讲开了:"解放那阵闹土改,我第一个被划为贫农,工作队要我斗初开爹爹(读'嗲嗲',即爷爷的发音),我对工作队队长说,人吃良心树吃根,树怕剥皮人要脸皮。初开爹爹虽然良田千罗,官厅几栋,被划为地主,但人是好人,我父子二人得他收容才没冻死饿死,才能在这个村里落脚,而且他对长工们也好,过时过节好酒好菜招待。要我斗他,天王老子来说也不干。"那个队长恨我,说要办我。

"1956年,初开爹爹死了,他在永宁县公安局工作的儿子文海被发回村里'吃老米'①,家里房子田地都被分了,他也和我一起住祠堂。白天戴斗笠扛锄下地,晚上和我讲古论今。他文学深,夜里还看砖头厚的古书,讲起历史来不要打草稿,我说:'文海哥,你是生不逢时,这么好的才学回来种地,真是'斗笠仔盖死个秀才'②。"

"那天夜里永宁来了一帮人要抓他回去,说他参加一个反

---

① "吃老米",即有工作的人被开除,回家种田。
② "斗笠仔盖死个秀才",比喻生不逢时,读书人偏去种田。

村干部讲村史

革命集团。我守在祠堂门口,不让这帮人进门,我知道,文海一被抓回去就凶多吉少。那领头的人说,你不把人交出来,连你一块绑了。我说,你去打听打听,四教书院贺赞贺麻子十二条汉阳造都吓不倒我,你们'四两肉爬到虎脑上'[①],想抓我山里眼,不怕死就来。"

"我顺手抄过祠堂大门门闩,禾桶木粗,轿把长,棘楠柴铁样硬,被我抡得茅叶管一样,那几个人见不是事,连夜过七溪岭爬回永宁去了。后来文海平了反,在永宁做了副县长,不想没几年就死了,真是'命中只有三合米,走遍天下冇

---

① "四两肉爬到虎脑上",比喻自不量力。

村民在祠堂里听村干部讲村史

满升'①"

我问:"四教书院贺麻子他为什么抓你?"

山里眼伯伯听我这一问,索性把酒杯一推,卷起一支喇叭烟,连声说:"这就说来话长,说来话长。厚山有个史鉴先生,是个读书人,当年参加过秋收起义,红军过汗江,他想看看老娘,就跑了回来。贺麻子当乡公所长,听说他肚里有墨水,聘他到四教书院当先生,后来又让他到秋溪乡公所当师爷。史鉴先生与我师傅和尚仔是老庚,我叫他同年爹。我这个同年爹,'硬斧头劈硬柴,硬米打硬斋;讨米不

---

① "命中只有三合米,走遍天下有满升",唯心论的宿命观,暗指人的努力斗不过上天安排。

讨饭，穷也穷得硬（读暗）'①，他看不惯国民党政府，无事竟在《民国日报》上做了一篇文章，叫个什么《草木茂盛，禽兽当道》，骂的是江西省政府主席熊式辉，熊看了责成永新县长王斌把作者捉拿归案，王斌又向贺麻子要人。刚好同年爹在横溪师傅家喝酒，贺麻子带着他的保安队来捉人，师父得到风声，带着同年爹躲到尚山庵去了，留我看家。我是聋子不怕大爆竹，管你贺麻子贺'月子'②，我端把竹椅睡在门前晒谷场上。贺麻子来了，问我史师爷在不在屋，我说，'我同年爹说，在你乡公所干师爷，是"树尾巴上吊涵钵，灶角上放卜（蛋）"③，迟早会完蛋。他不干了，走了。'贺麻子问：'走到哪里去了？你带我去找。'我看了一眼他带的人，整整十二条汉阳造，问：'我同年爹犯了什么死罪，这么长枪短棍地来抓他？'贺麻子说：'他骂省府熊主席。'我说：'我同年爹说话"狗肚一条肠"④，不转弯，说了就说了，说话也不是死罪。'贺麻子说：'他是"狗咬蚊虫信口拍"⑤，骂熊主席是禽

---

① "硬斧头劈硬柴，硬米打硬斋；讨米不讨饭，穷也穷得硬（读暗）"，比喻为人耿直，宁折不弯。
② "月子"，即嘴唇有缺损的人。一般与"麻子"对举。
③ "树尾巴上吊涵钵，灶角上放卜卜"，涵钵即瓦坛子，卜卜即蛋。比喻事情不可靠，不长久。
④ "狗肚一条肠"，即为人直率，有一说一。
⑤ "狗咬蚊虫信口拍"，即说话骂人没有根据，胡说。

兽。'我哈哈大笑,说:'同年爹说得对,"丑角做官有长久"①,这年头是"会打官司有官做,会扛官轿有轿坐,砌匠家里冇茅窠,木匠家里冇凳坐"②。他熊式辉拉夫派粮,"虱婆过去剠只脚,黄鳅落地要巴灰"③,"封得住坛口,封不住人口"④,做了坏事,还不许人说?!'贺麻子一脸白麻子变成红麻子,说:'你这个湖南骡子不要"半斤鸭子四两嘴"⑤,包庇政治犯,是"捉虱婆沿脑壳"⑥,哪天犯在我手里,让你好看。'喊保安队的搜了一阵,毛也没捞到一根,只好走了。"

门外的雪停了,山里眼伯伯起身去七溪岭收夹子。我自告奋勇去当他的助手。一路上他告诉我哪条壕洑挖出过枪管,哪座山头有当年的碉堡,村里的贵青叔是在哪个地方被"阴兵"拖住了脚才瘸了的……

"英兵?是英国人吗?"我好奇地问。

"什么英国人,是阴间的兵。阳间的兵被打死了,到阴间还是当兵,叫阴兵。这个七溪岭到处是阴兵,我夜里来放吊

---

① "丑角做官有长久",即没能力的人做官只能风光一时。
② "会打官司有官做,会扛官轿有轿坐,砌匠家里冇茅窠,木匠家里冇凳坐",即有才能的人沉沦下层,无能的人占据高位。
③ "虱婆过去剠只脚,黄鳅落地要巴灰",即爱贪小便宜。
④ "封得住坛口,封不住人口",即不许人说出事实是做不到的。
⑤ "半斤鸭子四两嘴",即能说会道,凭嘴上功夫占便宜。
⑥ "捉虱婆沿脑壳",即搬起石头砸自己的脚,自作自受。

收夹,常听得到阴兵说话。各种地方的口音都有,有的笑有的哭,有的喊痛,有的还唱歌。"

"你不怕吗?"

"我人都不怕还怕鬼吗?只有快死的人才会被鬼缠上,因为他身上阳气弱,阴气盛,鬼才敢上身。我是敢在坟头上睡觉的人,哪个鬼敢近身?再说了,这里死的人都是外方人,'做鬼也讨不到斋饭'①,我可怜他们死在这里,家中爹娘老婆都不知道,也没人烧纸钱给他们用,就把他们当自家人,每次来都带点纸钱烧,这些鬼倒也知道好歹,在我面前不敢现身了。"

我问:"人为什么要打仗?枪炮马刀互相杀,多可怕呀!"

山里眼伯伯瞪着我看了好一会儿,说:"自古以来不就这样打吗?唐朝薛仁贵征东,罗通扫北,宋朝杨家将和辽军打,岳家军和金军打,梁山好汉和高俅、童贯这些奸臣打,明朝朱元璋和陈友谅打,清朝努尔哈赤和袁崇焕打,民国孙中山和袁世凯打,不就这样一直打下来的吗?"刚好这时走到了永宁亭,转身朝山口望去,整个秋溪坞一带人烟村落尽收眼底,他就用手指着这些村庄,颇有感慨地接着说:"就连我们老百姓,也是打打杀杀过来的,为了争水,南塘人和四教人打;为了

---

① "做鬼也讨不到斋饭",意思是做人没用,此处是情况不熟的意思。

争山,泮中人和横溪人打;老仙人和东塘人为了几棵茶籽树,打了几代人……"

我笑着接了一句:"你也和火俚师打。"

山里眼伯伯也哈哈大笑,说:"我们是'不打不相识,打了认亲戚'①。火俚师一年不知道要吃我几多野味!"

我问:"如果让你去打仗,你怕不怕?"

"怕?'要死卵向天,不死又过年'②。有什么怕!"

………………

距离那个下雪天过去三十多年后的一个秋天,不怕死的山里眼伯伯终于死了,是被一种叫新冠的病毒"杀"死的。我和几个族人把他僵硬的身子放入棺材中,合上盖的一刹那,我特意再看一眼那张长着黄胡须的嘴巴。它仿佛是阿拉伯传说中装满珍宝的洞窟,如今已紧紧闭上,再也无法重启。这位老人的去世,不但带走了满肚子的谚语,而且带走了一个乡村的历史,让人徒唤奈何。

---

① "不打不相识,打了认亲戚",指共患难的情谊更长久。
② "要死卵向天,不死又过年",即活得洒脱,也有得过且过的意思。

一曲沧桑是小鼓

数年前的一天，我在吉安办事。夜晚八点多，接到师范同学军的电话。他知道我来到这座城市出差。他说，有个叫冯子的流浪歌手，很有个性，你不去看会后悔的。

看到冯子时，他正被一群人包围着。仲秋的夜风微凉，挡不住大家对音乐的热爱。在缤纷灯火的映照下，没有长发披肩，没有矫揉造作，冯子夹叙夹唱，叙的是音乐梦想、流浪经历，唱的是平凡人的心声和向往。表情随着不同的歌曲呈现，或深情，或伤感，或和缓，或激越，极富感染力。一把吉他，一辆电动车，几张打印并覆膜的流浪日记，以及一套小音响组合，构成了他流浪的全部家当。我俯下身，观看日记，文笔流畅，真情流露。他的山东之行、海南之行，不乏坎坷，不乏甜蜜，更多的是苦涩和辛酸。

那一夜，我们在夜宵摊上畅谈了很久。冯子讲述其从一个普通农民变成流浪歌手,并且在流浪途中收获一个东北女子的爱情。他说,打算一年走完一个省,争取有生之年走遍全国。流浪道路尽管艰辛,但是会一直坚持走下去。看着那张自信多于苍老的脸,我不由心生敬意。

是啊,人降临世间,活得有尊严是一件多么重要的事情!可惜的是,在经济社会中,我们浮躁的心,遗弃了多少美好,失落了多少淳朴!

在冯子身上,我看到以前的老艺人的风范。他们所生活的时代,物质匮乏,生活困苦,但他们精神富有,良知充沛,用自信跟天地斗,用自尊跟困难斗。

酒酣耳热之时,我跟冯子讲述起永新老艺人的感人事迹。清朝乾隆年间(1736—1795),有一年湖北遭受特大洪灾,一批渔鼓艺人流落到赣西小城永新,住在北门圣恩堂,那是一个专门供养无依无靠的盲、聋、哑残疾人场所。白天里,他们四处散开,或乞讨,或卖艺;晚上就像倦鸟归林般齐聚一起。不论乞讨抑或卖艺,目的都是养家糊口。然能力分大小,手艺有高低,其中一位叫做葫芦麻子的艺人技艺超群,每次在大街小巷演唱,总能引来众人围观,接收的钱物远高于其他人。圣恩堂里的盲人不但觉得好听,还认为这是一条赚钱的好路子,便跟着勤学苦唱起来。一段时间后,大家公认进步最快的是欧阳承相。

欧阳承相,永新烟阁青岭村人。幼年时曾入私塾,略通文字。可惜突如其来的大病导致双目失明,加上父母相继去世,成了孤儿。好心的邻居见状,多方打听后把他送进圣恩堂。刚到此地,无一技之长的欧阳承相只能和其他盲人四处乞讨。艰辛的乞讨就像寒夜里孤行,风刀霜剑刺遍全身。葫芦麻子的到来像是寒夜里的一堆火,指明了正确的方向,也温暖着欧阳承相。前期他跟着努力仿效,后来又发挥自己的才华,结合永新地方特色潜心创新。道具上,把用蛇皮制作的长筒、渔鼓,换成牛皮制作的扁形双面小鼓,并增加竹板。文本上,把幼年读

花海鼓响

一曲沧桑是小鼓

过的诗书、听过的民间故事、戏文编成小鼓曲目。音乐上，多方搜集群众喜闻乐见的拉纤号子、伐木号子、劳动号子及山歌小调，并融化加工，配成小鼓音乐。欧阳承相怀着忐忑不安的心给几个同行表演，大家既认可这种形式，也指出了一些不足。反反复复地修改，使其逐渐完善。为了跟渔鼓区别开来，当地人称之为"唱号音"。

　　我私下揣摩，第一次正式走上街头表演唱号音时，欧阳承相是异常激动的。一个贫贱的孤儿，一个地位低下的乞丐，凭借勤劳与聪慧，从渔鼓这门外来艺术中汲取精华，创作出永新本土的艺术——唱号音，难道不值得骄傲吗？如果欧阳承相能预测到，在此后数百年的时间里，唱号音还能够养活一批批身残志坚的底层人民，并成为传唱不衰的经典，他肯定会欣喜若狂。

我仿佛看见，双目失明却精神饱满的欧阳承相腰系小鼓，左手击打竹板，右手敲击小鼓，挺直腰杆，用自信和自尊喊出荡气回肠的一声："小鼓一打咚咚响！"声音沧桑有劲，鼓点铿锵有力，板声清脆有韵。

欧阳承相改编的唱号音，没有乐队，一人多角，用诙谐幽默的永新方言，夹带独具特色的唱腔，讲述底层人民的喜怒哀乐，酸辣苦甜。听者感同身受，唏嘘不已，有人心生怜悯端来茶水，有人心甘情愿奉上铜钱，更有一批虔诚的追随者，学习着，传播着。就这样，富有地方特色的唱号音回荡在赣西大地的青山绿水间，陪伴了一代又一代的永新人民。

"了不起！"冯子由衷地竖起大拇指。我自豪地告诉他，革命年代里，唱号音发挥的作用更大。

1927年9月29日，偏僻的永新三湾村迎来毛泽东率领的革命队伍，也迎来了举世闻名的三湾改编。之后，永新各地相继成立苏维埃政府。县城所在地——禾川镇苏维埃政府顺应形势，选派专业人员创作出《打土豪分田地》《红军打败两只

"羊"》这类革命需要的新版唱号音节目,并组织圣恩堂的盲艺人进行集训,深入到全县各地演唱。饱经沧桑的唱号音,就这样华丽转身,成为宣传革命、动员革命的有力武器,为井冈山革命根据地的创建立下功劳,从而在它的发展史上留下一串串熠熠生辉的红色脚印。

中华人民共和国成立后,在党和政府的关怀下,唱号音不仅没有湮灭在岁月的尘土中,反而重焕青春,继续为新中国的发展服务,为广大人民服务。1953年4月,永新县文化馆举办第一期艺人学习班,打破了"号音只传盲人"的传统。时任永新县委宣传部部长、后任江西省文联副主席的张涛同志在考察时指示:"永新唱号音很有特色,要很好地挖掘整理……在全国都是大鼓,唯独永新是面小鼓,就叫永新小鼓吧。"从此,永新唱号音更名为"永新小鼓"。

"永新小鼓!有特色!"众人点赞起来。

一面小鼓,两度命名,浮浮沉沉三百余年。值得庆幸的是,"永新小鼓"这棵老树重新绽放艺术新芽,从田间地头、小巷里弄绽放到缤纷舞台、神州大地:作为独一无二的曲种入选《中国曲艺志》,受到各方媒体的追捧;2006年,获全国第五届曲艺艺术节精品节目奖;2007年,获全国第十四届群星奖;2010年,获全国第十五届群星奖;2014年,列入第四批国家级非物质文化遗产代表性项目名录……

老树绽新芽

送戏下乡

好艺术如同美酒,需要经历风雨的洗礼、时间的酝酿。永新小鼓,不正是这样的艺术吗?如今,众多旅居异地他乡的永新人,一回到家乡就会强烈要求听上一段永新小鼓。永新小鼓,已然成为根植永新的土特产、定盘菜。她的沧桑根须,早已根植在永新的红土沃野中;她的枝繁叶茂,已然绽放成一道亮丽的风景。

远去的早稻

一

怀着一种复杂的、五味杂陈的心情，我写下这篇纪念文章。纪念什么？纪念早稻，严格来说，是纪念与夏天和早稻有关的一些人和事。首先，随着骄阳下最后一声镰刀划过稻梗的脆响，跟随了父亲六十多年的早稻，终于在五天前退出了他的生活。此前两天，我和他共同完成了对一丘自留地早稻的收栽工作，那天是阴天，我把前一天吸收过量的酒精和与妻子斗气的愤懑全化为汗水，滴入了久违的乡间田地上。

此刻，室外的温度起码超过了40摄氏度，而此刻正是乡村夏收的高潮——尽管与十多年前我在家时的景况相比惨淡得多——无数像父亲一样与早稻打了一辈子交道的老农们，此刻正汗爬水流地在以古老的稼穑方式在田间劳作。而他们的子辈，那些本应为早稻承担主要责任的家伙，却大都远在各个城市逍遥自在，能够像我一样每年都回去和早稻来一次亲密接触的恐怕凤毛麟角。

早稻，这个在我眼皮底下晃荡了三十多年的东西，直到一星期前我行将和他彻底说拜拜的时候才蓦然闯入我的写作视线。

二

作为一个江南农家子弟，早稻是最熟悉不过最平常不过的东西了，也许对它就像对我们身上与生俱来的各个器官一样习以为常，所以我在绞尽脑汁回忆属于儿时生存范畴内的载体时，连萝卜都想到了，单单没有想到它。

然而，仔细理一理我的心路历程，儿时有趣的场景，竟大都与早稻有关，而在我写下的发表与未发表的文字中，不自觉就用了早稻做背景的也占了很大比例。我终于发现：我是早稻最忠实的追随者之一。是夏日炎炎的天气给了我创作的激情，还是打稻时挥汗如雨的辛劳净化了我的灵魂？反正，自1991年至1994年我生命中的黄金时期所写下的文字中，与夏天、早稻有关的至今捧读仍倍觉亲切，激情四溢。

与夏天和早稻有关的一些人和事，承载着一个乡村文学青年太多的梦想。这一切，也许是自身修炼不到家，也许是只缘身在此山中的迷茫，我尽管一直践行着夏日乡村寻梦的生活方式：劳作，思考，写作，与世无争，渴望一段纯洁无瑕的乡村之恋……却怎么也不能把这种生活写进我的作品中，就是写下来也跳脱不了抒情诗的窠臼，而我最清楚描写这段乡村生活最好的文体是小说，只有洒脱干净的小说才能提供若干年后仍能清楚反观这段生活的原貌，而抒情诗显然做不到这点。

也许我过于自信这是仅属于我一人的心底的世界，既然写不出，也无意于寻觅。这段情结在心底一埋就是十年。2004年，具体时间记不清了，没有任何预兆，我在古庐陵的一家书店中邂逅了《九三年的早稻》，邂逅了陶少鸿。在痴迷沈从文15年后，我的心再一次被一位湘籍作家狠狠地撞了一下。《九三年的早稻》瞬间激活了我埋藏了十年的乡间生活，冬生就是我，我就是冬生。我掩卷长叹。令我熟悉的生活场景，与早稻、与夏日有关的场景几乎令我相信了妻子一次开玩笑说我的前世今生

一片稻黄

是湖南某地人的宿命。阶基，我家门前半个多世纪的独特标志，我第一次在小说中读到了它；1993年的落榜青年，与一个乡间女人的情感纠缠，正是我迫切想在小说中表达的梦幻，第一次在小说中写得那么意蕴绵长又不落窠臼；毛老倌，是死去近20年的本家爷爷的再生。而早稻，偏偏又是1993年的早稻，贯穿了冬生寂寞而充满激情的落榜生活。我如梦初醒般翻出尘封已久的十多本日记，1991至1994期间，尤其是1993年，那个夏天，关于早稻的故事，正静静地沉睡在发黄的纸页间。里面的故事正是《九三年的早稻》中留白的真实而生动的注脚。几乎与作家少鸿同时，我也曾雄心勃勃，要以手中的笔来记录我们这一代人的真实生活，那一部几度易名，最后定名为《一代人》至今尚未杀青的小说稿，正是十年前在七溪岭下那栋歪斜的老屋里写的。

虽说无巧不成书，但一个人的内心世界是否与人的脸型一样有太多重复呢？湖南的青年才俊实在太多了，如果作家少鸿是一个与我同龄、同经历，却在写作才华上胜我千百倍的文学青年，那我就只有羞死的份。感谢网络，让我立刻查到了他的基本情况，让我长舒了一口气，他是我的叔父辈，经历也毫不相同。但他究竟是怎样得到冬生这一原型的？这个谜团留待他日亲往常德访他时解答也不迟。此刻，我心里对他充满了尊敬与向往。

三

父亲终于亲口对我宣布：明年不再种早稻了。毫不夸张地说，这句话宣告了一个农业家族最终的消亡，我认为其历史意义与载人航天飞机升空同等重要。

自从五百年前一位名叫李公行的老祖宗迁徙到这片土地，早稻就是村里世世代代固定的节目。那把老镰刀在岁月的稻秆上磨砺了锋利的白刃，一成不变的收割姿势显示了祖宗们柔韧的生存力。那一丘丘阡陌纵横的早稻田里，储存了祖先和父辈们多少粗犷的脚印——那是最生动的岁月留声呵。

村子不大，五百多年的繁衍生息，才有了这四十来户人家，

割早稻

令人怀疑这方水土中是否存在着某种先天不良。但早稻，却年年以固有的长势，丰富着每个村人的生存状态。

村里人虽然木讷愚钝，五百年里没有出过哪怕是一个秀才一级的读书人，但关于早稻，却在老人们的口头上流传着近乎传奇般的动人故事。其中一个就是说，在某朝某代，村子的发展达到了空前鼎盛时期。那时村里人丁兴旺，田地众多，五谷繁茂。每年的夏收时节，村里人男女老少都出动，一色青篾斗笠，撒落在金黄色的稻田中，站在七溪岭上一望，好不壮观。亭午时分，日头红火，闷热难耐，只要谁带头吼一句"呦忽"，满垅都是一派雄壮的"呦忽"声，此起彼伏。那时收早稻，没有打禾机，田里又有水，只能把早稻运回村里禾坪中打。因此担禾就是夏收中最辛苦的一项工作。通常这项工作都是由青壮年男子来承担。我幼年时听老人们说起过先辈们的传奇经历就是与担禾有关。那时候，先辈们个个虎背熊腰，人高马大，36条扦担（担禾用的扁担，长约一丈）出入村子，沉甸甸的稻捆把扦担压成一张弯弓，雄壮的汉子在纵横的田埂上健步如飞。夜晚，耿耿银河为他们照亮，啾啾虫鸣为他们伴奏，全村老幼在用过较平时丰盛许多的晚餐后，一一来到打谷坪，男人们支起打禾石，高高举起一捧捧的稻束，狠狠抽打，金黄圆润的谷粒雨一样洒落到坪地上。女人们在男人的一侧，接过男人甩过的青稻草，扎成一个个秸。把这些秸拖到村子周边地方晾晒则是小孩子们的任务。

每年的夏收一般要持续一个月,从大暑到立秋。最忙,最累,最开心的日子,也就是这一个月。

到了我的父辈这一代,除了打禾机代替了打禾石,几百年来的传统收割形式一成不变。他们除了姓名的不同,几乎无一不是在重复祖先们的生命。他们的足印覆盖了祖先们的足印,他们的汗水融入了祖先们的汗水中,甚至他们的声音,他们走路的姿势,无一不是祖先们的拷贝。时间的长河仿佛在这里停止了流淌。人民公社时期,村里人与全国农民一样把自己变成了集体的一员,共同种田,共同收获,听队长的一把哨子指挥,同时出门,同时收工,田野里欢声笑语,割禾时一丘田里十多把禾镰一起挥舞、莳田时十多双手臂一起摆动;休息时几十杆旱烟斗同时点火,几十股青烟同时袅绕,傍晚几十个人一起打禾、晒秆、收谷,而且越忙越有人扮演丑角讲笑话,逗大家开心。场面热闹,其乐融融。然而,笑归笑,这样的劳作方式的代价是每年的粮食不够吃,辅之以番薯等杂粮。令他们怎么也想不通的是,大家都出了力,流了汗,风调雨也顺,为什么粮食越打越少?但想归想,却永远也想不明白,也永远不会去怀疑什么。

就这样他们以祖先们永远也想不到的合作方式收割了近30年的早稻。在合作中,村里第十九世传人走完了生命的旅途,第二十世传人接过了扦担,第二十一世传人则见证了一个时代最后的辉煌。

四

历史仿佛一只迷途的小鸟,在夜空中打了一个圈,又落回到原来的树上。合作化的浪潮消退后,父辈们的早稻显得更为神圣了。禾桶禾台滚耙之类农具还是统一存放在祠堂,但仔细看就能发现,边上都被极认真地写上了不同的名字,不管恭肃端正,还是歪歪扭扭,姓是统一省去的,因为一村无杂姓,按谱排辈,也绝无重名之虞。没有了队长和哨音,勤人们的早稻熟得更早,收得更快;懒汉们的早稻则迟迟抽不了穗,勾不了头。但无论勤人还是懒人,他们的早稻都要晒干,于是原先宽阔的晒谷坪被分成了大大小小的几十块,开始以白线作界,不是东家过了西家的界,就是南家占了北家的地,总有几场小小的纠纷,比这更容易酿成纠纷的是放水。不同的是这种纠纷会演变成村与村之间的斗争。因为上游村庄扼守着水路,不把自家的田放得满满的,决不会让水往下游走。禾已割完,等水莳田的下游村子当然不甘心,一呼百应,长枪短棍,浩浩荡荡前来要水,一年下来,几场打斗在所难免。为水而大动干戈是一回事,对付老天由晴转雨而骂声一片又是一回事。在我 1991 至 1994 年的夏收日记中,关于夏收日子遇雨的记载就有五篇之多。最详细的是1992年的夏收，连天的阴雨使稻谷发芽霉烂，有的还在田里就倒伏沤臭，无奈的村人都声称自家盛产"豆芽菜"。

往事的回忆像我们好心的乡亲，总是报喜不报忧，去伪存真，去粗存精。关于父辈们的早稻，诗意的描述当然更能引起对田园牧歌式的怀念，但一脚踩进滚烫的水田里，虎口被禾把撑得攥不紧拳头，手脸几经炙烤由白转红，由红转黑，打禾打到鸡叫头遍，天不亮就要起床下田的滋味会让你永远诗意不起来，这也就是村里第二十一世传人为什么宁愿在城里睡大街，饿肚皮，也不愿意回来的原因。

竹筒布袋赶圩去

人到中年，恋上厨房。没事我喜欢去菜市场闲逛，大包小包拎回家后，钻进厨房成一统，管他冬夏与春秋。逛市场可观人生百态，进厨房可品人生百味。如此美差，何乐而不为呢。

年少时，我曾羡慕城里人生活舒适，菜市场、大商店到处都是，购买生活用品轻而易举，随心所欲。乡下人却不易，买个小物件也要苦等几天，候着逢圩日风尘仆仆行走好几里才能买到。至于品种、数量，那就更不能攀比了。

那时我的家乡——杨桥赶圩时间为农历每月三、六、九，多半从早上六七点开始，正午结束。一到逢圩日，坎坷不平的沙子路上随处可见三三两两的人群：嘻嘻哈哈的小孩，花枝招展的姑娘，脚步匆匆的男子，伛偻着身子的老人。对于赶圩，尤其是恰逢佳节，众人皆有难得一遇的幸福感，衣装齐整、心情愉悦是标配。年轻女子把最好的衣服穿上，青年男子则驾驶

挑着竹筒和布袋去赶圩

最好的交通工具——摩托车,威风凛凛地四处炫耀。圩场上,人头攒动,人声鼎沸,争与让是主要的方式,买与卖是永恒的主题。

印象中,赶圩的人多半挎着竹篮,买好的物品一股脑儿放里面;倘若把自家产的土特产拿去卖,则挑着箩筐或背着蛇皮袋。

20世纪80年代末,考上杨桥中学那年暑假,母亲带我去临近乡镇——高市乡赶圩,说是奖励一下。类似大姑娘坐轿这样的大事,各种细节还能记忆犹新。

晨曦微露,我们就出发了。沿着高低不平的小路,我屁颠屁颠地跟在母亲身后,向村西边走去。一路上,几个同村阿姨陆续加入。她们像母亲一样肩挑两箩筐新鲜的萝卜,自家婶婶还提着一只铁桶,里面装着叔叔打夜班捉到的泥鳅。过田埂,翻山坡,十几公里小路,我竟然不觉得累。一路上,大家有说有笑。抵达圩场时,个个都满头大汗,气喘吁吁。

圩场设在乡政府旁边,其实也就是依托通往湖南的马路(即如今的319国道),老百姓在道路两边摆摊设点而成。隔着好远,就能听到喧闹声。进入圩场,我紧紧地牵着母亲的衣襟,生怕走丢。时不时有人碰着,有东西挨着。耳朵里的叫卖声、呐喊声,汇成声音的河流,肆无忌惮地在里面打转,又向四面八方奔涌而去。大家散开后各自找到位置,把担子放下来,像姜太公钓鱼一样等待顾客的光临。不久,一对青年男女走过来,询问萝卜的价钱。母亲憨厚地笑着回答:"五毛钱一斤。"女青年在里面翻了一下,满意地说:"很新鲜。"挑挑拣拣买了两斤。我蹲在一旁高兴地看着母亲数着一张张皱巴巴的纸币。趁着没人,母亲又从口袋里掏出来小心翼翼地抚平,对折好放进去。周围都是像母亲一样卖蔬菜瓜果的农民。没有生意时,他们表情木讷,痴痴地望着川流不息的人群。当有顾客光临,脸上会绽开朴素的笑容,用地道的永新话和对方交流。临近中午,箩筐里的萝卜越来越少,价钱也越发便宜。母亲狠下决心,一毛钱一斤处理完,然后在附近买了些家里缺少的食品和日用品放入筐里,最后还下决心买了两个香喷喷的包子给我。

印象中,永新北乡人赶圩,简单自然。在他们看来,赶圩就像做饭炒菜、耕田播种那样,是生活中必不可少的一部分。自家产的蔬菜瓜果在圩场上叫卖,再买回家里所需的日用品。这是一个物质交换的过程,价钱公道,少有欺诈,有时还会赠送,免费品尝。

21世纪悄然来临,我也来到县城工作,乡下的圩场也悄然远离。我正儿八经像城里人一样,来到市场上买东西。城里人不叫赶圩,多称呼"逛菜市场"或"逛大世界"。

但我却常怀念当年那乡下的简陋圩场、淳朴村民,也会私下对比。赶圩侧重反映出农民的时间紧迫,只能利用有限的时间去买卖,回来后田里土里一大堆的事情要去忙活。再说,圩场上的东西少,店铺也少,农民是买卖的主体(进入21世纪,圩场上的店铺如雨后春笋般多),你有时间逛也没地方玩。城里人去菜市场,个人时间充裕,市场百货众多,心情多为悠闲自得,悠闲地去,悠闲地逛,悠闲地返回。

在文化部门工作,下乡的时间多了,获得的信息也多了。有一次,偶然发现永新南乡人赶圩竟然是非物质文化遗产!我顿时产生浓厚的兴趣,东南西北找资料,兴高采烈看实地。

永新乡镇众多，笼统地划分为东南西北四乡，几乎每个乡镇都有圩场。南乡，主要指南边地区，包括才丰、在中、烟阁、龙源口、三湾五个乡镇。由于才丰、在中毗邻城区，三湾人口不足一万，因此狭义上讲，南乡指龙源口和烟阁一带。南乡属于典型的山区，绥源山、七溪岭、万年山、九陇山群山簇拥，翠竹遍地。

初见南乡圩场，觉与其他乡镇并无两样，也设在乡政府附近。还未进圩场，叫卖声、鸡鸣狗吠声跃入耳中。进入圩场，各种味道扑鼻而来。

但南乡的圩场又和其他圩场不一样。赶圩的南乡人，多半携带竹筒、布袋。这与我赶圩的所见所闻截然不同。竹筒、布袋如何制作？南乡人为何钟情于此？正当困惑之时，看见一老者坐在树下惬意地抽着旱烟，遂与之交谈。

老者深吸一口旱烟，吐出一圈悠闲的烟雾，张开缺少门牙的嘴，娓娓道来。

"年轻人，相信你听过'靠山吃山，靠水吃水'的话。我们南乡，虽然偏了点，可景色好，山多、竹子多。竹子这东西，可有用呢。我们把竹子砍下来，编制斗笠、箩筐，还利用竹筒盛饭菜、酒水。你说怪不怪，这饭菜在竹筒里呀，就像进了冰箱一样，夏天难变质，冬天还能保暖。这是生活经验，需要几代人的摸索。所以啊，不管是上山劳作、下田耕种，还是赶圩探亲，我们都随身带着。至于这个布袋，是用苎麻编织的，它上头尖下头宽，有点像弥勒佛的肚子。你别小看它，能装很多东西呢，收割时装谷子、番薯，上山采摘时装茶籽、野果子，就连毒蛇也可以装。以前这里山路崎岖，用箩筐肩挑不方便，用布袋装却是方便得很。你以后看到背着布袋、腰间别着竹筒的人，那肯定是我们南乡人喽。'南乡人①上街②，竹筒布袋'，就这样越传越远了。"

老者一脸得意，取出腰间竹筒喝了口水，背上布袋与我道别，留下还在沉思的我。布袋和竹筒，不就是南乡人勤俭节约的象征？不就是南乡人努力顽强的象征？

在革命旧址秋溪乡党支部（原明心寺），我看到一段不一样的历史。1928年2月7日，毛泽东率领工农革命军第一师第一团从拿山过枫木坳，经绥远山来到龙源口。抵达秋溪后，他亲自培养、发展5人加入中国共产党，并在明心寺参加了秋溪乡党支部的成立大会，主持了新党员入党宣誓仪式。就这样，一座简陋的寺庙，历经革命之火的洗礼，成为井冈山革命斗争时期毛泽东亲手创建的第一个农村党支部。那时起，南乡人民为了支援红军，用布袋挑着粮食、用竹筒盛饭运上山，有时还会

---

① 人：永新方言中音同"银"。
② 街：永新方言读 gai。上街意指赶圩。

利用竹筒装盐巴、药品，躲过敌人的搜查。

行文于此，我感慨万千。郭沫若曾高度赞誉的永新人民，为新中国的成立所付出的代价："长征逾万参加者，烈士八千磊落才。"还有更多的永新百姓，就地取材编制草席、斗笠，用竹筒、布袋满载物品，为饥寒交迫的红军战士送衣送粮！

竹筒布袋，就地取材，简单实用。我多想再看到这样喜人的一幕：人们赶圩购物，不用塑料袋，照旧是竹筒布袋。少了的是各种垃圾，多了的却是浓浓的生活气息。

随着我国现代化进程的加速，竹筒和布袋，斗笠与草席，或许正以平和的心态渐行渐远，但它们所蕴含的勤俭节约、无私奉献的优良美德却永不过时，常驻人间。

宗祠联族谊

"喤喤喤！祠堂开会啰！"

"喤喤喤！各家大人到祠堂开会啰！"

童年的傍晚，经常在吃饭时响起这样的锣声及吆喝声。这时的父亲匆匆扒过几口饭，便撂下筷子跑祠堂去了。我紧随其后，生怕错过了好看的热闹、好听的时闻。

祠堂里的人或站或坐，边聊天边听我父亲讲话。父亲是队里的会计，会议一般由他唱主角。

所谓开会，就是宣布一些村里的事务，如完公粮、交田亩钱、耕地余缺调剂一类。

我最喜倾听大人们的闲谈，他们经常谈到无话可谈，我父亲又还没宣布散会，他们就会无聊地仰着头看祠堂顶上的桁梁藻井，把话题扯到这祠堂的历史上去。

我村大祠堂，不知始建于何时，村里老人只知道祖辈传下来的说法是，建成的那一年取消了科举考试——从横溪礼聘的段姓秀才刚坐了两个月馆,就卷起铺盖回了家。

村里原有李、郭、谢三姓,李姓多,郭、谢仅三五户,平日相处倒也和睦,但建宗祠不比其他,是一姓一祠,没有数姓共祠的先例。故建祠时李姓独力承担,与郭、谢说定,红事(收亲嫁女)不借白事(丧事)借,即郭、谢姓老人终世,可在李氏宗祠内停柩发丧,以显尊重死者之意。

族人参加祭祖活动

祭祖

当时李姓也仅20来户人家，但有一个粮户（地主），家有良田上千罗（约160多亩），年收租谷上万斤。粮户财旺丁不旺，膝下只一女，年方二八，尚未许配，粮户一眼看上了建祠堂的木匠小徒弟，就把他招为赘婿。粮户人逢喜事精神爽，宣布祠堂各种"作头"的工钱他包场，木材砖瓦合村李姓人家动手筹备。族中在烟阁万年山中有祖传木山，派村中丁壮进山伐木，顺江放排，建祠用木料多，那一人合抱不完的粗的梁柱就有六对，加上桁架藻顶，中堂牖板，天井瓦伏，把大半个木山都砍光了。

祠堂建成后，村容肃然，文风鼎盛。四教书院里有18担书箱属于我村（山湾）世德堂。立祠规，续宗谱，肃纲纪，一个百十口人丁的村庄俨然有大族风范。

这样的故事我百听不厌。而且对祠堂里举行的各种活动也很有兴趣。

每年春节，合族祭祖。据清道光二十四年（1844）《山湾李氏族谱》载，我村开基祖李公行在元至正年间，从本邑北乡浣溪游历至厚山绮石，入赘史家。明永乐年间，四世祖潮翁由绮石迁山湾，与郭、谢两姓共居一团。而本族追本溯源，实唐西平武王李晟之后，故堂牌赫然曰"世德堂"，谱号赫然曰"西平李氏"。

记得小时祭拜时，祠堂中堂上，西平王大幅画像居中，公行翁像居左,潮翁像居右。"克"字辈兄弟两人辈分最长,拈香燃烛,鞠躬礼拜,堂内一时香烛荧煌,瑞气呈祥。合族男丁免冠肃立,听族长公贵早伯伯朗声宣读:

"父母兄弟,吾身也;祖宗,父母之本也;族人,兄弟之分也,不可以不思也。思则饥寒而相娱,不思则富贵而相攘;思则万叶而同室,不思则同母而化为胡、越………"

贵早伯伯在祠堂内读过几年私塾,既是族长公又是为村里主持婚丧仪式的"老绅",念起之乎者也来古腔古调,有板有眼,韵味十足。懵懂顽童,只图个祭拜时的红火热闹,却不料被他年复一年的板眼腔调,声韵口吻所熏陶,虽不知所念何意,却也朦胧滋生出一种肃穆情绪,出神发呆之余,在人群中左顾右盼,竟觉得平日打过架的那些人也分外亲切,骂过我的人也不觉可恨了。

念毕,大伙恭恭敬敬三叩首三跪拜。又互相对拜拉手,平日红过脸的,矛盾在这一拉一拜中,都一笑而泯。

接着,父亲把一张大红纸贴于牖板之上。红纸写的是族规。父亲也读过几年书,粗通文墨,就领着大伙念了起来:"一、隆祀典。宗祠之有祭祀,上以尊祖敬宗,下以敦伦睦族……二、敦孝悌……人生自幼及长,乳哺怀抱,鞠育顾复教诲、婚娶,何事不关父母劬劳?……三、正伦纪。世族大家,名分不可不严,规矩不可不肃……四、劝训课。子孙虽愚,经书不可不读……我族各房殷实，今后必须慷慨捐助俾寒士亦得以奋志功名，庶几克绍书香于不替也。五、端士习……夫读书明理，自宜恪守……不顾廉耻者，祭日必共斥其短。六、务本业。读书之外，农工商贾悉属谋生正路……如有不务本业，游手好闲、赌博乱荡、奸淫窃盗，合族革出不许入祠。七、禁械斗……夫事有不平，尽可央中理论，或中不能散，尽可鸣之于官……若徒逞血气之勇，是自蹈于刑戮也。八、息争讼……嗣后族内或有不平之事，必先经亲房理论……如有不由家庭劝改，横行涉讼者，合族曲直公惩。"

念完，他还要对照一个绿皮日记本，煞有介事地来一番"执法"演说，大致把一年来村里人违反祠规的各种情形不点名地批评一番，又对某某某做得好的光荣事迹宣扬表彰一番。受

祭祖活动中致辞

看族谱

表彰的当然脸上有光,做了亏心事的,自觉对号入座,多数内心自责,脸上发烧。也有些人不服,当众与父亲顶撞起来,父亲的口才了得,又占着理,总把那些人驳得哑口无言。母亲常在家里规劝父亲不要太认真,"公家公俚的事,何必自己得罪人。你家夏楼园,四代单传,连个叔伯兄弟都没有。当年我生老二难产,还不是靠人家帮忙,用一张竹椅抬到二机厂医院,我母子才捡回一条命?"母亲所指是与父亲在祠堂顶过几次的一个叫牛皮客的人,他常私砍村里自留山上的茶籽树。父亲说:"老牛人是好人,但公共的东西不能动,这个道理他还不懂?这是祠规上写得明明白白的。他犯了,就得罚!"

平日里,除遇婚丧庆吊,祠堂都是锁着。端阳和中秋,打开门让各家上香火下斋饭。各家当家人把过节的菜肴用"条盘"

端着，带好香烛鞭炮，恭恭敬敬来到祠堂神案前，上香点烛放鞭炮，横托"条盘"拱臂而敬，三敬三祷，敬的是天地祖宗，祷的是自己家运，合家老小四季平安。

这种场合一般不让小孩参加。有一次我也兴冲冲跟父亲去，父亲在放完鞭炮"下斋饭"敬祷时，我在旁嘀咕了一句"哎哟，这炮竹真大响，吓死人"。父亲连忙放下"条盘"，双膝跪地，连连叩头，口里念道："祖宗爹爹，孩童言语，百无禁忌，千万别当真呀！"回到家把我训斥了一阵，脸上那种无奈又忧愁的表情，我终生难忘。

"冬至大如年"，从宗族联谊来说，的确如此。每年的冬至这天，是从本村迁出到各地的裔孙回祠祭祖验谱的大日子，何况明年正月初六上牌，这桩大事需各房各支提早合议商量，所以那年的冬至显得尤为隆重。

提早几天，祠堂就大门侧门齐开，一户一人到祠打扫卫生，整理物品，采办"杂货"（即酒席菜品原料）。村里一口水塘名"冬至塘"，冬至塘里的鱼是专为冬至节招待回祠裔孙的，也开始放水干塘。

冬至前一天下午，冬至塘里大鱼小鱼全部上岸，装满了十多个脚盆，一溜排在祠堂里。贵早伯伯选出一条金丝大鲤鱼，另盆养着。父亲又扯着大嗓门开始讲话了。他说："今年的祭祖会，除了横溪、绥源、宁冈茅坪樟树下、观音堂、庵背各房支外，还增加了龙泉石围子、攸县兰村的族人，论辈份，龙泉石围子是这里四房一支，与茅坪樟树下平辈，那边谱上载着，明万历年间，四房十二世开明翁家新房上梁，梁上铜镜坠落摔成五瓣，刚好开明翁五子，有懂风水的人要开明翁放五子远走他乡避难。三年后，四子归来，一子留在龙泉石围子成家立业，现有人丁近百口。这是茅坪樟树下族人寻访到的，对方有谱做证。攸县兰村呢，还是我们的兄弟辈。族谱上记载得明明白白，开基祖李公行入赘厚山绮石，生李盛，甫一岁，又外出，后定居于攸县兰村，繁衍后代，彼处盛产烟煤，族人富庶，于清光绪七年修谱，派人至我村，邀我村合谱，我村因穷，无力出谱资，告罢。今年春节，祠长春先、族长贵早及长房桃兰三人赴攸县，至兰村访到了那里的族人，如今他们那里有上百户人家，比我们大多了。他们也答应前来参加今年的冬至会，与我村叙叙同宗之谊。"

父亲这一番长篇演说讲下来，引发了热烈的议论。

"哈，一下又多出了两个亲戚。看来这鱼还不够吃呢。"

"鱼不够怕什么，明天的拦门猪杀大一点。包你有的吃。"

说得大家开心地笑了起来。

说到"拦门猪"，父亲又详细布置了一番："水生、黑牯、九生、秋生……你们几个明天负责捉猪杀猪；老山、老金，你们两个负责放铳。记住，要等攸县的客人到了上路口，才能放铳杀猪，不要早也不要迟。"

"我们怎么知道谁是攸县客，又没见过。他们脸上又不写字。"惯于开玩笑的老山嘀咕了一句，把大家又逗笑了。

父亲连忙说："这好记，他们交代过，说会送一块匾。你们到时看到抬了匾的人就是了。"

那年我上初二，冬至节那天是礼拜天。我从礼拜五下午回家就混在祠堂里出出进进的人群中，饱看了这场冬至祭祖会的热闹。看见供桌上贴着红纸的"三牲"：那条冬至塘里捞上来的金丝鲤鱼、杀"拦门猪"时取下的猪头、一碗半熟的南瓜扣肉，贵早伯伯恭恭敬敬烧香叩拜毕，又领黑压压一祠堂人"唱"起那篇"父母兄弟，吾身也"的祭词。当时已稍开了些心思的我，待祭祖仪式过后，跟着大人吃过"十大罗碗"的酒席，看看酒阑人散，我自意犹未尽，竟一时心血来潮，用几张祠堂用剩的有光纸裁成作业本大小，拈过父亲记账的水笔，兴冲冲地写了一篇作文，名曰《热闹的冬至会》，从开祠清扫到冬至塘捉鱼，从父亲提调事务到看老山、老金在村头上路口装火药放地铳，水生、黑牯几个把一头两百多斤重的肥猪架在两条长凳上，客来铳响时杀"拦门猪"的事都流水账式记了下来，详细写了冬至祭祖时的情景。五房外迁族人在排队时如何争论辈份次顺，那从湖南攸县兰村来的五位客人讲着一口难懂的话，父亲在他们和族长公贵早伯伯间充当"翻译"的种种趣事，我一件也没放过。祭完祖,村中长房、三房、五房及横溪、绥源、宁冈茅坪樟树下、观音堂、庵背等外迁裔孙各从布包中亮出族谱,依乾、兑、离、震、巽、坎、艮、坤的谱号,从右至左依次供奉于祠堂供桌之上,由族长贵早伯伯和宁冈茅坪庵背的一位老者共同验谱,他们净手后逐本逐张翻检。因为谱的纸张都是对折宣纸,又长又薄,每本有半块土砖厚,时间久远,怕不小心弄破,所以我记得从日头当中开始,把八本谱验完,日头就快落山了。贵早伯伯批评本村三房保管的离字号谱封面有墨水污渍,公议责罚三房缴祠会生谷一担,声明如下次再有损毁,即永夺其掌谱权,他又对横溪裔孙保管的震字号谱中用生烟叶子夹着防虫蛀的做法大加赞扬,要求其他各房都要学习这一做法。验罢,各支掌谱人复小心包好。按立定的移交规则,本村三号谱轮流给二房、四房、六房保管,外迁各支仍归各支保管。

验谱后,是"上谱"。各支代表把一年内本支各家人丁生殁嫁娶情况列出详单,用红纸写了,交给族长,族长又交给我父亲,誊抄于一本专用本子里,我好奇地问父亲这是做什么用,父亲以难得的好态度告诉我,族谱按规定三十年一修,每一代人都要留下名字和生死时间,读书有出息的还要载上生平事迹。我似懂非懂点着头。"上谱"后是纳"祠捐",各房支系按祖宗定规,交纳一定数量的现金或生谷,作为祠会开支用度。父亲又用另一本本子认真记下。这一切程序做完,天已快暗,他们还得继续商量明年正月祠堂"上牌"事项，而我，却不得不离开，赶回十里路外的龙源口中学上晚自习，所以留下了一点小小的遗憾。那篇现场报道式的作文中也就没有涉及到。

次年正月初六，祠堂"上牌"的隆重仪式让我又一次心潮澎湃，便学着教科书上刚学过的《兰亭集序》的样子，依葫芦画瓢写了一篇《辛卯祠堂上牌记》，半文半白，似通不通，什么"是日也，春和景明，暖阳普照"，什么"金匾银牌，分列两侧；高朋贵宾，济济一堂"，什么"子孙繁衍，绵绵无穷；良田千顷，物阜民丰"之类，洋洋洒洒千余字，自己读一遍掉了一地的鸡皮疙瘩，不料被父亲看见，破天荒没骂我，还拿给村中一班老人看，据说贵早伯伯看了，连说几声"有办法，了不起"。吩咐父亲收到"上谱"资料里。不承想我一个以顽劣出名，村里人人侧目的顽童，从此赢得了小小的文名。后来每次在学校收获了什么小小的荣誉，回村时从祠堂门前过，我都会稍稍驻足，仰视一番那块白底黑字的"山湾李氏宗祠"匾额牌，心里不由得一阵激动，默念道："李晟爹爹，我将来一定要成就一番事业，为你争光呢。"

驺冈岭上鞔鼓声

一直对永新东乡的驺冈岭怀有浓浓情意。这份情源自孩提时,源于父母亲。

孩提时,跟村中小孩吵架,会彼此对骂父母的外号,如"狗仔、大脑鼓"之类。好多小孩知道我母亲的外号叫"鞔(mán)鼓窝"。他们总会当着我的面一起手舞足蹈地大喊:"鞔鼓窝,你是(读成"yin xie")鞔鼓窝的崽。"然后哄堂大笑起来,笑声里充满了得意和快活。而我,只能责备他们的粗野、不讲道理,话音刚落却被淹没在嘲笑声中,我心有不甘却又无可奈何。落荒而逃回来,把怒气一股脑儿撒在母亲身上:"鞔鼓窝!鞔鼓窝!难听死了!你怎么有这样难听的外号!"母亲诧异地看了我一眼,低头继续忙手中的活。我只好问父亲,他伸出手摸摸我的头,笑着讲起故事来。你母亲做女儿时的村庄叫驺冈岭,他们的祖宗叫驺岩公,是古代(后来我才知道是东汉时期)一个很厉害的人,当了太史令这样的大官。他善于观察天象、推算历法,也擅长鞔鼓。对了,鞔鼓就是制作鼓。为了让后代子孙过得好,他把鞔鼓的手艺传了下来。从此,驷冈岭鞔鼓在全县出了名,驷冈岭人都有一个外号叫"鞔鼓窝",意思是鞔鼓的人。孩子,你要记住,鞔鼓的人凭手艺赚钱,是本分人,"鞔鼓窝"这个外号不丢人。我似懂非懂地点着头,不丢人的"鞔鼓窝"像一颗神秘的种子,就此在心中生根发芽。后来,当别人再次对我手舞足蹈地大喊那个外号时,我微微一笑,不与之争辩。

不久后,我在父母的带领下来到禾川镇芦塘村驷冈岭小组,那是一个毗邻石桥镇的小山村,不足百户人家,村前田野,村后山坡。还没进村,看见村后的山坡仿似一头卧牛,头朝南,尾向北,安静地望着远方。它瞬间诱惑了我,便缠着大不了几岁的小舅去游玩。坡上密密麻麻的杂草,就像牛身上的毛;一块隆起的巨石,成为牛背上的驼峰。小舅告诉我,村里人叫它"卧牛山"。农家子弟多爱牛,就这样,我迷恋上卧牛山。看到二舅家里各式各样的鼓,我又缠着要看鞔鼓。撸刀、锯子、斧头、刨子等,仿若十八般武器在舅舅手中挥舞。半天下来,一只圆桶状的鼓就成型了。第二天,牛皮蒙上去,一只漂亮的鼓便绽放眼前。敲着"咚咚"作响的鼓,我心里乐开了花。

在永新师范读书时,我了解到了"鞔鼓"一词的含义:张革蒙鼓。(章太炎《新方言·释器》:"张革冒鼓亦曰鞔鼓。")多么简洁,却又令人想象丰富:如何制革?如何张革?如何蒙鼓?

或许只有内行人才知其复杂吧。想不到,"鞔鼓"一词竟有如此悠久的历史!我开始迷上关于古代战争的影片,那种千军万马齐奔腾的场面令人震撼,尤其那震耳欲聋的鼓声,更是让人热血沸腾。我喜欢诵读关于战争的古诗词:"鞔鼓画麒麟,看君击

鞔鼓场

狂节""霾两轮兮絷四马,援玉枹兮击鸣鼓""扰金伐鼓下榆关,旌旆逶迤碣石间。"那些场景令我痴迷,想入非非。或许这源于我的血液里也流淌着驺冈岭人的基因吧。学校地处县城郊区的东华岭上,距离驺冈岭不远,周末有空我便去。一看见卧牛山,耳边仿佛就响起"咚咚"的鼓声。这种思维已成惯性,仿若着迷。

毕业出来,我分配在北乡一个山沟学校教书,距离驺冈岭越来越远。只有过年时才会去那边,看望年迈的外祖父母,也重温鞔鼓的场景。年幼时我看到的是鞔鼓人的风光,如今却看到他们的辛酸。第二年正月十四,突然接到噩耗:二舅唯一的儿子因为鞔鼓而身亡。亲手埋葬儿子后,鞔鼓的工具被醉醺醺的二舅付之一炬:熊熊火光中,那张沧桑的

205

面庞印满痛失独子的哀伤，也刻画出半世鞔鼓的酸楚苍凉。毅然割舍后，二舅在家耕种几亩田地，收入微薄，"咚咚"的鼓声成为他心中永恒的痛。三舅、四舅与其他村民还在坚守鞔鼓阵地，他们像一群执着的候鸟，每年正月肩扛行囊出去，腊月裹着一身寒气与疲倦归来。相聚时，总会借着酒劲告诉我说："鞔鼓生意越来越难做啊！"声音里渗透着无可奈何的悲凉以及不死心的倔强。我理解，手艺与生活，就像一对欢喜冤家，在漫长的过程中，相互依赖，有时又矛盾重重。鞔鼓已经成为他们心中不能解的千千情结。

时过境迁，我转岗到文化部门工作，有诸多机会跟驺冈岭鞔鼓打交道，了解到一些不为人知的秘密。以前，鞔鼓人严格遵循"传男不传女"的祖训，防止该手艺流传到外姓人手中。鞔鼓人有着独特的赞鼓仪式，每逢鼓鞔好，东家要点香烛，放鞭炮，鞔鼓师傅把新鼓放在堂中央，擂鼓一通后，开唱赞词：

天开皇道大吉昌，我学鲁班到贵堂；
新造鼓框两头空，张良先师把皮蒙。
…………

唱赞词程序简洁，没有繁文缛节，目的是赞颂祖师爷和东家，并祈求吉利。

我还知道它的一路坎坷。随着科学技术的飞速发展，市场经济的突飞猛进，以及人们思想观念的转变，鞔鼓的祖训、仪式都发生了变化，加之机械化、智能化的普及，令这门老手艺处于濒临失传的困境。

直到有幸观看第 87 代传人郭新华全过程鞔鼓后，我才打消了这种顾虑。

郭新华本是驸冈岭的外甥，打小跟随舅舅学做木匠，十五六岁学习鞔鼓。他虚心好学，开拓创新，二十来岁就把鼓鞔到山西太原，成为当地知名的企业家，前几年又在湖南长沙创办了一个上规模的制鼓公司。他自豪地告诉我们，现在鞔鼓基本上采用现代化设备，比如牛皮制作，木料加工。"手工制作时间长，成本高，导致市场竞争力不强。"他给我们分析手工鞔鼓的弊端。"可手工鞔鼓是门老手艺，记录着老祖宗的奋斗历史、聪明智慧。我有责任、有义务传承下去。"郭新华激动起来，还现场展示了手工鞔鼓的全过程。

硝牛皮。把牛皮收购过来，浸泡在含有芒硝的水里，24 小时后取出，用刮刀刮掉毛和残肉。

晒牛皮。牛皮水分重，要用竹钉把牛皮撑开钉在地面晒干。先晒里子，后晒面子。既要晒干，又不能晒老，全凭经验掌握。

木料加工。采用杉木作原料，经过斧斫锯裁，加工成上下左右对称、厚薄均匀，呈弧形的鼓腔板。阴干后，用麻绳把鼓腔板捆扎成圆桶状，固定成型。

鞔牛皮。这是最考验鞔鼓匠功力的环节。切下一块事先打好匀称小孔、比桶口略大的牛皮，利用绳索、木棍等工具绑紧在桶口，再用鼓钉固定在鼓腔上。"最难的是踩鼓。头遍踩，两遍跳，三遍四遍找找调。"郭新华一边揩汗一边感慨地说。他赤裸着上身、满头大汗地站在鼓面上反复踩，鼓皮松弛后用木棍勒紧绳索，继续踩至鼓面绷紧。踩鼓中，他时不时地跳下来，用手指敲击鼓面，俯下身认真倾听鼓声。在他一身的汗水里，我看到鞔鼓的艰辛。一踩、一拉、一敲，鞔鼓人凭着敏锐的音感与纯熟的技术对一面面鼓精雕细琢，终令小鼓清脆，大鼓洪亮，穿透力强，感染力强。

最后还要装饰。鼓身涂抹红色油漆，以示喜庆，同时可防止鼓板漏光。有时根据客户需要，还会在鼓身描上金龙，或其他吉祥的图案。

一面崭新的大鼓伫立场地中央，围观的人感叹起来：太厉害了！太艰难了！是啊，鞔鼓者不易：硝牛皮、画鼓腔、拼鼓身、刨腔口、蒙鼓皮、安架、踩鼓、试音打钉、打底上漆等十几道工序，这是一项浩大的工程，既需要木匠、油漆工的技艺，更要有音乐家的乐感。他们是当之无愧的匠者、艺术家！我只能抱怨笔尖的笨拙，无法详细描摹鞔鼓这门老手艺的独特神韵。

鞔鼓人家的孩子从小在鼓声中浸润、成长。郭新华讲述刚

刨平

学鞔鼓的场景,说他至今记忆犹新:"那时,我喜欢泡在舅舅家,痴迷到白天勤学苦练,晚上还会梦见。"

痴迷就会心甘情愿付出,有付出就会有丰厚的回报。2008年,郭新华为北京残奥会开幕式制作了一百多个鼓,2010年又为上海世博会开幕式制作了几百个鼓,他制作的鼓唱响中国并

钻皮孔

响彻世界。2020年永新驽冈岭鞔鼓技艺被列入吉安市第五批市级非物质文化遗产代表性项目名录,郭新华成为这项非遗的传承人。

"有了政府的大力扶持,我相信驽冈岭的鼓声会传播得更远。"谈起未来,郭新华信心满满。

牛皮,鼓皮;驽冈岭有卧牛山,驽冈岭是鞔鼓村。这本身就是一个很深的隐喻。或许,我无法解开其中的寓意,但我知道,历经千年风雨洗礼,驽冈岭鞔鼓这门老手艺没有湮灭,仍然在繁华

套绳

穿绳

世界里熠熠生辉。因为这不仅仅是驮冈岭人的祖传家业，更是中华民族的优秀民间文化遗产。

每次辞别，我都要回眸那座安静的卧牛山，还有新屋鳞次栉比的驮冈岭村，耳边不停地回荡着"咚咚"的鼓声。驮岗岭的鼓啊，敲出了品质为重的信誉，也敲出了永新人民对幸福生活的憧憬！

最后一个匠人

传统农耕时代,家家户户都离不开民间匠人。

匠人,俗称手艺人或老师傅。普通农家,都把做手艺的人真正看作师傅。如准备请匠人,鸡生一个蛋,孩子捉到几条泥鳅,自己舍不得吃,存起来,打算某时要请匠人,好敬奉老师傅。普通人家,大至收亲(娶妻)嫁女做床做嫁妆,小至桶盆桌凳,谁家不要请木匠?要学,得学普通人家需要的手艺,吃千家水米的手艺。

最喜欢读孙犁的中篇小说《铁木前传》的开头,那一段话道出了我对乡间"老师傅"最美好的印象。

据说铁匠以前也是上门做手艺的,和铜锡匠一样。我没有这个好运气,从小到大只有到秋溪街上拥在铁匠铺门口看打铁的份,铜锡匠的手艺竟一直无缘目睹。

但这丝毫不减我童年的快乐呵!因为还有这么多各种各样的老师傅,他们每年总有那么几天出现在我的生活中。家里有

打锡

老师傅的日子，人在学校上课，心却还在家里，老师讲了一天的课，我什么也记不住，只盼望早点下课回家，生怕下课晚了，家里老师傅已经走了。

一年到头，家里人客不多，老师傅来了，家里一下子就热闹起来，喜气起来，也有趣起来。一般来说，老师傅会带个徒弟，特别是木匠、泥水匠、裁缝这几行。木匠徒弟挑斧头锯子刨子，泥水匠徒弟拿瓦刀泥夹，裁缝徒弟背机器。徒弟走后面，老师傅走前面，进了门，徒弟低头忙开了，老师傅则先与事主寒暄一阵，等徒弟把工具摆弄好，事主把材料拿出来，才动手做事。

缝纫

锯板

最吸引小孩子的当然是那个一天到晚埋头做事不说话的徒弟啦。你看他年纪比自己大不了几岁，学木匠的可能还没有锯子高，学泥水匠的也许还搬不动一块土砖，学裁缝的扛起缝衣机来是那么吃力！但他们都在学手艺，帮师傅做事挣工钱。有朝一日，他们也就变成了老师傅，吃上一口手艺饭，比种田强多啦。

老师傅来了，家里的饭菜比平时可丰富多了。一般的规矩是进门第一餐和完工的最后一餐，老师傅和徒弟是可以动桌上的荤菜的。当然，只有老师傅先夹了，徒弟才能夹。平时吃饭，事主虽然也会摆上荤菜，却只是做看相的，老师傅和徒弟的筷子只在豆腐青菜碗里打转,而且装饭也有讲究,只能七成满,吃两碗,徒弟要在师傅放筷子前就吃完。客人如此,事主家人更是紧着筷子,荤菜是不会碰的。事完散工的最后一餐饭,要让客人先吃,客人吃完,收拾家伙出了门,那才轮到"瓜分"荤菜的时候,大人就按大小分配,不得多占。这样的时候,分到一片米粉肉或几块鸡鸭肉,那种幸福的眩晕感是无可名状的。

  三百六十行,行行出状元。那年头能考上大学的凤毛麟角,农家子弟读完初中学徒是一大出路。文静的学"连衫"(裁缝),健壮的学"砌匠"(泥瓦工),力大的学"打铁",手巧的学木匠、学"织篾"(篾匠)、学"髹匠"(油漆工),据说以前还有石匠、锡匠等,另有一行不大为人所知,却颇为吃香,叫"打砻"。"砻"是一种手工碾米工具,打砻兼具织篾、木匠两种手艺。"砻"的上半部分是竹篾编成,下半部分是木板打成。"打砻"一行有一个好处,工钱高,吃得好,没有其他匠作行的那么多规矩,进门第一餐就可以动桌上的荤菜,我小时候饭量大,又爱吃肉,所以父亲就常说要送我去学"打砻"。

  当然,我后来侥幸跳出了"农门",没走学手艺的路,但对学手艺的念想始终没忘,于是借一个虚构的乡村顽童之眼,再现了农民送儿学徒的场景:

打草鞋

做瓦

吃过早饭，满文去乌头家，想问他知不知道燕良什么时候从文竹回来。

乌头家好像有事的样子，他爹在往一块猪肉上贴红纸。满文看了一会，问："山里眼伯伯，你家乌头呢？"

山里眼伯伯说："满狗子，你一天到晚就知道玩。我家乌头去河岭放牛了。"

满文问："你们今天吃肉呀？"

山里眼伯伯打开花篮盖，把贴好红纸的猪肉放进去。满文看见里面还有好多贴了红纸的鸡蛋和一个红纸封口的纸包。就说："山里眼伯伯，你把这些东西放在花篮里干什么呀？"

又看见乌头娘同着他哥从房里出来。他哥穿一件新蓝卡叽衣服，脸上却像刚哭过。就问："黑皮哥哥，今天又不是过年，你怎么有新衣服穿？"

山里眼伯伯盖上花篮盖，又在上面贴了一张红纸。又在上席香几台上装灯烧香。

黑皮低着头，不停用衫袖去擦眼睛。他娘也撩起围裙擦眼睛。满文问黑皮："黑皮哥哥，你要去做什么呀？"

他娘说："满狗子，我家黑皮今天出门拜师学艺。你爹说了，过几年也要送你去学徒弟。看你还一天到晚爬垣打架瞎淘气！"

满文笑嘻嘻地说："我爹说我喜欢吃好菜，要送我到洲上伍老鼠这里学打耖。"

一句话把大家都逗笑了。黑皮说："满狗子，你以为学徒弟真有好菜吃呀？我娘告诉我，学徒弟的人不逢年过节就不让回家。"

满文说："不让回家我就偷偷跑，师傅总不会把我的两只脚绑起吧。"

黑皮娘骂满文："满狗子，不许你乱说。学徒弟有学徒弟的规矩。徒弟徒弟，三年奴隶。进了师傅门，端屎倒尿，扫台洗碗，扯食喂猪，哪样不要做？学手艺靠自己争，人勤快，师傅高兴，就舍得教你本事。"

这时山里眼伯伯装灯烧香好了，叫黑皮过去。对他说了几句，黑皮就跪下去，在上席神主牌前磕了三个头。

磕完头，他爹就放一挂鞭炮。满文捂着耳朵跑出去，躲在总门垱门角上。不久看见黑皮跟在他爹后面出来了，手里提着那只花篮。

满文跟着他们走，一边听山里眼伯伯说："昨晚上交代你的规矩都记到了吗？"

黑皮背课文一样说："到了师傅家，要手勤脚快，见眼生情。师傅师娘打几下，骂几句，不能计较。出门做手艺，要挑担。吃饭时师傅不端碗，不能动，菜上桌，师傅不动筷，不能夹。夹菜只能夹边上，装饭只能装平碗。要赶在师傅放碗前吃完，吃完师傅休息我要打凿眼，扫刨花。"

他爹"嗯"了一声。满文听到这里才知道黑皮要去学木匠。听说这木匠是最难学的，光是那一担斧头凿子刨和各种锯,就大几十斤,徒弟挑着跟师傅走,一走就是十多二十里路。学艺先从凿眼学起,凿得不对师傅一个丁古子(栗凿)敲过来。还要拉锯解板,拉得慢了要骂,拉快了还要骂。三年学成手艺,还要拜另一个师傅参师一年,才能成为大家承认的木匠师傅。不过做了师傅就过上好日子了,东家请西家敬,坐上席吃好菜,光是工钱就是好几块钱一天。

满文听燕良说他哥在林场上班一个月工资只有二十元,木匠师傅一个月最少挣五六十元。

想到这些,他也想去学徒弟了。今年十一岁,再过三四年,就可以去学了。学木匠当然好,但想到那六七十斤的担子就害怕,学泥水匠只要一年半就出师,可是六月天日头晒下雪天手指冻得红虾公样,不如去学织篾,这个倒有贵枣伯伯这个现成的师傅,织篾一天到晚坐在矮凳上,动也不能动,篾皮会把手割得一道道血口子。还是去学"连衫",又干净又体面。手面上功夫,看桐岭的九辉师,伸出的手指细细长长。他忽然想起父亲说过,读完初中就跟着去烧炭斫扁担……

这是我的长篇小说《一代人》中的一个片段。文中的满文、乌头、黑皮、燕良,无论长大后读没读成书,学没学手艺,现在人到中年,谋生的手段都与手艺无关。满文在国有企业混饭吃,乌头在上海打工,黑皮在吉安种菜,燕良是深圳一家外企

▲弹棉花　▼纺线

做爆竹

的 IT 精英。此外，他们父辈匠人中的贵早在去世前，早已不摸篾刀，因为再精美的篾器也不如塑料器具经久耐用，而且塑料的更便宜。另外，学髹匠的改行刷乳胶漆，学木匠的改行装修吊顶，学打铁的改行搞电焊，学"连衫"的进服装厂，学骟鸡骟猪的改卖饲料兽药。打砻的？砻早已被电动碾米机淘汰。只有学"砌匠"的秋生还做着老本行，走东串西给人家建房，直到一次从墙上掉下来，腰椎断了，康复后也到广东进厂去了。随着秋生的改行，村里最后一个匠人消失在二十一世纪初的烟尘里……

最是山歌动我心

"石李打花坨搭坨,丢下哥哥老弟没讨婆……"这是我自幼耳熟的哭嫁歌。每逢村里有女儿出嫁,村中小儿女口中必反复模仿着哼唱。

哭嫁歌,是永新山歌的一种。相传犁耕手种时代,秋摘茶籽夏割禾,打山歌是不可缺少的娱乐。

"横溪屋背茶籽树又高又多,到了摘茶籽的时候,树丛里只听到人声,看不见人影,有人先喊一声哦嗬嗬……拖着长长的调子,忽然就打起山歌来。一个打完,附近的人接过来打,对面山上的人也开始打,热闹的时候,一条冲都是山歌声,好听得很。"村里的玉俚婶如此描绘过她在娘家做女时见过的打山歌场面。她应该还唱过不少山歌,可惜我都忘了,但她的话在我心中生了根。

求学省城时,在校图书馆偶遇了一本介绍广西民歌的书,看得入迷，抄了大半个本子。又读沈从文的《阿黑小史》，一读倾心，再读痴迷，三读失魂——魂随五明癫子游荡于湘西苗乡荒野间。癫子唱给阿黑的山歌至今我能张口就来："娇家门前一层坡，别人走少郎走多。铁打草鞋走烂了，不是为

唱山歌

你为哪个?""天上起云云起花,苞谷地里种豆荚;豆荚缠坏苞谷树,娇妹缠坏后生家。"……

又曾向往过赣南山歌"哎呀嘞"的幽远意境,在井冈山龙潭景区第一次听到客家女江满凤原汁原味的《红军阿哥你慢慢走》,为之深深陶醉。

为湘、桂、赣南山歌深深陶醉之余,我又为儿时听过一鳞半爪的永新山歌再无新发现而怅惘不已。

垂暮之年的玉俚婶不知还能不能唱,几次想登门拜访,却又作罢。不承想,是我一向鄙夷的短视频平台让我挖出了丰富的永新山歌之矿。我如获至宝,激动不已。用听一句记一句的笨办法,把二十多首山歌完整地记录下来。这些山歌如此深沉地撞击着我的心灵,似乎唤醒了我内心深处一种无可言说又无比真切的情愫。

最先听到的是《十月无妻歌》。那如泣如诉的字字句句,那悲怆低沉的婉转唱腔,淋漓尽致地描述了一位饱尝丧妻之痛的永新青年农民的哀戚之情——哀戚之余,又有浓烈的思念。这首长达五十余行的山歌以四季生活劳作场景变幻为主题,贯穿了青年农民对少年妻子的真挚感情,想起妻子在世时夫妻恩爱、同劳动、共甘苦的情景,他长歌当哭:"……六月无妻三伏(哩)天,三伏天日头晒郎真可(哩)怜,早上又要煮茶饭,我中午就又要来耕良田……"八月里,看见满垅的棉花,他又勾起对妻子的强烈思念："八月无妻八月里八，我修那个篮子就捡棉（哩）花，我常年（个）有妻就满垅（哩）花，我今年（个）无妻（嘞）就捡咕哪？"

我为这歌多次泪湿眼底，我认为这歌就是为我的父亲而唱！34岁丧妻的父亲，每到更深人静的时候，内心涌起的凄楚滋味一定与这歌表达的非常相近！

永新山歌唱腔比较固定，但内容非常丰富，灵活运用对话、比兴、顶真、回环等艺术手法，善于从身边日常劳动生活中寻找象征体，寄寓感情，传达信息，体现了赣西南山地农耕文化千百年来民间生活所形成的最高智慧。

"娘伙养崽摇篮装，客娘养崽漂大江"，可视作乡间少女对男女不平等的大胆反抗；"早上起来孟露天，又想雨来又想晴（永新话读 qian，和"天"押韵）。天雨可以跟妹歇，天晴可以耕良田"，细腻刻画了乡间男子追求爱情的矛盾心理；"生成个酒盆尺八子高，打起个酒盆装酒糟；糟有子甜来酒有子味，哥有情来妹有义"，让我看见一对坠入爱河的乡间小男女的喜悦神态……

土改之前的永新，做长工是一种常见的社会经济现象。做长工作为一种谋生手段，自有其苦乐酸甜的经验。关于长工生活的相关著述甚少，但永新山歌中有三首长歌一定程度上弥补了这个缺憾。一首是《长工歌》，一首是《八女戏长工》，一首是《辞工歌》，前两篇篇幅长达三百余字，后一篇也有一百多字。三篇似为一系列，情节完整，结构巧妙，讲述一个青年农民到一个大姐当家的人家做长工，最后与东家大姐日久生情的故事。对人物、场景、对话、心理、劳动、饮食的描写具体鲜活，具有浓郁的永新农耕文化气息和民间生活特征。这三首写长工生活的山歌虽单独成篇，但故事、人物、情节却浑然一体，很可能出自同一作者——一位真正的长工之手。

"你大姐门前一棵槐槐树，槐槐树下我犁大丘田，我上岸犁到下岸转，犁出中间做秧田。"这种劳动细节，如非亲历，孰能如此生动？

"我犁田犁到日出山，看见大姐来送饭，我号紧（叫停）牛来插稳犁，田里捧水洗面皮。"长工劳作的辛酸之状如在目前。

"今天送饭有咕哪菜，我拿两个咕波波（鸡蛋）蒸火腿"，是从东家大姐角度写对长工的犒劳；"我犁田犁到日斜西，看得你大姐送点心，左手端碗白米饭，右手端碗镦鸡（阉鸡）汤"，是长工感受到东家大姐对自己的厚爱。写长工与东家亲如一家的感情，真实可信。

"长工做到十二月半，我捡起被窝回家乡，我在屋外穿草鞋，姐在房中哭哀哀"，《辞工歌》的开篇是如此的感人至深，名分上是长工与东家，感情上却是兄妹甚至情人关系。长工做满日子，不得不分别，那种难舍难分之情，通过几句简洁生动的歌词表达得缠绵悱恻。《辞工歌》是三篇中艺术性最强的一篇，文字也很优雅，后面的内容是长工的内心独白，列举自己回乡后不能再到大姐家做长工的种种可能性，表达出自己对东家大姐的深深眷恋，而东家大姐始终未露面，但仅"姐在房中哭哀哀"一句，就足见其对长工哥哥的不舍，其艺术手法，完全由生活经验而来，具有永恒的魅力。

这位湮没无闻的作者为我们留下了这等流传千古的佳作，千载之下读来仍焕发出艺术的生命力。

随着视野的扩大，我又搜集了一些全国乃至全球各地的民歌，各具生命力，各有特色，而永新山歌与这些民歌相比毫不逊色，可说是世界民歌宝库中熠熠生辉的珍品。

醉美不过三角班

"狗仔,快去种油菜,晚上有三角班看啦。"

"桃怡嫂,真有三角班看啊?那我快点种完,早些回来看。"

小时候,每当有三角班进村演出时,总能听到这样那样的大呼小叫,声音里充满着快活。快活的源头来自永新一门地地道道的剧种——三角班。

那时多为深秋。忙完了秋收,农民疲倦的身心渴望寻觅到精神的港湾,好好地憩息一阵子。而看三角班,无疑是惬意的享受。上了年纪的村民对此总是盼之已久,乐此不疲。三角班进村演出都是要收费的,有时村民自发凑钱,有时是办喜事的人家邀请,更多的由村委会出资。方式不一,皆一团和气,喜气洋洋。村委会提前几天贴出大红公告,还请人敲着锣鼓环绕全村通报几遍,惹得鸡鸭猫狗都喧闹起来。此时的村庄就像过年过节般热闹:家家户户提前把农活、家务忙完,早早把晚饭弄好心急火燎地吞咽下去，便携儿带女、呼朋唤友扛着长凳来到村中唯一的大祠堂里，寻找合适的位置坐好，还有的人家甚至会提前邀请远方的亲戚过来做客一同观看。颜色陈旧的红幕布还没打开，祠堂里早已坐满各色各样的人：须发雪白的老人，扎着马尾辫的小女孩，挂着鼻涕到处追逐的男孩子，叼着烟袋的中年男子，扯着嗓门闲聊的妇女，叫卖着葵花籽的小贩……

小丑

小生

夜幕降临，星星在冷清的夜空中闪烁。一阵悠扬的序曲戛然而止，舞台上紧闭的幕布有序向两边打开。化了妆的报幕人手握麦克风走上舞台中央，扫了四周一眼，用半洋半土的声音开场："黄门村的父老乡亲们，今晚我团一行来到贵地演出……"霎时间，仿似一根无形的绳子牵引大家，众人直勾勾地盯着舞台。沸腾的喧闹声不见了，天地间只剩一座狭小的舞台。报幕人叽里呱啦地说了一通，然后鞠了一躬下去，后台立马响起一阵"吱吱呀呀"的乐器声。一个身穿戏服、化了浓妆的女演员上场，和着乐

三人表演

曲有板有眼地开腔唱道："开言来，就来把……"声音尖锐得像一把锋利的剪刀，几乎能把黑暗这块巨布撕裂开来。有的小孩受不了，眯着眼皱着眉捂住耳朵；年纪大的却跺着脚，拍着腿，有板有眼地跟着哼唱。不久又上来一小丑，鼻子上方凹陷处一块白色，眼圈涂抹得国宝熊猫一样，让人捧腹大笑。你方唱罢我登场，一位妙龄女子娉婷上来，唱腔哀婉动听，表情凄婉感人，观众也会跟着掉眼泪。高潮处，舞台下掌声雷动，喝彩声此起彼伏。小孩们短暂地接受这样的蛊惑，不久便嘻哈着四散开来，玩捉迷藏的，缠着大人买吃的，还有的干脆躺在父母怀中做美梦去了……

印象中，三角班描绘着热闹、喜气、开心这些美好的画面，乃至一想到儿时乐事，三角班总是不约而至，成为忠实的童年背景。然而说来惭愧，实际上我却连一台完整的三角班都没有看完。

及至后来，为人师，为人父，我还领悟不了三角班的独特魅力。许是兴趣不在此，许是三角班不适合年轻人吧。我这样自嘲地反思。

在文化部门工作十年，我有更多的时间接触三角班。县里组建了三角班协会，牵头者是省级非遗传承人尹晓文，下面有若干个三角班演出队，县剧团偶尔也会上演类似的剧目。我实地观看了几回，总感觉还是融入不了这样的氛围。看着年龄大的观众总是乐在其中，醉在其中，我暗自惭愧，没来由怀疑起自己的审美眼光。

有怀疑就有动力。为了刨出这潜藏已久的文化根底，我与表演者成为朋友，和观众相互交流，还有事没事地在尘封已久的资料里查询。

作为一种富有乡土气息的地方小戏，永新三角班主要由生、旦、丑三种角色组成，加上有演员、导演、乐队的固定班底，因此美其名曰"三角班"，意思是由三个角色组成的戏班。我感觉它就是微型版京剧。不过它起源何时何地，目前尚未有定论。然根据相关资料可以证明，三角班这门艺术不但历史悠久，而且为赣湘两地的联谊搭建了一个很好的平台。

湖南省戏剧研究所贾古曾在江西调研三角班。据他记录，湖南戏班子演出时，小丑常在表演中说："手拿三弦板，口说四乡话。衡州牛家拐，长沙讲官话，醴陵咯是咯，江西哇咕啦。"其中"咕啦"就是永新方言，江西也只有永新一带这样说。可以看出，湖南的戏曲跟永新有着千丝万缕的关系。如今在湖南茶陵县（秩堂、高垅、腰陂、马江）、炎陵县、攸县等地，还流传着当地群众喜爱永新"三角班"的一首歌谣："咕啦三角班，行头自己担。只要挑得来，至少唱一晚。"由此可见，永新三角班在湖南属于家喻户晓的"品牌"。

永新毗邻湖南，两地人民往来甚多。友好的交流与融合，为三角班的茁壮成长注入丰富的营养。据永新老艺人戴桂莲介绍，清道光二十年（1840），其曾祖父刘先庆从湖南带着一个半班（湘剧）来到永新演出时，爱上当地一名女子，遂在高市乡上门入赘，并结合三角班的优势组建了"庆喜班"。这个戏班子长期在赣西地区及湖南演出。其间，刘先庆把赣剧、湘剧乃至京剧表演有机融入三角班，从而使三角班表演增加了一些行当，由"三角"变为"多角"。渐渐地，永新三角班开始上演诸如《孟姜女》《梁山伯与祝英台》等大戏。时间一久，得到了广大观众的认可，从此以自成一体的大家风范登上戏曲舞台，成为行业内的一朵奇葩。三角班表演时方言味特别浓郁，地方小调传唱上口，表演者在台上多是唱着采茶调、踩着矮子步。据说永新三角班在行业内被认为是赣西采茶戏的发源剧种。赣西采茶戏与赣南采茶戏同样享誉省内外。我不由得钦佩起来，继续孜孜不倦地去探秘它的艺术魅力。

语言魅力：以永新方言为主，根据剧情任意发挥，有时还会融进一些口头禅。如《戒洋烟》中"戒洋烟"调里就含有在永新乡间广为流传的口头禅："死绝逃亡，埋银（人）扛丧。"唱念时需要演员酝酿哀伤的情绪，尾音犹如小溪九道湾九回肠，有一种独特的乡土味道。至于插科打诨逗人发笑那更是不在话下。

音乐魅力：曲调多采用永新地方的民歌、山歌、号子，地方特色鲜明。其中"采茶调""子和调"比较有名。"采茶调"易学易记，适合套入新编台词，便于即兴发挥。至于"子和调"，据传与大唐歌妃许合子有关。其特色是每句唱调可分为若干个乐段，每个乐段后句必须加上"哪依"的高音调拖腔，乡土味浓烈又醇正。永新俗话说："听歌要听子和调，看戏要看三角班。"就形象地印证了这点。

另外，三角班的角色有特色：最初只有小生、小旦、小丑三个角色，号称"三小"。小生穿一件长袖袍子，小丑只在腰间围块白布、鼻子上抹一片白色的粉末，小旦则略微讲究，一件长袖带花的套裙是其标配。其中，小丑唱主角，整个故事围绕他来表演。

三角班在乐器方面要求不严，主要有三弦、二胡、小锣、小鼓。这些都是中国传统的乐器。

在内容上，三角班往往就地取材，多数讲述发生在老百姓身边的平常故事，其中既有劝人为善、劝人勤劳、为国尽忠、为人尽义的"正剧"，也有"男女调情"之类的庸俗搞笑，永新人俗称"打野哇"。常见的剧目有《十五贯》《小姑贤》《戒洋烟》，这些既不是才子佳人的戏，也不是历史名剧，剧中人物多为农村里的夫妻、兄妹、姑嫂，讲述的也都是农村生活和家庭故事。所以，民间流传着一句对三角班的描述："没有皇帝没有官，农民越看越心宽。"

如果说，赣西采茶戏属于文戏，像文人一样温文尔雅，那么三角班就属于"土戏"，和乡间百姓打成了一片。

老百姓观看三角班时是快乐的，参与演出的人员也是快乐的。每逢演出，总能看到台上台下其乐融融的场景。尹晓文给我讲了他参与演出时的趣闻轶事。二十世纪七八十年代，不少演员因为不识字，只能靠别人在幕后提醒唱词。别人报一句，他在台前唱一句。有些演员耳朵不太灵光，报词的人往往要大声报几遍，他才能听清，导致唱完上句接不上下句，只能赶紧跑到幕后听台词，再跑回台前接着演。台下的观众一开始摸不着头脑，等到明白是怎么回事后便捧腹大笑起来，演员也跟着不好意思地笑了。

令人叹惋的是，经济在迅速发展，曾经在农村文化阵地上发挥过重要作用的三角班，如今却面临窘境，甚至成为濒临消亡的非物质文化遗产，真是令人唏嘘！窃以为，既有时代大发展导致群众素质提高从而对文化需求层次更高的原因，更有其自身的劣势：内容陈旧，成为过去的传声筒，而反映新时代精神的很少涉及，这也就解释了观众为何多为上了年纪的人；表演形式单一，现代舞台艺术运用很少，跟不上现代人对艺术的审美；语言低俗，尤其是对于男女之事描述过于放肆；等等。

文化部门如何让三角班这门传统艺术重现昔日的辉煌呢？我觉得应该扬长避短，根据其劣势对症下药，在资金、人才等方面予以大力扶持，并且需要三角班专业人员在文本、导演、表演等方面进行创新，使其能更好地适应时代的发展。

"野火烧不尽，春风吹又生。"令人欣喜的是，三角班倔强的根系依然深深地扎在民间这块肥沃的土壤里。近年来，三角班又在永新乡村风行起来。许多农民自发成立三角班演出队，文化部门既出资又指导。老表们这边刚放下锄头，那边就穿起戏袍，"咿咿呀呀"粉墨登场了。韵味十足的乡土小调，举手投足间，还是那么的熟悉，那么的亲切。一声"哪依"，令老戏迷激动不已："三角班又回来了！"老表们高兴得如同过大年。劳动的艰辛与唱戏的快乐，充实着他们的生活，填满了每一个平凡的日子。

醉美不过三角班。一种古老剧种的重生，让我们有理由坚信：爱和美的艺术，永远扎根在人民的生活中，永不老去。

《寻墨永新》编撰委员会

主　　任：郑军平　古秋云
副 主 任：杨小成　范晓鸣　饶　星　龚　云　周家龙
编　　委：贺江华　龙天然　刘晓翔　贺剑文

《寻墨永新》编纂人员

主　　编：龚　云
副 主 编：刘晓翔
统　　稿：贺剑文
撰　　稿：贺剑文　汪为新　贺炜炜　龙　友
编　　务：陈莉君　胡佩涵　刘　坤

满纸烟云

中共永新县委员会　永新县人民政府　编
郑军平　古秋云　主编

图书在版编目（CIP）数据

寻墨永新：满纸烟云 / 中共永新县委员会，永新县人民政府编；郑军平，古秋云主编. -- 南昌：江西人民出版社，2024.5
（四寻永新；4）
ISBN 978-7-210-15548-5

Ⅰ. ①寻… Ⅱ. ①中… ②永… ③郑… ④古… Ⅲ. ①汉字—法书—作品集—中国—现代②中国文学—当代文学—作品综合集 Ⅳ. ① J292.28 ② I217.1

中国国家版本馆 CIP 数据核字（2024）第 106706 号

四寻永新　寻墨永新：满纸烟云
SI XUN YONGXIN XUN MO YONGXIN: MANZHI YANYUN

中共永新县委员会　永新县人民政府　编　　郑军平　古秋云　主编

| 策　　　划：黄心刚
| 责 任 编 辑：郭　锐
| 封 面 题 字：尹挥如
| 封 面 设 计：同异文化传媒

江西人民出版社　出版发行
Jiangxi People's Publishing House
全国百佳出版社

地　　　址：江西省南昌市三经路 47 号附 1 号（330006）
网　　　址：www.jxpph.com
电 子 信 箱：jxpph@tom.com
编辑部电话：0791-86893801
发行部电话：0791-86898801
承　印　厂：湖北金港彩印有限公司
经　　　销：各地新华书店

开　　本：880 毫米 × 1230 毫米　1/32
印　　张：5.25
字　　数：48 千字
版　　次：2024 年 5 月第 1 版
印　　次：2024 年 5 月第 1 次印刷
书　　号：ISBN 978-7-210-15548-5
定　　价：458.00 元（全 4 册）
赣版权登字 -01-2024-181

版权所有　侵权必究
赣人版图书凡属印刷、装订错误，请随时与江西人民出版社联系调换。
服务电话：0791-86898820

序

永新历史悠久，属地多变。而历代地方抑或外迁文人，也不乏卓荦之论者。且永新本身山水也养人，历历旧观，足以确指。

我知东南有义山（亦称永新山），明朝徐霞客曾记录畅游之梅田山，北麓禾山亘西北。我小时家居洋溪元下村，朝于氤氲中开门，烟霞之中尚可远眺，中有七十一峰，史载多处庙堂之上有书迹流传。南屏绥源山、尚山、七溪岭等，圆斯气裕，物华娟妍。其间有古刹名庵，庄严色相，且所到之处，皆传有书法名迹。

我曾浅游南华山。南华山居义山中部，山有烟霭，目之所及皆造化自然，非设色之可拟。相传仙人匡智在此驾鹤升天，故山峦之间多以仙命名。岭上有仙坛、瀑布泉、疏矶洞、仙人垄、仙人床……明正德年间，尝镌入朱衮"南华天秀"四字于某石壁之上。

数度徒步穿越于碧波岩上下,某日我们一家仨与友二人于险绝处攀缘,几近巽峰。岩上有瀑布泉自石峡飞泻而下,直入深潭,声如宫商角。下有化鱼岩,岩侧镌有"空中挺秀"四字,相传为岩客子吕嵒所书。

在永新"寻墨",应该在我幼时即有如此感受,及长,也茫茫然若有领会,知永新独有文脉续传,精于翰墨者代不乏人。

据载宋有刘涧(宋丞相刘沆之孙),善书;学者宗之、萧涛夫,既工诗亦善书。元有冯寅宾擅书法,有晋人气。明有龙鳞(介言),善楷与草;吴勤善行与楷,也近晋人气格。明末清初有贺桂(女),精隶法,也通金石。清时眉山汤第,我未睹其迹,据称绝似钟、王;刘森善大草;尹光榜(有《钦如意斋稿》)工书画;谭士玉、曾希泮,精楷书;刘煜林精三体,别具一格。清翰林段友兰(有《小酉山房诗文集》)善诗也善书,蝇头小楷,亦颇合法度。据地方志记录,清举人周肇基善三体且颇精,萧绵辉精行楷……

庆幸小时家父总与我提起刘郁文先生,他也常常提到尹承志先生,包括后至杭郡给我诸多温暖的刘建国老师,或至京华后常常见面之刘勃舒先生,既有这么一段前因,至今能以笔墨为生,上不为名山之业,下不为富裕显贵,唯自己深知其中况味。

于我而言,万物之理,挽于尺素之间,竟然还是因为"寻墨"。

西晋陆机《文赋》中有曰"故徒抚空怀而自惋,吾未识天开塞之所由"。其中绝妙境界，相遇于外物，墨中之妙，全然消释于乡土。

记起 2005 年是我离家重返故里的一次重要经历，路过一绿色乡村，闻琅琅书声，由远而至近，使我重温儿时的记忆，静之一隅，让我俯拾这遥遥又近的平淡和厚重，门巷人家繁荫齐整，草色极浓，满眼的温馨只在举目之间……

所以，永新"团箕晒谷也要教崽读书"的古训，绝非浪饰浮词。

永新之记忆时光，安静且美好。每次回乡，到每次离开的惆怅，似乎从婴儿到中年，在人间所经历的一切如含苞与落英，而长留的情怀第一味是珍惜，第二味是"归欤"之叹。

也难怪，一样的秋，一样的摇落，在北京这里是萧瑟，而在我的故乡却是缠绵。但也有高致，永新明代诗人贺贻孙就有"兹游清绝处，一气上高岑"这样的诗句，我惭愧的是没有如此准确的诗句来形容家乡的壮阔。

历史上永新的高光时刻是"东汉孝义感天、南宋忠义三千血等义举，有着'忠、勇、信、义'之人文精神"，其间臧否人物，或统领先贤，传复江右名士。且明后，又有兴造庙亭馆榭，山水增其灵气，林泉获幸。

关于地方民风，明太祖有独到见解，"百姓安否在守令，守令之贤以才德，有才则可以应变集事，有德则足以善治"。所以作为永新人，我感谢为永新作出过巨大奉献的同志，风气如此，既有宗尚，亦有聚力……盖他们有功于永新历史！

而且令人欣慰的是永新人才辈出，仅书法一门，年轻一代进则精进，人才济溢。所谓涌泉，汩汩不乏人。

当然人文荟萃之永新，包罗甚多，仅我所知者，千之一二，唯以小文抛砖以引玉。

是为序。

汪为新

2023年8月9日匆于京城置起楼南窗

目录

永新籍现当代书法名家

003　刘郁文：

江西三支半笔之一支

007　左　齐：

左笔将军书法家

011　李　真：

情系家乡教育的将军书法家

015　尹承志：

八一南昌起义纪念碑碑文书写者

019　刘勃舒：

徐悲鸿关门弟子书画双璧

023　汪锡桂：

　　启功书风继承和创新者

027　尹挥如：

　　永新首位中国书协女会员

031　汪为新：

　　诗书画兼美者

035　贺炜炜：

　　书法兰亭奖获得者

038　龙　友：

　　书法国展最高奖获得者

永新经典诗文及书法作品

045　重游禾山 / 刘　沆

047　贺剑文 书

048　聪明泉 / 刘　沆

049　陈孝明 书

050　题吉州龙溪 / 何　敬

052　汪燕青 书

053　挽刘沆 / 赵　祯

055　贺家龙 书

056　刘丞相挽词二首其一 / 欧阳修

058　王永春 书

059　题别永新 / 元　绛

061　欧阳勋 书

062　义山道中 / 黄庭坚

064　林丹仲 书

065　寄题永新张氏无尽藏堂 / 周必大

067　甘立平 书

068　四美堂 / 杨万里

070　颜海涛 书

071　彭司令震龙第一百二十二 / 文天祥

072　山中载酒用萧敬夫韵赋江涨 / 文天祥

074　欧阳剑剑 书

075　《三相堂记》（节选）/ 龚　源

077　刘小杰 书

078　游南华山 / 樊端可

080　谭泽明 书

081　东华观 / 解　缙

083　尹挥如 书

084　《进士题名记》（节选）/ 解　缙

085　周晓武 书

086　和赵子昂吊岳武穆墓诗 / 刘定之

088　刘斌湘 书

089　游禾山寺 / 刘　敷

091　龙继鹏 书

092　忠义潭 / 张　治

094　甘祖彦 书

095　碧波崖 / 刘梦诗

097　周　奎 书

098　勉世诗 / 颜　钧

099　自　吟 / 颜　钧

101　金汉华 书

102　谭贞烈祠 / 尹　台

104　宋龙山 书

105　游梅田洞 / 甘　雨

107　肖伟彪 书

108　《徐霞客游记·江右游日记十二》

　　　（节选）/ 徐霞客

110　刘　涛 书

111　山　居 / 贺贻孙

113　刘建国 书

114　梅田洞纪游 / 黎士弘

117　谢方峰 书

118　《永新诗征》题诗二首 / 曾　咏

120　汪为新 书

120　贺剑文 书

121　倚天湖 / 刘　棻

123　左学元 书

124　阿育塔 / 萧鑫振

126　龙文武 书

127　宿永新 / 郭沫若

129　贺炜炜 书

130　对永新在井冈山革命根据地的战略地

　　　位的见解 / 毛泽东

132　龙　友 书

133　龙源口大捷 / 田　汉

136　尹文敏 书

137　清平乐·三湾整军旧址 / 周谷城

139　吴　昊 书

140　宿永新宾馆 / 萧　克

142　宁燕华 书

143　三湾改编 / 李　立

145　颜　文 书

146　高士山 / 尹忠鑫

148　左学文 书

149　巾帼英雄贺子珍 / 丁　芒

151　贺剑文 书

152　义　井 / 贺自强

154　王昔才 书

永新籍现当代书法名家

刘郁文：江西三支半笔之一支

刘郁文（1893—1961），初名学周，号约庵，江西永新县怀忠镇老居村人。少时就读于莲洲学校，后负笈北上，毕业于警官学校与中国大学。任上海商务印书馆编辑数年。1927年曾任德兴县县长，后至南京，任市立图书馆主任。1929年返赣，次年任江西民国日报社编辑。1932年始任江西省图书馆古籍部主任，直到新中国成立后退休。抗战期间，为保护省图珍藏的三百余箱图书，由南昌辗转吉安，再转移到永新，抗战胜利后将这些图书完整无缺运回南昌。

刘郁文从小笃嗜书法，幼学欧体，稍长临摹魏碑，以后溯源篆隶章草诸体。他生于晚清，年轻时受碑派思潮影响，对金文、石鼓、汉隶、魏碑、墓志用功最多，自中年始，转攻帖学，碑帖并举，兼容并蓄，形成了自己独特的书风。他既能篆隶，又擅行楷，晚年又独钟于章草。20世纪50年代，北京举办全国书法展览，他多幅不同书体作品入选，后又被选送至日本展出，被收录《中日书法一百家》。被誉为"江西三支半笔之一支"。

刘郁文

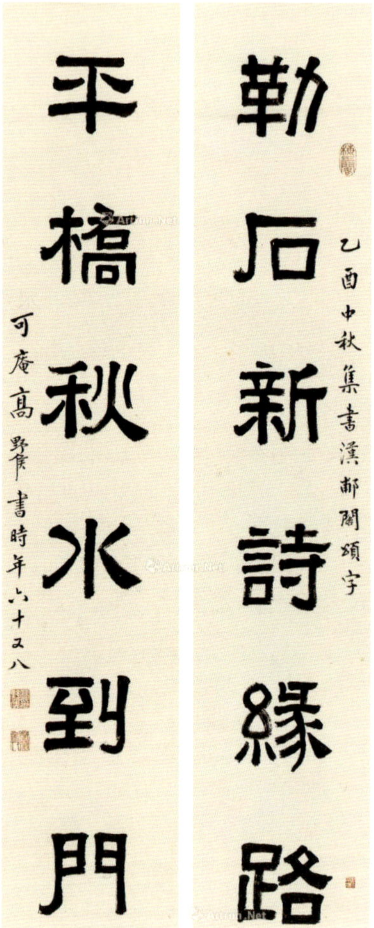

勒石新詩緣路詠

平橋秋水到門流

乙酉中秋集書漢郵閣頌字

可庵高野廣書時年六十又八

刘郁文书法作品

左齐：左笔将军书法家

左齐（1911—1998），江西永新县怀忠镇泉塘村人，上过三年私塾和三年国民小学。1929年加入中国共产主义青年团，1932年初加入中国共产党，同年7月参加中国工农红军。1934年8月，随红六军团西征，在长征途中，曾用步枪击落了一架敌机。1938年抗日战争时右手重伤，白求恩大夫为他做了截肢手术。新中国成立后，任新疆军区副政委兼政治部主任，在新疆工作了20余年。党的十一届三中全会后，调任济南军区副政委、顾问。1955年被授予少将军衔。

左齐从小酷爱书法。右臂截肢后伤还没痊

愈,就开始学习用左手写字,经过不断苦练,终于能写出一手漂亮的钢笔字。20世纪60年代时,开始练习毛笔书法。他的书法根植传统,涉猎诸体,最终形成了雄强大气而又圆润儒雅的独特书风。1990年,先后在济南和北京举办了"左齐左笔书法展",展出不同时期作品120余幅,引起了较大反响,被誉为"左笔将军书法家"。曾任齐鲁书画研究院名誉院长,出版文学作品集《步履》和《戎马春秋》、书法作品集《左笔书法集》等,被收录《中国书画篆刻名人录》。

左齐和他的书法作品

左齐书法作品

李真：情系家乡教育的将军书法家

李真（1918—1999），江西永新县莲洲乡黄门坊村人，少时在家乡上过短期的私塾和列宁小学。1930年加入中国共产主义青年团，1932年参加工农红军，1933年加入中国共产党。参加了长征和抗日战争、解放战争、抗美援朝，历任晋察冀军区第三军分区卫生部部长、第十九兵团六十三军一八八师政治委员、工程兵政治委员、总后勤部副政治委员等职。1955年被授予少将军衔。

李真自幼喜爱书法，革命战争期间，也不忘学习书法。60岁后，更是专心探究书法。他广涉诸体，以行书和草书最为擅长，最终形成了自由奔放、大气磅礴的个人书风。他情系桑梓，曾将自己珍藏的书画名作义拍所得的56万元，捐献给家乡禾川中学建设一栋教学楼。他的书法作品多次参加全国全军书法展以及日本横滨"中国现代书道作品展"，并在中国革命军事博物馆等地多次举办书法个人展。出版诗词作品集《李真诗词选集》《李真诗稿》，出版书法专著《老年人学书法》，书法作品集《李真书法选集》《李真书法作品集》。为中国书法家协会第二届理事。他的名字被收入《中国书法家大辞典》。

李真受到毛主席接见

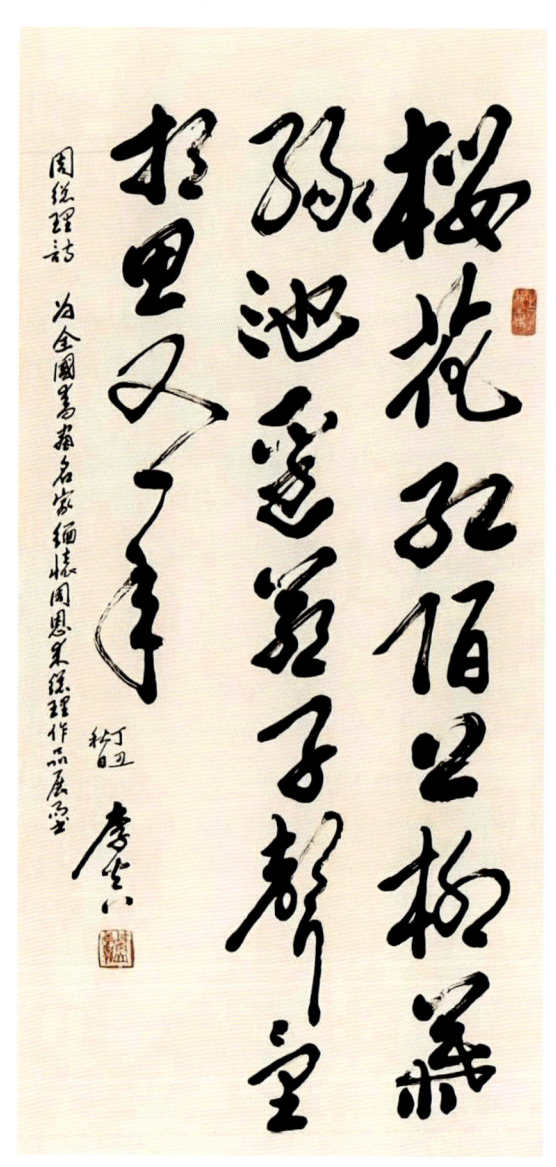

李真书法作品

尹承志：八一南昌起义纪念碑碑文书写者

尹承志（1923—2020），江西永新县台岭乡人。自幼酷爱艺术，工书法和绘画，书法擅长篆隶行草，绘画长于花鸟山水。系中国书法家协会会员、中国书协第一次代表大会代表、江西省书法家协会顾问、江西省美协理事、江西省文史研究馆馆员、江西画院艺术顾问。

尹承志书法作品在 1976—1982 年三次参加中日联展；入选全国第一、二届书法展；1978 年入选《中国现代书法选》。南昌滕王阁有其书作刊碑、刻联，书写了南昌八一起义纪念碑、三湾改编纪念碑、方志敏烈士纪念碑及九龙革命根据地纪念碑等碑文。

1981年获江西省人民政府颁发的文艺创作一等奖。

1992年，受江西省人民政府聘为江西省文史研究馆馆员。曾任江西省第五届政协委员、永新县政协副主席。1997年，江西电视台为他录制了《丹青翰墨寄高情》电视专题片，由中央电视台等媒体用汉语、英语向国内外播放。《尹承志书画集》于1998年由福建美术出版社出版。近年《人民日报》《人民画报》刊用过其书画作品，并加评介。

尹承志

怒髮冲冠憑欄處瀟瀟雨歇擡望眼仰天長嘯壯懷激烈三十功名塵與土八千里路雲和月莫等閒白了少年頭空悲切靖康恥猶未雪臣子恨何時滅駕長車踏破賀蘭山缺壯志飢餐胡虜肉笑談渴飲匈奴血待從頭收拾舊山河朝天闕

岳飛詞滿江紅己卯之秋尹承志書於羊城西埠

刘勃舒：徐悲鸿关门弟子书画双璧

刘勃舒（1935—2022），江西永新县高市乡洲塘村人。15岁考入中央美术学院，师从徐悲鸿先生。1955年于中央美院绘画系研究生毕业并留校任教。他精于人物，尤擅画马。他早年画的马注重写实，中晚年时更着重写意，气势奔腾、淋漓尽致，尽情地抒发了个人思想、理念和激情，拥有极高的艺术成就。代表作品有《套马》《人欢畜旺年丰》《亲密战友》《双马图》等。曾任中央美术学院副院长、中国画研究院院长、中国美术家协会副主席，为文化部高级职称评审委员、全国政协第八届委员等。

刘勃舒不仅是享誉海内外的美术大家，同时在书法艺术方面也有很高造诣。他的书法天真烂漫、无意雕饰，结构奇崛、不落俗套，用墨大胆、极富变化，章法随性、敢于突破，不管是绘画的题款书法，还是单独的书法作品，都饶有意趣，达到了很高的境界。

刘勃舒

刘勃舒书法作品

汪锡桂：启功书风继承和创新者

汪锡桂（1941—2012），江西永新人，曾任中国书画收藏家协会秘书长，中国文房四宝理事兼质量评审员、中国书法家协会会员。

自幼酷爱中国书画，20世纪70年代初，与李可染、蒋兆和、王雪涛、董寿平、刘继卣、田世光、黄胄、俞致贞、刘力上、宋文治、启功、白雪石、沈鹏、刘勃舒等当代著名书画家交情很深，互有佳作相赠。1997年由启功先生介绍加入中国书法家协会，启功先生给书协的介绍词为："汪锡桂同志研习书艺多年，对文房四宝尤有研究，故汪锡桂同志讲艺术不同于泛泛之谈，我认为他入我会，实为我会增加重要力量，必能产生很高学术效果。"汪锡桂很多作品发表在《中国文化报》《中国艺术报》《中国商报》《北京晚报》上,并为国内外友人、收藏家所收藏。他不以写字画画为职业,毫无功利可言,故不思成败得失,信手挥运,自然纯净流泻,不矫揉造作,一派天真,往来交友多为大家,借气发力,更上一层楼,如同大收藏家张伯驹,既有书画功力,又有鉴定知识。

汪锡桂

山不在高有仙則名水不在深有龍則靈斯是陋室惟吾德馨苔痕上階綠艸色入簾青談笑有鴻儒往來無白丁可以調素琴閱金經無絲竹之亂耳無案牘之勞形南陽諸葛廬西蜀子雲亭孔子雲何陋之有 劉禹錫陋室銘 乙丑年春 汪錫桂書

廬山東南五老峯青天削出金芙蓉九江秀色可攬結吾將此地巢雲松 李白詩一首 壬辰歲 汪錫桂書

尹挥如：永新首位中国书协女会员

尹挥如，女，1962年生，江西永新县台岭乡人。

初学书法从父亲尹承志墨迹入手，后临张迁碑、礼器碑、张猛龙碑，草书学二王、孙过庭、于右任。长于行草和隶书等书体。

其书作1987年入选"中日妇女书法交流展"；1991年入选江西省首届诗书画联展；1993年入选《中国书画名人名作集》；1995年入选江西省第二届妇女书法展并获一等奖；1998年在"辉煌二十年"江西省美术书法摄影展中获优秀奖；1999年入选中国楹联第一城——曲阜楹联展，并由曲阜孔子博物馆收藏；

2000年行草作品在江西省巾帼风采美术书法摄影作品比赛中获一等奖；2001年入选江西省中国书法家协会会员展，同年其草书作品《中堂》入选"庆祝中国共产党成立80周年江西省第二届青年书法作品展"；2002年作品参加江西省迎春书法展暨全省画院联展，江西省第三届青年书法展获优秀奖。书作经《人民画报》社评审，编入《中国巨变·当代中国书画摄影作品集》并被收藏。现为中国书法家协会会员。

尹挥如

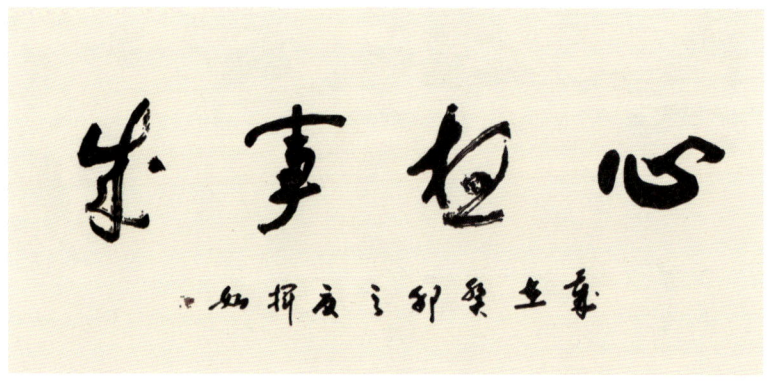

尹挥如书法作品

汪为新：诗书画兼美者

汪为新，又名止亭，1969年生，江西永新人，长居北京。书画家，独立撰稿人，曾主编《艺术丛林》等刊物，现为《中国书房》学术总监，在各种刊物发表文章80余万字。分别在中国美术馆（1996年）、巴黎MONDARINE艺术中心（1998年、1999年）、山东省博物馆（2005年）、湖北美术学院美术馆（2012年）、江西省美术馆（2013年）、荣宝京行艺术馆（2018年、2019年、2020年）、浙江省美术馆（2020年）等举办个人艺术展，作品应邀在法国、美国、日本、俄罗斯、加拿大等国家展览。

出版有《当代画家个人专集·汪为新集》《中国画当代名家作品选·汪为新》《琅园无声·汪为新集》《中国美术30年1970—2000重点画家·汪为新卷》《行至禅扉·汪为新卷》《汪为新书良宽自画像赞》《半壁琅园·汪为新临帖选集》《名画家刻紫砂壶丛书·汪为新卷》《当代优秀艺术家推介系列·汪为新》,以及《庸眼录》(文字集)、《侧耳集》(文字集)等专集。

汪为新

清溪重重拟山坡，空翠摇山兴弯旁色狭径，碾玉旦雾露满西路，巢莅四五家惶管蹄犊，瓦隙怎入柢古

诗篇归如墨 琅园

贺炜炜：书法兰亭奖获得者

贺炜炜，斋号樗堂，1976年生，江西永新县象形乡人。首都师范大学书法博士，现为江西师范大学美术学院副教授、硕士研究生导师，中国书法家协会行书委员会委员，江西省书法家协会副主席、隶书委员会主任，南昌市书法家协会副主席，"国学修养与书法"全国第二届青年书法创作骨干高研班成员，江西省书法家协会培训中心教师。书法作品获全国第五届兰亭奖佳作奖二等奖、全国第三届隶书大展优秀奖、全国第三届行草书展优秀奖、全国第四届兰亭奖佳作奖等。

贺炜炜

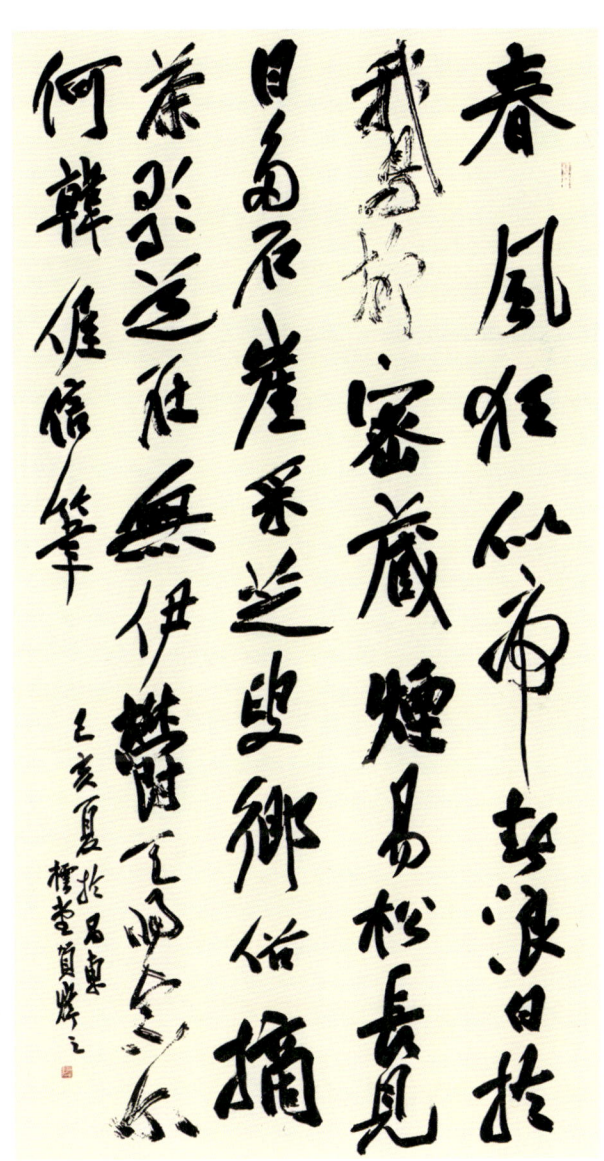

贺炜炜书法作品

龙友：书法国展最高奖获得者

龙友，字镜堂，1984年生，江西永新县石桥镇人。中央美术学院博士，清华大学博士后，北京印刷学院教师，中国书法家协会会员，"国学修养与书法"首届全国青年书法创作骨干高研班成员。《东方艺术·书法》杂志副主编，南昌市书法家协会副主席。曾任南昌市文学艺术院副院长、南昌市书法家协会副主席兼秘书长等。

2006年于江西师范大学陶瓷艺术专业本科毕业，2012年于江西师范大学油画方向硕士研究生毕业获硕士学位，师从张鉴瑞先生。2012年作为人才引进到南昌市文学艺术界联合会工作，任南昌市文学艺术院副院长、南昌市书法家协会副主席兼秘书长，江西省民间文艺家协会理事。其间，被评为江西省"四个一批"人才、南昌市"五四奖章"获得者、江西省优秀文艺工作者等。2015年考入中央美术学院造型艺术研究所书法与绘画比较研究专业，后师从邱振中先生攻读博士学位，2018年获博士学位，博士论文《从杨凝式到欧阳修：五代至宋初的书写》获中央美术学院优秀论文奖。书法作品在全国第十届书法篆刻作品中获优秀奖（全国奖），在全国第六届楹联书法展获二等奖，参加第九、十届兰亭论坛等。多篇学术文章及大量书法作品在国内报纸、杂志上发表。

2012年在江西师范大学美术馆举办"游目骋怀——龙友书法作品展",2013年在荣宝斋美术馆举办"三十而立——龙友书法作品展",2018年在荣宝斋书法馆举办"涵泳:龙友书法作品展"等。

龙友

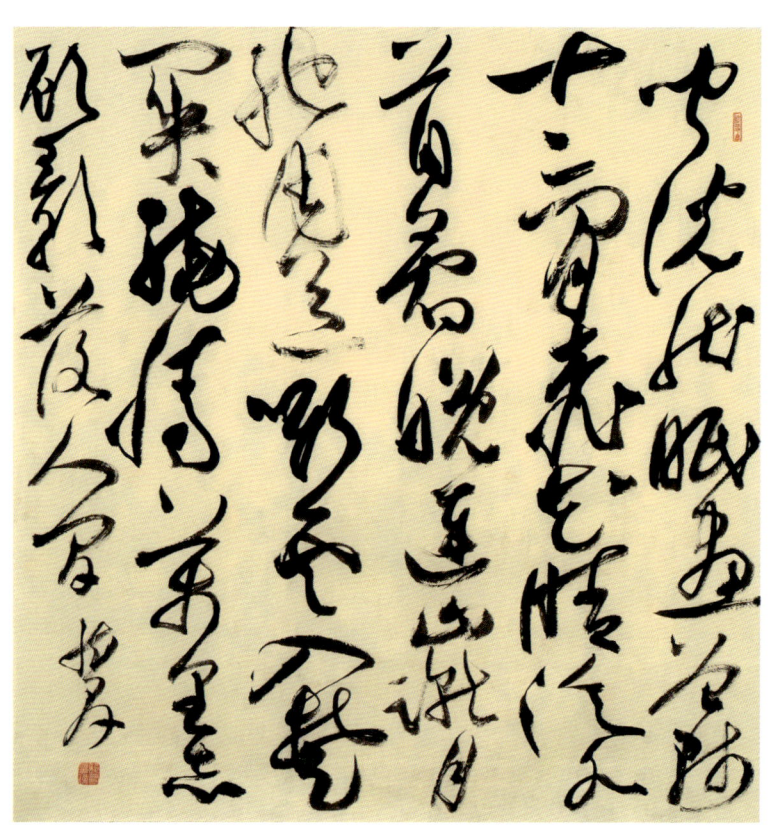

龙友书法作品

永新经典诗文及书法作品

重游禾山[1]

[宋] 刘 沆

嘉木云深处，曾游记昔年。

钟鱼[2]虽似旧，林麓已非前。

雁塔[3]惭题字，龙门喜酌泉。

登临浑未足，重约访山巅。

【注释】
① 禾山：罗霄山脉的北支，位于永新县西部，有七十一峰，最高峰秋山海拔1391米，为永新县境内第一高峰。
② 钟鱼：撞钟、敲木鱼的声音。
③ 雁塔：俗称禾山塔，在禾山寺外。

【作者简介】

刘沆（995—1060），字冲之，号庐山，江西永新埠前镇三门村人。宋仁宗天圣八年（1030）中进士榜眼，皇祐三年（1051）任尚书工部侍郎参知政事（副宰相），至和元年（1054）进为同中书门下平章事（宰相）。卒赠左仆射兼侍中，后追封兖国公、秦国公，赠楚国公，谥文安。

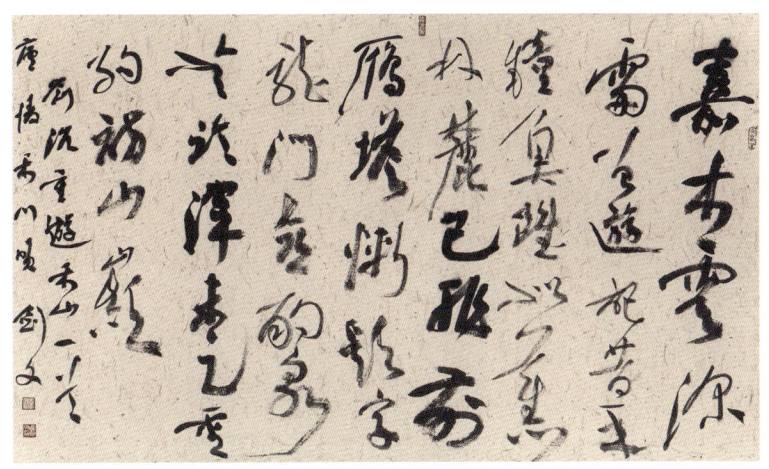

贺剑文　书

聪明泉[①]

[宋] 刘　沆

义山[②]山下有灵泉，泉号聪明自古传。

四百年中三出相，不才[③]何幸继前贤。

【注释】

①聪明泉：泉名，相传姚崇、牛僧孺、刘沆三位宰相曾先后结庐在泉边读书。

②义山：罗霄山脉的分支（南支），纵横永新县东南部。清同治《永新县志》载："距县城二十里，环列最高而长，蜿蜒磅礴者为义山。峰峦债㻋，相顾若有少长者相逊之义，故名义山。"

③不才：作者的自谦。

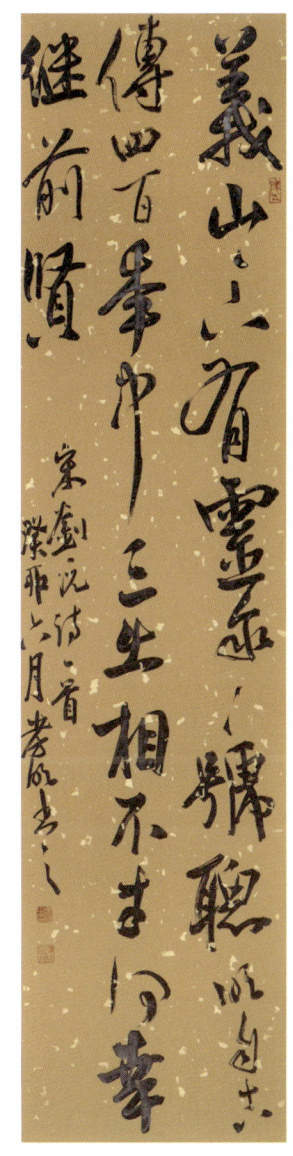

陈孝明　书

题吉州龙溪①

[唐]何 敬

龙溪之山秀而峙②,龙溪之水清无底。

狂风激烈翻春涛,薄雾冥濛溢清沝③。

奔流百折银河通,落花滚滚浮霞红。

四时佳境不可穷,仿佛直与桃源④通。

【注释】

①龙溪:在禾山龙门,一帘几丈高的瀑布从山腰飞下,激流奔泻,涌为溪潭,人称"龙溪"。唐代大书法家颜真卿任吉州司马时曾游览此地,留下"龙溪"两个大字,镌刻在南边的石壁上。
②峙(zhì):耸立。
③沝(cǐ):水清澈。
④桃源:桃花源。

【作者简介】

何敬,生平无考。

龙溪之山四秀可诗,龙溪之水清且长。夜夜风潮五鼓寒,涛声薄雾溪流津津。池春水活霞红四顾金坛阿凡西方有窟疑佛,不言花原同

庚戌菊月汪燕青画书

挽刘沆

[宋] 赵 祯

早富经纶①业,终成辅弼②功。

立朝无党势③,为国尽公忠。

此日悲遗直④,谁人嗣非躬。

深嗟亡一鉴,何以慰予衷。

【注释】

①经纶:处理国家大事。
②辅弼:"左辅右弼"的简称,是辅佐帝王、太子的官员,后通称宰相。
③党势:结党营私,培植自己的势力。
④遗直:失去了一位正直的大臣。

【作者简介】

赵祯(1010—1063),即宋仁宗,宋朝第四位皇帝。嘉祐五年(1060),刘沆在陈州任所去世。丧过国门,仁宗作此诗以赐,并御篆碑首曰"思贤之碑"。

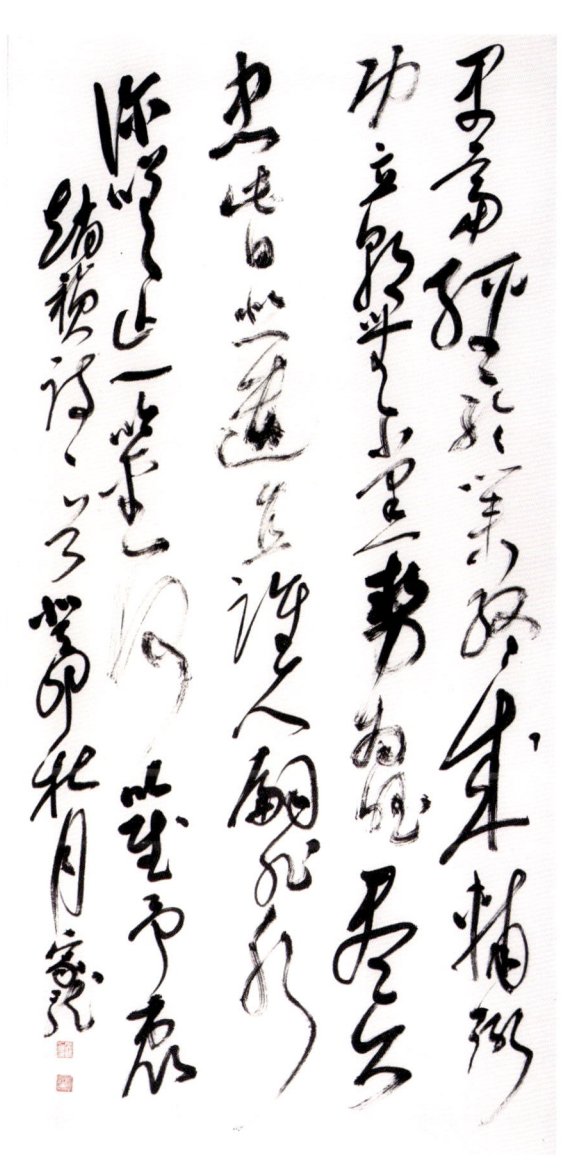

贺家龙　书

刘丞相挽词二首其一

[宋]欧阳修

南国邻乡邑,东都并隽^①游。

赐袍联唱第^②,命相见封侯。

念昔趋黄阁^③,相看笑白头。

盛衰同俯仰,旌旐^④送山丘。

【注释】

①隽(jù):俊逸爽朗。
②唱第:高声报告得中进士。
③黄阁:丞相治理政事的阁门。
④旌旐(zhào):旧时出丧时为灵柩引路的旗子,又称引魂幡。

【作者简介】

欧阳修（1007—1072），字永叔，号醉翁，晚号六一居士，庐陵（今江西吉安）人。与刘沆同年中进士，官至枢密副使、参知政事。北宋文学家、史学家，唐宋八大家之一。苏轼、苏辙、王安石、曾巩皆为他的学生。

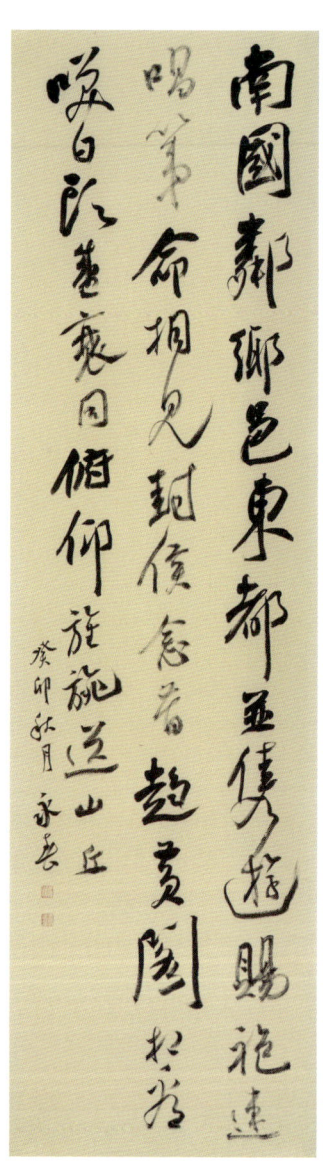

南國辭鄉邑，東都迓隼旟。賜袍連舉第，命相見封侯。意氣趨資閣，謳歌擁使軺。山亭俯仰旋，白首共蒼蒼同感懷。

癸卯秋月 永春

题别永新

[宋] 元 绛

三年作宰^①别无功,种得桃花满县红。

任罢^②不能收拾去,一时分付与东风。

【注释】
①作宰:做县令。
②任罢:任期结束。

【作者简介】

元绛(1008—1083),字厚之,浙江钱塘(今杭州)人。宋代文学家。宋仁宗景祐年间(1034—1038)任永新县令,官至参知政事,以太子太保致仕,卒谥章简。

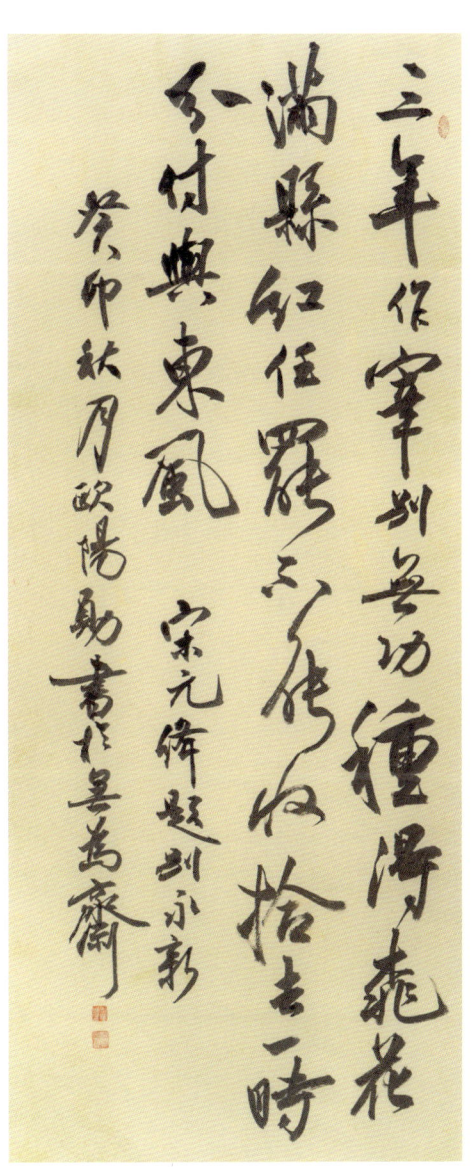

三年作宰州无功,种得桃花满县红。任罗三人传取,拾去一时分付与东风。 宋元佐题剑水轩

癸卯秋月欧阳勋书于无为斋

欧阳勋　书

义山道中

［宋］黄庭坚

莓苔石点雨痕斑,又忽寻诗到义山。

疏影障空崖树老,清阴向日野花闲。

望穷碧水孤城下,行尽白云双巽①间。

日暮荒村聊寄枕,乡关②惟有梦飞还。

【注释】
① 白云双巽（xùn）：禾山七十一峰中两个山峰的名字。
② 乡关：故乡。

【作者简介】

黄庭坚（1045—1105），字鲁直，号山谷道人，又名涪翁，江西分宁（今修水县）人。北宋著名诗人、书法家。诗与苏轼齐名，并称"苏黄"，后人将他推为"江西诗派"的开山祖。著有《山谷内集》《外集》《别集》等。

華發唇齦雨痕斑又匆匆詩到巫山話別淚濕雲崖楓葉清陰向日䕺閒望雲深水孤城人入畫白雲邊吳會石遙暮蒼茆柳寄故鄉閒悵忉之夢

林丹仲 书

寄题永新张氏无尽藏堂

[宋]周必大

山间明月江上风,取之无禁用不穷。

仇仙一发醢鸡蒙①,往往择胜贪天功。

斯堂飞梁挟双虹,坐客常满尊不空。

翰林主人极形容②,无奈圆缺雌与雄。

岂知清都广寒宫,默存③身已游其中。

长春不夜四序④同,御寇法⑤善聊相从。

【注释】

①醢(hāi)鸡蒙:用鸡肉做成肉酱。鸡蒙,即鸡肉丝。
②形容:形体和容貌。
③默存:谓形不动而神游。
④四序:四季。
⑤御寇法:列御寇的养生活动。列御寇,战国郑人,道家学派代表人物之一,其学本于黄帝老子,提倡冲淡空虚,清静无为。

【作者简介】

周必大（1126—1204），字子充，一字弘道，庐陵（今江西吉安）人。宋孝宗时位居宰相，封益国公，谥文忠。

山间明月江上风取之不禁用之不竭的一叶舻鹢蒙往往择胜贪天功斯堂飞梁挟双虹坐客常满樽不空翰林主人柏形容岂奈园缺与此雄岂知清都广寒宫默存身必遊其中长无恙四序同御寇法善聊相从

宋人赏鉴永新诗言
癸卯孟秋甘立平书

四美堂

［宋］杨万里

义山禾水在处在①，明月清风无地无②。

光禄子孙宁底巧，不应造物独私渠。

君不见谢家名子③取四字，段家作堂④兼四美。

主人自有笔如椽⑤，何用殷懃问杨子。

【注释】
①在处在：在所在的地方。
②无地无：没有一个地方没有。
③名子：给儿子命名。
④作堂：建造祠堂。
⑤笔如椽：大笔如椽，称颂别人写作才能高。

【作者简介】

杨万里(1127—1206),字廷秀,号诚斋,江西吉水县人。他与尤袤、范成大、陆游合称"南宋四大家"。他一生作诗两万多首,是我国古代诗作最多的诗人之一。

颜海涛　书

彭司令震龙第一百二十二①

[宋]文天祥

堂上会亲戚②,可怜马上郎。

呻吟更流血,干戈③浩茫茫。

【注释】

①彭震龙(1230—1277),字雷可,号学坡,江西永新禾川镇秀水村人,抗元英雄。他联合永新八姓豪杰组成义军,一举收复县城,后因叛将刘槃引元兵攻城,援军又久候不至,城陷被捕,英勇就义。
②亲戚:彭震龙是文天祥的妹夫。
③干戈:盾和戈,此处指战争。

山中载酒用萧敬夫韵赋江涨[①]

[宋]文天祥

拍拍春风满面浮,出门一笑大江流。

坐中狂客有醉白[②],物外闲人惟弈秋[③]。

晴抹雨妆总西子[④],日开云暝一滁州[⑤]。

忽佳十万军声至,如在浙江亭上游。

【注释】

①萧敬夫:永新抗元将领,与弟焘夫俱为文天祥幕客,后随文天祥起兵抗元,得官从事郎。宋咸淳七年(1271)元兵屠永新城,与弟俱罹难。著有《秋屋稿》,文天祥作跋。《文山集》中有多首用萧敬夫韵诗,文天祥引萧敬夫为知音。

②醉白:喝醉酒的李白。

③弈(yì)秋:战国时齐国的围棋高手。

④西子:战国时期越国美女西施。

⑤滁州:指曾任滁州太守的欧阳修。

【作者简介】

文天祥（1236—1283），字履善，又字宋瑞，号文山，庐陵（今吉安）富田人。擢进士状元，官至宰相。南宋末年政治家、文学家，爱国诗人。其五世祖由永新莲洲钱溪迁庐陵，至文天祥为十三世，文天祥曾回钱溪祭祖，有文集四十卷行世。

堂上亲戚可怜焉，可郎呻吟更悲哀，干戈浩荡，扣春风满面浮出门一叹大江江里中，狂客有辞曰物外闲人唯矣秋晴挂西妆抱西子日开云眨一漆州坐闻十万军声在浙江亭赴游

值永新县文旅风采弘扬传统文化主题活动诗文乙祥诗二首
癸卯卡法串录书

《三相堂记》(节选)①

[宋] 龚 源

吉之永新城西出六十里,为禾山。山有甘露寺,寺有三相堂。三相者,唐姚公崇、牛公僧孺,今朝刘公沆也。禾山自邑清凉峡,循龙门数十里至寺。禾山最僻,而寺占山为尤深,故人踪罕,到者皆爱而忘归。盖其峰峦层出,云木蔽亏②,一胜地也。

【注释】
①节选自明万历《永新县志》。
②蔽亏:因遮蔽而半隐半现。

【作者简介】

龚源,宋司业兼侍讲,生卒年不详,生平事迹无考。

吉之永新城西出六十里為禾山山有甘露寺寺有三相堂三相者唐姚公崇牛公僧孺李公德裕今朝劉公沆也禾山自邑清凉峽寺占山為僧門數十里至寺者皆愛而忘歸蓋其山峯巒層出雲木蔽亏一勝地也龍深故人踪罕到

游南华山

[元]樊端可

一笑掀髯拂袖还,朗吟乘醉下仙山。

百年扰扰①谁无事,才得登临②便是闲。

【注释】
①扰扰:形容纷乱。
②登临:登山临水,泛指游览山水名胜。

【作者简介】

樊端可,元代人,字正夫,生卒年不详,烟阁乡人。为人旷达不羁,书过目成诵,工诗,句法清逸。

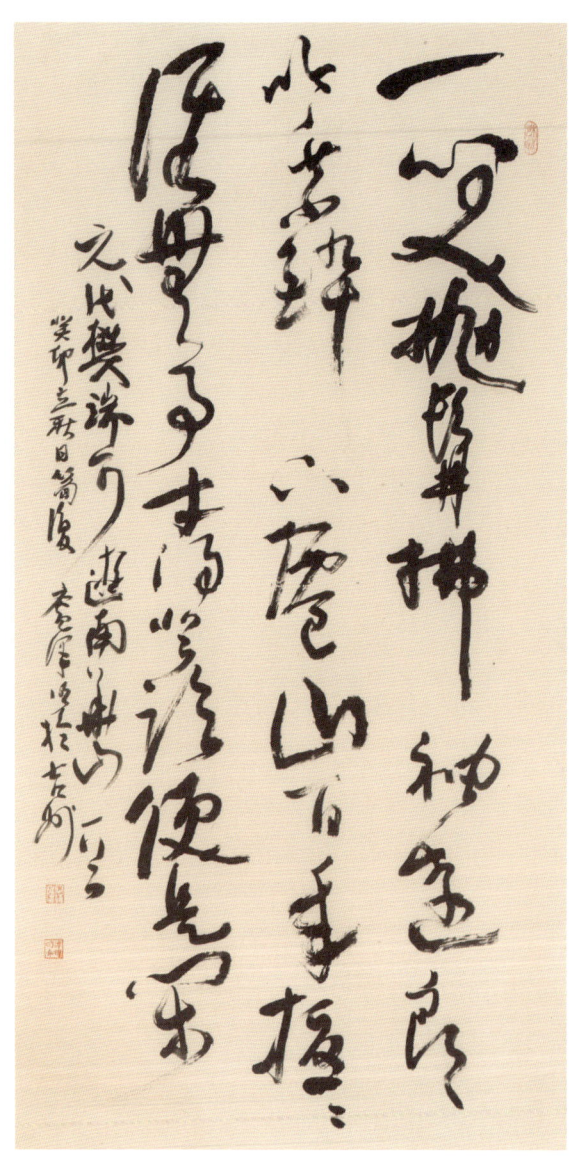

谭泽明 书

东华观①

[明]解 缙

宛宛②禾川绿绕城,东华观里晚云腥③。

休将铁笛④吹山月,怕有蛟龙听得惊。

【注释】

①东华观:指位于永新县城东南部东华岭上的道教庙宇。
②宛宛:蜿蜒曲折的样子。
③腥:疑为猩。猩,红色。晚云腥,即晚云红。
④铁笛:铁制的笛管。

【作者简介】

解缙(1369—1415),字大绅,江西吉水人。明洪武二十一年(1388)进士,官至翰林学士,学识渊博,为人耿直,刚正不阿,主持纂修《永乐大典》。

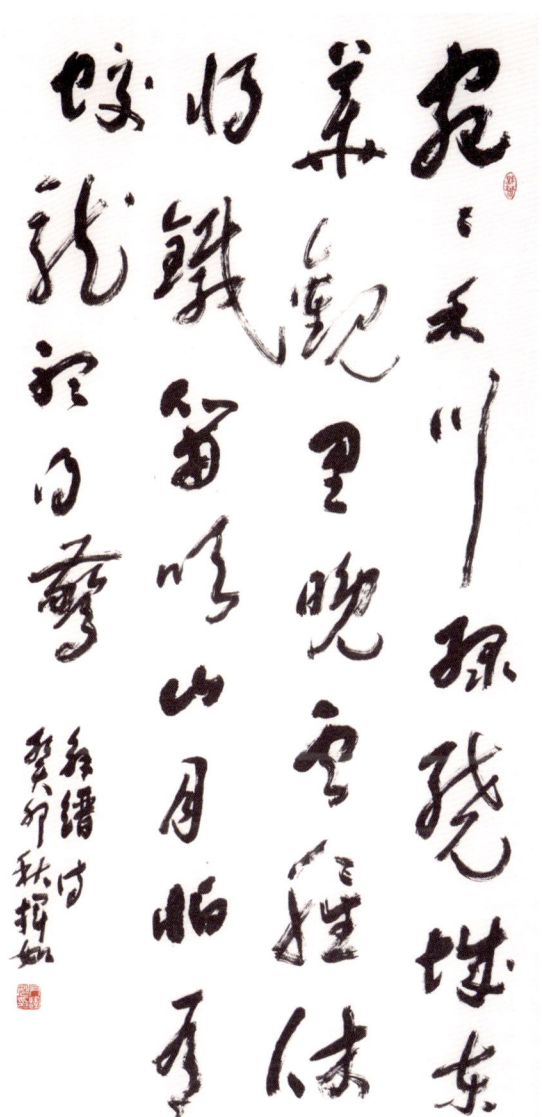

尹挥如 书

《进士题名记》(节选)

[明] 解缙

吉①之属邑②有九。而庐陵、吉水、永丰、泰和、安福、永新人才之出尤甚。自进士设科,擢高第至宰相者,永新刘楚公③为称首,继之者周益公④与文信公⑤也。然则永新岂非⑥权舆⑦激劝⑧,视⑨九邑为尤盛也欤?故自宋天圣、明道以来,永新擢进士第者,多出名家世族,祖孙兄弟,联芳袭武,至元犹然也。

【注释】

①吉:即吉州。
②邑:相当于现在的县。
③刘楚公:指刘沆。
④周益公:指庐陵周必大,官至宰相,封益国公。
⑤文信公:指文天祥。
⑥岂非……也欤:岂不是……的吗?
⑦权舆:起始。
⑧激劝:激发勉励,同"激励"。
⑨视:比照,比。

吉之屬呈有九而廬陵吉水永豐泰和永新人才之士夏
曼致進士設科擢高第之南相者永新劉楚公為桶首繼
之者周益公匈文信公也然則永豐匪擢匈激勸視九
為甚勝也歟故自宋天聖明道以來永新擢進士弟子者
昌士名家世族祖孫兄弟聯芳襲武至元猶然也

右錄明解縉清又進士題名記解縉廬陵吉水人明初文學家，予拓編簡永樂大典文中盛讃吉名
自古立同鼎盛特各推出恭戴自礽榮乙未人才輩生梁卯秋月周晓武

和赵子昂吊岳武穆①墓诗

［明］刘定之

大统②那堪③有离合④，忠臣真可寄安危。

高天漠漠倚长剑，落日萧萧照大旗。

驾去龙髯⑤攀莫返，极倾鳌足断难支。

至今每为纲常恨，岂独荒茔过者悲。

【注释】

①岳武穆：即抗金英雄岳飞。
②大统：指统一天下的事业。
③那堪：哪能忍受的意思。
④离合：合是统一，离是分裂，这里偏指分裂。
⑤龙髯：典出《史记·封禅书》。传说黄帝铸鼎于荆山下，鼎成，有龙下迎，黄帝乘之升天，群臣后宫从上者七十多人。余小臣不得上龙身，乃攀龙髯，而龙髯拔落，并堕黄帝之弓，百姓遂抱其弓与龙髯而哭号。后用为哀悼皇帝的典故。颈联大意为：金兵南侵，掳去宋钦宗、宋徽宗二帝，岳飞等忠臣良将欲领兵直捣黄龙府救回二帝，但因奸臣当道，未能成功。大宋江山倾倒,岳飞等忠贞之士独力难支,无力回天。

【作者简介】

刘定之（1409—1469），字主静，号呆斋，江西永新人。明朝大臣，文学家。历任明代宣德、正统、景泰、天顺、成化五朝命官，官至宰辅。后人尊为"定之阁老"。著有《呆斋集》45卷、《易经图释》12卷、《宋史论》3卷、《否泰录》1卷、《六安策略》10卷，清代均收入《四库全书》。

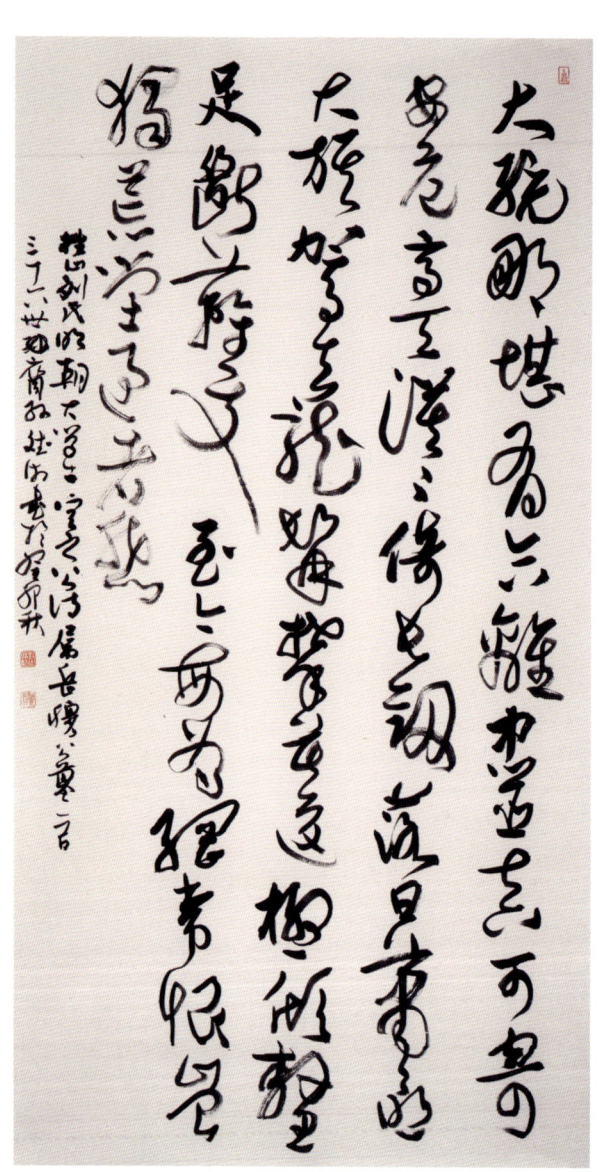

刘斌湘 书

游禾山寺

[明]刘 敷

瀑泻龙溪万仞悬,芳声留得鲁公传。

月澄碧沼游鱼静,云黯青峦驯鹿眠。

曲径斜封①疑隔城,危峰乱插若擎天。

古今只说遗谶记②,劲节③宁辞继昔贤。

【注释】
①曲径斜封:蜿蜒曲折的小路被斜出的山峰封堵。
②谶记:记号,有路标之意。
③劲节:坚贞不屈的节操,此指高洁的隐居之士。尾联大意是,自古至今常人只知要留下声名,其实那些高洁之士宁可不要这些,而效仿先贤,远离世俗,长期在此隐居。

【作者简介】

刘敷（1421—1503），字叔荣，号扬休，江西永新石桥镇樟枧村人。明景泰元年（1450）中举人第二名，第二年中进士，授南京监察御史。待人诚恳，深得皇帝信任。

瀑泻龙溪万仞悬，芳声迢递鲁公传。月澄碧沼游鱼静，云照青峦驯鹿眠。曲径斜封疑隔城，危峰乱插若擎天。古今此说遗谶记，劲节宁辞继昔贤。

明刘敫禾山诗一首 癸卯立秋 庐陵谦憨斋龙继鹏书

忠义潭[1]

[明]张 治

禾水城东杨柳垂,嬉游尚忆少年时。

勤王[2]去后空陈迹,惟有青松覆古祠[3]。

【注释】

①忠义潭:指距县城西三里的禾水河段深潭,因南宋末年元兵侵占永新,永新彭、萧等八姓三千多民众奋勇抗元,后不幸被困,集体沉潭就义,故名忠义潭。
②勤王:为王朝尽力。
③古祠:指忠义祠,后人为纪念沉潭义士,在忠义潭边建祭祀祠堂。

【作者简介】

张治（1488—1550），字文邦，号龙湖，祖籍世居江西永新禾川镇东里桃溪，生于永新毗塘村，后因行政区划改变，毗塘村划入湖南茶陵县秩堂乡。明嘉靖时官至文渊阁大学士（宰相），为"茶陵四大学士"之一。

禾水城東楊柳垂，嬉游尚憶少年時。勤王去後空陳迹，惟有青松覆古祠。

明張洽詩　癸卯初秋祖彥書

碧波崖

[明] 刘梦诗

首夏新晴快①此游，山深岚重②忽疑秋。

盆鱼得水欣人聚，谷鸟出林共友求。

坐眺烟云生绝壁，翻③疑雪雨在飞流。

此中乐意谁先得，笑捻④崖花插满头。

【注释】

①快：快意，愉快。
②岚：雾气。岚重，雾重。
③翻：转。
④捻（niǎn）：捏。

【作者简介】

刘梦诗（1490—1569），字子正，江西永新县龙源口镇人。明正德九年（1514）中进士。历任刑部主事、南京工部主事、刑部郎中、兖州知府、河东都转运使。刘梦诗不仅政绩卓著，而且是驰名正德、隆庆年间的山水诗人。著有《三游小记》数卷传世。

碧波崖詩

首夏新晴快此遊，山深嵐重忽疑秋。盆魚得水欣人聚，谷鳥出林共友求。坐眺煙雲生絕壁，翻疑雪雨在飛流。此中樂意誰先得，笑捻崖花插滿頭

劉夢詩字子玉，津中山田廟前村人，公統九年進士，嘉靖初年仕兗州知府撰有祭和聖祠文

癸卯秋月古徒堂周奎於綏遠山麓

勉世诗

［明］颜　钧

疏懒难成事，风流不立身。

谨言终少祸，俭用省求人。

世路如天远，人喉似海深。

若无生计路，任尔斗量金。

自 吟

［明］颜 钧

顶天立地丈夫身,不淫不屈不移真。

世界高超姑舍是,直期^①上与古人盟。

【注释】

①直期：只希望。

【作者简介】

颜钧(1504—1596),字子和,号山农,又号樵夫。明江西吉安府永新县三都中陂村人。明朝学者,泰州学派代表之一。颜钧家世代业儒。颜钧曾受王阳明《传习录》影响。颜钧著作颇丰,但大多不行于世,加之遭明末兵燹,散佚很多,故后人得窥其思想全貌者甚少。嘉庆初年,在颜钧遗稿湮没二百年后,复由裔孙颜特璋搜集誊抄,编辑成书,但亦未能出版。咸丰六年(1856),在永新颜氏后裔的努力下,出版了《颜山农先生遗集》9卷。这是颜钧著作的唯一刻本。1991年,经黄宣民研究鉴定,并精心整理点校,终以《颜钧集》正式出版。

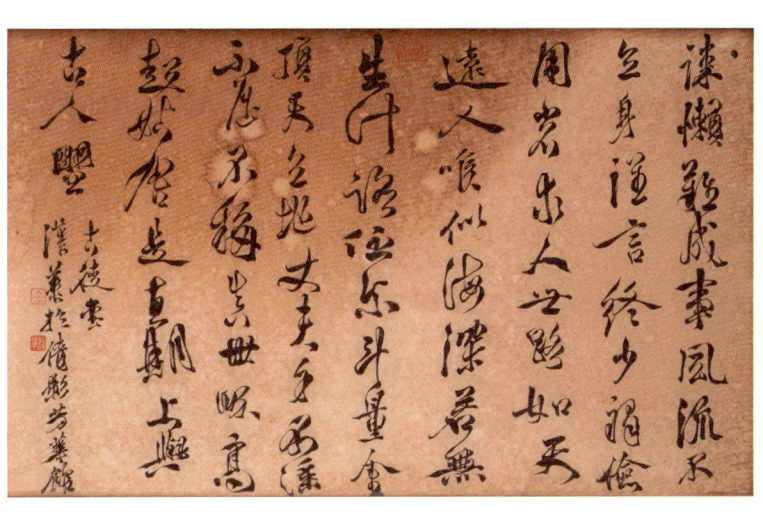

金汉华 书

谭贞烈祠①

[明]尹 台

鼎移②谁不污膻尘③,一妇④临危独殉身。

生誓丹心甘殉节,死凭碧血与传神。

八砖祠庙高天近,千仞宫墙皦日⑤新。

今古烈名谁可并⑥,禾山嵊岭对嶙峋。

【注释】

①谭贞烈祠:传说于1277年7月19日夜,元军侵入永新县城,将躲在城东孔圣殿中不愿受辱、宁死不从、大骂元兵的谭宗祥之妻赵清媛及其子一起杀害。明洪武十年建祠,设赵清媛神主以祀,世称谭贞烈祠。
②鼎移:意为传国重器已变换了位置,此指元军入侵。鼎,古传国之重器。
③膻尘:散发羊膻气的尘土,此处是指元兵身上散发的气味。
④妇:指赵清媛。
⑤皦日:即白日。皦:白。
⑥谁可并:谁能比得上她。并:比上,齐等。

【作者简介】

尹台（1506—1579），字崇基，号洞山先生，石桥环浒（江西永新县今石桥镇石桥村）人，明嘉靖十四年（1535）廷试登进士，历任翰林院编修、廷试及乡试考官或主考、詹事府少詹事、南京吏部右侍郎、南京礼部尚书。尹台既是远见卓识的政治家，又是造诣精深的文学家，晚年归居永新，主纂明万历《永新县志》，有《洞麓堂集》38卷存世。

鼎祚谁不污膻尘一妇晓危独殉身生誓丹心甘殉节
孔凭碧血与传神八砖祠庙高天近千仞宫墙
瞰日新今古烈名谁可并禾山嵊岭对嶙峋

右录尹台谭贞烈祠作者锦洞山石桥环浒人嘉靖十四年廷试登进士历任翰林院编修延试及乡试考官戊主考詹事府少詹事迁礼部尚书岁次癸卯秋宋龙山

游梅田洞[①]

[明] 甘 雨

踏遍层云访紫芝[②],却于人境见灵奇。

悠然我欲冥搜[③]去,裙满青霞湿不知。

【注释】

①梅田洞:位于县城东二十里的山水名胜。
②访紫芝:即寻访紫芝。紫芝:菌名,木耳的一种,可做菜食、入药。
③冥搜:到幽远的地方去搜访寻找。

【作者简介】

甘雨（1551—1613），字子开，号乂麓，今江西永新县怀忠镇虹桥村人。明万历五年（1577）中进士。曾任福建道监察御史、福建佥事、南京兵部员外郎、礼部侍中等。文才出众，著作甚丰。有《春秋注疏》《白鹭洲书院志》《古今韵注撮要》《永新人才》《甘乂麓遗集》《甘乂麓续集》传世。

蹋遍层云动紫烟,却于人境见奇偏。倚筇枇欲寒空夕,饱向满山霞瀑眠不知甘雨游梅田洞一首 古徒堂伟彪书

《徐霞客游记·江右游日记十二》(节选)

[明] 徐霞客

永新东二十里高山曰义山,横亘而南,为泰和、龙泉界。西四十里高山曰禾山,为茶陵州界。南岭最高者曰岭背,名七姬岭①,去城②五十里,乃通永宁、龙泉道也。永新之溪③西自麻田④来,至城下,绕城之南,转绕其东而北去。 麻田去城二十里,一水自路江东向来,一水自永宁北向来,合于麻田。

【注释】

①七姬岭:即永新七溪岭。
②去城:距离县城。
③永新之溪:即禾水河。
④麻田:与文中的"路江"同属村名。

【作者简介】

徐霞客（1586—1641），名弘祖，字振之，号霞客，江苏江阴人。明代散文家、地理学家。少年好学，喜读奇书，博览史籍及图经地志。22岁起弃科举业，受母鼓励，开始出游。他游历了今日的江苏、浙江、山东、河北、山西、陕西、河南、安徽、江西等地，考察各地的自然地貌、水文气候、植被动物、风俗习惯、经济状况等，前后30余年。他对各地的山脉、水道、地质、地貌等方面的研究取得了超越前人的成就，遗有60余万字游记资料。徐霞客是中国以旅行为毕生事业的第一人，其《徐霞客游记》10卷为明代地理学的重要著作。

丙子十二月二十九日永新东二十里高山曰义山横亘西南为泰和龙泉界西四十里高山曰朱岭为茶陵州界南岭宫高老回岭皆名七姆岭去城五十里乃通永宁龙泉道也永新入溪西自麻田来至城下绕城之南转绕其东西北去二麻田至城二十里一水自永宁南来合于麻田

时在癸卯七月十三 刘涛

山 居

[明]贺贻孙

高山晴湿处,茅屋绕寒泉。

猿挂古藤上,鸟飞落照①先。

楚天连白水②,池柳引青烟。

有酒无同调③,开樽劝杜鹃④。

【注释】

①落照:落日,夕阳。
②白水,清澈洁净之水。
③同调:声调相司,喻志趣相合。
④劝杜鹃:与杜鹃鸟相互劝酒。

【作者简介】

贺贻孙（1605—1688），字子翼，号水田居士，江西永新人。明末清初文学家，九岁能文，世人称其为神童。明亡后，尚气节，为逃名累，隐入深山，每日以著书自娱。著书50年，于经有传，于史有论，于诗文有集。著作甚丰，部分著作辑入《四库全书》，人名列入当代《辞海》。

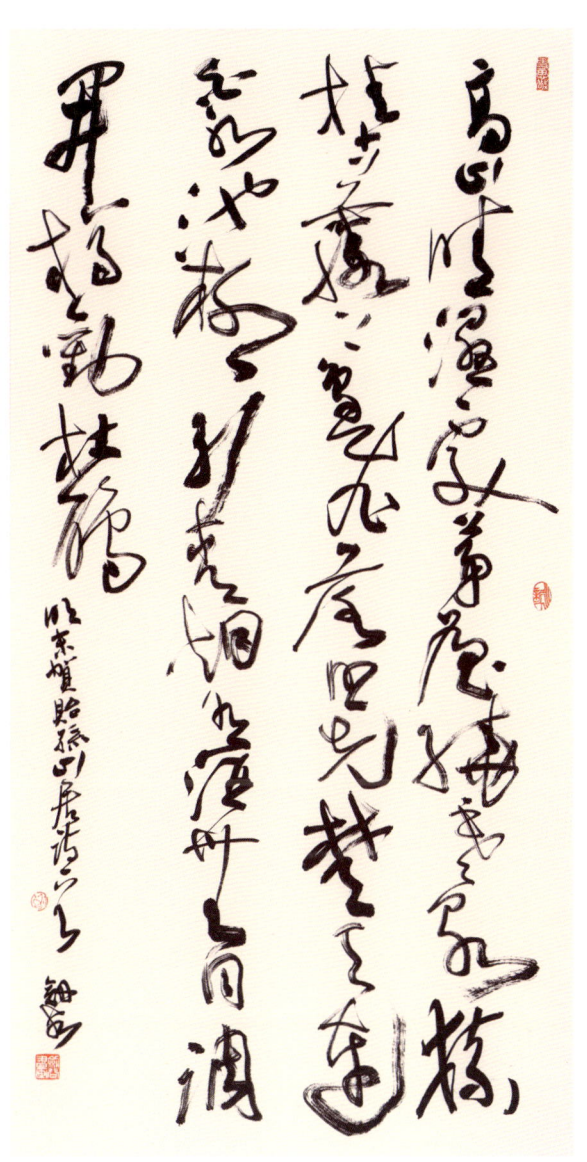

刘建国 书

梅田洞纪游

[清]黎士弘

不附^①群峰自立尊，桃花红遍宛^②成村^③。

扪天^④就日^⑤无多路，放月归云^⑥各有门。

父老时从^⑦征^⑧异事^⑨，神仙终未淡名根^⑩。

桑田换尽浑^⑪弹指^⑫，小洞残棋局尚存。

【注释】

①附：依附，攀附。
②宛：仿佛，好像。
③村：粗俗。首联的大意为（梅田山洞）不攀附群峰，卓然独立，高贵自尊，而那逼近它的争红斗艳的桃花倒显得有些粗俗。
④扪天：摸天，形容极高。

⑤就日:后称接近皇帝为就日。全句意为:天高帝远,一般人没机会接近。

⑥放月归云:恣情放浪于山水云月,全句意谓:有各种门路机会恣情徜徉于山水云月之间,怡然自乐。

⑦父老时从:经常跟从父老乡亲。时从:经常跟从。

⑧征:征集,听取。引申为搜取、了解。

⑨异事:怪事,非常之事,此处指民间奇闻怪事。

⑩名根:泛指世人所追求的功名利禄;淡名根,把功名利禄看得很淡薄。

⑪浑:全,都。

⑫弹指:《僧祇律》一刹那者为一念,二十念为一瞬,二十瞬为一弹指。后多以"弹指"喻时间之短暂。

【作者简介】

黎士弘（1618—1697），字愧曾，福建长汀人。14岁补博士弟子员，36岁中举人。康熙七年（1668），任永新县令，任职3年，政通民和。黎士弘还以诗文闻名，被徐世溥、钱谦益推崇为"海内名士"，冯之图称其为"汀南异人"。著有《托素斋文集》10卷、《仁恕堂笔记》3卷、《理信存稿》3卷、《西陲闻见歌》等。

不附群峯自立尊桃華無數

遍阿閦成佛自天就日無多

路逆行月歸雲香有門义多

時根迎日聚神雲天就日

名桂桑亞田異鴉邪立尊

洞殘棋局尚存盤揮弹指小

清藜士弘楳田洞紀游
右院亞方峯書

谢方峰 书

《永新诗征》题诗二首

[清] 曾 咏

一

禾山禾水两悠悠,万古聪明第一流。①

台畔野花春寂寞,岫云冰雪几人休。②

二

一编③流览④玉无瑕,共许骚坛⑤自一家。

好向龙门溪上望,双峰文笔耸云霞。

【注释】

①一、二两句大意:永新历史悠久,人杰地灵,自古以来就有第一流的自然风光和人文景观。

②三、四两句大意:三相读书台畔虽然只有几支山花独自开放,似乎感受到春天的几分寂寞,但从没有人停止过对此处山水风光、人文景观的吟咏。

③一编:这里指《永新诗征》。

④流览:浏览。

⑤骚坛:即诗坛。

【作者简介】

曾咏（1813—1862），字永吉，号仲撰，自号吟村，四川华阳人。清道光二十四年（1844）进士，曾任江西吉安知府。此二首诗是曾咏特为诗集《永新诗征》而作。

汪为新　书　　　贺剑文　书

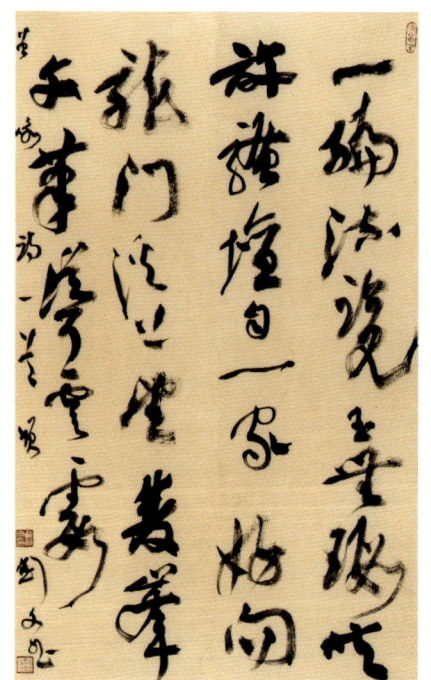

倚天湖[1]

[清]刘 棻

龙卧山巅漾[2]碧空,风云变幻自无穷。

倒悬日月跨沧海,五岳悠然一气中。

【注释】
①倚天湖:在禾山顶。
②漾:水波荡漾。

【作者简介】

刘棨(1642—？),字敬庵,号香山,今江西永新县象形乡花溪村人。清康熙朝拔贡,曾任荔波县令,多善政。著有《连声集》2卷行世。

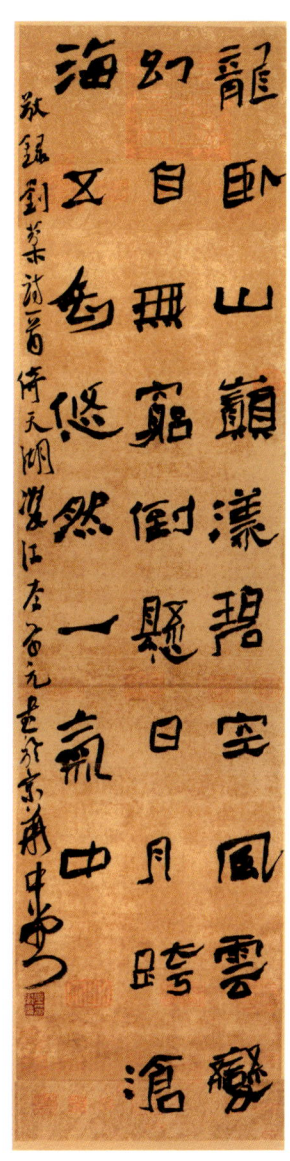

左学元 书

阿育塔[1]

萧鑫振

撑云石笋屹潭中,阿育王[2]凭此作宫。

八万三千一舍利,菩提树[3]里散玄风[4]。

【注释】

① 阿育塔:位于龙源口镇境内,相传有阿育王舍利,佛教圣地。
② 阿育王(前304—前232):印度孔雀王朝国王,统一了印度,信仰佛教,定佛教为印度国教。
③ 菩提树:树名,因佛祖释迦牟尼在菩提树下顿悟,故被誉为圣树。
④ 玄风:指佛教诵经声。

【作者简介】

萧鑫振(1883—1952),江西永新县高溪乡鄱阳村人。一生从事教育工作。

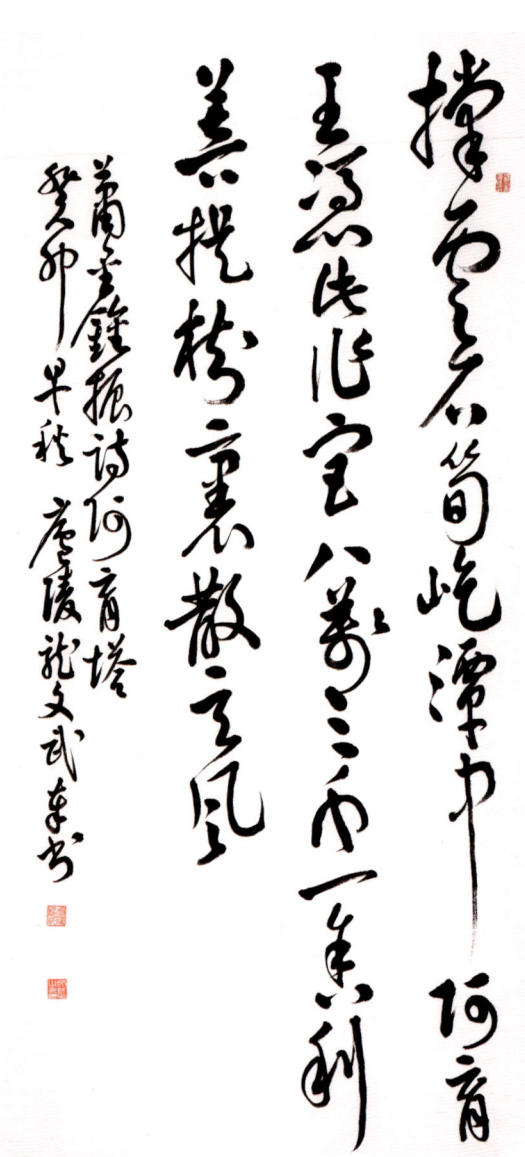

宿永新[①]

郭沫若

领袖亲征三度来[②],前驱人物费培栽。

长征逾万参加者,烈士八千磊落才。[③]

已换九州新日月,还教四海激风雷。

永新无数佳儿女,更大光荣争取哉。

【注释】

①宿永新:郭沫若1965年6月30日上井冈山,下山后于7月3日访问永新并留宿县城。
②领袖亲征三度来:指毛泽东曾三次来到永新。
③此句大意:永新参加长征的有一万多人,为革命牺牲的有名有姓的烈士有八千人。

【作者简介】

郭沫若（1892—1978），原名郭开贞，号尚武，曾用名鼎堂。四川乐山人。1927年8月参加了南昌起义，并加入中国共产党。中华人民共和国成立后，历任中央人民政府委员，政务院副总理兼文化教育委员会主任，中国科学院院长兼哲学社会科学部主任、历史研究所所长，中国科学技术大学校长，中国文学艺术界联合会第二、三届主席等职。是杰出的作家、诗人、历史学家、考古学家、古文字学家和著名的社会活动家，百科全书式的文化巨匠。出版有《郭沫若全集》。

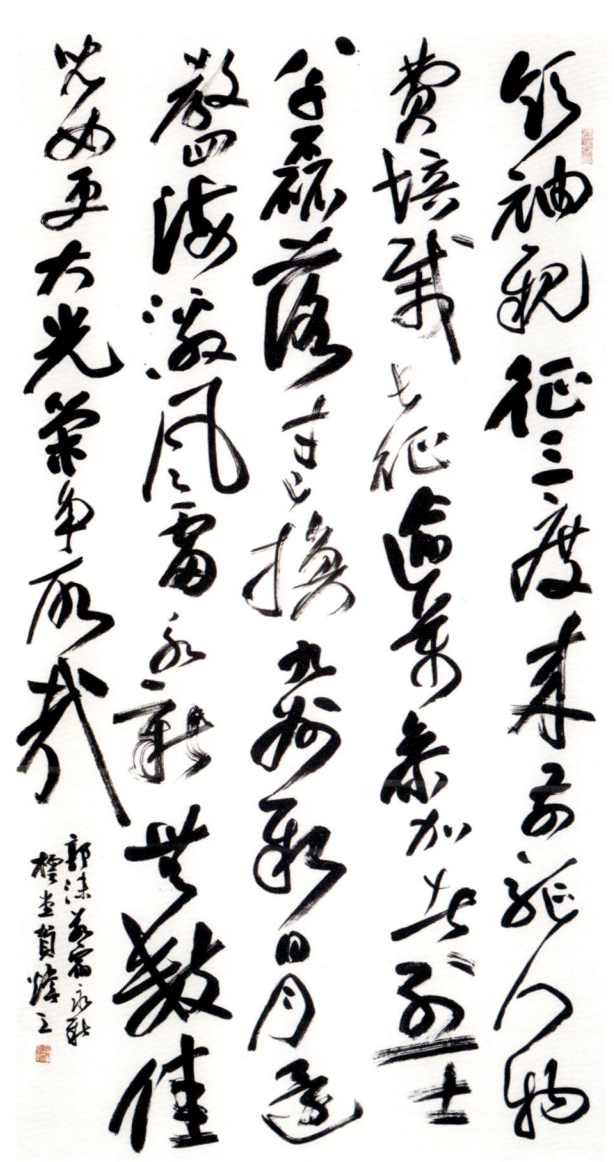

对永新在井冈山革命根据地的战略地位的见解[①]

毛泽东

我们看永新一县,要比一国还重要,所以现在集中人力在这一县内经营,想在最短的时间内,建设一个党与民众的坚实基础,以应付敌人下次的"会剿"[②]。

【注释】

① 1928年6月26日,毛泽东在永新县城禾川中学主持召开红四军连以上干部、地方党和地方武装负责人联席会议。会议总结了龙源口战斗的经验,研究了红军短期分兵、开展群众工作的问题。同时,毛泽东在与刚刚由湖南省委派到边界充任特委书记的杨克敏(即杨开明)谈了他为何要"大力经营永新"的想法时说了这段话。

② 会剿:多指中央调到两个或两个以上省份的地方部队前去进攻。此处指红军连战皆捷、两占永新的消息传到南京,蒋介石认为光靠朱培德的赣军不能战胜红军,于是命令湘赣两省的国民党军联合进攻井冈山革命根据地。

【作者简介】

毛泽东（1893—1976），伟大的马克思主义者，无产阶级革命家、战略家和理论家，中国共产党、中国人民解放军和中华人民共和国的主要缔造者和领导人。是马克思主义中国化的伟大开拓者，是近代以来中国伟大的爱国者和民族英雄，是党的第一代中央领导集体的核心，是领导中国人民彻底改变自己命运和国家面貌的一代伟人。毛泽东同志为中国新民主主义革命的胜利、社会主义革命的成功、社会主义建设的全面展开，为实现中华民族独立和振兴、中国人民解放和幸福，作出了彪炳史册的贡献。毛泽东思想作为马克思主义在中国的发展，是中国共产党的指导思想。他的主要著作收入《毛泽东选集》（四卷）、《毛泽东文集》（八卷）。

我们看永新一县要比一国还要严，所以现在集中人力大力经营永新，在在家经营的期间内建设一简党与民众的坚实基础，以应付敌人下次的会剿。

燕寻墨永新之画卷正 乡侯学 耪友

龙友 书

龙源口大捷[1]

田 汉

特选罗霄[2]作战场,扬威破敌过端阳。

会师[3]倍使军容壮,改制[4]平添斗志强。

枪炮成雷飞绝壁,旌旗如火卷层冈。

七溪岭峻龙源涨,争唱红军灭"二羊"[5]。

【注释】

①龙源口大捷:1928年6月22日,在龙源口桥一带,毛泽东、朱德、陈毅领导红军,打响了七溪岭保卫战,彻底粉碎了湘赣两省国民党军的联合"会剿",取得了以少胜多的伟大胜利,使井冈山革命根据地进入全盛时期,史称龙源口大捷。
②罗霄:沿湘赣边界经萍乡、安源、莲花、宁冈一线至湖南,这一线是罗霄山脉。

③会师：1928年，朱德、陈毅率领湘南起义部队上井冈山与毛泽东会师。

④改制：1928年11月14日，在宁冈新城召开红四军第六次党代表大会，会议决定将连上支部干事会改为连支部委员会，重申了"连支委为红军党的工作的核心，党代表则为此工作核心之负责者"。进一步健全了"支部建在连上"的制度和党代表制。

⑤"二羊"：指国民党军朱培德属下的两个主力师第二十七师师长杨如轩、第九师师长杨池生。

【作者简介】

田汉（1898—1968），字寿昌，湖南长沙人。戏剧活动家、剧作家、诗人。中国现代戏剧的奠基人。田汉的创作具有鲜明的时代感、强烈的革命激情和积极的浪漫主义。他创作了话剧、歌剧60余部，电影剧本20余部，戏曲剧本24部，歌词和新旧体诗歌近2000首。他写的《义勇军进行曲》，经聂耳谱曲传唱全国，被定为中华人民共和国国歌。田汉于1962年10月访问永新。

特選羅霄作戰場揚威破敵過端陽會師倍使軍容壯改制平添鬥志彊槍炮成雷飛絕壁旌旗如

火捲層岡七溪嶺峻龍源漲爭唱紅軍滅二羊龍源口大捷田漢詩癸卯秋文鏡書

尹文敏 书

清平乐·三湾整军[①]旧址

周谷城

三湾整军,军史从头论。五十年来抓革命,活水源头泽润。

轰轰烈烈军容,三条纪律[②]严明。声振五湖四海,定教万国风从[③]。

【注释】

① 三湾整军:在军队中实行民主制度是毛泽东的伟大创举。军队内部实行民主制度:军官不许打骂士兵,官兵待遇平等;建立士兵委员会,士兵有说话的自由,对军官有监督权;经济公开,官兵待遇平等,吃饭穿衣都一样;对那些动摇不定的人,采取愿者留,不愿留者发给路费,允许离开部队。这样人数虽然减少了,但部队却精干了,战斗力大为提高。

② 三条纪律:指的是"行动听指挥,不拿群众一个红薯,打土豪要归公"三条纪律。

③ 风从:服从或顺从之意。

【作者简介】

周谷城(1898—1996),湖南益阳人。曾任中国农工民主党中央主席、全国人大常委会副委员长等。著名学者,著有《中国通史》《世界通史》《诗词小集》等。周谷城于1978年7月访问永新。

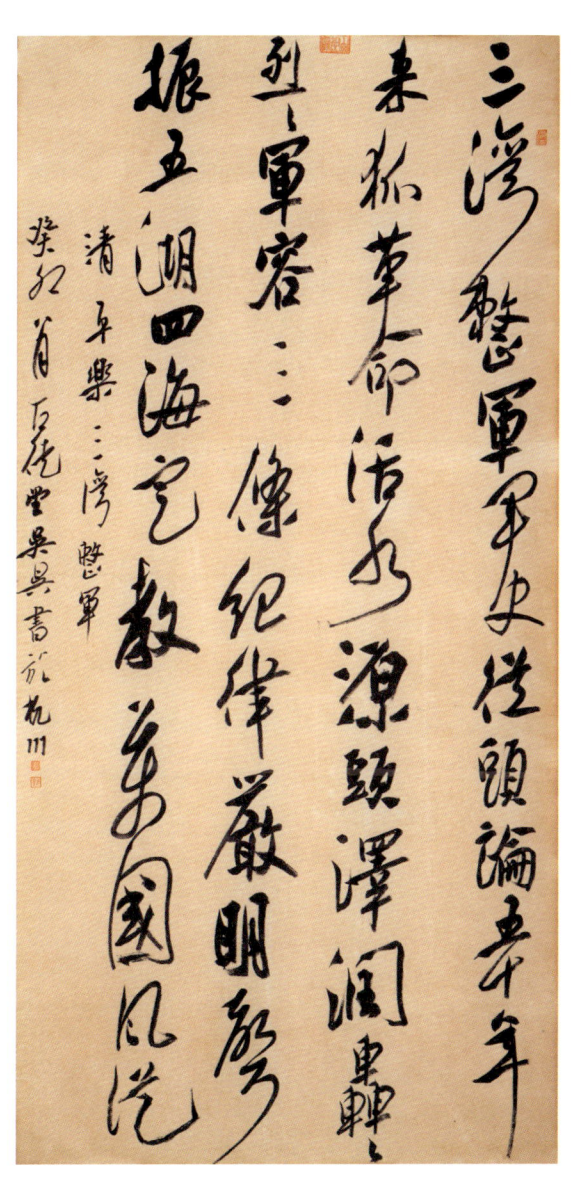

吴昊 书

宿永新宾馆[①]

萧 克

一夜潇潇逢喜雨,清晨只觉桂花鲜。

老兵战地重游日,既得人和又得天。

【注释】

①宿永新宾馆:1991年10月9日,萧克受中央委托到永新参加"纪念湘赣革命根据地创建60周年"活动,留宿永新并写下此诗。

【作者简介】

萧克（1907—2008），湖南嘉禾人，革命家、军事家、军事教育家，原中顾委常务委员，政协第五届全国委员会副主席，中共第八、第十一届中央委员，第十届候补中央委员。1926年参加国民革命军，翌年加入中国共产党，参加了北伐战争和南昌起义。历任红六军团军团长，红二方面军副总指挥，红三十一军军长，晋察冀军区副司令员，冀热辽军区司令员，华北军区副司令员兼华北军政大学副校长，第四野战军参谋长兼华中军区参谋长。新中国成立后，任国防部副部长、农垦部副部长、军政大学校长、军事学院院长兼第一政委。1955年被授予上将军衔。创办中华炎黄文化研究会，主编《中华文化通志》。

宁燕华 书

三湾改编[1]

李 立

云破日出红一片，三湾来了毛委员[2]。

率领秋收起义[3]军，枫树坪前来改编。

我党建军奠基石，我军建政展新篇。

前委[4]决策上井冈，武装割据湘赣边[5]。

【注释】

①三湾改编：1927年9月29日至10月3日，毛泽东率秋收起义部队从湖南来到永新县三湾乡三湾村，在这里领导了举世闻名的"三湾改编"，他创造性地确立了党指挥枪、支部建在连上、官兵平等等一整套崭新的治军方略。

②毛委员：1927年8月八七会议上，毛泽东当选中央政治局候补委员，故称毛委员。

③秋收起义：1927年9月9日（秋收之后），湘赣边界爆发的起义。

④前委：指直接对敌作战的军事指挥机构。此时毛泽东为前敌委员会书记。

⑤湘赣边：湖南以东、江西以西划分的革命根据地。

【作者简介】

李立（1908—2006），曾用名李国华，江西永新县三湾乡人。土地革命时期任中共宁冈县区委书记、县委常委，中共永新县委常委等职。参加了长征。抗日战争和解放战争时期，担任过许多重要职务。中华人民共和国成立后，任过中共江西省委委员、江西省交通部部长、中共河南省委书记、贵州省委副书记、贵州省省长等要职。著有诗集《井冈号角》等。

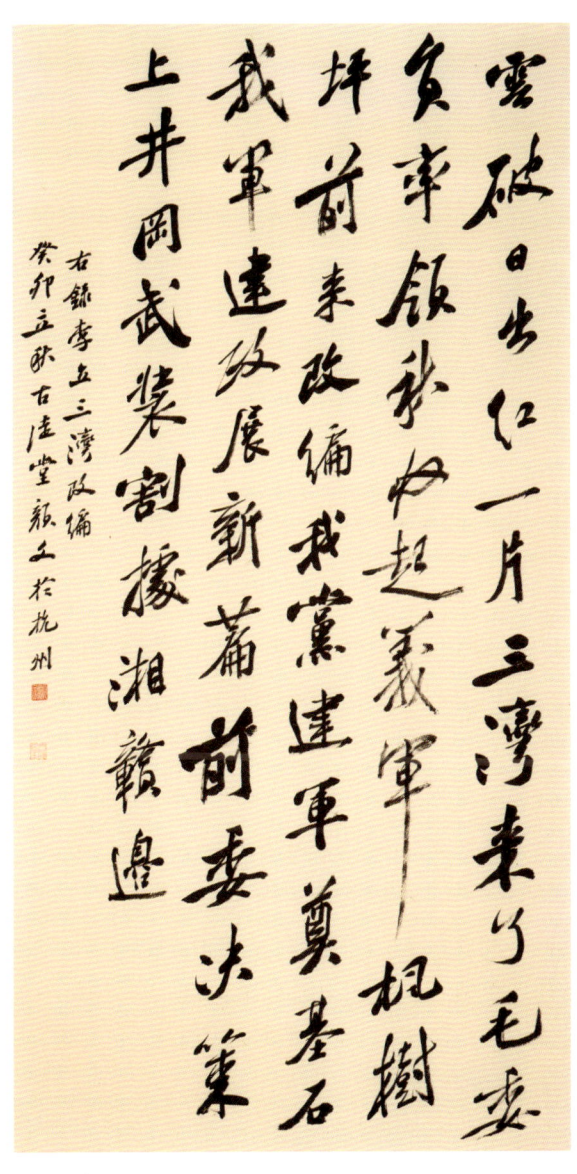

云破日出红一片，三湾来了毛委员率领秋收起义军，枫树坪前来改编。我党建军奠基石，我军建设展新篇，前委决策上井冈，武装割据湘赣边。

古录李立三三湾改编 癸卯立秋古佳堂颜文于杭州

颜文　书

高士山①

尹忠鑫

林郁泉清景邃幽,一峰飞峙展鸿猷。

声声山鸟鸣晴雨,处处涧溪听激流。

脱洒安仁②宁蹈隐,耿豪鲁直③访同游。

徐陈韵事传炎宋④,高士清风万古留。

【注释】

①高士山:位于江西永新县坳南乡,佛教、道教名山。因高士尹安仁曾隐居在此而得名。

②安仁:即尹安仁,坳南乡牛田村人,隐士,有学问和德行。

③鲁直:即黄庭坚,字鲁直,北宋著名诗人、书法家,曾任泰和县令。

④炎宋:即宋朝。宋代统治者认为自己代表"火德",故历史上也称"炎宋"。

【作者简介】

尹忠鑫（1915—1993），字隆耕，江西永新县坳南乡牛田村人，一生从事教育工作。

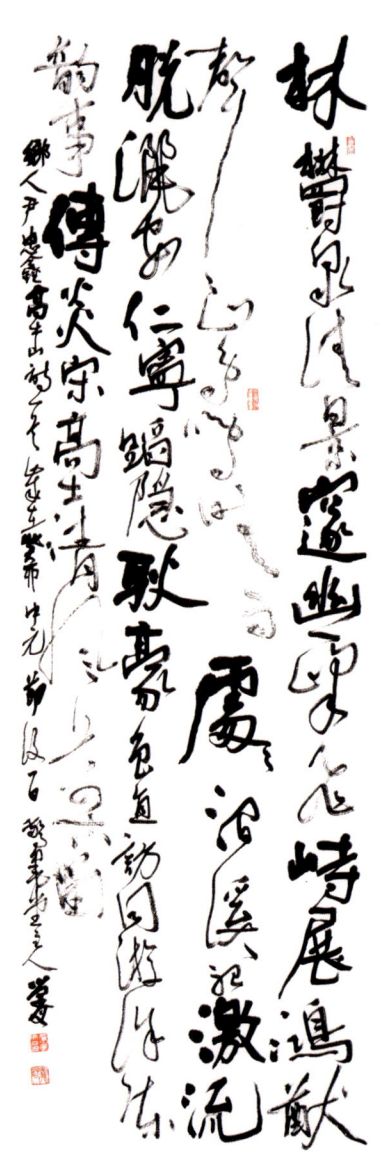

巾帼英雄贺子珍[①]

丁 芒

井冈山里一奇葩[②]，傍日开成耀眼霞。

百战英姿驰万里，余香袅袅透中华。

【注释】

①贺子珍（1909—1984）：江西永新县烟阁乡黄竹岭村人，井冈山第一位女红军，与毛泽东结为患难夫妻，为中国革命做出了卓越贡献。
②奇葩：奇特而美丽的花朵，这里指贺子珍。

【作者简介】

丁芒,1925年生,江苏南通人。当代著名诗人、作家、文艺评论家、散文家、书法家。曾任中国散文诗学会副主席、中华诗词学会顾问等。著有《丁芒诗词曲选》《丁芒文集》等。

贺剑文　书

义 井[1]

贺自强

义井古眈眈,忠贞自溺潭。

千秋留传载,万众少铭谙。

洁水烹茶醉,廉泉酿酒甜。

人心明镜里,影射见聪憨[2]。

【注释】

① 义井:在今永新县城繁荣街,是一口用砖石围砌的古井,因南宋末年有一位元兵为保护永新儒士刘友益舍命投井而得名。
② 聪憨:聪明与鲁钝,这里指正义与不义。

【作者简介】

贺自强,1926生,江西永新县文竹镇龙源村人。中华诗词学会会员,著有诗集《爝火倚声》等。

四寻·永新

﹒﹒﹒﹒﹒﹒

寻迹永新

《寻迹永新》编撰委员会

主　　任：郑军平　古秋云
副 主 任：杨小成　范晓鸣　饶　星　龚　云　周家龙
编　　委：贺江华　龙天然　刘晓翔　贺剑文

《寻迹永新》编纂人员

主　　编：龚　云
副 主 编：刘晓翔
统　　稿：龙天然
撰　　稿：曾亮文　董海涛　李作明
编　　务：陈莉君　胡佩涵　刘　坤

千载风物

中共永新县委员会 永新县人民政府 编
郑军平 古秋云 主编

江西人民出版社
全国百佳出版社

图书在版编目（CIP）数据

寻迹永新：千载风物 / 中共永新县委员会，永新县人民政府编；郑军平，古秋云主编 . -- 南昌：江西人民出版社，2024.5

（四寻永新；3）

ISBN 978-7-210-15548-5

Ⅰ. ①寻… Ⅱ. ①中… ②永… ③郑… ④古… Ⅲ. ①游记－作品集－中国－当代 Ⅳ. ① I267.4

中国国家版本馆 CIP 数据核字（2024）第 106705 号

四寻永新 寻迹永新：千载风物
SI XUN YONGXIN XUN JI YONGXIN：QIANZAI FENGWU

中共永新县委员会 永新县人民政府 编 郑军平 古秋云 主编

策　　　划	黄心刚
责 任 编 辑	郭　锐
封 面 题 字	汪为新
封 面 设 计	同异文化传媒

江西人民出版社 出版发行
Jiangxi People's Publishing House
全国百佳出版社

地　　　址	江西省南昌市三经路 47 号附 1 号（330006）
网　　　址	www.jxpph.com
电 子 信 箱	jxpph@tom.com
编辑部电话	0791-86893801
发行部电话	0791-86898801
承　印　厂	湖北金港彩印有限公司
经　　　销	各地新华书店

开　　　本	880 毫米 × 1230 毫米　1/32
印　　　张	8.5
字　　　数	198 千字
版　　　次	2024 年 5 月第 1 版
印　　　次	2024 年 5 月第 1 次印刷
书　　　号	ISBN 978-7-210-15548-5
定　　　价	458.00 元（全 4 册）

赣版权登字 -01-2024-181

版权所有　侵权必究

赣人版图书凡属印刷、装订错误，请随时与江西人民出版社联系调换。
服务电话：0791-86898820

序

乡愁是可以传承的,这是我的人生情怀。

我祖籍江西永新,出生在湖南长沙。父亲少小离家求学,后一直在长沙任教。我从小就能体会得到,他心里总装着那份沉甸甸的乡愁。父亲没有给家里留下什么值钱的家当,钱财全部捐给了老家的公益事业,留给家人的只是一箱家书——这是我们最宝贵的财富。细读父亲这些珍贵的家书,这份浓浓乡愁完全融入我的血脉,绵绵不息,终生不忘。

美不美故乡水,亲不亲故乡人。月是故乡明。故乡是扎进灵魂的根,最难割舍的是故乡人文情怀,最难忘却的是故乡田林山水。正如绍兴之于鲁迅、湘西之于沈从文,父亲有他自己的永新。少小以来,我们时常会听到父亲对于家乡饱含深情、神采飞扬的回忆。他老跟我们说，永新是个好地方，山清水秀，人杰地灵——很有自己的性格和品质，每每还会特意举例说明。他要我们有时间多回家看看，多去感知井冈山下故乡的山水灵性；去品读千年古县的厚重人文；去接受"长征逾万参加者，烈士八千磊落才"的红色文化熏陶。

余华说，"世界上没有一条道路是重复的"。每个人都有自己的来路。我的父亲，就是从永新的龙门镇走出去的。龙门枕靠的禾山，是永新母亲河禾水的发源地之一。父亲说，游永新，单禾山就有无尽的意趣和无穷的话题。史载唐代宰相姚崇、牛僧孺曾先后在禾山甘露寺寓居过，加之后来永新籍北宋宰相刘沆也在这里攻读，宋代高僧建有"三相堂"以纪念。明代才子解缙也曾感叹："龙门溪下水珊珊，鲁公大笔彩云间。凭君多借几只鹿，待我重来骑看山。"禾山"与青原、匡庐鼎峙江右"，风光旖旎，其"七十一峰，峰峰有奇观"，明代地理学家徐霞客曾游历其间，并写进了《徐霞客游记》。

"义山禾水在处在，明月清风无地无。"南宋诗人杨万里用这样的诗句称道永新。永新的风物景观比比皆是，如飞瀑流泉的碧波崖、千姿百态的梅田洞、"天外飞石"的阿育塔、香火鼎盛的高士山、神秘幽深的绥远山、奇峰异岭的九陇山、钟灵神秀的南华山、古朴风存的院下、翰墨丹青的洲塘等等，不胜枚举。这里还孕育了许和子、刘沆、颜钧、贺贻孙等历代政治文化名人，留下了无数脍炙人口的人文佳话。永新作为井冈山革命根据地的重要组成部分和湘赣革命根据地的中心，是全国著名的将军县，现保存有400多处红色旧址，著名"三湾改编"的三湾、"龙源口大捷"的龙源口、贺子珍故里黄竹岭、红六军团西征的牛田等等，这些都值得我们旅游参观，饱览欣赏。

永新为推进文旅发展，做浓文化氛围，推出"四寻永新"系列丛书，诚邀我为其中的《寻迹永新：千载风物》作序，正应了我的一腔思绪，满怀乡愁。打开这本书，细览30余篇、10余万字的文章，犹如重游故土，寻迹永新。永新县委县政府召集本土作家，通过实地采风、细致走访、旁搜博采、深入挖掘，从而成书付梓，其用心之深、重视之足，应予高度赞扬。我也深为这些朴实文笔下浓浓的情感、生动的描写、真实的感悟所陶醉。在他们笔下展现了一个神奇瑰丽、绚烂多彩的永新。这不仅是永新文旅的一个好的攻略，也是记录永新风物的一本好的文献，它确实可以触动人们去永新走走看看的"驿动之心"，去真正尝试一次收获满满的旅行。

永新，您尽可用脚步去丈量，用真情去欣赏，因为，永新风景独好！

中国工程院院士 陈晓红

2024 年 5 月于长沙

目录

- 001　禾水汤汤
- 008　峥嵘唱大风
　　　——三湾之行
- 017　"胜"地龙源口
- 027　走垭口
　　　——黄竹岭记游
- 032　义山遗珠牛田村
- 041　在院下
- 048　南街的嗣响
- 054　南塔记
- 058　仰山之上
　　　——永新生态湿地公园记游
- 064　义　井
- 068　文"化"秀水
- 076　得闲去"读"崖
- 084　梅田洞探秘
- 091　山以高而秀
- 098　秋揽樟枧
- 108　辉煌的山坳
　　　——老二机厂琐忆

116	榨油坊的灯光
127	绥源秘境将军涧
	——七溪岭省级自然保护区走笔之一
133	尚山赏水
139	南华"小庐山"
145	酒香迎客进畲寨
154	神秘的大浒
	——七溪岭省级自然保护区走笔之二
163	往事依稀望月亭
170	忠义潭抒怀
177	情系七溪岭
183	岁月深处的永新山水
190	九陇秋色图
195	遇见三元祠
201	诗歌里的西江
208	赏戏龙池庵
213	入梦阿育塔
220	此生愿在洲塘老
229	白堡的故事
237	印象虚皇山
243	一池莲香
	——莲洲书院感怀
257	禾山旧时月

禾水汤汤

> 东南有义山，西有秋山，一名禾山，禾水出焉。
>
> ——《水经注》

一

群峰垒垒，万木撑天，无数的瀑布飞珠溅玉，原始次森林莽莽苍苍，大自然的神力造就了这里的雄奇。此山，名曰禾山。《大明一统志》载："（禾山）连跨五百里，其岭平袤，昔产嘉禾，故名。"嘉禾，乃秀美之禾也。风雨起，嘉禾兴。万物因水而生，因水而盛，大地上的一切生机盎然……

这里有清新的空气，纯净的山泉。这是禾水的源头，一切是那样的宁静，有着童年般的纯净……

云雾绕着山峰的脖子，像白色的围巾一样丝滑，数不清的叶片在空中伸展，它们欢快地捕捉雾中的水汽，吮吸着大自然的精华，生命在洗礼中熠熠生辉。每一滴水都怀揣着阳光，像一粒倔强的种子。雨珠从叶片上滑落,"滴——答,滴——答"那是禾山的心跳声。这些平凡的水珠,奏响了禾水的第一个音符,开始了它的第一个脚印。

涓涓溪流从山间流出,裹着清凉,带着力量,蓄势而发。禾水一出砻山口,就吸纳来自莲花的莲江,然后一路往东,开始了它令人心旌摇曳的狂想曲。它携奔腾之豪气,揽百川之弘壮,一路起伏,披荆斩棘。赣西大地上,江源如寻,河汊密布,丰沛的雨水汇聚成无数毛细血管一样密集的溪流。禾水以豁达的胸怀,不断延伸,不断壮大,这些大大小小的溪流都是它坚定的拥趸者,毫不犹豫地投向它宽广的怀抱。于双江口,它和发源于井冈山的胜业水胜利会师,接着,顺手牵走了这条小巧的龙源河……

经过 100 多里的奔流,禾水到达禾川镇,这是它最先流经的城镇。它裹挟着泥沙,一路浩浩汤汤,那些疲倦得不愿再走

禾水河

的水和沙，逐渐沉积下来，经过多少个世纪，形成了一座座沙陆。那一块块大小不一的陆地，是用水和泥沙叙说着的时间，清晰地表达着一条河的韵律。几千年前，这里是一片荒凉的滩涂。而今，这里人烟辏集，参差十万人家。沿岸数十万民众借着它的荫庇，世世代代安享着绵绵不尽的福祉。

在禾川镇甩过一个漂亮的弧度后，禾水一路狂奔，途中又接纳了溶江水，这条江也发源于禾山的北麓，绵延上百里后投入禾水河的怀抱。自此，禾水河变得急湍，一副落拓不羁、野性难驯的模样。在多雨的夏季，禾水经常发怒，历史上，沿岸的居民饱受其苦。不过，在流经吉安的天河、敖城两个小镇后，地势逐渐变得平坦，水面开阔。阳光下，水面波光粼粼，显得温柔多情，一切又如此安详。

山势西去，水流东北。不久禾水就到达历史悠久的永阳古镇，永阳南北走向，地域狭长，曾是禾水河水路的大码头，商业繁盛，市井的声响经久不息。在这里，禾水规行矩步、浅吟低唱，冲积出来了一个偌大的中洲岛，中洲岛郁郁葱葱，百鸟啾啾，一年四季瓜果飘香，像极了一块精巧鲜绿的翡翠。

一件事物留下的痕迹，远比事物本身活得长久。

当然，奔腾的禾水河在此不忘与另一支"部队"汇合，那是从井冈山、泰和一路过来的牛吼江，从此，禾水更加的气势恢宏。她昂首阔步出了永阳，流过横江，在曲濑江口又接纳了

禾水河

欢腾的泸水，那是禾水最大的支流。最后，在神岗山华丽收尾，注入滔滔不绝的赣江。这一路，它流过了500多里……

禾水一路青山夹岸，沿岸苇荡婆娑，处处人欢鸟乐……万物在禾水两岸找到了容身之所，它们以不同的方式看待和体验河流带来的韵律。禾水从广阔的大地上流过，大地上就有了沃野田畴、乡村集市。人们筑室而居，五方杂厝，千家烟火，一座座城拔地而起。江水流，文明兴。一座城市的历史，其实就是一滴水和一粒沙的变奏曲。

人们把种子下到沙土里，种子顽强地长出来，土地呼啦啦地变成绿色，一片一片，无边无际。禾者，水稻也。它应时而生，应季而熟，生生不息。禾养万民，水泽万世。历史的发展中，水，远比黄金来得金贵……

二

在古代，禾水是南来北往的重要商道。她的沿岸建起了数百个码头。其中白堡渡口、胜利码头、永和码头，曾经盛极一时，每天，水浮陆行，方舟结驷，居货游艺者川流不息。几千年的历史里，这些沿岸城市的所有富庶、光辉和梦想都与她有关。即便在今天，依然回荡着历史的余音。也许没有谁说得出禾水的历史，但人们可以通过禾水畅想未来，从这些大小不一的码头，通往更远的世界。

禾水河就像大地的一根肠子,吃进去的是时间,吐出来的是灿烂无比的生活。

禾山、禾川、禾埠……一个个地名像一颗颗明珠。一条河流,就是一个道场,衍生千秋故事,写尽百世人文。

《江西通志》载:"禾山与青原、匡庐鼎峙江右。"能够与匡庐齐名,说明禾山当时的名气不小。她曾吸引了许多名人到此游历或学习。据说,唐宰相姚崇未遇时卜居于此,唐宰相牛僧孺和宋宰相刘沆先后在禾山脚下的甘露寺中习书奋读,后人建有三相堂,以作纪念。

公元766年,书法家颜真卿来到这里,此时他被贬为吉州司马,为排遣心中的孤寂,他开始游历山水,并处处留下墨宝。《吉安府志》载:"今溪山深处往往有其石刻题咏。"今只知两处,一处是青原山净居寺牌坊"祖关",另一处就是禾山石刻"龙溪"。"龙溪"二字,字迹浑圆,遒劲有力,气势恢宏,颇具大唐的气度。

1637年正月,地理学家徐霞客也来了。本是农历新年的第一天,羁旅在此的徐霞客忽然有了游历的兴致。那天,"晴丽殊甚","余同顾仆挈被直北入山"。此时,南方正值深冬,积雪堆岸。徐霞客准备了干粮、棉袄等物资,毅然决然地出发了。经艰难跋涉,徐霞客终于到达禾山。他看到了"西溯溪入龙门坑,溪水从两山峡中破石崖下捣"。 西溯溪就是禾水的正源。

南宋末年,元兵长驱直入,宋朝的江山风雨飘摇。为江山

禾水河晨曦

晚霞映照禾水河

社稷,文天祥主动出使元营,却被元兵羁押。永新知县彭震龙(文天祥的妹夫)听闻消息后当即联络八姓豪杰组成义军,抗击元军。可叹的是,彭震龙为亲党所执,元军腰斩之,屠永新。义军粮尽弹绝后,且战且退,到达禾水河上游的袍陂,眼看突围无望,壮士"不欲以颈血染敌刃",全体将士3000余人个个身绑巨石沉入潭中,无一生还。这是发生在禾水河历史上最悲壮的一幕。后来,人们将英雄殉节之潭,称为"忠义潭"。

一江流水演绎一方历史,一朵浪花托举一段故事,往与返,悲与欢,热闹与落寞,宁静与战火,那么多故事从禾水里来,我们的过去、现实与未来都可以在禾水里清楚地找到。

世事浮沉,人语隐隐。一条河流,背负这么多历史,这么多时光……

峥嵘唱大风
—— 三湾之行

一

又一次驱车去了三湾,那儿仿佛有一道光吸引着我。

踩着细密的鹅卵石,我沿着栅栏缓缓穿过那条长街,秋日的阳光像金粉洒在身上。光影斑驳,岁月深处的人事迎面而来,与我擦肩而过。泰和祥杂货铺、协盛和杂货铺、钟家祠、红双井,还有一年四季碧波荡漾的红心湖……那些旧址原物面色庄严,并一字排开延伸而去,像极了简历表里那些傲人的荣誉。

历史的光景里,三湾曾是精华之地,富庶甲于赣西。它地处两省三县的交界处,是湘赣边的要冲。四通八达的商道使其成为商品的交汇处。数不清的酒肆、药房、商铺,以不同的姿势簇拥交叠,一直到达红枫湖的尽头。每日一俟天亮,三江四海的人便朝这边涌来,街道上车马交颈、人声鼎沸、琳琅焜耀,集市上的丝织物等手工品巧夺天工,酒肆茶坊间氤氲着繁华喧闹的气息。

彼时的三湾，珠玑鸣瓦，风吹佳树，白云悠悠，荷杭小河似一条锦绣腰带舒缓地流过。每一栋房屋、每一棵花树都落满了骄傲的神色，那些数不尽的财富像水一样源源不断地流入三湾。毫不夸耀地说，那是三湾最得意的一段高光时刻。

站在三湾枫树坪，一种敬意油然而生。风从四面八方吹过来，天空湛蓝，大山苍翠，当年的几棵树依然矗立挺拔，成为三湾改编最好的见证者。回望过去，时光漫溯，一段新的历史从这里出发。一个伟人在大树下发布改编时那铿锵有力的声音仿佛在耳旁回响。

二

"三湾降了北斗星，满山遍野通通明。一九二七那一年，三湾来了毛司令。三湾来了毛司令，带来工农子弟兵。红旗飘飘进三湾，九陇山沟闹革命。"

这是一首至今还在三湾广为流传的民谣。1927年9月29日，阳光有些耀眼，此时，山村的田野已经收割完毕，丰收的喜悦还在流转。秋收起义的部队为摆脱敌军，从浏阳一路撤退，来到赣西，经萍乡至莲花，最后撤到永新。

秋收时节暮云愁。在永新高溪九陂村休整后，起义军向15公里外的三湾村进发。700余人艰难地翻越婆婆坳、枫木坳。他

三湾村

们疲惫不堪，不少伤病员被担架抬着，部队走得很慢。

革命之路，路在何方？仲秋的风景还算美丽，但他们无心欣赏。晌午时分，部队到达三湾。让大家始料不及的是，村里阒无一人，原来村民早已闻风躲进山林里去了，三湾成了一个空村。衣衫褴褛的士兵，又累又饿，有的坐在枫树坪下，有的躺在稻草垛上，有气无力的。不过，他们不砸铺入户抢劫，不杀猪狗捉鸡鸭，埋锅做饭也只在村外，一切秋毫无犯。

在兵匪横行的年代，他们的举动令人不敢置信，也由此消除了村民的恐惧与疑虑。很快，村民们陆续回到村庄，打开屋门将部队迎进家里，争先恐后给他们让房、让铺、送粮、送菜，还有人把埋藏在地下的陈年美酒——三湾老酒挖出来送给战士，可都被拒绝了。那一天，在这个幽静的山谷里，言笑欢歌、此起彼伏，回荡不息。这是90多年前的一次军民联欢，非常少见，却有着空前的喜庆与热闹，它成了三湾最好看的底色。

就在这里，一个僻远的山村，5天4夜，一群寻光而至的人进行了举世闻名的"三湾改编"。它是一次军队的重塑与再造。枪，还是那些枪，队伍却从此变了模样……

三湾是一个小村庄，也是井冈山革命的第一个大舞台。几天后，他们沿着另一条小路上了井冈山，开辟了中国第一个农村革命根据地。对于中国革命的伟大征程来说，这无疑是一个伟大的起点。

三湾红枫

今天,这条从高溪到三湾的道路仍然存在,如今的政府对它进行了修缮,命名"红军小道"。牌坊上写着:"官道商道山里人的生存之道,大路小路革命军的胜利之路"。对联的深意令人咀嚼。

三

循着三湾改编旧址群沿街而行,最先看到的是泰和祥杂货铺。它低调朴素,没有韶润的华彩,赭黄色的墙体前架着斗式凉棚,与周遭耸立的楼房相比略显简陋。泰和祥始建于清朝晚期,面山畈水,寓意安定祥和、运吉启兆。许多年前,那些柜台里,南北杂货,井然有序地陈列于室,掌柜叨着烟斗,峨冠而坐,眼睛里是骄傲与从容,小二忙得脚不沾地,杂货铺里全是欢快的应和声……

然而,真正让泰和祥名声大振的还是三湾改编。

历史永远值得铭记。三湾改编确立了党指挥枪、官兵平等、支部建在连上等一整套崭新的治军方略,奠定了党对人民军队绝对领导的根本原则和制度的基础。

三湾改编还针对当时部队中存在的军阀主义作风严重的问题,设立了士兵委员会,地址就设在泰和祥杂货铺。在军队中建立士兵委员会，士兵群众的利益得到了保障，他们的革命热情大大地激发起来，士兵有了当家作主的感觉，对部队建设的责任感也明显加强了。

从此，青年争先恐后参加红军，"父送子，妻送郎"，如锦似霞在历史的天空里光彩夺目。井冈山有这样一个歌谣："当兵就要当红军，处处工农来欢迎，官长士兵一个样，没有人来压迫人。"真是好听又振奋人心。

士兵委员会的诞生，就像一茎嫩芽，在风雨飘摇中拔节长高、开枝散叶，她是乱世里开出的一朵绝世娇艳的文明之花。

今天，在井冈山龙江书院、永新任弼时中学的任弼时旧居等红色旧址上，仍然保留着当年的标语："红军中官兵夫薪饷穿吃一样，白军里将校尉起居饮食不同。"两支部队、两种生活、两个天地，言简意丰，形象生动。从此，民主长成为一根青藤，从井冈山到瑞金，再到延安，沿着红军的脚印，一路生长，一路青葱。

四

三湾改编后，三湾的革命斗争风起云涌，极大地配合和推动了井冈山的革命斗争。自然，它也成了国民党眼里的一根刺。1929年8月，国民党在三湾点燃了一把柴火，一时间火光冲天，过往的繁荣、热闹瞬间化为乌有，三湾陷入了一段前所未有的黑暗……

1967年，泰和祥杂货铺等建筑按原址旧貌修复，在历经沧桑与劫难后，三湾重获新生。

光阴有蛀蚀，峥嵘唱大风。百年光阴悠悠而过，站在枫树坪下，抚今追昔，往事历历在目，风轻轻拂来似一阵呢喃，述说着一个村庄的前世今生。三湾，也因这段历史而声名大振，甚至很多人是因着三湾而知晓永新的，它被誉为"军魂诞生地"，其中"弘扬'支部建在连上'光荣传统"作为总则第一

云雾润蒸三湾

条，写进了《中国共产党支部工作条例（试行）》。2017年8月1日，习近平总书记在庆祝中国人民解放军建军90周年大会上指出："党对军队绝对领导的原则和制度，发端于南昌起义，奠基于三湾改编，定型于古田会议，是人民军队完全区别于一切旧军队的政治特质和根本优势。"这是三湾的荣光，也是永新的荣光。

那日，我在三湾村徐行，沉浸在往事里。离开时，我依然有些不舍，回首之间，那些从三湾，从枫树坪，从泰和祥生出的光芒，在时间里持守着历史的深意，照亮了历史前行的路……

"胜"地龙源口

一

位于永新县南端30公里处的龙源口,在中国革命史上有着重要的地位。

龙源口大捷,使她的名字载入了史册。

这里的一草一木,一山一石,都为中国革命做出了贡献;她的土地是伟人战斗过的,是红军战士鲜血浸染过的。

牛尖岭碉堡,是龙源口大捷中红军两座碉堡之一,与对面的滩背岭碉堡形成交叉火力,成为阻击白军攻势的头道封锁线。小孩子呼作"塔"的,正是龙源口大捷纪念碑。

明心寺,位于寨背坳半山腰,原是一座土地庵。这里诞生的秋溪乡党支部是毛泽东在井冈山革命斗争时期创建的第一个农村党支部。毛泽东亲自发展了李松林、牛福生、刘二妹、彭六俚、陈毛俚等农民党员。在这个古庵,对着墙上的党旗,在毛泽东的主持下,他们郑重宣誓加入中国共产党。在不久后的七溪岭

龙源口村貌

大捷桥上舞龙

战斗中，他们率领秋溪暴动队，为红军运弹药、抬伤员、送情报，为龙源口大捷做出了很大贡献。

江上那座古老却不起眼的大拱桥原名久大桥，现叫大捷桥，因为它是当年红军以少胜多战胜白军的见证者。以其独一无二的历史地位成了我国第二套人民币三元版的背景图案，被称为"最值钱的桥"。

从大捷桥过去上山，就是有名的七溪岭，山上有座望月亭。当年朱德总司令就是把指挥部设在亭上，指挥红军在七溪岭上排兵布阵，取得了名垂青史的龙源口大捷。

江边一座不起眼的古民居，叫源昌隆客栈。曾经是过往客商歇脚的小旅店，是毛泽东来到永新发动农民运动的指挥中心。

龙源口的永恒魅力，就在于她是集红、绿、古、淳于一体的四季常"胜"之地。

二

龙源口的山，是一个神奇的魔术师。

从初春到暮春，整个龙源口的山山岭岭，都在上演一场"时装秀"。

"时装秀"的主角是各种花儿。

最先登场的是牛尖岭上纪念碑下的桃花和明心寺一带的樱花。灼灼其华，艳若明霞。远望若红云浮漾，又若绣带飘拂，

秋溪乡党支部旧址

让山野的春色由沉郁转为明丽,由庄静转为灵动。

杜鹃,如一团团燃烧的火焰,又如一簇簇天边掉落的晚霞,怒放于各处悬崖上、松荫下、幽涧边。杜鹃树如同厚积薄发的艺术家,经过一年的蓄聚,浸润过四时的风雨,含薰待春至。沉静时混迹荆榛,与灌莽为伍。待其一旦怒放,即照眼欲燃,明艳欲流,在荆榛灌莽中脱颖而出,超凡脱俗。

棘花,洁白如雪,春风拂过山岗,仿佛一夜之间,棘花便开得漫山遍野。从远处望去,如一处处雪堆点缀在青色的山腰。从近处细细打量,每一株棘花造型各异。棘柴质地极硬,当地人赋予了它与楠木同等的地位,称之"棘楠柴"。"棘楠柴"是村民制造农具的首选木材,用它做犁辕、锄把、柴刀把等。棘花纤细,花期长,盛开期蔚为壮观,是龙源口一带特有的风景。

桐花,开在三月。用李商隐诗句"桐花万里丹山路,雏凤清于老凤声"来表达对龙源口山上桐花盛开的景象真是最好不过。这里,桐树多得让你惊讶。没有开花的时候,它们仿佛当年的红军,埋伏在丛林密箐中,不声不响。花时一到,就如红军听到山头一声冲锋号吹响,即以排山倒海的气势破阵而出,陷敌于人民战争的汪洋大海中。桐树具有"飞籽成林"的巨大生命力。这一带的桐树都是野生树,不择地而生,但长得挺拔英武,风姿飒爽。白色花球攒簇覆枝,远超其他乔木,无论从哪个角度都能一览无遗。

至于水涯路旁、田间地头,各色山葩野卉就更难以胜数。粉团蔷薇的粉红色花瓣极其漂亮,成堆怒放。金黄色的田螺花成片绣在荒芜的田地里和路边的草丛里。马路两边苦楝树花紫色镶白边,如璎珞,如流苏,纤细挺秀,别饶韵致。野山楂开小白花。梅棘柴开紫色碎花,花枝呈三叉形,紫花沿枝干镶缀,宛如巧夺天工的手工艺品。明心寺前梯田中开了一种粉红草花,其叶狭长,尖若矛头,其花状若蝴蝶静立草尖,花萼处柔钩一圈,若美人屈指。尤为奇异的是,每一枝都独处一方,似少女待字深闺。

春天的龙源口,以斑斓热闹的花事胜。

龙源口大捷纪念碑

三

龙源口的水,以清、净著称,所以成为县城及南路片乡镇居民生活用水的水源地。

藏龙江发源于罗霄山脉深处。在绥源洪坑接纳了大荆山水,再下来有东木涧水汇入,至龙源口村有尚山菩提水汇入。

藏龙江从两山峡口蜿蜒而出,向北奔流,至龙源口村江面宽阔,水流平缓。江中铺满造型各异的巨石。相传一个神仙从七溪岭上赶了一群牛羊下来,过江时牛羊全部变成了石头。实际石头是历年洪水裹挟而来的崩落崖块,一路冲刷磨砺,把棱角磨光,变成各种形状的。这些巨石已然成为江中一景。

夏天的江面,是天然的水上乐园。

石头下面是鱼虾藏身的好地方。夕阳余晖中,当地的人们都喜爱到江中戏水。波光粼粼,斜晖悠悠,江水不深,水温适中,濯足其中,暑气顿消。在巨石之上坐卧随意,童心未泯者可卷起裤管,撸起袖子,重温儿时摸鱼旧梦。按捺不住的小孩已纵身入水,久困课桌的身子让清凉的江水包裹、抚摸,找回了久违的童趣。

夏天的龙源口,以清漪的江水胜。

四

龙源口的田野,盛产五谷。因土地平坦,土壤肥沃,气候温润,灌溉方便,无水旱灾害,是个得天独厚的粮仓油库。

秋溪垅、横溪垅、厚山垅、山北垅一年水稻两熟;禾岭陂、白马洲、枣江渚四季杂粮不断;绥源山、七溪岭上茶籽林、杉木林、松树林连片,林海茫茫,物产富饶。

龙源口有句俗语:"寒露连霜降,亲戚断交往。"说的是秋收大忙,各自为战,不串门走亲戚。虽有夸张,却是事实。

从厚山至横溪的山上,再到绥源十八条冲,山麓遍布高大茂密的油茶树,高处是密不见天的松杉用材林。

这些大自然的馈赠,让龙源口人自古以来过着自给自足的农耕生活。这种农耕生活也催生了独特的山地文化——山歌。

割禾摘茶籽对唱山歌成为龙源口的一种传统民俗。

稻浪绵绵的原野,青翠起伏的茶山,是龙源口人收获一年劳动成果的地方,也是热情男女一展歌喉的舞台。

山歌多为男女对唱,现编现唱。女声悠扬绵长,男声抑扬低回,皆拖尾音语气词,一唱三叹,优美悦耳。

流传最广的一首,是写一对青年男女,在割禾摘茶籽时邂逅,从互相倾慕到大胆约会的场景。

男:浮萍不是生根草,妹你不是有心人。

女:昨晚我刚刚来得黑,来到你后院吹木叶;我抓把泥土撒上瓦,你还装着认不得。

男:石头上瓦哥知晓,知晓家里又来客。

女:吃了晚饭我出门,走到哥家哥点灯;只望你哥哥是照我,不妨你点灯照别人。

男:哥点灯是为了你,等到三更我心迷。三更半夜等不到,妹也不懂我着急。

女:昨晚等哥等不来,糖水鸡蛋我煮成菜。今天见到小情哥,把我鸡蛋还回来。

…………

整个对唱中，展现出浓郁的生活情趣和地方特色。刻画了青年男女对爱情的大胆追求与独特表白，加上两人对唱间隙的对白，丰富的表情眼神，如戏曲，如话剧，引人入胜。

诸如此类歌颂秋天农耕收获场景下人性美、人情美的民歌、民谣，至今还有不少在龙源口乡间传唱。

秋天的龙源口，以稻花丰年的田园风光胜。

五

龙源口的风俗，淳厚古朴。山里人热情好客，家家备有自酿的冬酒，每有客人上门，一定要拉住留饭，用家中上好的菜肴来招待，并招邀四邻来陪酒劝菜。为助酒兴，席中以划拳为乐。

冬闲时节，男人三五成群"兑狗伙"，你出几斤红辣椒，我提两斤山茶油，他凑一板水豆腐，狗钱平摊，狗肉与冬酒的热力让平日的不愉快消散无遗。女人聚在一起打豆粉米果、打麻糍。几升糯米粉、一碗黄豆、几两辣椒粉，场合拉起来。碾粉的、磨豆的、挑水的，热闹得像办喜事一样。说说笑笑间，红滋滋冒出热气的米果出锅了，软糯糯裹着白糖的麻糍出笼了。先给各家老人端一碗，小孩敞开肚皮吃。一天的时间也就一晃而过。

龙源口人生就"穷也穷得硬（永新方言读 an），讨米不讨饭"的性格，做人处世都讲面子，比大方。

村里人家"收亲"（儿子结婚）连前带后要吃六餐。正餐席面讲究"十大罗碗"。一碗扣肉,需用肥肉排骨两斤半;一碗肉圆,需要上好精肉一斤;其他菜品中也以猪肉为主。一场酒席,少说也得二三百斤肉。

婚庆期间,邻居都来帮忙。孩子抬桌椅,老人抱柴火,壮年男人在厨房洗剖切剁、给大厨打下手。女人洗米蒸饭、打酒摆桌,事主尽可腾出时间去张罗迎亲拜堂的大事。事毕,四邻亲眷还要帮忙打理各项杂事,再吃上几餐。有吃有余,事主就把锅盆中的剩菜端到各家分吃,家家欢天喜地。

过年,大年初一,村里人互相串门拜年,互请年饭。正月里家家亲朋满座,酒饭不断。丰年还要请戏班子唱采茶戏,年轻人请打师傅练庄堂,正月十五打龙灯,挨家挨户烘新屋、烘新人,鞭炮锣鼓震天响。

龙源口的冬天,以其乐融融胜。

走垭口
——黄竹岭记游

我们沿着一条山路前行,路较窄,宽两三尺许。已是冬日,草木凋敝,但是,两边的灌木与茅草不断地纠缠我们。大家走得很慢,走走停停的,时间在这里仿佛被极大地放慢。

这是以前永新县通往厦坪、茨坪的唯一通道——垭口古道,它像一条青藤在山间缠绕、盘旋,起起伏伏。不知为什么,我喜欢"垭口"这个名字,感觉里面有沧桑的时间和久远的故事。

垭口古道约莫35公里,它像一根细长的扁担,一头挑着黄竹岭,另一头挑着井冈山。很多年前,我父亲是垭口古道上的常客,那时候他还年轻,有的是脚力。每年他都要用自己的脚一遍一遍地丈量这条蜿蜒的山路。那些年,父亲在井冈山做木工,他通常从家里出发,到达黄竹岭,抽上一袋烟,再跟工友一起上井冈山。

在我12岁那年,第一次走在这条古道上。不过,我们是以

垭口古道

探病的身份去的。一个回家的工友将口信捎给了我们……说父亲劈木头时分心走神,左手一个手指被斧头削了一截,顿时血流不止,被紧急送到医院。

我们慌里慌张来到黄竹岭,然后上了垭口古道。那时,220国道没有贯通,垭口古道仍是通往井冈山的便捷通道。不过,那天,我的心里填满了悲伤,对垭口古道一路的风景毫无兴趣。

多年后的今天,我重返黄竹岭,决心再走一遍垭口古道。

青山在目,白云可摘。左边是高耸入云的义山山脉,义山"起特秀耸,重嶂起伏如飞凤",仿佛近在咫尺。当年,黄庭坚在泰和任县令,一日拨冗驱繁,沿着义山一路寻景而来,并写下了《义山道中》一诗,诗云:"莓苔石点雨痕斑,又忽寻诗到义山。"他怀着兴致往西走,攀登了著名的禾山,返程时,经由垭口古道回到泰和。在我的右边,连绵起伏的罗霄山脉,峰峦相顾,山上的白云几乎触手可及。站在垭口古道极目远望,四下里,田亩葱茏,茶苗青青,村庄安卧于野……

我们沿着古道一路向南,脚下是枯枝黄叶嘎吱嘎吱的声响,鸟儿零碎的声音在急促的风中飘得很远。阳光穿透云雾,射入丛林,周遭色彩斑斓。古道依着山势而上,顺着山坳而下,有的地方一马平川,有的地方则坡陡路窄,两边壑深谷险。古道废弃多年,路径难寻,我们走得步步惊心。时至今日,黄竹岭仍有许多老人奔走于这条生活要道,春天挖竹笋、拾菌子,秋天采山果、摘油茶,农闲时砍来竹子编织各式各样的生活器具,过着跟祖先一样靠山吃山的生活。

事实上,这条古道已经废弃多年,它藏在黄竹岭后面,卧于山脊悄无声息。想当初,由于交通滞后,物流不畅,生活里的盐油米布全凭肩挑手负。日复一日、年复一年,挑夫们用脚一步一步地踩出这条小路。日久年深,它变成了山区里的一条交通要路。

每天,古道上商旅相继,往来不绝,他们身着长衫,被山间的风吹了一遍又一遍。还有赴任的官员,落拓的文人,打柴的樵夫,回娘家的媳妇,路上人影幢幢,杂沓的脚步声徘徊在山间,至今声犹在耳。

人声已远去,古

黄竹岭烽火台

道日月长。一段路被荒草淹没,一段历史却一直被人记着。古道既是一部生活的简史,也是一册历史的长卷,翻开历史,在垭口古道的册页里,弥漫着烽火烟尘,回响着金戈铁马。

红军小道

1926年,一个22岁的年轻人秘密回到老家黄竹岭,然后从这里决绝地出发了,他叫贺敏学。他步履不息、目光坚定,沿着古道一路向南奔向井冈山,与同窗好友袁文才相约而聚。由此,他踏上了革命的道路,他是毛泽东所称赞的"上井冈山第一"。

不久后,贺敏学的妹妹贺子珍也毅然投奔革命。那时她剪着短发,英姿飒爽,逐渐成长为一株绚丽的井冈之花。

黄竹岭居深山,滨溪谷,是井冈山与永新的连接点。优越的地理位置让它的身份有了变化,慢慢的,垭口古道变成了一条红色通道。

1928年,郭荣良、曹工农等成立了中共东南特别区委,地址就设在黄竹岭。在此期间,郭荣良时常穿越古道,去井冈山关北地区开展农民运动。

与此同时，朱德、毛泽东的身影也在黄竹岭若隐若现，他们往来于垭口古道，迎着山风行色匆匆。在黄竹岭他们秘密开设湘赣边界军事培训班，进行苏区扩红、操兵练军，有诗为证："红军生活苦连连，早练昼操星伴眠。"每值初冬，万木霜天，黄竹岭的古银杏树就纷纷落叶，将大地铺得金黄。当年，毛泽东与贺子珍伉俪情深，常在树下谈天、读书、思考……

红军离开后，国民党反动派对黄竹岭进行了大洗劫，这个山村遭遇灭顶之灾。敌人的思想极其疯狂，行为令人发指。每一次敌军来扫荡，垭口古道便成了黄竹岭人民的一条生命通道。得到警报的村民赶忙撤离，他们扶老携幼，沿着垭口古道一路小跑，然后散到深山密林里，像一片叶子一样消失得无影无踪。这样的扫荡前前后后历经了七次之多。村庄与古道，一次次丈量死与生的距离，灾难与疼痛，在他们的命运里盘根错节。可恨的是，每一次，他们都只能忍痛看着自己的村庄浓烟滚滚，火光冲天。而那些来不及逃离的村民往往被残忍杀害……

今天，黄竹岭格外的整洁美丽，那些赣派建筑挂着新颜，安静又从容。不屈不挠的黄竹岭人民在一次次灾难中重建家园。那天，在黄竹岭我看到了一条红色标语："打铁唔怕火星烧，革命唔怕杀人刀，斩了头来还有颈，斩了颈来还有腰。"在这些平白的口号里，有着对革命的坚定信念，也让我重新触摸到历史的悲壮。今天，它成了黄竹岭最好看的底色。

义山遗珠牛田村

知道牛田村,是因为那里的草席出名。

在没有大规模引进外地席子的年代,永新人都以在夏天睡上一张牛田草席而自豪。那个年代,草席,其实每个村都有自织,但都不如牛田席质量好:美观、舒适、耐用,还有一个独特的优点:紧致,密不透水。

这个优点才是当家主妇最在意的,因为孩子尿床不会渗到垫底上的棉絮上去,只需用布擦干即可,不仅能减轻洗晒的负担,还不会沤烂棉絮。

钱钟书说,假如你吃了一个鸡蛋觉得不错,何必要认识那只下蛋的母鸡呢?但普通人还是有这种好奇心的。比如我睡了牛田草席,就很想知道那个牛田是个什么样的地方。然而那时连县城都没去过的我,怎会知牛田在山的哪一边呢。

初识牛田村,是参加工作后的事。我从事的是金融工作,单位在各乡镇都有网点,县里每年都要抽调一些业务骨干到乡镇网点搞稽核,就是查账。我是当时单位里唯一科班出身的人员,

牛田村景

常被抽调参加稽核小组。

各乡镇网点的下面又有"点",叫"信用代办站",就是各行政村里聘用一个人,为当地群众办理储蓄和放贷业务,这些业务成为稽核的重点。很自然,我就有了去牛田的机会。

牛田村隶属坳南乡,那时叫江口。我到江口信用社搞稽核工作时,尚不知牛田村就在这里。很巧,当时的信用社主任把我们那次查账的第一站就放在了牛田村的信用代办站。

我第一眼见到牛田村,就惊叹于这里的沃野平畴田园风景。坳南乡俗称"岭背",望文生义,就是山岭背后的地方。那山岭就是义山,义山是本县东南屏障,层峦叠嶂绵延数十里。进义山要爬"活岭",那是有名的陡坡。我臆想中的牛田村就是跟老家龙源口绥源山一样,村民都是沿山坡、山冲而居,稀少而分散。所谓"单山独棚",邻里之间是声音听得见,走路要半天。但真实的牛田村却宛如画中所见的江南水乡景致:一条宽宽的河流北来东去,穿村蜿蜒而过,河的两岸古树成荫,倒映在清澈的河水中,把河水染成了墨青色。河埠头大麻石砌成台阶,浣衣妇人三三两两,捣衣声声。水东人家沿河而居,飞檐翘角起马头墙的古老民宅整齐划一,小巷清幽,鸡鸭成群;水南人家散落有致地分布在平坦之地,红砖青瓦、泥灰勾缝的民居既传承了老宅的结构,又有时代的创新,显然是近几年建的新房。村子外围是肥沃的稻田,周匝是连绵的矮山,山上青苍翠绿的是杉松、油茶等树种。当时正是寒露节前后,田里熟透的稻子望过去如黄云似毡毯,收割的村民隐藏在这谷毡之间,如不是打谷机的嗡嗡声,根本就不知道时值农忙。山上有人在摘茶籽、砍竹子、运木头,喊山的、唱歌的、笑闹的,隐约传到我耳中,一切皆似幻境。

当我还沉浸在这如诗如画的感觉中时,前来村口等候的村信用站代办员老尹叫我:"这位小伙子,是第一次来牛田吧?"

我有点为自己的失态感到不好意思,见同行的人已过了桥进村,便赶紧追上,一边回答老尹:"第一次来,但早就听说过,没想到这个地方这么美!"

老尹是村里的会计兼信用站代办员,一看就是喝过些墨水的人,见我对他的村子感兴趣,就趁吃完中饭休息的闲暇,提出要带我在村里走走。我当然求之不得,正好借这个机会探究一下牛田草席的秘密。

"秘密?哪有什么秘密!全靠这田土肥,长出的席草好!"老尹笑笑,"牛田村家家户户种草织席,也不知是哪朝哪代传下来的手艺。打我记事起,屋背垅的田里就有席草蔸,每年春分时节发芽分蘖,家家开始忙种草。种席草就像种稻,得先育秧,就是烧草木灰盖住草蔸,再追施粪肥,等先年的草根发了芽,长成苗,就铲起分蔸移栽。同时还要播种黄麻,到农历七月,就可收割。'席草三根菱,一刀两边分。'剖好的席草晒干存起来,利用雨天、夜里织席。黄麻刮成丝晒干,做席绳。这两种原料制作过程长,很麻烦。但到了织席时,就很快了,熟手半天可织一床,一年下来,一家总要织个百把床,卖给席贩子或挑到市场上零卖,80年代卖三五块钱一床,90年代涨到十块左右,对农村家庭来说,是项不小的收入呢。"

老尹把我引到河边,指指远处的青山,又指指近处的河水,不无自豪地告诉我:"我们牛田村,除了织席,还有其他出产,

红六军团长征出发地纪念碑　　　　　　　红军渡码头

这山上的木材就是一大项。你看，这山上的木头扎成排放到这河里顺水一漂，经泰和过吉安再入赣江直放九江到南京下关码头，就成了宝贝啦。"他遥指河边一座不起眼的老宅，说："这个房子解放以前叫吉昌兴木行，是一个叫尹国光的大商人开的，专做白沙、江口、碧溪一带的木材生意，他在吉安有总号，这里是他的分号。他生意做得很大，也让当地人家山场的木头变得值钱。没山场的人家就帮他砍木、运木、撑排，都有不错的收入。有一句话很形象地道出当年木材生意的红火热闹，叫作'木客进门砧板响'。说木材老板来收货了，家家又有收入了，打酒买肉办招待，欢欢喜喜。有了织席，有了木材，所以这里自古以来家家生活过得富足。当年任、萧、王的部队几千人在这里前前后后活动了三个多月，全靠村民送粮送款保障生活呢。"

"你说谁的部队？这里还驻扎过部队？什么年代的事？"我

连珠炮似的发问,因为这又是一个出乎我意料的新发现。

"任,就是任弼时,萧就是萧克,王就是王震呀!1934年,他们三人的部队前后在这里待了两个多月。据说是莳席草时来了一批,过完端午又来了一批,村里的祠堂、货栈、大户人家都住了兵,任弼时住在村里秀才先生家,叫什么悟道草舍。萧克、王震住在生茂号货栈,他们经常在尹国光的吉昌兴木行开会。说也巧,一连三年这里粮食丰收,席草长得好,木材也畅销,家家粮满仓、油满瓮,花边多的用酒坛装,少的用瓦罐装。

红色培训基地

大家见一下来了这么多兵,人家也不偷不抢,对大家和和气气,还帮着下地割席草、黄麻。但他们碗里吃的粥越来越薄,身上穿的衣、脚上穿的鞋烂了也没换,明摆着是遇上困难了。尹国光是头号富户,又是族长公,他召集村里管事人商议,先把祠堂义仓的粮和准备在县城建会馆的钱送给红军,如不够,再按田地多少分摊。族长公说,我做了大半辈子生意,深知出门在外的难,谁还能顶着锅甑出门不成?人家来到我们牛田,秋毫无犯,看上去就是知书达礼的人,我们就应以礼相待,尽地主之谊。他的提议顺利通过。直到离开,红军部队都没有发生给养短缺的问题。临行前,每位红军还得到五双用席草打成的草鞋。红军走后,拿山的团总尹道一贼牯声言要来捉拿留在村里的红军伤兵,却因他是牛田村分出去的子派裔孙,被族长公尹国光一封义正词严的书信镇住了,没敢前来。这60多位红军伤兵养好伤后又追赶部队去了。"

老尹的这番话可以说是我红色教育的启蒙第一课。之后我找来红六军团的相关资料加以研究才知道,由任弼时、萧克、王震率领的这支部队就是我军历史上赫赫有名的红六军团。第五次反"围剿"失利后,红六军团主力于1934年7月初转移到永新、遂川、泰和三县交界的牛田山区休整。此前的5月底6月初,湘赣省委、省苏维埃政府、省军区、红军学校等机关就已来到了牛田。7月23日,遵照中央书记处和中革军委"关于红六军团转移到湖南创造新苏区问题"的训令,红六军团在牛田进行了紧张的扩红、筹粮工作,为西征做好准备。在不到一个月的时间里,就筹集了粮食14万斤,以牛田为中心的三县青年参加红军的有1200多人。红六军团共9700多人,于8月初向邻县遂川的横石、新江口等地秘密集结后,向西突围。经过近80天的艰苦转战,摆脱了敌人的围追堵截,于10月24日在贵州印江县木黄与红三军(后经中央批准恢复红二军团番号)会师,后来与原属红一方面军的三十二军、红二军团组建成了红二方面军,成为中国工农红军的三大主力之一。红六军团在牛田休整,从牛田等地出发,开始突围西征,成为党中央和中央红军长征的先遣队,意义重大,牛田村为革命胜利做出了不可磨灭的贡献,这让我在心里对这个物产丰饶、民风淳厚的义山腹地村庄又添了一层敬意。

那么,一个千年古村,能在战争年代为革命做出巨大贡献,背后又有什么人文渊源呢?

那天在老尹家,我发现了一本族谱。看见上面有牛田尹氏二世祖辅、轸、躬三兄弟的记载,才知道牛田村的独特魅力来源于诗书传家。北宋时期,三弟尹躬于宣和二年(1120)高中进士,是当年永新新中的两名进士之一。他在吉水县任判官时颇有德政,纠正了数起冤狱。二弟尹轸被举荐为孝廉,可见也是德才兼备。哥哥尹辅,就是大诗人黄庭坚的布衣知交尹安仁

（尹辅，字安仁），虽未有功名在身，但才情过人，又狷介自持，不求闻达，赢得黄庭坚的尊敬与推崇，也因此留下了一段堪比徐孺下陈蕃之榻的士林佳话。也造就了一处儒道释三教合一的人文胜地高士山。此后牛田一村斯文不绝，书香远绍。到明万历年间，又出了个进士尹学孔，是大儒王阳明的再传弟子，历官云贵边陲，不畏强权，救民于水火，回乡后执掌白鹭洲书院。今天的牛田村更是人文蔚起，各类人才层出不穷，遍布全国各地。

牛田村的繁衍生息史充分诠释了华夏文明"耕读传家久，诗书继世长"的真谛所在。尤为难得的是，这种耕读文明在不经意间对中国现代历史的发展起了关键作用。90年前村民们用劳动和智慧的成果供养了两个多月的革命队伍，使其成为中国社会主义建设的缔造者之一。他们没有忘记在一个叫永新的地方，一处雄伟的大山腹地，有一个叫牛田的村庄。不信请看今天的牛田村：过河木桥已换成水泥桥，处处道路宽广平坦，家家有舒适楼房庭院……

前不久，我看到摄影家韦苇拍摄的一组牛田村的照片，其中一幅航拍的村景，真是"一水护田将绿绕，两山排闼送青来"的绝美画卷。青山绿野护持着牛田村的红瓦粉墙，嘉树河流点缀在这个古称富溪洲的山间盆地，宛如一颗璀璨明珠，在时代的舞台上熠熠生辉。

在院下

仲春时节,我独自去了院下,这是一次说走就走的旅行,没有提前预设路线,也没有呼朋唤伴、三五成群。我选择了一个客流不太大的时段去院下走走看看,仿佛唯其如此,才能真正地拥抱院下,让院下完完全全属于我。

院下村位于江西省吉安市永新县东南边陲曲白乡,距县城35公里,距井冈山厦坪12公里。这里依山傍水,风景犹胜。

那日的天空格外蓝,云朵在天上慢慢悠悠的。蓝天下,白墙黛瓦的庐陵建筑,整齐地安卧在这个僻静的小山村。当下的游客很少,没有往日人流如织的喧嚣,村子里偶尔有一两个老人坐在门前谈天,细语轻声,落在悠悠长长的干净青石板上。此时的院下仿佛是孤独的,这种孤独被四周巍巍青山包裹着,它以一种顽强的姿势抵挡着时间与潮流的侵蚀。风以极慢的速度推动着树梢上的几丝云,不紧不慢。那些白云像丝滑的纱巾,装点着青山与天空,世界纯净得像一个美丽的童话。

穿过狭长的商业街,我坐在美食坊的一个铁板豆腐铺前,享受着暖暖的阳光。豆腐散发的清香在身边肆意地散开,让人欲罢不能。我前方的栅栏边,生长着几株紫藤,似面容姣好的清纯女子。紫藤的叶子尚未完全抽展,花朵却已热烈地绽放,垂着长长的花穗,开得有些忘乎所以,它们对春天的感知还是敏锐的。再过去就是一垄一垄的油菜花,那么的黄,那么的亮,春色铺天盖地,直达远方。其间夹杂着几株桃花、李花,点缀着山村,那么明艳,让山间变得越发的清朗。此时,各种花朵的芳香飘洒着,这些香气正氤氲着院下的梦境,我想,那梦必也是色彩缤纷的吧。

我坐的对面是一个叫"摔碗酒"的店铺,酒旗在微风中招摇,

院下古村全貌

似热情的问候。那些酒香从门缝的罅隙里悠悠扑来，空气中带着一股甜甜的酒香。墙体上挂着一块醒目的广告牌："喝了摔碗酒，家里啥都有。"寓意极好，也十分讨喜，让人有一种进去喝上一盅的冲动。据说，摔碗酒源于土家族，展现主客之间的回敬与互敬酒完了，酒碗一摔，啪的一声，在清脆的响声里，从此就许下了一生一世的友谊。我猜，这大约也是院下人的为人处世所奉行的准则吧。

在美食街，烤红薯、炒田螺、烤羊肉、驴打滚、凉皮、小坛泡菜、西村汤包，兼蓄着东西南北的民俗风情，院下以极大的心胸包容了外来的美食文化。在这里，任何一种小吃都获得了妥善的安置，一点也不会让人感觉突兀。各种美食，各种风味，产生新的碰撞、新的交织、新的演绎，当游客饿了，随时可以点一碗米粉或一笼汤包，来安慰自己的辘辘饥肠。

走出美食街，在我的正前方迎面而来的是一棵许愿树，树围粗大，需两个成年人方能合抱，枝干遒劲伸向天空，树上的红绸子在风中微微抖动，好似此刻游客兴奋的心情。许愿树不言沧桑，依然以青翠的面目示人。看过介绍，许愿树已经有160年了，这也可能是院下古老历史的证明。这里是游客留影打卡之所，它不仅表达了游客的情感，更寄托了院下人对绵绵生活的感恩。

在我的身旁，六七河从西南自东北淙淙流淌，小桥流水、

院下古村美食街全景

古树人家，作为古村的元素院下一样不少，这也应该是江南古村最好的打开方式吧。另一股溪水与六七河在我的脚下汇流，水声哗啦，似一种心里默契的应和，更似一阵兴奋的欢呼。我对院下的水总有一股亲近之感，忍不住就走了下去。河里的水舒缓有度，每过一段距离，就筑有一个低矮的堤坝，河水被拦成一节一节的，就有了一汪一汪澄碧的潭水，像人的眼睛，既

阅岁月，也阅众生。河里的沙石隐约可见，像星星一样晶莹透亮，我走至河堤，俯身掬水，清凉里有一些春意和欣喜。一只白色的鸟从远处飞来，又从头顶倏然飞了过去，翩然的身影清晰照水。此时，古樟、拱桥、鸟鸣、阳光悉数纳入碧绿的一江春水，让我有一种"屋在水中，鸟在空中，人在画中"之感。一切是那样的引人，一切是那样的惬意，仿佛，过往再多的风雨，在这儿都通通化为宁静与安详。

离开河堤，我径直来到一个拱桥上，定定地环顾着院下，从一块石板、一株小树、一只灯笼，到一幢老屋、一道潺缓的流水，像一帧帧美图。那屋

热闹非凡的院下古村美食街

院下古村夜景

檐下一盏盏朱红的灯笼渲染出一种静谧,红色的颜色落进水里,泛起一层一层安逸的光泽。我择一长凳坐定,就这么安静地坐着,仿佛什么都想看,仿佛什么也没有看。不远处那垅上瀑的水声泠泠而来,如丝如乐;而墨斗山的竹海轻荡,似呢喃细语。我感到时间在周遭轻轻地走动,我像融入一册山水画一样慢慢地浸入进去。恍惚中,一个撑着红伞的姑娘,沿着青石板路微笑着向我走来;一个荷锄而出的老农,默默不言地走向田间。此时的院下,一切是如此的妙不可言,它轻而易举地就让游人生出一些奇妙的幻觉⋯⋯

如今,像大多数古村一样,院下已然是一个开放的空间,村民们的日常生活暴露在来来往往的游客眼里。但是,他们全然不顾外界好奇的目光,面色从容而又自顾自地做着自己手头上的活计,没有一丝因为被打扰而有的愠怒。

走进院下,尤其是走进艺园,你会感受到一种浓郁的文化气息扑面而来,这也正是院下的魅力之处。很多年前,院下人就有"耕读传家久,诗书继世长"的家风,他们懂得"读书明理"才是家族兴旺昌盛的法宝。最值得一提的是明德书院,曾经,永新的南乡、东乡,井冈山的厦坪、拿山、宁冈等方圆数十里的学子皆慕名来这里求学深造。在时间深处,那些琅琅的读书声,每日此起彼伏,悦耳极了,给清冷的山间增添了一些暖意与明媚。明德书院面朝墨斗山,背靠一条小河。它建于明末清初,曾经盛况一时,其热闹与名气享誉永新。正是这里灵秀的山水哺育了一代又一代的学子,他们怀着诗书济世的情怀,从这里出发,闯出了一方更广阔的天地。

离开院下时,我在一方大石头上读到了《院下赋》:"曲白院下村,井冈山麓明珠灿。望垄上瀑,谷雾相持琴弦韵。览神狮山,壑风共振珠玉音。书院下马叩先贤,崇文重教家风传。琳琅美食家味道,游乐园内红歌漾。民居改装古戏台,窑场变身博物馆。仿若周庄疑乌镇,客醉水湄不思乡。"

情绪饱满,文采斐然。我觉得,关于院下村,它把我要说的,都说完了。

南街的嗣响

这是1927年的一个夏日,天已擦黑,一个名叫贺焕文的老人趁着暮色从海天春茶馆逃了出来,他与妻子艰难地爬过南门高高的城墙,用绳子拴住垛口,下到胜利码头……

此时,永新刚发生"六一〇"事件,县城失陷,东、西、北三道城门被国民党封锁,只剩南门一条水路,城内岗哨林立,只许进,不许出。贺焕文的儿子贺敏学因为参与武装起义,失败后被捕(不久,被农民自卫军解救,后上了井冈山),女儿贺子珍、贺怡也投奔了革命。就在刚才,敌人暴虐地洗劫了海天春茶馆,贺焕文夫妇在邻居的柴房里勉强躲过了一劫。

胜利码头是南街一个历史悠久的渡口。历史的光景里,这儿桧楫松舟,桅杆林立,岸上人流如织,熙来攘往,一派繁荣富庶的景象。与胜利码头相距百米的"海天春",就是贺焕文的家,也是他们经营的一家茶馆,"三春常驻财源广茂,百货俱供

修缮后的海天春茶馆

修缮后的海天春茶馆内景

生意恒昌",平常,三教九流,七行八作,五股八杂,南来北往,好不热闹。

  一些陌生的面孔开始出现在南街,或隐或现,他们通常选择在胜利码头泊船,面色凝重,带着一身水汽湿漉漉上岸,他们乔装改扮,或以经商,或以访友的名义麇集于此。"边评边品苦茶亦可化甘津,且酌且饮小憩不妨筹大计"。这些年轻人来到海天春茶馆,以喝茶谈生意为掩护,接头联络,传送情报,擘画着革命,茶馆成了当时的一个隐秘联络站,那束革命的火苗在黑夜的尽头透着幽幽的光亮。就在这里,走出了中国革命第

南街原永新蚊香厂

一位女红军——贺子珍。

可是,革命是要付出代价的,贺氏兄妹参与武装起义后,被国民党通缉,家人也受到牵连,父母虽然侥幸逃脱,可是寄居在亲戚家的小妹被抓。敌人迁怒于年仅9岁的贺仙圆,先将她的眼珠残忍地剜去,再将她无情地杀害。为了解恨,敌人前前后后七次去他们的老家黄竹岭扫荡,烧房子、挖祖坟、断风水,贺氏家族数十人惨遭国民党杀害……

胜利码头是一个命运的渡口,浓雾弥漫,风无止无息地刮着,毫无方向。贺焕文带着对儿女们的担心从胜利码头坐船脱险后,再也没有回过家乡,回到海天春茶馆……

胜利码头的正对面是永新县商会旧址,它矗立在南街的正中央,砖木结构,两家祠堂连甍接栋,中有两口天井,周回有阁楼、走马楼，有许许多多大小不一的房间。曾经，这里衣冠毕会、商贾云集，空气里全是热闹的气息。每天，车马喧嚣，叫卖声声，灯火通宵达旦，南街俨然是一条黄金走廊。

1928年6月23日龙源口大捷后，红军占领永新县城，但是革命的形势依然不太明朗。6月底，毛泽东与贺子珍来到南街，走进了永新县商会。毛泽东在这个房子里主持召开了中共湘赣边界特委、红四军军委会。会上，毛泽东抵制了红四军主力冒进湘南的错误指示。他对井冈山斗争形势的判断，保持了中国革命的正确航向，极大地巩固和扩大了井冈山革命根据地。

1931年10月，一声惊雷响起，湘赣省苏维埃政府宣告成立，

萧家祠——中共湘赣临时省委机关旧址

机关就设在永新县商会,接着,红四军军部也搬到了南街。

永新县商会的左边是萧家祠,这里曾经是湘赣革命根据地的中心所在地。王首道、萧克、王震、甘泗淇等一大批优秀青年纷纷登台,他们在这里工作、生活,与人民鱼水情深,与敌军斗智斗勇,演绎着各自精彩的革命人生。

从萧家祠的正门进去,左边是列宁室,也就是俱乐部,是读报、下棋、谈论国之大事的地方,房间很小,略显逼仄,但是足够盛放一群年轻人的理想。再过去是科技科,苏区或者白区送来的情报、用米汤写在纸上或布上的密件,由特工人员进行翻译或者用药水显影。从此,一个个行动在这里酝酿,一道道命令从这里发出,革命之火猎猎燃烧。而今,90多年过去了,这里的一切还保持着旧颜原貌,他们工作时紧张而又忙碌的样子仿佛就在眼前。

萧家祠正门右边是油印室,除了印发议案、训令等,共产党人还创办了《列宁青年》《团的建设》等革命刊物,并秘密散发到白区。那些革命热情与信念形成文字,化为春雨,尽情地洒在每一个热血青年的心田。

1933年5月,中共中央委派任弼时担任中共湘赣省委书记,开始了他在这里激情燃烧的革命岁月。彼时,湘赣苏区的扩红运动如火如荼,革命的思想灼烧着这座城市的胸腔,父送子、妻送郎,人人争当红军成了一种新主流,一批又一批的年

永新县商会——中共湘赣边界特委旧址

轻人走上历史的舞台,他们踏上了革命的火车,驰进历史的风云,那车辙狠狠地、无情地碾过旧社会颓圮的城墙……

1934年,因革命形势发生变化,湘赣省委机关开始转移到坳南牛田村。不久,任弼时率领的红六军团从牛田等地出发,在遂川集结后,突围西征,成为红军长征的先遣队……

流光一瞬,华表百年,历史的余响呼啸而过。南街的记忆里,典藏着这座城市最值得骄傲的百年历史,在南街,随手一捞,便是沉甸甸的过往。南街的房子多为明清建筑,透着沉静的性情。门还是旧的,与灰色的墙体相依为命。它们刚来到这里的时候,在匠人的手里逐渐变成檩条、窗棂、柱子,并和墙体一起幸运地获得了各自的名字。这些名字与革命往事化作一种耀眼的红,构成了这条街道的气质,余韵袅袅……

南塔记

站在高高的东华岭上,俯瞰过去,这个城市的一切尽收眼底。像大多数城市一样,这座城市也是高楼林立,各式各样的房子一直向远方铺展过去,是那样的雄浑、大气。如今,永新的发展日新月异,像一首令人激情澎湃的交响曲。

将目光缓缓回收,转到这个城市的老城区——南街,它安静而又庄重,古老却又时尚,代表着永新的现在,也承载了一个城市过去的岁月。

一条河流——禾水河从上游一路奔泻而下,然后绕着城市蜿蜒向北而过,它的线条是那样的优美,像一条时尚的纱巾。在河的北侧,另一条河——秀水河在绿树的掩映下,在西面与禾水河分流而下,它蜿蜒而行,穿城而过,在流经十余里后,在东面又重新与禾水河汇合,从地形上看,形成了一个椭圆,如果你再仔细一想,就会发现,它似乎像城市的眼睛,也像一艘扬帆起航的巨舟。而巍峨的南塔,矗立于禾水河畔。远看,像

南塔

长长的睫毛,也像是船的桅杆,一切令人浮想联翩。

每一座塔,都有自己独特的身世,也总是有着属于自己长长的故事。

据载,南塔是由北宋时期的张通、林景岑、况仁盛等众多百姓出资及僧人、尼姑化缘捐资所建。关于南塔的身世,流传着许多的版本。有镇水的,有弘扬佛法的,最经典的版本是纪念三国时期大将周瑜的。这些纷繁的传说,表现了南塔的古老和神秘。

南塔,始建于北宋至道元年(995),是江西省现存最早的宋塔之一。塔高16.5米,每级的西南面均有弓形门状。南塔又名"茅塔"，为四角九级密檐式塔，青砖垒砌，黄泥勾缝，层层收缩。塔的第九级为圆筒形，上置铁刹，铁刹底部安放一覆钵，钵上置有一莲花座，座上为一圆筒形铁柱，有三重相轮。铁刹和相轮上铸有金刚佛像和绘制精美的花纹图案。在佛像和图案中间，均铸有浮雕和铭文。

可以说，南塔是一座构思精巧，又充满艺术智慧的古建筑。

目前，南塔是县城内保存下来的最完整最古老的建筑文物。至今，这座几经修缮的南塔已有1000多年的历史了。一直以来，南塔默默地俯瞰着这座城市。在过去漫长的时光里，南塔一直是这座城市的坐标。它巍峨地耸立着，使这座城市有了一定的高度。即便是在十里开外，人们也能看到南塔矗立的姿影，它俨然是城市的巨观。但凡商贾、游客造访这里，来到南塔的跟前阅读它的沧桑老迈时，总会产生"先有南塔身，后有永新城"的错觉。明代地理学家徐霞客南游进行地理考察，在游历梅田洞后，于东门泊舟靠岸，他行于南塔之下，观瞻东华岭，极赞东华岭之美秀。事实上，永新建县已有1800多年了，南塔的落成比其设县的时间晚得多。但是，南塔庄严的面貌与古老的风度，却足以彰显这座城市的底蕴与厚度。

南塔具备了传统佛塔的建造格式。塔身修长，基座垒以青砖，但独独放弃了地宫的建造。这是很多人疑惑的地方。其实，这跟南塔近河有关，因为沙土松软的缘故，建造地宫可能会威胁塔身的安全。这反映了当初建造者的谨慎，也凸显了建造者的良苦用心。

千年南塔至今古风犹存，与迂回东流、奔腾不息的禾水河相映成趣。元代文学家邑释惟曾用诗句"塔竿倒影沧波明"诗句来描写南塔的形象，生动而又传神。

1000多年，在烟轻月淡中，南塔沉寂下来，静静的，沉潜在时间的深处。近几十年以来，永新像一艘帆船，乘风破浪，奋勇前行，城区建设有了巨大的变化，各种现代化高楼拔地而起，南塔被周遭的高楼"隐藏"起来，即使站在东华岭上，也不易觅见它的身姿，它，仿佛变成了一个隐士。

南塔，一个凝固了的艺术，它以优雅的身姿装点着城市，它的宁静与这里纯朴的民风相得益彰。它的存在使城市有了历史的分量。它被这里的人们视为"县宝"，它是打开这座城市历史记忆的钥匙。通过它，能追溯这座城市的厚重历史；通过它，能了解这座城市朴素的过往。虽然，南塔早已失去了它的社会功用，但是，南塔仍在影响着这座城市。它更像是这座城市的老人，使城市变得日益沉稳、厚重。有南塔在，人们就有根的感觉，并萌生起对这片土地深厚的情感。

每天，忙碌的人们在茶余饭后，往往会习惯性地来到南街，来到高耸的南塔下走一走，看一看，坐一坐。于是，人们多了抬头的时光，生活变得越加的恬静、从容。

仰山之上
——永新生态湿地公园记游

禾水河于东华潭华丽地转过一个身之后，一路朝南倾泻而下，然后，在仰山之处再次画了个漂亮的弧度。禾水经过仰山，大地一片欢唱。苍穹之下，那里有河滩、平地、田畴，还有数不尽的茂密植被，以及一些随意散落的白色屋居。

就在几年前，这里的环境还饱受訾议，因为它的杂乱实在令人生畏，河道里充斥着垃圾和污水。那时，人们对她通常都是敬而远之。

我住在她的上游，平日里散步时大抵沿着河道走走，消遣一下那些百无聊赖的时光。我顺流而下，往往又半途而返。对于那块未知的领域，于我而言，从没有什么兴趣造访。直至有一天，我意外地邂逅了她，然后在这里收获了丰赡的惊喜。

从此，在侘傺无聊的日子，一有时间，我就忍不住沿着河道继续往下游走走，一直到达生态湿地公园。我感觉那里的一切都在吸引着人们，我在那里逗留、沉思，与这里的一切来个亲密接触。我喜欢一个人沿着河滩闲逛,毫无目的。在生态湿地公园,你能轻而易举就喜获一片丰茂的草木,它们或坚定或柔弱地暗自生长于一隅,生生灭灭、无止无息。我认出了它们:香蒲、水葱、灯芯草、藿草、益母草、卷耳、鼠曲草、钝叶酸模,还有一些蕨类,它们热恋于河岸,并在这里找到了属于自己的

仰山公园彩带飘

永新生态湿地公园全景

乐园。

在生态湿地公园,一些高大的乔木随时会与你劈面相撞。一些古老的樟树,枝干遒劲,久的,已经在这里站立了300多年,是这个城市真正的老者,见证了这里的沧海桑田。还有枫杨、喜树、松树以及大片的橘树,站成一道道生动的风景,这些原属土著的树木都是城市变化的见证者。除此,工人们不遗余力请来了木棉、石楠、银杏、香樟、樱花……还有许许多多知名或不知名的灌木,得益于南方春日暖风的勤勉,它们依着自己的心性自由自在地生长,直至长成祖先该有的样子,它们开叶、长花、结果,一样都不会错过,热热闹闹地度过自己灿烂的一生。

还有许多远道而来的花朵在这里安家落户,装点着这个曾经寂静无名的沙滩。玉兰、杜鹃、樱花、海棠、山茶花、美人梅,它们成了公园的新主人。它们随遇而安、无忧无虑,沐浴着暖阳,在春天尽情地吐露芳华。曾经的橘园依然保留着,那些白花三叶草,一蓬蓬、一簇簇,列队欢迎着我,颇有仪式感,充满着生命的力度,简洁而不失优美。那些花朵牵动着所有人的心思。我的同事也是生态湿地公园的常客,对于公园的每一个细微变化都了如指掌,像一个生命的探子向我预告公园哪一朵花正在訇然展开,哪一朵花即将含苞待放。以至于每次散步都让我忍不住往那边走去。而今,那儿成了我的后花园,去生态湿地公园散步是我每天的必修课。

我喜欢上一个观景亭，它耸立于生态湿地公园的中央，每次去都有一种登临的冲动。站在亭子的二楼，环顾四周，公园的美景一览无余。有时，我还会登上百米的月新长廊，那里芳草青青、曲水流觞，体现了园艺师的匠心独运。我曾一次又一次地打卡连心桥。它卧在碧波之上，是那样的精巧，那是现实与理想的连接。每天，桥上人潮拥挤，笑语欢喧，曾经的天堑变成了通途，人们以欢喜从容的姿势来往两岸。它连接的不仅仅是两岸人民，还有一簇市民的心灵。每天大量的游客涌到这里，带着好奇，更带着对美好生活的向往。

　　穿过连心桥，往右就是高高耸立的仰山。我很喜欢"仰山"这个名字，它总让我想起"仰之弥高"一词。每次从它的身边

连心桥

忠义塔

经过,我总是要抬头将它深情地打量几眼,但是从来没有机会登上过它。现在,我做到了,因为生态湿地公园的建设,新修了水泥路和台阶直达山顶,便利了游客观光,我已无数次地登上它。我沿着石阶一路往上攀登,一直到达山顶。山上草木葱茏,高大的乔木直达云天,别有一番天地。

通常我是一口气爬到上面去,我特别喜欢这种站在高处极目天舒的感觉。在山顶鸟瞰县城,大有"会当凌绝顶,一览众山小"之感,一切风景尽收眼底。忠义塔高高耸立,气势恢宏,与湿地公园相映成趣,成了这个城市的制高点,大有"海纳百川,纵贯天地"的意境。此刻,我站在仰山之巅俯瞰整个永新县城,那万丈阳光铺展着倾泻下来,天空的云朵舒展自如,像极了这座城市绚烂的表情……

再往左边看,是东里方向。读书时,我经常与同学去那里。沿途是村庄,还有成片成片的田野、果园,以及一块块明净阔大的池塘。每至傍晚霞光满地时,蛙声四起,此起彼伏,像一首舒缓的乡村散板，那种纯净的风貌令我着迷。而今，那里变成了一所中学、一些小区还有商业楼，鳞次栉比的高楼拔地而起，画卷一样展开。城市的脚步已经伸向了更远的郊区，大道上的车流与行人川流不息，彰显着今日的繁华与富庶。仿佛只在一缕春风之间，一个城市的开疆拓土就获得了巨大的战绩。

将目光回收，下面便是川流不息的禾水河之水，江水如练，清风徐来，显得格外的清爽。"登城瞰大江，梯楼睨天来。"远处，将军大桥与东里大桥横跨两岸，将军大桥是那样的安稳，那样的气派，这是过去与现实的连接，是古老与现代的传承，也是永新半个多世纪发展历程的缩写。而湿地公园靠卧江心，像一块绿色印章，盖在城市新区这幅巨大的山水彩画上。

每次散步回来，我都要转头再次回望，高高耸立的忠义塔是那样的庄重。"烈妇八砖""忠义三千""义井传声"，在这片红色热土上，发生了多少感天动地的历史事迹，风骨长存，光照史册。"任重道远风骨在，忠勇信义写春秋。"忠义塔就像一种指引，承载着永新人民"忠勇信义"的人文精神，指引着我们以先贤忠烈为旗帜，活出不一样的丰神气韵，站成不一样的生动风景。

如果再仔细想想，就会发现，仰山之上，忠义塔像极了一杆彩笔，50多万永新儿女正擎起这支硕大无比的彩笔，蘸着滔滔的禾水河清水，在这片广袤的红土地上笔走龙蛇！

义井

南街的街区，南北纵横，一条条巷道从这里延伸、辐射出去，它们抵达某个街角，然后又扩散到远方……

一直以来，南街是县城最繁华的商业中心，店铺比肩而立，行人熙来攘往。日子亦如禾水河里的水淙淙流淌……许多年前，南街街角有一口砖石砌就的圆井，上面盖有一个井亭。每天，街坊居民都会来井边打水，人声鼎沸，络绎不绝。"洁香烹茶醑，灵泉酿酒酌。"掬水而饮，津甜润心，泡茶抑或酿酒，皆是生活的芳香。这里的一切，平静而又从容。

然而，南宋末年，元军坚硬的铁蹄踏碎了南宋羸弱的江山，南宋的江山从此风雨大作。元军挥戈南下，势如破竹，所到之处，尸骨相枕。在南宋叛将刘槃的带领下，永新县城也被迅速攻陷并遭遇屠城。元军犹如虎狼烧杀淫掠，黎民百姓惨遭荼毒，整个县城都在疼痛呻吟……

一名号"水窗"的儒生刘友益已经困在城里好些天了。之前,他一直隐居在县城西门外三里塘,静心读书,致力于那部《资治通鉴纲目书法》。因为小儿子突发疾病,他进城买药,不料正好元兵攻城,他就被困在城里了。

因为惦记儿子的身体,那天黄昏,刘友益趁着天色,决定带着药逃出城去。他沿着南街的街角蹀躞,小心翼翼地躲闪着。

但是,元军无处不在。很不幸,就在街角的这口水井旁,正欲躲藏的刘友益被一元兵发现。元兵迅速走了上来,拔出雪亮的战刀杀将而至,他眼神凌厉地指着水窗先生,厉声叫他跪下。刘友益大义凛然,不肯就范。元兵愤怒地朝他身上砍下一刀,瞬间鲜血汩汩直流,染红了晚风中他飘逸的长衫。

南街义井

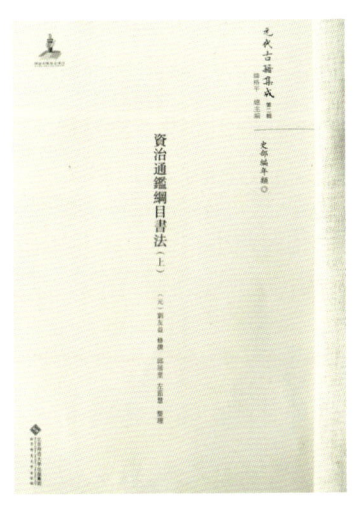
《资治通鉴纲目书法(上)》内页

刘友益想到自己饱读诗书，一腔报国热血，而今却受如此屈辱，因此，他仰天长叹一声，说道："可恨河山破碎，我刘友益一介书生无能为力。如若不然，亦可随彭震龙将军，捐躯报国，血溅沙场！现今你杀我，倒结了我的心愿……"

就在这时，元兵听出了他的身份，还在进城时，这个元兵就听说了这里有一个饱读诗书的儒生刘友益，一直心之向往能够见上一面。他暗自惊喜，正准备与之攀谈几句，却很快被刘友益的举止震撼了。只见刘友益倒退了几步，面色庄严地望着他。元兵见状，说："自古慷慨捐躯易，从容就义难，看来你真是水窗先生了，果真不负你的道德文章声名。"思虑一会儿，元兵决定放了他，于是向刘友益躬身一拜，然后示意他快点离开此地。刘友益有些意外，怔怔地望着元兵，狐疑不解。元兵再次一拜，然后正色道："我虽为异族，然雅好诗书，久慕先生文名。今奉命屠城，正犯先生，是害忠良；不杀先生，是违军令。害贤不仁，违令不忠，我为何生？"元兵说完，满脸悲怆，长啸一声，便纵身投入井中。

这个故事太悲壮了。故事里，儒家的仁义得到了淋漓尽致的诠释，人性的善良在历史的天空里熠熠生辉。近800年的时光打马而过，鼓角铮鸣皆已远去，但元兵投井时一通巨大的水声却依旧在历史的深处轰隆作响，他的仁义连同自己的身影倔强地活在了历史书里，生动鲜活……

有一段时间，我找来了地方史书，翻遍所有的史册，试图找寻这位元兵的有关记载，获悉他的名字、他的身份、他的思想，以解读他背后的故事。但是，在县城的任何一本史书里，除了这个动人心魄的壮举，作为故事主角的他，却无名无姓，甚至，连面孔都是模糊不辨的，让人心生无限的惆怅……

元军撤出城后，刘友益和南街的市民把跳井自尽的元兵捞上来，并怀着复杂的情愫厚葬了他。为纪念这位元兵，刘友益写下了苍劲有力的"义井"二字，镌刻成匾，请人将其悬挂在井亭之上。

时至今日，义井的井亭匾额早已不见，市民们也不再前往义井汲水了，时间的迷雾与城市的发展早已掩盖了它曾经的功用。但是，义井没有被岁月重重的风尘淹没，依然发出历史的光亮，像一个思索者安静地立在南街的街角……

"义井视眈眈，忠义自溺潭。千秋传道义，万众总窥探。"每次经过义井时，我总是肃然起敬，并且忍不住走近，探着身子朝里面望一望，就像审视一段人生一样的庄重。

南街的生活还在继续，在喧嚣里烟火的气息日日弥散。而南街的风依旧在吹，它将义井的故事从街角传到更远的地方……

文"化"秀水

在今天的永新义山西路（茗园街），有一处网红打卡地——秀水美食坊。这里汇集了琳琅满目的各地美食，吸引着八方游客前来品尝。很多人在饱尝美食之余，又不禁要问，何以用"秀水"二字为美食坊冠名呢？这就要从秀水在永新历史文化上的地位说起。

水流对一个地方的重要性不言而喻。傍河而居的村庄，依码头而繁华的城市，都说明水是地方繁衍发达的命脉。

而水对文化的寓意，则来得含蓄隐晦。如古时书院院内挖一池塘，叫"泮水"，故称进学为"入泮"。"学而优则仕"，由下里巴人跻身缙绅被誉为"鲤鱼跳龙门"，也是与河流有关。

如果说永新自古文风鼎盛，人才辈出，也是与一条文化之水有关。那么，它就是秀水。

秀水的历史最少可追溯到宋朝。它是条人工河。明万历年间修撰的《永新县志》上记载着秀水的来历："秀水自邑西南入城，分两支绕县旧学,转北入江,形若'秀'字。宋县令侯彭老浚之。后湮塞,县令柴必胜又浚之。每浚则科举必倍他时。谚云:水绕铁炉前,永新出状元。又云:东陂交西陂,迎取状元归。"

今天,完整的、形若"秀"字的、分东西二陂的那条秀水虽然不复存在,但秀水作为一个文化符号,已深深地积淀在永新文化当中。

水流对文运的兴衰影响当然是一种形而上的意识决定论,有无灵验姑且存疑。但水流对弱冠童子、豆蔻少女在心灵上的陶冶、情操的培养、气质的熏陶作用,是不可否认的。

记得20世纪80年代的龙源口中学,校外四围香稻,一派矮山,校内林木蓊郁,屋舍俨然,风景殊胜。更有一条从老仙水库迤逦流淌过来,绕寝室、教室门口淙淙欢唱而过的小溪,为我们的校园生活增添了无限乐趣。现在想来,当年王羲之山阴道上流觞曲水的雅兴也可能就是这样吧。隔壁班有个贺姓同学,自幼丧父,母残疾。他也住校,但与众不同的是他每天下午下了课,吃过饭,其他同学三三两两往校外田野、山上去玩的时候,他却腰挂竹扁篓,用一只捞罾,在学校的小河中捞鱼虾泥鳅,捞到就装在一只瓦罐中,等四教街上逢圩日就拿去卖。贺同学捞鱼的时候,很多同学跟在岸上看热闹。那条小河水深及膝盖,因从水库流出,又经过肥沃的稻田,所以鱼虾泥鳅很多。水清的时候,站在岸上能清清楚楚看见一群群的鲫鱼在水中游,

秀水坊全景

肥硕的泥鳅在淤泥中"打浊",尾巴一弹一弹地钻进钻出,长须尖尾的虾公在水草上荡来摆去。这些在水里的贺同学反而看不真切,岸上的人便忍不住七嘴八舌指点,"看,友根师,你脚下,一条大泥鳅,快捞快捞!""哇,前面一群鲫鱼,莫让跑了!"手舞足蹈,欢声笑语,成为校园傍晚悠闲时光的一道风景。

　　写到这里,我忽然憬悟:当年"入泮"的县学生员,应该

也和今天的初中生一般年纪吧,虽然时代不同,但人的天性一样。这个年龄的人,谁不喜山乐水?谁不贪玩厌学?每天枯坐冷板凳,念着四书五经,不调剂调剂精神肯定不行。父母官不辞麻烦、兴师动众地把河水从袍陂挖河道引入县学门前,是否就是为了让将来的秀才举人公、进士翰林们有个每天傍晚夕阳中笑语喧闹的地方,一如20世纪80年代的龙源口中学?

无独有偶,翻阅清朝诗家黄仲则的年谱,竟意外发现远在千里外的江苏常州,明朝时也有引河水至书院的做法。乾隆《江南通志》载,龙城书院"施观民……隆庆中守常州,浚玉带河,曰:后此当人文日盛。建龙城书院,选诸生之秀者课之。"

这条记载似乎告诉我,宋朝的侯彭老、明朝的柴必胜两位永新县令,不辞劳苦开挖疏浚秀水这条人工河,并不是无师自通、心血来潮的举动,而是援例做的文化工程、民生项目。因为他们的做法和江苏常州的施观民知府的做法如出一辙，显然不是皇帝下的圣旨，而是科举文化传统使然，让他们在为官一任造福一方的理念指导下，开渠引水，护佑书生学童，以期能收获多多的举人进士。此外，永新这条为文运而开挖的人工河，何以冠以"秀"字？我想，是有说法的。答案就在《江南通志》上的"选诸生之秀者课之"这句话上，也就是同"秀才"之"秀"意，而不是山清水秀之"秀"意。虽然施观民开挖的叫"玉带河"，不叫秀水或秀河，但可以推断，那个时代为文运昌盛而开挖的人工河，还有也以"秀"字冠名的。

周金堂先生在《永新人文·言学篇》中说，永新自古以来就享有"文风鼎盛，名流辈出，山川秀丽，人杰地灵"的赞誉，"立县一千八百多年，既有以道德气节著称于世的忠臣良吏，也有以刚正廉明、理政有方、流芳千古的肱股大员……"，"从南唐到清朝，读书获得功名的达1100多人，其中宋、明两朝，进士170人，举人626人，出了2个状元（龙启瑞、张治）、2个榜眼（刘沆、刘升）、2个探花（尹襄、胡幼黄）。在这些读书人当中，以道德与气节著称者不胜枚举，以文章名世的很多，以学术著称者代有其人"。

周先生这篇宏文，可算是对永新人文成果的很好总结，也是对侯彭老、柴必胜这些重视文教的官员开挖、疏浚秀水这种文化工程历史贡献的最好证言。

也许，刘定之、尹襄、贺贻孙们就在秀水环绕的县学中进学，课业之余在秀水的清波中泛舟濯足，在岸边的杨柳中漫步，在"水绕铁炉前，永新出状元"的满满期待中带着满腹经纶，昂首出征，奔赴省垣帝京，与天下士子英才一比高下……

秀水的主体湮塞应该很久了，到清朝时一县的文运开始衰落，自1748年石桥梅田人龙能襄中进士后，出现了连续近百年无人中式（科举考试合格）的尴尬局面。直到秀水北门入江处的另一端，一个叫浮玉洲的地方兴起后，才于道光二十一年（1841）打破僵局，一鸣惊人：祖籍永新里田的龙启瑞点状元，龙田蕉溪盛昺中进士！

兹考浮玉洲位置，在今东里大桥下里许禾水河江心处。此处江流开阔，波光粼粼，烟树缥缈，又名漂布滩。明朝万历县令余懋衡于漂布滩下流湍急处垒石成洲，题了"浮玉"二字，又架亭台楼阁于洲上，唤作"小瀛洲"，号称"禾川八景"之一。有一个叫谢家凤的教谕长时间住在浮玉洲，留下了诸如"树影横轩窗，鸟声傍几席""清磬一声群籁寂，芦花深处月明多"这种脍炙人口的清词丽句。教谕一职，是司一县文教的，所以很可能当时的县学也在这浮玉洲上。

说来也奇，自从秀水文脉通过汤汤禾水传到浮玉洲后，永新又人文蔚起，科甲蝉联。从1841年龙启瑞、盛昺再振文风到1906年科举取消的60多年间，涌现了盛一朝盛一林兄弟、龙文彬、龙启涛、段友兰等12位进士，不但再创永新科举文化的辉煌，民间教育也首开风气。里田枧田村的李中孚、李中柱、李中旭兄弟倡建永新秀水书院、里田联珠书院，历时五年完成。李中孚之子、进士李森对秀水、联珠二书院给予资金扶持，并资助寒门子弟入学。李中孚之孙、李森之子李晓谷任秀水书院山长，筹资修缮秀水书院，维持联珠书院，整理崇贤文会，贡生李子叶倡建六行书院，经营崇贤书院、禾麓试会馆。

民国肇造，永新文化教育又开新局。台岭萧辉锦创建禾川中学，进行平民教育。枧田人李珍彝1931年毕业于国立中央大学，先后在南昌女中、南昌乡村师范执教，后回乡在禾川中学任教，并创办省立永新女子师范学校于今埠前三门前村，亲任校长，培养了大批女教师，又与堂弟李毓松一起创办省立永新女子师范枧田特约小学。

从此，在这片热土上，涌现出的时彦俊杰不胜枚举：

高市南田村段锡朋，考入北京大学，成为五四运动学生领袖。花溪马家塘村胡充，北京大学中文系毕业，是中国共产党在永新的最早一批党员之一。象形琥溪贺治寰，随李烈钧参加湖口起义，随居正组织中华革命军东北军，参加护法战争。石桥镇环浒村尹文雄，医科大学毕业，留洋海外，江西中山医学院院长；日光村江毓麟，先后毕业于东京大学文学科、明治大学法科，历任北平师范大学、上海法政大学、江西师范学校教授。烟阁乡蓉岭村贺维珍先后就读于清河陆军预备学校、保定陆军军官学校、陆军大学，参加淞沪、徐州、武汉、桂南和桂柳保卫战，授中将。在中乡中洲村谭芝澜，历任江西省参议员、民国日报社社长、私立行健中学校长，创办黎珠中学。文竹镇太崦村周志道、周士冕叔侄，分别是黄埔一期、四期毕业生，在抗日战争中战功卓著。此外，毕业于黄埔军校（含分校）、在抗日战场上杀敌扬威的还有周志梁、周士松等16位太崦儿郎。龙田乡龙田村贺扬灵，先后毕业于武昌师范大学、日本早稻田大学，参加过北伐，抗日战争中率部在浙江天台山区坚持游击战，所写抗日游击战诗词脍炙人口。

今天的永新学子，更是英才辈出，涌现出以欧阳自远院士、刘勃舒大师、陈晓红院士等为代表的全国著名科学家、艺术家，在各条战线上为国家建设做出卓越贡献。

这正是秀水文脉不断，源远流长，影响至今的累累硕果。

得闲去"读"崖

如今,人们的户外活动越来越丰富,爬山、钓鱼、戏水、露营、挖野菜……

在此,我也向大家推荐一个户外项目——"读"崖。

真的,有一种山崖,苍秀奇特,越看越像书,越读越有趣,越读越有味。

这种崖,在江西省永新县石桥镇日光村北岭山中。这个地方有一个为全县人所熟知的名字——碧波崖。

说到碧波崖,有人会脱口而出:"哇,那两道瀑布太美了!"还有人会说:"马尾洒水飘洒秀逸,铜壶滴漏雷霆万钧。"

可在我眼中,碧波崖的特色,在"崖"而不在"波"或"瀑"。论瀑,龙源口尚山的"三个窝"、才丰境内的南华瀑、三湾的九陇瀑,都比这里的"马尾洒水""铜壶滴漏"更好看,更有气势。

这里的"崖",是独一无二的。

记得第一次游碧波崖,随着一大群人,叽叽喳喳,吵吵闹闹,涌进岩口,涌过石门关,来到瀑布下,感叹一阵,照相一通,然后坐下来打开大包小包，大吃一顿，便匆匆打道回府。什么收获也没有。只在下山时，我无意一瞥，看到左边一座兀立的苍崖，如雄鹰展翅，势压群峰，顿时心头一颤。

这一颤，让我改变了此前"再也不来碧波崖了"的想法。

因工作单位就在当时的日光乡（今石桥镇日光村），离碧波崖仅两三公里，去玩是很方便的。

就因为那次的一回头，那座山崖的形象就在我心中生了根，且时不时向我招手："来吧，做我的朋友！"

春日多暇，按捺不住，便卷了一册书独自进山了。

那天天气并不很好，清明刚过，下了连夜的雨，天上的乌云还未散尽，倒也没有再下雨。

沿着一条无名小河上溯，来到那个叫岩口的小村，再穿过一片碧绿挺拔的枫树林，便是一条青石小道。只

石门关

观音崖

箱子崖

见小道两旁云实花黄灿似金,杜鹃花红艳如火。隔几步一棵桐树,开着白瓣红萼的花,清丽可人,落了一地。杂以不知名山花数种,把一条山路点缀得五彩缤纷,春意盎然。连日降雨,山涧水声如轻雷,飞流激石,訇然闻于岩口。

这番景致是我第一次去没有见到的,于是心情更为雀跃。走在那些青石板上,格外轻巧,爬起石门关那道逼仄陡直的坡来也毫不困难,很快就到了那座山崖下。

倚定身后石壁,仰头望去,不觉倒吸一口冷气:这石崖怎么在动?刚捕捉到前番所见那苍鹰展翅的印象,忽地又幻作一头猛回头的乳虎,突出的"王"字、怒张的獠牙、劲扫的长尾如此清晰,似乎要从半空中脱壁而出,猛扑下来!一阵风过,崖上杂树俯仰偃卧间,再看时,那崖又分明是一幅色彩斑斓的壁画:衣袂飘飘的飞天仙子隐约乘风直上九天,丹青靛蓝的纹理图案宛若枫老柏红的江村晚秋……

更奇特的是那崖似乎在风中摇晃、倾侧、旋转。我使劲眨了眨眼,再看时,它又不动了。只听得石崖下急湍的流水传来"訇訇"的响声,仿佛那崖有生命,那流水就是它的血液,那"訇訇"的响声是它心脏急速的搏动声。

我发现在它面前,只有顶礼膜拜的份,完全慑服于它的神奇魔力。我把脑海中所有形容生命力的词汇搜索一遍,没有找到一个词能传神地描述它所给我带来的震撼。

碧波瀑

碧波溪

我忘了此行本是打算在它的陪伴下静静地读上半天书，只知道在这陡峭的几十级石阶上来又下去，下去又上来，来来回回走了不知多少回，就是想从整体角度来把握它的形象，从而掌控它，欣赏它，甚至于能够时时把玩它，有如案头的一块玲珑奇石。然而我承认我失败了。它就像知晓我想做它的主人的心思，便幻化出各种各样的形状来迷惑我，甚至于嘲笑我，就是不让我知道它的本来面目为何。

我沮丧极了，又开心极了。只要有时间，与它一起度过的分分秒秒，都能让自己如沐春风，拔节生长。

我为这一发现兴奋不已，以为自己是古往今来无数碧波崖游客中唯一发现这一奥秘的人，就像阿拉伯故事中的阿里巴巴，无意中发现了财富的宝库！

后来读古县志，我才发现明朝县令张士琦早已对此崖进行了穷形极相的描写："碧波之崖郁岩峣，翠崖朱栈摩层霄。岭从比斗独抽干，峰偕双巽相连镳。山骨鳞皱扫空碧，去天一握堪回枸。乘虬驭鹤差汗漫，霓衣风马纷翩飘。或乃方逢逐鳌背，彩虹幻出长天桥。"清朝邑人贺是更以一句"天险藏崖秀"道破碧波崖的奥秘所在。

当地民间也赋予了它神秘又美丽的传说：一到有月亮的晚上，观音菩萨就端坐在巨石上，为后人祈福迎祥。因此，这座石崖又名"拜月台"。

随着去碧波崖的次数多了，仰望这座山崖时我不再晕眩，而是很快被一种强大的力量镇定。每块岩石都放射出强大的理性力量，让我万虑皆空，又让我耳聪目明，头脑清醒。这种力量的作用，与读到一本好书产生的作用如出一辙。而且当我把在书斋中难以读懂的书带到这里来读时，就会豁然开朗，了无挂碍。

拜月台位于石门关与马尾洒水瀑中间。若不留心，很难发现它的奇特之处。因为这段路陡峭难行，游人至此，上去时已闻瀑布飞流之声，心已急切兴奋，哪会对它加以青眼；下来时腿颤心寒，身疲眼花，已无心看风景，所以很容易错过。我能发现它，真是一种缘分与幸运。

这种缘分与幸运成为我打开碧波崖之秘密的一把钥匙。

随着与碧波崖相处时间的增加，我对这里的花草树木、石壁涧水生出了深沉的感情。这里的一切也对我袒露胸怀，把四季变换、阴晴雨雪一一展现在我面前。

我发现，在碧波崖，具有生命力、造型神奇的"崖"随处可见。整个山谷，简直是一座千姿百态的崖石博物馆。

镜崖，是我私下的称呼，位于仙人桥畔。它从半山腰倾泻而下，十多米宽，崖面规整均匀，如人工打磨，光可鉴人。又若一道黑色的瀑布，凝冻在岁月的深处。它为几棵茂密的杜鹃树所掩映，我发现它时，正是杜鹃花盛开之时，火焰般炽热的花映照在黑亮的崖面，隐约可见，真是另一种意境的临流照花，与对岸溪涧里的景色相得益彰，美不胜收！

箱子崖，恕我袭用沈从文先生书中的地名，它看上去就是一个巨大的书箱。那一层层整齐的岩板与叠着的书本毫无二致：厚的如辞典、史记，薄的如《论语》《孟子》，细看五色斑斓。在此驻足，容易想到这是写了《碧波岩记》的那个明朝读书人陈荣遗忘在这里的书箱，而且我疑心这块石崖就是陈荣所写的"彩石"。

箱子崖就在路边，只一人多高，伸手可摸到，它的一块石板还突出到路的上方，光滑平坦，你尽可以坐上去歇歇脚，看看对面山上的杂花绿树，听听山涧里潺潺流水声，游山之乐，莫过于此吧。

能与拜月台一比险峻的当数那道瀑布飞泻处的读书崖。瀑自崖口出，今天的游人多被瀑布吸引了眼球，对"崖"熟视无睹。古人则不然，他们深谙"崖"的妙趣，就在瀑布一侧找到一处石崖，"下平如砥，上规如弓"，是个天然观景台，从上面望过去，"前有三峰如笔架，苍然耸立于十里外，即梅田洞也……其余环山不能具状，大约不离于幽邃而奇者近。是相与拂石而坐，仰天而饮，山色水光尽入杯杓。"

如此好地方，怎会被读书人错过呢？他们在这处悬崖上架梁构楹，做了自己赏景兼读书处。他们的学校——碧波书院就在瀑布左下山腰。从这座书院，走出了以明朝山水诗人、进士刘梦诗，清朝能吏、安徽石台知县、举人江慕柳为代表的一大批读书人。

在碧波书院旁，有一块造型奇特的"官财石"，长约两米，高约一米，一头宽，一头窄。相传很早以前，山上有一座庙，住持是一个姓张的老和尚。老和尚圆寂后，交代弟子们把他的舍利子放在上面供奉。"官财石"现在成了去碧波崖的游客瞻拜最多的地方。

这也许是陈荣、张士琦、刘梦诗、江慕柳等文人雅士所料想不到的吧！

梅田洞探秘

永新石桥梅田洞有记载的历史很长,可上溯到唐朝开元年间。

宰相张说信道教,听信一个叫罗公远的人说,在江南的永新县,有一处梅田山,洞内藏有一道妙宝真符。深得天宠的张说就禀奏唐明皇,获准让他的儿子张均手持凤诏前往永新。

张均到永新后就郑重其事地建了一座祠堂,说是祈祷太上老君显灵,让他找到宝符。当然张均没能如愿,也不好意思回长安,就留在了当地。

梅田洞有没有妙宝真符,是谁也不好说的。但洞内有千姿百态的奇异景物,是谁都看得到的。正是这些景物才吸引了历代文人雅士纷至沓来,写下了脍炙人口的不朽文字。

关于梅田洞,明代地理学家徐霞客留下了现存最早、也是最长最美的游记。

1636年腊月二十九,50岁的徐霞客历经艰险,坐船溯禾水而上,来到今天的石桥镇环浒村(他记为"还古"),步行五里,来到梅田洞游览,留下了长达千言的游记。还把其中一段题在了洞内石壁上:"余夙慕梅田之胜,亟索饭登崖,泛舟子随舟候于永新,余同静闻由还古南行,五里至梅田山下,峰皆丛石耸叠,无纤土翳其间,真亭亭出水莲也。"

据他记述,梅田山共有四个洞,而且对每个洞内的景致都做了详细的描写。但到了后来人的笔下,只有三个洞,分别是南边的玉虚洞(即大洞,又叫"后洞")、北边的宝仙洞(即小洞,又叫"前洞"),以及东北边的合璧洞(即内洞,由大洞进去的右边)。

古人游梅田洞,先从宝仙洞游起。这个洞隐藏在今天石桥镇梅荷村的周家自然村背后,为杂树丛莽所掩隐,不留意会很容易错过。据当地人说是与后洞相通的,但古人的文章中没有记载。这个洞内的钟乳石很多,进去中间最高大的叫观音石,

清晨云绕梅田洞

左边（这是明朝县令刘崧的说法，清初理学家李绂的说法是右边）是石龙，现在没看见了。据说那样子是"蹲植于地，连蜷夭矫，耳角交峙，筋络怒张"。古人用语总是那么精练传神，读来益想见那石龙的栩栩之态。石龙上有泉水渗漉而下，神奇之处还在于"祷雨多验"。今天洞内到处都是村民摆放的香炉，恐怕是历代先人流传下来的风俗吧，不过今天的村民，对石观音供奉祝祷的成分更多些呢。

洞内当年琳琅满目，除石观音和石龙之外，还有石棋盘、仰天盆、石柳、石鼓、石狮象。现在的洞内却只有石观音安然无恙，其余诸景不见。或许是隐藏在右边那窅然不可测的小洞中吧。古人游此洞，当有三大装备：一是足够的松香，二是足够长而结实的绳子，三是足够灵活的身体。所谓"挽绠篝火鱼贯蛇行"，缺一不可。

玉虚洞朝南，有宝仙洞两倍之大，今人来游，多在此洞。据传最神奇的是传说洞内石壁上有一颗夜明珠。清初寓居永新的理学家李绂说得煞有介事："洞腹刳如陶罐，渐狭以达于顶，有窍，径数尺，天光进入，石作淡金色，半腹有珠圆白如小鸡子，光与日争。暮辄晃然一洞，或连梯取之即失所在。"不知是他亲眼所见还是道听途说。在其他人的记述中都未提及。

洞内其他景物倒也平常，不外乎一个规整有水的地方就是石田，一块长方形的石头就是石床，一个高可站人的小洞就叫

梅田洞洞口

梅田洞内灯光五彩斑斓

石房。有一种景象却很引人入胜,就是以火照洞,石乳交流,金碧璀璨。我来游时,在洞内转了一个下午,只见到古人笔下的石笋、石田,以及传说中的"仙鼠"(洞中特有的蝙蝠),好大的一群,黑压压地趴在洞壁。

古人游兴,一曰旷、一曰豪、一曰幽。梅田洞三者兼得。1643年八月三十日,清初文学家、年长李绂70岁的永新人贺贻孙和朋友龙仲房、僧人大冶游梅田洞。三人中午在龙仲房家喝酒,之后乘着酒兴去游梅田洞。龙先生一副好歌喉,大冶和尚吹得一手好笛子。三个人在后洞内随意坐定,龙先生顿开歌喉,唱的应该是《阳关三叠》《梅花三弄》这种高难度歌曲吧。大冶和尚袖出玉屏笛,为他伴奏。那雄浑圆熟的歌声,高亢浏亮的笛音,在宏敞深邃的洞腹中产生了奇妙的视听冲击力。石壁上每片岩石仿佛都成了金属琴键,每支疏密有致的玉笋仿佛都成了天然管簧,众窍迭应,破石穿崖,余音溢出洞外,引而愈长。

那学富才高的子翼先生（贺贻孙，字子翼）当然诗兴大发。通过友人的歌声、洞中的景物，联想到天地人生变幻难寻，不由得感慨系之。"半局棋残便几年，洞中日月转忙然。长生不若卢生梦，五十年来富贵仙""燕衔花片髯犹古，蝶老梅根梦易寻。更欲探奇奇不尽，虚岩冷滴鬓毛侵"，诗句格高韵远，为梅田洞留下千古绝唱。

若贺贻孙辈，能诗善讴，可谓是大玩家矣。但梅田洞却也能做到雅俗无欺，来者都能找到自己的乐子。

就在贺贻孙和朋友们玩得开心的同时，洞外来了一伙当兵的，骑马拥戈好不威风。他们有的在梅田山吹起兵营画角，有的在田野中驱马追逐，有的在洞中射箭比赛。一时间，角鸣马嘶声，叫好欢呼声，好不热闹。玩累了，他们就在洞外平地上席地而坐，拿出带来的肥羊美酒吃喝，还盛情邀请贺贻孙和他的朋友们一起喝酒吃肉。正吃喝得开心，只听得从合璧洞那边传来奇异的声响，在贺贻孙听来，"百穴尽怒，如狮虎哮，如海潮叠震，如有百十霹雳交斗穴中，排击冲突"，原来是当地村民在发炮炸石呢。

从物理学角度分析，梅田洞"两壁皆饔腹，若陶而虚者，若刳而空者"，是一个天然的绝妙音箱。所以李绂称"洞之奇，尤在响，石体百节疏通，一声千应，笑语微动，便如雷殷"。

为了充分了解梅田洞的构造与独特的音响效果，李绂还在洞内放纸炮（即爆竹），炸响起来如山崩海啸。通过仔细辨别，他认为玉虚洞（后洞）内的声音如鼓声，散而低沉；宝仙（前洞）、合璧（内洞）两洞的声音像钟声，余韵袅袅。

古人游兴之豪如此。

这位李大理学家，可算得是梅田洞的千古知音了。他是江西临川人，著名学者余英时称他为"清初第一大儒"。1703年至1708年，尚为秀才的他应县令张士琦之聘来永新任禾山书院院长，在永新住了五年。他一来就听得梅田洞的大名，又读了明朝县令刘崧的文章，愈发心动。但公务繁忙，没能成行。直到三年后才了却心愿，果然一见倾心，情不自已。不仅依张县令的《游梅田洞》原韵和了一首长达280字的古风，还对洞内的石柳、石龙、石鼓、石田、石池、石床、石罗汉、石棋盘诸景逐一吟咏，是留下梅田洞诗文最多的人。他对梅田洞的喜爱之情超越了游玩的心态，上升到了心灵寄托的层次。他把梅田洞当成了日思夜想的情人，"三年梦想今一慰，目儵耳佣惊不暇"。在他眼里，洞内一切都是那么神奇而圣洁，"暗池红水摇丹砂，绝壁明珠挂火枣""璿宫上药自珍秘，肯许人间纷草草"。他以景照己，自检平生，"自惭灵运心多杂，未信长源骨独轻"，直至诚惶诚恐，"琼浆石髓交流满，错愕不敢携一觥"。他甚至打算与洞厮守一生，不再争名逐利，"便拟此中结茅屋，谢却雄飞守雌伏"。

如果说贺贻孙、李绂眼中的梅田洞充满山水之乐与哲理之思,那么早于他们的明朝县令刘崧所见到的梅田洞,更与当地老百姓的命运息息相关。

他的长篇游记《梅田山记》从老百姓的角度来写梅田一带的风景:某年秋天,他从夏阳一位叫汤子敬的朋友家出发去梅田,在环溪(今石桥环浒村)看到河边柳荫中的打渔人,看到繁忙的秋收景象,"芋田挖芋头,麦田收荞麦";看见桑园整齐,竹园青青,听见农家茅屋中传出阵阵笑语,好一派田园牧歌、渔樵自乐的风光!

乡民靠山吃山,梅田山得天独厚的自然资源给他们带来了一项独特的产业——烧石灰。

梅田石灰,永新闻名,流传已久。刘崧在文章中记载了烧石灰的方法:"此石宜炼灰,尤洁腻坚莹,利圬墁,煮炼功倍常垩,土著剖凿火煅醯淬之,然后负置陶穴,火五昼夜而灰成。""洁腻坚莹"是说梅田石灰品质好;"火煅""醯淬""置陶穴""火五昼夜而灰成",记录了石头烧成石灰的一整套工艺流程。当地民谚:"梅田山似鲤鱼形,千年难打一片鳞。"如果既能充分利用石灰产业为当地群众致富,又能合理保护生态环境,让梅田洞重焕生机与魅力,岂不是两全其美的好事!

山以高而秀

一座山如同一个人,有着自己独特的气质。山,连绵起伏,伸向远方,或秀美,或磅礴,有的险峻,有的平缓。义山峰峦迤逦而来,又蜿蜒而去。高士山是义山的余脉,锦绣如簇,连绵不绝。如果用一个字来形容高士山,"秀"字,是最恰当不过了。

一

高士山之秀,秀在山水。

这个明媚的春日,我们驱车进入永新县坳南乡,车子在山间平地疾驰,一路上青山连绵,满目青翠,春风裹着花香一阵阵飘来,令人心怡。进入坳南村后,土地平旷、人烟辏集,山水渐至佳境,亦如诗画长廊。蓝天下,阳光如瀑,大地光辉灿烂。穿境而过的六七河淙淙流淌,沿岸的景色清爽自然,就像从山里款款而来的仙女,不施粉黛,素面朝天,却如碧玉,美自天成。

夕照高士山

再往前行进不远，就是牛田村，良田美池，屋舍俨然，这里的草席天下闻名。牛田草席的制作始于明朝中期，历史悠久。传说清乾隆年间纪晓岚来到牛田，体验了一番牛田草席的特色后，便特意带了一床献给乾隆皇帝，皇帝睡后龙颜大悦，特下旨牛田村每年进贡20床。传说未必为真，但牛田草席的名声却是不假。牛田村家家户户种席草，夏天的时候，到处是青青的席草，一块块，一片片，像一枚枚绿色的翡翠，给村子增添了一种独特的气质与美丽。牛田草席的传统制作选料严格，方法独特，工艺精细。牛田草席美观大方，经久耐用，柔软舒适，水泼不漏，幽香长存，是真正的纯天然产物。

车子再行过几公里，就是大名鼎鼎的高士山。

山峰矗立，拔地而上，极似牛田村的一道绿色屏障。千百年来，牛田村的人们在一座山的庇佑下耕作、休憩，生生不息。

我们准备一鼓作气登上山顶。登顶途中，奇石遍地如阵，沿路两边都是茂密的树林，古木葱茏，空气十分清新。"其松之小者曲而如蛟，大者蟠而若龙；其石之小而低者可坐，长而平者堪眠。"每走一段路，就会有殿庙、别致的亭子，花木浓郁的香味在山谷里飘荡、氤氲。一路上去，山高林密，流泉飞瀑，山峦奇丽，松涛阵阵，那铺天盖地的毛竹则形成一片绿波荡漾的竹海。

登上山顶后，更有一番新天地。

只见山谷幽静，层云荡胸，让人如临仙境，流连忘返。偶有钟鼓之声传来，悠悠远远。在高士山，常常可以看到零星的游客，他们面色从容，在山间徐徐漫行。阳光从树的罅隙里漏下来，落在游客的头上、肩上，斑驳疏离，跃动着，给山间增添了一种难以言说的幽静。

与我同行的朋友是高士山迷，若有什么烦忧，他必来此游赏一番，不厌其烦。那日，上山后我学着他，择一平地休憩，枕草而眠，那山风徐来，令人心旷神怡，疲劳倦怠、烦心俗事顿时随风而散……

高士山，一座风景绝美的山，每一次游山都是一次治愈。

二

高士山之秀，秀在人文。

北宋元丰五年（1082），阳春三月，万物生秀，一个书生，身着长衫，轻车简从，从泰和往永新一路寻迹而来。他叫黄庭坚，号山谷道人，在泰和县担任县令一职。

坳南乡牛田村有一座鸣谷山，黄庭坚早有耳闻，听说山势高耸，风景尤甚。山谷里设有坛庵，信徒如云，最重要的是，里面住着一位学识渊博的隐士——尹辅（字安仁），因着这些，他决计前去探访寻幽。

尹安仁聪明过人，小小年纪就已博览群书。成年后学有所成，著书立说，颇有名气。他性情耿直，孤傲任性，厌弃官场习性，无意考取功名。但他酷爱文学，喜研古典词文，且爱好游山玩水。为躲避尘世烦恼，他在牛田村的鸣谷山里建了一个茅草屋，吟诗作赋，过着闲云野鹤般的清静生活。

在山上拜谒了僧侣后，黄庭坚顺利结识了儒士尹安仁。两人情趣相投，一见倾心，一番寒暄之后，竟生相见恨晚之意。时间染素，阳光生暖，春天的山谷百物竞秀，一切是那样的生机与安详。他们在洁净的茅屋里谈古论今，切磋诗文，畅快淋漓，几乎忘记了一切，一直到日落西山方觉时间已晚。当晚，黄庭坚下榻于尹安仁处，晚上继续畅谈直至深夜。翌日早饭后，尹安仁邀请黄庭坚游览鸣谷山。黄庭坚游兴酣畅，文思泉涌。在吟诗品茗、酣史沉经之间，一份友谊已深植于两人心间，芬芳了这片寂静清冷的山林。

临别时，黄庭坚想起应赠予尹安仁什么留作纪念，略一沉思，便在尹安仁的读书处写下了楹联"山以高而秀，名因士乃传"，并赠予尹安仁。

此后，尹安仁与黄庭坚成了密友。黄庭坚在泰和任县令三年多，常常登游高士山，与尹安仁你唱我和，好不快乐。"春来苔长毛油柔，夏日雨汗山林流。两岸青草杂开口，天地同牢夜不收。"这些美妙的诗句从山间长出，被文人雅士追捧、诵读。慢慢地，尹安仁逐渐被人们所熟识，吸引不少儒生高士前来讨教切磋。山谷至今有一处读书台，上面有一副对联"书读秦汉三代以上，人在廉让二水之间"，展纸挥毫间，写尽了黄庭坚对醇美风景的喜爱和对尹安仁的称赞。

后来，鸣谷山就被称作高士山，一座山有了新的名字，新的身份。它是一座友谊的高山，也是一座学问的高山。

三

高士山之秀，秀在精神。

我曾经很多次登上高士山，一半为了山间的风景，一半为了黄尹的友谊。而这一次造访，则是为了一个无名的英雄。

我们登上高士山，在一个僻静处停了下来。这里有一座红军坟，它掩映在绿色枝网间，里面安葬的是当年为掩护乡亲转移而壮烈牺牲的一名红军战士。站在坟前，我们一行人员沉默不言、心有肃然，脑海里一直想象中着他青春的容颜，想象着他们与敌军周旋时倔强的身影。

历史回到1934年秋，湘赣省委、湘赣省苏维埃政府等机关准备转移，红六军团途经牛田村时，做了停留，并在这里进行扩红运动，开展了轰轰烈烈的革命。至今这里仍有任弼时旧居、萧克旧居、红军医院，以及不少的红军标语，它们像一些老者默默地述说着历历往事。1934年8月初，红六军团在任弼时、萧克、王震的带领下，离开永新牛田村，从遂川横石和新江口地区出发，踏上了西征的征途。牛田村是红军长征的最早出发地之一。

红军在牛田村时，与当地的百姓一起生活，一起劳动，一起战斗，结成了深厚的情谊，留下了许多动人的故事。有些战士为保护人民身负重伤，甚至长眠于此。高士山的红军坟，是军民情深的见证。遗憾的是，坟堆的战士没留下姓名，没留下任何遗物，史书里也没有关于他们的细节。当初，在危难之际，他毫不犹豫地选择了舍生取义，留下了不屈的灵魂，还有对人民的热爱和对革命的忠诚。今天，在他们倒下的地方，骊歌悠扬，鲜花遍地……

一个人的故事让一座山更加生动，一个人的举动改变了一座山的气质。此时，山风一阵一阵地吹过来，像耳语，更像吟唱。只见坟墓前放着一束红花，那是前头的游客刚刚留下来的，那么新鲜，那么殷红，将山间映照得格外光辉。

山以高而秀，山是耸峙的，人的精神也是一座高峰，一名普通战士，一个无名英雄，用生命和信仰为高士山注入了不朽的灵魂，丰富了一座山的内涵。

秋揽樟枧

白露时节,玄鸟归来,秋天渐入佳境。

每个人的体内住着一个属于自己的秋天,却并非一成不变,或因时而异,或因地而异。

北宋元丰三年(1080)秋,萧瑟的黄州。遭到贬谪的苏轼一脸落寞地写下"世事一场大梦,人生几度秋凉"的孤独悲苦。在他心中,那是一个凄凉的秋天。

时间逆流,回到宋神宗熙宁九年(1076)秋。出任密州知州的苏轼对着明月豪饮,大醉提笔狂书,抒发"但愿人长久,千里共婵娟"的美好愿望。在他心中,那是一个思念的秋天。

明成化二年(1466),刘敷时年45岁,任湖广按察使,仕途顺利,当"指点江山,激扬文字"。可因母亲汤氏去世,需返乡丁忧,满身的征尘掩盖不了丧母之悲。在家乡樟枧村,长达27个月的守孝期,让他有足够多的时间四处察看、登高抒怀。当年深秋,他登上附近长岭,既追思母亲慈恩,又察觉家乡之贫穷，遂生治理念头，积极倡导族人分房族、置祭田、修堤岸、搭桥梁，合理布置水井、水塘。

翌年秋，刘敷再次攀登长岭，喜悦之情陡增。秋阳下，樟枧焕然一新：青砖碧瓦林立，一派江南水乡之景；田畴广袤平整，掀起稻浪时起彼伏；群山落叶缤纷，描绘金秋成熟静美。村中水渠蜿蜒盘旋，状如聚宝盆，游鱼细石清晰可见。

近年来，我一直在创作关于刘敷的长篇小说。作为永新古代历史上为数不多的高官之一，我对其知之甚少，敢斗胆提笔，皆因其后裔之鼓动——樟枧村老支书多次到办公室热情相邀前往，提供诸多资料。却因水平有限，创作中时有文思枯竭之困惑，遂决定再次前往，以觅灵感。

之前去樟枧，多在春夏。这次择秋阳高照之日，目的是想走进刘敷那时的内心世界。樟枧村情早已了然于胸：始建于宋朝，位于石桥镇西边，南靠义山，西依长岭，早先由刘姓聚族而居，后来朱、吴诸姓村民陆续加入，现有1000多人。

我爱览优美的自然风景。漫步樟枧，千年银杏、古樟、古柏随处可见，更有成熟了的果子，一个个灯笼般悬挂在树上。村外信步，无边稻浪，遍地野菊，如同一群声势浩大的武士披着金甲漫天冲来，猝不及防，全身便镀满金粉。村民秋收时的山歌，孩童放牧时的欢笑，倦鸟归林时的呢喃，全部裹着金黄的色调。

樟枧古村鹅卵石路

我亦喜观厚重的人文名胜。以文风鼎盛而名闻四乡的樟枧正合心意。

行走樟枧,犹如与351名在朝为官的永新历史人物隔空交流:明朝右都御史刘敷,告诫为官者要为民做主;明朝学者刘孔愚,用一本厚重的《衡汀集》,引导当今学生爱国爱家……行走樟枧,与一座座古祠堂、古桥梁、古民居不期而遇,它们造型各异,因势而建,恰好风物两相宜。

行走樟枧,水渠纵横,池塘星缀,清水伴我行。路遇三口古井,"品"字分布,井面皆麻石,井壁鹅卵石,井水深不可测。驻足停留,掬一捧甘甜入口,听一回故事感人。

青慧井,因青气直冒覆盖井面得名。据传,刘敷的祖父刘晏成偶然发现门口泉水塘边有一处青气直冒。刘晏成次子刘善通晓易经,知其祥瑞,决定在青气冒起处挖水井。"至一尺,泉水喷涌而出,青气更加旺盛;至三尺,泉水甘甜清冽,'咕咕'直冒。遂用桐油、石灰拌砖砌井,井口圆形,青气环绕,犹如覆盖一层绿荫。"

思亲井,为刘敷缅怀母亲出资而建。据说喝此井水能考取功名,故又名"聪明泉",樟枧村至今保留着学子考试前要饮此井水的习俗。

刘敷侄子刘策从小家境贫穷,族邻怜之,捐资培养成才。刘策荣归故里,见族邻离青慧井、思亲井较远,遂捐资修建报恩井，以报族邻恩情。

　　游览樟枧，古祠堂必观赏。当地有"九井十八厅"之说，数量之多，全县罕见，又以刘氏家庙为代表：正面墙壁白色为主，夹杂红、黄，上层多为题字，正中横书"刘氏家庙"四个圆润遒劲的大字，其上方竖书"宋开国男第"；下层为五重门，拱形，一字排列，大门据正中，旁侧各一扇为假门；六根柱子撰有对联三副，中间一副题写"水部尚书名阁，内台都宪世家"，字里行间洋溢着刘氏家族的骄傲。引人瞩目的是，大门、"刘氏家庙"题字以及墙面最高处的塔型均在一条直线上。步入大门，顿觉视野开阔。前厅倚门为戏台，两侧分立明代石碑各一块，青石质地，高 1.5 米，大小一致。右侧石碑四周雕刻缠枝花，上部两边各雕仙鹤一只，中间为篆字。端详一番，我能想象樟枧刘氏家族在明朝时期的辉煌。过天井，便是正厅，上方悬挂一木匾，"本初堂"三个大字清晰可见，旁侧墙壁悬挂各种宣传栏。又过一天井，为后厅，正中悬挂刘敷的巨型画像，庄重、大气。

　　刘氏家庙，呈现的是以刘敷为代表的刘氏家族史，漫长、艰辛，且辉煌。三口天井构成"品"字型，这是古代高官才享有的待遇。观赏家庙，犹如观赏一部厚重的书籍。我久久徜徉，沉浸其中。遥想明朝弘治年间，白发苍苍的刘敷晋升一品散官、"驰驿还乡"后，用一生积蓄建成此祠堂，这是一栋倾注刘敷全部心血与乡愁的古建筑。

樟枧古村一角

春秋时鲁国大夫叔孙豹称立德、立功、立言为"三不朽"。立德,即树立高尚的道德;立功,即为国为民建立功绩;立言,即提出具有真知灼见的言论。此三者虽久不废,流芳百世。于朝廷而言,刘敷是有功的;于樟枧而言,刘敷更是泽被后世。因此,身死之后的他在百姓心中屹立不倒,成为一座丰碑,数百年而不朽。

家庙前左侧,我竟然遇见一座庙宇,也遇见一个美丽的传说。申帝庙,又叫"青华宫"。老支书说,这是刘敷奏请皇帝后批建的庙宇,为的是纪念平息靖州苗寇作乱时牺牲的爱将青华。为使爱将不寂寞,刘敷制订如此规矩:每年农历七月二十四日

樟槐古村看戏

开始，刘氏家族敲锣打鼓将青华宫的菩萨请至本初堂神台内，与村民一起观看七天戏。有一年七月，迟迟请不到戏班子，全村人急坏了，因为当地有"七月二十四冇戏看，挖翻本初堂种菜秧"的说法，意指当年没有用戏来祭菩萨，就会风不调雨不顺。七月二十三日那天还是没有好消息，村民们个个垂头丧气。二十四日上午，一外地戏班子突然敲锣打鼓来到村中。村民不解地问班头："是谁请你们来的？"班头说："是一申姓老翁。"众人不得其解，本村没有申姓又何来申姓老翁。这时，一位老者说："申帝庙中的申帝不是姓申吗？"众人哗然，纷纷前往青华宫观看。只见申帝像两靴布满泥土，龙袍沾满黄尘，与以前的雍容华贵之貌大相径庭。众人恍然大悟,原来是申帝显灵外出,请来了戏班子。

"深山藏古寺,云端听梵音",此言非假。樟枧村偏僻的南边,六栋清末民居组成的"村中村"俨然世外桃源。跨过一道遍布"苔痕绿"的围墙,古朴的民居映入眼帘:青砖灰瓦是朴素的外衣;檐宇、马头墙、门楣和窗栏是精美的装饰;墙角处,青砖砌成的"人"字形,是别出心裁的设计;堂室里,梁枋、隔扇、家具,或雕刻,或彩绘,或描金,是精雕细琢的点缀。巷道漫步,脚踏凹凸圆润的鹅卵石,触摸厚重大气的青砖老墙,颇能感受到戴望舒笔下"雨巷"的诗情画意。

一直以来,我喜爱各种桥梁。桥,象征"沟通、负重"。跨过桥,就等于跨过湍急的河流;跨过桥,就等于跨过无路可走的困境,抵达"柳暗花明"的地方。行走樟枧,我邂逅两座明代的砖砌拱桥——清源桥和青龙桥。

一座桥梁,代表一份浓郁的家乡情结。明正统年间,刘善、刘敷返乡探亲,发现清源江面原有的木桥腐坏,便捐资兴建了一座单拱石桥——清源桥。嘉靖年间,从樟枧村走出的文学家刘孔愚回乡省亲,见荷下江水流湍急,每发大水就会冲走木桥,遂带头捐款,亲手绘制设计图,建成一座三拱石桥。他还根据"长岭长如龙,溪水青见底"的寓意,将其命名为"青龙桥"。

一座桥梁,就是一个动人的故事传说。相传,青龙桥在建

千年银杏黄

第二个桥墩时,由于河底淤泥深不可测,导致施工无法进行。一位在峨眉山修道的僧人路过此地,听闻后将一部经书放于桥墩基下,说来也怪,桥梁顺利建成。更为奇特的是,无论春夏秋冬,此桥没有蚊虫。每到夏天,村民纷纷来到桥拱下纳凉、拉家常。

行走樟枧,犹如观摩一幅多彩的时光流转图。穿越大宋,蹚过明清,横跨民国,来到战火纷飞的土地革命时期。气势恢宏的刘氏家庙里，毛泽东在这里指挥了战斗；不远处的红军医院，伤病员们在这里得到了治疗；简陋的红军被服厂里，群众在这里生产棉服棉被。这是一座红色基因浸润着的村庄，红色故事让后人津津乐道。

遥想 600 多年前，刘敷修建刘氏家庙，为的是荫佑后昆；近观土地革命时期，红军战士在樟枧土地上冲锋杀敌，为的是让后代子孙过上幸福生活。二者有惊人的相似之处。

行走樟枧，触摸厚重的大地，那一棵棵生生不息的古树枝繁叶茂、虬枝盘旋；凝视斑驳的墙面，那一幅幅保存完好的红军标语、红军图画赫然入目。它们无时无刻不在提醒后人：幸福来之不易，生活值得珍惜。

秋揽樟枧，不虚此行。这是一座有情有义的村庄：那些历经百年风雨的遗物、遗迹，无处不在传递"哺育与反哺"的传统美德；那些栉风沐雨却不褪色的故事、传说，到处都在彰显"鱼水情深"的家国情怀。我想，对于刘敷，不论是在现实中还是小说里，他都有血有肉地存在着，平静淡然地向世人讲述活着的意义。

依依惜别，回眸古村，我看见岁月成河，淌出一条只有向前没有返程的路。秋阳高照之下，道路越走越宽广。樟枧，这座被列入第五批中国传统村落名录的村庄，它所湮灭的，所散落的，所革新的，一一值得珍藏。

辉煌的山坞
——老二机厂琐忆

说起黄竹冲,大多数永新人可能不知道在哪里。但对几代"二机人"来说,这是个魂牵梦萦的地方。

黄竹冲位于永新县龙源口镇秋溪村老七溪岭脚下,耙陂、五里牌、一夜祠等地散布周边。一条通往井冈山新城镇的公路横贯这里,成为与外界联系的唯一通道。

1964年,这条沉寂的山沟被选为国营江西第二机床厂(简称"二机厂")建设地址,从此黄竹冲有了翻天覆地的变化,成为永新县一颗璀璨的明珠。

国营江西第二机床厂,是个军工企业,又叫国营974厂,诞生于20世纪60年代的中国三线建设时期。建成后有1500多人,加上家属共有5000多人。这些从祖国四面八方来响应党的号召支援三线建设的人们,都生活在这个山沟沟里。上海人的生活区在五里牌,耙陂的四川人最多,而来自其他地方的人主要住在一夜祠一带,此外,在山外麻陂村还有个编号为66号的木托生产车间，也住了几十号人。

二机厂主要生产半自动步枪。生产车间散布在几条山谷中。生活区最繁华的是五里牌，有子弟学校、图书馆、银行、百货商店、电影院、供电所、职工医院、职工食堂、招待所、篮球场等，样样齐全，俨然一个繁华热闹的小城镇。平坦开阔的水泥路四通八达，别致舒适的青砖小楼鳞次栉比，路边屋前成排的高杆路灯一到夜晚就大放光明，因此，五里牌也就成为二机厂的代名词。

从秋溪进入黄竹冲，有一个小村，叫"七溪涧"。自从二机

鸟瞰五里牌

厂在此设址，当地村民就由农民变成了"菜农"，吃的是"菜农粮"。"菜农"就是专门为二机厂工人种植蔬菜的农民。村子也有了新的称呼，叫"五七农场"。"菜农"虽然还是农民，但不再种粮食，而是种蔬菜，供给二机厂厂区。自己吃的粮食，凭粮票到粮站去买，叫作吃"菜农粮"。

"菜农粮"虽不如二机厂工人的"商品粮"，但七溪涧村民却在秋溪一带农民面前很有"优越感"。

秋溪一带村庄众多，民风淳朴。他们对吃"菜农粮"的七溪涧人刮目相看，对吃"商品粮"的二机厂工人就更是羡慕。他们也很感谢二机厂，正因为有了二机厂，秋溪一带村庄也受益不少。

一是用上了电。在20世纪60年代，全县大部分农村还没通电，秋溪一带就已经用上了电。电是二机厂免费供应的，家家户户都吊着几个灯泡，省下了跑供销社打煤油的麻烦和开支。农业上用上了电排站和电动打禾机之类的现代化设备，生活上有了电动碾米机、粉碎机之类的设备，十分方便。1983年二机厂迁往县城后，这一切方便就没有了。当地人又用起了煤油灯，打禾、碾米又回到了人力时代。直到1986年才再次用上了电，那时全县已普及了民用电。

二是当地农副产品有了销路。二机厂连工人带家属5000多人，是一个巨大的消费群体。他们需要向当地村民购买蔬菜、

五里牌

家禽、鸡蛋、瓜果等农产品。记得1980年秋溪开圩后，圩场上提篮子买菜的大部分是二机厂人。他们还经常到各个村庄去买东西，有的一来二去就与当地村民有了交情，做了朋友。正是有了这个强大的消费群体，秋溪一带的村民才能用农产品随时换几个盐油钱。

  三是二机厂的厕所是免费的化肥厂。那时，进五里牌担粪成为秋溪一带农民的一件大事。农民进城运粪的场景也出现在了1982年轰动全国的小说《人生》里面。作家路遥写回乡青年农民高加林与村民去县城供销社家属区运粪，与另一个乡镇村民争夺而挥起粪勺大打一架的情景，想必当年去二机厂担过粪的人并不陌生。但二机厂人对当地农民很客气，看见他们还会微笑，熟悉的还会拉几句家常。只有小孩，见到粪担的过来，老远就掩着鼻子喊:"好臭!"担粪农民朝这些穿得干干净净、长得白白嫩嫩的孩子报以不好意思的一笑,加快脚步走了过去。

五里牌对当地的孩子来说,是一个打开眼界的窗口。

我的发小燕良有个姑父在二机厂食堂做厨师。我第一次见到雪白的大馒头、一咬流油的肉包子就是在二机厂的厨房里。一次跟着燕良去五里牌找他姑父,冒冒失失地闯进了食堂,蓦然见到那一笼笼的大白馒头和肉包子,正在吃早饭的工人咬一口包子流一嘴的油。这场景让我好几次做到大嚼肉包子的梦。

二机厂人,被我们孩子私下喊作"讲话佬"。他们大人小孩都讲普通话,叫父亲不叫爹,而叫爸,叫母亲不叫娘,而叫妈。这不是学牛学羊叫吗?我们表面这样嘲笑二机厂的孩子,暗地里却羡慕他们,也嘻嘻哈哈地学着"讲话"。这也许就是城市文明对我最早的启蒙吧。

二机厂生产半自动步枪,永新县隔壁的吉安敖城有一家三线厂生产子弹,那里生产的子弹要运到二机厂来试枪,所以黄竹冲一带的垃圾中"藏"有金黄的弹壳,还有车间铣床上产生的钢铁边角废料,呈规则的长条形,两端呈圆弧形,拿在手里沉甸甸的,很有质感。小孩子把这两种东西视若珍宝。利用一切空余时间,步行几里前往二机厂垃圾堆"淘宝"。顶着毒辣的太阳,在一堆堆铁屑废料中搜索找寻,每次总有小收获。回程中,就用这两种东西作道具玩"打靶",即丢一个弹壳或铁皮在地上,

一夜祠

一人站在数米开外,用自己手中同样一种东西去投,砸中算赢,地上的东西归"打靶"人所有。

还有一件文化上的大事就是看电影。1982年,电影《少林寺》风靡全国。二机厂电影院以无可争论的优先权,全县第一家放映了这部风靡一时的武打片,连放三天,每天两场,上午、下午各一场。时值农历六月"双抢"季节,许多成年男人顾不得农活,也不在乎女人的咒骂,赤着双脚,两腿青泥,顶着一个破草帽,兴冲冲地加入去五里牌看《少林寺》的队伍。孩子们更是一趟趟地跑,大的带着小的,有时不带,小的追在后面一路哭号咒骂,为了赶时间,几乎人人是跑步前进。

二机厂的医院,也收治当地村民患者。医院的条件比乡卫生院好得多，也不比县人民医院差。医生是从省一附院、省人民医院选调过来的，医术高，人也和气，当地村民有病就去二机厂医院治。二机厂医院可以说是当地村民眼中最亲切的地方。后来我才听说，我母亲生我时难产，被送到二机厂医院，是二机厂的医生把我接生到这个世界。正因如此，我对二机厂的感情更深了一层。

此外，二机厂的百货商店也对村民出售商品。这里有很多供销社买不到的东西，包括我最喜欢的连环画。为了一本《三打祝家庄》，我和燕良上山摘金银花卖给药店，凑足三角五分钱，去二机厂百货商店把它买到手。可以说，五里牌是我最早受到文学熏陶的地方。

电影《少林寺》放过，二机厂在五里牌的历史也将结束。

1976年7月9日，一场洪水致二机厂区路毁桥断，暴露出黄竹冲在地理位置上的缺陷，也决定了二机厂搬迁的命运。二机厂党委向国家提出易地重建的申请，1977年3月初得到同意迁建于永新县城附近的批复。从1977年7月破土动工到1983年底全部搬迁完成，边生产边基建，用了6年时间。1983年底，最后一批工人离开了那里，留下路灯、青砖瓦房和电影院等生活设施。接替这一切的是永新县最大的林场——国营七溪岭林场。

不久又成立了七溪岭中学，接纳秋溪一带孩子入学。当年捡弹壳、铁皮，扒窗户看电影的农村孩子，居然住进了二机厂，成了这里的临时主人。他们在平坦的水泥路上神气地走着，在宽阔的篮球场上飞奔，也不忘走到食堂和百货商店去，可惜已没有大白馒头、肉包子和琳琅满目的商品，电影院也关门了，银行也搬走了，医院也迁往县城去了……

搬迁到县城的二机厂，又先后与前进汽车修配厂、江西传感器厂及另一家三线厂合并，这三家厂也是人数众多的正县级大厂，合并后的二机厂人口达到万人以上。

由于国企改制，二机厂到20世纪90年代中期开始没落。来自祖国四面八方的几代"二机人"，有的回到了故乡，有的留在了永新，各自开始了全新的生活，在不同的岗位上开始了二次创业。但二机厂，作为一个影响深远的历史存在，已上升到一种寻根文化的高度。昔日的黄竹冲，依然残存的厂房、电影院、住房，那棵在风雨中屹立的大樟树，那个被亲切称为"小岛"的山间小丘，无不承载着"二机人"的牵挂。他们把青春献给了这个地方，这里的山山水水、一草一木见证了他们创业的酸甜苦辣。如今，来自祖国四面八方的"二机人"，又重回祖国的四面八方,尽管他们有时自嘲"为了二机厂献了青春献终身，献了终身献子孙"，但说起二机厂，说起黄竹冲，谁不是深深地怀念与依依难舍地牵挂呢？

榨油坊的灯光

这里，位于三湾、龙源口、烟阁通往县城的咽喉之地；这里，地势平坦，良畴沃野，四围一圈矮山，山上盛产油茶；这里，村落密集，人口众多。

这里，就是永新县才丰乡的北田村——一个位于北田垅中心，周围被众多村庄环绕的小村子。

一条源自南华山的小河贯穿北田垅，浇灌着千顷良田，滋润着稻菽棉麻，养育了芸芸众生。

20世纪20年代，社会动荡，军阀混战，兵连祸结，也把这个平静的村庄给搅得鸡犬不宁，民不聊生。

幸运的是，由中国共产党领导的工农革命运动，犹如星星之火，已从井冈山往周边地区燎原开来，永新成为井冈山革命根据地的重要组成部分。北田村，即将迎来历史上一个全新的时代！

一

　　一座用土砖垒墙、灰瓦盖顶的乡间小屋，毗邻哗哗流淌的南华河，兀立在北田垅中；几棵需几人才能合抱的枫香树枝叶遮天蔽日，几乎把土砖小屋给挡在了人们的视线之外。

　　平常时节，这是个被人遗忘的角落。只有在初夏和仲冬时，随着水车发出的"吱吱呀呀"转动声，才迎来一个月左右的热闹时间。

　　榨油时节，人来人往，担箩挑瓮，四乡八村的当家人穿行在田埂上，纷纷前来光顾这个破旧的小屋。

　　屋内，被隔成四间。中间最宽，被榨床和油锤给占据了；左边一间仅容一床一桌；右边一间除了两个单孔灶，就是那个

中共永新县东南特别区委地下交通站旧址

与屋外水车相连,水渠坝上挡板一抽,碾轮就"吱吱呀呀"转动起来的大碾槽。这些,就是这个被叫作"油槽"的地方的所有家当。"油槽",永新人对榨油坊的俗称,人力手工时代夏冬两季把菜籽、茶籽榨成油的作坊。

泥夯的地面,落满了麸皮烟灰;杉木架的房梁、结满尘网的土墙,被积年的柴烟熏成了黑色。

同样被熏成黑色的是"油槽"老板师徒的脸。而那身上的围裙,黑得发亮,也不知是烟熏的,还是油染的。他们在"开槽"(指榨油坊开业)的一个多月,就像那水车碾轮一样不知疲倦、不分白天黑夜地连轴转。

氤氲的水汽、油茶的芳香、"槽老板"(指榨油坊的主人)师徒的汗臭……凝成了这里特有的气息;碾槽里茶籽的咯吱声、灶孔里硬柴的爆裂声、油锤一下一下的撞击声……汇成了这里独有的热闹;一盏悬在房梁上的马灯发出的微弱灯光、灶孔里映出的火光、"槽老板"口中叼着的"大喇叭"的一闪一闪的红光……让这里的黑夜散发出独特的魅力。

二

1928年农历五月中旬,端午节刚过几天。榨菜籽油的高峰期已过,零零星星的还有一些挑箩担瓮的出入"油槽"。

手头不是很忙了,"槽老板"也就得空与前来"作油"(指榨油)

的人聊一聊远近"时闻"（指新发生的比较重要的事情）。

"槽老板"瘦高个子，四十出头的年纪，洗净油灰后五官清秀。

"页朵，你如果穿起'福生布'（指乡间自织自染的细麻布，比一般的家织布要好）长袍，也像个读书人呢！"

这句话是前来"作油"的人经常对"槽老板"说的。

"读书人的相，'槽老板'的命！"页朵听到别人对他的调侃，就常用这句话来解嘲。

不过今天，他不想与别人打哈哈，心里想的是比自己命运重要得多的事。

原来，这个叫贺页朵的中年男人并不是一个普通的"槽老板"，而是一名我党的地下工作者。前几年，他就秘密参

入党誓词书

入党宣誓

重温入党誓言

119

加了欧阳洛、刘真、贺敏学、贺子珍等共产党员在永新县城秀水小学创办的平民夜校；去年（1927年）永新的反动派龙镜泉、陈子绍、刘枚皋等人发动"六一〇"事件后，他又参加了宁冈袁文才、王佐部队联合四县农民自卫军攻打永新城解救贺敏学的永新暴动。昨天他突然接到党的通知，要他连夜赶到万年山中的黄竹岭开会。鸡叫时分他刚从万年山回来。那个叫黄竹岭的村庄，正是贺敏学、贺子珍的家乡，虽然只有几户人家，却成立了共产党的东南临时特别区委。他是以北田村农民协会副主席的身份受邀前往参加会议的，当然，这个身份，那些笑他像读书人的人是不知道的。

会上，东南特别区委书记郭荣良与他谈了很久的话。郭书记问他很多问题，比如问他对发动农民"打土豪分田地"有什么好办法，他就直率地说："以前大家觉得都是乡里乡亲的，要撕破面皮打打杀杀，有点难为情。如今有了共产党的领导，我们穷人就有了靠山。那些'粮户'（指靠收租为生的地主）也害怕共产党'革'他们的命，就主动减免了一些租谷，但舍不得把土地拿出来分给没地的人家。下一步就是把贫下中农团结起来，与'粮户'作斗争。"郭荣良对他的意见很是赞同。叮嘱他回去后要充分利用农民协会，把北田村及周围几个村如洲湖、龙安桥、横石楼的贫苦农民团结起来，把土地革命往大了闹！

临分手，郭荣良还特别交代他一个秘密任务，那就是利用他的榨油坊为党做些事情。郭荣良告诉他："东南特区设在烟阁山背村的地下交通站被敌人破坏了,需要重建。考虑到你的'槽老板'身份有利于工作,而且榨油坊位置比较隐蔽,所以决定让你担任这一工作。"

贺页朵一听心里就怦怦直跳,脱口而出："好呀!保证完成任务!"

三

"油槽"歇业的时候,贺页朵反而更忙了。他挑着一担皮箩(永新乡下的一种竹器,用来装运日常生活用品)、敲起清脆的"叮可,叮可,叮叮可"声,走村串户,名义上是收破铜烂铁,捎卖女人用的针头线脑、胭脂水粉,孩子喜爱的豆子糖、菱角糖,实则到东南特区的各个办事机关、联系点去传递情报。

东南特区成立后,临时特委设在烟阁的黄竹岭,才丰乡境内成立了六个区九个乡。

说来也奇,素来"大字墨墨黑,小字识不得"的"槽老板"贺页朵只用了很短的时间,就把这么多个联系点的位置、名称记得滚瓜烂熟,闭着眼睛都能走到这些地方,睡梦中醒来都能把那些机关上的人名说出来,并能迅速想起他们的长相和性格。当他想起别人说他有读书人相的话,也不禁暗自佩服自己一番。

四

贺页朵的榨油坊成了我党东南特区、以至全县党的工作的重要堡垒。地下交通站成立的当年冬天,贺页朵成功把赣敌周浑元旅将进犯永新城的消息传送到东南特委,使红军能够迅速组织力量,在龙源口击溃敌军,取得继七溪岭战斗后又一次大胜仗,红军四占永新城,掀起湘赣边界最有声势的"打土豪分田地"运动,并建立了工农政权,次年(1929)我党在永新县全县建立了红色政权。

接下来的几年时间,革命形势在永新变得严峻,地下交通站成为党的生命线,贺页朵的工作显得尤为重要,东南特委决定吸收他入党。

1931年1月25日,一个阴雨绵绵的黄昏。由于快"收槽"(指榨油坊歇业),业务清淡,油坊徒弟回家了。他目送最后一个榨油人挑着油瓮消失在北田垅中,正准备返身关门。突然从枫香树背后闪出一个人来,身背蓑衣,头戴竹笠。贺页朵与来人一起进了门,然后把门关上。来人解下雨具,贺页朵才认出正是东南特委书记郭荣良。

两人就着灶内尚明的余烬烤火说话。郭荣良告诉他,由侦察连长贺龙雪介绍,经过党的考察,同意他加入中国共产党。需要他亲笔写一张入党誓词交给组织。

贺页朵一听非常高兴。他这几年跟着共产党搞农运、送情报，还担任东南特区六乡苏维埃政府财粮干事，已经非常知足了。从没想过自己这个大老粗还能入党！

他听郭荣良讲了一番共产党为穷人打天下的革命道理，有些是在平民学校听欧阳洛、贺敏学讲过，有些是第一次听。他听得热血沸腾，紧紧握住郭书记的手说："只要党不嫌弃我这个'槽老板'，我这辈子跟定党了！"

说话间，天已全黑，灶间的火也全熄了。贺页朵把郭荣良请到自己睡觉的那间小屋坐。他把那盏油灯加满了油，用了三根灯芯，待油把灯芯浸透，擦亮火石，把灯点上。霎时，小屋明亮起来，把窗外的夜空衬托得更加漆黑。他合上窗扇，把风声雨声全挡在了外面。

郭荣良让他找纸笔来，他从桌屉里找到记账用的笔墨，却没找到半张纸。平时有人欠"作油"款，他就顺手"写"在墙上。他的"写"法很特别，即按那个人的名字发音和意思，半写半画出只有他自己看得懂的符号和文字。这一时三刻，要他找到一张纸，真是比登天还难。

郭荣良也犯难了。没有亲书的入党誓词，这党还真入不了。

贺页朵情急之下，把床头那床棉被上的红被面拆下来，打量一番，又找来剪刀，剪下一片纸张大小的红布片，说："郭书记，就是它了，红红的，是军旗的颜色，也是我贺页朵对党忠诚的颜色。"郭荣良点点头，又动手帮他磨了半砚墨水。贺页朵铺平了布，握着笔管，用坚定的眼神望着郭荣良说："郭书记，你说，党要我怎么办？"

郭荣良问："页朵，你会写字吗？"

页朵不好意思地说："从小没发过蒙，但当年在平民学校跟着学了眼皮下常用的几个字，平时记几笔账还应付得来。"

郭荣良放下心，就把熟记于心的几句话一字一句地念了出来。

他说一句，页朵就要写好一阵，足足用了一餐饭的工夫，才把六句话二十四个字写完。郭荣良念的是"牺牲个人，严守秘密，阶级斗争，努力革命，服从党纪，永不叛党"，贺页朵却把"严守秘密""斗""服""纪"写成了另外一些字，或音同，或形似。但他每一笔每一画都用足了气力，每一个字都饱含着他对党的忠诚。

贺页朵把这几行字看了又看，再提起笔来，先在上面按照自己熟悉的红军军旗图案，描出了"C""C""P"三个字母和两个中间是镰刀、锤头的五角星，想了一想，又在左右空白处郑重地写上"中国共产党员贺页朵"和时间、地点。这才满意地递给了郭荣良。

郭荣良并没有嘲笑贺页朵写的错别字，反而被他深深地感动了，用力握住他的手，激动地说："欢迎你，贺页朵同志！"

五

也许郭荣良和贺页朵当时都没想到,这一方小小的写在红布片上的入党誓词,会成为我党历史上的一件重要文物。

考虑到当时斗争环境的复杂性,郭荣良让贺页朵自己珍藏这份入党誓词。贺页朵将之视如生命,连妻子刘细莲都不让知道。每当夜深人静,他就会在油榨坊的小屋里,点亮油灯,打开这份誓词,一遍遍地默诵上面的内容,当读到"永不叛党"四个字时,眼里就会热泪盈眶。

1934年秋天,快要大摘茶籽的时节,贺页朵听说党和红军从东乡牛田村向西长征去了,他的心里一下空落落的。每当思念党组织时,他就打开誓词来看。那份入党誓词他不知道看了多少遍,内容都能背得出来了。他相信,党和红军迟早有一天会回到永新的。这份誓词是自己和党血肉相连的见证。

后来,因白色恐怖的风声越来越紧,他怕誓词有个闪失,就用油纸把入党誓词包裹得严严实实,藏到了榨油坊的屋檐下,风吹不着,雨淋不着,连老鼠也找不到。

这一藏就是近20年。

1951年,已过花甲之年的贺页朵仍然坚守着这个榨油坊,坚守着对党的忠诚。因为他相信,共产党和红军一定会来寻找自己,寻找榨油坊的。

他终于等来了这一天，等来了中央慰问团。党当然不会忘记他这个为党的事业有过贡献的"槽老板"，更没有忘记他也是党的一分子。

贺页朵把尘封已久的油布包打开，那方红布片上入党誓词墨迹犹新，当年油灯下一笔一画写就的情景犹如发生在昨天。他把誓词献给了党！

从此，这份誓词就到了首都北京，成为国家博物馆一级文物，供万千国人前来瞻仰。

贺页朵对党的事业的忠诚成了一种永不褪色的精神，鼓舞着后来人。据统计，在才丰乡，仅有名有姓的革命烈士就有165名，其中包括贺页朵的孙子贺佐文。从小受爷爷革命教育的贺佐文，1976年12月入伍，1979年参加对越自卫反击战，英勇作战，为国捐躯，被追认为中国共产党党员，荣记二等功。

贺页朵与妻子刘细莲共生育了3男2女，孙辈6人，其中5人加入了中国共产党，平凡的他们用实际行动传承了祖父的革命精神，长大后，在各自的工作岗位上做出了不平凡的业绩。

今天，为了大力弘扬贺页朵的誓词精神，中共永新县委、县政府已重建当年的榨油坊，建起了誓词广场和誓词陈列馆，供全国各地的人们前来感受誓词精神，接受红色教育。

贺页朵当年点亮的榨油坊那抹昏黄的灯光，已伴随着中国革命的胜利，化作了一座伟岸的灯塔，与他的誓词一起，永远放射光芒！

绥源秘境将军洞
——七溪岭省级自然保护区走笔之一

龙源口境内的七溪岭省级自然保护区，生态环境优良。叠叠之山，湛湛之水，随处可见。放眼望去，山连绵起伏，水曲折萦回。山为水故乡，水是山女儿。每条山谷，是无数条泉水的家。绥源山人以其独特的称呼，赐给每一条山谷一个充满想象的诗意的名称，如将军洞、冬牧洞、石笋洞。

作为一个龙源口"土著"，小时候就从父辈口中听说过这些地方，但一直无缘一睹芳容。去年秋天，因工作原因，两次造访养牛大户老康。而老康养牛的地方，就在将军洞。

第一次去是下午，从县城出发得较晚，到摩溪岭的时候，太阳已西斜。驱车沿蜿蜒的盘山公路到达绥源山第一个村庄洪坑村，然后步行好几里路才能抵达将军洞。

眼前那一汪泛着猫眼绿光泽的湖水，是永新县饮用水水源地一级保护区——龙源口水库。正处枯水期，湖的水位很低。走在裸露的湖底，踩着松软的土地，按老康告知的方向，向山里走去。

走不多远，一条欢快的小溪流拦住去路，让我不得不脱下鞋袜，卷起裤腿，涉流而过。这些小溪流就是从将军坑发源出来的，仿佛是大山派来迎接我的小天使。偌大的湖区，我就如一只蜗牛在缓慢地蠕动。终于到了山根处，那里有一处废弃的民房。虽然人去屋空，但牛栏舍屋，仍保留着人的生活痕迹，前庭后院的树木葱郁森秀，俨然在等待主人的归来。

路是山里人和牛羊日复一日、年复一年踩出来的。又有做木材生意的老板用挖机拓宽了一些，可以供装木头的小货车通过，两旁皆是经冬不枯、叠柯交樾的野生大树。

进入一条喇叭状的山坳，就是将军涧了。两边山岗上是经霜的杂树，绛紫浅红，层林如染。时已薄暮，眼前的山林溪谷，被夜色笼罩，看得不很分明。远近只有几声幽幽的鸟鸣，和风过处林梢瑟瑟的声响。一片落尽树叶的高大乔木林下，有水流淙淙。看不分明的小路把我引向一栋很大的青砖楼房。这就是老康的养殖场，原为七溪岭林场的一家分场。

这次，来去匆匆，我只对将军涧留下一瞥间的印象。

几天后，我早上七点多钟再次来到这里。时间充裕，我能从容欣赏这绝佳的丽境。晨雾似轻纱，龙源口水库在晨光中轻雾袅袅。日出后，山上的树林红黄相间，高低错落，楚楚有致，溪水腾烟，薄雾缭绕。

进入将军涧，绮丽的风景更是让我眼前一亮。

将军洞

将军洞入口

前一次天色昏暗，又急着赶路，没仔细欣赏沿路风景。这次，在这清丽的深秋早晨，我才知道为什么当地人把山谷叫作"涧"，因为是涧必有水，有水才叫涧。

以前读明人袁中道游记，看他写那青溪之水："如秋天，如晓岚，比之含烟新柳则较浓，比之脱箨初篁则较淡。温于玉，滑于纨。至寒至腴，可拊可餐……"认为是堆砌辞藻，形容太过。如今见了这将军涧之水，才知古人所言不虚。且这水比袁中道笔下的青溪之水更具有生命力。你看，这一段沉静如碧玉，让人不忍去掬一捧，怕打破她的平静；那一段却活泼如脱兔，轻灵跳跃，欢欣鼓舞，让你恨不得立即蹚入其中，与它来个亲密接触。那日夜不息的水流，充满活力。让我想起宋人杨万里的诗："万山不许一溪奔，拦得溪声日夜喧。到得前头山脚尽，堂堂溪水出前村。"

袁中道说他山居数月，无日不听泉，一日不可离泉。他为泉水导淤疏壅，除草汰沙，禁牛马践踏；泉水为他洗热恼之疾，释胸中柴棘。泉我相得，怡神养气。可谓至乐也。

将军涧的水，更是清幽至极，深得水木清华之胜。这里是国家级原始次森林保护区，山形不高，却迤逦连绵，萦嶂环青；山势不险，却起伏回环，层叠多态。时当深秋之晨，一轮暖阳，升于林梢，远山之色苍翠欲滴，浅阜之林红黄淡紫，平地之树落尽叶子，秀挺干霄，其色苍苍。林间流水有声，林梢好鸟时鸣。

将军涧，对一般人来说，仅是一处山水绝佳的风景；对养牛人老康来说，这里却是一座遍地财富的宝库。据老康说，20世纪90年代末，他拖家带口在这人迹罕至的地方养石蛙三年多。那几年，老康的石蛙养殖远近闻名。

后来，老康改行养牛养羊。100多头牛就长年累月生栖在将军涧的丛林中，不需任何饲料。那丛林中的百草，山涧中的清泉，把每一头牛喂养得膘肥体壮，野性十足。他还养了黑山羊。养的几十只黑山羊都在茫茫的山林里觅食，自去自回，十天半月不回来也是常事，类似野生山羊。

现在他的主要精力还是在做木材生意，这个养殖场也只保留了养牛项目，一个月进来看一次，也不指望赚多少钱，主要是舍不得这个地方。

老康告诉我，除了石蛙，这里的山上还有很多野生动物，如白凤、野鸡、水鹿（又叫山牛）、麟甲（当地人对穿山甲的俗称）、猴子等，还盛产野茶、石耳和石花之类的山珍。

石耳生长在山的悬崖峭壁上。老康就是采石耳的高手。用一根很粗很结实的绳索，一端拴在树上，一端捆在腰上，踩着石岩往山腰坠。只有在这些长年滴水不见阳光的岩壁上，才会生长石耳。石耳正面黑如绸缎，背面灰白微绿，附生在岩石上，因为受大自然精华的滋养，石耳肥厚柔韧，具有很好的滋补作用。

石花每年的4月、8月有产，长于一种叫白叶树的杂树底下，色深黄，细长，呈喇叭状，展开如同缩小的灵芝。而那白叶树的习性类似于松树，喜扎根于半土壤半岩石的地方，因此采摘的难度也很大。

当然，最多的是山林间的野茶。绥源山村里的农妇每年清明前后都会成群结队来山里采野茶。采来的野茶自己炒制，以前都是用来招待客人，近几年很多单位和个人来买，价格由几十元一斤涨到了两百多元一斤。

一路走着，目不暇接地欣赏这奇丽的景色，一路听着老康绘声绘色的介绍，让我对将军涧这个地方无限留恋。问老康，从这里再往里走是什么地方。老康说，里面是一个叫南安湖的地方，景色比这里还要好，而且那个地方的神秘之处在于一个叫十八总坛的地方，原有一座大寺庙，相传为湘赣边界十八路反清复明义军盟誓合作的总部所在。20世纪80年代中叶，山中仍存有一口巨钟，体积庞大似当地农家打稻用的禾桶，周身铸有长篇文字。

我说，下次有空，约上几位"驴友"，请他做向导，一起去南安湖探幽。但时至今日，仍无暇兑现这个约定。不知将军涧的山水，是否别来无恙？

尚山赏水

天下之水，莫大于海。庄子以百川灌河的秋水气势来比喻宇宙万物的无穷奥秘。大海的浩渺无穷，惊涛骇浪，确实能让人豪气干云，感慨万端。但山间清泉，涓涓细流，同样令人赏心悦目。

龙源口西南，望去如怒马昂首的一派青山，名叫尚山。尚山之水，能让见过的人赞不绝口，流连忘返。

尚山在永新，以千年禅寺——真寂禅林而广为人知。

从来"天下名山僧占多"。尚山在1600多年前，就被一个叫慈云的禅师相中，他不远千里，从长江边上的九江前来弘扬佛法。而吸引慈云禅师前来的，正是尚山的水。

在龙源口一带，尚山庵（真寂禅林的俗称）和"虎背和尚"（慈云禅师）的故事为很多人所津津乐道。说他先在九江做府台，偶尔发现江水中"红线"，便辞官，一路循江而上来到尚山，建庵出家。

此说在清初永新人、文学家贺贻孙的《尚山真寂禅林记》中得到了证实,"此水沿流入江,一线相引,江涌波洄,水线不乱。"

"此水"就是后来被慈云禅师命名的"菩提溪",是尚山中一条最大的溪水。

所谓的"红线",传说菩提溪中有一缕水线呈红色,从发源的石崖(菩提崖)起,一路流入藏龙江、禾水河、赣江,直到长江,水线不乱,清晰可见。

这个传说让尚山的水充满神秘色彩,可能这也是真寂禅林香火千年不断、高僧辈出的原因之一吧。

到尚山游玩的人,都不忘去菩提水的源头——菩提崖看一看。一块与其他地方山崖大同小异的寻常火成岩,颜色苍黑,纹理古朴,那里的水不大,涓涓细流从岩层石隙中渗出。

如此而已。

传说慈云禅师循"红线"而上,最后来到这块岩石下,开始可能也有点怀疑此地的灵气。他就把手中登山的藤杖顺手插在岩下土中,说:"枯枝如发芽,我便在此出家。"

那干枯的藤杖是不是真的发了芽,当然无从考证,也无关紧要。重要的是慈云禅师真的在尚山建起了真寂禅林,把一个籍籍无名的尚山打造成了香火旺盛的佛教圣地。

也许,正是尚山的水让老禅师觉得这是一个谈禅修性的好地方吧。

尚山的水,传说不止"红线"一个,流传下来的至少还有"油窝""盐窝"等故事。

说的是真寂禅林旁有一处神奇的泉水窝,左一个窝,右一个窝。左窝没水,只会渗出细白的粉末,尝一下,咸咸的,是食盐。右窝流出的不是一般的泉水,而是散发着茶油香味的液体,舀去炒菜,比一般的茶油更香,味道更好。和尚们用这种"油"供佛点灯,浅浅一盏能经夜不熄,无须添加。

尚山瀑布

从凡人角度,当然对这种传说嗤之以鼻,斥为荒诞不经。但从佛家修行来看,似乎可以理解为对尚山之水的顶礼膜拜。在僧众眼中,尚山的水不是平平常常的水,而是带有禅意佛缘的圣泉。

这样的传说不只尚山有。在永新县另一风景名胜碧波崖,有一处山泉,传说也出"清油",僧人取之炒菜。可见理出同源,不可轻易贬斥。

水为山之神。水秀则山润,山润则地灵。

在真寂禅林后来的僧徒心中，尚山之水的灵性没有减弱，而是更强。他们把这种虔诚再次通过传说赋予了尚山之水。说的是真寂禅林到了清朝，又有一得道高僧古柏禅师，他圆寂后被安放在一红色圆桶，置于一棵千年大槲树的树洞中。肉身经年不腐不烂，而且头发与指甲照常生长。头发由徒弟修剪，指甲不剪，最后包裹全身。这个传说在龙源口一带流传甚广。

今天的人，当然不会傻到在尚山菩提溪中去找那神奇的"红线"，更不会相信"油窝""盐窝"的传说。但尚山的魅力有增无减，从越来越多的人喜走陡峭难行的"水路"，而不愿走平坦安全的山路这一点看，尚山的魅力，还是在于水。

尚山最壮观的景色就是瀑布。

贺贻孙在《真寂禅林记》中只提到一处瀑布。实际上，尚山的瀑布大小十多个，落差五十米以上的就有三处。最漂亮的一处三瀑叠飞，气势磅礴，远观若九天倾雪，近玩则飞珠溅玉，寒潭森绿，夏天也寒侵肌肤，当地人称"三只锅"。

清朝永新人龙大绂《尚山观瀑》诗写道："雷转山惊白浪悬，急流之下有长川"，很传神地写出了尚山瀑布的特点，即因落差高、水量大，又处峡谷深处，所以声音如雷，流急浪白，令人胆寒。

这些大小瀑布，得从"水路"走才能看得全，看得真切。所谓水路，即从鞋山入口右下，越溪渡涧，攀岩穿林，奇险难行又风景绝佳的那条路。

我相信,第一次来尚山的人,都会像我一样惊艳于尚山的水,几乎都会惊叹一句:"真清啊!"

清,可能是尚山之水留给匆匆过客的最深印象吧!

或许,这也正是吸引人们一次又一次地呼朋唤友来尚山的力量吧。

尚山常年为松杉油茶之类常青树种包覆,温润如碧玉。山间云雾缭绕,无雨也觉空翠湿衣。

菩提溪就是从大山深处渗出的石髓岩浆。

她一路飞崖跃壑,鸣谷溅滩,冲石作琴,蚀地成潭;她终年春夏健旺,秋冬不涸,晴嬉雨笑,日喧夜唱;她没有忧烦恐惧,胸怀澄澈,涤尘荡垢,映照自然。

溪中石子作烟青色,溪边山崖作精镏色,崖畔乔木作古玉色。如有阳光,则熏蒸得水面作烂银色;如有雨丝,则渲染得水面作靛蓝色;如是冬日,天有雪花,则洇濡得水面作烟青色。大多数风日晴和天气,溪水呈翠鸟羽毛般的蓝绿色。

这山国的公主——菩提溪真是大自然慷慨赠与人类的造化神奇之作。

再想象一下,皓月朗照下她是什么颜色?满天星光下她是什么颜色?旭日初升时她是什么颜色?雾凇沉砀时她是什么颜色?

如果把她看作你的知己,看作你的亲人,那你就不应该只在风和日丽时去看她。在大雪封山时,在淫雨绵绵时,在月明如昼时，在月黑风高时，也应去看她。

我有时黄昏散步，走着走着就拐进了鞋山，痴痴地站在菩提溪边，什么也不做，什么也不想，就看着这晶莹透亮的水。

有时清晨起来，不知不觉就往尚山走，走到水边静静听那水的声音，辨别它与往日有什么不同。观察它在晨雾中水色的变化，注视它在晨曦中闪烁的波光，真是一种心灵的洗礼。

你不用担心她的脸色。她会用琴弦拨动涧韵来欢迎你，每分每秒都是不同的音律，让你轻舞飞扬，百听不厌。

你不用害怕她的热情。她从几十米高处踊身前来拥抱你时，你也可以热情地张开双臂拥抱她。

来到尚山看水，你不必匆忙，不必紧张，不必担心。放慢功名利禄的营求脚步，卸却人际关系的剑拔弩张，祓除心头的戾气，接受岁月静好的洗礼。

菩提溪由鞋山峡口出，犹绕横溪垅西边田畴回环依恋，曲曲折折好一程，才从芦苇竹丛遮护的一处石滩一跃潜入藏龙江的怀抱。如不注意，进尚山的人是发现不了她的，只会奇怪何以此处江水无来由地更清更幽。

当你从尚山出来时，纵只独自一个，一路有菩提溪吴侬软语似的歌声相伴，就像有个调皮又可爱的山里妹子追随着，你就不觉得寂寞。直到你走上了大路，她也就化作了藏龙江的一朵浪花，奔赴自己的远大前程去了。

南华"小庐山"

庐山奇秀甲天下，举世闻名。其实，在永新县，也有一处地方，从雄、奇、险、秀方面来看，与庐山相比，并不逊色。那就是南华山。

南华山位于永新县城南才丰乡境内，距县城10公里，属义山山脉中段，海拔1176米。它巍峨险峻，古木参天，呈现原始古朴的自然风貌，令人流连忘返。南华山的夏天，尤为清凉舒适，是一个天然的避暑胜地。

这一点，从古人的描述中就可见一斑，"岚光不散经年暝，暑气长消六月凉""片云高结屋，六月正含冰""欲成逃暑会，谁共踏崚嶒""阴翳六月寒，幽崖天始雪"……都是说南华山的凉爽。那凉生何处呢？自然是高海拔之上的飞泉、云岚、古木、松竹、霖雨："宿雾悬崖湿，穿天瀑水腾""南华云出，即可决雨""泉飞绝涧行云湿，日转空山古木阴""琴弹古调当松影，诗诵国风坐竹阴""忽然霡霂障层岭，混沌犹未开鸿蒙。狂飙一阵收雨丝，洗清面目添青葱"……古人的诗句为我们绘就了一幅望而生羡的《南华消暑图》。

南华山与庐山，除了地理生态、气候环境非常接近，还在人文历史上有共同之处。据县志记载，唐贞观年间，有一长安人，叫匡智，抛家弃业，与其侄儿一起到庐山修炼。七天后，有一位老人告诉他："此地乃阴山，仙不可得。南有名山，阳地也。盍往居之？"匡智听从老人的建议，跨越万水千山，来到了永新的义山。有位樵夫神奇地出现，引二人登上义山之中的南华山，并对他们说："此山甚安妥，勉力精修。"话刚说完，樵夫立即不见了踪影。于是，匡智叔侄俩便在山上立坛"朝真拜斗"。

从自然景观上来看，南华山既有庐山的秀美，也有庐山的雄奇。

南华山"位当南离，状若小华"，故而得名。山峰有11座，群峰间散布冈岭、壑谷、岩洞、怪石，造就了雄奇险秀之境。水流在山间形成许多急流与瀑布，溪流洄环，积成湖潭多处，由此塑造的自然景观令人叹为观止。

一是奇岩怪石造型独特。一名仙客盆。在一块一丈见方的平整大石板上，凹进三个状似浴盆的圆洞，相传为匡智修行洗浴之所。二叫蛙鸣石。状如蛙头远眺，经过此石，耳畔似乎响起阵阵蛙鼓，仿佛置身于"稻花香里说丰年"的田园意境之中。三为古琴台。乃一光滑巨石横插路旁，从爬满青苔的石缝里汩

南华山飞瀑

汩冒出冰凉的水滴,溅入地面发出清亮的回音,如仙客奏出的一首首婉转动人的古琴曲。四称仙履岩。四块呈鞋状的巨石,传为七仙女下凡在南华池沐浴,忽闻王母娘娘催归声,有两位仙女来不及穿鞋便匆匆归去,尔后鞋便化成四块巨石。

二是飞瀑流泉轻灵独舞。与大多数瀑布不同的是,南华山的瀑布倒没有李白笔下庐山瀑布"疑是银河落九天"的如虹气势,而是顺着苍黑石壁漫衍而下，水流分得很开，宛如倒挂的一滩浅溪，形如薄薄的一匹软罗纱从50米高的苍翠丛林间斜拖下来。飞玉溅珠又如月宫嫦娥舒广袖，让一座山因此变得灵动起来。

三是古木大树遮天蔽日。南华山中，槲、榛、榆、槭、楸、松、柏、椴、楠、檀、榉，各种珍稀名贵树种触目即是，是一座名贵树种的博物馆。其中一棵古银杏，位于南华庵前，树冠高达32米，枝繁叶茂，树围5.8米，需五个成年人才可环抱一圈，相传为一代名相文天祥少年时游览永新时所栽种。

············

南华山钟灵毓秀，吸引了历朝历代的文人雅士、时彦俊杰前来登临、寓居，为这座邑内名山增添了浓郁的人文气息。

就如庐山有白鹿洞书院，南华山也有南华书院。泮中黄陂的尹衷（明弘治八年举人）、清塘的贺谨端（明嘉靖四年举人）、城南袍陂的龙益襄（清雍正十三年举人）等都先后在南华书院读书。他们为南华山的风景所陶醉，"奇峰插天，悬泉飘练，奇花怪木，积翠凝香"的景色让他们多么欣喜呀！读书之余，抚琴吟诗，"琴弹古调当松影，诗诵国风坐竹阴"，其乐陶陶。春秋佳日，结伴登山临水，"云霞晓雾千峰外，花草春香蒲谷间"，是何等的惬意！于是不觉得十年寒窗青灯黄卷的举子生涯是枯寂难挨的，而是感到"更喜数竿修竹对，不须肉食也开颜"的欢畅！何况他们秉承"达则兼济天下，穷则独善其身"的士人风骨，襟怀磊落，关注苍生，所以能与当地百姓融为一体，"夕阳阡陌经行处，试听丰歉讯老农"，与当年庐山脚下的五柳先生那种"时复墟曲中，披草共来往。相见无杂言，但道桑麻长"的悯农情怀是一脉相承的。

南华山对科举时代的士子能产生深远的影响，从灵魂上陶冶，从情怀上塑造，让他们受益终身。即使功成名就，走出南华山，身处簿书鞅掌、鞍马红尘的官宦生涯，也能时时以南华山中的白云流泉那种高洁精神来砥砺自己。"三阅春秋，幸登贤书，遂奔走公车间，不复能伴智仙游。因想朝雾出槛，晚霞映户，鸟歌方歇，猿啸复来，时已成往事，而魂梦未尝不在南华也"——龙益襄对南华山的怀念也可以说是南华书院士子们的共同心声吧。

南华山人文源远流长。龙益襄等古代士子的治学精神、家国情怀深深地影响着今天的南华山学子。他们从小耳濡目染南华书院的文风，古人读书治学的情操，因而能秉承古人精神，踔厉奋发，成为新一代有理想信念、有道德情操、有扎实学识、有仁爱之心的乡邦俊彦。

吴智海就是其中一个代表。他是南华山下的洲湖村人，他用坚强和勤奋对抗命运的不公，用微笑和信仰去面对生活中遇到的挫折。从来只把困难当成磨砺……十年苦读，十年磨砺，2017年考入清华大学，成为洲湖村的骄傲。

"青山葬忠魂"。从人文历史看，南华山不但有庐山的古典书香，更有现代革命英烈的故事为它添上浓墨重彩的一笔。就像庐山在抗日战争中涌现出可歌可泣的庐山游击战事迹一样，南华山也传颂着"三女跳崖"的壮烈故事。

从1927年初开始，南华山就是中国共产党在永新开展革命活动的重要据点。南华书院（南华庵）先后成为我党东南特区苏维埃政府和第三办事处的驻地。红军长征后，游击队在南华山一带坚持打游击。后因白匪"围剿"，游击队寡不敌众，且战且退。一天，游击队女战士李明、盛芳、刘彩莲因救护伤病员落在队伍后面，遇上"追剿"的敌军。为了不暴露游击队的撤退方向，她们故意一边朝敌人开枪，一边向另一方向奔跑，最后来到一绝壁处。不远处传来白匪的嗷嗷叫声，三姑娘镇定自若，手拉手，高呼"红军万岁！""苏维埃万岁！"一同跳下南华山深谷。

这个荡气回肠的故事让人对南华山的感情更多了一层敬意。如今，进入南华山的游人流连于仙人碦、古琴台、仙履岩等处奇险风光时，更多的是探寻三位女红军战士殉难之处，临风洒泪，叩问苍山云海，深切缅怀埋骨于此的忠魂……

酒香迎客进畲寨

永新畲寨高车坳，位于三湾乡九陇山区。这个有着近300年历史，曾经人丁众多、富裕兴旺的高山村寨，在第一次国内革命战争时期，为保卫九陇山革命根据地，作出了巨大的牺牲：人口锐减，房屋几乎被烧光，丰饶的田地山场变为满目疮痍之地！

野火烧不尽，春风吹又生。畲民的生命力就如寨子溪边的石菖蒲一样顽强。中华人民共和国成立后，在党和政府的帮助下，他们用自己的聪明才智，重建家园。很快，这个高山畲寨便重现生机与活力。

在滚滚打工潮中，畲寨儿女坚守故土，充分发挥畲家文化独特魅力，在九陇山间，打造出一个新时代的民族特色村，吸引八方游客纷至沓来。

一

湾里、西坑、园树下、双源冲、禾亚班……

一座座畲寨，犹如一颗颗璀璨的珍珠，洒落在九陇山间。

进入畲寨，犹如进入了一个鸟语花香、泉水叮咚的世外桃源。

这里四面环山，原始森林覆盖。有以"双龙瀑布"为代表的大大小小的瀑布数十个，山间小河日夜欢唱，水质优良，河的上游30公里内是原生态的无人区。

在革命战争年代，这里成为红军坚持游击战的坚强堡垒。高山密林是红军战士的天然屏障。这里流传着很多感人的革命故事。

三湾改编后，毛泽东率领部队上井冈山。经过高车坳时，被常年兵祸吓成惊弓之鸟的当地畲民早已躲到山上。部队知道老百姓的顾虑，就朝山上喊话："我们是贫苦大众的军队，你们不要害怕，天下穷人是一家，都是自己人！"

山上的老百姓观察到这支队伍果然纪律严明，不像以前的乱兵和土匪那样打烂家门进去抢劫，也不杀猪打狗捉鸡鸭。只在空地上休息，吃自带的干粮，连从田里拿来给伤兵躺的稻草也留下了钱。

老百姓这才下山回家，主动给队伍让房让铺、送粮送菜。还自发围拢在一块大石头旁听毛泽东讲革命的道理。

在西坑往南十多里的山冲里，有一栋叫桃李庵的老房子。九陇山革命根据地最困难的时期，在白军严密封锁下，九陇山的红军战士十分缺盐。高车坳的畲民以挖草药、采茶叶为掩护，

高车坳乡村振兴基地

把盐送到桃李庵内,红军战士定期来取走。除了盐,还转送粮油药品等物资。于是这个山间小庵成为固定的红军物资转运点,为九陇山红军打破敌人封锁线、度过困难期发挥了重要作用,后来还成了红军医院。

1937年,坚持在九陇山区打游击的一部分红军在谭余保的带领下急行军去与大部队会合,出山后改编为新四军。走到高车坳时天已黑，于是到村民家中借宿。村民把红军当作自己的亲人款待，杀猪宰羊，拿出畲家最高规格的"十大碗""十小碟"来犒劳红军战士。谭余保深受感动，当即写下一张欠条，塞到村民手中，眼含热泪地说："老乡们，一饭之恩，终生难忘。等打跑了敌人，我们一定回来报答你们这餐饭的恩情！"

这就是在畲寨流传甚广的"谭余保写借条"的故事。据说，陈毅听说了"谭余保写借条"的故事后，在上九陇山改编游击队时，特意来到高车坳看望当地畲民。

此外，高车坳还有周家地瞭望台、园树下红军泉等多处满载军民鱼水情的红色景点。

高车坳畲民为革命付出了巨大牺牲。敌人在发现当地村民给红军输送物资后，就开始了穷凶极恶的报复。把村中房屋全部烧毁，拆毁三座祠堂建筑碉堡。把青壮年村民以"匪"论处，孤寡老人、妇女儿童四处漂泊，一个安宁富足的畲寨顿时变成荒凉之地！

二

中华人民共和国成立后，尤其是进入新时代以来，畲寨的面貌日新月异。

党和政府给畲寨村民落实了少数民族政策。高车坳村的交通、通信、生产生活条件得到了极大的提高和改善。柏油路、自来水、网络一应俱全。村里建起了畲族文化展示馆，办起了三湾畲家老酒厂，成立了三湾畲家"好风"农产品服务中心，还组建了农民专业合作社。

畲寨正以崭新的姿态迈入新时代。

他们深入挖掘畲族文化，打造出融"红、绿、特"为一体的三湾畲寨风韵。今天的畲寨，正如一幅美丽的画卷，徐徐展现在游客面前……

"歌是山哈传家宝，千古万年世上传。"畲族自称"山哈"，即大山主人、山中过客的意思。畲民具有勤劳勇敢、朴实善良的传统美德。虽然他们没有自己的文字，却有自己的语言。他们管吃饭叫"过渡"，筷子叫"轿杠"，洗脸叫"开光"，洗脚叫"扛锄头"，对山歌叫"烤火"……

他们热爱生活，喜爱唱歌。

男：看到浓茶我口又干，看到老妹我心会痒。我想开口来问妹，又怕老妹不喜欢。

女：你爱浓茶自己端，随你挑选哪一碗。阿哥有心恋妹子，哪有妹子不喜欢。

…………

走进畲寨，这种古朴自然、清新活泼的畲家山歌随处可以听见。

畲家人以歌为言，传承根脉，吟唱生活。有叙事歌、讽世歌、

三湾老酒酒厂

劳动歌、祭祀礼仪歌与讲理斗智歌。即兴编唱，生动活泼，题材广泛，形式多样。唱时用夹有"哩、啰、啊、咿、嘞"等音的假声唱，可独唱、对唱、齐唱。有的歌手可对唱一两夜而不重复。

畲寨至今保留了自己的民族服饰，即一种用苎麻布织成，染黑蓝两色的"凤凰装"。凤凰是畲族的图腾。畲寨女儿用红头绳扎长辫盘于头顶，衣裙上用大红、桃红、杏黄及金银丝线镶绣出五彩缤纷的花边图案，分别象征凤凰的颈项、腰身和羽毛；扎在腰后飘荡不定的金色腰带头，象征着凤尾；佩于全身叮当作响的银饰，象征凤鸣。

在四围青山绿水间，健美清纯的畲家女儿穿着五彩斑斓的

"凤凰装",走在山间水边,一路环佩叮当,一路欢歌笑语,此情此景,真是九天仙女下凡尘,山里飞出金凤凰!

"清明芋头谷雨姜,立夏种薯正当当。"畲家的饮食,保留了浓郁的山野风味。大米、大薯、油麦、高粱、小米、玉米、南瓜、马铃薯、芋头、竹笋、野菇、野菜等,是畲寨日常生活的主要食材。来客讲究"十大碗""十小碟",以体现热情待客之道。

"十大碗""十小碟"的菜品,也与时俱进。在市场经济中见多识广的畲家人认准大众重绿色、要健康的消费心态,除了大力推出乌米饭、菅叶粽、糍粑等传统特色美食,还利用本地丰富的生态资源,放养"小飞鸡""野黑猪",采掘溪涧边纯净山泉水滋养的"野菖蒲",开发出野菖蒲炖飞鸡、野菖蒲黑猪排骨汤等新的"十大碗"菜品。他们还把漫山遍野的野生花果制成万寿果干、野柿子蜜饯、丝瓜干、红薯干等小吃,成为"十小碟"新宠。

酒,是畲寨人生活中的必需品。畲寨儿女个个好酒量,人人擅酿酒,"人人会做,家家都有"。

"畲家老酒"正是畲寨儿女充分发掘畲家传统酿酒工艺,糅合现代消费理念而研制出的新式畲酒品牌。

"畲寨之水清兮,可以养余身。畲寨之水甘兮,可以酿美酒。"一位走进畲寨的行吟诗人在豪饮"畲家老酒"后,在民宿的墙上留下了这么两句诗,飘然而去。

畲家老酒，微醺即好。

的确！畲寨依山傍水而建，"水好酒一半，水甜酒更香"的道理谁都懂，但要尝到"畲家老酒"后才能真正明白其中的奥妙。

世世代代的畲寨人，生活在高山密林间，为祛湿御寒而与酒结缘，探索出一整套酿酒工艺，形成独特的酿酒文化。在畲家人眼中，桑椹、红豆、草珊瑚、大蓟等，百草皆可酒浸，最有畲家风味的当属老酒。今天的畲寨人，在畲家传统古法酿制工艺基础上，结合当地甘甜纯净的山泉水、温和宜人的气候、绿色原生态的自然环境等优势，以山地自产的大米、乌米、薏仁、高粱、莲子等粮食、药材为原料，多次蒸煮，配以祖传秘制酒曲，专窖封存发酵，酿出的老酒，甜而宜脾，厚而不腻，平和郁香，醇浓绵柔——如今已成为畲寨最具市场价值的品牌。

三

依托红色基因，挖掘畲家文化，充分利用绿色原生态优势，把我们高车坳畲寨打造成一个'望得见山，看得见水，记得住乡愁'的大众家园。让来到这里的每一位游客，看一圈民族特色风景，做一次民族工艺，穿一次民族衣裳，吃一顿民族饭菜，听一首民族歌谣，学一句民族语言。

以弘扬畲寨文化为抓手，集休闲、游乐、度假、露营、拓展等为一体，把高车坳打造成游客参与感浓、体验感强、野性感足的综合性泛乡村游公园。让城里的孩子参与特色农事体验，参观我们的酿酒工艺，感受我们的封窖仪式。

适时开展团建拓展、夏令营、生态一日游、民族节庆歌舞晚会、房车露营、自行车休闲骑行等活动。

……………

畲寨媳妇、歌曲《山窝窝飞出金凤凰》主人公、"畲家老酒"创办人刘平香对来到畲寨的游客反复描述着她的"远大理想"。

刘平香对畲寨的情感极为深厚。她把自己的青春和智慧奉献给了畲寨，对畲寨的未来充满期待，在心中描绘着美好的蓝图。

"酒香迎客进畲寨，畲寨儿女乐开怀。感谢党的政策好，一路春风百花开！"

每次迎接游客，刘平香都要深情地唱起这首自编的山歌。歌里饱含畲家人对美好生活的向往，对新时代的礼赞！

神秘的大浒
——七溪岭省级自然保护区走笔之二

一

我从小就听村中父老常讲大浒的故事。

大浒位于永新龙源口镇绥源山村西南10多公里的大山深处，西北与七溪岭相邻。从龙源口上磨溪岭，过了阿育塔，就见到一汪绿莹莹的好水，那就是龙源口水库了。从水库南端的洪坑村穿过库区上山，就是去往大浒的小路。

那里虽在大山深处，却有几十亩上好良田，气温适宜，水源方便，所以成为一些为生计所迫的人开荒种地的首选。

大浒的各种故事都与种荒人有关，最为传奇的是山里眼父女智救红军伤员的故事。

山里眼是大浒最早的种荒人。据说他是个民间"打师傅"（即武功高强的人），曾以放排为生。与吉安禾埠桥码头一个小老板的女儿相好，两人却没结成夫妻。山里眼四处逃难，最后流落到绥源山，误打误撞到了大浒，于是就在这里安身立命，抚养两人爱情的结晶——一个叫黑娇的女孩子。

1928年端午节那天，山里眼在大浒听到七溪岭上传来激烈的枪炮声。这对走南闯北、见惯世面的他来说不足为奇。第二天，他带着黑娇去绵羊岭上摘杨梅，却发现一棵杨梅树下蹲缩着一个人！

这个人很年轻，浑身血污，一条胳臂耷拉着，显然受了伤，但他的眼睛却炯炯有神。

见识广的山里眼一眼便知他不是普通老百姓，而且他听不懂当地方言，再联想起昨天七溪岭上的枪炮声，山里眼的心里便有七八分明白了：这是一位受伤掉队的红军战士！

他也不点破，只是竭力消除对方的敌意。父女俩还为红军战士搭了一个山棚，让他安身。

在接下来的日子里，山里眼就主动担负起为这位红军战士治伤的责任。他懂中草药，每天去山上挖七叶一枝花、金线吊葫芦、天麻来煮水，送到绵羊岭，为红军战士清洗、敷药、包扎伤口。黑娇每天去捡石花、采石耳、捉石蛙、挖泥鳅和黄鳝，变着花样做可口又滋补的饭菜，让爹送给红军战士吃。

经过一个多月的治疗与休息，红军战士的身体完全恢复。他不顾山里眼的执意挽留，也看懂了黑娇那双潭水般清澈的眼睛里的情意。但他知道部队还在井冈山，便毅然选择归队。山里眼知道秋溪一带有当地民团的哨卡，为了顺利通过，他想出一个主意，要红军战士与黑娇假扮去宁冈走亲戚的新婚夫妻。就这样，这位至今不知姓名的红军战士，顺利地回到了井冈山红军部队。

山里眼父女智救红军伤员的事迹也就流传下来，为后来历代大浒种荒人所津津乐道。

二

大浒的自然资源虽然丰富，但环境充满危险。说起过去到大浒讨生活的种种，很多人会有往事不堪回首的伤感。

人们为生活所迫，来到这里，说是开荒种地，但主要还是靠搞一些家庭副业维持生活。如背木、伐竹、烧炭、斫扁担、熏笋干、放松油、种香菇木耳、拾石花、采石耳、打野味、捉黄蛤蟆和石蛙、捞泥鳅、钓黄鳝、摘杨梅、收野蜂……

二十世纪六七十年代，井冈山拿山有一个叫黑喔子的男子，因遭受当地恶霸欺压，不堪忍受，举家逃到大浒生活了十多年，八几年才回拿山。秋溪一位叫明开的篾匠，因家里人口多，劳动力少，生产队分的粮食不够吃，拖家带口到大浒开荒种田，捎带打炭箩织竹器，倒也能实现温饱自给。但不幸突然来临，他的大儿子去山上砍竹子,踩中"地铳"（一种打野味的火药装置）身亡。明开悲痛欲绝，从此永远离开了这个伤心之地。

大洑，有时就是这么无情！但它对多数向它讨生计的人还是展现了仁慈的一面。

村里的桃开伯伯去大洑开荒，一住好几年。一回听说一条毛绳粗的蛇躲在他的被窝里睡觉，偷吃鸡下的蛋，他也不怕，就跟着这家伙一路走，看见它溜进一树洞里，他就用口哨和它说话。一来二去，和蛇成了"朋友"。他从田里干活回来，吹一声口哨，蛇就溜了进来，吃过两颗鸡蛋，睡一觉，又自己回洞里去了。另一回听说他打杀了一头野猪，那野猪有多大他不说，他只说从大洑挑野猪的头和内脏回村，就累得第二天起不了床。

三

到过大洑的人说起大洑如数家珍。

一是野猪多。开荒人种下的水稻、红薯、生烟、芋头，常被野猪拱翻。他们就在水渠上筑道小坝，用竹子做个小水车，绑上一节竹子。水车转动，那节竹子就敲在一根固定的横竹竿上，水车往下，前一竹节转走，下一节又来。如是循环反复，水车敲出不断的梆梆声，吓住野猪不敢来糟踏庄稼。

二是猴子多。听从小在大洑种荒的水生哥说，一次他跟他爹从大洑去石笋涧背竹，沿路看到好多猴子吊在树枝上、竹梢上。他爹交代他不要去招惹它们，一旦惹到这些猴子，它们会挠破你的脸，扯破你的衣裤。那里猴子有好几群。大的猴牯有猪仔大，小的也有兔子大。看见人就吱吱乱叫，在树梢间上蹿下跳，有时还用松果、藤栗打人。

三是黄蛤蟆、石蛙多。每年寒露霜降时节，大浒的黄蛤蟆就从山上、树上下到禾田。田里杀过禾，晒了稿，它们就钻在稿把里"赶子"（交配）。提起一个稿把，就是一堆，随便捡一下就有一水桶。黄蛤蟆好吃，红辣椒爆炒，又甜又嫩。石蛙比黄蛤蟆大，生活在背阴的山涧里，石蛙多到什么程度呢？水生哥说从田里回来没什么菜，提个水桶去外面转一下，一支烟工夫可捉半水桶，大的有半斤多，小的也有二三两。这石蛙现在成了稀罕物，但水生哥说那时不到实在没菜吃是不吃石蛙的，因为石蛙吃多了就拉尿不通畅（俗称"发尿疖"）。

四是杨梅多。我村里很多小孩去大浒摘过杨梅。听发小燕良说那里的杨梅树到处是，年年结好多杨梅，白梅、乌梅尤其好吃，又大又甜。一次他去摘杨梅，看见一只鹅公大的白凤也在树下捡杨梅吃，看见人来，就飞几步，落下又捡，他想去扑它，它才飞上一棵红心栎木树上去了。红心栎木，是一种好木材，从表面到芯都是红的，材质紧致，少节疤，解开来跟上了一层桐油一样锃亮光滑。他哥结婚时用红心栎木打了一个书桌，好看耐用，几十年还没坏。

五是蛇多。大浒的蛇很多是毒蛇。水沟里、草丛里、竹梢上、树枝上，藏着、蜷着、吊着，树上吊着的蛇就跟菜园里的豆角一样，颜色青绿，身子细长，不仔细看很难发现。蛇经常爬到床上，睡觉前得先掀开被窝检查一下。说也奇怪，虽然这么多蛇，但没听说种荒人有被蛇咬死的。

六是泥鳅、黄鳝多。大浒的田是冷水田、淤泥田，极肥，虫害很少，从来不用施化肥、打农药。不仅庄稼年年丰产，而且田里的泥鳅多得打堆，黄鳝粗得跟竹子一样。开荒种田人不喜吃石蛙，却喜欢吃泥鳅、黄鳝。泥鳅用火焙干，用少许盐油干煸，又香又脆，是下饭的好菜。黄鳝太大，不适合干煸，要费时间划开、敲扁，和莴麻一起炒。有腊肉就更好了，黄鳝炒腊肉，真是难得的下酒菜呢！

四

随着听到的关于大浒的神奇传说越来越多，我就按捺不住去实地察看一番的冲动。几经周折，托人找到了洪坑村一位叫老西的做向导，才圆了这个梦。

我们越过水库布满牛粪的泥地，爬上一座陡峭山头。一路上坡，两边皆高大常绿乔木。

"细叶橼、辽叶橼、青果柴、狗牙精柴、血株木、柞木、青皮柴、栎木、石榴柴、金楠柴、野水荷、白叶柴、野冬梨……"

在老西的指点下，我终于见到了当年父辈口中津津乐道的各种树木和野果。当然有些是第一次听到，如野水荷，又名青果柴，血株木，仿佛就是燕良说过他哥做书桌的那种红心栎木。还有野冬梨，老西给我描述了一番，极赞这东西好吃，我怀疑是沈从文先生写过的八月瓜。老西还在路右下方发现了几棵砂仁籽苗，叶子宽大且长，颇像芭蕉。他说砂仁籽生时如鸡睾（雄鸡性腺，月牙状），皮青肉白有籽，而我见过的干砂仁籽黑而小，有如黑枸杞。

不知道上了几个坳下了几道坡，又过了几条山冲，从九点走到快十二点，才走到一块杂草覆盖的山间平地。老西说这叫塘北，是大浒田的一小块，大的在前头。

我们又往前走。一直走到有很多茅叶的地方，路几乎不见了，老西说这片茅叶山就是大浒了。我放眼望去，根本不见田，只有遮挡视线的树木和略低的茅叶，心想：这怎么会是人们津津乐道的大浒呢？稻田在哪？路在哪？山里眼和黑娇住过的山棚在哪？红军战士养伤的绵羊岭是哪个山头？那棵结大白梅的杨梅树还在吗？……

老西挥舞斩刀开出一条下去的路，引我来到一处树木略稀处。我透过这个豁口勉强看到了一块红蓼草覆盖的平地，老西说这就是曾经的稻田。我试着蹚下去，踩倒齐膝高的红蓼草，那草下的土地为山水浸泡着，成了烂泥，只因穿着长筒雨靴，才不致陷得太深。走进这片田地，我失望的心情似乎得到了某种补偿，大致能看出这片田块的方位形状，竟与我想象中有几

大浒

分神似。

老西告诉我,这是大浒最大的一块田,叫梅子树下;隔山还有一块,叫蛇形;从南边豁口进去还有一块,叫牛形;刚才看到被茅叶占住的那块,叫干坊。加上塘北,一共五块田。梅子树下的山棚是这一带的中心,可通绵羊岭和蛇形。

他用手指着两山交汇处一棵凉伞形的大树,说这就是梅子树下,旁边那丛茅叶就是当年山棚的地方,前面还挖了一口水塘。尽管老西描述得很详细了,但我伫立在田中央,举目四望,仍无从勾画出大浒完整的轮廓,蛇形、牛形、干坊是什么样子,都无从见到。路是什么样子?棚是什么样子?水塘有多大?都无从捉摸!开荒人用来吓退野猪的竹杠水车,安装在哪个地方?

那肥硕的泥鳅、黄鳝，如今还憩息在红蓼草下的土地里吗？山上的黄蛤蟆，是否绝了种？因为这片田地长年积水，它们失去了产卵的天然温床。水涧中的石蛙，还有那么多吗？山上的野猪家族应该愈加兴旺，因为路上随处可见新鲜的浮土与深深的爪迹，老西说是野猪在拱食蚯蚓。

五

从大浒归来，晚上我做了一个梦，梦见了当年的大浒：晨曦初露，宿雾未散。从梅子树下、蛇形、干坊、塘北的山棚里走出几个种荒人，或扛着锄头，或握着柴刀，或背着背篓，各朝自己的田地或山上走去，各按自己的计划做自己的那份事。下午时分，砍竹的，背木的，种香菇的，烧炭的，打野味的，都在棚里落脚休息，很热闹地聊着各种各样的事，互相展示上山的收获，就像一个小小的热闹市集。夜幕降临后，这里复归于虫鸣蛙声的世界。各个山棚中透出那点微弱的灯光，伴之以竹杠水车单调而执着的"梆梆"声。忽然又看见一个山里少女，背着背篓，跟在一个壮实的中年汉子身后，来到一棵挂满白色大杨梅的树下，与一个英俊挺拔的年轻后生，有说有笑……

往事依稀望月亭

去望月亭的时候,正是冬天。由于人迹少至,灌木和野草在这里蔓延,侵没了蜿蜒的古道。

这里是永新通往宁冈的古道,据说从山脚龙源口桥出发走约三公里才能到达山顶,再下山四公里就到了宁冈的新城。古道曲曲折折,路面上的石板时隐时现,昭示着这里曾经物畅其流的繁忙与喧哗。它曾经是古代著名的永宁商路,也是两县的必经之路。大名鼎鼎的望月亭就建在两县交接点的七溪岭山巅。望月亭为砖木结构,建于清道光年间,虽然造式简单,但却令这个单调的山间生动起来,让这莽莽苍苍的山间瞬间有了生气。亭者,停也,人所停集也。虽然望月亭取了一个颇具诗意的名字,但最初,它只是一个路亭,相当于一个驿站。因为这里前不着村,后不挨店,所以望月亭修建的初衷是供行人停歇、乘凉,或者避避风雨什么的。

"民亦劳止,汔可小休。"通常,往来的商贩挑着鱼米盐油、菜豆瓜果，打此经过。别看望月亭简陋寒碜，貌不惊人，却是路人困顿时的一掬清泉，人们勒马停骖，吹一阵凉风，扯一阵闲话，再闲闲地抽一筒烟儿，体力很快就恢复了。

在相当长的岁月里，望月亭耐心地接纳了满身疲倦的行者，消解了路人黯黯的寂寞。

1928年，为了了解民生和做社会调查，毛泽东与贺子珍也多次从这里路过。在井冈山斗争时期，由于敌军严密封锁，根据地军民生活十分困难，井冈山"人口不满两千，产谷不到万担"，所需要的食盐、棉花、布匹、药材也奇缺，为了解决吃饭问题，部队发起下山挑粮运动。朱德也常随着队伍去宁冈、永新挑粮，并多次在望月亭纳凉歇脚。井冈山至今还流传着"朱德的扁担"的有趣故事。有诗为证：朱德挑谷上坳，粮食绝对可靠，大家齐心协力，粉碎敌人"会剿"。

幸运的是，作为一个普通的路亭，望月亭被载入了史册。望月亭真正走进革命历史是在1928年6月，朱毛会师后，著名的龙源口大捷打响了，朱德指挥了这场战斗。有一场战斗，红军的前线指挥所就设在了望月亭。激战中，为了抢占有利地形，朱德军长冒着枪林弹雨冲出指挥所，提着机枪向敌人扫射，取得了龙源口大捷。这次战斗，红军击溃敌人3个团，缴枪1000多支，这是井冈山革命时期，中国人民解放军军史上第一次以少胜多的辉煌战例。当时流传一首歌谣：五月里来是端阳，七

望月亭

溪岭上摆战场。不费红军三分力,打败江西两只'羊'。真好真好!快畅快畅!

若干年后,这里又演绎了生动感人的历史一幕。有《十送红军》为证:一送(里格)红军(介支个)下了山……三送(里格)红军(介支个)到拿山……七送(里格)红军(介支个)五斗江……十送(里格)红军(介支个)望月亭,望月(里格)亭上(介支个)搭高台……

这首歌出现了一系列红色地名,望月亭就在其中,歌曲唱出了红军离开井冈山、红六军团离开湘赣苏区西征的场景。1934年8月,红六军团在任弼时、萧克、王震的率领下,告别湘赣革命根据地,踏上了西征的征途。这支军队在长征中功勋卓著,后来冲破敌人重围,到达黔东根据地,与贺龙率领前来接应的红二军团在黔东印江县木黄胜利会师。萧克将军后来回忆:"红六军团突围西征,比中央红军早两个月,为中央红军长征起到了侦察、探路的先遣队作用。"这支西征军中有相当多战士来自永新等几个县市,行军前又扩军1000余人。得知在湘赣苏区六年多的红军即将离开,永新的群众百般不舍。妻子、母亲、恋人,还有孩子,拿着新编的草鞋、斗笠赶来送行。此时,秋风飒飒,细雨绵绵。人们不禁回想当年红军离开井冈山、于望月亭上的情景。望月亭上,亲人们千叮咛、万嘱咐,深知前路茫茫,甚至一去不还,人人肝肠寸断。此时,歌声四起:

哎呀嘞

红军阿哥你慢慢走嘞

小心路上就有石头

碰到阿哥的脚指头

疼在老妹的心里头

哎呀嘞

红军阿哥你慢慢走嘞

走到天边又记心头

老妹等你呦长相守

老妹等你呦到白头

骊歌三叠,一咏九叹。红军越走越远,直到消失成一颗沙粒,心似黄连的她们仍站在望月亭的高台上久久地眺望……

她们开始了望眼欲穿、痴痴等待的漫漫长日。但是,在千难万险的战争年代,生离与死别司空见惯,更多的时候,等待是场空,相聚是场梦。许许多多的红军阿哥为了一个理想、一个信念,倒在了某个战场,悄无声息。在那血与火的革命战争年代,永新人民以超凡的胆略和无畏的气概踊跃投身革命,前仆后继,为共和国的诞生作出了巨大牺牲,建立了不朽功勋。"长征逾万参加者,烈士八千磊落才",郭沫若在《宿永新》中发出由衷的敬意。毛泽东曾指出："我们看永新一县,要比一国还重要。"

望月亭见证了这一幕历史的场景,它是历史的亲历者。它以它的沉默静静地接纳了人们的情深意长与千愁万绪。

望月亭鼎鼎大名而又名不虚传,和三湾改编发生地的枫树、八角楼的灯光一样,是井冈山斗争的生动见证。2006年5月25日,望月亭被列为国家重点文物保护单位。望月亭依旧披着一身旧衫,它的墙体已经严重剥落,东西两道拱门外被杂草灌木占领。它以最初的模样,素面朝天地接待我们。

望月亭是一个极其普通的亭子,像极了一位平易近人的老人,仿佛只要一伸手,他就非常乐意和你亲切握手。加之后来永新通往宁冈的公路改道,古道式微,望月亭就理所当然地受到了冷落。(现今,为了方便游客,政府已经修建了一条小道直达望月亭)而它,仿佛为了一段红色记忆仍然坚持着屹立在这里,就像一个看淡名利的智者,站在山的皱纹里,默默地看着这世间的沧桑变化。山顶上的云像诗一样从容舒展,往事仿佛触手可及。抚摸着望月亭凹凸不平的墙面,那些尚带体温的历史,让人禁不住心旌摇动。的确,望月亭不需要胭脂水粉,也不需要繁文缛节。也许构架粗糙,可历史的原貌更有分量,更能轻而易举地直指人心。你听,那红土地上缱绻的历史情怀,正穿越重重的岁月,伴随着山风呼啸而来。

亭子本身是一方风景，中国的亭子有很多，可是，望月亭的气质是独一无二的，它没有花里胡哨，远离城市喧嚣，只凭借那一抹耀眼的红就足以让我们懂它……听说，山下的居民每年都要手持柴刀来清除望月亭周遭疯长的灌木与杂草，清扫亭子里的垃圾，对一些松动的砖瓦木梁加固修缮。一年又一年，他们仍以这样朴素的方式来守护心中的革命信仰。这既是一种纪念，又是一种传承。

站在望月亭，既往的一切多少有些模糊，历史的册页里它仅是匆匆一笔。但是，这里的砖与文字都是有分量的，它们承载着历史，那是打开记忆闸门的介质。我们借此阅读到了历史的册页，还有比战争更立体、更饱满的前人。你看这望月亭，身处深山，风霜毫不留情地苛待它，可是，那微微翘起的檐角，表达了它一如既往的坚持，似要永远守护这段依稀的往事。

对了，望月亭还有一个好听的名字，它叫——望红台。

忠义潭抒怀

闲暇之余,我喜欢去河边漫步、徘徊。河水自西向东又蜿蜒朝北绕城而过,水流清澈,奔流不息,汇入赣江,融进大海。出城西行,是宽阔的319国道,右边连绵起伏的山,左边碧波荡漾的河水。河水对面,一座山崖突兀而起,仿似巨大的盾牌,横平竖立,黢黑的岩石裸露,浑身绷紧,线条分明,钢筋铁甲般抵挡世间风雨!

山,原名"皂旗山"。山崖叫"幡竿岭"。大河称之为"禾水河"。三者垂直交汇处,为一道水流湍急的峡谷,下面有一深潭,深几许?不知情。只知其名曰"忠义潭"。

闲云潭影日悠悠,物换星移几度秋。一潭忠义水,隐藏多少悲壮的历史!勤快的白鹭殷勤捡拾,植入田地,撒播山间,提醒后人——勿忘先辈,勿忘历史。

逆时间之流而上,直抵南宋末年。这是一个战火纷飞、生灵涂炭的年代。元军南犯,永新失陷后,遭到元兵的烧杀劫掠。

公元 1277 年农历五月,文天祥的妹夫——永新人彭震龙揭竿而起,聚集数千义军驱逐元兵,收复永新城。六月下旬,元朝廷派遣大队兵马进攻永新。彭震龙率义军与之血战,但在强大的元军和南宋无耻降将刘槃的夹击下,很快,县城沦陷,彭将军被刘槃腰斩,元军屠城三日,血流成河。元军的残暴激起永新百姓的强烈仇恨,彭震龙余部迅速会集,抗击元军,众多百姓跟随相助。

农历八月初二,这个值得铭刻在历史上的时间,见证了一段忠与义的传奇:义军与元军激战于城西五里皂旗山至陂下渡口一带峡谷中,刀光剑影,血肉纷飞,血流成河。元军势众,

忠义潭

尽管义军奋勇拼杀，也难以突出重围。面对杀戮，永新子民展现视死如归的精神，无一人屈膝投降。在拼尽有生力量后，一义士登高疾呼："我等决不忍辱偷生，与其血染敌刃，不如跳潭成仁！"众人纷纷响应，抱石沉潭。据统计，死难者有龙、刘、左、谭、张、颜、吴、段等八姓豪杰及其族人3000余名。

3000多人啊，集体沉潭！在中华民族历史上，用"忠义"二字，刻写出一块血染的高山之碑，也让这里的水拥有了一个响亮的名字——忠义潭。

听闻此事，明末清初文学家、学者，身为永新人的贺贻孙饱含深情写下《忠义潭记》一文。文中，详尽介绍了彭震龙部下3000余壮士集体沉潭的壮举。他慨叹道："……震龙诸君子，无位于朝，无诏于国，破家捐躯，矢死靡他，斯已难矣。若夫八姓三千人者，不过山陬穷民，聚族执戈以抗强元，至于抱石沉潭，不遗苗裔，后世史册，谁有记其姓名者……"

"忠义"——忠贞义烈，真是一对美好的字眼！在中国人的字典里，忠义往往与勇敢、忠诚连在一起。《论语·学而》中载，"忠，竭诚也"；《孟子·滕文公》里说，"教人以善谓之忠""危身奉上，险不辞难，曰忠"；崔融在《西征军行遇风》一诗中说，"凤龄慕忠义，雅尚存孤直"。在中国的古典戏曲、古典小说里，描述了许多忠义故事：《三国演义》里的"桃园三结义"，《水浒传》里的"忠义堂"……尤其是历史人物关羽，一生忠义仁勇，诚信冠天下。他以桃园结义、温酒斩华雄、千里走单骑、过五关斩六将、夜读《春秋》、刮骨疗毒、水淹七军等脍炙人口的壮举名垂青史，死后被封为"忠义侯"，成为忠义的杰出代表。

泱泱中华五千年，涌现多少悲壮的故事！秦末，被刘邦打败后，齐国国君田横与五百门客逃亡到一个海岛，后来被称为"田横岛"——今山东即墨以东的黄海之中。刘邦很看重田横，写信希望他投降。得到书信，田横起身去见刘邦。行进途中，觉得这样去显得自己不忠义，遂自杀身亡。两个随从遵其遗嘱，带着他的首级面见刘邦。刘邦很是感叹，下令厚葬田横。墓刚建好，灵柩放进去，两个随从就在墓道里自杀了。消息传到海岛，五百门客皆自杀以殉主。

田横五百壮士，以其悲壮流传于世。司马迁撰《史记·田儋列传》，在文末感慨万千："田横之高节，宾客慕义而从横死，岂非至贤！余因而列焉。不无善画者，莫能图，何哉？"1930年，艺术大师徐悲鸿有感而发，创作了油画《田横五百士》，后成为代表作之一。

窃以为，田横五百壮士，忠于的是欣赏我、重用我的主人，践行了"士为知己者死"的古训。反观八姓三千，忠于的是国家，彰显的是民族大义——孰轻孰重，不言而喻。

贺贻孙担忧，八姓沉潭的事迹会被后人遗忘。其实，他多虑了。因为八姓沉潭显忠义。这样的忠义，是一种家国情怀。

家是最小国,国是千万家。家园不在,何处栖身?国之不存,何处为家?永新人历来有浓郁的家国情怀,彰显出来的忠义精神千秋流传。

时间来到近代。为了红色政权,为了新中国,当时仅有二十七万人口的永新,有八万人参军参战,一万多人参加长征。在烈士英名录上,记载着八千个永新儿女的名字。中华人民共和国成立后,永新出了王恩茂、王道邦、旷伏兆、张国华等四十一位共和国开国将军。历史不会忘记:五四运动风起云涌,那位领着学生到天安门集合、带头火烧赵家楼的北大学生领袖段锡朋,是永新人;五四运动之后,那个来到永新播撒火种、建党革命,后来壮烈牺牲的地下党湖北省委书记欧阳洛,是永新人;那个满门忠烈,为革命出生入死,性格刚烈的巾帼英雄贺子珍,是永新人;长征途中,强渡大渡河十八勇士之一的英雄周平,是永新人;抗日战争中,晋察冀军区第一军分区第一团让日军"名将之花"阿部规秀凋谢在太行山上,其政委王道邦,是永新人;牺牲在抗美援朝前线的志愿军高级将领李湘、蔡正国也是永新人……特别值得一提的是,抗日战争期间,刻记在忠义潭北岸的悬崖陡壁之上的《忠义潭记》一文,还被选入国文课本里,以激励人们弘扬宁死不屈的精神,团结一致抗击侵略的日军。

中华人民共和国成立后,郭沫若先生慕名前来永新,瞻仰后大为感动,写下诗句"长征逾万参加者,烈士八千磊落才"(《宿永新》)。"磊落才"三个沉甸甸的大字,正是对永新人忠义精神的高度赞扬。

永新人与生俱来的家国情怀,离不开他们生活的环境。永新属山区,地处赣西边界,是湘赣边界两省六县的交界地。境内群山林立,既是天然的屏障,也是稻田地的延伸,历来为兵家争夺之地。与天斗,与大自然斗,与入侵者斗,锻造他们抱团取暖、勇斗善斗的性格,也铸就其热爱家园的情怀。

八姓豪杰,我们无法一一得知他们的英名,他们的精神却是不朽的,永远涌动在忠义潭中。正如《忠义潭记》所描写:"至今泊舟潭上者,阴雨晦夜,常见金戈铁马出没……""风响树答,水涌石怒,若有叱咤怨恨之声,终夕不休。"

八姓沉潭,感天动地。为纪念殉难的三千英烈,后人将皂旗山隔江相望的山岭改称"幡竿岭",潭称作"忠义潭",并在潭边建忠义祠。祠壁上书文天祥的五言诗《挽彭司令震龙》:"堂上会亲戚,可怜马上郎。呻吟更流血,干戈浩茫茫。"明代礼部尚书尹台瞻仰忠义祠后,赋诗云:"痛哭江南倒虔戈,勤王其奈宋亡何。青山乔木悲多少,碧水芳祠感故多。"

忠义潭畔有村庄一座,原名袍陂,又名陂下,后改称"忠义里"。忠义里四个屋场,皆居龙姓。每年农历八月初二,在义士殉难之日的傍晚,袍陂龙氏设祭于忠义祠,置酒、肉、米饭于潭畔，烧香跪拜，祭奠靖难亡灵。然后，悉数倾入潭内……这是永新龙氏特有的一种民俗。其实，这何止是龙氏的特有民俗，也是永新人民的特有民俗。每年祭奠日，众多百姓自发聚集忠义里，在忠义祠前青翠古柏的见证下，肃然注视粼粼碧波。

新时代的永新人，继续传承着忠义精神，为中华民族伟大复兴贡献自己的光和热。十万儿女潮涌南下，抱团取暖挑起一肩多彩的憧憬；五十万儿女披星戴月，勤劳打拼描绘一段绚烂的人生。还有许多像龙固飞这样的普通村民，在这块红土沃野力所能及地宣传着忠义精神：高中毕业后，他认真收集、整理关于"忠义潭"的故事、传说上百篇，并牵头成立一个由八人组成的"忠义潭民间文学研究小组"，在当地进行义务宣讲。正是有这样千千万万的永新人民，忠义精神历经岁月风雨，依然光彩夺目。

文章结尾处，我想化用商震《井冈山下歌正飞》的最后一句话：时间走了，时间的脚印还在；战争远去了，忠义精神永在！

情系七溪岭

在宁冈与永新交界的地方，南北横着一派气势磅礴的山岭，南是新七溪岭，北叫老七溪岭，两者相隔十余里。这是两座雄险奇绝的大山，巍峨突兀的峰顶直插云端，仿佛天穹不会塌下来，就是有它的许多峰柱撑住的缘故。进到山里，树木繁茂葱茏，真是"入林仰头不见天，登山低首不见地"。举世闻名的龙源口大捷是一场以少胜多的军事经典案例，战场就在新、老七溪岭上。

1928年5月，红四军两占永新城，引起了湘赣两省国民党政府的恐慌，于是敌人决定向红军发起联合"会剿"。6月23日，红军与国民党军在新、老七溪岭同时展开激烈争夺战。最终，红军取得了龙源口大捷。那天正是端午节的第二天，红军大获全胜的消息霎时传遍了龙源口一带，贫苦百姓担着雄黄酒和糯米粽来慰劳红军。正如民谣唱的那样："五月里来是端阳，七溪岭上摆战场。不费红军三分力，打败江西两只'羊'。"

七溪岭风光

一

  龙源口大捷让七溪岭闻名遐迩，但很多人不知道这场战斗为什么会发生在七溪岭。

  七溪岭自古以来就是永新通宁冈的交通要道。明万历《永新县志》"交通篇"载："西南，陆路出南门过浮桥，四里至龙湾桥，又五里至四达亭，又五里至泰山桥，又五里至烟冈，又五里至横路，又十里至秋陂汛，又五里至龙源口，又五里至日望亭，自县自此共四十四里，交永宁县界，又至永宁县治十七里。"

  七溪岭有"上七下八"之说，以陡峭难行闻名。经过七溪岭的文人征夫，对七溪岭道的艰险有过形象的描述，"仰登梯乱石，喷喷征夫恼。不知身入云，止觉露湿袄。上看人如蚁，下视树如草,羊肠棘双足,虎牙呈一撩""万丈丹梯不可攀,曾来怕说七溪山。人如冻蚁缘崖上,路似惊蛇出草间"……

虽然艰险,但为生计所迫的人还是不绝于途。"老幼互杂沓,晨昏纷如丝",当年的七溪岭上真是来往客商如云。20世纪90年代以后,七溪岭古道湮没在了岁月的尘土中。

在草木尚未凋尽,满山红叶似火的江南暮秋时节,我独自踏上七溪岭的古石道。山路寂静,秋虫幽鸣。沿路全是遮天蔽地的野芭茅和杉松杂树,仅可容足的小路两旁茅草绊脚,荆棘刺脸,柴枝戳头。抬头望,前面似乎无路可循,但仔细辨认,就可发现若隐若现的一条路的痕迹浮在荆棘茅草之中,拨开一看,一条年代久远的青石板路赫然眼底。那些青石板不是我想象中的杂乱无章,而是拼合得相当整齐,历经了多少代人的脚板打磨,平滑如砥,泛着青幽的光泽,许多石板因承受不了路人肩上担子的重负,已裂作几瓣,但仍牢牢地保持着完整的姿势贴在地上服务于往来的行人。

永宁亭,离龙源口山脚两里,在半山腰。两翼山岭拱卫,状若簸箕;在簸箕口可见龙源口秋溪垅一带人家烟树。亭子位于古石道中央,四周丛茅覆盖,今已颓败,椽断瓦落,豁然一天窗,环堵萧然,苍藤密缠于壁,如织如网,四墙得以屹立不倒。

泰山亭,距永宁亭约三里,其地高踞七溪岭额处,地势开阔,目穷数十里,两掖群山如画屏层展,生动异常。左为绥源、万

修缮后的秦山亭

修缮后的永宁亭

年诸山，沉静含愁，云树缥缈，宛若初妆二八佳人；右为小江、九陇诸山，秋阳映照，黛青靛蓝，如淡扫之蛾眉。亭在古道右侧，颓败一如永宁亭。亭内红瓦青砖零乱一地，有好事者以一朽木斜撑住东墙，方使其苟延残喘于这荒岭之上到如今。

望月亭，位于七溪岭最高处。下面有易饮泉，过往商旅上望月亭前或下望月亭后，就在此撂担歇脚，美美地喝上一顿甘甜的泉水，再继续赶路。亭据万山之巅，瞩目远眺，罗霄列嶂浪叠波轩，雄障赣湘边陲，林壑秀美葱郁，若翔若舞。幽谷深涧无数，溪谷缕注。天的尽头，远岫层层环合，此景真可称得上山雄水逸。想当年朱德在此指挥千军万马，迎战气势汹汹的来犯之敌时，看见这万山咸伏，林海茫茫的雄壮景象，一定也倍添豪迈之情吧。

至于旗山亭，地处下山处，因行旅断绝，长年失修，比永宁、泰山两亭还要破败。

二

过去，七溪岭下的老百姓一直是向大山讨生活。我有一次跟着父亲去七溪岭挑木炭，开始还觉得很刺激，当那七八十斤重担压在肩上，来到百步墩，两个膝盖就打哆嗦。万分艰难地下到一半，一只脚就不听使唤了，膝盖一软，整个人就要往下栽。亏得父亲有经验，一直紧随在后，见状一把抓住我的肩膀，人稳住了，肩上的炭篓往山下咕噜咕噜滚了下去。我吓得瘫坐在地上，仿佛见那四围的群山都在张嘴嘲笑我的无能。

我的同龄人，也多有过与我一样的经验。小小年纪就在七溪岭上穿林海、越溪涧。背木、砍柴、担炭，经历了多少

七溪岭古石板道

凶险的事，吃了多少苦，只有自己清楚。大家当年说起七溪岭，就心惊胆战。

如今大家都有了各自的职业，在外创业、工作，生活的地方天南海北，与七溪岭的距离越来越远。大家反而对七溪岭产生了亲人般的感情。每当听人说起井冈山，说起当年龙源口大捷，总忍不住要骄傲地插一句"我家就在龙源口，我以前常在七溪岭上玩"，说得那么轻松，好像七溪岭是自家的游乐园，要的就是别人眼神中的羡慕。

每当在外谋生的发小回到老家，只要有空，大家都会不约而同地想起去爬爬七溪岭。七溪岭的林籁泉韵让他们放松为生计奔波带来的疲惫。他们常说，"七溪岭的山才叫山，大城市的山只配叫土堆。七溪岭的水才是真正的矿泉水，如果能加以保鲜外运，一定畅销。"他们赞叹这里的空气，青睐这里的野蕨、水芹、小竹笋等野菜。对这些与故乡越走越远的新一代七溪岭子民来说，七溪岭是他们魂牵梦萦的胜境。

岁月深处的永新山水

"秋山小南岳,磅礴压禾水。"清人李绂的这两句诗,写尽永新山水气势。

被誉为"山水神仙窟"的永新县,究竟蕴藏了多少绮丽美景?美景中又承载了多少梦幻般的传说?永新如何在当今旅游热中重现昔日的辉煌?面对古人的倾情歌咏,我们又将如何解读?带着这些疑问,我细阅了清同治版《永新县志》、1992版《永新县志》,旁参了《永新百年文学作品选集》《永新史鉴》《永新地名志》等古今文献,以及"掌上永新"推送的相关游记,整理出了埋藏于岁月深处的几处永新风景,以期引起更广泛的关注。

一

永新山多,多如世间众生相,既有缙绅大族,又有升斗小民。

大族者,禾山、义山也。长幼尊卑,自成体系。禾山之族,七十一峰俨然长者,次为龙凤山、砻山,折而下五马山、太崦山,宛如绕膝儿孙；义山之族，双巽、文笔两峰秀挺独尊，次为万年、盘龙、盐堆诸山，状若众星捧月；而南华循义山中起，屈特秀耸，重嶂起伏，则如风仪卓迈之少年，视义山如师长，朝夕揖礼相让也。余者东乡之鹅山、高士山、青元山、金华山、青牛山、五雷山、大洪山、驸岗山；西南之拔铁山、黄杨山，正南之牛尾山、草市山、皂旗山、图山、大华山、屏山、绥源山、尚山；北乡之紫云山、三台山、混真山、凤凰山、普光山、武功山、白云山、后隆山，皆升斗小民之属。

但升斗小民中也有气度不凡者，如高士、尚山、后隆、武功等等，或以人文胜，或以宗教胜，或以风景胜，各有千秋。

二

永新水灵，竟是山家女儿相，出山如出嫁。世道坎坷路，各人有各人的命运。

长女名禾川，一源出自禾山故名。出砻山，汇入入境的莲江（来自莲花），至黄花滩下会二妹沐江水；数里至鹭江，合三妹桃溪水；沙市滩下会四妹洋滩水；十里至鹤鹋滩下会五妹龙池水；六妹胜业水在双江口等着大家；洋埠迎来七妹黄陂水；皂旗潭下是八妹袍陂水；忠义潭下九妹南华水汇入；稍北而东，东华潭下汇入十妹里陂水；将军滩下十一妹瑶冈水汇入；钯银滩下会十二妹溶江，十三妹西之龙溪、十四至十六妹北之荧川、桃源、仙岩水汇入后，至分丝潭、苦竹潭，稍作盘旋休憩，众姐妹才推推搡搡、打打闹闹地涌入吉安县境去了。

她们以为这是去府里看热闹，逛大街，买完东西就回家，岂知一去不回头，空留青山永相望。

十七妹在县东，叫江口水（昵称六七河）；十八妹在今井冈山的拿山境内，称官北水，入泰和境；十九妹在北乡，叫逢桥水，入安福境；二十妹是西乡文竹境内一条叫米水的河，不知何时消逝。

举凡境内之水，大小共20条，也即山家20位风姿妖娆又风情各异的灵秀女子，按自己的人生轨迹，日复一日，年复一年，上演着一幕幕悲喜剧，时而乱石险峻、间不容发，时而骊歌清唱，渔樵问答。透过历史的天空，穿过时空的隧道，忠贞不渝。

三

山水如人家。随着岁月变迁，很多昔日的阀阅世家，迈入风烛残年，无人问津。

今日的东里开发区，市声喧阗，车流不息。楼房店铺，鳞次栉比，一直与东华山连成一片繁华闹市。如果时间倒流回清同治年间，这里还是一个"溪林佳美"的近郭胜地。

东华山"临溪林木秀美，俯映深潭"的绰约风姿，于今只能在古人描写中略窥一斑。那时的东华山，上有东华观，下有东华潭。东华观里"道人结屋栖隐乎其间",东华潭秋来"赤林粲如绮,一水青揉蓝"。

如此风景,不但历代的平民和文人来,明朝大学士解缙也来。解大学士才高八斗,七步成诗:"宛宛禾川绿绕城,东华观里晚云腥。休将铁笛吹山月,怕有蛟龙听得惊。"

一个叫段所的县内小文人对东华山美韵的洞察,比解大学士还来得深刻。段所就住在东华山一带的农家,与东华山、东华潭朝夕相对,观雨听风,赏雪踏青,日积月累,心有悟焉。在他的眼中,东华山"流霞夜酿作天酒,白云朝剪成春衫"。有如此美景相伴,他过的日子也是美美的:住处是"一室如船在涧阿,四面轩窗都是水",吃的是"鲈鱼入馔秋来美",于是茶余酒后,静听"清致可人明月夜,咿呀声里杂渔歌"。

四

如果说东华山景致是平民化的,那浮玉洲就是达官贵人公余闲暇的专属之地了。

就在东里开发区北边,禾水河江心,有一个漂布滩,此处江流开阔,波光粼粼,烟树缥缈。

明朝万历县令余懋衡于漂布滩下流湍急处垒石成洲,题了"浮玉"二字,又架亭台楼阁于洲上,唤作"小瀛洲",号称"禾川八景"之一。

这个浮玉洲，想来当年风景必定了得。县官们无事时招朋唤侣来此，饮酒吟诗，放松心情。他们的题咏一篇比一篇厉害。

有的说这里喝酒兴致好，"把酒豪无极，临风欲振翰"。

有的学李太白笔意，把江水石洲之势拟人化，"谁将东郭龙潭水，剪作双江抱玉浮"。

有的在重阳秋光中，登高远眺，"乘兴临高阁，秋容一望收"。映入眼帘的并非今日的高楼大厦，却是一派"赤霞扶景丽，红叶缀林幽"的野趣。

洲中的景致也清丽脱俗。清朝有一个叫谢家凤的教谕，就深得其趣。他可能长时间住在浮玉洲，所以体会得到"树影横轩窗，鸟声傍几席"的幽致。这里尽管轩车驷马纷至沓来，但丝毫不减天然真意。

清寂的秋夜，"清磬一声群籁寂，芦花深处月明多"。春天踏青游春，来此即有"日暖芳洲春草生""狎鸥共戏江沙浅，时鸟争啼岸柳晴"的美景，何必再远求他乡！

五

两百年前的永新，若要进行名胜诗文评比，头筹非梅田洞莫属。

关于梅田洞，我统计的结果是由明至清，共有35位名人、文人、官人写了51首（篇）诗、赋、文，超过了禾山（含龙门溪）

依稀东华山

的47首（篇）。这35位作者，不仅有本地读书人，还有全国各地的人，远至浙江诸暨，近至泰和、安福。

最著名的是徐霞客的题壁游记。

但个人认为写得最好的当属清初文学家、永新人贺贻孙的《梅田洞记》。

写得数量最多的是清朝理学家、临川人李绂，他一人写了10首诗、1篇记，可见对梅田洞的钟情程度之高。

梅田洞有很多带神秘色彩的称呼：宝仙洞、玉虚洞、合璧洞。

宝仙洞又名前洞，内有石天窗、石罗汉、石观音，又有石鼓，击之有声，后有石龙喷泉。玉虚洞在南边，中有石房、石床等，还有石乳、石燕，宽可容千人，巨石壁立十数仞，上开天门，深可一二里。从玉虚洞进去，向右为合璧洞，"洞门双辟如合扇然"。

我们的先人，曾经对这个神奇的洞府有着魂牵梦萦的情思。

"三年梦想今一慰，目僦耳佣惊不暇。"是理学家李绂的由衷之叹。"便拟此中结茅屋,谢却雄飞守雌伏。"他愿意长留此地修身读书,做个不与世争的清净人。

一个享誉全国的学者,为何对梅田洞如此厚爱?

"永州山水阅人多矣,而有之者独一子厚。前此者不得与焉乎?子厚去今千年矣,读其书者,钴鉧小丘仍属子厚;后此者终不得与焉。"

也许我们可以用贺贻孙的这个观点解释一二。

六

当然,沉淀在岁月深处的古迹远不止这些。

今人很难把"胜日武功山下路,碧桃花落涧泉肥""松桂岁深饶古色,薜萝秋冷供初衣""千家山郭围苍霭,几日簪裾集翠微"这些清词丽句和今天的永新火车站一带联系起来。

又有多少人知道禾山有个三相堂?埠前紫雾源有个聪明台?后隆山下有个"四百年中三出相"的"聪明泉"?

龙田贺姓村民可知——你们那里还有个岳飞讨杨么时经过并题字的"墨庄"?

也许仰山的刘氏族人只知明朝"定之阁老"的坟墓所在,却不知阁老生前最喜去的,是禾水河畔一个叫"石角潭"的地方。这里的水底有着"怪奇瑰异"的石头,其"坚确自然之体不移"的特质,让阁老发出"斯皆类乎有道者"的感慨!

九陇秋色图

深秋的三湾简直美不胜收，九陇则更像是一幅美丽的长卷。

九陇是三湾乡的一颗明珠，地处永新、井冈山、莲花、茶陵四县交界处，位于罗霄山脉中段的东侧，纵横30余公里，山高林密，地势十分险要，进可以攻，退可以守。

1927年大革命失败后，永新、宁冈、莲花三县党组织移驻九陇山，建立了九陇山革命根据地，成为井冈山斗争时期一个重要的军事根据地。红军长征后，湘赣省委也迁入九陇。1937年11月，为完成湘赣边游击队改编的任务，陈毅奉中共中央东南分局的派遣，也来到了九陇山，开启了一段传奇的故事，让九陇更具历史的魅力。

当朋友打电话追问行踪时，我已经行走在九陇明媚的阳光下。

秋阳煦暖，烟水自流，九陇的天空水洗一样鲜亮。

已是深秋，霜已经下过几遍，林间的一些树叶开始着红，有些依然傲骨铮铮，远远望去，红的、黄的、青的、绿的，色

九陇秋色　　　　　　　　　　　　　　　　　　　九陇飞瀑

彩斑驳，深浅不一，显得时尚而又沉静。山风吹来，掠过树梢，整个山间，色彩荡漾，像一个彩色的湖。深秋的九陇，每一片叶子都写满了风景，每一片叶子都是一首深情的小诗。蓝天下，大山如黛，连绵起伏，它们与散落的白色屋舍构成一幅隽永的国画，一如大师墨管里爬出来的那份悠然与寂静。

路上，行人不多，牛儿却不时进入你的视野，它们比游客还多。油光肥硕的黄牛披着半身落叶，嚼着碎碎的阳光朝我姗姗而来，一点也不因游人的贸然闯入而愠怒。那些赶着牛或者挑着担的村妇不时向你送来醇醪般的微笑。风物淳朴，是这里给游客的感觉。这种感觉是那样地令人迷醉，吸引着游客往前走。

我们沿着山路逶迤而行，不时驻足停留赏景。"迢递南川阳，迤逦西山足。"谢朓笔端的风景不断地扑面涌来,让人应接不暇。那溪涧的清流一路吟唱细碎绵湉的波声,与深山啁啾的鸟唱相互应和,婉约而生动地传达了九陇的静谧。山的阳刚、林的繁茂与水的阴柔折射出九陇的丰满。

  路边的野菊开得又大又满,那么的金黄,那么的贞静,它们站在时间的深处,轻轻地摇着暖暖的秋风,那些甜味与润香从枝头悠悠地爬起来,弥散在空中,徐徐钻入我的鼻孔,浸入我的体内。虽然已经是深秋,但是身处九陇,你丝毫感觉不到萧瑟的凉意,世界依然是那样的诗意浓浓,有着春的芬芳与明艳。在这里,时间也仿佛染上了淡淡的芳香。轻灵的黄蜂趴在香湿的野花上静静地睡去,构成一帧静美的彩图。或许我冒昧的造访惊扰了它酣畅的秋梦,当我驻足艳羡地观赏时,它们便嗡嗡嗡的飞落到另一簇鲜花丛。纺织娘端坐在湿漉漉的房子上耐心地等候着一些冒失鬼的光临,让你惊叹它的生存法则与智

九陇山军事根据地纪念碑

九陇人家

慧。那藤萝与山槐纠结攀曲,依依相伴向着秋光,附在绿叶上的小鸟忘情地啄着岁月的芬芳……

　　一切是那样的恬静,一切又是那样的自然。一切都是恰到好处。声音没有被纷纷扰扰的机器切割,意绪不会让烦心俗事无端打搅。九陇的美妙是我想象的延续,它的美丽仿佛与世人无关。在静谧的九陇,你可以树根作枕、草丛为席,然后倾听时间在枝头私语的声音……一路细数九陇勃发的秋意,那些生命的思绪变得宁静而芬芳。

"何处梅花笛，谁家碧玉箫。"一阵泠泠的水声在不远处热情地召唤着游人。

循着水流，在峰回路转中，我们欣喜地见到了九陇的精灵——九陇瀑在纵声歌唱。我们欢呼着一路小跑下到了瀑布的底下，尽情地欣赏这一幅大自然的杰作。瀑流的声音因季节而越发的明亮，体态因秋天而更加的轻灵。水流从山坳扯下，然后分成几绺，落在褐红色的壁石上，溅起一束束晶莹可掬的水花。水汽在谷中蒸腾、发散，与从凹口衍射而来的阳光舞荡在一起，化成一阵阵绚丽迷人的水雾。远望九陇瀑布，她似披上了一袭拽地的纱裙，洁白、轻盈，也如一方柔曼的鲛绡挂在崖壁上随风而舞。她衣袂飘飘的淑女气质，任何充满热情的游人大约都会因之成为诗人吧。

幽谷里蕴含着万缕绕指柔情，震颤着诗一般的情绪。潭水澄碧无比，濯足时一股清凉丝丝入骨。水中各式各样精巧的石子清晰可见，犹如夜空璀璨的星星，惹得游人禁不住俯拾玩赏。我坐于光洁的青石上，尽情地吮吸幽谷中的明净与清爽，忽而也有了"闲上山来看野水，忽于水底见青山"的宋人闲趣。

不知何时冥色朝我涌来，与绚丽的秋色一道浸入眼里缥缈起来。是该重拾归程了，车子缓缓地往回行驶着，我不觉回头张望：夕阳力千峰，天边"一杼霞绡红湿"，太阳于两峰凹处果子般辘辘陨落……

遇见三元祠

初遇三元祠,便遇见一个感人至深的传说。

两千多年前,东周时期。唐宏、葛勇、周斌三位将军,自中原而来,受命镇守南方。本以为立下赫赫战功,可以继续大展宏图,谁料奸臣当道,拳脚施展不开。思来想去,遂义结昆仲,拒受诸侯节制,弃官隐遁。

隐遁之所当为地僻人稀,朝廷难以管辖。三将千百度寻觅,终发现永新高溪是理想之地。定居之后,勤耕苦耨,共奉唐宏之母。当时,高溪人口稀疏,虎狼横行。三将东奔西突,射虎斩狼,为当地居民(时属"百越人")构筑世外桃源。后来,唐母仙逝,葬于附近马迹垅。三位将军毕生扶危济困、抗暴安良、勤政护国之壮举,赢得黎民爱戴。姜子牙感其义举,封神时破格纳入神仙之列:唐宏为正阳天门将军(即紫面菩萨)、葛勇为洞华天门将军(即红面菩萨)、周斌为阳精天门将军(即白面菩萨)。

三元祠

三元祠牌坊正面

三元祠牌坊北面

当地至今流传着"马迹垅""孝子雨"的传说,以及童谣"神马鸣,虎豹惊。妖魔灭,民安宁",歌颂三将军一心为民的美德。

再遇三元祠,遇见的是当地人浓浓的纪念、感恩之情。

择一秋高气爽之日,与若干文友结伴而来。穿过热闹的圩场,向北进入蜿蜒的水泥路。左侧扑面而来的是树木丛生的山岭,右边映入眼帘的稻田金色盎然。突然,一座具有南方建筑风格的祠堂赫然出现。

祠堂呈长方形,布局严谨,正门、前厅、中厅、后厅同在一条中轴线上，轴线两旁厅房廊舍对称配置，四周围墙环绕。正门为三重门，上侧正中书有"三元祠"三个圆润遒劲的大字。屋檐属二重檐，与墙壁相接处为三层镂空，多姿多彩，端庄大方。

正门前方有焚香炉一座，两层，下层炉状，上层塔形，里面纸屑轻舞，香灰成堆。据祠堂主事介绍，每逢节假日，当地百姓自发前来打扫祭拜，更有不少善男信女捐款赠物。

徐步进入祠里，一股檀香扑面而来，令人精神怡然。三位形神不一、胸怀一样若谷的菩萨，端坐在缭绕香火中、瑞气氤氲里，满怀慈悲地注视着芸芸众生。

祠堂后侧有仙人山。沿石径蜿蜒盘旋而上，在两侧茂林修竹的陪伴下，约十分钟便可抵达山顶。当地百姓依山势修建景慈庵，山是庵的根基，庵是山的剪影。庵面供奉观音菩萨，香火旺盛。旁有清风亭一座，竖石碑一块，刻诗二首："横看神山峨眉峰，远近高低各不同；不识此山真奇丽，只缘身在祠垅中。""景慈庵上添秀色，清风亭内好散心；清洁平安人长寿，风调雨顺保康宁。"

第三次遇见，是在一次接受革命传统教育的活动中。

那天，我们怀着崇敬之情前往一个名叫九陂的村庄。路过三元祠，三里开外有大樟树，深根固柢，冠盖如云。这是九陂的显著标志。在讲解员声情并茂的讲述中，我拨开历史的烟云，看到一位伟人用厚重的足迹把九陂与三湾紧密相连。

1927年9月27日,毛泽东率秋收起义部队来到九陂村,休整三天,其间在大樟树下驻足,29日赴三湾,进行部队改编。1928年6月上旬,毛泽东率红三十一团第二次来九陂,召开大会,动员和组织群众抗租、打土豪。是年8月中旬,毛泽东第三次来九陂,在九陂召开军队连以上干部和永新党组织、地方武装负责人紧急会议。

从九陂到三湾,三湾到井冈山,再到广袤的神州大地,毛泽东等老一辈无产阶级革命家凭借洞察时运的慧眼和过人的胆识、超常的毅力,高擎革命之火,以燎原气势吞噬一切黑恶势力,换来一片新天地!

我钟爱"三"这个数字。《说文解字》云:"三,天、地、人之道也。"《老子》曰:"一生二,二生三,三生万物。"

无论是在香气弥漫的三元祠面前,还是在繁茂遒劲的九陂古樟下,心里同样感慨万千。一方小小的热土,经过千百年轮回,竟有如此惊人的相似:一块巨石和三位将军,一位伟人和三次亲临,为何都能名垂青史?为何皆能成为丰碑?在氤氲香气里,在黎民百姓中,我们可以清晰地找到答案:一心为民者,名垂史册也!

附：传说二则

孝子雨

唐宏将军对母亲非常有孝心，是个名副其实的孝子。唐母仙逝后，其坟前竖立一块又高又大的石碑。

一群牧童在附近放牧，一头水牛趁人不注意跑到石碑前擦痒，把石碑擦得到处都是泥巴。万里晴空突然变得天昏地暗起来，不久后下起倾盆大雨，把石碑冲洗得干干净净，牧童们也被雨淋得落汤鸡似的。回到家后，牧童纷纷向家人讲述"水牛擦痒"的怪异事情。大人们有些犯疑，但没有放在心上。

后来，当地人插完早稻秧，竟有一个多月没下雨，禾苗快枯萎了。人们急得烧香拜佛求雨，但是没用。正当大家束手无策地你望我望你时，村里一个老人突然一拍大腿，说："前几年不是有'水牛擦痒'导致下大雨的怪事出现吗？我认为，唐将军是个大孝子，怕脏东西弄脏母亲的墓碑，所以才降雨清洗。我们可以试试，挖些湿泥涂在墓碑上。"话音一落，有的人赞同，有的人嗤笑起来。村里几个年轻人抱着试试看的态度挑着稀泥上山，涂抹在墓碑上。不久后真的下起大雨，为当地解除了旱情。从此每逢久旱之时，当地百姓便担稀泥涂抹墓碑：涂得少，下小雨；涂得多，下大雨；涂在墓碑东边，村东下雨；涂在墓碑西边，村西下雨……

后来，有人提议："涂泥容易弄脏唐母的墓碑，是不是今后请个读书人，写上'孝子雨'三个字贴在墓碑来求雨？"大家一试，照常下雨。就这样，"孝子雨"这一名称在当地流传开来。

马迹垅

马迹垅原本是一块杂树丛生的荒地，后来因为虎豹豺狼众多，又叫"老虎冲"。唐母墓地所在地——老爷山就在旁边。

传说，唐将军仙逝升天后，每天都要骑着马踏着祥云在老爷山上空瞻视母亲的墓地。有一次瞻视时，看见一只猛虎正张牙舞爪地扑向一个青年。他立马用神鞭往神马的屁股上一抽，喝令道："速速下冲！"神马就像一支利箭冲下去，因为冲力太大，一只马蹄撞在山下的大石上，屁股撞在另一块石头上。唐将军早已飞身下马，顺势张弓射箭，正中老虎的咽喉部位，老虎惨叫一声，倒地而亡。唐将军扶起青年，一起去看神马。发现神马消失了，一块石头上留下一道深深的马蹄印，另一块石头留下一道大大的马屁股印。

当地百姓为了铭记唐将军射虎救人的恩德，便将"老虎冲"改名为"马迹垅"。当地人在深夜时常可以听到这两块大石头发出神马般的嘶鸣，声音雄浑悲壮。林中的豺狼虎豹、妖魔鬼怪闻之丧胆，纷纷逃走。至今，当地还流传这样的童谣："神马鸣，虎豹惊。妖魔灭，民安宁。"

诗歌里的西江

山遇见了诗歌,浪漫色彩弥漫天地间;

黄鹤楼遇见诗歌,浓浓乡愁飘荡鹦鹉洲;

沙漠遇见了诗歌,一览无遗的是雄浑壮阔。

当一座村庄遇见诗歌呢?

因工作原因,我初次前往永新县龙田乡西江村。不曾预料,在西江,我能与一位古代诗人隔空对话,把酒话桑麻。

翻阅西江村良坊组贺姓族谱,一幅脉络清晰的族群繁衍图徐徐铺展开来。贺姓始祖凭公来自会稽郡(今浙江绍兴),是唐代诗人贺知章的玄孙。当时,凭公以著作郎身份任职永新。到期后,不思故里,选择在永新西乡良坊安家。

为数不多的字里行间里,隐藏着丰富的信息。凭公竟然是著名诗人贺知章的玄孙!

在唐朝,贺知章是一位知名度非常高的文人,最被人称道的是他对李白的称赞与举荐。贺知章不但爱贤举贤,且不贪恋功名,在他官至三品、年逾80之时,毅然辞官入道。当他离开

西江村全貌

长安时,玄宗亲自作诗为其送行。我私下揣摩,或许是年过古稀,体力与身体不允许他在官场支撑;或许他对功名利禄的渴望已不复当年;亦许是他察觉到暗流与危机,于是选择急流勇退。不管何种原因,皆能看出他是一个高情商、高智商的人。俗话说,文如其人。纵览贺知章26首存世之作,可以管窥其情感自然质朴、发自内心,其语言朴实无华,意境深远。入选教材的《回乡偶书》,或许是最好的代表作。贺知章自诩"四明狂客","狂"者,性格洒脱也。

西江贺姓始祖凭公的率性而为,继承了高祖贺知章的诗人气质。离乡安家,勇气必不可少,一见投缘往往起着重要作用。我相信,任职永新期间,凭公应该到过西江。此地风光虽不如杭州,可在凭公眼中,却胜似杭州。村庄背靠龙凤山,推门可见千亩良田,开窗远眺葱茏树木,清澈见底的溶江水穿村蜿蜒而过。依山傍水之地,往往宜家宜业。就这样,凭公心甘情愿地把诗人的血脉传承在这块红土沃野上。

龙凤山——龙凤呈祥之山。诗情画意的山名,有着诗情画意的山景。漫步山中,空气清新,树木丛生,绿意盎然。时值三月,阳光和煦,桃红李白,点缀这座海拔 252.5 米的山。

"桃花红兮李花白,照灼城隅复南陌。"从诗句中,我能遥想当年贺知章春游,望见人家桃李花时诗兴大作的样子,遂情不自禁集古诗佳句用以抒怀:

芬芳光上苑（李商隐《赋得桃李无言》），深窥龙凤姿（王禹偁《谪居感事》）。

沿溶江水斗折蛇行，思绪纷飞。数年前，我参加了在龙田乡举办的吉安市"荷花生态基地"摄影大赛。那是一个丰收的季节。距离西江不远的荣天村，拥千亩荷塘，莲叶田田，荷花楚楚，圆盘状的莲蓬时隐时现。金黄的稻穗簇拥荷塘，绘出一幅美丽的夏之华章。望着众人欢喜地与荷花合影，为荷塘写意，更有顽皮孩子采摘莲蓬，贺知章谱写的"采莲曲"重又奏起："莫言春度芳菲尽，别有中流采芰荷。"

时近中午。累了，饿了，怎能不喝点小酒？在西江，你要像陆游那样，"莫笑农家腊酒浑"。酒是永新冬酒，金黄的色泽，淡淡的幽香，还未入口，顿觉口舌生津，竟有微醺之感。酒入肠中，细数落花，吟唱"落花真好些，一醉一回颠"。（贺知章《句》）岂不快哉！如果再说上一段杜甫的《饮中八仙歌》，那更是妙不可言。贺知章生性好酒，杜甫将其列为酒中八仙之首："知章骑马似乘船，眼花落井水底眠。"在长安，他曾"解金龟换酒为乐"（李白《对酒忆贺监二首并序》）。酒醉后，诗人不听众人劝阻，非要骑马。那醉眼蒙眬、不听使唤的姿态活像乘船般摇来晃去，一不小心跌进井里，众人心急如焚地下去打捞，他却在井底酣睡不醒……

酒足饭饱之余，好客的村民端来香气扑鼻的茶水。龙田人饮茶历史悠久,据资料记载,达800多年。茶馆遍布各个村庄,常盛不衰。周作人曾说,喝茶当于瓦屋纸窗之下,清泉绿茶,用素雅的陶瓷茶具,同二三人共饮,得半日之闲,可抵十年的尘梦。在西江,每户人家都有大茶壶一把,倒满陶瓷茶碗,就着屋外的桃红李白,畅游诗海,闲聊岁月,倒不失为一件乐事。

采访甘晚妹老人是此行目的之一。老人爱笑、健谈,只抽纸卷旱烟,那是爷辈的喜好。还没走到他身边,一股很冲的旱烟味迎面扑来。

交谈中,验证了我对"晚妹"这个名字的推测正确。老人本有个长兄,三十多岁时因病去世;还有两个姐姐,他最小。或许是最晚出生,父母又期待他能像女孩一样好养育,便有了"晚妹"这样略显女性化的名字。名字虽然女性化,可晚妹老人男人味十足。他是家中当仁不让的顶梁柱,犁耙耕种件件拿手,砍柴摸鱼样样在行。

午后的阳光如同老人的盛情相邀,我们再次前往龙凤山,查看他精心饲养的牛羊。老人走在前面,步履稳健,敦实的身躯投射在地,留下坚实的背影。鸟鸣声声,成为我和老人对话的背景音乐。

我:最早靠什么养家?

晚妹:几亩田地,也会上山砍柴,下河摸鱼。

我:摘掉贫困帽,主要靠什么?

晚妹：种养。政府帮忙买了3只羊，几年后，剔除卖掉的，还剩48头。三年前开始养牛，一头牛崽买回来，饲养几个月卖出去，可以赚3000多元。

我：遇到哪些困难？

晚妹：钱少，靠牛羊下崽扩大规模；技术差，牛羊患病最麻烦。

这时，旁边乡、村两级帮扶干部打消他的顾虑，告诉他如何申请无息贷款，如何培训养殖技术。老人乐呵呵地立下军令状：三年内获利不低于5万元。

龙凤山上，艳阳高照。撒欢的羊儿、吃草的牛群随处可见。老人像一名运筹帷幄的指挥官，挥舞着棍子指点牛羊。那张满是皱纹、绽放笑容的脸上印刻着振奋人心的古诗："老骥伏枥，志在千里。烈士暮年，壮心不已。"老人虽不是贺知章的后人，却也有诗人般的气质。其实，中国亿万勤劳善良的人民，哪个不是诗人呢？他们春种诗，夏耘诗，秋收诗，冬唱诗。

写诗不易，行进在漫长曲折的人生道路上更为不易，像贺知章那样顺风顺水的毕竟是少数。同为唐代诗人，李商隐的诗歌多与坎坷的仕途相关。党争的漩涡使其如久遭雨潦之苦的幽草。这时，担任广西桂管防御观察使兼桂州刺史的郑亚对他信任有加，如同晚晴呵护幽草。因此，李商隐才有"天意怜幽草，人间重晚晴"的感慨与欣喜，才会写下七绝《海客》以记其事、以抒其情。诗云："海客乘槎上紫氛，星娥罢织一相闻。只应不惮牵牛妒,聊用支机石赠君。"

庆幸的是,我们生活在一个繁荣昌盛、欣欣向荣的美好时代。在千千万万甘晚妹这样的老人身上,我看见晚晴的美丽,更是看到千百年来中华儿女一脉传承的龙马精神——自强不息,奋斗不止!我想,在奋力谱写中国式现代化的宏伟篇章中,如果人人都有这样的精神,那么,铸就华美篇章指日可待!

挥别晚妹老人,我再次回眸西江村。在龙凤山的映衬下,村庄错落有致、青砖碧瓦的房屋成为别致的风景。一排排白杨、垂柳像忠诚的卫兵站立着,护卫这份安宁和幸福。边走边抚摸柔嫩的绿丝绦,耳熟能详的《咏柳》脱口而出,随风飘荡:"碧玉妆成一树高,万条垂下绿丝绦。不知细叶谁裁出,二月春风似剪刀。"

诗人王维在《山中与裴秀才迪书》一文中憧憬:"当待春中,草木蔓发,春山可望。"期待这样的日子早点到来。甘晚妹老人是这样期待着的,你我他都是这样期待着的!

红土沃野的西江,一年四季都是诗。村庄的富庶与伟大复兴同向而行。春天播下种子,夏天繁花似锦,秋天收获果实,冬天孕育生机。西江用循环而不重复的诗歌,赞颂着富庶与祥和!

赏戏龙池庵

有一朋友，家居永新里田夏幽村。知我爱写文章，一日借酒劲，说自家附近的古庵值得一看，值得一写。应邀请，欣然赴约。

穿街过巷，越桥跨堤，始得到达。村名夏幽，名副其实：依山傍水，鸟语花香，环境清幽。村庄一里开外的山腰中，藏古庵一栋。

庵，特指女性修行者居住的寺庙。此庵坐西朝东，前后靠山，一条水泥路从前山与寺庙之间蜿蜒穿过。后山有泉池一口，常年出水，清澈见底。当地人传，山中有蛟龙，吐水成池，唤作"龙池"，庵遂取名"龙池庵"。龙池庵前院后厅，进门为院子，右侧一层平房即大殿，上方供奉赵公菩萨，慈眉善目，右侧供奉一排形态各异的菩萨。左侧有小门一扇，进入后是面积约十平方的房间，供奉着观音菩萨。整座庵面积不大，香火惨淡，满地荒芜。能引人瞩目的，莫过于大殿正前方那座水泥搭建的简易戏台。

一般而言，戏台多在村庄，方便村民演戏、看戏。如果从这个角度观察，则龙池庵的戏台显得有点另类。庵里唯一的王姓居士看出我的困惑，就着清凉山风徐徐道来：

你可能不相信，龙池庵的香火在以前很旺盛，每月的初一、十五都有人来烧香。二月初二更为隆重，方圆几十里的结伴过来，年纪大的，身体虚弱的，提篮担担的，赶集一样。烧香为了啥？运气不好的求转运，没有生育的求子嗣，还未结婚的求姻缘，达愿了的来还愿。

你们都看到庵里有戏台，少见吧。它可是有来历的，跟赵公菩萨有关呢。

庵里的赵公菩萨是有名的财神爷，见当地百姓供奉很诚心，总想为他们做点好事。他发现当地人的消遣方式少，一到晚上只能窝在家里，生活枯燥单调。几番冥思苦想，终于想到一个法子。

转眼腊月十五到了。当地百姓前往庵里烧香时，惊讶地发现大殿前面的院子多了一座戏台，木质结构，屋檐上蹲伏着造型各异的木雕怪兽，屋檐下，雕梁画栋，非常漂亮。至于更衣室、帷幕、前后通道，一应俱全。其实呀，这是赵公菩萨作法搭建的。更让百姓吃惊的还在后头：第二年开春，湖南某县有名的戏班子主动过来免费演戏给大家观赏。

原来，戏台搭好后，赵公菩萨便化作一白发老翁来到邻近

龙池庵戏台

龙池庵

不远的湖南某县境内,找到当地有名的戏班子,请他们在腊月二十三至二十五去永新县夏幽村境内的龙池庵演三天戏,并点名演哪几出戏。当时,湖南花鼓戏很有名气,永新毗邻湖南,每年都有去湖南请花鼓戏的传统。戏班主听完老翁的来意,委婉地拒绝了他,因为这三天已经被其他地方订好。老翁愣了一下,没说什么掉头就出门。戏班主想了一下,觉得老人家年纪大,远途跋涉而来,还是要去送送。他赶紧走出门口,却不见老翁的踪影。腊月二十三那天一早,戏班主带领队伍来到演出地,按照要求开始布置露天舞台。奇怪的是,刚才还是霞光满天,突然就下起大雨来。他们只好进入祠堂,重新布置。更为奇怪的现象出现了:刚布置好的东西,人一走开就坍塌一地,再布置、再坍塌,如此反复。中饭后,村民们纷纷来到祠堂准备看戏,而舞台还没搭好。戏班主急得满头大汗,连连责备手下人办事不力,并请村民们帮忙,结果还是徒劳无功。第一天就这样白白浪费了。第二天依然如此。束手无策的戏班主只好向当地人赔礼道歉,并退还押金,郁闷地返回。戏班的人开始议论起来,认为碰到了邪,撞到了鬼。这事成了戏班主心里的一块大疙瘩,始终不能化解。

来年开春,戏班主偶然路过夏幽村,听说龙池庵的菩萨很灵验,决定前往烧香。一进龙池庵,他便感觉到供奉的赵公菩萨似曾相识。再一细看,恍然大悟:这不就是去年来戏班点戏的白发老翁吗?!他这才明白:去年演戏时出现的怪异现象,原来是赵公菩萨在责备、捉弄他们。于是,戏班主虔诚地向赵公菩萨烧香祈祷,然后连夜赶回家乡。第二天一早,他便带着戏班子来到龙池庵,在这个戏台上敲锣打鼓演起戏来。后来,戏班子每年都要在龙池庵的戏台上免费演上一出戏,而他们的生意也越来越好了。

唉,可惜的是,当年的戏台"破四旧"时被毁了。眼前这个是后来用水泥浇筑的,但没人再来演戏、看戏了。

临近傍晚,居士的叹息声在山腰中久久回荡。

这个传说很感人,颇具年代感。犹记得,年幼时,一台戏、一场电影,乃至一场说书,总能成为难得的娱乐方式。

时代在发展,社会在进步,很多生活方式也发生改变,但人们给菩萨演戏还是常态。比如在我国东南沿海经济发达的地区，到处频繁地上演"菩萨戏"，即演给菩萨、神灵的谢神祈福戏。这是因为家家户户都有外出谋生活者，他们在赚取财富的同时，可能会面临意想不到的人生困难与生存风险。现实生活中的种种可变性因素与无常情形，牵动着在家者与外出者的心灵，使他们非常情愿拿出一部分钱来修造戏台、礼堂、祠堂，通过请戏以求得神灵的护佑。然而，故事里龙池庵的赵公菩萨却别出心裁，亲自去外地请戏班子来演给当地人看。这是一种反常态，却体现了一种人本思想。

青山绿树依旧在，古庵踪迹何处寻？残垣之上不见庵名，断壁之处布满青苔。寺庙左侧一排青砖碧瓦的建筑，之前是敬老院，如今为居士所住。鸡鸭四处游弋，树木肆意生长。即使菩萨常驻，龙池庵也摆脱不了衰败的命运，曾经的辉煌无处可寻。

下山后，遇见一长者怡然漫步，遂暂留攀谈。老者回忆，以前每新进菩萨，皆举行开光仪式。方圆数十里的和尚、尼姑应约前来做法事，众多香客参加祭拜，供奉水果点心，还有不少村民过来看戏看热闹。那场面，少则百人、多则上千,烟气弥漫，器乐不断，人声鼎沸。

与长者道别之时，我不禁回望龙池庵。余晖映照下，古庵如同静坐的老人，纹丝不动，缄默不语，只字不提旧日往事。

夜深沉，怅寥廓。落笔不下，驾梦龙池庵。古戏台下，人头攒动，锣鼓喧天；古戏台上，丝竹盈耳，婆娑翩跹……

梦阿育塔

生命旅途中,路过的地方太多,有些不在计划中,甚至不曾了解过,有那么一瞬间,因为机缘巧合,为它怦然心动起来,不顾一切就奔它而去。我与阿育塔,或许就属于这种情况。

身为永新人,年轻时我未曾登临阿育塔,不识其庐山真面目。或许,因它藏在深闺——逶迤的七溪岭群山中;亦或许,那时我不了解它的独特魅力。后来在文化部门工作,接触了许多关于它的文字,便决意前往观瞻。

车行南乡,往龙源口方向前行30多公里,雄伟的磨溪岭耸立前方。一路斗折蛇行,四处林高树茂。转过一道道"疑无路"的山梁,仍不见其芳踪。焦虑之时,一道高耸的山脊横亘眼前,下方是幽深的山谷,峻岩绝壁,奇花怪木。忍不住停车暂留,徐行路边俯瞰。藏龙江宛如一条玉带,缠绕着深山幽谷。河水时而急湍似箭,拍岩飞花;时而水面如镜,清澈透底。山谷之中,

阿育塔之春

阿育塔之夏

一座百仞高的石峰犹如巨大的石笋拔地而起。注视石山，由嶙峋怪石层层叠加而成，峰顶有庙宇一座，恰似其佩戴之帽——真乃鬼斧神工之作。就这样，阿育塔突兀地跃入眼帘。

跨山门，穿禅房，过宝殿，一路逶迤向上。大雄宝殿和观音殿左右夹击，中间一条狭窄的石阶赫然出现。循阶而上，盘旋攀行，需借助附着在岩壁的粗大铁链。约10米处，一巨石斜靠石峰，中间裂开，四周藤萝缠绕，杂木斜出，这就是有名的"飞来石"。驻足石旁，聆听当地人讲述其神奇来历，别有一番韵味。

藏龙江逆流而上，直抵磨溪岭。岭中有藏龙潭，深不可测。每逢春夏之交，有苍龙跃潭而出，兴风作浪，导致山洪暴发，淹没附近村庄。村民心急如焚，却又无计可施。有一年，苍龙又在闹事，被一位路过的神仙发觉。因法术有限，无力擒拿，只得上报天庭。玉帝闻讯大怒，请如来佛祖出山。佛祖驾至五

阿育塔之秋

阿育塔之冬

行山，临空一脚，将一座形如尖塔的石峰踢到藏龙潭，把苍龙死死压住，永世不再翻身。因用力过猛，附近的巨石也一道飞来，落在石峰旁，仿似父子俩。石峰就是阿育塔，巨石则为飞来石。

料峭山风拂身，格外清醒，继续手脚并用攀爬。登上峰顶，已是气喘吁吁，汗流浃背。峰顶狭窄，有天王殿，坐北朝南，内设铁制神龛，供奉若干菩萨，造型各异，香火旺盛。推开老旧庙门，一段逼仄小道盘旋而上，旁有石栏。俯身探看，悬崖之下，江水如白练；绝壁之上，青草欲折腰。不敢长久探头，恐有头晕目眩、心惊胆战之感。倘若胆肥，不妨倚靠石栏，仰望四周，只见群山簇拥如井壁，而自己，则是渺小的井底之蛙了。小道尽头即为庙顶，当地信徒出资捐建一座三层之塔，看似小巧玲珑，弱不禁风，实则坚韧挺拔，傲立风中。

复倚石栏，闭上双眼，任山风在耳边呼啸，心却跟随阿育塔老幼皆知的传说神游四方……

印度摩揭陀国孔雀王朝第三代国王阿育王，早年嗜血成性，连年征战。曾亲自带兵远征孟加拉沿海的羯陵伽国，造成10万人被杀、15万人被掳走的人间惨剧。随着年纪的增长，阿育王隐藏在心底的良心与佛性，渐渐压制住狂热的权欲与杀气。他决心皈依佛门，开始积极地向全国各地及周边国家派遣一批批佛教使团，以传播佛教，兴建庙宇，并建造84000座奉祀佛骨的舍利塔。永新阿育塔，正是其中之一，据说是公主率众多僧侣在磨溪岭所建，取名"阿育王塔"（后人称"阿育塔"）。塔成，公主命随从僧人阿托依多为第一代阿育塔僧人。

阿育塔很神奇，据说每个登塔拜佛的人在上塔之前需洗净肉身，不能带肉腥味的东西。一天，一个村妇净身后虔诚地上塔拜佛，却忘记腰间还挂着一把用牛皮筋串着的钥匙。行到半山腰时，不管她怎么费劲就是爬不上去。村妇百思不得其解，这时旁人提醒她："你身上的牛皮筋可能有问题。"村妇不服气地说："如果说牛皮筋是牛身上的东西，带有腥味，那塔内的牛皮大鼓不是牛皮制成的吗？"话音刚落，突然乌云翻滚，狂风大作，塔内的那只牛皮大鼓被大风卷出，重重地摔落在苍龙潭里，被巨浪吞没。至今阿育塔内见不到牛皮鼓。

有一个泰和的妹子，出嫁前来阿育塔拜佛求愿。然路远又兼风雨，好不容易登上阿育塔，已到出嫁之日。眼看要耽误婚期，她焦急地祈求神灵送她归家。突然狂风大作，把妹子卷入半空。眨眼工夫，她便安然无恙地回到闺房，一点也没耽误出嫁时辰。

当地人自豪地说，跟阿育塔有关的神奇故事多如牛毛：这里下着"奇雨"，倾盆大雨时，修建阿育塔的工人都身干如常，一点也没打湿衣服；这里有知返的"迷途"，无故丢失三日却能照常回家；这里有"无恙"，从百丈悬崖掉下而安然无恙；这里还有特异功能的"泥刀"，掉下悬崖又完好无损地回到工人手中……

传说如此神奇动人，景色如此钟灵毓秀，怎能不吸引历代文人志士攀峰赏景、吟诗作画？！塔前墙上历代文人的诗文可以做证，塔后石壁上众多骚客的诗文可以做证：

苍然巨石立云窝，谁向悬崖架鸟窠？
下界栽松嫌地少，上方放鹤喜天多。
行戏细路飞红叶，坐倚高楼对拍浪。
寄语风尘车马客，好乘暇日一相过。

——龙德中（清朝文人）

"好乘暇日一相过"，真是快哉：可以不问世俗，不问前程，无千千结烦心，无红尘事缠身。然吾辈为风尘车马客，洗礼一场，心有所获终须返程。

途经龙源口大桥，又作停顿。耳旁飘荡"五月里来是端阳，七溪岭下摆战场。不费红军三分力,打败江西两只'羊'"的优美旋律,眼前仿佛出现朱德手提"花机关枪",带领红军战士浴血奋战的场景。"哇,这里真好看!"一群孩童花颜笑语,从身边雀跃而过。徐步前行,重焕新颜的龙源口大桥近在咫尺。轻抚锈迹斑斑的铁柱,情不自禁浮想联翩。昔日纷飞战火,早已化作如血杜鹃,一簇簇、一丛丛,在群山遍野烂漫,似燃烧的云霞。

抬头东望,阿育塔若隐若现。广袤的七溪岭,就这样以宽大的胸襟,容阿育塔、龙源口桥于一身,宗教和万物完美并存,和谐与幸福执着共生。尘世如是,方为安好。

深夜,览《永新县志》。字符跳动,层层累积,搭建成久远的阿育塔:"石峰若塔,上耸绝崖,下俯重渊,伴有飞来石。佛书称舍利塔八万四千,此其一云……"

开窗,繁星满天。阿育王倡导的正法在历史的天空群星般熠熠生辉:

对人要仁爱慈悲,包括孝顺父母和对待亲戚朋友。

对动物也要尊重它们的生命,因为它们也是众生平等的一部分。

要多做有助于公众的好事。

…………

入梦。跟随高僧玄奘西行五万里,历经千难万险到达佛教中心——印度那烂陀寺，前后17年学遍当时的大小乘各种学说，带回佛舍利150粒，佛像7尊，经论657部。

又梦。一支名叫中国工农红军的队伍跋涉二万五千里，披荆斩棘，艰苦卓绝，终抵达陕北。这支长征队伍中，有一部分战士从永新走出，跟随朱德参加龙源口战斗，又登上阿育塔附近的望月亭，依依挥别永新父老乡亲后，翻越拿山，渡过五斗江，踏上漫漫征程。

此生愿在洲塘老

朋友圈里都在晒永新的洲塘,沸沸扬扬的。猝不及防,洲塘就这样闯入我的视野。那时,我对洲塘依旧是没有感觉的,我跟她还隔着一道长长的光阴。私下以为,不就是一个村子吗?还有,洲塘或许依然走着大多数景区的老路,披着一件时尚显眼的大氅,或者满身的珠光宝气、花枝招展的,像暴发户一样俗气,又有什么看头?我对洲塘依然心存偏见。

可是,当我第一次来到洲塘,当我第一次见到她时,我就只能歉然地对她说一声:洲塘,我错了。

我惊叹于,这里清末至民国的建筑还保持得如此原始与完整。窄长的巷道,笔直而又幽深。灰色的墙壁,灰色的瓦片,目之所及,世界里尽是灰暗、老旧的色调,像线装的古书。可是,当灰色连成一片整体,成为一种主色调时,你会发现,灰色其实是一种令人震撼的美。这洲塘还没有脱去旧时的罗衫长裾,依然的古朴、古典。在这里,当你踏在青石板上,会恍然

洲塘壁画

觉得时间仿佛倒流了,历史好像倒带了,让人误以为置换了时空。

那些木格的窗雕,已然剥落了色漆,露出了生活本来的底色,它们经历了岁月的烟尘,灰暗的色泽里没有了一丝欲望的气息。一个个石雕栩栩如生,刀法奇崛,线条流畅,折射出洲塘人质朴的艺术审美。那光滑的门挡石,历经岁月沧桑,踩出来生活里深深浅浅的印记。那古拙的宁静,如祖母的风箱,拉出来的

洲塘春早

都是温暖。这里满眼皆是世间烟火的气息，还没有沾染上商业的习气。洲塘人倚在自家的门上，好奇地望着这些来来去去满脸兴奋的游客，也许，他们还不习惯这种被外人窥探的生活，安静才是洲塘需要的。过去的几百、上千年的时光，洲塘一直都处在深闺里。这种古老、淡定的气质正氤氲着洲塘的梦境，那梦必定也是无惊无宠、波澜不惊的。这里的一切都回到了过去，质朴、安宁，又不失典雅。这些恰巧是现代文明的命脉和渊源。

　　洲塘的巷子有个很好听的名字——择善巷。第一次看见这个名字，就被莫名地打动了。这个名字是那么的书卷气。择善而居，择善而从，表达了洲塘人的情操与追求，这应该也是对后人的一种告诫吧！巷子规划得齐齐整整的，各家严格遵循"七寸檐、八寸梢"的准则，那绝对是用米尺量过的，没有谁要建宽一米，也没有哪家的房子执意要高出一分，彰显出和谐的气韵。

洲塘的青砖小瓦马头墙

它恰如其分地诠释了洲塘人的胸怀与气度。我发现，后人在筑屋造房的时候，有意识地绕开了择善巷，在附近的溶江依水而建。那是洲塘人对文化的自觉保护。洲塘的一切彰显了人们对过往的热爱与坚持，它让我们的乡愁可以安然盛放，让我们还能记得来时的路途。有时，我就觉得有必要感谢洲塘人，让我们依旧看到了百年前的建筑。那些高墙灰瓦、层层叠叠的斗拱、跃跃腾起的檐角都在述说过去悠远的光阴岁月。踱步择善巷，触摸这里斑驳的墙体，也许粗糙，但你会感受到历史的温度，仿佛也能看见他们的先人笑语盈盈地迎面走来。

洲塘是著名国画大师刘勃舒的家乡，择善巷1号就是他的故居。这里的山水孕育出灵性，孕育出艺术的气质。刘勃舒是徐悲鸿的关门弟子，他画的马潇洒、奔放、富有动感，其线条和墨色语言却越出畦町，自成一格。而洲塘像似跨上了那匹时光的骏马，乍然来到我们的面前。刘勃舒的名作《亲密战友》，画面里是毛泽东、周恩来、朱德三大领袖，背后是延安宝塔和连绵的群山，他们微笑着目视前方，神色自信。延安、群山、

洲塘全景

伟人，展现着宏大的历史叙事的国画放在洲塘一点也不突兀，相反是那样的和谐与妥帖。我就想，那是因为洲塘安详的气质吧！

村庄四周的樟树亦如云荫，枝干遒劲，俯瞰着村庄，遮蔽着这里日常的细节，呵护着村庄漫长的时光。最古老的樟树已经有上千年树龄了，枝繁叶茂，展示出这里悠久的历史和村庄的生命力。洲塘的先人最初来到这里时，插树为地，累石为屋。然后，地利赖天时始发其祥。一切就像大树一样开枝散叶。接着，人烟辏集，车马骈阗。这些不过是我的想象，但是，岁月扬鞭打马而过，那樟树年年碧绿如斯，似洲塘的一朵永不褪色的胸花，生动极了。它们与洲塘的建筑在风格上竟是如此的匹配。两种风景与两个空间交融着，衬托出一片祥和、闲适与旷远。

在洲塘，我对这些门联有些偏爱，我在每一副门联处勾留。"楼居万里客，

鸟瞰洲塘古村

窗对六朝松",这是择善巷一栋古居的门联,从容、淡定,那是洲塘人阅尽世事后经验人生的总结吧。一副"远山有时显,春日无可追"则表现了洲塘人对时间的珍惜,以及对逝水流年的慨叹。门联的横批——惇德秉义,我想,这就是洲塘人世世代代一脉相传做人的要义了。这也应该是洲塘的文化精髓吧。在溶江酒窖,我又驻足了。柚子酒、谷烧酒……十几种酒杂陈于室,扑鼻而来的酒香全是乡村生活的味道。而酒坊上"酒香十里春无价,醉买三杯梦也甜"的门联,文字里有散淡、洒脱,那是洲塘人于循规蹈矩地劳作后，在杯酒里寻求的浪漫与放旷，这应该是他们对生活的一种理解与表达。

纵观这些对联，你会发现，先人对后人的千叮咛万嘱咐是那样的语重心长。也许这正是洲塘世代相传的家风，才有了洲塘今天的气质。

每天，洲塘早早就醒了，然后人们下地劳作，穿梭着，他们一以贯之地勤恳忙碌，周而复始。进入洲塘，你会发现，这里没有喧闹的市井声，偶有穿着布鞋走在巷子里清浅的声音落下，宁静而又安逸。这里，农耕文明的痕迹处处可见。《春耕图》《春插图》《暮归图》以及《秋收图》，那些劳作的情形被摹写在墙上，呼之欲出，那是一幅幅艺术的墙，会说话的墙。你仿佛能够清晰地听到那些劳动的号子，刚劲有力，此起彼伏。这些画作勾勒出洲塘人绵绵福报的岁月，真实地表现了人们对生活的热爱。

今天，洲塘依然还在清澈的时光里浅吟低唱。每一片灰色的瓦都足以讲出一个悠长的故事，像溶江水一样流淌着。溶江是一条锦绣的腰带，迤逦而过，系在洲塘纤瘦的腰间，因了它的泽润，洲塘的气质显得温婉可人。这里，最动人的故事莫过于念亲桥的故事。那还是清初，河上还没有桥，两岸交流不畅。相传，一从对岸嫁过来的女子，因娘家有年迈的双亲，得经常回家照顾，可她裹着小脚，不便涉水过河，每日愁眉紧锁。念

洲塘舞龙闹元宵

在她的孝心,乡亲们便齐力架了一座桥,取名念亲桥。今天,念亲桥的故事年年还在讲着,它成了洲塘人文化的基因。此时,溶江流水生生不息,江上缓缓吹过的风暖暖的,它让人闻到品格的清香……

春风已浩荡,倚梦到洲塘。等我老了,哪儿也去不了,就在洲塘租一农舍住下。午窗无一事,梨枣弄诸孙。看一树花开,静听如雨的蝉鸣。你看,午后的阳光大片、大片的,天空湛蓝,云跑得慢慢悠悠,还有溶江澹缓的水,和时间一样淙淙流淌,不疾不徐的。彼时,这里宁静而惬意的时光都是我的,何其妙哉!

白堡的故事

一条河拦住了我们的去路,河的对岸就是白堡村。

禾水从上游一路奔泻而来,至此水面骤然开阔,河湾回溯,静水深流,河道呈现出"水流东南,山走西北"的位势。

白堡村是永新县高桥镇为数不多的几个客家村之一。

明末清初,一群客家人自广东及福建龙岩等地返迁而来。兵荒马乱中,他们扶老携幼,一路跋山涉水。大家带着简单的行囊,沿着禾水河前行,希望在祖先的指引下寻找到一方安身立命之地。他们一路水运颠簸,备尝艰辛,在穷通利钝之际,来到了白堡,此时他们饥肠辘辘,带着满身的疲惫舍舟上岸,打算在这儿将养一日,却有了惊喜的发现,只见这里背靠高山,前有河水汤汤,恰似天堑屏障,风水极好。这不正是大家苦苦寻找的理想之所吗?

于是,他们停顿下来,开始夯土造屋,垒石筑庐,又在山

白堡吊桥

冲里斫木除草、垦荒种地。一群客家人结束了流浪,在他乡安家落户,"反客为主"了。

在这个世界上,一个村子诞生了,像一道亮光,开始蓄势而发。

起始,白堡尚是一张白宣纸,空无一物,几乎不为外人所知,白堡人用自己的智慧与汗水在上面勾勒出了优美的轮廓。他们又极力倡学设庠,造佛建庙,一切皆像模像样了,一个真正属于白堡人的"天堂"诞生了。

白堡真正被人所识，源于一条河流、一个渡口。

当初，为了方便外出换取一些必需的生活物资，他们凿造木舟，又在河边砌了台阶，设立了一个简易的码头，这也是他们通往外界的唯一通道。

禾水河是一条重要的水道和商道，在历史上扮演了很重要的角色。而作为大自然的恩赐，白堡渡口距离永新县城30公里，到吉安县也就几十里，恰好处于永吉交界处，所以，它理所当然成为吉安地区东西水运交通的咽喉。那时，水运已然十分发达，货物的进出大都依靠水运来完成，加之水运之费远比陆运低廉，禾水河就肩负起了迎来送往的重托。那些西来东往，或者东来西去的客商，撑着一艘木船，山一重水一重，一路颠簸，身困体乏时正好抵达白堡渡口，这里就成了过往船只补给、停泊、休憩的最佳中转站。自然而然，白堡渡口就成为了禾水河上大大小小几十个渡口中最繁忙、最繁华的渡口。

想当初，白堡渡口的吞吐能力十分强大，一度被誉为"水上走廊"。白堡人开门纳客、疏运货物、修船检舱，慢慢地，过往这里的人越来越多，拉纤的号子声不断，马帮的铃声不绝于耳，很快，这里成了商品的集散中心。齿革羽毛，鱼盐蜃蛤，南来北往，物畅其流。白堡村迎来了一个飞速发展的机遇。接着，白堡村出现层台累榭、连甍接栋、店铺林立、瓦肆喧嚣的盛况。几条不长的街区，有药铺、商铺、饭庄、旅社，一应俱全。繁

白堡晨雾

华是一场热烈,快意了自我,也感染着周遭。很快,四方人众赶趟儿似的朝这里涌来,车水马龙、人烟辐辏,元背村、上鹿村、高家村,大大小小十数个村落依着白堡的荫庇立了起来。每天,背背篓的,挑箩筐的,推着独轮车的,川流不息……

有些外来的客商看中了这里的富庶和商机,怦然心动了,在这里开起了商铺,甚至干脆就在这里娶妻生子,安家立业。至今白堡存留有李、刘、黄、朱、左等诸多姓氏。一条河,变成了一个江湖,各种文化、各种思潮在这里汇聚,各种故事、各种人生在这里演绎。一个渡口,撑起了一个繁荣富庶的时代,带来了绵绵福报的岁月。

一个渡口成为白堡人瞭望世界最好的窗口,它让白堡黯淡的岁月折射出历史的光亮。

今天,白堡老村的壁画,栩栩如生地还原着当初繁忙的"古渡印象"。我们拾级而下,来到白堡渡口,渡口边上立着一个牌坊,上面写着"白堡渡口"。横杆的色泽泛旧,字迹微微剥落,朱红的灯笼在风雨的侵蚀中日渐褪色。而曾经繁忙不息的码头也已经废弃,成了村民日常的浆洗之处,它退出了原本的社会功用。有一条破败不堪的木筏在江面回水湾处漂浮着,像被村民遗忘了的一段时光。毋庸置疑,白堡渡口的历史光芒已然褪去。不可否认的是,作为运路之要,这里曾经舟楫如云、络绎不绝的水运盛况,在过去几百年的光景里真真实实地存在过。

在白堡的巷道上,我们遇见了70来岁的李阿姨,50年前,她嫁到了这里,那时这里已没有了往日的繁华与喧嚣。她的丈夫老李做过一段时间的摆渡人,负责全村的出行。每户每人出3元、5元钱不等的交通年费。那时没有动力,仅凭手拉船,一船又一船,来回运送过往的行人。每天天亮开渡,晚上收渡,周而复始。老李常年拉船,船跑坏了几条,船上的铁钩子也换过几个,每一个都被他结茧的手磨得明晃晃的。李阿姨说,摆渡是门手艺和体力并重的活,非一般人做得来,特别是水满风大

白堡渡口

的日子，危险时有发生。但是，凭借这一条小船，他们过上了不错的生活，一条渡船，仍然撑起了一个庄户人家的生活美梦。这，应该是白堡渡口辉煌时代里最后的余光。

然而，白堡被外人遗忘也正是源于这条河流、这个渡口。

二十世纪六七十年代，随着319国道的贯通，通往外界的路变得快捷了，水运逐渐蹉跎，它由来已久的运输慢速，以及受水位、季节、气候影响的不足，不再是客商最好的选择了，越来越多的客商放弃了水运。一个辉煌的时代就此终结。日久年深，河道开始变得淤塞，白堡渡口逐渐冷落下来，白堡村又回到了它最初的岁月……

盛衰无定，繁花一梦，河流曾经带给他们的繁华与富庶，而今却被河流无情地阻挡在一江之外。曾经的黄金水道居然演变为交通严重滞后，通往外界的路变得异常艰难，因了时代的变迁，曾经的繁华注定要经受人去楼空的寂寞，它饱经世事沧桑，望着河对面热闹的风光，一言不发。因为失了人气，白堡显得凄清和荒凉，它的冷清和幽静仿佛是与生俱来的。一些古旧的房子在风雨中颓废，白堡迷失在一片津渡之中。它像一枚被时光遗落的棋子，灰扑扑地蜷缩在山林深处，无人洞见它的忧伤与绝望。它的身影，它曾经的盛名，连同它的名字都被那滔滔不绝的河水悄无声息地带走了……

　　那天，站在白堡渡口，我

白堡古巷

白堡老人

沉思良久，苍茫的江风和一去不回的江流，像一段故去的往事。我在白堡的寨子里行走，试图从残堆里发现它过往的蛛丝马迹，找到它当初的一些肌理，但岁岁枯荣的草木早已湮没了它的痕迹。它的痕迹大约印在了老一辈白堡人的心里，以及摆渡人深得不可舒展的皱纹里。

现代文明遍地开花，贫困和隔绝自然就是一种可怕的绝望。许多年轻人从渡口离开后，便不再回来，他们去到县城或者更远的地方谋生。许多村民开始计划搬离白堡，在不远处交通便利的319国道旁新建了楼舍。他们选择以这种方式离开，虽说是迫于无奈，却也是一种明智之举。

白堡终于再次迎来了它的春天，报纸上、网站上铺天盖地是它的消息，一夜之间，它的声名乍起，它，重新回到了大众的视野。得益于国家的扶贫政策，白堡村迎来了华丽转身，所有的老房子得到了修葺，花坛、护栏、雕塑一应得到了美化。白堡的上游还修了一座新桥，它像一道彩虹卧在江的两岸，沿着村子四周修了一条宽阔的水泥路。从此，白堡人终于结束了摇摇晃晃的摆渡生活，他们带着笑颜，以奔跑的姿势往来两岸……

离开时，我在河的对岸用手机拍下了天堂般的白堡：白墙灰瓦、屋舍俨然，蓝天下，鸟飞鱼跃，阳光明媚而温暖……

印象虚皇山

20世纪80年代末，我走进杨桥中学求学。面对神秘之地，知识海洋，懵懂少年就这样擦出好奇的火花。对于学校后方那座高山，我尤其着迷，没事时喜欢透过教室大窗远眺之：春天色彩斑斓，夏天绿意盎然，秋天金黄遍地，冬天萧索一片。

眺之越久，越想深入其境。然学业繁忙，终难成行。所幸班主任是开明人士，初二下学期伊始，便和英语老师带着全班学生上山踏春。

师生笑颜出校门，结伴一路南行。稻田星罗棋布，沟渠蜿蜒盘旋。渠水清澈，既做灌溉，也为师生洗漱饮用，其源头就在山之脚下。我时常见到高中的师兄师姐端着饭盒一路咀嚼一路前往源头，再嬉笑着返回。今日方见源头，在山脚一处灌木丛中，小潭状，底部皆细沙，数口大小不一的泉眼间歇性喷涌。顺着水流，细沙翩翩起舞，旋又轻盈降落。掬水入口，清冽甘甜。

重整行装，沿曲折小径攀爬。小径由众人脚印踩踏而成，

远眺虚皇山

虚皇庙

虚皇庙一角

狭窄曲折,两旁杂草丛生,山花摇曳。待登上峰顶,已是汗流浃背。临风眺望,村庄星罗棋布,阡陌纵横交错,河流蜿蜒穿行。于是乎,胸有包罗万象之气魄,意属指点江山、激昂文字。

峰顶南边,有平地一块,林立房屋数间。沿山路曲折下行,抵达后才知是仙坛。在师傅的讲解中,我们好奇地察看这块洋溢道教气息的地方:正殿中央供奉威严的玉皇大帝,其左边为王天君,右边是康天君。右边偏殿供奉慈眉善目的观音菩萨,左边厢房,属师傅的起居地。师傅为本地人,五十出头,善言谈。据介绍,最热闹的是每年农历八月十三,那天是王天君香火日。众多香客不约而同从四面八方赶来,携带纸钱、香烛、水果之类供品,烧香祭拜,聆听师傅念经做科仪,再虔诚地许下心愿。

玩性十足的我们更愿意在周边游玩:仙坛前面有桃林一片,四月才开花;仙坛后面是满山松林,风一吹"呼呼"作响,恍若波涛汹涌。面对那一片红似火的花海,语文老师带头朗诵起"人间四月芳菲尽,山寺桃花始盛开"的诗句。师傅笑着说,这是桃花仙子的功劳哩。

相传很久以前,虚皇山上荒草丛生,人烟稀少,是一块未开垦的处女地。山下有个村子,住着几户穷苦人家,只能租种地主老财的土地生活。一个叫金山的孩子,三岁那年死了爹娘,靠吃百家饭为生,犹如一棵孱弱的小草艰难地在贫瘠的石缝里生长。穷人的孩子早当家。金山从小勤劳、善良,不但把自家的茅屋收拾干净，一有时间还会持砍刀上山开辟出一条通向山顶的路。

开辟道路，何其艰险。有时会跳出豺狼，有时会钻出毒蛇，更有数不清的荆棘、风雨时常考验他。有心人，天不负。日子一天天过去，金山一天天成长，道路也弯曲延伸到山顶。虚皇山是座宝山，飞禽走兽随处可见，野菜野果漫山遍野。村民们踏着金山开辟的道路上山下山，肩上的山货一天天递增，脸上的笑容一天天绽放。

上天总能洞察人世间的悲喜哀乐、善恶美丑。金山的善举感动了天上一位美丽的仙女——桃花仙子，决心下凡和金山建立幸福的家庭。桃花仙子化成一个失去双亲、靠采药为生的姑娘，在金山上山必经的路口假装不小心崴了脚，热心的金山毫不犹豫出手相救。

就这样，两人相识、相恋，再到结婚，成为一对恩爱夫妻，过着男耕女织的生活。时间一长，两口子发现靠租种地主的田地很难维持生活，倒不如上山开荒。于是，夫妻辞别乡亲，举家来到虚皇山顶。

爱情的力量可以让困难变得无足轻重。他们捡石头砌墙，砍木头支撑，斫茅草当瓦，盖起一间房子，并在附近开荒种地。为了解决缺水难题，桃花仙了趁着黑夜作法，在不远处掘地为泉，泉水清凉可口，且大旱之年不干涸。山上的日子很单调，也无风景，她在屋前种下桃林一片，并许诺："山下桃花三月开，山上桃花四月旺。"桃花盛开的日子，两口子在桃林里嬉戏憩息。

然而，勤劳与善良换来的幸福总是过于短暂。察觉到桃花仙子私自下凡，玉皇大帝震怒，派二郎神捉拿回天庭严惩。桃花仙子有预感，为了不让丈夫孤独，她又一次作法，让虚皇山上树木茂盛，动物与人和谐相处。

一个大雨滂沱的夜晚，二郎神奉玉帝之命拆散了这对鸳鸯。望着爱妻被捉上天，金山伤心欲绝，在桃林下吐血而亡。

亏心事难做，良心时刻折磨着二郎神。一天晚上，他再次来到虚皇山顶，作法将房子改成仙坛。他想让世人忘却这段伤心事，宽恕他的罪行。但世人忘不了善良勇敢的桃花仙子和金山，每年清明等节日都会上山祭拜、祈求，至今香火不绝。

21世纪初，我在宣传部门工作，接触到很多书籍，比如地方志。深入其中，才发觉家乡的历史悠久，底蕴深厚。遂潜心学习，致力于乡土文化的挖掘、传承。考古学讲究"文字文物互证"。翻阅各类永新县志，均有虚皇山之介绍。明万历《永新县志》载："虚皇山，上有仙坛，遇旱，祷辄应。"清康熙《永新县志》载："虚皇山，在县北二十里。祀祖师，遇旱，祷辄应。"由此可见，虚皇山上有仙坛，所言非虚。

"仙坛"者，何谓？一指仙人住处。唐人元结在《登九疑第二峰》一诗中开篇云："九疑第二峰，其上有仙坛。"唐人刘沧在《经麻姑山》一诗中感叹:"山顶白云千万片,时闻鸾鹤下仙坛。"二指祭坛。清代剧作家孔尚任在《桃花扇·入道》说:"高筑仙坛海日晓,诸天群灵俱到,列星众宿来朝。"鉴于道教的宗旨是追求长生不死、得道成仙、济世救人,窃以为,在传说中,虚皇山仙坛应为仙人住处。仙人居住地,当然风景秀丽,仙气飘飘。然现实里的仙坛,却为祭坛,祀祖师(即佛教、道教中创立宗派的人)。据传,虚皇山仙坛由东晋道教学者葛洪开创,供奉玉皇大帝、观音菩萨。在科学技术不发达的古代,劳动人民"靠天吃饭,以地求生",祈求风调雨顺是最大心愿。每逢旱涝时节,他们攀登高山,求神拜佛。虚皇山仙坛,总能给予最大安慰。

数年前,与一长者交流。长者对永新历史文化颇有研究。问:"为何取名'虚皇山'?"长者捻须一笑:"各人心中自有答案。小时候,听闻这般故事:'某朝皇帝曾巡游此山。登临后,悟出'万物皆空'之道,遂脱下黄袍,修炼于此。'"

今年四月,又作故地游。仙坛依旧在,桃李笑春风。较之学生时代的轻狂执着,如今一身沧桑里,更多的是宁静、淡泊。

一池莲香
——莲洲书院感怀

一

1995年暑假，我满怀即为人师的憧憬，投入繁忙的"双抢"。刚想喘气，交公粮的重任又压肩头。

晨曦微露，与双亲拖着一板车沉甸甸的粮食，气喘吁吁地来到乡粮管所。望着人头攒动、人声鼎沸的场景，我苦恼不已，何时轮到我家？交完粮已过午饭时间，母亲买来包子，大家边啃边往回走。父亲感叹道，粮管所又扩大许多，这些可都是莲洲书院的地盘啊。可惜了这座书院。四周突然安静下来，砂石路上的脚步声清晰可辨。

父亲是20世纪60年代的师范生，对于这个话题很健谈。我感觉那天回家的路特别短暂，到家后，我俩喝着水酒继续谈起那座书院的往昔。

晚上，就着酒意蒙胧入睡。恍惚间，我在莲洲书院的废墟上沉思良久,徘徊不前。

二

　　历史悠久的莲洲书院,像一位满脸皱纹、不知年岁的老者,一个细胞、一根毛发都饱经沧桑;如一根擎着雨盖的莲,青春过、枯萎过,又在每个春天里涅槃重生。

　　追溯莲洲书院跌宕起伏、错综复杂的轨迹,可以管窥一个

莲洲书院全景

时代的特色风云。

莲洲书院前身为相乡书院。清同治《永新县志》载："相乡书院，在北六都杨桥，距县二十五里。北乡公建。中三栋，旁建报功祠。其斋舍，各姓捐造。"

为何取名"相乡书院"？历史上，永新素有"禾阳""相乡"之称。"相乡"一名，源于纪念在永新生活学习过的唐朝名相姚崇、牛僧孺，以及北宋宰相刘沆、明朝宰相刘定之。曾于城区建四相祠，祀之。嘉靖间改为小学。

姚、牛二相，世人皆知晓。至于刘沆、刘定之二相，皆为地道的永新名人，值得一书。

刘沆出生地为今埠前镇境内。一般而言，名人出生充满传奇色彩。据传，刘沆出生时有异象，紫雾环绕村庄，三日不绝（其地后称"紫雾源"）。村北有座了不起的山叫后隆山，唐代"救时宰相"姚崇、"牛李党争"宰相牛僧孺皆在此筑读书台以读书。刘沆之父刘素是文人，精研史传，能言善辩，"鸿儒硕士，亦避其锋"。他终身不仕却重视培养后代，在读书台故址上筑"聪明台"，并题句勉励。良好的家教，培育出刘沆这位榜眼。北宋至和元年（1054）八月，拜同平章事、集贤殿大学士，成为宰相，"自进士设科，擢高第至宰相者，吉郡以沆为首"。居庙堂时，刘沆"上言近臣三弊，多所中摘，近幸颇不悦"。但皇上"敬信之"，乃实行"三举"：举荐贤才、强化中央集权、竭力抑制侥幸。时"欧阳修被谗出守,沆荐修唐史,复以翰林学士进用"。欧阳修的仕途从此驶入快车道,成为名相、文坛领袖,唱响了"庐陵文化"品牌。从这个层面看,刘沆被誉为"庐陵第一人",是不为过的。返乡省亲之途,刘沆支持并参与在禾河上筑陂引水,建成一座名为"袍陂"的堤坝,千年不倒!刘沆逝于陈州任所后,宋仁宗赐思贤碑,并御制挽诗以赠——其家乡后又名"思贤乡"。

刘定之与刘沆同属乡人。其父刘髦是明初"禾川三君子"之一,教子读书"日授千言",刘定之"因记成诵"。明英宗正统元年(1436),刘定之登丙辰科周旋榜进士第三人(探花),授翰林编修。成化二年(1466),入内阁,参与机务。刘定之"名闻天下,擅一代文宗,虽武夫悍卒,亦无不慕传焉"。皇上命作《元宵诗》,刘定之据案伸纸,立成七言绝句百首。还曾一天内起草九个文告。刘定之尤以直言条陈,力主强国富民而著称。成化三年(1467),江西、湖广等地发生旱灾,但有司仍征收百姓的赋税。刘定之向明宪宗建言,真情动人,遂诏命停征。

春秋时鲁国大夫叔孙豹提出人生"三不朽":"立德",树立高尚的德行;"立功",建立不朽的功绩;"立言",提出真知灼见的言论。这是我国古代士大夫的至高理想,用以抵抗人生的短暂和死亡的逼迫。

与姚、牛二相一样,刘沆、刘定之两位宰相,满怀浓郁的家国情结,"居庙堂之高则忧其民,处江湖之远则忧其君"。因此,身死之后在百姓心中屹立起一座丰碑，经年不朽。

三

嘉庆元年（1796）至同治十三年（1874）的79年间，清朝经历嘉庆、道光、咸丰、同治四个时期。那时的清朝，已从巅峰滑落，亦步亦趋迈向黄昏。而相乡书院，就在这个时期建成——根据现有资料推算的，具体时间待考。

朝廷的纷争往往在僻远的乡间掀不起多大的风浪。永新北乡人民顾不上皇帝的更迭，而是忙于兴建相乡书院以纪念四位跟永新有关的宰相。

在古代，纪念一个人的方式有多种，建生祠、立牌坊，诸如此类。为何北乡人民选择兴建书院？我私下揣摩，或许跟当地历来有建书院的传统有关。

书院，是中国封建社会特有的教育组织和学术研究机构，有官办和私立之分。书院设山长，主管教学，兼管院务。书院产生于唐代，成熟于宋代。元明至清，虽累有禁毁，总体来说在不断发展提高。

永新是山区，对山区人民而言，在"万般皆下品，唯有读书高"的年代，不读书就只有耕田这条路。因此，历来有"非耕即读"的优良传统——永新方言"团箕晒谷也要教崽读书"可以很好地印证。富家子弟有条件读书，然生活拮据的农家子弟何处读书？据清朝谭尚书编著的《禾川书》记载："或缙绅捐资办塾，免费课贫寒子弟；或宗祠设塾，课同姓子弟；或名儒自设学馆，课本家子弟和聪慧少年；或小康人家集资延师，课其子弟。"在日积月累的经验中，永新人民变"学在官府"为"有教无类"，推崇尊师重教和全民办学。而兴建书院，就是重要的办学方式。

永新书院最早可追溯到南宋绍兴年间（1131—1162）。邑人曾若川隐居乡里，开曾氏义学，又称"曾若川书院"，以延四方才俊。此后，县人相继兴建屏山、崇正、禾山、秀水等书院。

说到民办书院，石桥村尹台功不可没。作为明嘉靖十四年（1535）的进士，"其人如高山大川"，一身正气；能文善诗，曾同修《大明会典》、主纂《永新县志》；任礼部尚书时，出资重修兴文阁，辞官乡居后，在城北凤尾湖澳买下朱氏居址，兴建崇正书院。

在历代永新名儒大家的倡导下，全县书院如雨后春笋般拔地而起。据记载，自唐五代至清末，吉安共有书院514所，其中永新达31所，且四乡皆有书院。

如此看来，北乡人民借纪念四位宰相之名兴建书院，便在情理之中了。官民联动，举全乡之力搭建一座知识的殿堂。莘莘学子背着行囊意气风发步入其中，又满怀希冀奔赴考场，期待"十年寒窗苦读书，一鸣惊人考功名"。

四

较之民办方式,相乡书院有些另类。其主体采用公建,其斋舍又由各姓捐造。人民的期盼,兼有朝廷的加持,相乡书院顺利建成。建筑宏伟,中建广宇三栋,设有明伦堂、先贤祠、报功祠,房建宾兴会馆以及书斋三排,计24间,并附建厨房、膳厅等多间,周以步廊,围以恒墙,俨若古城,且前置庭院门楼,凿以莲池,缘以翼阁,巍然耸立,蔚为壮观。旁侧有字纸亭一座。

书院落成,礼炮喧天,"相乡书院"四个大字,铁画银钩。生徒纷至沓来,期盼顺利入学。书院招收生徒分三级:十岁以下为生童,十岁至十五岁为生员,十五岁以上算游学。生童和生员通过考试分为正课生、副课生、附课生。各类生徒在膏火费(伙食费)分配上有所差别,正课生高于副课生,副课生高于附课生。

窃以为,能在此学习,该何等舒心惬意!"俨若古城",规模何等气派!"凿以莲池",又何其诗情画意!莘莘学子在书斋勤学,饿了跑进膳厅大快朵颐,累了在莲池边、垣墙上观赏风景,闲时步入先贤祠、报功祠虔诚祭拜先贤。还有高规格的宾兴会馆,诚迎四面八方的名儒大家。

名儒大家中,龙文彬是璀璨夺目之星。他是晚清文史学家,任《穆宗实录》详校官,著《明会要》80卷。清光绪六年(1880)

院内书香浓

告老还乡后，力主省城（南昌）友教、经训书院，后又在吉安府鹭洲，临川府章山，永新秀水、联珠、莲洲各书院讲习，"所至，学者翕然宗之"。

那时，相乡书院已更名为"莲洲书院"。其更名有不同说法，有个故事较为可信。某年，书院年会聚餐时，有人质疑"相乡书院"院名俗气，需取一雅名代之。众人赞同，虽搜肠刮肚却无眉目。一筛酒厨夫立角落曰："我每早去后洲河边挑水，见藕塘莲花香远，何不取名'莲洲书院'？"在座者初沉默，后拍案叫绝，连说"用得！用得！"高手在民间，诚如是也。

就此，莲洲书院庆幸地登上历史舞台，在龙文彬山长的带领下，以儒家思想为指导，以"定国安邦"为己任，传承发扬着书院之教化功能。

卸任山长后,龙文彬又在家乡澧田南城兴建南坑书院。

五

历史上,每个朝代建立之初,皆能浸明浸昌;一到晚期,却身患绝症般,浸微浸灭。

改名莲洲书院时,晚清已奄奄一息。鸦片战争、太平天国运动,一次次啮噬其孱弱不堪的躯体。尽管戊戌变法如一剂强心剂,使其苟延残喘,不久,辛亥革命犹如利刃出鞘,毫不留情地洞穿其心脏。

政治风云席卷之下,谁也不能独善其身。1904年,莲洲书院易名"莲洲高等小学堂"。1912年,更名为莲洲高等小学校,并顺应时势一改往昔作风,在学科、学制各方面均有所创新。学制六年,开设国文(语文)、算术、自然、地理、音乐、图画、体育等课程。每期教师十余名,学生200余人,教师月薪12块钱(银圆)左右,伙食由学校供给。学生每人每学期交学米50—60斤。毕业后,由校长签发学生毕业捷报送归故里,地方族长要出面治酒为该生接风。

那时,莲洲高等小学校不再培养科举制度之下"范进"式人才,转而培养反帝反封建的新生力量,特别是为中华人民共和国的建立前仆后继的革命先辈。这在漫长的永新书院史上,留下浓墨重彩的一笔。这一笔，是含苞待放的花骨朵，青春逼人；这一笔，是冰清玉洁的花蕊，赤诚可鉴；这一笔，是热血怒放的莲花，红得耀眼。

书写者谁？是跟随毛泽东提出"大力经营永新"而努力奋斗的永新人民，是郭沫若在《宿永新》一诗中歌颂"长征逾万参加者，烈士八千磊落才"的永新人民，是拥"忠勇信义"之风骨、颇有"侠之大者"之气概的永新人民！

书写者谁？是秉承了相乡书院、莲洲书院家国情怀的莘莘学子！他们络绎不绝地从历史深处朝我们走来，面带微笑、目光坚毅，犹如"出淤泥而不染"的莲、"可远观而不可亵玩"的莲、"香远益清，亭亭净植"的莲。

欧阳洛，中共永新县党组织创始人、中共永新县委首任书记，被誉为"革命的播火者"。是他，注重新文化运动以来知识的作用；是他，带头喊出"穷人，就是要革命"的铮铮话语；是他，身为校长（莲洲高等小学校），带头传播进步思想，进行革命活动。

段锡鹏，高市乡南田村人。7岁时在书院就读（莲洲书院、联珠书院皆有可能），后考入北京大学，是五四运动学生领袖之一。他力行儒家之道，"一身硬骨，永远战斗"。曾多方营救陈独秀，后在家乡兴建滨江书院。

"四面湖山归眼底，万家忧乐到心头。"这是曾任中共安福县委书记、永新县苏维埃政府主席马铭撰写的对联。1921年，马铭在此地求学，一天和同学登上学校附近的虚皇山，触景生情写下此联，字里行间满溢忧国忧民之情。

革命先烈王怀、陈怀帮、刘一奇在学校读过书，任过教，又从这里出发，踏上革命救国的道路。

中华人民共和国成立后，授予开国中将的王恩茂，曾回忆1930年在此校，以"基层农民的苦与乐"为题讲学，动员农民群众参与革命的沸腾情景。

"在我眼里，那些字帖、毛笔、宣纸啊等等，就跟口粮一样珍贵啊！"开国少将、书法家李真，7岁在校学习，因家境贫寒，放牛时，只能用木棍在地上练习写字。回首往事，他满怀深情。

这座用烈士鲜血浇灌过的红色建筑，曾是永新西北特区所在地，在艰苦卓绝的革命斗争中，为井冈山革命根据地培养了"五省书记"谭启龙等党的高级干部，还有一批杰出的军事指挥人才，被誉为永新西北特区"黄埔军校"。

六

行文至此，仍心有所惑——当时的北乡泛指整个北路片区，坐拥16都，相乡书院为何选址今天的莲洲乡境内？论名气，它不如今天的埠前镇，刘沆、刘定之二位宰相在此地出生、成长；论位置，它也不是北乡的中心。翻阅厚重的资料，我梳理出一些眉目。

永新建县历史悠久,建安九年至二十年(204—215)间建立,治所设今沙市镇下排洲与澧田镇洲头两村间之高洲,属庐陵郡。在朝代更迭中,县域不断变迁,区划不断更动。据现有资料,宋元祐七年(1092)以后,全县划分73都,从县北境的虹桥、左坊起始,大致按逆时针方向,依次冠以数字序号作为都的名称。后,有12乡、96都。元至顺初,剩11乡、88都。清乾隆八年(1743),析安仁、西亭二乡及登丰乡的一部共25都归属莲花厅,存9乡、63都。同治年间,已无9乡的划分,全县编为东、南、西、北4乡,分领63都。从清同治十三年(1874)的乡都表可以看出,北乡包括:一都、二上都、二下都等16都。今天的莲洲乡,主要指禾五都、六都;而二位宰相的家乡,属七十一上都(后属北乡)。

溯源莲洲乡历史,有几件事情值得提及。后唐同光三年(925),蜀人文时(字春元)在今钱溪的坑东开基;北宋宣和年间,有胡氏在今双湖村落居;元至顺年间,钱溪村出现贸易集市,又称"钱市街";明景泰年间,贩卖"广药""杂货"的扁担商人上湖南、下吉安时经过杨桥坡时要歇脚过夜,有客商在此开饭店、卖杂货,龙氏(自本邑八都源头村)、贺氏(自本邑紫雾贺家)等来此立籍,遂形成杨桥村(今莲洲乡政府驻地)。杨桥之名,源于村东原石拱桥边长有杨柳树。跨过石拱桥,蹚过桃花水,钱市街翘首可见。清末民初年间,一直到中华人民共和国成立后,政治、经济、文化机构都设于此地,物资亦以此为扩散地。

由此看来,杨桥之地交通便利,商贸发达,一直是北乡政治、经济、文化的中心,又与繁华的钱市街相毗邻。当初相乡书院建于此地,实至名归。

七

作为文化构建,书院里都是文化人,教授的是名儒大家,学习的是莘莘学子。封建社会里,这些手无缚鸡之力的文人,历来是当权者眼中的鱼肉,任意蹂躏。于是,他们想停办时就停办,想改名时就改名。文人知晓现实是一回事,如何抗拒现实又是一回事。在知晓与抗拒之间,历史云烟来了又散,散了又聚。

中华人民共和国成立后,莲洲书院几度更名。后响应号召,将院产移交国家,改建为杨桥粮管所——教书育人,粮食养人。不同的职责,同样的使命。

年过不惑,回眸这段历史,有伤感,也释怀。"为天地立心,为生民立命;为往圣继绝学,为万世开太平"。张载撰写的对联,道出天下知识分子的志向和心声。书院之地,书院之人,虽历时间之流冲刷,终不改伟大的家国情怀。它一脉传承着,莲花般"香远益清",永不消逝。

八

"往事越千年，魏武挥鞭，东临碣石有遗篇。"新的时代，历史再翻新篇。在各界人士的爱心倡议下，在永新县委、县政府及莲洲乡党委、乡政府的正确领导和大力支持下，2022年10月动工，2023年底建成，不足两年时间，莲洲书院择地重获新生。矗立溶江之畔，与巍峨的虚皇山、秀丽的溶江水交相辉映。

身为莲洲人，我多次故地重游，来一回，醉一回，梦一回。

"菁菁者莪，郁郁乎文"——大门集句联犹如睿智的老者迎接八方宾朋。大门头、屏风墙、孔圣像和主体楼处于中轴线上，两侧分列八柱木构风雨带座长廊。主体楼为二层，砖木结构，歇山顶、马头墙，古朴厚重。一楼设讲堂、成人阅览室、儿童读书室，二楼辟交流室、才艺室、茶水室。书院后面，五棵香樟遮天蔽日；左侧莲池，荷叶田田，莲花楚楚；右侧田地，星罗棋布，四季丰收。

斜倚栏杆，观虚皇山树木葱茏，溶江水欢快东流，沙洲上白鹭翔集。翻阅墨香四溢的莲洲书院期刊——《溶江水》，字节跳动，弹奏动人的乐章。琅琅书声和着节拍飘荡天地间：

"予独爱莲之出淤泥而不染，濯清涟而不妖，中通外直，不蔓不枝，香远益清，亭亭净植，可远观而不可亵玩焉……"

是夜，拥一池莲香，酣然入梦。

禾山旧时月

为了观摩一个崖书，那日，我同一位朋友驱车去了龙门的禾山。进山后，路有些窄，还弯弯曲曲的，车子开得有些胆战心惊。

禾山，距永新县城八十余里。据县志，禾山古曰"秋山"，俗传"秋"字失火，去火而为禾，故名禾山。山高万仞，峰峦峭拔，周回五百里。下有禾山甘露寺，盛时住众千余。南唐至两宋间，禾山禅席颇盛，扬名天下。甘露寺原名禾山寺，前身是古大智院。在唐宋间，禾山与青原、匡庐齐名，为江南名刹之一。甘露寺的邻近有一座雁塔，塔坐东朝西，四面七级，青砖砌成，塔高10多米，据永新县志载，北宋丞相刘沆游禾山时，曾留下诗句"雁塔惭题字，龙门喜酌泉"，被后世不断传颂。

因着它的名气，一拨又一拨的人纷纷前来寻山问水。

唐朝时，颜真卿因得罪宰相被贬为吉州司马，由此离开帝国的政治中心，来到了江西，来到了永新。那日，政务闲暇之余，他一路寻迹而来，转过禾山脚下的龙关，顿觉豁然开朗，当即决定在甘露寺落脚歇息。他的到来受到了僧侣们的热情欢迎，其间他与众僧谈经问道、切磋书法诗文，兴味所致，他写下书法"龙溪"二字，后人附梯将二字镌刻在禾山龙关的石壁上。

崖书起源于远古时代的一种记事方式，盛行于北朝时期，有着丰富的历史内涵和史料价值。石刻不少是直接奏刀凿刻，书风自然开张。南宋姜夔《续书谱》说："笔得墨则瘦，得朱则肥。""龙溪"两个刻字则糅杂了篆书和籀文的风韵，字体浑圆，苍劲有力，风格成熟，自成一家，彰显出一个书法大家的气度。

禾山"龙溪"石刻

禾山

禾山甘露寺大门

　　800年后,解缙也来到禾山游历,对着颜真卿的崖书"龙溪"二字,他心生敬仰,久久不肯离去。离去前,他作诗一首:"龙门溪下水珊珊,鲁公大笔彩云间。凭君多借几只鹿,带我重来骑看山。"从此,禾山的山水越发的墨色晕染、文气扑鼻。

　　清初,青原开一禅师来到禾山。他是一位有理想的高僧,在甘露寺潜心研佛的同时,开始鸠工庀材,大兴土木,使得禾山古刹有了最后一抹亮眼的余晖。

禾山雁塔

开一禅师主持甘露寺时,无数有才学的僧人纷至沓来,禾山也因此留下许多的诗词和摩崖石刻,散落在禾山的各个角落,那时的禾山,飘着金贵的书香。而我们这次,就是奔着"禾山三关"去的。

"禾山三关"镌刻在禾山的腰石上。细看,那是一座山的密码,里面藏着禾山那些悠远的故事。远观,则更像是禾山的一个二维码,仿佛用手机扫一扫,有关禾山的故事便能一一呈现。

石刻的内容是:"禾山源头陀公语。第一关:僧俗出龙关为甚么不同道?第二关:既然同道因甚且得一失?第三关:若论得失且道谁得谁失?"

偈语的落笔时间为清顺治丁酉年(1657)孟冬日,距今已300多年了。那时,禾山甘露寺禅风极盛,无数僧俗纷纷慕名前来。

"禾山三关"与颜真卿的"龙溪"石刻崖书遥相呼应,中间只隔着一道清澈见底的龙溪水。从地形上看,龙关"两峰插天,悬流长数十丈，奔踀飞瀑，涌为深潭，最称奇绝"。这是禾山陆路对外交通咽喉之地，是佛徒去往甘露寺朝圣修行的最后一道关隘。

从落款可以看出，"三关"是甘露寺里一个法号"陀公"的僧人之所悟，崖书很有可能也是他亲手凿刻的。我们可以想象一下，那会儿，他像蜘蛛一样贴在崖壁上，左手握凿，右手抡锤，金属撞击石头的声音在幽静的深山里久久回荡，无数的碎石与尘土抛洒下来，像空中的雨花纷纷扬扬……

"三关"的字体为隶书，意趣天成，墨色透石，纤瘦却苍劲有力。而今，由于岩石的风化，字迹微微有些剥落，我们依

禾山古石碑

四寻·永新

…… 寻味永新

《寻味永新》编撰委员会

主　　任：郑军平　古秋云
副 主 任：杨小成　范晓鸣　饶　星　龚　云　周家龙
编　　委：贺江华　龙天然　刘晓翔　贺剑文

《寻味永新》编纂人员

主　　编：龚　云
副 主 编：刘晓翔
统　　稿：龙天然
撰　　稿：董海涛　李作明　曾亮文　贺湘君　吴一为
编　　务：陈莉君　胡佩涵　刘　坤

十大罗碗

中共永新县委员会　永新县人民政府　编
郑军平　古秋云　主编

江西人民出版社
全国百佳出版社

图书在版编目（CIP）数据

寻味永新：十大罗碗/中共永新县委员会，永新县人民政府编；郑军平，古秋云主编. -- 南昌：江西人民出版社，2024.5
（四寻永新；1）
ISBN 978-7-210-15548-5

Ⅰ.①寻… Ⅱ.①中… ②永… ③郑… ④古… Ⅲ.①小品文—中国—当代 Ⅳ.①I267.3

中国国家版本馆CIP数据核字（2024）第106707号

四寻永新　寻味永新：十大罗碗
SI XUN YONGXIN XUN WEI YONGXIN: SHI DA LUOWAN

中共永新县委员会　永新县人民政府 编　　郑军平　古秋云 主编

| 策　　　划：黄心刚
| 责 任 编 辑：郭　锐
| 封 面 题 字：贺炜炜
| 封 面 设 计：同异文化传媒

江西人民出版社 出版发行

地　　　　址：江西省南昌市三经路47号附1号（330006）
网　　　　址：www.jxpph.com
电 子 信 箱：jxpph@tom.com
编辑部电话：0791-86893801
发行部电话：0791-86898801
承　印　厂：湖北金港彩印有限公司
经　　　销：各地新华书店

开　　　本：880毫米×1230毫米　1/32
印　　　张：7.5
字　　　数：152千字
版　　　次：2024年5月第1版
印　　　次：2024年5月第1次印刷
书　　　号：ISBN 978-7-210-15548-5
定　　　价：458.00元（全4册）
赣版权登字-01-2024-181

版权所有　侵权必究
赣人版图书凡属印刷、装订错误，请随时与江西人民出版社联系调换。
服务电话：0791-86898820

序

"青春已不在,白发自然生。"

对于耄耋的我,突然感怀于杜牧的这句诗,是因为老家江西永新要编写一本关于地方美食的书——《寻味永新:十大罗碗》,嘱我作序。

这确实让我一下乡愁满怀……

对于永新,我是亲切的,也是很有感触很有感情的——因为我青春年少的岁月大都是在永新度过的。抗战胜利后,年幼的我随父母举迁永新。父母经营九州药店,我入学读书。1952年,17岁的我从永新中学高中毕业,考入北京地质学院,之后很多年没有回去过,直到2012年和2021年才先后两次回到永新。

永新,虽然不是我的出生地,但对我来说总有很浓的故乡情结,因为那里有我的发小、老师,以及邻居街坊。永新,是一个多年来让我梦萦魂牵的地方,东门浮桥、东华岭、南塔、义井、蜡棚巷、观音桥……一个个熟悉的名字,一处处久违的景致,都会时不时伴随明月清风入怀,春暖秋凉入梦。

永新是个很好的地方,也是一个很值得去了解的地方。去过的,定然会想再去看看;没去过的,最好能抽空去走走。东汉末年置县的永新,古称吴头楚尾,地处湘东赣西,文化的浸润,精神的传承,崇文重教的追求,习武健身的风气,养成了永新"忠勇信义"的地域风骨。永新,山清水秀,风光旖旎,明朝地理学家徐霞客曾游历其间,留下了两三千字的游记。永新,又是一块红色热土,土地革命时期,十余万人参军参战,一万多人踏上长征,走出了极富红色传奇的"贺氏三兄妹"(贺敏学、贺子珍、贺怡)和41位开国将军,成为全国著名的将军县。

永新,就像一部大书,让我穷尽一生去阅读;又像一部枕边物语,时常慰我入眠。"家在梦中何日到,春生江上几人还。"是的,对于永新,我是思念得多,回去得少。记得2007年10月22日,"嫦娥一号"升空前两天,我给当时已94岁高龄、我高中时代的恩师袁家瑞先生打了一个电话。我说:"等'嫦娥一号'升空后,我一定会回来看您。"但一等就是五年,我才回去见到他——所幸,他那时还健在。还好,多少年来,我还能讲一口在旁人听来"佶屈聱牙"的永新话;尚没有忘了那一口独特风味的永新菜——"舌品天下,胃知乡愁","美食最乡思"啊!食物一直是思乡人的慰藉。

我虽没有西晋张季鹰"莼鲈之思"的文人性情，但也时常会有唐代白居易"久为京洛客，此味常不足"的内心感慨。直到现在，我何尝不想念母亲烧炒的永新小菜呢？还有那记忆中的家珍——在儿时看来是美食"奢侈品"的"南乡扣肉""永新狗肉""酱萝卜老鸭汤"呢？

俗语说得好，"人间烟火气，最抚凡人心"。永新结合当地文旅发展，推出《寻味永新：十大罗碗》这本书，以小品文的形式，接地气的笔调，融合了历史故事和文化，介绍了烹饪制作工艺，阐发了舌尖情感和人生感悟，生动地诠释了"美食是一种大众文化"。永新美食，已然融入了永新近两千年历史的厚重人文中，与时偕行，同源共流——兼吴楚风情，汇湘赣习俗，形成自身的特色，展现独有的魅力，也因之而世传"江西美食半庐陵，庐陵佳肴数永新"。书中提及的"十大罗碗"，就是永新传统喜宴的标签。以羹汤为主的做法和直观朴拙的叫法，也只在永新流传，可以说，其源也远，其流也长，既充满历史韵味，又颇能勾起回忆。虽然时下随着物质水平的提高，琳琅满目的喜宴菜品已经远远不只局限于"十大罗碗"了，但"十大罗碗"作为永新人称谓盛宴的代名词却历久弥新，成为永新美食文化的印记。也可看出，本书以"十大罗碗"作永新美食"代言"，亦是颇用了心的。

自古盛世修文，而今，文稿在手，我深深地感受到永新县委县政府贴近群众、贴近生活的为民情怀，也深深地体会到永新本土作家那份对家乡的深情和生活的热爱。这些"草根"文字，体现了最质朴最真实的感情，让读者口角噙香的同时，还能触摸到永新充满烟火气的那股温馨和真切。可以说，这本颇具"永新味"的小书，为永新的美食文化留存了一笔宝贵的财富。我想，单凭这点，《寻味永新：十大罗碗》就很有意义！

诚谢作文之邀，甚幸，是为序。

欧阳自远

（欧阳自远，中国科学院院士、发展中国家科学院院士、国际宇航科学院院士、中国月球探测工程首任首席科学家）

扫码观看欧阳自远
采访视频

目录

- 001　吃"十大罗碗"去
- 009　南乡扣肉系乡思
- 015　莳田粉蒸鹅
- 021　天龙山初尝肚包鸡
- 026　下酒硬菜卷盘黄鳝
- 032　冬闲时节"兑狗伙"
- 038　幸福感的瓢豆腐
- 043　文化味浓干蒸鸡
- 048　文化里的牛鞭菜品
- 053　辣椒炒鱼好味道
- 058　爆椒泥鳅真味道
- 062　黄鳝炒腊肉,人间好口福
- 067　春江水暖话"血鸭"
- 073　吉祥金贵"子包肉"
- 079　最忆是狗肉
- 084　充满生命力的金钱蛋
- 090　"过期"的猪脚炖黄豆
- 095　红红火火薯粉丝
- 099　青椒萝卜干
- 104　冬笋炒腊肉

109	头牌酱萝卜老鸭汤
115	栗子豆腐
121	豆子萝卜求学路
126	"豆腐还是好吃的"
132	农家餐桌上的芋头
138	佐餐妙品：盐菜泥鳅汤
143	火煨青椒滋味长
147	那些酱制的时光
152	永新山珍"石耳"
157	乡愁米豆腐
162	大浠捡"石花"
166	芳香的玉兰片
172	一鼎春色艾米果
176	一块霉豆腐的百味人生
180	"富汁"在流
184	豆和米的一场艳遇
189	花生饼里见变迁
196	消暑解渴"恰"凉粉
201	一碗冬酒醉江南
207	山里人的醋姜
212	旧时碗茶兰花根
218	烹牛熟熬牛膏
223	三湾老酒

吃"十大罗碗"去

"吃'十大罗碗'去"是永新南乡一带赴婚庆喜宴的形象说法。

随着村里一阵"镗、镗、镗……"的锣声和"凡客请坐"的大嗓门吆喝,各家各户吃酒席的人都纷纷步履匆匆赶往祠堂,彼此招呼着一一落座。不一会儿,一张张八仙桌边就坐满了客人,趁着上菜前的闲暇,大伙聊着感兴趣的话题,喜宴的气氛顿时浓烈起来。

后厨这时更是一番忙碌而热闹的景象。

双孔大灶柴火噼啪作响,两口大锅热气腾腾。掌勺大厨如久经沙场的将军,手执马勺,眼神坚定而自信地盯着锅中,观察火候,做最后的调味。

一个个规格统一的大鼎罐沿墙一溜排开,坐在炭火炉子上,持续不断向外发散着混合了蒜、葱、姜、辣椒等各种调味料香味的气息。每个鼎罐里装着一道已熟的大菜,只等装碗上桌!

在一个用砖头临时垒起的土灶上,搁着一个大木甑。此时灶内猛火已熄，炽烈的余烬仍闪着红红火光。锅盖上又蒙着一层油布的甑口不断喷着阵阵浓郁的油香：这里面层层叠叠垒着的是酒席的头号大菜——扣肉！扣肉上头还有一个脸盆装着大块的、同扣肉皮子一样用酒酿酥得黑红黑红的猪蹄髈。经过七八个小时的猛火焖蒸，此时都已至烂熟，以致锅内的水都变成了红红的油汤。

帮厨的男人们此时手头暂时闲下来，抽着主人家敬上的香烟，享受一阵紧张前的悠闲，还不时与穿梭不息摆碗筷、抬饭甑的女人们调侃打趣几句。

"舅舅到了。安席啦！可以安席啦！"随着宴席总提调人的一声高喊，一阵高亢而欢快的唢呐声传入后厨。掌勺大厨如同将军得到进攻的号令，立即朝门口待命的男人们下达指令："出菜！"

于是，男人们迅速按已分好的工忙碌起来：拿碗、打菜、出菜，各司其职。只见一只只青花罗碗摆上案板，一个个朱漆条盘操在手上。

首先揭开的是装着"金花蹄"的大鼎罐。同时把搁在扣肉甑中的那盆蹄髈端到一旁。大铁勺在鼎罐中熟练地搅一挖，再朝青花罗碗一扣，一碗油汪汪的猪肉条子冒着热气与香味扑面而来，旁边一人再加上一段红油酥软、皮皱肉烂的带骨蹄髈，撒上翠绿的葱花。一道令人馋涎欲滴的大菜"金花蹄"立即被一阵风似的传送到期盼已久的食客面前！立即便被一双双兔起鹘落的筷子夹得只剩一汪浅浅的油水。吃罢，一位食客咂嘴连连称赞："好吃！南乡的十大罗碗真的名不虚传!"

"这道金花蹄,只有南乡人会做。取猪耳朵、猪面肉和五花肉油酥后切长条脍炒煮透,配上带皮带骨的蹄膀,吃起来解馋过瘾。真不愧是十大罗碗的招牌菜呀!"另一位食客的妙评赢得同桌人的一致首肯。

南乡扣肉

接着上来的是"煎豆腐"。主人家自种的黄豆，帮厨人现磨的豆腐，打成长条，用自产的菜油煎得金黄，什么配料也不用，煮得软粑粑的，在上面加上一小勺带蒜丝的肉丝就成！

在享用了第一道"金花蹄"后，再用这软粑粑热乎乎的煎豆腐去去油腻，真是再好不过。几筷子下肚，浑身舒畅。

吃罢"煎豆腐"，有经验的食客又拈起瓷调羹在手，因为他知道下一道登场的菜是："鱼汤"。

果然"鱼汤"马上就来了。一碗看似无味的清汤，下面沉着几块斩成骨牌状小小的鱼肉和金黄的姜片，上面浮着星星点点的辣椒末和葱花。一勺入嘴，鲜甜无比；辛辣清香，满溢口腹。

须知这鱼是主人家养了多年的大草鱼，凌晨干的塘，新鲜得不能再新鲜。这更是检验厨艺的一道菜。大厨烹调时格外用心，对鱼块的形状、调味料的分量、汤水的比例都严格把控，这才使得这碗貌不惊人却鲜甜开胃"鱼汤"老少咸宜，人人爱吃。

有人曾打趣南乡人的酒席是"变着花样吃猪！"

确实！南乡人的"十人罗碗"有一半以猪肉为原料。肥的"撮"扣肉、做"金花蹄"，瘦的剁"肉圆"、切"精肉丝"，内脏做"肚肺汤"。其他几道中，也有以猪肉为配料的，如"福子"中有肉末，"煎豆腐""西粉"上面盖肉丝。

在"金花蹄""煎豆腐""鱼汤"之后，上扣肉之前，陆续上桌的是"精肉丝""牲（即红辣椒爆炒鹅或鸭块）""肚肺汤"

"西粉""肉圆"。这几道菜为扣肉的出台做铺垫，就如采茶戏中小姐公子亮相前总由一群丫环小厮先出场一样。

"精肉丝"爽口耐嚼，蒜香扑鼻，可为前面未多吃"金花蹄"的人补偿一下。

"牲"是"十大罗碗"唯一以辣为特色的下饭菜。鸭或鹅斩大块加红辣椒爆炒，讲究浓油赤酱，辣味十足。在九道汤水菜中一枝独秀，引人食欲大增。

"肚肺汤"是用猪大肠、猪肚、猪肺切段（片）煮汤。这些猪下水处理得再干净，即使加上葱姜，也难免会有一股气味，很多人受不了；但一桌上总有一两个人嗜之成癖，连肉带汤，呼噜呼噜，吃个干净。

"西粉"是"十大罗碗"中唯一一道需主人家掏钱去买的"舶来品"。这种粉丝是现代工艺制成，故以"西"称之，以区别于土法制作的薯粉和米粉。外形精致细长，晶莹剔透。大厨喜用"西粉"，可能是因它久煮不煳不断，又能饱吸肉汁，吃起来滋味绵长。酒过三巡后，有人尚觉得汤汤水水让他们的肠胃还意犹未尽，于是再来上几筷子软滑脆弹的粉丝，这才感到通体舒泰。

"肉圆"的制作，得精选上好瘦肉，不带肥的和筋膜，先切肉片再快刀斩成肉末，团成丸状，讲究个个一样大，不歪不裂，下锅不散，出锅紧致圆润，才能博得食客的好评。胃口好的人一口一个，嚼得满口生香。

牲

　　酒席的点睛之笔，当然非扣肉莫属。扣肉一上，就表示酒席到达高潮。扣肉的做法从选料、水煮、抹酒酿、过油炸，到剁"二底"、拌料，再到切、拼、压，最后上甑猛火长时焖蒸；这一系列

肉圆

工序之繁琐，自不必说。就是上扣肉之时的礼仪也大有讲究。

将上扣肉之时，后厨派人通知总提调人，席上即鸣炮奏乐，唢呐再起。

扣肉从大甑中取出时是"二底"朝上，得用另一只罗碗合住翻个身，把"皮子"朝上，油润红亮又饱满耐看的一碗扣肉才成型。挑最漂亮的一个送到"一席"上，以示对娘舅的尊重。

扣肉一摆上桌，新郎即由族长领着向各桌宾客敬酒。大厨也到"上席"致意，并察看罗碗中的菜吃得怎么样，以判断今天厨艺的成败。见到碗见了底的，马上吩咐上菜人再添过来。"上席"的贵宾则起立向大厨道乏，新郎敬上香烟连声道谢。如此则主宾尽欢。

最后上桌的"福子"是解腻化油的。"福子"浓稠清甜，由芡粉、金针、蛋花、肉末、橘饼碎、花生米碎等近十种原料熬煮而成，加上白糖，大受老人小孩欢迎。

吃过甜甜的"福子"，大家这才打着饱嗝，心满意足下了桌，结束了这场期盼已久的"十大罗碗"盛宴!

后厨这边,大厨还要一一检查那一排鼎罐,念叨着:金花蹄、煎豆腐、鱼汤、精肉丝、牲、西粉、肚肺汤、肉圆、扣肉、福子。好,菜全部上齐了。再点一下大木甑中剩下的扣肉,这是主人家交代过要留着"打发客"的。刚好那边下席的鞭炮响了,主妇急忙赶来,拿着几张洗过的干荷叶,包了几个扣肉,用粽叶扎了提着,守在祠堂门口,等娘家兄弟、老舅等一干亲戚走出祠堂,便上前把扣肉送到他们手中,口中说:"本当要上门来打发,年下事多,扣肉请先带回去,等忙过这一阵,我们再来问安!"

客人们客套几句,便欣然收下。试想,如果坐了一回席,没提一个扣肉回去,那是多么没面子的事呀!

在一阵送客的鞭炮声中,热闹的婚宴落下帷幕。

随着物质生活的日益丰富,如今的南乡人喜酒席上的菜肴更加丰盛了,远不止上述的"十大罗碗"。但"十大罗碗"之名,已由南乡传遍全县,成为丰盛宴席的代名词,成为永新美食的一块闪亮的金字招牌。不少饭店餐馆纷纷推出"十大罗碗"菜品,以其独特的口味受到食客的青睐。

南乡扣肉系乡思

南乡人做扣肉,有一个专有名词,叫"撮扣肉","撮"读"刺最切",是用力按压的意思。这个词不要说外乡人不懂,我从小听惯的,也很长时间不明白,"撮",是一种怎样的手法?

父亲为本家办喜事帮厨,不知道"撮"过多少次扣肉,每每听他讲起其中的过程,我就大吞口水。

待到去吃喜酒时,那一碗酥红透亮、油香四溢、热气蒸腾的扣肉端上桌,我在同桌人一片"来,趁热吃扣肉!"的呼喊中,挟起一瓣厚实油润的"扣肉皮子",两三口吃光,让它在口内停留片刻,随即刺溜一下下了肚,留下齿唇间那一股奇异的芳香久久萦绕。之后,我就会对扣肉的做法心驰神往,却又百思不得其解:"白花花的猪肉经过一些什么样的手法,就能变成这么一碗圆溜溜、红彤彤的扣肉?白的皮怎么变成红的?那些尖三角形的'皮子'是怎么切出来的?它们为什么能在一个碗里挨得这么紧而不散开?八条皮子

干盐菜

又刚好组成一个半球形?最奇的是皮子底下的碎肉骨头盐菜是怎么放进去的?又为什么还有一片南瓜叶子?做什么用?"

带着满肚子这样的疑问,我吃一回想一回。长大后,终于迎来了解开秘密的时刻!

我家新房落成,办了一次"进桌"宴。那一天,我特意钻到厨房去给"动事"的本家们敬烟,却意在看他们怎么"撮"扣肉。

我看见大厨水开伯伯正指挥水生哥一群人把生猪肉切成五寸见方的肉块,用刀刮剃干净,放入一锅滚水中煮。煮至三四成熟,捞出,搁入大酒盆中沥干水分,冷却。

然后就往肉皮上涂抹陈年酒酿。那几大瓶酒酿是父亲几年前存下的,已变成琥珀色,晶莹透亮,倒入脸盆中,整个厨房异香扑鼻。

抹足了酒酿的肉块堆放在另一个大酒盆中,搁在灶头。水开伯

准备食材

伯早已烧开了一大锅油,用一把长柄双钩铁家伙,往酒盆中抓取肉块,浸入滚油锅中。只见油锅内霎时鱼眼密布,吱吱脆响。肉块遭遇油火的煎熬,随着滚油的沸动,不停翻腾,一股酒肉焦香迅速溢出。水开伯伯宛如一位百战老将,手挥铁钩,指挥若定。边与旁人闲话,边把锅中火候已到的肉块抓取出锅,那份淡定从容,那份老到经验,令我肃然起敬。

他告诉我,肉皮的颜色取决于酒酿的好坏。酒酿优劣,以"力"之大小衡量。抹了好酒酿即有"力"的酒酿的肉块,进油锅一次出色,酥红透亮,色泽均匀。如果酒酿"力"差,则要反复涂抹两三次,回锅再炸才有颜色,遇到这样的情况,费神费时不说,而且这样炸过的肉皮子呈黑红,又老又皱,端上桌客人要说闲话的。

这个过程,叫"酥皮子"。

"酥"好的皮子,还是方块,它又是怎么变成尖三角形状呢?

腌猪肉

又是怎么变成碗中的一个半球形呢?

童年的疑问让我的眼睛紧随水生哥他们。只见他们把一大盆酥好的肉块挪到一块洗刷得干干净净的案板上,一人一把刀,肉块抓在手,斜一刀下去,一条尖三角形"皮子"就出来了,再顺过来斜切,如此往复,尖三角形的"皮子"就堆成了小山。

水生哥一看酒盆和案板,喊一声:"皮子够了,开始'撮'了!"

早有人在案板上摆开蓝边刀字扣肉碗,众人拈碗在前,在堆成小山的"皮子"堆里挑选切得最均匀的,皮里膘外码放在碗中,一圈码完,严丝合缝的一个倒扣的半球。

那边水开伯伯已把掺入了盐菜笋干辣椒粉的碎肉骨头"二底"炒制半熟,也用酒盆装了。众人挪过来,抓取"二底"往倒扣的半球里填,边填边挤压,直至冒尖如富士山。最后,女人把趁霜摘下的风菜叶子洗净晾干,裁成碗口大小一片,覆盖在"富士山"上。

菜叶子生时美化扣肉,红绿相映;熟时汲透油汁,鲜美异常。

原来这就是"揿"扣肉!

七八十碗扣肉在众人半天的努力下,齐刷刷地排列在案板上。看上去就无比养眼!

接下来,就是蒸。

一个特制的大木甑,父亲早就洗刷干净,同时还洗干净了一个团箕、一块大雨布、一块大纱布;又准备了一大堆树根硬柴,此刻一并堆在厨房边上;一口加了一半水的大铁锅,稳稳地搁在临时

南乡扣肉

用砖砌成的土灶上。大甑得由两个人抬才放得到锅里。接着，刚才"撮"扣肉的一群人又排成一字形，连接着案板与大甑，案板上的扣肉一碗一碗在人手中传递着，一支烟的工夫即堆叠在大甑中，满满当当。

凌晨，出于好奇和兴奋，我自告奋勇提出和父亲一起去蒸扣肉。我负责烧火，看火候是父亲的事。他隔一阵用手电筒照一下锅里的水，或把手搁在团箕上试一试温度。这就是他几十年帮人家"动事""撮"扣肉实践经验的具体运用，他做事一贯负责，何况这次是自家的"进桌"宴，更得拿出双倍的精神，确保正席上的扣肉达到最好水平，获得客人最佳点评。

家乡的扣肉还有个专用名字——南瓜扣肉。想想真形象，八瓣七棱，圆滚滚的，不就像个小南瓜！

成年以后，我代替父亲承担了去本家喜宴"动事"的责任。我最喜欢跟着水生哥他们"撮"扣肉，一回生二回熟，如今也能在外乡客面前说上个子丑寅卯。有时兴起，勾起馋虫，也在家里因陋就简地"撮"个扣肉打打牙祭，更多的是怀念家乡那种温馨和谐的邻里亲情。

扫码看视频

莳田粉蒸鹅

在没有推广抛秧技术，也无插秧机的年代，立夏前后的春耕大莳田是仅次于农历六月"双抢"的热闹场景。邻居、亲戚间互相帮工又是这种热闹场景中一曲欢快的旋律。

每到这个时候，各家总有那么两三天，少则三五个、多则七八个亲友邻居赶来帮工。与平常的走亲访友串门不同，没有客套礼数，没有闲话家常，客人自带工具（如担箕、斗笠、格子绳之类），一到就投入紧张的劳动中。他们分工明确，耙田、撒肥、扯秧、挑秧、插秧，在水平如镜、白鹭起落的田畴间掀起一阵阵欢快的声浪，说笑声中，一大丘水田一个上午就完工了。这样莳田，又快又不觉得累。

当然，这几天，做主人的在待客食肴上应拿出最好的货色，以示诚心对帮工客人友情和辛苦的犒劳。

粉蒸鹅，往往是殷实农家在这时节隆重登场的一道"硬菜"。

到说好了帮工来的日期的前一天，当家人就会提醒主妇："抽

炒米

磨米

空磨升米粉吧。"

主妇听懂了当家人的意思,就量出一升早禾米,在铁锅里慢火翻炒。炒米得用竹笊篱去翻,竹笊篱的丝丝青篾条擦着米在铁锅上转,发出沙沙的声音。待米炒至转黄,熄火盖上锅盖,让铁锅的余温慢慢把米烘焙至熟脆。主妇又把屋角的小石磨用清水洗净,晾干;把那锅中早禾米用木盆盛了,一把木勺舀着,一勺一勺喂进小石磨的嘴,慢悠悠地拐动磨扇——那细雪样的米粉就纷纷扬扬洒落磨下的团箕中。一顿饭工夫,米粉磨成。

第二天天不亮,鸡埘中的家禽还在瞌睡着呢,一只粗壮有力的大手就伸进来,准确无误地抓住一只大白鹅的长颈拎出鸡埘。

放血、烫毛、拔毛,在当家人一阵麻利的动作后,大白鹅露出了肥美厚实的胴体。

主妇从灰屋（永新人称杂屋为灰屋）中抱来一把早禾稿。当家人把鹅的身子架在耙田的钉耙那一排铁齿上，耙下燃起早禾稿。轻烟火舌漫卷着鹅的身子，令鹅的皮肉转黄、绷紧；转个身再烧，直到周身烧遍，色泽焦黄均匀方可；再拿到井边，用清冽的井水洗净，开膛剖肚，处理内脏。随后，拿回厨房，剁成两指见方的肉块，撒入细盐拌匀，用筷子夹住，往装在瓦钵里的米粉中蘸，直到肉块周身裹上厚厚一层米粉，才放入洗净的瓷盆里。一只鹅，十多斤，裹上米粉就更见分量，装了满满一瓷盆。沿盆周边淋入清水，即可入锅蒸。锅盖与铁锅的缝隙用纱布塞住。灶下用一块含油熬火的松树蔸，大火烧半点钟。待树蔸烧成红炭，

烧鹅

撒米粉

裹米粉

在灶中继续发威，主人就大可放心挑上担箕，与陆续赶到的帮工亲友一起去莳田。

看看日头当中，把田中剩余的秧插完，当家的就招呼大家上岸回家吃午饭。帮工的人总还要再用心插上几行，经主人几次三番催促后，才拔脚上岸，一路说说笑笑往主人家走。

早已到家的主妇已在一张八仙桌上摆好碗筷。酒壶中满灌着新开坛的桃花米酒，八盘八碗各种家常小炒，如鸡蛋豆腐、酸菜笋子、白芋头咸萝卜之类，摆满一桌，中间留下一处空地。洗净手脚的客人在主人热情招呼下纷纷落座。能喝的酒筛满碗，不能喝的把饭装上。主人回头向厨房吆喝一声："怎么？还不快把粉蒸鹅端上来？"

主妇就在灶间应一声："就来！就来！"

说话间，那个绘着喜鹊登枝图案的大瓷盆冒着热气被稳稳地搁到了八仙桌的中间。各人的鼻腔内立即为一股奇异的肉香充盈着。待水汽稍散，众人定睛看那瓷盆中，只见粉融肉酥，软烂而不失形状的大块鹅肉冒出扑鼻的香气。鹅肉蒸出的油让软糯的米粉还在扑嘟扑嘟冒着泡，看上去极为诱人。

主人举筷向客人招呼："来，大家动手！趁热！"

客人也不客气，筷子伸向瓷盆，搛住一大块就往嘴里塞，有时被热气烫了舌头，也不好意思声张，低头呷口酒或扒口饭，又去夹第二块。

几块鹅肉下肚,辘辘饥肠得到油水与肉味的滋补,一上午的劳累一扫而光,客人才让嘴稍作空闲,啧啧称赞这粉蒸鹅做得好。主人则不无骄傲地放下酒碗,煞有介事地把做这道菜的过程说一遍。

席上有客读过《红楼梦》,说起"胭脂鹅",大家都茫然。主人当然也没听说过,就说:"我们下力人,哪有时间弄什么胭脂鹅、水粉鹅。就这样粉蒸,又香又嫩,连红辣椒、生姜也省了。"他还有忍住没说的半句话是:"加上一升米粉,十斤鹅可蒸得出十二三斤来呢!"

粉蒸鹅

另一客说他去年也做过粉蒸鹅,吃上去粗粗沙沙的,不似桌上的那么细腻滑嫩,肉也不那么香。

主人就问他做的细节,当听对方说是用晚米磨粉,又漏了用早禾稿烧这一环节时,就用一种权威的神态说道:"嘻!粉蒸鹅,没窍!关键要用早禾米磨粉,早禾稿烧皮。早禾米粉才细滑,鹅肉本身带粗,配上细滑的早禾米粉就不粗了。用晚稻米粉,粗对粗,就不好吃了。还有,褪毛后用早禾稿烧了的鹅肉比没烧的鹅更香。因为早禾稿自带香味,烧的过程中那香味会渗入鹅肉中,除腥提味。大家想想是不是这个道理!"

客人们纷纷点头。停了一阵的筷子又不停向瓷盆中探去,闲话一阵的嘴巴又开始被酥烂的鹅肉充满着。

那位读过《红楼梦》的客人酒意半酣,高兴地指着梁间一对呢喃絮语的燕子,说:"好兆头!乳燕来巢,主家当发!"偏偏屋外池塘边柳树上一只喜鹊也凑热闹似的叽叽喳喳叫个不停。那人更兴奋地端起酒碗朝主人举了举,朗声说:"好!老庚,梁间燕,柳上鹊,喜上加喜。今天吃了粉蒸鹅,祝老庚家今年早禾一坨坨!"

在众人一片附和声中,主人、主妇幸福地笑了。

扫码看视频

天龙山初尝肚包鸡

随着人们生活水平的日益提高,物质享受更为丰富。食不厌精,脍不厌细,也是口腹之欲的一种正当需求。很多创新菜品,也就应运而生。

中国烹饪之法,博大精深。煎炒煮炸,蒸馏炰烹,焖烤脍卤,无所不备,没有做不到,只有想不到。但"包"的做法,少见于历代食单记载。而在民间,"包"的做法却很普遍,除了包饺子、包馄饨之外,在我们永新,还有"蛋包肉""猪肚包狗""猪肚包鸡"等等。

南宋诗人陆放翁《游山西村》诗云:"莫笑农家腊酒浑,丰年留客足鸡豚。"可见鸡和猪肉是历史悠久的待客肴馔。为什么诗人把鸡、豚并列?我想这是有原因的。在"家有余粮鸡犬饱,户多诗书子孙贤"的传统农耕时代,人们衣食以自给自足为主,种粮种菜,除了保证人的一日三餐,还得饲养家禽家畜,鸡与猪则是家禽家畜中最常见的。因为鸡可放养,山林草地,田间溪畔,有青草有虫豸,随处啄食，自然生长得野鸡一样，一振翅可以飞过一堵墙；猪则以圈养居多，喂以米糠、草料、潲水混合煮成的猪食，吃饱睡，睡醒吃，自然也长得膘实体壮，肥头大耳。待到来人来客，尤其是七大姑八大姨这样的贵客，总不能青韭充盘，藜藿作羹，最少得煎几个荷包蛋，隆重的就撒把米糠引回四处觅食的鸡群，趁其不备捞过一只，放血褪毛，斩块清蒸，捧上桌来，才算礼数周全。唐人孟浩然想必享受过这待遇，所以才无限留恋地写下"故人具鸡黍，邀我至田家"这样脍炙人口的诗句。杀猪则要等到腊月，谓之杀年猪。猪肉半卖半送亲友，剩下一部分用于熏腊肉。晚上还要把猪脑猪尾猪血猪肠之类拾掇拾掇，弄一餐"杀猪饭"，请四邻交好、本家叔伯坐几桌，共享一年辛苦所获。而猪肚与猪肝，被视为大补珍稀难得之物，独留给家中老人或至亲长辈享用。

民间以鸡和猪肉为原料，花样翻新、别出心裁做出来的菜品数不胜数。但把鸡和猪肚这两种名贵菜弄成一道菜，可谓是蜜里调糖、锦上添花之举。

我第一次吃猪肚包鸡这道菜，是在北乡天龙山中一户农家。二十多年前，因为工作原因，我们一行五人进驻原莲塘乡的天龙山。那里是山的王国，崇山峻岭，浅岗低阜，连绵不绝。居民多分散于各座山头，远看近在咫尺，走起来要半天才到。因为每天要走村入户搞调查，一住就是一个星期。这段难忘的山里做客时光，让我着实领教了山里人待客的热情。进山的第一天第一餐饭，主人问

猪肚包鸡

我们大概待几天,当得知七天左右时,他就邀了各个山头十来个村民前来作陪,主客坐了满满两桌。从次日起,每天除早餐在主人家吃,中晚两餐轮流由第一餐作陪的人做东。山里人的真诚、热情、豪爽在酒桌上表现得淋漓尽致。每家都把珍藏最好的食物拿出来了。不用说山中自产的香菇、石耳,也不用说巴掌大一块的肥腊肉、熏制多年的老火腿,就单说劝酒布菜的热情,就令人终生难忘。某一天,在一位长相憨厚、不善言辞的老者家,酒过三巡,他家儿媳妇捧上一个粗陶黑釉的大瓦罐来,稳稳地搁到桌中间。老者揭开罐盖,屋里顿时为一股奇异馥郁的香味充溢。待水汽散尽,细看罐内,却是一坨圆润灰白整体之物,为半罐盈盈浓汤包裹着。老者拱着手,略带羞赧之色,朝我们连连说:"贵客临门,

鸡肉放入猪肚

用线缝住猪肚

无有好食相待。叫儿媳弄了个肚包鸡,各位尝尝。"说完,一旁儿媳递过一把剪刀来,老者接过,起立拱手,问客人:"哪位年长?请接剪刀开包。"大家兴奋起来,齐推我接剪。恭敬不如从命,我接过剪刀,动了第一剪,把那圆鼓鼓的猪肚划出了一个豁口,里面露出嫩黄肥腴的大块鸡肉。老者说声"好"。侍立一旁的儿媳就接过我手中的剪刀,并把瓦罐端离桌子。老者端起酒碗环揖一周,口内连声说"请酒、请酒!稍候、稍候!"众人饮过一杯酒。那儿媳即为客人一一捧上一个小碗,碗内满盛猪肚鸡块,略带点汤。老者又举箸向众人连声说"请"。我啜一口那汤,鲜美无比;吃一块猪肚,软嫩可口;咬一口鸡肉,甘甜回味。抬头看同行诸君,一个个低头猛吃。好一阵桌上只听见吭汤嚼肉的声音。我把碗中汤肉收拾干净,从舌头到肠胃,有说不出的舒适。其他人的感受可能也差不多,有几位脸上露出了十分满足的笑容。

饭后,大家没有急着告辞,而是纷纷向那老者打听那道猪肚包鸡的做法。

"猪肚包鸡"听上去很复杂,做起来并不难。猪肚一个,剔净猪油,翻过来,用食用碱搓洗三遍以上除净污秽,剔尽筋膜备用。本地农家鸡三四斤左右,宰杀煺毛,洗剖干净,斩块,下锅翻炒,可加入干香菇、红枣等。炒至出香,盛入干净大盆中,手抓鸡块塞入猪肚内,填塞压实,以牙签封口,加入开水没至猪肚一半,蒸一个小时左右即可。

我后来也心血来潮,买了猪肚和鸡,回忆那天龙山老者说的做法,做了一次肚包鸡,虽不如那一次的美味,却也浓香秘醇,其味醺醺,颇得家人喜欢。

近年来,这道菜日渐普遍,已成为永新菜肴新贵,受到更多人的追捧。当然,就像鱼和羊肉的相配成为鲜美的组合,猪肚与鸡肉的融合也成为滋补的绝味,成为名贵中的名贵,高档中的高档。高朋满座,盛友如云的酒宴上,如果献上一道猪肚包鸡,定会让宾客眼前一亮,引来一片好评。

美食怡情能养性,人间至味是清欢。猪肚包鸡,见证了一个时代的发展,浓缩了民间饮食的精华。来永新做客的朋友,不可不尝!

扫码看视频

下酒硬菜卷盘黄鳝

很多人不喜欢吃黄鳝，觉得有一股腥味。永新人却视其为佳肴，因它一是鲜嫩，二是少刺。黄鳝洒血酒和卷盘黄鳝是永新的名菜。这两道菜取决于黄鳝的大小。粗壮的大黄鳝做成黄鳝洒血酒，细条的小黄鳝适合做卷盘黄鳝。

一般人认为，黄鳝整条食用容易腥腻，切丝切块显得口感柔润。杭帮菜中的五彩鳝丝，将切好划丝的黄鳝炒嫩白的春笋，搭配鲜亮的红椒和青椒，佐以火腿丝。笋最善吸纳，极宜搭配味道冲的菜，春笋丝炒鳝丝，可以冲其腥味，口感鲜美。但无论这道菜如何美轮美奂，与我永新住肴卷盘黄鳝和黄鳝洒血酒来说，不在同一频道。

谁说黄鳝整条食用腥味重不好吃？永新人偏要用整条黄鳝搞出一道下酒硬菜。我相信每一个地道永新人，一提及"卷盘黄鳝"这道菜，顿时齿颊生津，口水直流。那个要命的好吃，霸气的喷香，可大干几碗米饭。

卷盘黄鳝要用小黄鳝。将小黄鳝放清水养几日,滴一滴色拉油,令其吐出肠中泥沙,去除浓烈的泥腥味,继而洗干净,旺火烧油,加入适量的盐,将小黄鳝整条投入锅里,然后迅速盖好锅盖,小黄鳝渐渐自然蜷缩,直至卷成一团,像一个小圆盘,菜名因此而得。待小黄鳝煎至半熟,用锅铲将其挨个反复煸炒,着力压扁,让油盐味慢慢渗入肉身,直至外焦里嫩,烹水酒去腥,不用一滴水,然后将干线椒、蒜子、生姜丝拌入翻炒五分钟,辣味和蒜末香一定要炝出来,这样更能把黄鳝的鲜味烘托到更高层次,味更鲜美。然后迅速将黄鳝出锅入盘,撒上葱花即可。卷盘黄鳝出锅的那一刻,其盛烈的香味扑鼻而来,勾魂摄魄,食欲大增。夹起一圈色泽诱人的盘黄鳝,一口一口,韧而酥脆,满嘴芳香,尾韵里带着一丝鱼

黄鳝

准备调料

鲜,一路落入胃囊,激荡最酣畅的味蕾。哪怕辣得一头汗,吸鼻子噘嘴巴,但整个人格外爽,真切地感受着胃的放开蠕动,犹如阳气上升、万木回春。

永新山区的黄鳝鲜嫩味美。我的童年在农村度过,很小时就跟随父母下田干活,曾经对黄鳝的栖息地极为熟悉。黄鳝洞长约为体长的3倍,洞内弯曲交叉。每个洞穴一般有两个以上洞口。洞穴出口常在接近水面处,以便它将头伸出呼吸空气。没有经验的人,常常搞不清泥鳅穴出口和黄鳝穴出口。

老家收割稻谷习惯将田里的水放干,便于堆放割倒的稻谷。割除一部分沉甸甸的稻秆,然后在这块空地上放置打谷机,这样可以一边割谷子一边打谷。稻子割倒,一块一块空地露出,这时候泥鳅黄鳝洞随处可见。在母亲的指导下,在好几年的身经百战经验下,我很会分辨它们的小洞穴。待稻子收割完毕,最喜欢做的事就是抠孔抓泥鳅和黄鳝。食指顺着小小的孔往里掏去,凭感觉一点一点撩开淤泥,直捣窝底。洞口大一点的有可能是黄鳝孔,小一点圆溜溜的是泥鳅孔。只要你有丰富的经验和十足的耐心,总有黄鳝在淤泥深处束手就擒。

稻谷收割完毕,母亲很有法子,将茶麸水倒入田里,在田间垒许多高于水面的淤泥包。黄鳝们受不了茶麸水的刺激,纷纷从泥里钻出来,满田间蹦跳逃窜,最后都钻进地势稍高的淤泥包里去,它们以为安全的地方,实则是陷阱。我们顶着炎炎烈日,不顾汗水灼烧、晒得发红发黑的颈脖,挥舞着胳膊将淤泥包逐一剖开,泥鳅黄鳝"抱头鼠窜",但吸入茶麸水的它们,已经没有力气与我们斗智

卷盘黄鳝

斗勇，乖乖"束手就擒"，成为彼时美味的盘中餐。每次卷盘黄鳝上桌时，父亲和祖父都要就着煤油灯小啜几杯，这是爷儿俩最喜欢的下酒硬菜。咬一口喷香的盘黄鳝，抿一口小酒，一身疲惫就着酒菜香气缓慢卸下。

黄鳝在冬季会掘穴蜷居。惊蛰后气温回升，黄鳝开始活跃于淤泥表层。初夏时分，我会跟随母亲去"照火"。所谓照火，就是夜里一手打着手电筒或者提着一盏煤油灯，一手拿着火钳在田里找泥鳅、黄鳝。初夏时的黄鳝喜欢安静地贴着泥土游走。那时的农田乱七八糟的化肥用得少，野生黄鳝繁殖快。你只要足够谨慎，足够耐心，猎物很快就会落入视野。屏气慑息，眼明手快，夜间照火，总有收获。

春夏之交的夜里，田间水有些沁凉，赤脚下水，一股刺骨的寒意穿透脚心。待习惯水的温度，一种深沉而纤细的温润从脚底传来，像血液一样慢慢浸透全身。清新的禾苗气息和淡淡的泥腥味钻入鼻孔，仿佛所有的毛孔都自动扩张，恣意呼吸天地间最纯净的夜风，舒爽惬意。仰头看夜空，银白的月色毫无遮拦照射下来，落在水面，像鱼身上银币般脱落的鳞，漾过漆黑的泥土，沉潜在时光的流水里。不远处的屋面上，月色偃卧在瓦片上，随着时光慢慢残缺变老、沉墨陈旧的黑瓦，披沐着薄纱般的月辉，没有诗意的断章，隐隐透着几分古老的沁凉。关于捕捉野生黄鳝的记忆，留在了时光深处。

煎好的黄鳝卷

童年的味蕾拥有强大的记忆，它会严格按照四时节序逐渐苏醒，每至初夏，舌尖滚过对卷盘黄鳝的思渴。美食是乡愁载体之一，味蕾上的乡愁，一种绵延千里，散布在血脉之中的朴素情感，时不时顺着记忆的幽径丝丝缕缕勾引出来。

黄鳝不是高级餐厅里的海参鲍鱼，不是异域风味的牛排鹅肝，也不需要米其林厨师和名厨大师。卷盘黄鳝是永新家喻户晓的寻常菜，其香和辣入口入胃，却自有一番爽利和风骨，胜过山珍海味，让每一个出门在外的游子魂牵梦萦。

扫码看视频

冬闲时节"兑狗伙"

在永新农村，春种夏忙秋又收，到冬天闲下来了的村里人，对饮食也有了小小的奢侈欲求。于是待到下雨天，女人们打米果焖糯饭解馋，男人们听着酒坛中新酿米酒滋滋叫的响声，就会按捺不住的冲动，隔墙喊一嗓子："没事来兑狗伙喽！"

于是三三两两走来几个汉子。说干就干，早有手快的人到村里人家把一条二三十斤重的"狗条子"拖来。众人一齐动手，把处理好的狗搁入铁锅冷水中，慢火烧热。惯使斧头镰刀的粗壮大手这阵又颇为灵巧地把狗的毛剥芋头似的褪得干干净净。另有人已在屋外空地搁张铁耙，点着了金黄的早禾稿，把光狗身子放在上面烧，直至周身皮色焦黄。两人抬至清水溪涧旁，开膛剖肚，剔肠去秽，洗净剁块。狗头、狗肚、狗肠丢入清水锅中，加盐烹煮约二十分钟，捞出晾凉细切成段或块，狗肉剁成骨牌见方大小。一餐饭工夫，一大盆皮黄肉红的肉块就备好了。

大火烧起来，铁锅开始冒烟。掌勺人把脸盆中的茶油徐徐注入

红烧狗肉

锅,片刻,入狗肚、狗肠、狗肝之类翻炒。助手则在另一口锅内给狗肉"打麻水",即把生狗肉放入沸水中焯一下,以除血水与脏物。掌勺人把焯过水的狗肉倒入热油锅中,顿时爆出阵阵脆响,长把锅铲在那双粗壮有力的手掌中灵活翻动,如犍牛拉着快犁在田地中穿梭。翻炒一阵,盖上锅盖。腾出手来指导助手如何切干辣椒,如何碾胡椒。干辣椒与狗肉以一比十的分量搭配,即二十斤左右的狗肉,最少要加入一斤半至两斤的干辣椒。干辣椒要切成粗细两种,粗者提味,细者出色。粗的约成人一个指节长,细的要用刀铡成细末状,再先用些许油盐炒至出香备用。胡椒粒也要炒一炒,包在新纱布中用刀把擂成粉末,越细越好。

忙完这些，助手的工作即告一段落，也可去开桌打两梭骨牌，也可在灶下烧火。选择灶下烧火的人，多半是趁机学一学"炒狗师傅"的手艺。

炒狗肉的手艺，并没有白纸黑字的说明，师傅也不会像老师一样详细讲解。要学两招的人，只能眼观心解，把握要领。要领大致有四：一是炒的火候，二是煮的时间，三是放辣椒的技巧，四是倒血酒的量。当然，戏法人人会变，各有巧妙不同。炒狗肉也如同变戏法，各人有各人的经验，不管过程如何，最后要看出锅的时候，那狗肉的形、汤汁的色、气息的香。这些经过眼、鼻校验后，最后决定权在舌头：味道正与不正？这个环节叫"试菜"：咸淡、老嫩、香辣，这些决定一锅狗肉评价的标准全存于人的舌尖。别看会炒狗肉的师傅不多，可品尝起来人人都是专家。每到"试菜"时，再自信的炒狗师傅也不由得一阵紧张。眼巴巴看着一双筷子从锅中钳出一块狗肉填进一张奇刁无比的大嘴，牙巴骨挫动几下，停一阵，又嚼几下，在舌尖上再打几个转，才不

翻炒狗肉

情愿似的咽下肚,还要闭上眼睛,鼻孔轻轻地呼出一股气。此时,如果口里爆出一声"好",炒狗师傅就如释重负,心如雀跃;如果听到的是一声不阴不阳的"嗯",就说明这锅狗肉不尽如人意,心情大打折扣。

说话间,牌桌上的骨牌声声脆响,喊"断梭"的声音好几次传到灶房里,掌勺人也镇定从容,有条不紊地把握着每一道环节。

香气可随白色水汽从锅盖缝中袅袅而起,已到了"狗肉滚三滚,神仙站不稳"的时候,粗的红辣椒的辣味已深深渗入狗肉中,就该撒入细辣椒出色了。细辣椒一入锅,紧接着倒血酒,血酒不能多也不能少,多了黏糊,少

准备食材

了不出味。倒血酒后猛火再煮三五分钟即改小火收汁。收汁十来分钟"下"盐。盐对狗肉的作用很微妙,绝不是简单的咸淡问题,否则就不会有"火到猪头烂,盐到狗肉熟"的谚语流传。胡椒粉是出锅前最后一招,除腥提味,必不可少,所以胡椒虽贵也要买。正所谓"吃得起狗,还舍不得这点胡椒?"

日近正午,村中炊烟四起。"兑狗伙"的人拉开了全村中饭的序幕。牌桌已散,灶头人头攒动,试菜的筷子椰权样伸向锅中狗肉,在一片喊"好"声中,掌勺人开始按"成"数分狗肉,一"成"一扣碗,多的三碗,少的一碗。分好了的狗肉由各人端回家去,这是来"成"的用意所在,即让家里女人老人小孩也打一次牙祭开一次荤。分配后余下大半锅狗肉,汤多肉稀,把肉盛入大海碗端上桌去,汤留锅底煮芋头和豆腐。

狗肉大补,但扶强不扶弱,即身体好的吃了更好,有疾病的人吃了会恶化病情。所以能来"兑狗伙"的人都是身体扎实硬朗的,而且性格豪爽大方的居多。大家平日可能为田头放水、鸡鸭糟蹋田禾之类的事有过口角,但一坐到"兑狗

狗肉收汁

"伙"的台上,酒碗一端,筷子一举,矛盾瞬间化为乌有,又是互敬互帮的友好邻居了。

冬天事闲日又短,桌上汉子个个放开肚量喝酒、吃狗肉,扯起嗓门划拳,"五魁八马哥俩好",捉对厮杀,声震屋瓦。

日暮天寒鸟雀稀,家家扶得醉人归。酒肉滋味,人之所欲。但一个庄稼汉,一生中又能有几次这般开心惬意的"兑狗伙"呢!

幸福感的瓢豆腐

在大中华东南西北五花八门的菜谱里，豆腐的做法层出不穷。袁枚的《随园食单》里列举了九种豆腐的做法；汪曾祺笔下的《豆腐》内容亦是极为丰富，北京的老豆腐、四川的豆花、湖南的水豆腐、干丝、百页、臭豆腐等等，无一不陈述，却都没有提到赣西的瓢豆腐。

瓢豆腐对于地处赣西的永新人来说，是逢年过节不可或缺的一道硬菜。旧时永新，瓢豆腐要在过大年的时候才会加工制作，用作正月待客郑重佳肴。客人来了，随时蒸煮一罗碗，方便得很，下饭又送酒。所以，每至年关，各个村庄的豆腐加工坊生意兴隆，紧张得很，家家户户都要定制大量的豆腐，为了赶在大年三十把瓢豆腐做好，乡人们会抢着定做油豆腐。油豆腐有大有小，小油豆腐可用来做红烧肉，大油豆腐则用来做瓢豆腐。

这个时候，母亲也会去豆腐坊排队订购油豆腐。那做豆腐的店家，实打实的，根据各户需求量挨家挨户做过来。急也没用，谁不要过年,瓢豆腐迟早要下锅的,心急吃不了热豆腐。可瓢豆腐作为春节一道待客佳肴,必须急呀。少了这道菜,好像这个年没法过似的。瓢豆腐不仅要做,而且要做很多。每次母亲打仗似的从豆腐坊带回一大篮饱满的油豆腐,一路上喜笑颜开,无比满足。

后来,外婆家开始卖豆腐,母亲再也不愁起早摸黑跟别人抢着订油豆腐了。小姨娘和姨父会把煎好的油豆腐送来家中,同时送来一些栗子豆腐让我们尝鲜。我母亲是抱养的。1960 年,小姨娘出生了,饥寒交迫的天灾年,故取名"饿仔"。那时我母亲已经十二三岁了,外婆家一贫如洗,母亲被迫辍学带妹妹。外婆太瘦,缺乏营养,无法哺育婴儿。我的母亲天天抱着妹妹走东家求西家乳喂妹妹。外公外婆一年到头埋头耕种、烧炭、种西瓜,换取微薄口粮,熬过最艰难的岁月。在姨父做了上门女婿之后,劳动力得到了保

障,外公外婆在瓦屋的西墙过道搭建一间陋板房,里面放一大石磨和做豆腐的器具等,开始以卖豆腐谋生。

外婆每晚睡前将大量豆子置于大缸内浸水发胀,翌日早起挑满缸水,等待开工做豆腐。姨父能做繁重的体力活,撑起整个老弱病残一家人的生计。用石磨将豆子磨碎,滤去豆渣。山里人烧柴火,大火将锅里的豆浆烧沸,再将其倒入缸内,加入石膏水做成豆腐。待其冷却后,将豆浆表层凝结的皮子揭起,晾干的豆腐皮可做下酒菜。豆腐皮底下就是鲜嫩洁白的豆腐了。

天微亮,姨父会拉一板车豆腐四处兜售。一听见屋外响起熟悉的卖豆腐声,乡人们常会一手捏些散钱,一手端个碗,寻着那叫卖声去买几块热豆腐。"卖豆腐嘞——卖豆腐嘞——"那一声声拖长音调的叫卖声,在南方小山村的井巷间隐现,湿漉漉,灰蒙蒙,黑黝黝,透着时光亲切的温度和味道,沧桑和风味。

准备食材

岁月一笔一画刻着逝去尘殇，外婆家辛苦地经营豆腐作坊，日子一天天好起来。"还顾望旧乡，长路漫浩浩。"关于豆腐的记忆，于我而言，充满苍凉的温暖。忘不了外婆细脚伶仃的挑担和磨浆。每至年关，豆腐开始紧俏，姨父不用起早去卖豆腐了，这时候外婆家的豆腐坊热闹不凡，上门定做豆腐的乡人络绎不绝，一家人忙得人仰马翻。要知道，瓢豆腐对于永新人来说，是正月待客必备佳肴。谁家不要做它满满一篮子一钵盆！

做瓢豆腐不难，但讲究精细。猪肉要剁成肉泥，糯米馅的糯米要炒熟，加入适量盐、味精、老抽抓拌均匀成内馅。油豆腐撕开一个口子，口盖不能完全断开，待瓢入馅，盖要合拢盖住肉馅。食指放入油豆腐当中，沿着油豆腐内部转一圈，扫荡清除内部空间，让内瓢都紧贴豆腐皮，以便空间充分容纳更多的肉馅或糯米馅。

瓢豆腐馅有三种口味：其一，肉末馅；其二，肉末炒糯米掺和馅；其三，炒糯米馅。我最喜欢吃糯米馅瓢豆腐。糯米和油豆腐的香味互相渗透到各自的灵魂里，是提携，也是成全，不油腻，更香糯，充满岁月的幽香和满足。

我打小跟随母亲学做瓢豆腐。取一块煎好的油豆腐，先在顶部揭开一个小口子。揭口子是关键一步，口子大了，馅容易松散，瓢豆腐讲究个紧实味浓。口子小些好，但不可过小，否则馅难以塞入，费时费力。口子到底需要多大，活儿做多了，熟能生巧。用食指一点点将肉末或米粒等食材塞入油豆腐囊内的过程，需要足够的耐心和谨慎，急性子的人很难囊出饱满紧实好吃的瓢豆腐。胡乱塞一些内馅不够紧实的，煮熟后缺少嚼劲，口感不足味。又或者，戳破皮子"塌房"，甚至把豆皮戳得"千疮百孔"形神俱废的，大有人在。灌满后，一定要记得用拇指把原来没有撕断的豆皮口盖压紧，整个瓢豆腐雄厚饱满，硬朗圆润。

瓢豆腐，"腐"与"福""富"谐音，对于永新人来说，饱满圆润的瓢豆腐，象征着团圆、喜庆和阖家欢乐，寄托着美好向往，也蕴含着深厚的、生生不息的美食文化底蕴。瓢豆腐做好了，下锅煮一大盘，一会儿满室清香。小时候，守着铁锅等吃，迫不及待揭开锅盖，顾不了豆腐滚烫，小手指捻起一个瓢豆腐在手上，左右滑动用嘴快速吹凉。咬一口，那滋味在舌尖荡漾，鲜美无比。

豆腐的做法层出不穷，历代美食家们也不断有创意。但最好吃的豆腐，都留在所有人的家乡风味里。那些故里的小吃，街巷间的风味，是现代人紧张忙碌的生活中最难以忘怀的乡愁，也是最好的慰藉。童年时吃过的瓢豆腐总是格外香。一个瓢豆腐，在贫穷年代，胜过鲍鱼燕窝之味，令荒如枯井的肺腑允满幸福感，将童年远山长水送到眼前，满满当当的饱食感，是一种拙朴的幸福，历久弥新。

扫码看视频

文化味浓干蒸鸡

我一直认为,永新菜里的干蒸土鸡,是一道尊贵的菜肴。它的尊贵,在于价格的昂贵和制作的精细。

先从食材说起。干蒸土鸡以本地不喂饲料,专吃青菜、虫子之类的鸡(成年鸡多为两三斤)为唯一食材。土鸡的饲养成本高,导致价格贵,农家一般舍不得吃,常用它换些钱贴补家用。以前的永新人,只有在佳节或贵客的到来才会吃鸡。平日里,活泼可爱的鸡就在身边打转、嬉戏,可不敢打它的歪主意。鸡被宠坏,喜欢扑腾起来啄食小孩碗里的饭菜,跳跃到饭桌捡食残存的米饭。

孩提时,我特爱过中秋、春节。那时,很少学习、劳动,更多的期待在于一顿丰盛的饭食。一大早,母亲在院子里"咕咕"的呼唤,撒上一把金黄的稻谷,诱骗外出觅食的鸡进入"虎穴"。趁其低头啄食的瞬间,闪电般出手,抓住一只运气不佳的鸡。余下的鸡惊恐万分,大声鸣叫扑棱着散开,等母亲离去后又围拢起来啄食剩余的稻谷。

父亲承担宰杀的重任。这个过程他不许孩子观看,导致我为人父后才学会杀鸡。拔完毛,父亲端着脸盆来到门口的池塘边。岸边的青石板是天然的砧板,适合清理家禽家畜。早有邻居在此处忙碌,大家喜悦地交流,不外乎"今天吃啥菜""今年收成怎样"的话题。父亲把鸡剁成大块状,还特意预留两个大鸡腿给我和弟弟,把内脏清理好,回家后交给母亲。系着围腰的母亲用盐涂抹、揉搓着鸡块,使其入味,加入几片生姜,放入蒸锅。大火沸腾转中火,约莫一个半小时。火候与水蒸气的交汇,食盐和生姜的加入,让鸡肉

干蒸鸡

香气四溢，混合着袅袅炊烟，肆无忌惮地渗入人的五脏六腑，赤裸裸地诱惑着饥饿的肠胃。鞭炮声过后，一桌菜成为众人的焦点，而干蒸鸡，无疑是最耀眼的明星，引来筷子、调羹的频频光临。最后，鸡肉不见了，鸡汤不见了，剩下的是满屋的香气和一地的骨头。姐弟们争抢着盛鸡的碗，倒入井水，晃荡几下再仰起脖子一饮而尽，还咂巴咂巴嘴，一脸的得意与满足。在农村，鸡这种高端食材，往往只需最简单的烹饪方式。

鸡的尊贵，还在于自带文化元素。作为家禽，鸡与人类相处的历史久远。《诗经》云："鸡栖于埘。"鸡，历来被认为是一种吉祥的家禽，其名"鸡"与"吉"同音，被认为是凤凰的化身，《太平御览》载："黄帝之时，以凤为鸡。"鸡鸣日出，带来光明，成为驱除恶魔和恐惧的原始图腾，是远古时期太阳鸟的祖先。古人常用鸡血来驱邪，直至现在亦如此。吉祥的名字，高贵的传说，使得"鸡"历来都是文人墨客笔下常见的主题。"头上红冠不用裁，满身雪白走将来。"唐伯虎笔下的鸡潇洒俊美，风度翩翩。"不为风雨变，鸡德一何贞。"李廓笔下的鸡道德高尚，坚贞不屈。汉代韩婴所作的《韩诗外传》，更是赞许："鸡有五德：头戴冠者，文也；足搏距者，武也；敌在前敢斗者，勇也；见食相呼者，仁也；守时不失者，信也。"

作为美食，人类食鸡早有记载。《吕氏春秋》载："善学者，若齐王之食鸡也。"食鸡备受文人墨客的推崇。像苏东坡独创东坡肉

洗净的土鸡

干蒸鸡

一样,大画家张大千也自创了大千鸡。此美食由嫩鸡丁和香脆的青辣椒、红辣椒配合而成。成菜质地细嫩滑润,微辣不燥,独具风味。身为"解味人",张大千的解味方式是"以画论吃,以吃论画"。他曾教导弟子:"一个人如果连美食都不懂得欣赏,又哪里能学好艺术呢?"

文人因美食而陶醉,美食又在文人的笔下变得浪漫。白居易用心追求"绿蚁新醅酒,红泥小火炉。晚来天欲雪,能饮一杯无"的意境。丰子恺认真描绘"小桌呼朋三面坐,留将一面与桃花"的美景:春光明媚,小桌一张,三人围坐,品美酒佳肴,何等惬意!

当美食与官衔相遇时，会碰撞出怎样的火花呢？光绪年间，鸡幸运地遇见被朝廷封为"太子少保"的丁宝桢。他仕途顺利，春风得意，每次来客，亲自参与，和家厨拿出看家本领，把花生米、干辣椒、嫩鸡丁和在一起下锅爆炒，肉质鲜嫩，色香味俱全，深受客人喜爱。宫保鸡丁这道美食，就这样流传下来。

其实，美食与武侠相逢，也能流香百世。"黄蓉用峨嵋钢刺剖了公鸡肚子，将内脏洗剥干净，却不拔毛，用水和了一团泥裹住鸡，生火烤了起来。烤得一会，泥中透出甜香，待得湿泥干透，剥去干泥，鸡毛随泥而落，鸡肉白嫩，浓香扑鼻"，这是《射雕英雄传》第六回中，黄蓉制作叫花鸡的过程。叫花鸡一出，洪七公狂赞："妙极！妙极！连我叫化祖宗，也整治不出这般了不起的叫化鸡。"就这样，殿堂级的美食专家洪七公，被叫花鸡这道美食迷得晕头转向，连自己的看家本领降龙十八掌也悉数教与郭靖。

在古代，能吃到鸡的不是一般人。随着社会经济的发展，鸡早已"飞入寻常百姓家"，吃鸡成为一种普遍性的消费。据统计，我国鸡肉的消费量仅次于猪肉，全国人均一年吃鸡9公斤。只是当我们在餐桌上享用时，才发现饲养的鸡少了"土鸡"的纯正味道，也少了几分儿时的乐趣。

扫码看视频

文化里的牛鞭菜品

永新县怀忠镇,似一本厚重的书,充满书香气。与她相逢,是在2005年下半年。我从十五公里外的高市乡,一路骑行,穿过莲洲的固塘村,进入怀忠镇市田村,便算投入她的怀抱。

在怀忠中学任教一年,我仿佛进入一个别样的天地。怀忠是一个心怀忠义的地方,一块被鲜血浇灌的土地。怀忠的红色历史令人敬仰:著名的松山战役在此地打响,五位开国将军从这里走出去,众多的无名烈士长眠于此。随着时间的推移,我对怀忠这本书越来越了解。尤其是那别具一格的牛圩文化,让我着迷。

怀忠村朝南一处地方,树木参天。每逢赶集,林子里牛群遍地,人头攒动。这是永新少有的牛圩之地。来自永新四乡的人云集于此,临近的安福县也闻风而动,八方汇集。

据记载,中国传统农业的定期市场在不同区域有不同称呼,华北地区称"集",华南地区称"圩"。牛圩,就是牛交易的地方。上

爆炒牛鞭

百头牛被圈在围栏里,上方是枝繁叶茂的樟树,地面散落着黑色的牛粪。牛主、牛客、牛牙人来回穿梭在牛群中。水牛、黄牛,牛仔、壮牛,或惬意地躺着反刍,或躁动不安地甩动尾巴驱赶苍蝇。以前,怀忠牛圩主要以耕牛交易为主,品种多为本地黄牛,也有少量的水牛。

牛牙人是特殊的职业人,也叫"牛经纪"。经常手拿一根牛棒穿行在牛圩,通过"看"(看牛的牙齿、颈部)、"摸"(摸牛的牙齿、肚子和皮)、"敲"(敲打牛的要害部位,使其快速走动,从而观察到牛的毛病)等看似简单的动作,来估算牛的重量、脾性,并依据市场情况给出合理的价格,促成买卖双方达成交易。牛牙人靠挣差价为生,不会明码实价讲出来,用暗语交流。为了掩人耳目,牛牙人一年四季身着长袖衣。讨价还价时,靠在袖子里摸手势来获知对方的出价,然后赚取买卖中间的差价。一名优秀的牛牙人,既要有"看""摸"之类的过硬本领,又要有强烈的责任心,还要了解牛的脾性、学会治牛伤病的草方。

随着工业化程度越来越高,耕牛的需求逐渐减少,怀忠牛圩不仅转移了阵地(搬迁至乡政府靠北的地方),还转变成交易肉牛为主。耕牛交易时,注重牛的耕种潜能;肉牛交易重在给牛估重,判断牛肉质量。作为牛客(指买家),最关注一头牛的出肉率。好的肉牛,四肢不能太粗,皮要薄、油脂少,这样出肉率才会高。牛客希望通过牛牙人买到出肉率高的牛,于是估算出肉率的精准度成了最为考验牛牙人功夫的事。牛的种类也发生了变化,出肉率高的杂交牛(多为西门达尔)取代了体型矮小的本地黄牛和肉质不好的水牛。

神秘的牛圩文化让我着迷,而以牛身上某个部位为主食材的一

准备食材

道菜，也让我一饱口福。

中国文字博大精深，中国人追求诗意、含蓄的生活，在对万事万物的命名上可以体现出来。比如武术招式上，中国有很多形象生动的名称如海底捞月、泰山压顶等；外国人则直接明了，如左勾拳、右勾拳

爆炒牛鞭

等。在以牛鞭为主食材的菜里，我越发体会到中国人的委婉含蓄、诗情画意。牛鞭红烧时，取名"牛气冲天"；用来煲汤，则名"东方不败"；当牛鞭遇见甲鱼，则成了哀婉的"霸王别姬"。

上述三道菜，都属于怀忠的名菜，主食材皆为牛鞭，做法各不相同。"牛气冲天"重在爆炒。牛鞭清洗干净，用连环刀切段，焯水，放入菜籽油爆炒，再加入大料、冬酒、辣椒，适量的山泉水，炖一个小时左右。细细品尝，感觉香辣味浓。"东方不败"胜在煲汤。牛鞭清洗、焯水后，与山泉水、生姜片、党参一起放入砂锅，大火沸腾后慢火炖两个小时，再加入枸杞、食盐。特点是清甜软糯。"霸王别姬"的做法与"牛气冲天"类似，只不过添加了甲鱼。

其实，以牛鞭为主食材在以前并不盛行。农耕社会，牛扮演着极为重要的角色，牛让农民的生活有了基本保障。那时的牛多用于耕种，是农家人的宝，除非病倒或老去才会宰杀。耕牛，一个

"耕"字，简单而有力地总结了牛一生劳碌、默默耕耘的命运。那时候，吃牛肉不常见，吃牛鞭更是件奢侈的事情。物质常常以稀为贵，就这样，在物资匮乏的年代，牛鞭成为一道尊贵的菜肴。

随着社会经济的发展，机器的轰鸣声在大地上响起，牛肉成为寻常百姓餐桌上的家常菜。牛，从农耕时代耕种的重要参与者变身为肉牛时代纯粹的商品。是福是祸？是喜是悲？个中滋味，只有牛最清楚。

我国古人养生倡导医食同源，重药补也重食补。因此，民间盛行"吃啥补啥"的说法，即所谓的"以形补形"——食用外观上与人体某器官相似的食物，认为对人体该部位有利。如核桃，像一个微型的脑子，人们认为多吃核桃有利于补脑；番茄有四个腔室，皆为红色，与人的心脏一样，人们认为多吃番茄有利于补心。牛鞭嘛，那自然是补肾强肾咯。

当然，"以形补形"纯属简单的类比和推论。食物毕竟是食物，不能替代药物。食物多样化和均衡饮食才是健康生活的基础。

任何一道菜得以流传，离不开当地的风土人情、饮食习惯。以"牛气冲天"为代表的牛鞭菜品在怀忠乃至永新盛行，总让人感觉到与神秘的牛墟文化息息相关……

扫码看视频

辣椒炒鱼好味道

年少时读《水浒传》,对浪里白条张顺这个人物印象颇深。他的出场有些特别,是通过哥哥张横向宋江介绍的——"好教哥哥得知:小弟一母所生的亲弟兄两个,长的便是小弟,我有个兄弟,却又了得。浑身雪练也似一身白肉,没得四五十里水面,水底下伏得七日七夜,水里行一似一根白条。更兼一身好武艺。因此人起他一个诨名,唤做浪里白条张顺。当初我弟兄两个,只在扬子江边做一件依本分的道路。"由此可见,张顺水性极好,且肌肤如雪,在水中游移如白条闪现。"白条",指的是白条鱼。一种鱼,因文学作品中的一个人物而闻名,想来极为难得。

家乡东边有一条小河,源头水来自象形乡的深山。水量不大却清澈见底,河底不深,多为砂石。对水质要求较高的白条鱼来说,是难得的栖息地。对我们小孩来说,是嬉戏玩耍的天堂。一年四季,有不同的玩耍方式,游泳、打水仗、摸田螺,最有趣的莫过于捉鱼。家中没菜时,母亲便扛着抄网(永新话叫"捞眼",木头手柄,柄端装有大网兜),我提着桶子和弟弟屁颠屁颠地跟随。来到河边,母亲卷起裤腿下河,抄网入水后,用力朝岸边的水草里推,边推边往上托举。待网兜出水,母亲也上了岸,把网兜翻转在地,拨开一堆黑泥巴、烂叶子,里面的小鱼小虾赫然出现,或惊恐着,或蹦跳着。我们快活地用稚嫩的小手去捉。小虾的眼珠子一突一突的,配合张牙舞爪的神态,感觉很吓人。小鱼中多数是白条,体背青灰色,其他部位均为银白色,有的上下蹦跳,有的躺着露出雪白的肚子,一放入桶里又欢快地游着。水质好,加上没有过度捕捞,因此鱼儿也多,很快就捕获不少。

辣椒炒鱼

准备下锅的干辣椒、姜、葱等

到家后,母亲把鱼清洗干净,大点的要剖开肚子取出内脏,放入碗里,撒上盐腌制。我烧火加热锅,母亲倒入菜油。那时菜油珍贵,放得少,有的人家用布蘸点油搽在锅里就炒菜,美其名曰"吃茶油"。一条条鱼有序进入锅中,在热油的煎烤下悄然变色。母亲密切关注着鱼的变化,时而叮嘱我烧文火,时而用筷子翻转鱼,时而在锅边添菜油,防止鱼煎黑。香气氤氲中,鱼的两面呈现金黄色,便可出锅。母亲把煎好的鱼分成数份放进橱柜,留一份在碗里。锅中放入切好的青辣椒(用的本地土辣椒,辣味重),一股浓烈的辛辣味顿时腾空而起,呛得大家咳嗽不断。辣椒炒熟后倒入鱼,放点姜片继续翻炒,再加水烹煮,出锅。当腥味重的鱼遇见辛辣味浓的辣椒,二者产生良好的反应:鱼变得清香,辣椒却变得柔

新鲜小鱼

和。可以说，彼此都抑制住缺点，最大程度释放出优点。用这样的菜下饭，胃口大开，食欲大增。

剩下的鱼，母亲择日用干红辣椒来炒。先用热油重新煎鱼（激发鱼的香味），再加入干红辣椒、姜丝翻炒，加入水酒焖干便可出锅。有了水酒的加持，鱼的香味、辣椒的辛辣味混合成一股难以言说的香气，闻之生津，观之悦目，尝之过瘾。

"民以食为天。"这话一点不假。人类对食物的追求，从低端的饱腹之欲到高级的美食之品，从中可以看到社会的进步，人民生活水平的提高。但从食材的获取角度来看，情况却不容乐观。

我曾参加过禾水河流域渔业资源保护视察活动。当时一路寻来，发现不少触目惊心的现象：捕鱼船所到之处，鱼虾不得安宁；大型地笼所放之处，鱼虾插翅难逃；鱼雷所抛之处，鱼虾惶恐不安。"一行白鹭上青天"的美景，难以寻觅；"桃花流水鳜鱼肥"的画面，不再出现；"鱼儿相逐尚相欢"的场景，只能梦里相见。回到家乡，小河也憔悴不堪：水质浑浊，垃圾遍地，曾经欢快嬉戏的鱼虾早已不见踪影。我无限感慨：浪里的白条啊，你是否也已被垃圾、石块堆垒而死，就像张顺的悲凉和不甘？

人类有属于自己的栖息地，鱼儿同样如此。践踏鱼儿的栖息地，剥夺鱼儿的生存权，便破坏了人与自然的和谐共处。这是一种不负责任的表现，会危害我们的子孙后代。值得庆幸的是，县委县政府高度重视这种不良现象，正积极采取有效措施，还河流一个"清白"，还鱼虾一个"天堂"！

"鱼仔打个屁，青椒也有味。"这是永新人的一句口头禅。话虽有点糙，理却一点也不糙。鱼和辣椒，就像一对天生的有情人，一相遇便碰撞出热烈的火花，一交汇便生成独特的味道。

当今社会，鱼的做法越来越创新，人们也越来越追求健康饮食。相比之下，辣椒炒鱼便显得有些老土，或许也没有笔下描绘的那般好吃。可是因为有了儿时情趣的投入，才使得如此普通的一道菜肴升华为美味的艺术，成为每个永新人心中永不消失的美梦。

扫码看视频

爆椒泥鳅真味道

每一次去餐馆吃饭，我总是不忘点上一道菜——爆椒泥鳅。对这道菜，我有一种天然的情结，似乎是一种自娘胎就带来的喜爱。村里的大人小孩对它也是钟爱有加，春夏季节，我们的厨房里总是少不了这道爆椒泥鳅。我们这儿有一种说法，"天上斑鸠，地下泥鳅"，盛赞了泥鳅美味的同时，也表达了大家对道菜的偏爱。在永新，爆椒泥鳅既是一道家常小菜，也是一道待客硬菜。

水族之中，最数泥鳅卑贱。泥鳅易活，稻田、水渠、河沟、泥塘，无论是水浊水清，它们总是活得泼皮开心。秧海映青天的稻田是泥鳅美好的家园，从秧苗醒棵到分蘖、抽穗、扬花，直至秋后收获，整个过程正是泥鳅从幼年长到成年的大好时光。走在田埂边上，稍微低下身子去看，总能看到调皮的泥鳅在田沟里快乐游动，一甩尾巴，吐两个水泡，等你还没有回过神来，它们已经倏忽钻进稻棵淤泥中不见了踪影。当我还是一个少年，我每日在田间穿梭，捉泥鳅成了我最快活的一件事。周末的时候,我喜欢拿着篮子,拎着戽斗,去小水沟里捉泥鳅,每次都有不少的收获。那应该是我童年里最美好的时光吧。

泥鳅的做法很多,腌菜煮泥鳅、泥鳅蒸汤、干煸泥鳅……可谓是五花八门,而大家最常做的一道菜就是爆椒泥鳅。这人世间,一种事物与另一种事物,总是有着千丝万缕的联系。就比如泥鳅和辣椒,按理,它们的人生是没有交集的。但是,智慧的人们用自己对生活和美食的理解,像促成一道姻缘一样把它们放在了一起,创造出一道美味——爆椒泥鳅。

辣椒得选那种青尖椒,自然也是自家园子里种的,新鲜着呢,还带着晶莹闪亮的晨露。青椒的青色,沁人心脾,那是大自然最好看的颜色。这样的辣椒,辣味不浓不淡,恰到好处,正好用来炒

泥鳅。将锅烧热，锅里涂一层菜籽油，将洗净的青椒一股脑儿放入锅里，盖上锅盖，一会儿，青椒借助油温，开始膨胀，发出砰砰砰的声响，再用锅铲压扁青椒。油爆辣椒，这是做菜的第一道程序。

青椒炒泥鳅

接下来就是干煸泥鳅，它是一门技术活。老子说："治大国，若烹小鲜。"干煸泥鳅需要极大的耐心，正所谓"欲速则不达"。干煸泥鳅通常要用小火。此时，将火烧到最小，处理好了的泥鳅在饱和的油脂里发出滋滋的声响，就着文火慢慢变黄，其间，还应用锅铲借助脉劲，徐徐地压扁泥鳅，不能太急，也不能太用力，不然，泥鳅就很容易四分五裂，坏了应有的品相。孔子说："色恶不食。"中国人的饮食历来讲究色香味，这自然也是一种对生活品质的追求。台湾知名哲学家张起均在《烹调原理》中说，"先声夺人不如先色夺人"。秀色可餐永远是厨事里一个孜孜以求的方向。

干煸的泥鳅焦黄酥脆，散发出一阵阵清香，在瓦屋里徐徐升腾，四处散溢。接着，将爆好的青椒加入，匀着里翻动，爆椒慢慢地吸取油脂,味道会变得更加醇厚。最后,再加上姜丝、蒜子,一道美食就正式出炉啦。

爆椒泥鳅一般选用盘子来装,是那种有中国风花纹的,赏心悦目,如此,餐桌才显得更好看一些。"煎炒宜盘,汤羹宜碗,参错其间,方觉生色。"古人的餐桌往往很讲究美学,也是值得借鉴与沿袭。

爆椒泥鳅是庄户人家家常菜里的小家碧玉,是一道朴素却十分可口的下饭菜。小时候,我就喜欢泡在厨房看大人们做,默记于心。成年后,也经常买来青椒和泥鳅,自己摸索着做,每次都做得像模像样,每次都吃得回味无穷。泥鳅入菜肴,有着最朴素的芬芳,而那些园子里跟人亲近的辣椒,与泥鳅结缘后,总是以味蕾的方式一一复现在我们的身体里,重新抵达生命的原乡。青椒与泥鳅,那是一份天赐的良缘,它呈现出一种无可挑剔的味道。万物浩繁,各行其道,但是,它们也许生来就是为了相遇,而它们的相遇成就了一段美食传奇。

人间烟火气,最抚凡人心。一道简单的菜肴,那是自然对生命的馈赠,它抚慰着布衣百姓的肠胃,让生活变得滋味异常。世道几经变迁,不变的永远是家乡的味道。

扫码看视频

黄鳝炒腊肉,人间好口福

春天到了,农贸市场里的黄鳝骤然多了起来,买的人也多起来了,许多人开始计划着来一盘黄鳝炒腊肉以犒劳春日里忙碌的自己与家人。一份庸常的菜肴,就此打开了一个城市欢快的情绪。

黄鳝在油菜花开时分吃最佳。俗话说,"春日黄鳝赛人参"。此时的黄鳝最肥,肉质十分滑嫩。不管是炒还是盘,都是一道可观可享的美馔。

抓黄鳝是我们小时候最常做的一件趣事,那是小孩子们的一种娱乐活动,既开心,又帮家里改善伙食,一举两得。黄鳝不仅是一道美味佳肴,还承载了孩提时的诸多记忆。黄鳝的做法,天南地北,五花八门,不同的地方对食材总是有着不同的理解。永新人将黄鳝吃出了新的花样,它就是黄鳝炒腊肉——永新人舌尖上的一种老味道。

将黄鳝一条一条清洗干净,一条一条剖好后,用刀背或者酒瓶子打扁,再切成段,三五公分最好。干辣椒切细,蒜子打碎,老姜切丝,这些都是做菜的前期准备工作。等一应工作完成后,接着就是备腊肉,得挑肥腊肉,最好是那种五花肉,洗净后,切成一片一片,大小均匀,这样的腊肉晶莹剔透的,保留着冬日炊烟的脉脉余香。

起锅了,一般先炒腊肉,在高温下,腊肉的油脂慢慢地溢出来,油在锅里刺啦刺啦地响,此时,腊肉变得更加透亮了,像磨砂玻璃一样好看。接着,再将准备的黄鳝下进去,翻炒几下,火稍微烧大一些,让腊肉和鳝肉相互爆炒,直至黄鳝肉边缘开始卷起来。此时,黄鳝的肉吸收着腊肉饱满的油脂,腊肉吸收着黄鳝的鲜香,两者互相浸润,味道相互融合。袁枚在《随园食单》里说:"拆鳝丝炒之,略焦,如炒鸡肉法,不可用水。"爆炒,是黄鳝炒腊肉的必要过程。

黄鳝炒腊肉

备好食材

相女配夫,烹调之法。一道成功的菜,配料也是相当重要,干辣椒、生姜、大蒜等都是黄鳝炒腊肉必不可少的,将其放入,能够去腥提味,将味道进一步升华。做菜肴一切都得谨遵"食不厌精,脍不厌细"的古训,方不可失误。黄鳝炒腊肉这道菜的精妙之处还在于慢,须慢慢地焖,不必勤于翻炒,操之过急往往会散失它的鲜香。最后,才加点水补一下汤汁,然后汤逐渐变成绛紫色,待汤差不多烧干,鳝皮色泽渐失为止。然后才下盐,翻动几下,出锅,一道美馔就此成功诞生了。

食物皆是药。据《本草纲目》记载,黄鳝有补血、补气、消炎等功效。黄鳝的药理大家通常不太关注,它受宠还是因为它那无上的美味。黄鳝炒腊肉得趁热吃,一旦凉了就会有腥味,味道自然大打折扣。揿一筷子送到嘴里,你会发现,腊肉芳香,鳝肉鲜美,很快霸占了你的味觉,让你欲罢不能,而且鳝骨自然剥落,美妙无比。这是一鲜一老的完美组合让食材充分互补,味之香,肉之美得以充分缔造出来,那味道牢牢印在我的记忆深处,常常在我舌尖回荡,无法抗拒。

切好的鳝段

腊肉

我的父亲特别迷恋黄鳝炒腊肉，一到春天就开始念叨这道菜。所以，他也特别喜欢去照黄鳝，夏日的夜间，他挎着扁篓，拿着一个密布银针的鱼叉，提着个火炉在旷野的水田里四下逡巡。夜间的风轻轻地吹拂，黄鳝从闷热的水田里一一钻出来，躺在水面上静静地纳凉、憩息，悦享着美妙的人生。不过，在强烈的火光照射下，它们几乎不太动弹，父亲用鱼叉对着黄鳝一叉一个准，每次都有不错的收获。第二天，厨房里便飘出黄鳝腊肉的香味。干活回来的父亲一进门便要说一句："今天有口福咯——"那声音拖得长长的，里面全是欢快之意。此时的他，眼角堆满笑意，满脸的知足，也许在他看来，一份黄鳝炒腊肉，就是他生命里一份最大的幸福。

小小的厨房，精心地烹饪，食材在锅中翻滚，飘出人间烟火的味道。最是人间好口福，抚平世俗凡人心。我们用劳动丈量生活的艰辛，用舌头感悟食材的细节，也用情感打捞美食的记忆。农耕时节里，一份黄鳝炒腊肉，一份简单的青菜，一份洁白的米饭，一家人围着餐桌静静地享受自然的馈赠——岁月从容不迫，那份温柔闲适，从红尘世俗中慢慢漾出来……

扫码看视频

春江水暖话"血鸭"

每次诵读苏轼的《惠崇春江晚景》，脑海里浮现的不只是竹林、桃花的美景，还有家乡的美食——血鸭。

家乡永新和莲花、宁冈三县，以前同属吉安地区。那时民间流传这样的话语："永新老大，莲花老二，宁冈老三。"这是因为三县相邻，风俗习惯、地方语言很相似，遂根据土地面积、经济、人口来排名，形成这样的说法。如今，莲花划入萍乡市，宁冈合并到井冈山市。这是大时代变化里的一个缩影。

尽管如此，三个地方的人们见面时依然很亲切，说方言毫无隔阂，品地方菜一见如故，有时候还会彼此交流，取长补短。比如永新人和莲花人在一起吃饭时，总会拿永新血鸭和莲花血鸭进行比较。

有趣的是，永新血鸭的名气却不如莲花血鸭。莲花血鸭历史悠久，清末帝师朱益藩将这道菜献给朝廷，因此上了宫廷菜谱。庐山会议期间，莲花招待所厨师李桂发专程上山为大人物烹制莲花血鸭。后来，莲花血鸭成功入选江西省非物质文化遗产名录。较之莲花血鸭的星光璀璨，永新血鸭更像深藏闺中无人识的少女。尽管如此，永新血鸭并不怯场，也不逊色。她的足迹踏遍永新红土沃野，她的身影绽放餐厨之间。

永新人和莲花人喜欢把血鸭这道美食相提并论，品头论足，却不会评价哪道菜好，哪道菜差。我私下揣摩，是否两者的炒制方法类似，都需要使用水酒浸润的鸭血？是否两县人民的饮食习惯相同，如同兄弟般并不在乎谁好谁坏？

窃以为，所谓地方美食，看重的是这个地方的人对它的认可度。认可度高的，当仁不让为美食。莲花血鸭，已得到诸多江西人的认可，成为赣菜"十大名菜"之一，是江西的美食。而永新血鸭，则是万千永新人以及周边县市人们口中的美食。行走在永新大地上，你会发现一个不可否认的事实，那就是无论家庭主妇还是厨房煮男，基本上都会炒血鸭。

小时候，每逢年节，餐桌上总少不了血鸭这道菜。鸭子是本地品种，个头小，毛色杂且带花，俗称"花鸭子"。开春时节，母亲从圩场买回十来只鸭仔，柔软通黄的绒毛，娇小球状的身躯，吸引我和弟弟的追捧；黄色的喙在手掌心来回啄动，酥麻的感觉瞬间传遍全身。早晨起来，第一件事就是打开门，屁颠屁颠地跟随着它们去后院，只见一只只黄色的"绒球"摇摇摆摆、颤颤巍巍地滚入水中。放学归来,我们急匆匆地带着钓竿(棍子上系着绳子)、拎着袋子去田间钓来泽蛙(俗称"土给马"),剁碎了喂给鸭子吃,有时也会扛着锄头挖来一些蚯蚓喂食。充足的食物加上健康的运动,鸭子以肉眼可见的速度成长着。两三个月后,绒毛悄然褪去,换上一身花中带麻的羽毛。每天,鸭子不是在觅食,就是大摇大摆地行走在院子外面,歪着头,炫耀着"嘎嘎"的声响,那副旁若无人的神情,别有一种"滑稽美"。

那时候,养鸭是快乐的,给单调的生活增添了很多乐趣;吃鸭是幸福的,饥饿的胃总是热切地期盼着美食的到来。鸭肉吃尽,还有那味美至极的鸭汤,拌入热腾腾的米饭,几口下去,一碗饭便不见踪影。

血鸭

及至为人父，我也会炒血鸭。只不过主食材变成圈养在栏里吃饲料、整日里耷拉着脑袋愁眉苦脸的鸭子；经常饱胀的胃也找不回以前只需一丁点肉就幸福满足的感觉。从市场上买回一只清理干净的鸭（店家会送你一袋掺了水酒的鸭血），剁成块状，热锅中倒入茶油，鸭块爆炒至水分干了后，加入适量的水（淹没鸭肉为止）、生姜片，大火烧开文火烹，六七成熟时放入提前煸香的干辣椒，倒入血酒（之后切勿翻动），小火煮，最后加盐出锅。面对一盘色香味俱全的永新血鸭，儿子只是象征性地举起筷子夹了几下，没说不好吃，却更多地伸向那盘红烧龙虾。

时代在进步，永新血鸭的烹制方法也与时俱进。记得有次下乡，品尝到了青辣椒炒血鸭。炒法大致相似，只不过把干辣椒换成青辣椒，感觉就不一样了。还有的饭店加入干萝卜或酱萝卜。每次

调制血酒

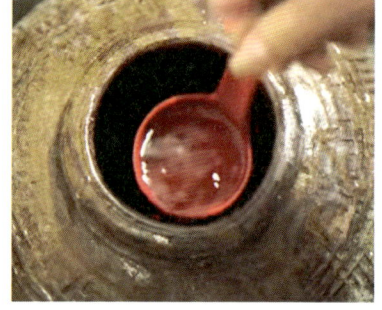

永新血鸭

品尝到加入不同食材的永新血鸭，我都会欣然尝试，也会在就餐后大加赞赏。我始终认为，每个人口中的美食标准是不一样的，只要自己喜欢，就是美食。

在文化部门工作期间，永新、莲花、井冈山与湖南几个县联合举办了三届"罗霄放歌"文化巡演活动。我有幸带队到莲花县演出，也实地品尝了莲花血鸭。

取名"莲花"，该是一个美丽地方，果不其然。"村居原自爽，地又是莲花。疏落人烟里，天然映彩霞。"清代莲花县第五任同知李其昌到任后，题写了这首诗。闲适自然、朴素宁静的乡野生活令他诗兴大发。李其昌，还有一个特殊的身份——苏东坡的后辈同乡。苏东坡爱美食，李其昌也爱美食。土生土长的莲花血鸭，就这样俘虏了李其昌的身心。莲花血鸭与永新血鸭的食材类似，如麻鸭（花鸭）、茶油、水酒、辣椒。制作过程也雷同，都需爆炒、焖煮，再加入灵魂的血酒。作为外行，我认为，如果说有差别，那就是刀工不同：莲花血鸭剁得碎，却又藕断丝连；永新血鸭却是剁成块状，该断则断。至于火候、调料，则因人而异。

汪曾祺说："一个人的口味宽一点、杂一点，'南甜北咸东辣西酸'，都去尝尝。"对食物如此，对文化也应该这样。

本着这样的心态，永新人和莲花人，就像兄弟般对待彼此的美食——血鸭，不评判高低，只在乎享用。很和谐，也挺好。这的确是一件乐事。

扫码看视频

吉祥金贵"子包肉"

今年的"五一"假期,我和爱人选择居家,因有几个婚嫁的酒席要参加。永新的酒席,蛋饺这道菜少不了。一碗金黄的蛋饺,引来不少筷子的光临。谁知一入口,爱人便抱怨不好吃,没有以前的可口。其他人皆有同感。这时,一个文质彬彬的老者笑着说:"想当年,物质缺乏,能够填饱肚子就很满足了。你想想,蛋饺这道菜,把鸡蛋和猪肉两种昂贵的食材结合起来,难道还不美味吗?现在呢,时代不同了,丰富多样的食品层出不穷,鸡蛋和猪肉已成为普通的食材,加上鸡、猪都吃饲料,品质、品种都发生改变,当然没有以前的好吃。"大家颇为认同。

在一道菜里,我们可以清楚地看到时代的进步、社会的发展。父辈们常说:"做人要忆苦思甜"。回忆过去的苦难,可以反衬今天的幸福生活来之不易。追寻蛋饺的余香,我的思绪逆流而上,定格在年少锦时。

那时,农村家家户户都养鸡。母鸡、公鸡、小鸡满地闹,与鸭、猪、狗弹奏出一首热闹的生活进行曲。母鸡属贵族,金贵得很,农民舍不得宰杀,小心翼翼地饲养着,期待它生蛋、孵小鸡。孩子们散学归来,不是做繁杂的家务,就是挖来蚯蚓给鸡喂食。鸡爱吃谷子(稻谷珍贵,一般喂瘪谷),也吃青草蔬菜,有时还会吞食有助于消化的沙子。母鸡下蛋后,那副旁若无人、不可一世的神态惹人发笑。它还未走出鸡窝,"咯咯哒"的叫声就已迅速传开,颇有王熙凤出场时"不见其人先闻其声"的气势。一出鸡窝,立马仰起头、踱着方步继续鸣叫,声音响亮聒噪,唯恐天下人不知其下了蛋。我挥着手说:"去去去,吵死人,不要叫了。知道你生的蛋个个大!"它却丝毫不理会我的一脸嫌弃,依旧踱着方步大声鸣叫,偶尔还歪着头打量着我。母亲一脸欢喜地从里屋出来,撒一把瘪谷在地上,"咕咕"地唤着母鸡。它才停止鸣叫,开心地享用起来。趁此空档期,我赶紧低头去鸡窝捡拾尚有余温的鸡蛋,高兴地递给母亲。母亲小心打开里屋的抽屉,只见旧衣服垫底的抽屉里放着几个大小不一的鸡蛋。等攒到十来个,母亲便取出装在竹篮里,用毛巾盖好,拎到圩场卖掉,换来的钱用来补贴家用。倘若立夏、中秋、过年,她才拿出鸡蛋或煎或煮,给全家改善伙食。

子包肉

我私下认为，蛋是万能型食材。它可以百搭各种食材，生成各式各样的菜品，也可独立成菜，比如立夏吃的煮蛋、煎蛋。孩子生病吃完药，最期盼的是慈祥的母亲端来一碗热气腾腾、香气扑鼻的水煮蛋或荷包蛋。不过，倘若与蛋饺相比，单一的煮煎鸡蛋还是逊色不少。

"蛋饺"是雅称，永新话称之为"子包肉"。这个

"子",指的是"蛋"。"鸡子"就是鸡蛋——鸡蛋如同鸡的孩子,可以看出永新人对蛋的尊重,再有猪肉的加持,因此,蛋饺这道菜,几乎与狗肉、鸡肉同等尊贵,只有在特定的日子才会出现在饭桌上。

做蛋饺,既费时又费力。蛋饺用的蛋,鸡蛋最佳,因为较之其他的蛋更易膨化。母亲取出三五个鸡蛋(具体要根据猪肉的量来定),一一敲开蛋壳,把乳白的蛋清、金黄的蛋黄倒入碗里,用筷子搅拌成蛋糊。搅拌要顺时针方向,腕部发力,让蛋清、蛋黄有机融合。力过猛容易洒出来,力气小则搅拌不均匀。父亲提前把猪肉(最好是前腿肉,肥肉少,精肉多)剁碎(要放入适量盐),盛入碗中。我一边烧柴火(看情况取中火或慢火),一边看母亲操作。锅热放入菜油,母亲舀入一勺蛋液,蛋液迅速膨胀,散成花瓣状。用筷子夹适量肉馅放在中间,伺机用锅铲翻动蛋花使其包裹肉馅,待成饺子状(用锅铲稍微压实),铲至锅边沥油,锅底同时舀入蛋液、放入肉馅。锅边的蛋饺稍微沥干油,便可放入碗中。循环往复的动作,在母亲满脸汗水的映衬下,显得并不单调枯燥。我用钦佩的眼光打量母亲,感觉她像个画师,一点、一卷、一压,便勾勒出蛋饺的形状。柴火与菜油的完美搭配,为蛋饺抹上金黄的色彩。更为绝妙的是,鸡蛋的芳香与猪肉的香味有机融合,生成独特、浓郁的蛋饺香型,伴随着袅袅炊烟,溢满

子包肉

厨房,又穿透窗户、瓦缝,向村庄四周发散。整个村庄,就这样成为蛋饺香的海洋、烟火气的天堂,让人陶醉不已。

中国人历来讲究"中庸之道",这在煎蛋饺中也能得到很好的体现。蛋饺不宜煎老,老则口感柴;不宜煎嫩,太嫩则猪肉包裹不严实。

蛋饺煎好,此时还不能食用。可煮熟,也可放入鼎罐中蒸熟后再吃。我家多采用煮的方式,母亲往锅中加入适量清水,倒入蛋饺,大火沸腾,慢火焖煮,熟后撒上葱花即可出锅。

前几天,在岳母家吃饭,竟然看到一盘"子包肉"。还是那金黄璀璨的外皮,里面不单有猪肉,还有肥嫩的香菇。在造型别致的盘子衬托下,显得格外金贵。嚼之外软里嫩,闻之香气扑鼻,仿佛又回到年少锦时。

"子包肉",其形状如饺子(以前的人认为像"元宝"),两面金黄寓意富贵;其色香味独特,较之永新狗肉、永新血鸭的辛辣浓烈,它鲜香清爽,老少皆宜。它是一道尊贵的菜,经常出现在大型喜庆的酒席、宴会上;它是一道吉祥的菜,年夜饭上少不了那道金黄色的身影,就像吃鱼代表"年年有余",永新人香甜地吃着蛋饺,热切地期盼着来年招财进宝,好运连连。

扫码看视频

最忆是狗肉

人类吃狗肉的历史久远。《说文解字》里就有人类吃狗肉的记载。远古时期,请部落首领吃狗肉叫"献",献字是月字旁上边一个瓦罐,旁边一只犬,意思就是把狗放到罐子里煮,叫作"献",表示尊敬。还有"然",古语"然,诺也",表示肯定,左边一个"炙",烤的意思;右边一个犬,就是把狗放在火上烤。把这个字作为承诺的意思是因为当时两个部落要达成什么协议,即后来的歃血为盟,由于当时还没有酒,大家便烤一条狗来吃,吃完就算达成协议,不能反悔。因此,吃狗肉在古代是一件很尊贵、很上层的事情。

随着时代的发展,吃狗肉变得接地气。永新人民发扬老祖宗的优良传统,将吃狗肉进行到底。"狗肉滚三滚,神仙站不稳""闻到狗肉香,佛祖也跳墙""吃了狗肉暖烘烘,不用棉被可过冬",这些俗语验证了永新人对狗肉的情有独钟。永新人几乎一年四季都吃狗肉。无论你何时去菜市场,总能看见叫卖狗肉的商贩;无论你在哪个永新饭店，总会发现饭店的主打菜之一是永新狗肉。外地客人到永新，如果没有吃到狗肉，会深感遗憾，叹息"白来一趟"。

狗肉属大补食品，最佳品尝期在寒冬腊月。印象中，每逢腊月，父亲与邻居会合伙买一只狗（十公斤左右最佳）打打牙祭，来犒劳一年的艰辛。大伙儿在空地搭好灶台，杀狗的，切肉的，烧火的，炒菜的，分工又合作，满头大汗地把凛冽的寒风甩得老远。孩子在旁边玩耍，不时用眼睛和鼻孔捕捉狗肉的熟透程度。等到香气覆盖整片空地，便一窝蜂拥到锅边，作垂涎欲滴状。此时，闲下来的大人便拿我们开涮，"你看疤子佬，口水流到下巴上，看来想吃狗屁股""还有鸡仔眼，舌头在嘴里不知打了几个滚，干脆给你条狗舌吃"……每开涮一个小孩，空地上方都会飘荡着肆无忌惮的笑声和火辣奔放的狗肉香味。火候到了，厨师一边揭开锅盖一边大声说："熟了熟了！各家去拿碗来。"小孩又像受到惊扰的蜂群，飞速散开跑步回家，拣家中最大的碗端过来，齐刷刷放在灶台上。厨师用犀利的眼光和熟练的手法均匀地分好狗肉后，便心满意足地点燃一根纸烟，端起属于自己的那份惬意地回家。永新人管这叫"兑狗伙"。永新人团结齐心，守信用，通过经常凑在一起分享狗肉也可看出。永新狗肉，成为寒冬里最温暖的陪伴。

不可否认，在赣西一带，永新狗肉很是出名。窃以为，与它的制作过程独特有关——需用水酒保存狗血。《木草纲目》记载："凡食犬不可去血，去则力少。"强调狗血调补之功效，且能增进口味。

永新狗肉

需用稻草烧狗（能祛除臊味，更具香味、烟火味），狗皮烧至金黄且微微裂开最佳。需用诸多作料，干辣椒（需提前用冷油缓慢加热炒香，切段）、茶油、胡椒粉。需用狗的全身烧炒。俗话说："宁舍丈母娘，也不丢狗肠。"烧炒时，热锅里放适量茶油，倒入狗肉爆炒至冒油。加入适量清水，大火沸腾一段时间后投入焯好的内脏，改中火炖。待六七成熟，加入干辣椒、热茶油翻匀，再放入狗血（此时千万不要翻动）慢火炖至熟透，加适量盐、胡椒粉出锅。狗肉吃完，还嫌不够的话，可以用狗肉汤煮豆腐或芋头，那味道也是顶呱呱。

餐桌上大快朵颐，听长者讲述永新狗肉的传奇色彩和不凡经历，让人回味无穷。相传，汉高祖刘邦在登基前，偶然品尝到永新狗肉，一直念念不忘。登基后，专门派大臣樊哙到永新挑选厨师担

永新狗肉

任御厨。新中国成立后,永新狗肉被列入国宴菜单,招待过西哈努克亲王。2007年,永新狗肉入选吉安市首批非物质文化遗产保护名录(传统手工技艺类)。2021年2月1日,江西省商务厅正式发布赣菜"十大名菜"、"十大名小吃"名单,永新狗肉位列20道江西精品赣菜之一。

"民以食为天",饮食,本为人之本性。当今社会,物质丰富,人民群众对饮食的追求也由"饱腹"转为"美食"。饮食,从生存之基础完美转身为精神之享受。

我一直喜欢探寻美食与地域、人群的关系。有什么样的地域就有什么样的人,有什么样的人就有适合他的美食。可以说,美食不分贵贱,只要自己喜欢,皆可称之为美食。美食是一种媒介,既能传递传统的价值观、人际关系、生存状态甚至是哲学思考,又能传递浓郁的乡愁。

我与众多永新人一样,也会刻意地去寻觅本地具有代表性的美食。"众里寻他千百度",永新狗肉,在众人的认可与欢呼声中,浓墨重彩地出现在灯火辉煌处。

狗肉这道美食能在永新民间流传久远,离不开特殊的地理环境。永新属亚热带湿润性季风气候，是典型的农耕山区。村民过着日出而作、日落而息的农家生活。家禽家畜饲养普遍，尤其是"养狗护家、养狗为食"蔚然成风。永新人习惯用辣来抵御风寒。天长地久的摸索，最终形成独特的狗肉烧制方法，产生独特的感观。视觉上，色泽金黄；嗅觉上，香辣扑鼻；味觉上，辣而不腻，饱而不厌。《食疗本草》载："狗肉补五劳七伤、益阳事、补血脉、厚肠胃、实下焦、填精髓。"《日华子本草》注曰："狗肉补胃气、壮阳道、暖腰膝、益气力。"这样的美食，何人不爱、何人不吃呢！

写到这里，我不由得咽了一下口水。窗外，仲春的阳光暖暖地照着，我又闻到那醉人的狗肉香。

时代在发展，永新人民的口袋充实了，想吃狗肉随时就地取材。尤其是中秋、春节，大家爱用一顿火辣辣的狗肉庆祝佳节；外地工作的永新人，喜欢通过狗肉来联络感情，驱散疲倦，更是寄托浓烈的思乡之情。

生活在县城，来了外地客人我爱请他们去饭店里，点上一份色香味俱全的永新狗肉。看着客人大快朵颐，在高兴的同时，我又会情不自禁地怀念起家乡"兑狗伙"的热闹场景。

充满生命力的金钱蛋

金钱蛋,老家的方言称"线扯啵啵"。将五六个生鸡蛋煮熟去壳,取一小截补衣服的白线,用牙齿咬住线的一端,另一端用手紧紧捏着,绷直,拿起一个去壳的熟鸡蛋,从蛋的一端至另一端用线将它拉成薄薄的蛋片。方言不好表述其学名,金钱蛋之称最适合上菜谱。热锅烧油,将这些蛋片下锅煎至金黄,像一片片黄澄澄的金钱,下生姜蒜末、辣椒炒香,水酒、生抽调味,一道口味层次分明的金钱蛋完美出炉。黄灿灿的色泽,配上红辣椒,色泽艳丽,一派喜庆的好彩头,立刻激发勃勃生机的味蕾。

小时候很馋"线扯波波"这道菜,可不会天天吃到,因为太费鸡蛋。没钱买肉吃,平时吃个鸡蛋,要炒好多辣椒。园子里辣椒是管够的,一串串疯了般拔长。永新人吃青椒喜欢"爆",爆辣椒炒鸡蛋下饭得很,一小撮辣椒和鸡蛋片可以吃一两碗饭。鸡蛋充当肉的身份,做着一日三餐粗茶淡饭里的调味滋补角色。

用线拉圆片

  金钱蛋的食材有两种，一种是新鲜鸡蛋，另一种是孵鸡蛋未孵出小鸡的"寡鸡子"。说实话，后者的口感远胜前者，经过孵化的鸡蛋，肉紧实，吃起来有嚼劲。先把鸡蛋煮熟，冷水浸泡，这样易于去壳。鸡蛋还热着时，壳紧黏着蛋肉，很难去壳，剥起来磕磕碰碰，不断碎壳，还粘皮带肉，破坏整个鸡蛋的润滑感。经过冷水浸泡后彻底冷却的鸡蛋，轻轻敲开一个口子，手指一捋，整个壳顺滑剥去，露出光滑细腻的蛋身。用线将它们均匀拉成薄薄的圆片。热油将蛋片煎炸得金黄喷香，倒入一大调羹水酒和生抽，拌入葱姜蒜丝再烧一下，一盘黄澄澄香死人不要钱的金钱蛋，温厚饱满，硬朗又酥香。金灿灿的金钱圈般的蛋片中滚着青红辣椒，肥白的蒜瓣点缀，跟毕加索的画风类似，饱满，热情，激烈，充满生命的节律和

金钱蛋

生机,暴击味蕾,让人胃口大开,忍不住挥舞着筷子大快朵颐。

小时候常常被大人忽悠,说小孩子不能吃"寡鸡子",吃了会口臭,甚至变蠢。后来才知道,那是大人忽悠孩童,生怕小孩贪吃他们的下酒菜而故意找的借口,不让孩童与大碗干米酒的大人们争夺为数不多的"线扯啵啵"。童年一副单薄胃肠,缺少油水滋润,孩童对食物的需求总归是不加克制的惊人食量。这样一盘色泽金黄、外焦里嫩、芬芳诱人的菜,若不加阻拦,孩童一口气可以干掉一整盘。

米酒提味的金钱蛋,柔而韧,嚼劲十足。尘世的灯火点亮老区人民的贫寒日子,黄澄澄的金钱蛋,犹如岁月深处一块泛黄的旧织锦,不经意抖开在今时的繁华光景里,风华依旧,其味不败。那些被生活逼迫出的一地鸡毛的混乱和焦虑，美食总是可以适当治愈。不经意的舌尖碰触，就会打开记忆的大门。那一口悠远绵长的滋味蕴含着温暖的回忆，捋顺当下粗糙晦涩的情绪，成为一种及时的精神慰藉，滋生热爱生活的好心情。

每一次被熟悉的味蕾唤醒记忆，不免有光阴易逝的怅惘，童年仿佛山长水远来到眼前。如今自己烹饪每日三餐，想吃金钱蛋唾手可得，不费吹灰之力，冰箱里随便取五六个鸡蛋，一会儿香喷喷的一盘就可以上桌。我们倾己所能烹饪的每道菜都饱含对家人和生活的爱。

美食承载着乡愁最原始的使命。美食和乡愁互为依存，二者之间有着难以割舍的关系。经典美食需要代代传承、挖掘和创新。改革开放以来，大多青壮劳动力涌向城市。固守的乡土和流动的人口，赋予越来越多的人新身份——游子。繁华的都市生活，让很多离开故乡的永新人渐渐远离家乡美食。都市灯红酒绿的生活养得出髀肉，养不出贵气。携裹着乡野气味、滋养过单薄肠胃和贫穷身躯的金钱蛋，经得起沧桑岁月的洗礼、检阅和冲击，自有其独特的尊贵之味。金黄，焦嫩，米酒滋养，辣椒供奉，一日三餐，津津有味，寒冬酷暑，一盘绝响。

窃以为，烹调的最高境界，是保留菜肴的原味。刘姥姥进大观园，贾母叫她吃茄鲞。刘姥姥吃蒙了，直言不像是茄子。凤姐妮妮道来茄鲞的做法：把刚摘的茄子去皮，茄肉切成碎丁子，用鸡油

蛋片

金钱蛋

炸了,再用鸡肉脯子合香菌、新笋、蘑菇、五香豆腐干、各色干果子都切成丁儿,用鸡汤煨干了,拿香油一收,外加糟油一拌,盛在瓷罐子里封严实了。这种烹饪太精致,不适合寻常百姓的家常做法。山里人性情淳朴,不喜欢奢华铺张。

永新人做的美食，基本上遵循原汁原味的烹饪做法，这是田野禾稻、山风炊烟赋予山区人美食的底蕴。金钱蛋体现了这种最高境界，在香喷喷的煎炸中，它的颜色、质感、气息、蛋的原汁原味悉数承欢于舌尖。

游子步履匆匆，每一次吃到家乡美食，心绪激荡。村庄是农民的根，祖祖辈辈建设她，修缮她。新的一辈又无时无刻想要逃离她，却又无时无刻思念她。城乡之间的联结是这个时代特有的焦虑和矛盾。稼轩有词："人言头上发，总向愁中白。拍手笑沙鸥，一身都是愁。"人生何处酌酒，遑论珍馐，莫如老家一盘金钱蛋。食物都是有生命的东西，它们顺着人类的身躯，在血液里静默地呼吸、流转，唤醒日渐僵麻、备受焦灼的神经。

永新美食无穷多，金钱蛋踩着一缕霞光，自有其生机勃勃的风味，吸引着一代又一代永新人垂涎它，赋予其无穷尽的经典佳肴角色。

扫码看视频

"过期"的猪脚炖黄豆

我撰写过不少关于永新地方美食的文章，因为熟悉、投入，撰写起来就得心应手。然而有一道菜，却让我无从下手，它就是猪脚炖黄豆。

人类学会用火后，食物就变成了菜肴。当经济发展、物质丰富之时，菜肴便华丽转身为美食。有的美食从不过时，有的美食却渐行渐远。猪脚炖黄豆，在当今时代琳琅满目的餐桌上，悄然隐身退场。

如今，很少有饭店做这道菜。即使有，也是客人提前预订。我曾经询问过原因，基本上都认为如今"四高"人群太多，很多人都不敢吃。

"四高"是指高血压、高血脂、高血糖、高尿酸。这一人群有太多的忌口，而昔日的大补菜——猪脚炖黄豆，就这样成为人人避而远之的"过街老鼠"。是时代的进步，还是时代的悲哀？

我属于高尿酸之人，痛风症偶有发作。每念及发作之苦，恨不得清心寡欲，一日三餐只食青菜，最好是餐风饮露，做一只高洁的秋蝉。然不发作之时，打量一桌的美食，又忍不住举箸夹食，大快朵颐，且自我安慰"别无他事、不会发作"。但对于猪脚炖黄豆，却是再没有尝试，只能在回忆里寻觅它的味道。

小时候，我对猪脚炖黄豆常怀期盼之心，常抱热忱之情。猪肉稀缺的年代，一只肥嘟嘟的猪脚，搭配金灿灿的黄豆，那是高脂肪和高蛋白完美融合的产物啊！产妇吃了奶水充足，孩子吃了茁壮成长。大口咀嚼软糯的猪脚、酥嫩的黄豆，再深喝一口汁浓香甜的原汤，那享受的神情，犹如陶醉的神仙。可惜的是，这道菜珍贵，主要是猪脚买不起。聪慧的母亲便用腊肉骨头炖黄豆来代替。

这种情况多数是在开春后。经历春节的欢畅痛饮，家里储藏的食物早已一罄而空。望着七张饥饿的嘴巴，母亲把目光定格在灶台上方悬挂的腊肉。说是腊肉，其实只是几根残留的肉骨头。丰腴油亮的腊肉经历菜刀的反复切割，早已变成表面漆黑的嶙峋状骨头。取下骨头，母亲用热水反复清洗干净，用斧头斫成数段，放入鼎罐。倒入适量井水，大火沸腾，中火焖煮。这个时间段里，母亲爬上楼，从陶缸里取出黄豆，清洗后放入鼎罐，与骨头同煮。火气的催化，使得骨髓渐渐渗透出来，融入汤水；黄豆大口大口吸收浓郁的汤水，逐渐膨胀。火候一到，母亲熄了火，让黄豆和骨头在余热里继续酝酿、加深感情。炒完其他菜，母亲用热油爆炒蒜子、干辣椒，把鼎罐内的汤水倒在锅里，连同骨头、黄豆，沸腾几分钟，淡了加点盐,咸了添点水,再盛上桌,这叫"回锅"。这样,腊肉骨头炖黄豆就大功告成。

开饭了。孩子先挑有肉的骨头,稍加啃食便丢弃在桌上(颇像"食鸡肋者"),然后把黄豆掺入米饭,大口地吞咽。喝酒的父亲摇了摇头,说:"这样太浪费了。"他拿来铁锤小心捶开,里面的骨髓清晰可见。父亲伸入筷子,像锄土一样钩出来,放在碗里让我们吃。他则用嘴吮吸骨缝里残留的骨髓,每吸到一小口,总要美滋滋地呷上一口水酒。消灭骨头后,父亲又打起黄豆的主意,一粒粒的黄豆被上上下下的筷子夹入口中,经过细嚼慢咽,混合着酒水进入胃里。

在父亲眼中,历经腊肉骨头与沸水淬炼后的黄豆,就是最好的下酒菜。汪曾祺认为:家常酒菜,一要有点新意,二要省钱,三要

猪脚炖黄豆

腊肉骨头

黄豆

省事。不论是猪脚中的黄豆,还是腊肉骨头中的黄豆,都兼具这三点。尤其是第二点——省钱,在它的一生里得到很好的诠释。

黄豆在大豆家族里,属于庞大的一支。它在青春年少时叫"毛豆",年老力衰时称"黄豆"。黄豆生命力极强,不论是田间地头,还是荒野山坡,只要入土就可扎根生长。它耐旱,不求肥沃,只需土壤,是很好的经济作物。不管是以前,还是现在,人们对毛豆的偏爱远高于黄豆。毛豆嫩绿,甘甜可口;黄豆珠黄,若是爆炒,咀嚼费力,枯燥无味。我上初中时,经常带的菜就是黄豆炒干辣椒,难以吞咽,不好下饭。参加工作后,每看到炒黄豆就避而远之。

然而,猪脚炖黄豆(抑或骨头炖黄豆)却是一个创举。它不但将黄豆的劣势有效掩盖,而且充分发挥它的优势。尽管年少时很少吃到,现在由于尿酸高怕品尝,我却打心眼里为这道菜点赞!

五千多年来,大豆一直陪伴着中国人民。以前称之为"菽",

与稻、黍、稷、麦合称"五谷"。可以这样断言,没有"五谷",人类的生存将何其艰辛!大豆对人类最大的贡献就是能做各种豆制品,譬如豆腐。以前的农村,基本上都有做豆腐的人家。每天清晨,总有"卖豆腐呢!卖豆腐呢!"的叫卖声在上空飘荡。花上两三毛钱,就能买到一碗水嫩的豆腐。青椒炒豆腐、红烧豆腐,至今还是备受欢迎的家常菜。在难以吃到肉的年代,豆腐和蛋就是最好吃、最实惠的营养来源。有人认为,没有豆腐,中国人民的生活将会缺一大块。窃以为如是。

如果一个人有前世今生,是否一道菜也有呢?在猪脚炖黄豆这道菜里,我仿佛看到了命运的无常:某个时期,它无限风光;又某个时期,它黯然退场。

扫码看视频

红红火火薯粉丝

清明谷雨，种芋栽薯。

不管时间怎样变化，村庄里的番薯从来不会错过节气。菜园里的薯秧已经长得很茂盛了，像丰满的绵羊，只等着人们来剪它们的"羊毛"。印象中，母亲将长势蓬勃的薯藤一根根摘下来，绑成一捆搬到家里，再用剪刀将其剪成一节一节，每一节薯秧仅留下一两柄叶子。土地是现成的，大多开垦在向阳的山坡上，用不着将土坷垃敲得粉碎，也不需要将土畦推得四平八稳，只要将土畦粗略地整饬一下就行。母亲用锄头挖出一行行的小埯，将薯秧插入地里，撒点肥料。土地将是薯秧生长梦想的温床。

薯秧被妥妥帖帖地插在土埯里，就像站成方阵的啦啦队，热情地举起一面面生动的旗帜。而在它的地下，正酝酿着一个朴素的梦……

秋天时分，霜已经降过一遍了，寒气里，番薯的糖分开始分泌，转眼就到了挖薯的最佳时候。扒开薯藤，找准薯根，两三锄头

红薯

薯粉沉淀

干薯粉丝

下去,番薯就喜不自胜地跃然于前。通常,一根纤弱的薯藤上总是结满了许多活蹦乱跳的番薯,大的、小的,椭圆的、块状的,像一个人丁兴旺的家族,它们是我们劳动最诚实的回馈。如果能够有幸挖到四五斤重一个的番薯,那就是丰收时的锦上添花了。

记忆里,吃得最多的是番薯熬米饭,它年复一年地温暖着我们饥饿的胃,赐给了我们生命源源不断的能量。不过,最让我难忘的是母亲做的红薯粉丝。

冬日,家家户户进入冬闲时节,但是,村里的女人们依旧忙碌,她们正计划磨薯粉。做薯粉并不轻松,将番薯洗净,磨碎,过滤,兑浆,摇浆,起粉,干燥,这是她们制作红薯淀粉的全部工序,每一步都伴随欢快的笑声,那些笑声将冬天的单调与寒意一一驱散。

大人们通常先磨浆,再用一个大纱布袋来摇浆,感觉像做豆腐。滤去番薯渣质,精华即呈现。那些淀粉慢慢析出,这是一天劳动的成果。沉淀一夜后,淀粉凝固呈块状,这就是红薯淀粉。接下来才是做红薯粉丝。

煮红薯粉丝

我至今仍记得红薯粉丝制作的全过程。先在一个盆里，用清泉水将红薯粉调成糊，烧半锅热水，然后将调好的红薯糊倒入沸腾的热水中，调匀，这叫芡。再用这一锅的芡来和面粉，然后不断地搅拌，得拿捏好时间，时间的长短与火的大小都将影响红薯粉丝的口感；再用一根棒子深入芡里，芡沾在棒子上，像糨糊一样黏黏的，此时，通过观察判断芡的稠度，根据芡的稠度加入红薯粉，又不断地搅拌，直至红薯粉黏接成团，并具有一定的黏性和较好的延展性。这是红薯粉丝制作的关键一步。

接着，将粉团放入凉水冷却，就成型了，捞起，切成丝状，摊放在院子里的竹竿上，搭匀，晾干。等晾干后再拿去晒，红薯粉丝尽情地吮吸着冬日里的每一道阳光。此时，冬季的阳光不浓不淡，不愠不烈，对于晒红薯粉丝真是恰到好处，它最大限度地保持了红薯粉丝本真的味道。

美味值得等待，历经三天，就大功告成了。炒菜的时候，得先用温水浸上几个小时，切莫为了快速而选用热水浸泡，这样，它的风味就会大打折扣。切记，一切急躁的行为都是对美食的怠慢！

一道菜从地里到厨房再到餐桌要经历一个相当繁复的过程，也许正是这些耗时耗力的纯手工过程，才保证了它们的原汁原味。因为每一根粉丝都凝聚着一个人的良好用心和满满诚意。在我们村里，小孩的满月礼上，升学宴上，年轻人的婚礼上，红薯粉丝是菜单上必备的。红薯粉丝通常久煮不烂，吃起来清香劲道，寓意着红红火火、长长久久。即便是在节日里，这也往往是菜单上的首选。粉丝里佐以葱、姜、干辣椒，好看又好吃，大家吃得哧溜哧溜的，像欢快的乐曲，喜悦里有着对生活的感恩与知足，仿佛吃过了红薯粉丝，生活才算是安安稳稳了。

除了红薯粉丝，还有薯条、薯片……一个普通而简单的番薯，被智慧的人们演绎得五花八门、有款有型，乡亲们用自己的想象把它吃得丰富多彩。番薯行事低调，如一位母亲一样寡言少语，却默默地用其肥硕的身子滋养一个村庄的前世今生。

扫码看视频

青椒萝卜干

永新人喜欢吃辣椒，可谓无辣不欢。在没有大棚菜的岁月里，辣椒属于季节菜，要到夏天才可以吃到新鲜的辣椒。夏天太阳毒辣，人的胃口也大受影响，青椒萝卜干是永新人青睐的一道下饭菜。

永新人种菜，谁家的菜园里少得了辣椒？每到初夏，碧翠的辣椒开始冒出尖细的小身段。随着温度慢慢升高，辣椒越来越大，越来越长，一个个精神十足地垂挂着，雄赳赳，气昂昂。永新人吃青辣椒喜欢"爆"着吃。爆青椒炒泥鳅、爆青椒炒鸡蛋、爆青椒炒黄豆、爆青椒炒萝卜干等等。永新人擅长种萝卜，"冬吃萝卜夏吃姜"，这是本地人津津乐道的俗语。每年冬天，大白萝卜在泥土里酣然成熟，等待乡人拔取去晒萝卜干。酱萝卜需要大量的萝卜干做原料。冬天将萝卜干晒好密封，到了夏天，大部分取出来晒酱萝卜，剩下的留着做菜吃。

老家位于禾水河上游，村庄对岸有一片宽阔的土地——五马洲，自古以来，村里人在这块沙洲上春种棉花秋种萝卜。人民公社时,社员们成群结队在五马洲上种萝卜,他们头戴统一购置的草帽,脖围白毛巾,在金色的秋阳照射下,分外耀眼。每年春节前后,村民们到沙洲上收萝卜,萝卜统一交给合作社晒干,由合作社加工成萝卜干,大部分用车子装到县城去销售,剩余的分给村民做菜吃,借以度过艰难的五月"三荒"。老家的大萝卜远近闻名,老家人因此被邻近乡民戏称"佬雾菜"(萝卜菜的意思)。旧时老家流传一句俗语:"佬雾菜佬雾菜蒜嘞,天光卖到暗呐。"形容那时候山里人日子的艰辛。这种大萝卜晒的萝卜干格外甜,肉质肥厚,不干瘪,用一把青椒爆炒下去,令人胃口大开。

汪曾祺在文章中写他高邮的萝卜很小,不过是"粗如小儿臂膀而已"。永新人种的白萝卜,白白胖胖,甜脆多汁。无论是炒片、切丝、煲汤,腌盐晒萝卜干,都是上好的食材。

青椒萝卜干

小时候农忙时，我家有送饭的习惯。天蒙蒙亮，母亲就带着我们赶往田里割稻谷，然后她又匆匆回家，做好饭菜用篮子提着送到田间。记忆深处，一家人坐在杂草丛生的田埂上，每个人端着一碗饭，就着篮子里带的青椒萝卜干、青椒豆腐或豆角茄子大口扒饭。青椒萝卜干下饭，带菜时往往必不可少，饥肠辘辘时，真觉得这道菜特别香。辣椒辣得口舌噏吸，鼻涕吸溜，操起老式军用水壶大口大口喝水。那时候草木繁茂，蝉鸣鼎沸，青草夹岸的溪流穿过田野，一块块稻田将丰盈的金黄铺展开来，不远处，满目披翠的龙凤山绵延不绝。萝卜干和辣椒的味道，需要吹很久很久的凉风，才可以平息下来。

读中学时，班上很多学生是乡下的，平时住校，周末回家大都会带一大瓶萝卜干去学校当伙食。每次用餐从菜瓶里扒出一些萝卜干，饭是热的，萝卜干是冷的，一日三餐连续吃。常常一瓶萝卜干要吃一个星期，直到下个周末回家换洗衣服，再带一瓶新炒的萝卜干去学校。我舅舅是早期江西医学院的大学生，如今已是八十多岁的老人。山区农家子弟，为了能上大学，一个人来到县城中学住校读书，每个周末都要走路回家带米和萝卜干。那时候，没有班车，没有摩托车，贫瘠岁月里，自行车都是奢侈品。外婆家远在乌石山，往往要走上一整天的路，住一夜，第二天舅舅又要背着一袋米和一瓶萝卜干再返回永新中学。从夏到冬，从春到秋，无数个寒暑叠加在一起，便成了悠长辛涩的岁月。远去的艰苦日子有一股寒

晒萝卜干

洌之气,更有一种内在的精神气在老区人民的心里回荡。眼里有光,心中有梦想,再苦的日子也能熬过去。那一瓶瓶看似厚朴粗拙、苍老干瘪的萝卜干,滋养着毅力顽强的舅舅考上大学。在永新,无数个寒门学子曾经像舅舅那样,靠着一瓶一瓶萝卜干寒窗苦读,一步一步走出小山村,走向世界。

如今永新人步入小康生活,家家户户餐桌上的菜肴丰富多样,青椒萝卜干这道菜却并没有受到龙虾、鲍鱼的威胁而退避三舍,依旧是永新人钟爱的一道下饭菜。在餐馆吃饭时,经常看见有人酒喝得差不多时呼叫着服务员加一道菜:"来一盘青椒萝卜干,好送饭。"永新人的胃,会自动向这道质朴至极的家常菜服帖,仿佛只有它,可以拯救被鸡鸭鱼肉等过多油水荼毒的胃。世间朴实无华的,反而大多是好东西。几根青椒,一把萝卜干,怎么搭配,好像都显得一股贫寒气,但在永新人眼里,这道菜最具有自然气、烟火气,底蕴里饱含着深深扎根于泥土的原始气息。青椒的爆辣,萝卜干的脆香,都是生猛又直白的味道,像极了山里人的脾性,浑然天成,不事雕琢。

在永新,几乎每一个家庭主妇都擅长晒萝卜干。八十多岁的婆婆还在坚持晒萝卜干，她自己种萝卜晒萝卜。老人家根本吃不动萝卜干了，她晒这么多萝卜干，只是为了让儿女们离开家时，个个能带一大包回去吃。老人家颤悠悠挑着箩筐去晒场，来来回回承受扁担压在肩上的痛感。将一块一块萝卜摊开来晒，日落西山，又去晒场一块一块收回箩筐，挑回去将萝卜压紧，第二天接着晒，不厌其烦。

那些离开故土的人，离开家乡时，母亲们都会包一袋萝卜干塞给儿女带走。他乡的青椒不如家中老母亲种的辣椒青葱碧翠，辣爽可口，但是老母亲晒的萝卜干，足以唤醒每一个游子热辣辣的乡愁，尝一口青椒萝卜干，眼泪都会忍不住滚落下来。舌尖上有最顽固的乡愁。这一把平淡无奇的萝卜干啊，永远呼唤迷失在灯红酒绿中的胃，再昂贵的鱼翅燕窝，怎比得上家乡的青椒萝卜干这道"乡土硬菜"。这是妈妈的味道，经久不衰，永远垂钓着游子思念的味蕾。谁的后备箱里，没有塞过妈妈晒的萝卜干？坐在火车的座位上，或者握着方向盘，想着残留着母亲手指温度的那包萝卜干，旧日光阴倏忽犹回。想一想在老家日渐苍老得干皱巴巴的父母，谁的眼泪没有打湿过行囊？

无论走多远的路，一盘青椒萝卜干，足以打败所有珍馐美馔，独霸乡愁的鳌头，质朴又珍贵。它们已嵌入永新人的血液里，扎根在永新人的日常生活中。尤其是那些背井离乡的人，无论何时想起，都会心绪激荡，简直馋得要大哭一场！

扫码看视频

冬笋炒腊肉

永新人爱吃笋。春笋炒酸菜,冬笋炒腊肉。春笋鲜嫩,冬笋则味更美。

谈及食笋历史,可以追溯到《诗经·大雅》所记载的"其肴维何,炰鳖鲜鱼,其蔌维何,维笋及蒲"。自古以来,笋就一直倍受历朝历代文人和美食家们的推崇。据说,唐朝设有专门管理种竹的官员。春笋的嫩鲜和爽脆得自天成。所谓"尝鲜无不道春笋",连唐太宗都很喜欢吃春笋,每春笋上市,总要召集群臣大品"笋宴",并以笋来象征国事昌盛,比喻大唐天下人才辈出,犹如"雨后春笋"。冬笋不生在地面,是立冬前后毛竹的地下茎侧芽发育而成的笋芽,埋在土里,需要挖出来。冬笋壳薄肉嫩,肉色乳白,笋质鲜美,口感厚实。

冬笋好吃,取之却不易。楠竹笋是不能随便挖掘的,一根笋就是一棵挺拔的楠竹。靠山吃山的山区人,不仅仅懂得吃笋的美味,更要懂得保护毛竹繁殖的重要性。不能因为贪婪,随意举起锄头,

冬笋炒腊肉

恣意刨取美味。锄头胡乱刨取,很有可能伤及林地。冬笋因其深藏土中,如随意挖掘,会损伤竹的根系,农家也是不轻易采掘,因而珍贵。说起口味与品质,冬笋比春笋鲜嫩细滑,属于山珍,价格往往是春笋的两三倍。

冬笋炒腊肉,是永新人正月待客的一道珍贵的菜。家养的土猪肉,年前杀了,大多会用来做腊肉。山里人熏的腊肉,无比香,味醇美。被清人李渔称为"素食第一品"的嫩白笋片,配上新鲜出炉的腊肉,简直是"金风玉露一相逢,便胜却人间无数"。腊肉霸道的香味一探头,也被裹挟着一派天然之气的笋适时调和。笋的鲜味被肉香渗透,肉的熏香被笋的鲜汁稀释,笋有肉味,肉有笋鲜,相得益彰,灵魂各自得到升华。难怪杜甫一遇到笋,"青青竹笋迎船出,日日江鱼入馔来",诗兴无端清灵激荡。苏东坡初到黄州就吟出"长江绕郭知鱼美,好竹连山觉笋香"之句,后有名句"宁可食无肉,不可居无竹。无肉令人瘦,无竹令人俗"。作为地道的永新人，笋是记忆里最家常便饭的菜，一年四季，绵延不绝。春有春笋，冬有冬笋。

笋为何物？毛竹而已。永新山岭最不缺毛竹，浩浩荡荡的毛竹，波澜壮阔，占据着无数个山头，曾经是"星星之火，可以燎原"时的天然美味，给予过艰苦岁月里的战士们甘甜的滋养。寒冬腊月，永新人的冬笋炒腊肉，勾起了多少人的悠悠怀想。美食承载了乡愁最原始的使命，美食也是乡愁的某种载体，无限延伸，值得深度挖掘它的渊源、历史和传承。

"高山笋不忧。"味美鲜嫩的笋，总是如玉一般深藏在高山里。土壤下野生奔放的生命，总有一股迫切的破土力量，等待长成碧翠的竹子，也等待有缘人挖掘，成为桌上美餐。笋富含膳食纤维、蛋白质、氨基酸、维生素和矿物质等营养成分。竹笋不仅可餐，还有不少药用价值。《本草纲目》载："绿笋味甘，无毒，主消渴，利水益气，化热消痰爽胃，可久食。"可见，这竹之幼芽，笋，可药亦可入盘。

挖笋

浙江人喜欢用笋做"腌笃鲜",缱绻缠绵的菜名有着江南水乡的气质。北方竹子少,冬笋大多是南方运过去的,相当珍贵,北方人喜欢吃"炒二冬","二冬"即冬笋和冬菇。还有虾子烧冬笋、火腿煨冬笋等都是餐馆里的上等名菜。在盛产毛竹的山区永新,笋,真的很寻常。冬笋简直是疯了一般到处乱窜,深山老岭,山坡丘陵,田畈野地,村庄街巷,随处可见。立冬前后,竹鞭的侧芽到处蠢蠢欲动,伺机而伏。想吃一顿冬笋炒腊肉,不算太难。

笋的外衣不甚美观,邋里邋遢沾着黄泥,内里却是白皙、水灵的。笋的做法是八仙过海,各显神通。其味之鲜美,用黄庭坚的文字来形容最为恰切:"甘脆惬当,温润缜密。"山里人做菜没有多余的心思,对待食材率真而直白。永新人很少用冬笋蒸什么,煮什么,冬笋炒腊肉几乎是永新人食笋的固定思维。腊肉被热油煸得香喷喷,洁白轻盈的笋片拌炒其中,荤素同烧,香气飘在鼻尖,口水已经在腹腔里载浮载沉。想那袁枚的《随园食单》,说什么笋脯、天目笋、玉兰片、素火腿、人生笋、笋油等等劳什子,哪里有山里人直白的菜名冬笋炒腊肉这般"根正苗红"。富贵人家喜欢整一些花里胡哨的菜名,又说玉兰片,又说素火腿,让人云里雾里不知所云,根本感觉不到菜的本源。笋就是笋,剥了笋衣就是鲜嫩肉身,脆奔奔的,清气含芳,品质高洁。一只笋就是一竿竹。笋衣老了就叫"箨",箨脱落了,笋就变成竹子。竹子的青皮叫筤。要吃到鲜嫩的冬笋,要赶巧,要赶早。霜来了,笋闷不吭声干大事,在泥土

取腊肉

底下秘密行动。除了泥土，它谁也不告诉，削尖脑袋一股劲往上涌，往外冒尖。

每年霜降自立春前，是吃冬笋的上好时节。每次赶上季节吃到冬笋炒腊肉，鲜嫩之味自唇而入，一跃舌尖，咀嚼几下，脆嫩的汁甜迅速弥漫开来，裹挟着煸炒得香糯的腊肉味，仿佛自己又回到禾山脚下茂密竹林包围的老家，山野气息涤荡肺腑。那漫山遍野的毛竹啊，庇佑过可以燎原的星星之火，更滋养过山区人民单薄贫寒的胃。

每一种食物都是有生命的，它包含着记忆和情绪。但凡生命都有性格，或温柔，或彪悍，或内敛，或外向。笋象征着高洁、纯洁、清廉，不仅是一道美食，更是一种雅食。山野之笋，自有静气，压得住油荤的浮躁，守得住山野的原始气味，守得住初心，于光怪陆离的人世间，让热爱它的人们，不至于迷失味觉的方向。冬笋和腊肉携手涅槃，谱写永新乡土菜肴的经典传奇。

扫码看视频

头牌酱萝卜老鸭汤

天下佳肴无数种，酱萝卜老鸭汤却是永新人的经典美食。永新酱萝卜不敢说驰名天下，誉满中华，但对于永新人来说，酱萝卜、酱姜和陈皮，那是令人自豪的家乡土特产。酱萝卜老鸭汤，更是每一个永新人念念不忘的家乡美食，可谓永新菜肴里的精髓。

酱萝卜老鸭汤的做法很讲究，不能用当年的嫩母鸭，一般采用至少三年的老母鸭。将老母鸭宰杀的过程，也很讲究细节。杀鸭子时尽量放尽鸭血，新鲜的鸭血滴入碗中凝固，以备煲汤时用。然后将老母鸭拔毛去腥，拾掇干净，要切掉鸭屁股，最好也除去鸭子的脊骨，这样可以减轻鸭肉的腥臊之味，然后将鸭子切块。

酱萝卜切片。酱萝卜是这道菜的关键调味料，可谓老母鸭的灵魂伴侣。《本草纲目》载："鸭肉，填骨髓、长肌肉、生津血、补五脏。"而永新酱萝卜内含人体所需的多种氨基酸和维生素，健胃消食，滋阴润肺，生津利尿，补肾强心，消暑止渴。二者互相渗透，紧密胶合，融会贯通，互通精髓。酱萝卜遇上老母鸭，是佳偶天成，绝配。两相激发，煨出的汤味鲜滑腴，色香味绝配，成就永新特色顶尖经典之味。千百年来，一直被永新人奉为养生法宝，待客必备之汤，与世世代代永新人的生活筋骨相连，相亲相爱。

整道汤，有了酱萝卜的助攻，汤味"如虎添翼"，无须添加盐或其他调料。其味甘甜鲜美，浓郁滋补。

酱萝卜老鸭汤

不能用太咸、太硬或太柴的酱萝卜，要用当年新酱成的酱萝卜，咸淡适宜，口感偏甜，表层渗出晶莹绵密的隐隐细沙。说起酱萝卜，永新人格外地自豪。永新酱萝卜的传统工艺可追溯到东汉前期，距今有两千多年历史。大唐歌女许和子曾经将家乡特产带到长安，深受宫廷欢迎。酱萝卜煨老鸭汤是陈毅元帅生前特别喜爱的佳肴，1984年这道菜入选人民大会堂国宴。2021年，被列为江西省第二批非物质文化遗产项目。

在旧时永新，几乎家家户户都会自制酱萝卜、酱姜、晒橙皮。小时候，每年农历七八月，母亲会忙着晒酱姜和酱萝卜。先要起酱，把糯米蒸熟，然后让它长出有益的生物霉菌，用洁净的深井水调水后在炽烈的阳光下曝晒5至7天，形成浓香深甜的酱，然后把腌制好的咸萝卜和酱一起曝晒制作。蒸糯米制酱是重要的环节，酱甜不甜就看作酱人的手艺精不精。酱品表层有一层像发了霉的疏松细腻的白砂，这是酱萝卜特有的生物酶糖。酱萝卜加工的过程严格讲究清洁卫生。木甑一定要清洗干净，木甑的缝隙也要刷得彻底洁净。永新地处山区，本地农户种出的萝卜水分足，津甜，爽脆，有"小人参"之称。用这种酱做出酱姜或酱萝卜，津甜可口。晒酱是个繁重的体力活，每天早晚要将好几个沉重的团箕和酱钵端进端出，烦琐且费力气。

酱萝卜老鸭汤的烹饪过程倒也不复杂，但需要十足的耐心。做这道汤最好选用瓦罐或砂钵，若家里没有这些设备或时间紧张，

一个高压锅也能速成此汤,只不过口感略微次之,整体不失鲜美甘甜。起锅热油,将鸭肉用茶油煸炒喷香,这个过程一是提升鸭肉的香味,二是进一步去腥。将炒好的鸭肉放入瓦罐或砂钵,加适量的水,先大火急攻,紧接着小火煨制。慢火细煨,时间越久,汤的味道越是鲜醇浓厚,鸭肉也越酥透细腻。放入切好的酱萝卜,快火烧旺滚熟,慢火细炖三个小时左右,放入鸭血,再炖十五分钟,一道营养丰富、香味四溢、可口美味的老鸭汤完美出炉,香气钻骨入髓。

时光流转,酱萝卜老鸭汤永远是永新美食的头牌汤,地位永固。酱萝卜老鸭汤的平民姿态,决定了它

准备酱萝卜

深入人心不可撼动的霸主地位。一篇好文章，底蕴大多是朴素的，平常的，气韵自然。汤味亦是如此。家乡的这道头牌汤是酱萝卜和老母鸭浑然天成的结合，底蕴朴素，带着纯天然的乡野气息，兼容海纳百川的秉性。

在永新做客，主人家若没有准备一道酱萝卜老鸭汤，显得不够体面。永新人对酱萝卜老鸭汤的青睐，是骨子里的喜爱。我读书时住在城西老火车站对面的武功坛，过二机厂小学外面的那座底下通火车的石桥，前行右转，山坡下开了一家老鸭汤店。记忆里，那家店门口经常停满车子，所谓"酒香不怕巷子深"，就算这家店开在僻静的城郊，食客们仍然络绎不绝地寻访过来饱餐一顿老鸭汤。每次放学回家,闻到店里飘出的酱萝卜老鸭汤香味,顿时饥肠辘辘,魂都被勾走,垂涎欲滴。可惜那时候父母工资微薄,吃不起这种高档餐馆的鲜美鸭汤。但隐藏在记忆深处的细节,就像鱼钩一样,把有关酱萝卜老鸭汤的回忆一点一点钓出来,引出沁入灵魂的味道。潜藏在记忆深处的香味,是难以忘怀的经典隐味。

记忆里的味道,犹如每个人的籍贯一样,生来就无以改变,永远真挚无言。就算喝过无数道山珍海味热汤,也不及那个一灯如豆的年代里,母亲柴火灶土砂钵亲手煨的那一钵酱萝卜老鸭汤。那种驻扎在胃囊肺腑里的回味,拥有穿透岁月的力量,无一可比的香,时而让忙忙碌碌的生活浮现一丝亮色。

扫码看视频

栗子豆腐

苦槠豆腐，乡音又叫栗子豆腐。苦槠豆腐被评为江西名菜，获得过金奖。永新人更是将这道菜视为舌尖上销魂的美食。本地餐馆主打菜之一。

豆腐历来备受美食家追捧，做法层出不穷。苏轼一肚子不合时宜，却对美食，有着极为清新雅正的情致，默契相戚。昔时东坡贬至黄州，曾亲自操勺，首创素食菜肴"东坡豆腐"，汁浓味美，质嫩色艳，鲜香味醇。《山家清供》里记录东坡豆腐的做法："豆腐，葱油煎，用研榧子一二十枚，和酱料同煮。又方，纯以酒煮。俱有益也。"陆游曾记载，东坡好吃蜜饯豆腐面筋。宋人吴自牧作《梦粱录》二十卷，记录南宋都城临安风貌，就提到，"又有卖菜羹店，兼卖煎豆腐"。袁枚的《随园食单》里，对豆腐的做法有着言简意赅而精美丰盛的描述。

古往今来豆腐做法千万种，永新人喜爱的栗子豆腐，风味别具一格，清幽爽口。豆腐本是廉价物，永新人独辟蹊径，将栗子豆腐做出荤肉的香味。这道菜好在它的润与香，栗子豆腐将蒜末、干辣椒拌炒出的独特焦香味悉数吸尽，婉转于舌上，清新鲜润。一直很喜欢读周作人的《故乡的野菜》，他写故乡那些节俭清淡的菜，野菜、笋等。山区的孩子，都是被"节俭清淡的菜"滋养大的。永新人爱吃栗子豆腐，而且一往情深。

栗子豆腐除了好吃，也有它丰富的营养价值和药膳作用。苦槠富含淀粉、卵磷脂、黄酮、钙、铁、锌等营养成分。苦槠豆腐性味甘微寒，能补脾益胃、清热润燥、清凉泻火。

栗子豆腐是豆腐里的"孤绝隐士"，不是永新人，很难吃到正宗的口味。儿时经常去禾山脚下的外婆家，曾经跟随小姨娘去打野生苦槠子。长在山野的东西，大多终生无缘靠近人类和烟火，但总有一些机缘巧合，跋山涉水来到餐桌。这些贫瘠的野生果子，是往岁月纵深处慢慢探取的香，是人到中年之后捧在手上热乎的回忆。

苦槠树枝干高大，果实累累。苦槠子深棕黑色硬壳，圆形小果实。小姨娘站在树下拿木棍击打枝条，成熟的苦槠子纷纷落地。我负责将它们捡起来装进背篓。将它们带回家暴晒，晒至果壳裂开，取出果肉，长时间浸泡，然后磨浆、过滤、加热、冷固成块，切割，在一缸一缸清水里漂洗。经过一系列烦琐劳苦的工序，最后才得到这独特的苦槠豆腐。刚做好的苦槠豆腐散发着纯天然的香气，原生态加工的苦槠豆腐会有涩味，但这种涩味完全不影响口感，它们和热油、干辣椒、蒜末相遇，会激荡出意想不到的绝妙美味。现

苦槠

代工艺加工的苦槠豆腐,可以去除涩味,同时也就失去留在记忆深处醇正的口感了。

外祖母细脚伶仃,个小身子单薄。童年的记忆模糊又清晰,无数个大清早,具体日期漫漶,画面却至今无比清晰。天蒙蒙亮,睡眼蒙眬的我总会听见外祖母在厨房忙碌的细碎声响。她迈着伶仃小脚去村里的古井汲水,往返挑担,直至灌满厨房和豆腐坊的两个大水缸。等姨娘姨父醒了,一家人开始豆腐坊的忙碌。炊烟袅绕,豆香扑鼻。待我揉着惺忪的眼睛走出

栗子豆腐

  老旧的小厢房,一板板洁白细嫩的白豆腐和赭褐的栗子豆腐整齐摆放在豆腐架上。这个时候,祖母还在一缸水一缸水漂洗栗子豆腐,小姨娘和姨父早已拉着板车、挑着担出门卖豆腐了。

  那时候市场上不流行卖苦槠子豆腐,一年难得有机会吃上几回。每次姨娘将做好的栗子豆腐送到家里来,母亲开心极了。锅里放热油,放入干辣椒和葱姜蒜末煸炒出香味,加入豆腐,翻炒,倒入生抽继续翻

炒,直至豆腐形状颜色发生明显的变化,像肉一般色泽诱人,散发豁然开朗的奇香,甚至有一丝丝缥缈的药香,其味甚佳。在缺乏肉香的日子里,能够被母亲烧出荤味的栗子豆腐,滑入单薄的胃里,是温热的滋养,滚烫的满足。我相信,很多人心里最好的厨师,一定是在你儿时烹饪美食的母亲。母亲们都是最强缝纫师,把我们的日常生活,草木食色一针一针嵌入细节里,纹路清晰,针脚稳落,留给我们安贫乐道的煦暖回忆。

外祖母一辈子没有走出小山村,终年劳碌。她和那些农田、豆腐坊共煎熬挣扎。晚年的外祖母,骨瘦如柴,饱受病痛的折磨。一个寒冷的清晨,小姨娘早起打开卧室门准备去做豆腐,抬头看去,苍老的外婆永远沉寂在豆腐坊里。撕心裂肺的哭喊和泪水冲破简陋贫寒的豆腐坊,世上最好吃的豆腐终结在那个寒冬的晨曦里。一代人有一代人的含辛茹苦,劳作和挣扎,辛勤和努力;一代人又有一代人的坚韧不拔,更新和淘汰,新生和忘却。那些家喻户晓的美食,必定在民间经过无数次酸甜苦辣的辗转、打磨、洗礼和坚守,最终初心不改地一次次撞击我们的味蕾，谱写永不褪色的经典不朽。

如今市场上，苦槠豆腐随处可见，却难辨真假了。真正的苦槠豆腐要用清水反复漂洗，否则味涩得很，影响口感。但栗子豆腐无论经过多少道漂水，其色不退。善于处理待下锅的栗子豆腐，需要耐心和诀窍。任何一种美食，都要经过无数道细磨的功夫才能见其真味。高山遇见流水，才有知己一说。美食得遇到懂它们的食客，就算千辛万苦、跋山涉水，也会来到餐桌边，与你共销魂。栗子豆腐的口味，朴素直接，并无深文大义，它不过是最寻常的山野素菜，却有着来自僻静的从容不迫和不卑不亢，以沉沉静垂的清香，轻而易举博得家乡人的青睐和喜爱。

如《菜根谭》里说的那样："麦饭豆羹淡滋味，放箸处齿颊犹香。"携带着山野气息的栗子豆腐，自山岭跋涉而来，那独特的口感，着实可慰肺腑肝肠。

扫码看视频

豆子萝卜求学路

自从在离家七里路远的学校读初中住校，炒豆子就噩梦般地缠上了我。

学校食堂的师傅只为老师提供炒菜，学生可在厨房蒸饭，菜却只能自带。一般带一玻璃瓶吃三天，一周带两次。带来的菜放在寝室自己的木箱子里或教室自己的课桌抽屉里。到吃饭的时候，从食堂蒸饭架里取回饭盒来寝室或教室，取出玻璃瓶，拧开盖，拨拉出一小撮到饭面上，再拧上盖，放回去。坐着一口一口往嘴里填饭，填几口夹两粒豆子硬着头皮嚼，直嚼得牙巴骨酸痛才咽下去，有时得喝一口水才咽得下去。当然，这种经过细嚼的豆子还是会在舌齿间散发较浓烈的甜香味。但是，这只是第一天吃才有的感觉。到了第二、三天，就算没放一点水，豆子也会发软，就吃不出这种甜香味了。如果带了水，豆子就会泡发膨胀，嚼起来是省了力，但那种没滋没味的感觉让人绝望。什么叫味同嚼蜡？这种感觉最为准确。

干豆子的姐妹菜是咸萝卜。它们具有其他菜无可替代的同一

准备食材

种优点：不易变质。不管冷天热天，带水炒的菜，装在玻璃罐中最多只能吃两天，到第三天就会发出一种怪味，而干豆子、咸萝卜不会如此。两者的区别是吃干豆子费牙齿，吃咸萝卜易口干。相对而言，我更愿选择咸萝卜，虽然咸一点，但下饭快。有上山砍柴带饭团经验的人都知道，用一块小小咸萝卜就着山泉水能吃下近一斤重的饭团，而且颇为满足。带到学校吃的咸萝卜当然不会一整块，而是要切碎过油炒一炒，放些干辣椒，那味道比干豆子胜过许多。

偏偏父亲在农活上长于种豆而不善种萝卜。每年秋分后我家收的豆子比萝卜多。豆子又大又圆，装满好几个酒坛，而到冬至后晒萝卜时，比别人家的又小又少，别人家晒出来的咸萝卜绵软紧致带着咸甜香味，我家的呢，皱皱缩缩、黑不溜秋，盐又放得多，晒干后面上一层白花花的盐霜。这让我更加苦不堪言。

更可怕的是不知什么时候开始,牙齿常常出血,走路的时候两腿木木然迈不开步子,捋起裤脚才发现小腿处异常的光滑饱满,用手指一按,陷下去一个深深的窝。这可把我吓坏了,周末回家跟父亲说了,父亲也担心,就把我领到乡里的卫生院看医生。医生一问情况就明白了,说是缺乏维生素引起的,要多吃新鲜蔬菜。父亲长舒一口气,说:"孩子长期在学校吃干豆子咸萝卜,没办法呀!"医生同情地点了点头,说:"这种现象很普遍,不过不要紧,这里有维生素片,买一瓶吃吃就会好。"父亲买了一瓶,我吃了之后果然就好了。

三年初中求学路一晃而过,高中三年以每个月十元的生活费吃起了食堂,豆子萝卜的身影在我的生活中渐行渐远。成家以后,餐桌上几乎不再有豆子萝卜的位置。

多年前的某日,同村发小燕良自深圳回,约三五好友在他家餐叙。酒酣耳热之际,大家自然又把话题聚拢到那段艰难岁月的求学路。当说到用玻璃罐头瓶带豆子萝卜下饭的时候,大家的记忆如决堤之水,滔滔不绝,那悲壮之情宛如翻身做主贫农的忆苦思甜。说到慷慨处,燕良放下酒杯,回头冲厨房喊:"娘,家里有黄豆子咸萝卜吗?"听到一声"有"时,他即挽袖下厨,我毛遂自荐打下手。

燕良先把豆子放在水里泡上几分钟,泡豆子的时候,他把一块五花肉细细切成薄片,又切了几个干辣椒,拍了几瓣大蒜。把豆子

炒豆子

捞出搁网篮沥水备用，先把五花肉入锅，翻炒煎炸至金黄酥脆，再把大蒜、辣椒与五花肉同炒片刻即铲出，倒入豆子爆炒几分钟，加盐翻炒，加一小勺水化盐，最后把五花肉倒入，翻炒片刻即起锅装盘。一颗颗焦黄的豆子冒着油珠，我忍不住挖了一勺先尝为快，豆子松脆，五花肉酥香，加上大蒜、辣椒的刺激，那种味道竟如此美好！在我品尝豆子的时候，燕良又麻利地切好了咸萝卜，黑黄柔韧的咸萝卜被他切得又细又薄，用清水漂着，又切了半碗青辣椒碎。他把漂出盐味的萝卜丁入锅大火爆炒，再加入一把黑豆豉，最后放青辣椒碎又是一阵爆炒，整个厨房都充溢着浓烈的咸辣焦香。

当我俩把这两道菜端上桌时，众人欢呼雀跃，重整杯盘，大有添酒回灯重开宴之势。最后酒还没喝上几口，萝卜豆子却被大伙你一勺我一勺，转眼挖得精光。没想到，当年味同嚼蜡的干豆子、咸萝卜竟如此大受欢迎。

豆还是那把豆，萝卜还是那块萝卜，人也还是当年的人，为何会有如此截然不同的感觉？

谁能告诉我答案！

扫码看视频

"豆腐还是好吃的"

革命先驱瞿秋白牺牲前留下遗言:中国的豆腐也是很好吃的东西,世界第一。文人习气,可爱可敬,也足见豆腐这道菜对他人生的影响之深。

在我们永新,豆腐享有里巷村舍人家的"荤中之素,素中之荤"的美誉。我常听草根平民念叨:"家常生活,豆腐子俚饭就不错了。"子,即蛋,把豆腐与蛋并举,可见豆腐的地位不低。

在古今中国文人的集子里,写豆腐的文字俯首即是。读朱自清先生的散文,很多都忘记了,但他写小时候家中吃火锅,豆腐在汤中翻滚,"像翻转的皮袍子"这个比喻却让我印象深刻。

入冬以后,"豆腐担子"是我家乡常见一景。所谓豆腐担子,即豆腐被挑着走村串巷吆喝着论块卖,而非如城市摆摊子论斤卖。做豆腐卖,只是一项副业,据卖豆腐的人说,单靠卖豆腐没钱赚,靠豆腐渣和酸水喂猪才是目的。一般人家栏中一两头猪,做豆腐人家养三四头,长得又快又肥。

干黄豆　泡黄豆　水板装豆花　整块大豆腐

清早，有时还在被窝中，我只要一听见那熟悉的高腔在喊"卖豆腐喽！"就会条件反射般跳下床，到灶房中抓过舀水的瓢，跑到屋外喊一声："买豆腐！"

不一会儿，豆腐担子就到了跟前。豆腐一排一排躺在宽大的竹编豆腐篮里，胖乎乎，白嫩嫩，有时还冒着热气。几十年来，豆腐的价钱从五分钱一块涨到现在的五毛钱一块。看似贵了不少，但与猪肉价、房价比，豆腐还是便宜的。

豆腐不但便宜，而且真的好吃。好像有人不吃这不吃那，还没听说有不吃豆腐的。

说起来，豆腐真是素食中的谦谦君子。

它仪态沉静，洁白无瑕。因为它的生命经受多重磨难、煎熬、重压。一粒粒干硬溜圆的黄豆，吸饱了清水，在石磨的揉挤碾压下，化身乳白的豆液。经过一番沸水的滚翻煎煮，方成豆浆；细纱做成摇布，摇布呈吊床状挂在铁锅的上方钩子上，用铁勺舀取豆浆，注入摇布，轻摇慢晃，豆渣留住，豆浆回锅再煮，直至把豆渣滤得一干二净。豆浆中撒入适量熟石膏粉，大火煮沸，直至精华凝聚，慢慢成形，变成豆花，从水汽中露出姣好容颜，从千滚万沸的铁锅中舀出，平铺于水板中。水板是四方形木匣子，底上垫一块纱布，一般"一桌豆腐"分四块水板。豆花铺于水板中的纱布之上，厚厚的一层，刮平，纱布四边遮于其上，再盖上一块下面刻有小四方形格子的盖板，盖板与水板一样大小，盖下去严丝合缝，盖板上再加大石头重压。在大石头重压两三个小时后，豆花中的酸水滴沥而出，掀开盖板，揭去纱布，一整块带凹进口字纹路的大豆腐映入眼帘，取豆腐刀按纹路划开即是一块一块方形的豆腐。不算黄豆的生长，就单从浸泡黄豆到出豆腐，你看看要多少个程序？要费多少的手脚？其实豆腐并不难做，难就难在一般人耗不起这个时间，才让"豆腐担子"应运而生。所以，豆腐的出生，可谓历经千锤百炼，久经磨难，难怪它那么蕴藉风流，从容淡定,一副君子之相呢。

它神情淡远,含蓄包容。随着吆喝声,一块块豆腐从"豆腐担子"中分道扬镳,各奔东西,来到千家万户的灶头。等待它的命运因人家口味、喜好、用途不同而千差万别:煎、炒、煮、烹、炸、焖、拌、

豆腐

炖；麻、辣、甜、咸、酸、臭；辣椒、酱油、麻油、葱花、蒜末、花椒、大料……各种手法，各种味道，各种作料，都能在那几块豆腐身上找到用武之地，大显身手。它总如海纳百川，一概包容；如水润万物，无往不利。殷实人家红油肉末配上它，包你一家吃得数九天冒汗；清贫人家清水葱花配上它，不改其醇厚之味，不变其冰洁之姿。你烦它软白不耐嚼，尽可丢入油锅中让它变身为豆泡，把你家的五花肉、肥猪蹄油脂吸进去，变得无上妙味。你怪它无香无臭无法刺激你的味蕾，尽可让它躺在干稻草上，躲到抽屉里睡大觉，等长一层红黄菌丝，拌上红油、椒末、盐巴、烧酒，包你胃口大开，一餐吃光三碗饭。你怨它没嚼劲，招待客人不好下酒，尽可让它趴在余烬未熄的铁锅上，缓焙慢烘，它会变成酱干、豆干，细细切了，如你有汪曾祺老先生的厨艺，有林文月女史的雅兴，有唐鲁孙八旗子弟的排场，不妨把它与海蜇丝、芹菜丝一起拌匀，什么麻油、香醋、虾米一搅和，保你一箸入口，三秋难忘。作为一道菜，一道便宜得不能再便宜的菜，豆腐，它能让你称心如意至此程度，难道还不够君子之风吗？

它狷洁自爱，宁缺毋滥。家乡的"豆腐担子"只有冬天有，其他三季无。为什么？因为豆腐冰清玉洁，冬天天寒气清，井水澄澈，做出来的豆腐才又嫩又好保存，不易放坏。吃过夏天豆腐的人就知道，酸腐之气扑鼻而来，粗沙之味涩喉塞牙。完全失去冬天豆腐的滑嫩清香，莹腻适口。以前过年前，家家户户都要去做"一桌"豆腐来待客。民谣不是有"二十五，磨豆腐"之说吗？村中只有作圣哥家里有做豆腐的工具，所以家家排着队去他家做豆腐。磨声咿呀，人语喧哗，那个红火热闹的场面是无法忘记的。豆腐做好，搁在水桶中，用清冽的井水泡着，来了客人，随时取用，方便至极，极受欢迎，半月不坏。

我爱家乡水豆腐的醇美滋味，更爱它的纯洁品性。

扫码看视频

农家餐桌上的芋头

"饭面上蒸腊肉，甑底下烹芋俚"是当年乡间殷实人家的写照。腊肉不常有，芋头却易得。不适合种稻、种干作物的地块，如沙土地、低洼地，都被开垦成芋田。我们七溪岭脚下的秋溪垅，稻田如棋盘，芋田似玉盘，相互交错，相映成趣。清初大儒、临川人李绂来游梅田山，在石桥夏阳下了船，满眼"瓜畦芋区"，耳边陌上桑歌，一派欣欣向荣景象，可见永新农村种芋之普遍，自古有之，并非我乡独有。

种芋在农历谷雨前后。芋种是从上年收获的芋堆中挑选出来的。一个个头圆尾直，饱满光洁，搁在一个小布袋中，悬挂于屋梁之上，以防鼠咬，亦可免潮湿霉烂。待到谷雨时节，地气已暖，解开布袋，芋头萌发叫作"芋枪"的尖尖红嫩小芽。芋田开垦成数垅

芋子糊

芋床，芋床做成平行土丘，丘上种芋，丘下沟中施肥。肥需牛栏猪圈中的"牛粪"，即稻草为猪牛粪便沤腐之后的一种农家肥，用它种出的芋头才软糯好吃。

经过一冬休眠的芋种融入土肥气暖的芋床后，吸收到"牛粪"的养料，十余天便破土吐蘖，之后便基本上自生自长。芋田主人也知道芋头好种活，不必再管，只待夏至后再施一次"牛粪"(叫作"上芋堆")，就可坐等霜降后的收获。芋田不怕旱也不怕涝，因长得高，大叶子把阳光遮住了，芋床上连杂草也少见。

芋田的景致很美。天晴时芋叶碧绿碧绿的，下雨时雨点打在芋叶上，宛如大珠小珠落玉盘。雨后晶莹剔透的水珠在芋叶上滴溜溜乱转。小小的青蛙最爱在雨后蹲在芋叶上，一副"春来我不

刚挖出土的芋头

先开口,哪个虫儿敢作声"的威武气势。遍体通红的蜻蜓、碧青的蚱蜢等昆虫都把芋田当作乐园。夏天的芋田最好看。我乡无荷塘,当年初读朱自清的《荷塘月色》,我首先联想到的是河岭垅里的芋田。因为钓青蛙,最喜欢去芋田。芋田土肥带阴,各种虫子繁育其间,吸引了很多青黄花纹、体格健硕的"花青蛙",一钓竿下去就是一只。

当然芋田的最大贡献还是芋头。收获芋头的最佳时节是寒露后霜降前。俗谚"寒露连霜降,亲戚断交往",道出了这个季节农事的繁忙。割禾摘茶籽,挖芋挖番薯。晚禾迟了会脱粒,茶籽迟了会掉落,番薯、芋头迟了会沤烂在土里。所以一茬接一茬，忙个半月二十天。挖芋头相对轻松，一是种的面积小，二是土松好挖。选一个秋阳温煦的好天气，一家老小挑箩荷耙，向芋田杀去。当家的先用禾镰把芋叶割倒，打捆挑回村，晒在打谷场上，给猪做过冬草料。再用齿耙沿土丘挖芋，一挖一大串，芋根就是芋脑，有铅球那么大。让它们在土堆上把泥土晒干。老人小孩就蹲着把芋头、芋脑捏净泥土，归拢一堆，再转入箩筐，芋脑半筐，芋头一筐半，并做一担，半天工夫就收拾干净，当家的挑着，老人小孩跟着，一家老小喜滋滋地回家去。挖过的芋田总有些漏网之芋，一些老人小孩就提个竹篮，扛把钉耙，满垅转悠，专找这种芋田的漏网之芋，称为"捯芋"，收获归己，芋田主人不得干涉。

芋头的吃法，煮、炒、煨、蒸，诸般皆可。最家常的也是最简单的就是芋子糊。因其简单又好吃，乡间童子都会做。炊早饭时，芋子六七个放竹篮，浸入溪水中左转右旋再抖动几下，芋上的沙土即洗净。回家倒入杉木蒸饭甑下，饭熟芋也熟。捞出来置入凉水降温，待皮不烫手，捏住芋皮一掀，一股热气从光洁圆润的白玉胴体上袅袅而起。嘴馋不过，可以当即填入口中，又绵软又清甜。殷实人家有蘸着白砂糖吃的。据说，1979年，我母病重时，想念小时候吃过的芋头蘸白糖而不得，含恨而终。

芋子剥好，放入粗瓷大碗。切好葱花或蒜苗段、生姜丝、干辣椒段，锅烧热，放入几匙茶油。油渐热，推入干辣椒段，片刻即注入清水，水面上浮起一层浅黄的油花和红酥酥的干辣椒，把白芋头倒入油汤中，盖上锅盖。猛火快煮几分钟，揭锅盖，只见白芋头在红辣椒油汤中咕嘟咕嘟翻滚，用锅铲把它们捣碎，愈碎愈好，油汤渐渐变作芋糊。火越旺，咕嘟声越欢快，香气越浓烈，是时候推入切好的葱（蒜）、姜丝了。殷实人家有酱油、味精，添加一勺、几粒，就可以出锅了。倒入粗瓷大碗，那香气真可用"绕梁三日不绝"形容。烧过芋糊的锅先不忙洗，留在锅底那一层焦黄脆香的芋锅巴才算精

煮好的芋头

华。用锅铲细细刮铲，一丝不留，积少成多，铲起的芋锅巴在锅铲口上翻卷囤积，越来越厚，用手撮起送入口中，那股浓烈的芳香，脆、酥、辣，瞬间充盈口鼻！

吃芋头的时候，一般是天寒地冻打霜落雪的日子。屋外北风呼啸，屋内甑蒸白米饭刚熟，芋子糊刚出锅，屋里满是米饭氤氲之气和芋子糊的香辣味，不要其他菜，一餐能吃两大碗饭！

同样的白芋子，不捣成糊，而是一切四瓣做成芋子汤或切片切丝清炒，其味也醇醇，不输芋子糊。

农耕时代为打工经济取代后，乡间芋田绝迹久矣，但市面上却四季都有芋头卖，个大而质软，口感甚好，据说是温室培养的杂交芋。我多用来切块蒸米粉肉或切丝炒牛肉，曾经魂牵梦绕的芋子糊，不知为什么，倒是没做过。

现如今，反季节种植让传统的瓜果蔬菜神韵尽失，残留农药让人望而却步。我想，那深埋土壤中自生自长的芋头，至少是蔬菜王国中的一方净土吧。

扫码看视频

佐餐妙品：盐菜泥鳅汤

晒盐菜

宋人范成大诗云："新筑场泥镜面平，家家打稻趁霜晴。笑歌声里轻雷动，一夜连枷响到明。"说的是秋收农家乐的场景。如果用来形容农家晒盐菜的乐趣，也很恰当。

立冬以后，秋收已罢，农活稍闲。园中地头蔬菜经霜后长势最盛。尤其是一种叫作"风菜"的，叶子宽大如芭蕉扇，叶柄厚实，又长又嫩。吃新鲜的，得先焯水，再切碎，炸几片干辣椒回锅脍一下，焦香脆嫩，但微苦，有味。风菜长得快，吃不完，就摘下来晒盐菜。

能干的农妇们找个霜晴的好日子，把风菜摘下洗净，一片一片摊晒在村里的晒谷坪上，或一片一片挂在竹篱笆上。每到这个时候，村里村外，园头地角，妇女小孩来回穿梭。大家笑语不断，忙忙碌碌，摘的摘，洗的洗，搬运的搬运。连饭桌高的小孩也知道用一根竹子串起几片大风菜叶子，一摇一晃地在路上走。村中晒地上、篱笆上，甚至牛栏灰屋的瓦顶上，到处都是碧绿的风菜。阳光暖洋洋，风菜绿莹莹，人心乐滋滋。天地人在此刻完美交融，滋生出一种醇厚如老酒的气氛，让有过这种经验的人难以忘怀。

晒上一天，风菜就半干了，第二天即剁碎，撒上盐，在团箕中用力揉压，直到变软，装入瓦坛子密封发酵。十来天以后，风菜就变成了"扎菜"。"扎菜"色泽明黄，味道酸甜，用来炒鸡蛋，很是下饭。但"扎菜"不易保存，开坛后容易霉烂，所以大多还是被晒干做成盐菜。

由"扎菜"变成盐菜，不需另费时力。只要把"扎菜"撒入团箕搁在牛栏灰屋的瓦顶上，早晒晚收，把加工过程悉数交给阳光和空气即行，无须添加任何东西。一般有三天好阳光的爱抚，娇气易变质的"扎菜"就成了另一副模样：黑红、干缩，其貌不扬，却通体散发出馥郁的香味，被农妇从团箕装入一只只瓦坛子。

捉泥鳅

我小时候，泥鳅是很多的。泥鳅虽多，要捉住它们却非易事。

惊蛰之后，泥鳅出水，每当夜临，田野中处处火笼闪动，那是照泥鳅的松柴火，燃在一个铁丝编成的网兜中，人提着贴近水面照。泥鳅于清水下静如处子，全然不觉危险的来临。照鳅人就迅速一火钳探下去一夹，十拿九稳，顺手丢入系在腰间的扁篓。运气好的话，几个小时下来，能照到好几斤泥鳅，而且多半是俗称"拐子鳅"的大家伙。

"戽凼"捉泥鳅是在夏天。此时田中禾苗茂密，无法下手，只有在沟渠中想办法。最好的办法是戽凼，即选一段宽而水流平缓的沟渠，上下筑起小坝，截断水流，成为一个独立的"凼"，然后用一把破铁勺或破瓷钵，把凼中的水往外舀，称为"戽"。不一会儿，凼被戽干，那些泥鳅、鱼虾无处藏身，纷纷在烂泥地里乱窜，已成瓮中之鳖，手到擒来。不过，这活完全靠经验来选择筑"凼"之位置。选的地方好，收获满满，否则，白忙活一场，徒惹人耻笑。

麸药，即把油茶麸烧熟打成粉状装在水桶里，烧一锅滚水浸泡，提至已扬花的二晚稻田边。然后用铁勺装麸，混和田水往禾田中四处均匀泼撒。撒过麸，就在田岸阴凉处"打堆"，即每隔几步用田泥盘成一岛状土堆，用于喝了麸水、醉态可掬的泥鳅上堆昏睡，方便捉取。由于用麸药泥鳅只宜在晚禾扬花时节，所以也叫"药禾花泥鳅"。吃禾花长大的泥鳅肥美细嫩，可算珍品。

秋收之后，空荡荡的禾田中看上去只有干枯的稻茬，但眼睛尖、有经验的人走进去，就会从一个个不起眼的小洞里发现"鳅"机。凭洞的形状，洞口泥土的光滑与否，可以准确判断里面是泥鳅还是其他。如果是泥鳅洞（当然黄鳝洞更好），就蹲下来，先用小手指轻轻地挑，把洞口挑大后，再用食指抠，直到抠出一道光滑的地下隧道，隧道的终点，就见到一条盘头曲尾、睡得正香的泥鳅。它还来不及反抗，就乖乖地做了俘虏。

当泥鳅邂逅盐菜

泥鳅的做法各种各样，盐菜的用途也五花八门。我的记忆中，农历六月双抢季节是吃盐菜泥鳅汤最多，也最适宜的时候。

此时满村无闲人，割禾莳田力不能及的孩子，一项重要工作是捉泥鳅。捉到的泥鳅多的时候，就奢侈一把，用爆青椒加姜丝、蒜头炒，满满一碗，泥鳅青椒各一半，一人可分得两三条泥鳅。捉到的泥鳅少的时候，就用盐菜来打汤。先把干辣椒、大蒜子加盐菜炒香，加入两瓢水，用漏箕把活蹦乱跳的几条泥鳅倒入，盖上锅盖，大火猛烧。然后，你可以尽情想象让你费尽心机捉来的泥鳅在水中由悠游自在到浑身难受再到绝望挣扎的样子。据说，这样煮出来的盐菜泥鳅

盐菜泥鳅汤

汤,泥鳅滑嫩,菜汤鲜美。

猛火三通,水沸数遍,趁着白水汽蒸腾而上的时候,你就揭开锅盖。那锅汤水,已成浓浓的琥珀色!下锅前干黑皱缩的盐菜已片片舒展如蝉翼,入水前活蹦乱跳的泥鳅已条条煮透至肉烂,为盐菜色所浸染,成为诱人的酱色。更有红的辣椒、白的蒜头为它们点缀身份,浓郁的香味述说它们的终极价值。

已为炎天暑热煎熬得大失盐分水分和养分的人体,急需这道融汇了菜香肉香和蒜香的浓汤来补充!其他菜都是小里小气地装在各种土瓷碗中,只有这道汤,被主妇大气地用一个上着暗釉的棕色瓦钵装着端上来,大人小孩可敞开肚皮灌。

"盐菜歇暑气,泥鳅补元气。"男主人美美地喝完一碗后,总要说上这么一句。也许,他的人生,能在六月天的午饭桌上,喝上这么一碗汤,就已经很满足了。

扫码看视频

火煨青椒滋味长

人们常说，一方水土养一方人。一方人总有自己独特的饮食风格和饮食习惯。北方人偏咸，江浙沪爱甜，而云贵川湘渝等地多潮湿，那里的人们总喜欢在菜肴里放生姜，一日无姜便无滋味。地理环境不仅影响植物和动物的品种和形态，而且会影响一方人的口味。

生活在赣西的永新人，自古以来嗜辣如命。吃辣几乎是永新人与生俱来的秉性——平日里，饭餐里可以无肉腥，绝不能无辣椒。至于酒席，也是无辣不欢。辣是我们日常饮食里的灵魂。辣，是骨子里的东西，成了永新人的基因。也许，我们来到人世，吃的第一口母乳，便带有一丝咸咸的辣味。

每逢夏季，母亲的厨房里就多了一道菜——火煨青椒。它是日常菜式里的下里巴人，却是我的一份挚爱和牵挂。

我喜欢跟着母亲进入她的菜园——那是她的私人领地，青椒、豇豆、蕹菜、茄子全部长起来了，菜园里一片蓊蓊郁郁。一个普通的

火煨青椒

园子,承包了我们的一日三餐,在我们的日常生活里升起了袅袅炊烟。每隔一段时间,我会回乡一次,母亲便盘算着给我做一道火煨青椒,这也仿佛成了我回乡的动力。沿着菜畦窄窄的小径,我们俯下身子去挑,那些色泽鲜亮、皮肉饱满、个头壮实的青辣椒成为我们采摘的重点对象,因为它们的内在总是跟它们的外表一样诚实可靠。

　　回家时,掰掉青椒梗,在清水中洗干净。接着,用一根细长的茅草茎(学名"铁芒萁")把青椒串成一串一串,整整齐齐的,像那种排箫,并不要用锡纸或树叶包裹,而是用火钳直接将其埋在滚烫的火灰里。此时,灶膛里的柴禾火光明明灭灭,只听到一阵阵啪啪的爆裂声,那是辣椒们欢快的歌声。约莫两三分钟后,将辣椒翻过到另一面,重新覆盖上火灰,大约也是两三分钟光景,这样,辣椒就基本上煨熟了。

母亲抓起那些煨熟的青椒,两手快速交替颠拍掉上面的柴火灰,直到完全干净。煨熟的青椒露出了新鲜的庐山面目,冒着热气,表皮上青中带黄、黄中带着焦,但焦而不糊,似虎皮斑纹,好看,好香,好诱人。母亲将青椒从茅茎上一一捋下来,放到一个敞口的大碗里,撒入洗净的生姜、蒜头和适量的食盐等,如果有香油,那就锦上添花了。接着,她翻转菜刀,直接用木刀柄将青椒、生姜、蒜头匀着力捣碎,不断地搅拌。如此再三,一道香辣美味的农家时鲜小菜就大功告成了。整个过程大约也就是抽一支烟的工夫。

一碗极具烟火气的火煨青椒出现在餐桌上,质朴,清晰,毫无造作,就是简单生活的最好表达。倘若有人问今天吃什么菜,我母亲就会大声地回答:"我们吃火煨青椒呢——"那声音的分贝提得高高的,全是喜悦之情。开饭时,望着它,口水就会禁不住流出来,我那些蛰伏在肚子里的馋虫开始涌动,泛滥成灾。一口白米饭

铁芒萁

细长青椒

下去，再佐以辣椒，我们的食欲便迅速地得到提振，心情也随之兴奋起来。一顿饭下来，我们吃得咂嘴咂舌，鼻涕横肆，真可谓痛快之极。那种辣，辣得地道，辣得舒坦，辣得酣畅淋漓！此时，什么山珍海味，什么烹犊炰羔，什么金浆玉醴，在它面前纷纷黯然失色。母亲本想让火煨青椒成为开胃小菜，可是一不小心，成了我们下饭的主菜。一份简单的饮食里，一道几乎只用盐不用油调味的火煨青椒，是如此地契合我们饥肠辘辘的胃。

世间佳肴千千万，火煨青椒滋味长。现在，每次回乡，一草一木，一炊一饮，一饭一蔬，都能牵动我的幽幽情怀，而餐桌上一盘简单的青蔬，唤起来的总是幸福的回忆。在人世间，我们的四方食事，有时不过一碗人间烟火。那一道让我们回味无穷的火煨青椒，取材自然，简洁朴素，凝结了平凡生活里的小幸福、小美好。

许多年后，时代更迭，人群聚散，母亲也走了，这道火煨青椒却从未在我们的生活里缺失。它倔强地活跃在我们的餐桌上，一年又一年，连接了一代又一代人的记忆。也许它不值一提，但是包含的情感却无比丰富。现在，每逢夏季来临、青椒挂满枝头的时候，我就会不由自主地牵挂起那道开胃小菜——火煨青椒。

扫码看视频

那些酱制的时光

每一座城市、每一簇人群，通常都有着自己独特的"味道"，或是具有古老厚重的历史沉淀，或是具有时代特征的新鲜气质……

一千年前，永新人奇思妙想，把对世界的感知注入到了一份食物——酱。酱携着美意、带着憧憬，在人们的一餐一饮里走到了今天。

酱姜、酱萝卜、酱茄子、酱冬瓜、酱辣椒、酱丝瓜，生活里的美食，在一份酱里不断诞生。在那些酱制的日子，人们忙忙碌碌，却又自得其乐，充盈着岁月静好里的幸福与知足。

每年的5月至10月，永新县里田镇枧田村的人们都会开始一年的忙碌。这时，阳光慷慨地洒下大地，地里的生姜、萝卜也都已经有了美好的收获，大自然给予了人们一个最好的季节。每当这时，枧田村的村民就会迎来制作酱姜的高峰时期。人们洗姜、刮姜、晒姜，每天迎着朝阳，披着晚霞，不厌其烦地用钵、盆等容器装满酱，酱钵整整齐齐地安放在各家的屋顶上、院墙上、晒场里，一排排，一列列，到处是挨挨挤挤的。色泽浓褐的酱，在阳光下散发着醉人的香味。晒场上，酱钵显得气势恢宏，又美不胜收，仿若一幅色彩缤纷的山水画。

枧田村是一个古村，也是一个历史文化名村，毛泽东在《井冈山的斗争》中曾说，"暴动始于永新"，说的就是1927年曾经在这里发生的枧田农民暴动。枧田暴动是湘赣边界最早的农民暴动，有力地打击了国民党右派的嚣张气焰，振奋了永新人民的斗争情绪。枧田村同时也具有"千年酱村"之美誉。走进枧田村，一股浓郁的酱气息扑面而来，院子里、墙壁上、橱窗里，全是有关酱的文化元素。当地流行着一句话：一个酱钵大于一亩田。酱制品都给当地人民带来了丰厚的收入，枧田人在一份平凡的酱里获得了自信，获得了幸福。如今，制酱已经成为枧田村人的一种文化，一种产业，几乎家家户户都做起了这个行业，并从中获得收益。以至于当地有一种说法：一个村庄等于一个公司。制酱的过程是时间与耐心的考验，一代又一代枧田村民的专注与努力，保证了一种人间风味的代代相传。

孔子《论语》中记载："不得其酱，不食。"酱的历史大约在周朝就已经开始了。"早起开门七件事，柴米油盐酱醋茶"，酱已是我们中国每个家庭日常饮食的必需品。在永新，酱姜、酱萝卜等酱制品，与糖制品陈皮、蜜茄合称为"和子四珍"。据考证，"和子四珍"制作技艺在枧田村已流传千年。

相传"和子四珍"名字的由来，与一个传说有关。据唐末《乐府杂录》载，唐开元年间，永新民间歌手许和子奉诏入宫献艺。每次献艺，歌声激越悠扬，婉转绵长，深得唐明皇和杨贵妃的喜爱。一日，杨贵妃头昏，御医都束手无策。许和子听说后，用酱姜放在红红的木炭火上煨热，切成薄薄的一片，趁热贴在贵妃的太阳穴上炙焐。反复多次后，杨贵妃的头昏症竟消失了。唐明皇大喜，立即下旨，将永新的四种特色小吃封为朝廷贡品，并赐名"和子四珍"。动人的传说自然给"和子四珍"增添了神奇的色彩，但是传说归传说，它也从另一个方面证明了酱姜、酱萝卜等小食在永新有着悠久的历史。

自我记事起，每到盛夏时分，我的父母就围绕一份酱打转。他们种生姜，种萝卜，日复一日地围着酱姜、酱萝卜忙忙碌碌，那份

晒制酱萝卜

蜜茄

橙皮

劳动的热情从没有褪去过。这份刻骨铭心的记忆，让我对酱制品情有独钟。时至今天，我的日常饮食里，从来没有缺过它们的身影。

时光就像一张筛子，滤去了很多，最后留下的自是最纯粹的味道。在永新，枧田的酱姜最负盛名，远销全国各地，成为许多人舌尖上的美食。它吃起来甜香浓郁，微带咸辛，一经触舌，辄咽液徐来，津津入口，十分开胃。尤其在早上用以佐茶，令人身心愉悦，永新人有句话说："晨起吃酱姜，胜似喝参汤。"说的就是吃酱姜的妙处。作为一种绿色食品，酱姜不仅具有美的风味，又兼具一定的药理功能。酱姜，它沉淀了岁月精华，因地制宜，而又被人物尽其用。

酱姜

酱萝卜

至于橙皮，边色翠绿，脯如白玉，香气清幽，味甜爽口，具有开胃消食、养肝明目之功效。品茗之际，嚼它几片佐茶，不仅满口甜香，而且能通中导滞，调理脾胃，深受人们的青睐。而蜜茄，虽然跟酱没有直接的关系，但也是很多人的至爱。它得经过九蒸九晒，过程十分的繁复，是时间造就了这份美食。在永新，蜜茄很受大家的追捧，你看，春节待客，谁家的茶点里少得了它的倩影？

永新"和子四珍"是美食，更是一种悠久深厚的历史和文化的传承。

人们对自然的理解，都不着痕迹地投射在"和子四珍"食物上。平淡的食材，经过一双巧手和细密的心思，点亮日常，温暖彼此，更联结着一个群体的情感。如今，这种味道被牢固地锁在每一个永新人的记忆里，无法散去。

从古至今，在江西这片"人杰地灵、物华天宝"的土地上，这里的人们，用智慧创造着美好的食物。城市的容颜在时光里变了又变，人事的代谢也走过了一茬一茬，但是，"和子四珍"的味道却从没有变过。

扫码看视频

永新山珍"石耳"

在永新南乡的绥源山,常年活跃着一支以采石耳为生的团队。他们采石耳的地方,以绥源山的禾桶山、石笋涧一带为中心,辐射到周边的井冈山、遂川、炎陵,远到九江庐山、湖南张家界一带的深山大壑。每逢春末夏初,他们凭借祖传的采集技术和经验,依靠团队合作,冒着生命危险,深入人迹罕至、鸟愁猿啼的深山,缒绳而下,两脚悬空,双手扪崖,攀藤附葛,从苍崖绝壁上揭取一片片石耳。

据说,唯有人间烟火未到之处,石耳才可生长。除了绝无污染,还要有阴湿的环境,长石耳处必有山泉滴沥而下。石壁又陡又滑,要采到石耳,只有腰绑粗绳,徐徐下坠,凭借丰富的经验判断何处长有石耳,还要有熟练的手法和过人的胆量。

永新山里人采石耳的历史,至少可追溯到北宋时期。在永新古县志中,收录了北宋诗人、书法家黄庭坚的诗《答永新宗令寄石耳》,详细描述了石耳的包装、形状、吃法、味道,但他写这首诗

晒干的石耳

清洗石耳上的泥沙

给永新县令,除了感谢,还从人道主义角度,悲天悯人,认为石耳虽好吃,却是山里人为了生计所迫,冒着生命危险采来的,所以告诫"作民父母"者,"不以口腹累安邑",勿用"鲑菜烦嘉禾",不要为了自己的口腹之欲,迫使老百姓在万仞之崖采石耳。从这首诗可看出黄庭坚的官德人品远超流俗。

从这首诗也可以知道,在北宋时,石耳就是永新名贵的食材,名贵到用细竹篾编出的竹篓包装(黄诗所谓"筠笼动浮烟雨姿"),作为达官贵人馈赠的高档礼品。

在南乡龙源口的绥源山中,采石耳的技术世代相传。祖辈生活在大山深处,生存之道都与山肴野味有关。为了谋生,山里人从小便跟着父辈在山里挖草药打野味,爬山攀岩,练就了一身与大山打交道的本领。由于石耳名贵,价钱高,有艺高胆大者便以此为生,父子相帮,兄弟上阵,到那人迹罕至的幽壑悬崖采集石耳。为了这片片石耳,采石耳人真是一脚在人间一脚在鬼门关。一根粗绳绑腰,一头系在崖畔树干上,事先要仔细检查绳子,因为在石崖尖锐处磨蹭,绳子很容易花,花了的绳子不能用,得换一根。所以他们的工具主要是一捆粗棕绳。山高路远,他们就在山里搭窝棚栖身,啃萝卜干下饭,有时一住十天半月,忍受雨淋日晒,蚊叮虫咬。为了防蛇,他们随身带有雄黄;为了防野兽,他们刀不离身。当然,辛苦几天,石耳没采到也是常事。

时代进步,今非昔比。现在采石耳已成为山里人特有的行业。他们用上了帐篷、专业攀岩工具,安全有了更大的保障;他们使用GPS卫星地图,能准确地找到位置,节省更多的时间;他们使用微信、抖音、视频,记录、传播他们采集石耳的过程。采集石耳,已从一门充满危险的高难度手艺变成一门具有挑战性兼趣味性的工作。当年黄庭坚所深表担忧的"扪萝挽葛采万仞,仄足委骨豺虎宅"的境况已大有改善。

今年五一假期,我带几位外地回来的朋友去绥源山买石耳。慷慨的主人硬要留我们吃饭。席上一道主菜就是石耳炖老鸭汤。看上去枯黑薄瘠的石耳经过烹调,变得轻盈柔韧,展开薄翼似的身姿在

石耳炖老鸭汤

一罐浓醇浅黄的汤汁中翩翩起舞。连汤带肉舀上一碗,迫不及待尝上一口,那老鸭汤腴而不腻,味醇而甘,带有清新邈远的芳香。石耳入口软嫩弹滑,清爽耐嚼,一股草木微甜通过舌尖直沁肺腑。我的朋友中有精于食事的,看了主人老吴展示的采石耳视频,尝了石耳老鸭汤,不禁大发感叹,说:"石耳之美,可与蒙古草原的口蘑、云南的松茸菌、青藏高原的虫草媲美。它生长于人烟不到之深山,吸取天地之雨露,草木之灵气,石泉之滋润,十年方成形。小小一片,其貌不扬,却遇水而润,化油解腻,因它的神奇作用,让普通的食材立刻拥有独特之韵味,丰富了舌尖享受,妙!妙!妙!"

主人老吴接过朋友的话,说:"的确是这样。石耳不宜独吃,只能与荤腥油腻的食材搭配使用,才能发挥最好的功效。炖排骨、炖鸡、炖老鸭、炖火腿,都是最好的。石耳吃了对呼吸道、消化道都很有好处，清肺止咳，凉血解毒。"

老吴知道我们是第一次吃石耳，就认真详细地讲解了一番石耳的做法。他说："石耳长在石壁上，采下来就沾带了很多细小的泥沙，特别是在蒂根处。它的表面还沉积了一层薄薄的但很顽固的苔痕。所以一定要清洗干净。清洗前用淘米水浸泡半个小时，把表面的苔痕自然分解，泥沙浸出。或者用开水发开，用干净纱布擦洗，剪去蒂根，反复揉搓，清水再洗三四遍，表面露出灰白本色就可以了。配菜的时候，不要与主菜一起下锅，如炖老鸭，得先把老鸭汤烧开入砂锅后，再炒石耳。加少许油炒至卷缩即可铲出放在老鸭汤的上面，再开始炖。待鸭肉熟了，石耳也把营养滋味全部释放到鸭肉鸭汤中，令肉和汤提味增鲜，石耳本身也吸收了鸭肉的味道，油脂的滋润，变得特别好吃。"

一席话，把我的朋友说得跃跃欲试，又从老吴邻居家买了几只鸡鸭，方敲着得胜鼓，哼着凯旋曲，满载而归。

扫码看视频

乡愁米豆腐

千百年来，悠悠禾水灌溉滋养着永新人。永新丰富的传统美食当中，米豆腐是一道极具独特风味的小吃。若说米豆腐是南方人独特的小吃，那么，米豆腐更是永新人的一张乡愁名片。

说起米豆腐，在外的游子，无不唇齿生津，乡愁翻滚。妈妈的味道，儿时的记忆，一并在脑海里翻腾，混合着滚烫的胃液，灼烧着对家乡的思念。

小小米豆腐，拇指大小方块，原料很便宜，做法很简单，算得上是最不值钱的一种民间小吃。几把米，一些石灰，将米磨成浆，熬熬煮煮，过滤冷却，滚水一烫，加葱油姜丝，即成美味。山区湿气重，永新人嗜辣，辣可祛寒气。米豆腐汤里怎可少了辣椒？将干红辣椒磨成粉末，出锅时，用小调羹抖入一小撮辣椒粉入汤，辣得人面红耳赤，肝肠寸断。煮熟的米豆腐爽滑软嫩，韧劲力。猪油和葱姜调和出一种天然纯正的香味，与米豆腐结合出一股绝配味道。一碗热米豆腐下肚，酣畅淋漓，通体舒畅。这道民间廉价的小吃胜

调味料

米豆腐

似红烧肉的滋味,它让味蕾瞬间开出花来,果腹的满足感极为瓷实。不是永新人,你永远吃不到一碗热腾腾、辣爽爽、滑嫩嫩、软糯糯,舌尖上的乡愁米豆腐。

我国是豆腐的发源地,米豆腐是继豆腐之后紧随而至的美食,制作方法极为相似,但也有着本质的区别。豆腐为菜肴,米豆腐则为小吃。母亲很会做米豆腐,我经常给她打下手。母亲的手,沾过泥土,煤油灯,锅灶灰,菜叶和油污,待她洗净双手,又能做出可口的米豆腐。母亲洗米,我拿木瓢舀水。用石灰水将大米浸泡三小时,取出后放在水中淘洗至水清,然后用石磨将米磨成浆。成浆后大火煮浆,边煮边搅动,半熟后改小火,继续搅动,直至手臂酸痛麻木,约莫15分钟后米浆熬熟了。趁热将糊状米浆倒在清水中冷却，到了一定的时间，它们会形成块状豆腐。食用时，再将大块切成网格状方整小块。母亲烧火煮米豆腐时，我会欢天喜地给灶台添柴加火，喜滋滋地等待美味出炉。常年农事繁重，米豆腐程序又很繁琐，母亲不会经常做米豆腐。要吃上一碗香气扑鼻的米豆腐实则很不容易。

要想解馋，还是要寄希望于每逢农历一四七的逢圩。圩场的米豆腐摊，对孩童有着磁铁般的吸引力。为了能吃到一碗热气腾腾的米豆腐，每次逢圩，我都要跟紧母亲。旧时的圩场像一幕远去的电影，画面和音色带着浓烈的烟火气息，在记忆深处发出如流水般泼剌剌的声响，不息不灭。越往深处回溯，人物和细节皆模糊不堪。时光的印记，却还是有迹可循的。比如米豆腐的香气，经年后，仍令人回味无穷，画面感极强。热闹的圩场入口，是最吸引孩童的米豆腐摊位。摊主们早早摆开八仙桌，桌上放着一个个罗碗。先给碗里加入热汤，汤汁不过是烧滚的开水里加入猪油、酱油、葱花以及些许辣椒粉而已。将煮熟的米豆腐依次舀入碗里，一碗碗香喷喷的米豆腐即可食用。

母亲将我安顿在米豆腐摊位上，自个儿走进集市深处去买菜，这时候，我就可以心满意足地享受美味的米豆腐。被酱油染成黄澄澄的汤汁上面漂浮着猪油和葱花，清透晶莹。经过猪油、酱油、葱花以及辣椒粉调味的米豆腐，色泽金黄，胜过东坡肉。当爽滑的米豆腐划过舌尖，婉转细腻，香濡滑喉，那软糯可口的米豆腐颤悠悠滑落胃里,如风吹宣纸,舌上是一种瓷实的心满意足。让人忍不住想举箸击碗,摇头晃脑高歌一曲,"我爱你,塞北的雪",不,不是塞北的雪,要改词,"我爱你,永新的米豆腐。"那些纯白的温软,洁净的轻逸,一块块在碗里跳跃,在记忆里飘荡。任时光漫漶,任两鬓斑白,家乡的米豆腐,是游子心头的默然渴望。

童年吃过的美食,就像时光的钥匙,在悠远绵长的滋味里,打开蕴藏着温暖而美好的记忆。人和食物之间相互依存,相互温暖。谁也离不开谁,彼此治愈。无论离开故乡多远,那些散落在天涯海角的游子们,得意或失意,顺畅或挫折,大抵都有过一霎

米豆腐

"人生天地间，忽如远行客"的悲怆。仿佛远山野畈、高楼万丈间都飘荡着苍凉、永恒又短暂的一生，枯败又荆棘的尘事，纷沓而至。余胜海先生在他的《寻味人间》里写道："真正能治愈人的美食不是什么山珍海味，而是那些能勾起人们美好回忆的食物。"风味，或置身闹市，或藏身陋巷。家乡的米豆腐，它总在不经意的刹那，勾起心底的乡愁，它是散落在民间别具一格的风味小吃，创造着江湖的美食。唇齿间，隐约有炊烟的味道，米豆腐的香气顺着柴火自屋瓦间慢溢出来，细细袅袅。人世间的风雨世世代代裹挟着时光无声流逝，童年的梦稍一趔趄，圩场和米豆腐摊早已成为隔年的瓦背霜。

米豆腐富含多种维生素，清热败火，爽口解渴。米豆腐是一种弱碱性食品，有人称碱性食物为"血液和血管的清洁剂"。在永新的大街小巷，至今还有蹬着三轮车的卖货郎卖米豆腐。"卖米豆腐嘞——"那一声声乡音醇厚的叫卖声亲切热忱，充满旧时光的情怀。

每一个归乡的游子，都会迫不及待扑进永新的街巷，去寻找一碗热气腾腾的米豆腐，一解乡愁。一块块方格端正的米豆腐在热水里载浮载沉，如质朴的山里家乡人，是这般厚道纯正，默默地，亲切地，一任乡愁舌尖承欢。

扫码看视频

大浒捡"石花"

我写过一篇小说《桐木坳纪事》，开篇的一个场景是：山里少女黑娇一大清早就到山上捡回半篮子"熟铜色的细长喇叭样肉乎乎的奇怪东西"，在涧边潭水里洗。这种奇怪东西叫作"石花"。

这种如今"飞上枝头变凤凰"的石花，当年可算一道"寻常农家菜"。

因依山而居，在芒种到小暑之间，父亲每从山上回家，总会带回一包石花。

父亲带回来的石花总是潮湿的，带着不少枯枝树叶，洗起要费一番精神。洗干净后带点水炒了吃。也许年幼不懂品尝，也许那时炒得缺油少盐，反正吃过很多次，感觉不到什么难忘的滋味。

离开乡村后很多年，石花从我的脑海中淡出。直到有一天回家，没事去秋溪圩逛。猛然发现一个卖瓜豆的老妪那里一个竹篮子里半篮子的石花，不觉唤起记忆，毫不犹豫全部买下，价钱好像是五元一斤，半篮子还不到三斤。兴致勃勃地与妻儿拿到藏龙江边去

石花

洗,很少发朋友圈的我破例拍下了石花的照片发朋友圈,问谁认识它,结果无一人认识,这让我陡然增添一种自豪感。

那天我用石花炒肉吃。五花肉切成小小薄片,炸至半卷,把洗净的石花倒入略加翻炒,再加水煮三五分钟即出锅。这次石花的味道让我捕捉到了。五花肉的油香融入石花淡淡的芬芳,石花虽细,但肉质醇厚,柔韧耐嚼,而且嚼后透出丝丝甜味,沁入唇齿间,弥久不散。其汤甘美,堪比鸡汤。所以炒的时候水可稍多,宽汤出锅。妻儿是第一次吃,啧啧称赞,连吃几餐都不腻。

幸运的是,有一年端午后几天,村里的哑叔带我去一个叫"大浒"的山里捡石花。

一路小心翼翼,总算进了绥源山,在一个叫洪坑的地方,我跟着哑叔往水库里走。水库的水退下去了,露出龟裂的泥土。到处是牛粪,没有路,哑叔只朝着对岸走。

走过一段干涸的河床,就是水路,两边不时有绿莹莹的深不见底的水潭,潭边岩畔红叶照影。中间是深可及膝的水,我们涉水而过。涧水九曲,景随路换,葱茏染翠的一座座山头神态各异,如列画屏,好一幅泼墨山水!我心雀跃,一下忘记此行是来捡石花的,竟当成了来看风景的。而哑叔只是低头往前赶路,还不停催我快点，要赶到大浒棚吃早饭。

太阳在东边一道豁口露出脸时，我们来到一个山间平地。四围青嶂，一块十余亩的山田，茅草丛生。哑叔在一处颓废的土屋基上坐下开始吃他带的饭包。我知道这就到了大浒棚，这个父亲当年烧炭住过、村里桃开伯伯开荒住过的大浒棚，承载了我多少神奇的向往！听说这里曾经盘踞过一支太平天国的溃军，听说这里曾经五谷丰登，是我村里的小粮仓，听说这里的穿山甲会钻到人的床上来，这里的猴子会朝人扔野果，山上的野猪会跑下山来拱红薯……

吃过早饭，哑叔带我钻进了密不透风的大林莽。远看像是长满高大乔木的山上，其实到处是灌木，藤蔓交织，荆棘遍布，加上前几天下了雨，枝叶间的水滴还未干，腐烂的枝叶蒸腾出一种刺鼻的气息。哑叔带来的长把钩刀发挥了作用，他用刀将藤蔓荆棘斩开，钻进林子里，转了几处，我们并没有见到石花。倒是见到各种鸟，花的、黑的、灰的，小的、大的，一只浑身雪白、拖着长长尾羽、大若公鸡的鸟，在我前面不远的林间绅士样踱步，哑叔扔下钩刀，大喊一声"白凤"，扑过去捉。它早扑棱一下翅膀飞上了一棵树，我看得目瞪口呆。更惊险的是一条拿藤粗的银环蛇擦着我的脚背窜过去，把我吓出一身冷汗！哑叔却不以为然，他说他带了雄黄，蛇不敢近身。他大方地分了一半给我放在身上，我才敢挪动步子。

太阳散发出的燠热让林间更加郁闷。哑叔又朝着一处背阴的岩石上爬，那里长着一丛小树，笔直灰白的叶秆，椭圆深绿的叶片，亭亭玉立，别具一格。我看见哑叔正趴在那里忙着往背篓里放什么。走近一看，岩石上一层腐叶，腐叶上齐刷刷地冒出深黄色小喇叭样的石花！我惊喜万分，手忙脚乱地连枝带叶抓着往装水果零食的塑料袋里填。哑叔叫我到附近去看一下，我往上爬，转向右边，那里竟然有一大片这样的树林，地上的石花更多！我一边捡一边想起父亲说过石花只长在一种叫白叶树的下面。那么，这种漂亮的小树就是白叶树！

正当我捡得不亦乐乎，天色似乎暗了下来。抬头一看，太阳不见了，乌云聚积。哑叔在那边大声喊我，让我赶快下山。我过去问他为什么，他说马上要下大雨了，这里的倒山水很厉害，能把一棵大树冲走。要赶在大雨下来之前出山，否则出不去。我这才想起进山时沿途溪涧到处是粗大黑朽的木头倒卧在河滩，原来这些就是被倒山水冲出来的！

带着捡来的半袋子石花，我跟着哑叔迅速出山。黄梅季的雨来得又急又大，等我们出到山口时，大雨倾盆而下。在洪坑人家躲了一个多小时，雨才住。回到家，父亲得知我去大浒捡石花，连声说太危险。检点袋中所获，二斤有余，劳动所得，果然吃得特别有味。

前几年，哑叔去世。村中其他老人都爬不动山了。我常冒出再去大浒捡石花的念头，但想起种种危险，又无合适向导，只好作罢。但那次新奇刺激的捡石花经历，却常常萦绕在我的脑海，挥之不去。

芳香的玉兰片

快捷便利的现代生活，丰富多样的年货充斥着市场每个角落。然而，年的味道，并未因此而丰富有趣，相反，每至年关，心绪惆怅，只因那远去的旧时年味。富与穷，都要过大年。每逢春节，山区人没啥奢侈食品待客，全家人一起动手做"碗茶"（永新对茶点的俗称）。

做玉兰片需要好天气，因为要晒糯米片。母亲会在落日薄暮时看云识天气，若寒夜星光熠熠，料想第二日定是晴天，就会提前将几斤糯米浸泡在一个木桶里。玉兰片的原料很简单，糯米、茶油和砂糖，无须任何添加剂。些微的砂糖，是一种恰到好处的佐料，它可以激发出谷物内在的自然甜濡，从而赋予玉兰片最好的口感。甜，发端于唇齿，在口舌处滋生一种微妙的愉悦感，某种程度上悄无声息地驱散悲伤和压抑。苦难岁月里滋生的勇气和力量，美食绝对起到一定作用，劳苦功高，舍生取义地充当风味的摆渡人，吸纳芸芸众生的悲欢喜乐、生老病痛。

夜里，将浸泡好的糯米沥干，放入蒸桶焖熟。谷物给予人类的，除了温饱，还有一种深度熨帖的精神力量。它在一道道食物里，像掌纹一样被罗霄山脉中部的山区人牢牢紧握，日月轮转，写进劳作的汗水里，朝夕供养。它用香气抚平饥饿带来的焦虑不安。深深呼吸，那一缕缕香气多么令人感动。将熟软的糯米从蒸桶中取出，再倒入一个深石臼里。倒入前，得先在石臼底抹些油，防止捣碎糯米时沾底，然后开始用大锤死劲将糯米捣碎，反复捣，一下一下，直至汗流浃背，直至糯米捣成稀巴烂，烂成一团黏糊糊的软泥，胶黏韧弹。

将糯米团取出，再抹层薄薄的油，搁置在洗干净的大团箕上面。抹油的作用当然还是为了防止沾黏。用刀将Q弹的糯米团切成匀称的长条状，再用擀面杖或酒瓶将长条擀得宽扁，一条一条整齐

玉兰片

晒糯米片

炸糯米片

摆开,任其自然风干。第二天母亲早起,将长条分别切成细薄片状,用团箕端出去晒干。

　　日落西山,团箕端进来,将晒得恰到好处的糯米片下锅油煎。母亲说要用木籽油,不要用茶籽油,茶籽油煎炸会有残渣。木籽油适合炸东西。亮汪汪的,橙黄色,幽幽的野生气息,适合煎炸手工"碗茶"。在锅底毕毕剥剥翻滚,悠长悠长地袭击鼻息,久久难以消散。永新山岭间种植着大量的油茶树。霜降节气采摘成熟的油茶果子。油茶果有两种,永新人把个头大的叫木籽,个头小的叫茶籽。

炸好的玉兰片

一会儿,沸腾的油里,冒出一朵朵洁白的花瓣,那是细薄的米片舒展着洁白的身子,两端向外翻开,形似兰花,闻香绽放,轻盈美好。清香弥漫在空气里,裹挟着熟悉的谷物气息,一寸一寸攻击人的鼻息,撞击味蕾。地处山区的永新人,守着山,吃着山,依赖着山林和耕地繁衍生存。来自山野油茶树的茶油,和稻田里生长出的糯米,一代代倾心相融,努力延续着食物暖老温贫的质朴使命。食物无法脱离脚下的土地,那些风物、气息、过往的岁月和记忆,共同繁衍着这种土生土长的"味道"。谷物与茶油相遇,砂糖和油脂相遇,谷物的朴素,茶油的清香,都能为这道旧时"碗茶"增添特别的风味。追求本源,是土地厚广的蕴含,在大音希声的沉寂中,无声无息滋养万物，化成百般滋味，让山区人获得朴素的温饱。谷物是有灵性的，在溯源和创新中，无时无刻不在茁壮生发，焕发生机，创造奇迹。

糯米炸到半熟，经过糖油的洗礼，酥皮微微颤栗，玉兰片魔术般舒张着轻盈的身子，从烧得黄澄澄的焦香茶油里跳脱出来，像春天的笋片一样洁白酥嫩，显得妩媚动人。一片片晶莹的玉兰片，浓郁香气绵密袭来，芬芳，清香，美好，层层渗透，干爽而轻薄，入口酥脆爆香，味蕾如风暴般绽放和释放，宛如"瞬间的唤醒"，在口腔里轮番吱吱碎裂留香，直至化为经典的记忆。

出炉的玉兰片要入罐密封，留待春节待客。有的食物，内秀于心，而藏拙于外。玉兰片却大大方方呈现自己的外秀。芳香美好的玉兰片，既体现永新人心灵手巧，又寄托着永新人对美好生活的向往，以及对过大年的虔诚心愿：一年更比一年好。"碗茶"做好后一定要严密封存，油炸的东西一旦回潮，就不香脆了，食之无味。玉兰片尤其如此，稍微受潮，口感顿时大打折扣。千百年来，老永新人一路跌宕起伏，专注和坚守着农耕时代留下的古老美食，玉兰片的美好值得付出十足的耐心。玉兰片和兰花根、煎豆、豆角酥等永新特色"碗茶"相敬如宾，安守一份糯香酥脆和恬淡美好。

玉兰片做法比兰花根复杂，难度也大。它需要制作者注意力高度集中，不放过过程中的每一个细节。对糯米粉拉丝揉捏的黏度、厚薄，以及煎炸技巧，要精准拿捏，要求很高。很多人可以把兰花根做得四平八稳，匀细得当，但不一定可以做出好看又好吃的玉兰片：轻盈酥脆，干燥而疏松，厚薄适度，色泽盈盈，散发麦芽般的香甜。

穿越悠长岁月，旧时的味道仍然可以清晰抵达今日。新与旧的更替，总有断层和遗憾。多少倏忽而过的往事，全家人一起动手做"碗茶"的欢声笑语，鲜活如昨。氤氲茶油里的芳香，悠长绵密。母亲已经老了，很多年没有吃过母亲做的玉兰片了。时代也已经日趋现代化、智能化、科技化，纯手工制品渐渐成为"非遗"的代言，散落在旧时光的街巷。那些触手可及的日常"碗茶"，竟变得如此珍贵和稀有。各家的年货基本雷同，都是超市买的工厂统一加工的点心。

玉兰片在岁月深处，浸染着生活的原貌原味，带着油炸的温度，成为儿时天寒地冻的温暖。汪曾祺先生写过"在黑白里温柔地爱彩色，在彩色里朝圣黑白"，恰似我对玉兰片的心情。

扫码看视频

一鼎春色艾米果

已近清明,季节对气候的改变几乎不可阻止,田野在磅礴而来的春风中已经完全醒来,万物复苏的脚步势不可挡。春雨,阳光,还有满眼斑斓的春花相约而至。田野里的野菜早已急不可待,用一茎嫩叶悄悄地打探世界。它们在暖意里发芽、展叶、伸长,热热闹闹,像村庄里的燕子一样每年准时退场,又准时回到村庄。

每到这个时候,我们村里的"采青"活动也要隆重登场了!

采青,是清明节前后我们村里的一大盛会,女人大多都是采青的行家。这当儿,正是女人们最忙的时候,村里村外,全是她们忙碌的身影,采青仿佛成了她们每年一次的必修课。田间地头是一个天然的菜园子,敞开着大门,静候着女人们的光临。女人们挎着篮子,兴致勃勃地走向田野,躬着身,将手伸向一棵棵嫩嫩的野菜,清脆的笑声在田野里荡漾,沉寂一冬的田野倏忽生动起来。

大人忙着采青的时节,也是小孩最快活的"节日"。我们跋着鞋,迎着东风,在野地里肆意奔跑撒欢,将满心的惬意全揉进这鲜嫩的野菜里……

采青的季节,青蒿殷勤地进入篮子,水嫩的荠葱、酸酸的马齿苋,也不断光顾我们的厨房,成为每家每户餐桌上的常备菜。

将野菜采进竹篮,再搬上餐桌真是一个愉快的过程。

整个春天,我们的舌尖流淌着野菜的清香。《诗经·小雅》曰:"呦呦鹿鸣,食野之苹。"这里的"苹"是指陆生蔌蒿,正是我们可爱可亲的艾草。

摘艾叶是采青的重头戏,不信你去瞧瞧,谁的篮子里会少了艾叶的美好倩影?村里的女人将艾叶一棵一棵地摘进篮子,言笑晏晏的,仿佛是将碧绿的春天一一装进了篮筐。此时的艾叶嫩嫩的,尚

艾米果

且沾着水珠,它们是春日里最可爱的精灵。等采得差不多了,就择一处干净的溪水,将其一遍一遍地洗净,清除杂质和败叶。这项工作大家做得十分细致,这自然也是做艾米果不可或缺的一步。

接下来,就是最重要的步骤了。回家后,女人们在院子里支起一口锅,把火生起来,烧一锅满满的热水,将艾叶放入滚水焯一下。为了保持艾叶颜色的鲜绿,通常会放一些食用碱,等火候差不多了及时捞起。至于碱的多少,焯的时间长短,全凭个人经验。焯过的艾叶须置于洁净的凉水里漂一阵子,这样,经过热冷两重的淬炼,艾叶的灵性发生了质的变化。于笊篱里沥干水分后,将其不断地揉碎,直至成黏黏的泥状,感觉极似小时候玩的橡皮泥。最后,艾叶里拌入糯米粉,搅拌均匀,不停地揉,不断地搓,一个个圆圆滚滚的艾米果就神奇地化成了一排排、一列列的方阵啦。

最后就是在鼎罐里蒸米果了,"烝烝皇皇,不吴不扬"。美食是值得等待的,约莫十几分钟后,揭开盖子,一股热气急遽地冒出来,氤氲着,等水汽散尽,你会惊喜地发现,呈现在你面前的是一鼎春色:艾米果鲜绿欲滴,仿佛将春天的绿色全部搬进了厨房。然后,左邻右舍逢人就请吃,大家喜气洋洋,吃得村子里春意盎然,把一个湿气氤氲的春天闹得热气腾腾的。

我们村里有种说法,"艾叶中有三两粮,既饱肚子又壮阳"。春日补阳,是中国人一以贯之的饮食风格,也是中国人的智慧,更是一种与大自然亲近的方式。艾草入馔,别样芳香。一个艾米果下去，生命的活力顿时被激发。那一遍又一遍的繁复制作程序，每一步都蕴含着对生活的款款深情，以及对大自然的深刻理解。

如今，野菜也是现在时髦的佳肴。大家深谙"过去碗里拣肉吃，现在碗里拣菜吃"的养生之道。艾米果口感滑嫩，软中兼韧，大人小孩皆宜。采食艾叶是一种日常饮食习惯，也是一种自觉的文化传承。清明吃青团，不仅是为了健康，也是为了缅怀过去和先人，更是为了迎接一年里崭新的生活。在年复一年的艾米果清香里，时间在行走，季节在滑行，我们的生命也在一步一步走向繁华与热烈……

扫码看视频

一块霉豆腐的百味人生

黄豆,一粒小小的种子,开启了中国人餐桌上的千年旅行。水豆腐、油豆腐、豆芽、腐竹……它们在日常变换成各种形态与我们亲切相见。

立冬时分,姐姐又给我送来了一份平常而又珍贵的礼物:一罐霉豆腐。每年,她都要从乡下坐两趟班车,花费大半天的时间来到我这儿,送来大包小包、种类繁多的农家产品,其中自然少不了我心心念念的霉豆腐。它们不仅仅是一些俗常的农家菜,更饱含着一份浓浓的至爱亲情。

姐姐做霉豆腐有些年头了,自然也积累了颇多经验。每到冬天,我就念起她做的霉豆腐,感觉有些离不开她的手艺了。一入冬,她就开始忙碌起来,做霉豆腐就好像是她的一项伟大的事业。在我的印象里,做霉豆腐特别讲究时间,立冬到冬至这段时间最佳:早了,气温尚高,豆腐易臭易烂;晚了,气温太低,豆腐容易起皮发黏,不易入味。美食都是时间的艺术,是时间成就了一份美食。

豆腐有序放在稻草上

霉豆腐

做霉豆要遵循一定的时间顺序，几乎所有的步骤，都与时间有着密切的关系。首先，得挑选自家种的优质黄豆，制作成老豆腐。将豆腐切成方方正正，大小均匀，小心地搁置于笊篱内，在阴凉处沥干水分。其次，精选新鲜稻草，修剪整齐，一层稻草一层豆腐有序地放进木制或竹制容器中，这是豆腐温暖的睡床；密闭一个星期左右，让豆腐沉沉地睡去，这正是培养霉菌的过程。食物如人，有灵性，不能随便打扰。睡足一星期后，豆腐该起床了。此时，开封后的豆腐基本就发霉长毛了，谓之"毛豆腐"。如果"毛"（菌丝）呈乳白色且细密，那就是品质最好的霉豆腐胚形。

接着，将毛豆腐裹上盐和辣椒，这是制作霉豆腐的最后一道重要工序——把毛豆腐放进盛满辣椒和食盐的盆里"打滚"后，毛豆腐上就沾满了鲜红的辣椒面和星星点点的白盐，整整齐齐地放进陶瓷的器皿里，再在表面浇上烧酒、茶油，然后拧紧盖子密封。一定要记住的是，那些器皿、筷子都要用开水煮过，干辣椒，包括食盐都得干干净净，不生灰、不沾生水。我母亲说过，做霉豆腐虽然无须沐浴斋戒，但得怀着干净的心，伸出干净的手，要心怀虔诚之意，如此做出来的才美味。

当然，辣椒与盐油的量，分寸极为重要，每一次细微的增减，都可能酝酿出不同的风味。所以，每一次的制作，看似是一种年复一年的重复，实际上，每一次的制作都是一次对食物的探索与冒险。

刚做好的霉豆腐，通常用罐子装起来，密封好。此时的辣椒粉和食盐，以及霉菌的鲜还未充分融合，切莫打开瓶盖，得给它们足够的时间。对于食物，很多时候，我们还要有点耐心。

约莫也是一周的时间，调料完全渗透进豆腐里面，豆腐的质地发生了深刻的变化。这样，一道珍馐美馔就诞生了。

霉豆腐不算一道正宗的菜，也不上酒席，难登大雅之堂，但

是，深受大家的喜爱。你去永新的农家看看，谁家的厨房里没有摆满一罐罐的霉豆腐？

霉豆腐内秀于心而藏拙于外，品相也不上流。不过，它的美味是无法让人忽略的，它是货真价实的下饭佐粥的小馔，能够化解油腻，专治挑食小方，咸咸辣辣，只需一点，让你食欲大增，能将你的肠胃安放得舒舒服服、妥妥当当。冬日里，阳光正好，时光孕育出的美味，此时与你恰好相遇，便演绎出这份日常的小欢喜。

霉豆腐霉而不臭，闻之则香，成为乡里人家的餐桌必备，聪明的人们将一块平常的豆腐吃出了生活的韵味，并将它们吃到了极致。霉豆腐是我国的传统食品，至今已有一千多年历史了。它独特的制作工艺充分体现了我国劳动人民的智慧。我觉得一份简单素朴的霉豆腐，不仅仅是一道菜肴，它更是一种传统文化。

我喜欢吃姐姐做的霉豆腐，这些用心、用情制作出来的美食，充盈着真挚而深沉的情义，那些最平常的东西，往往蕴含着生活的味道，蕴含着人世的味道。一年又一年，时光去了又来，在伸箸取食中，我们用食物来感知这个世界，也从平常的食物中窥见生活的真谛。

扫码看视频

「富汁」在流

当天边最后一道光落在村庄上头时,爆竹声开始零星地响了起来。男人们已经将红红的春联一一贴好,节日的喜庆正在村庄里流淌。女人们在厨房里忙进忙出,被一团白白的水汽裹着,一年里最后一顿晚饭要来了。俗话说:"打一千,骂一万,三十晚上吃顿饭。"年俗里,团年饭是必需的,再忙也得歇歇手,再远也得坐上回家的车。对于每一个人而言,团年饭是旧年里的一个重头戏。

年饭的正菜里,鸡是必需的,取吉祥之意,得早早地准备好。年节里,连只鸡都没有,是很不像样的,倘若邻居知道了那是很跌股的(丢脸的意思)。杀鸡通常要到祖坟上去杀,带上一大摞黄纸,焚上一炷线香,面色虔诚,敬请先祖回家吃顿年饭。大人们将鲜红的鸡血洒在黄纸面上,这是先祖留下来的一种仪式,不仅仅是为了辟邪消灾,更是借此告慰祖先,告诉他们,这一年,自己活得很好,并祈求保佑来年亦是美好生活。除了腊肉、腊肠之类,鱼也是要的,而且必须是活物,不然祖先会责怪没有诚意。杀鱼时要默念一句"年年有余",希望生活既有余粮,又有余钱,讨个口彩。豆腐也是菜单上的常备选项,"腊月二十五,推磨做豆腐",每到年尾这几日,磨坊里的石磨轰隆隆地响,欢声笑语连绵不断。豆腐的"白"代表着锦衣玉食,俗话说"过年吃豆腐,一年都是福"。先人的殷殷叮嘱,你不信是不行的。豆腐的品类有煎豆腐、干豆腐、瓢豆腐,不一而足,吃了豆腐,那些鸡毛蒜皮的日子才能过得细水长流。

年饭里,还有一道更重要的羹,名叫"富汁",配料繁多,有花生米、碎肉、金橘、香菇等,汆合在一起,用小火汩汩地焖煮,最后放入生粉,拌匀,然后放入打得烂碎的鸡蛋,不停搅拌,出锅前,再放入白糖。富汁通常呈乳白色,黏糊状,蕴含着甜甜的味道,也叫作"和气菜",所以每个人都得吃个一两勺,特别是妯娌之间有矛盾了,更得吃吃这道菜,吃了,来年大家都甜甜蜜蜜、和和气气起来。先祖立下的习俗里,总是蕴含着深刻的道理与美好的祈愿。一道"富汁"羹,内涵远远超出吃饭本身的意义。

年饭里,蒸炸炖煮,七荤八素,琳琅满目,杂陈于桌,弥散着热气与香气,每一道菜都是有考量的,年饭既是一种展示,也是一年的总结。

农村的宴席上,"富汁"这道菜也是必不可少的。酒宴通常是一名厨师大展身手的时刻,所有的厨师都会借机拿出自己的看家本领,使出浑身解数,村里的大厨一般都擅长做"富汁",连"富汁"

附子羹

都不会做,仿佛就不配"厨师"这个称号。"富汁"通常是最后才上的一道菜,相当于一道靓汤。大家推杯换盏之际,舞动着筷子,吃得热热闹闹的,直至杯盘狼藉。此时,该有一道羹来压一压了,不早不晚,"富汁"就该隆重出场了。

有一天,我在南昌的一个酒店里,无意间看到了这道菜,令我又惊又喜,那天,我执意点了这道菜,餐桌上,我随行的朋友对这道菜赞不绝口。后来,这位朋友远道来永新看我,言谈中说起了这道菜,满脸的期待,我心领神会地把他带到了一家餐馆,用"富汁"款待他,那天,他吃得痛快淋漓、心满意足……

假期,我在埠前镇参加一个同事的婚礼,也吃到了"富汁",十分可口。餐毕,我冒昧地进到了后厨,见到了这位姓贺的大厨,村庄的红白喜事几乎都由他掌厨,他已经在厨师这个位置上做了几十年了，深谙"富汁"的做法。贺大厨说，"富汁"的做法与用料在永新各地大同小异，但是味道基本上是一样的。他还说，"富汁"代表吉祥福禄，是宴席上必不可少的。

在我们村里，有些人叫它"腐子"，也有地方叫它"附子"，但是，我还是喜欢叫它"富汁"，一声"富汁"，感觉像在叫一个老朋友的名字，那么的顺口，那么的亲切。席间，一道"富汁"端上来，餐桌上的食客们立即兴奋起来。一勺一勺，"富汁"羹被咕咕喝进肚子，那些甜甜的富汁流进我们的身体里，大家马上就变得兴奋起来，经年的疲劳也立即烟消云散。羹，是中国最古老的菜肴形式之一，而富汁，虽经岁月变化，依然不改本色，今天仍被永新人保留在屋瓦回廊、寻常巷陌之间，被我们一年又一年地坚守着。相信，它还会一直地流，流进我们的记忆里，一直到我们生命的未来。

富汁这道羹在永新诞生、兴起，它表达了永新人的智慧与创造。如今，城市里越来越多的酒席里有着它的身影，越来越多人知道它、接受它、喜爱它。我相信，它的终点肯定不只是一个狭小的地域，作为一种美食，未来，它或许能凭借自己好的口感穿梭在迥然不同的地域和文化之间，扮演着亲善的使节，将更多的人联接起来……

扫码看视频

豆和米的一场艳遇

我们的日常生活，总是始于普通的饮食，那些生命的活力往往来自于一粒大米的馈赠。

每天早上，我都会到小区对面的包子店，享受一顿美好的早餐。包子店是一对老人开的一个小食店，场地不大，人却很多，充盈着欢快的笑声。通常，我会选一个阳光充足而又安静的角落，点上一份豆粉米果、两个包子，以及一碗瓦罐汤。氤氲的湿气里，这些食物滋润着我饥肠辘辘的胃，一天的生活就此正式开始了。

一晃十年了，我一如既往，仍是他们家忠实的食客，他们总是不忘对我的光顾送以微笑致意。几年前，他们在旁边租了一个实体门店，取了一个不错的名字，生意越做越大，越做越好了。早餐店的名字和地段变了，但是味道从来没有变过，他们这份坚持的背后是一种对稻米的热爱和探索。经年累月，阿婆的早餐成了这个城镇一道独特的风景。

豆粉米果

　　自我记事起,每隔一段时间,豆粉米果就会出现在家里的餐桌上。每至节日,村里家家户户就开始舂米磨豆粉,忙着做豆粉米果。清明节那天,大家还会携带酒水、肉类以及豆粉米果去上坟,以此来祭祀先祖。这样的民俗已不知道经历了多少代,每逢这一天,大人们就会认真地准备食物,鸡鸭鱼肉一样也不少,豆粉米果也是必需的。我母亲说,老祖宗回来,可怠慢不得。豆粉米果,寄予了大家一份特殊的感情。

　　这些年,我也开始学做豆粉米果,学得特别认真,得到"老师"慷慨的指点后,虽然制作的过程笨手笨脚,但也做得相当成功。或许,这一切的学,也是源于对于一份食物的喜爱吧。糯米粉准备好了,豆粉也磨好了,还有白糖、辣椒粉,忙忙碌碌,一切准备就绪。

　　最开始是搓团子。将糯米粉放置盆里,掺些水,不断

准备食材

地搓，再加水，为防止团子太软，不容易成型，糯米里通常会掺点粳米。最后，把拌好的粉分别搓成条状，捏成小团，再揉成一个个状若汤圆、大小匀称的米果。白白的丸子，一个一个，一排一排，摆放在容器里，它们就像等待出征的战士，精神抖擞，整齐划一。

接着就是煮团子。炉子旺旺地生起火来了，锅也架起来了，在锅里倒入适量的水，等到水烧开了，就把揉好的团子小心地放进沸腾的锅里煮。很快，团子就在咕咕的锅里欢快地翻滚。

如何判断米果是否熟了？女人也是有经验的，窍门很简单，当米果团子慢慢地上浮，就表示团子煮熟了，可以出锅了。这是她们的生活经验，经由她们代代相传。

最后就是拌米果。用漏勺将团子捞起来，搁置在一个碗上微微沥干水分。先把豆粉均匀地撒在容器内(可以是盆),再加点白砂糖拌匀。把团子全部倒入容器内,不停地来回摇,依靠的是出锅时的热度,豆粉和糖容易粘上去。趁着团子的热气和上含有辣椒的豆粉,轻轻翻动几下,美食就诞生了。

开吃啦!豆粉米果冒着热气,香辣里带着一股豆香,大家你一个我一个,乡里人家最懂得分享,分享食物更容易结下淳朴的乡间情谊。

豆粉和团子是食物中的一对"黄金搭档"。而辣,原本是植物的自卫武器,却在不经意间成了

磨好的豆粉

煮团子

拌米果

它们的媒人,为美食做了五彩斑斓的嫁衣。

人们常说,美食不如美器,盛放豆粉米果的容器也是有讲究的,通常选用那种玻璃碗,或者有花纹的碗碟。金黄的米果,配以精美的碟子,一个净若秋云,一个艳如琥珀,色彩相映成趣,传递出一种细腻温和的东方美学,令人赏心悦目。

中国是最早种植水稻的国家,在几千年的漫漫岁月里,充满智慧的中国人将大米吃出了新花样。《周礼·天官笾人》中载:"馐笾之食,糗饵粉粢。"在漫长的岁月里,人们以大米做饭填胃度日,年复一年,也许就在某一天,人们灵光一闪,一改过去粒食的方式,将大米磨成粉,然后就产生了滚圆可爱的豆粉米果,并成为米面食物中的佼佼者。

山川依旧,风味不改。在时间的年轮里,舂米的声声之响从未间断。不管是大米还是大豆,它们都是从泥土中走来,走向我们的日常,并生发出我们最大的幸福。这些年,我一直享受着豆粉米果的滋养,安逸又知足。这样的日子,虽称不上锦衣玉食,但自有一份安稳与富足。

扫码看视频

花生饼里见变迁

在老周看来,文竹的花生饼就像一个步履蹒跚的婴儿,在跌跌撞撞中长大。

老周是土生土长的文竹人,退休前在本地文广站当过站长。在茶水的氤氲升腾中,在花生饼的香味飘荡里,对于本地特产花生饼,他绘声绘色地娓娓道来。

花生饼何时在文竹出现,目前无据可查。以前农村人家多贫穷,花生饼作为一种奢侈物,只有在富人家才看得到。根据文竹"周氏家谱"记载,一个叫周秋芳的文竹人,助推花生饼"飞入寻常百姓家"。作为解放前的知名商人,他把生意做到了湖南湘潭地区。两地奔波之间,他把湘潭的茶叶带回永新,把文竹的花生饼捎到湖南。物品在流动中提升了价值,也提高了知名度。而花生饼和茶叶的交融交汇,催生出了文竹的茶馆业。

所谓"一方水土养一方人",果然不假。文竹地处湘赣两省三县交界处,与湖南的茶陵,江西的莲花、宁冈(现已并入井冈山市)相邻。交通的便利带来拥挤的人流,人流的往来促进了思想、

备好食材

拌好面糊放入模具

文化的碰撞与创新。就这样，文竹人有着与其他永新人不同的特点：善于经商，热爱生活，超前消费观念强，犹爱喝茶，做事聊天都要带上一杯茶水。他们常念叨："开水里有茶，喝起来有味，做事就有劲。"不过，茶水喝多了，容易饿。这时，花生饼之类的传统点心派上用场。一块香喷喷的花生饼下去，肚子踏实得很。

　　文竹人每年消费的茶叶量不小，都是从外地运过来，成本高，一定程度上抑制了当地人的消费热情。20世纪60年代末，当地创办了白源茶场，隶属白源村办农场。1972年作为知青点共接纳两批知青——来自永新县非农业户口的初高中生。他们带来当时先进的知识和技术，为当地茶叶的种植和加工注入了新鲜力量。本地出产茶叶，大大降低了喝茶的成本，从而提高了当地人喝茶的热情。那时的小茶馆，像雨后春笋，一个个从街头小巷冒出来。村民从田间地头忙完回来，卷起的裤脚来不及放下，就迈进茶馆大门，热情的店家笑呵呵地端上一杯滚烫的茶水（陶瓷缸，开水免费续），盛上一碟花生饼。一口茶水下肚，一身的疲倦瞬间消失。年轻人抓起

炸花生饼

花生饼,"嘎嘣嘎嘣"狼吞虎咽的两三口便下了肚;上了年纪的则不慌不忙地捏起花生饼,轻轻一掰碎成数片,一小块一小块塞入嘴里,咔嚓咔嚓细嚼慢咽。一品一嚼之间,国家大事、生活琐事在茶馆里传播着。茶馆,成为乡村新闻发布会的现场,大大小小的事情在这里汇聚,又散布四方。时间,总是从容又缓慢地流逝。

等到逢圩时,茶馆越加热闹。文竹显著的区位优势带来商贸的兴隆。每到农历一、四、七日,临县的人们纷至沓来,采购当地鸭、鹅、米豆腐之类的土特产。附近龙田、高溪等地的村民卷起裤脚,也加入到这股庞大的赶集大潮中。寒冬腊月里,圩场往往要下午四点后才安静下来。拎着大包小包的人从圩场涌入茶馆,喝着清香的茶水,品着香脆的花生饼,天南地北闲聊。夕阳西下,又满脸笑意地走出茶馆,披一身暖阳,迈步回家。贸易的盛行,拉动了经济,也把文竹花生饼播撒到各地。

老周说,有个叫"老蒋"的高溪人做花生饼,他的吆喝最具特色。每逢开门,"花生饼子,毛钱两块,买一块送一块",悠长的吆喝声随风在狭长的文竹街上飘荡。那带着浓郁高溪乡腔调的声音,就像自带标识的打更声,"叮叮当当"地敲开一扇扇沉睡的门窗,唤醒一个个睡眼惺忪的人。文竹街,就这样从梦中苏醒,上演满是烟火气、满是鼎沸声的一天。晚饭后,茶馆便成为人气聚集的地方。忙碌一天的男男女女,就着一杯茶、一碟花生饼,或坐在小板凳上看电视,或围拢一圈"打野哇"(指聊天)。寒冬腊月里,老人喜欢抱着热气腾腾的茶水杯围着通红的炉火烤火,安静且温暖。文竹的茶馆,以及那香喷喷的花生饼,像一道亮光辐射开来,温暖着当地村民的生活。

社会在发展,生活方式也在改变。现在的茶馆里,喝茶的多为老人,且自带茶水杯,花两三元点上一碟花生饼,或照顾年幼的孙辈,或聊聊天、打打牌。老周感叹道:"以前在茶馆喝茶,男女老少,欢声笑语,感觉身心愉悦。现在的茶馆,喝茶的少,打牌的多;年轻人少,老年人多。"

对于这种变化,本地人周七妹却很适应。七妹是小名,他认为,一个人,要学会适应时代的潮流,才能有所为。七妹上过高中,外出打过工。后来,发现花生饼里隐藏的商机,夫妻俩毅然回乡以制作、销售花生饼为主业。在宽敞明亮的作坊里,我看到完整的制作过程。发酵、搅拌好的面粉加入适量盐,放进白铁皮的模具,再撒上20余粒鲜花生。油温升至120度时,放入模具。霎时间,热油沸腾,面粉膨胀,乳白色悄然变为金黄。七妹系着围腰,不时观察饼的成色,偶尔深吸一口气,感受香味的浓度。等底面变硬,用长夹子翻转煎另一面。爱人在一旁有条不紊地把面粉、花生放入模具,传递过来,他迅速地放入锅内。夫妻俩一个眼神、一个动作,配合默契,很少说话,心有灵犀。一进一出之间,饼在模具里成熟,香气在油温里氤氲、升腾,覆满整条街。

回眸近二十年的创业历程,七妹的话语里既有一路坎坷的艰

花生饼

辛,也有成功的自豪。在他看来,好的制作技艺要传承,不好的要创新改进。他至今沿用白铁皮的模具,采用之前的方法发酵。但对于个别原料还是稍作调整:早稻米粉改为面粉(加入发酵粉),菜油(有时用棕榈油)改为调和油。他还使用先进的工具,如把柴火改为液化气,且采取温度计测温;把炒菜的锅改用大锅(一锅可出120~150块);把竹制的长筷子(长约40厘米)改为更易操作的铁夹子。场地也由狭小的厨房搬到宽敞明亮的地方,且装配抽油烟机。改进最大的还是销售方式,以前全凭吆喝,口耳相传,所谓"酒香不怕巷子深"。现在,夫妻俩开通了短视频平台账号，向全国人民推销。精美的包装通过发达的物流，把花生饼输送到全国各地。周七妹自豪地说："每天要产销150斤，约2500块。"道别时，他惋惜地说："以前文竹的男女，基本上都会煎花生饼。现在的年轻人，很少会了。"

在老周、七妹身上，我看到淳朴无华的文竹人，既有对优秀传统工艺的传承发扬，又有与时俱进的创新发展。不论怎样变化，文竹花生饼的质量始终不变。那种口感脆、入口香、咸淡相宜的感觉，承载着文竹人对美好生活的追求。对于他们而言，花生饼和茶水，就像是刻在骨子里的印迹，怎么也抹不去。不管是20世纪60年代花五分钱喝一通茶（指一杯茶反复添水，直至无味）、吃一块花生饼，还是现在的一块钱买一块花生饼（或者15元1斤），这种味道不变，这种温馨不变。

当一块香脆的花生饼，邂逅一杯清香的茶水，便起了化学反应，像肥沃的土壤、清新的空气一样，日久天长却依然鲜活地呈现在生活中，依然积淀着家乡的味道、时光的味道。它见证了文竹这个边贸重镇的发展，也见证了大时代的发展。

扫码看视频

消暑解渴"恰"凉粉

前段时间,在华南农大读研的儿子发来信息,说刚吃完广州的凉粉,感觉没有家乡的木瓜凉粉好吃。印象中,儿子不喜欢吃凉粉,爱吃冰淇淋来消暑解渴。想不到如今也想念家乡的凉粉。我理解他的心情——久居异乡,想家了!正如现在的我突然怀念母亲年轻时制作木瓜凉粉的时光。

凉粉的原料来自植物的果实——木瓜籽(学名"薜荔")。这种藤蔓植物,喜欢攀附在大树或老屋的墙上,类似爬山虎,永新人称之为木瓜藤。夏季时节,藤上一颗颗青翠可人、椭圆状的果实——木瓜,焕发出夏天的勃勃生机。

年轻的母亲隆重出场,头戴草帽,手提竹筐,肩扛长棍,长棍的顶部绑牢镰刀。对准木瓜,一钩一拉,木瓜嘻哈着蹦跶下来。我和弟弟争抢着去捡。摘了二十来个后,母亲欢喜地说:"回家做凉粉咯!"我不解地问:"怎么不全摘掉啊?上面还有好多木瓜呢!"她微笑着嗔怪:"傻孩子,别人家也要做凉粉呢。"

到家后，母亲剖开木瓜，粉白色、状如芝麻的籽惬意地泡在白色浆沫里。她用调羹小心翼翼地边撬边抠，手上粘满黏糊的浆沫。我和弟弟帮不上忙，一前一后地用蒲扇给母亲扇着风。木瓜籽洗净，盛在团箕里晾晒干后，做凉粉的好戏开始上演。多数在晚上，没有家务事的羁绊，母亲显得很平和。她在阴暗的角落放置木盆，里面盛有大半盆水——上好的深井水或清冽的山泉水。取一块布满细孔的干净白纱布，小心包裹好木瓜籽，使劲在手掌心挤压揉搓。随着脸上汗水的沁出，乳白的浆汁渗透纱布，淅淅沥沥地掉入清水中。此刻，母亲就是一个魔术师，用力揉搓使纱布变成一只布满黄点的小球——卖凉粉的人喜欢悬挂在木桶上，就像古时酒店门口高悬"太白遗风"的招牌——宣传这是木瓜籽做的纯天然凉粉。

薜荔

挤完浆汁，母亲顾不得擦汗，用一块干净的湿毛巾（或纱布）蒙在木盆上面，招呼我们轻手轻脚地离开，仿佛那里酣睡着一个甜蜜的婴儿。第二天早晨，睁开惺忪的双眼，我便看到一盆晶莹剔透的凉粉，如同冬日雪后的清晨起来，发现屋檐下倒挂着一根根冰凌的清新和惊喜。这是一种经过辛勤耕耘、时间酝酿后的收获，更是一种盼之已久、望之已渴的味道。全家人吮吸着凉粉，滑溜里夹带韧劲，酸甜中透着凉意。姐弟们用舌头舔着碗里残存的砂糖和醋水，甚至伸出舌头上下卷动舔着嘴唇，一副意犹未尽的样子。注视着孩子们的馋相，母亲满是汗水的脸上散发出温馨的慈爱。

或许在我简单的描述中，会让读者产生木瓜凉粉人人皆可做、个个皆可为的错觉。其实，制作木瓜凉粉有诸多讲究。如清水与木瓜籽的配比难以掌握，水配多了，凉粉如同海面上漂浮的冰块，稀拉拉的，一舀就散；水配得少，又好似浓稠的粥，产量少，口感也不好。做凉粉最关键的一环就是凝固，需要水质、环境（含温度、湿度）到位，这和酱制品类似，"出砂"环节中的微生物需要苛刻的条件。稍出纰漏，凉粉便化身为"犹抱琵琶半遮面"的歌女，架子大到"千呼万唤"不出来，令人顿生"竹篮打水一场空"的失落感。

母亲常说："凉粉好吃却难做。"看来纯天然好吃的东西，往往需要费时费力费心血。世间事，何尝不是这样的呢！回忆这段光阴，木瓜凉粉带给孩子的岂止是酸甜可口，更有一份浓浓的母爱！

孩提时，我天真地认为只有家乡才有凉粉。及至长大，读书多了才发现，凉粉不只是永新的特产。宋朝人孟元老在《东京梦华录》一文中，称在汴梁可以品尝到"细索凉粉"。据考证，这种凉粉的做法是将绿豆粉泡好搅成糊状，水烧至将开，加入白矾并倒入已备好的绿豆糊，放凉即成。这是一种白色透明、呈水晶状的东西。去的地方多了，我才知道，凉粉的制作技艺因地而异，口感也千差万别。比如用荞麦制成的凉粉柔软滑爽，用豌豆制作的凉粉晶莹透亮，还有用凉粉草、扁豆、粉面等制作的凉粉。记得以前出差，曾吃过重庆的凉粉，它以豌豆淀粉为原料，配以花椒粉、油辣子、芝麻油等，品相好，但是麻辣的口感让我难以下咽。

世间凉粉千千万，唯有家乡的木瓜凉粉让我难以忘怀。

又值夏日来临。永新县城大街小巷、林荫小道，总能见到一个个流动的小摊。主角是一群衣着整洁、头戴草帽的妇女，或肩挑木

凉粉

桶，上面覆盖着毛巾；或推着板车，装着保温桶、小桌椅。一有合适之处，便见缝插针驻足停留，麻利地摆好桌椅碗碟，吆喝几声："永新凉粉！正宗的木瓜凉粉喽！"清脆的声音还在空中飘荡，男女老少便围拢过来。揭开桶盖，一阵沁人心脾的凉意瞬间驱散炎热，白色透明的果冻状凉粉犹如皑皑白雪，一大块冒着白气的冰块坐镇其中。围观者鼻尖翕动、眼神渴望，对木瓜凉粉这种消暑美食的馋相一览无遗。摊主舀出一碗堆得冒尖的凉粉，用一把透着绿意的竹刀飞速划上几道转瞬即逝的印痕，再添加几汤匙白砂糖和少许白醋，笑容满面地递给顾客。当砂糖遇见白醋，催生出酸酸甜甜的味道，配合凉粉的柔软滑嫩，凉意沁人，使炎炎夏日成为一道人与美食愉悦邂逅的热烈背景。

永新凉粉——木瓜凉粉，这一汲取天地精华的风味小吃，于2016年成功入选吉安市非物质文化遗产名录。

敲打完上面的文字，我揉搓疲倦的眼睛，望着窗外。夏天热烈的阳光正在舞蹈，对面的老屋静默着，斑驳的墙壁布满浓密的木瓜藤。空气中又传来熟悉的叫卖声："永新凉粉！正宗的木瓜凉粉喽！"我微笑着离开房间，满心欢喜地跑下楼去。

扫码看视频

一碗冬酒醉江南

初冬酿制冬酒是永新农村的一种风俗,如同端午吃粽子、中秋吃月饼一样,必不可少。那时,我在隔壁乡镇教书,总要在周末回来帮忙。

空气里还蔓延着深秋的温和,四野开阔无遗,正是农村休憩好时节。骑行路过一个个村庄,柴火蒸糯米的香气氤氲入鼻。我知道,酿制冬酒,已为永新这座赣西古县的冬天拉开温馨的帷幕,即将上演幸福醉人的剧目。

剧目里,父母是主角,我是配角。母亲把糯谷装进蛇皮袋,颗粒饱满,色泽金黄,映照着她那幸福的脸庞。父亲用板车把糯谷拉到几里开外的碾米房,拉回晶莹剔透的糯米。择阳光普照的日子,母亲从杂物间搬出一整套酿酒的家伙刷洗干净,竟然挤满整个庭院,又高又瘦的木饭甑,又矮又胖的木酒盆,淘洗米用的焊箕、长柄捞箕,土陶制的窄口坛、宽口坛。

糯米浸泡三天,剧目正式开演。父亲指挥母亲和我搬运柴火,扛抬木甑，烧火添水。母亲用焯箕把糯米装上甑，动作轻缓、均匀，如同雪花飘落的声响"簌簌"地在狭小的厨房里萦绕。我边烧火边聆听，感受那种膨松、Q弹的质感。甑端坐在锅里，接受火的洗礼。父亲撸起袖子，把汤圆般的酒曲捣碎，细细研磨，放入碗里，掺入少量井水和匀。

酒曲，在永新俗称酒药。酒药多来自永新南乡。当地人采集大叶蓼草、过心草、铁马鞭等对人体有益的草药，锤烂后放入坛中发酵，沤烂成水。拌入早稻籼米舂成的粉，揉搓成圆粒，在"娘粉"（指"酵母"，是把去年老的酒药碾成粉末）中滚动，形成酒药团子。摆放在摊开的稻草堆上，再盖上稻草捂着。一天后，团子变成一身茸毛的"蚕茧宝宝"，散发出醉人的酱香味。曝晒干后，用绳子捆好，悬挂在木廊柱下。风一吹，串串酒药随风晃动，相互撞击，风铃一般发出脆脆的声响……

时间在火焰里升腾。凭着对火候的观察、时间的掌控、香味的品鉴，父亲判断第一甑糯米已熟透，吩咐我熄火。揭开锅盖，糯米饭的清香塞满老屋，固执地穿透缝隙对外宣泄、炫耀，引来几个眼馋的邻家小孩。母亲盛出第一碗糯米饭，压实、堆满，虔诚地供在神龛上，净手、作揖，脸色凝重，犹如举行一场虔诚而圣洁的法事。又盛一碗倒在干净的纱布里，趁热反复揉搓，直至变成一个滚圆的球状，打开后黏性十足。用发红的双手分成数份，每人一份，孩子边吃边欢呼雀跃地跑出去。我细细咀嚼清香的糯米团，感受Q

弹与韧性在口腔里活力四射地跳动。这是一种无法言说的愉悦。

父亲正与时间赛跑,无暇品尝。他在酒盆上架设两根木条,使劲把沉重的甑搁在上面。净手后,给热气腾腾的糯米饭浇灌上清冽的井水。一瓢下去,水从甑下的缝隙里渗透出来,夹带着腾腾的热气。几桶井水下去,糯米饭凉透,倒入酒盆,撒入调制好的酒曲,双手上下飞舞着搅拌,直至糯米饭充分吸收。最后,细心地把糯米饭捋成平面,中心处压出一个小洼(是方便出酒的"井")后盖上木盖,放置在阴暗的角落,上下包裹金黄的干稻草。看似简单的程序,每步都费时费力,一上午只能完成两三甑。年幼时,我总在旁边认真观看,全身鼓着劲,跃跃欲试。父亲抬起头,微笑着说:

"伢崽,你还小,长大后再来帮爸爸。"如今我已长大,三个姐姐已经出嫁,弟弟也外出务工,父母正渐渐老去。念及此事,心中忧伤陡然而生,如同旺盛的柴火。橙红的火舌顺着风势左右摇摆,舔舐着乌黑的锅底,像无数精灵在舞蹈、升腾。我胡思乱想起来:糯米是否吸取柴火的精华才变为醇香的美酒,恰似祖祖辈辈的薪火相传、生生不息?

2000年腊月,我结婚,酒席在村里置办。三天里,我陪着亲朋好友快乐地喝酒,聊天。借着酒劲,大爷爷爽朗地笑着说:"冬酒是好东西,做事累了,喝一碗就能长出劲来。"二爷爷大声说:"咱们老祖宗就是聪明,为什么叫作'酒'啊?因为要经过九天的发酵才能出酒。"身为教师的父亲若有所思地说:"凡事多思考,就像冬酒发酵一样,然后再去实施,肯定能做好。"敲下这些文字的时候,大爷爷、二爷爷早已过世,他们的话语与那时的酒香却依然

萦绕脑海，久久停留，挥之不去。

于是，每年腊月陪伴父母酿制冬酒，成为我持之以恒的习惯。我可以像父亲一样，熟练地操作酿酒的每一道程序，也热切地期待出酒那一刻。等待中，我满怀热切的希望和焦灼的煎熬，鼻息间隐约闻到淡淡的幽香，顿觉口舌生津，竟有微醺之感。

九天后，我小心翼翼地掀开稻草，揭开木盖。霎时，一股浓郁的酒香扑鼻而来。酒盆中间的小坑盈满一洼牛奶白的酒。母亲搬来榨酒器，用勺子把湿润黏稠的酒和糯米饭一起舀入，转动转轴，酒水如同溪水潺潺汇入酒盆。这时的酒甘甜如蜜，唤之"新酒"，大人小孩皆可饮用。新酒兑入一定比例的井水，倒入窄口的酒坛，用金黄的梧桐叶盖严、扎紧，和一把湿泥封口。待整个冬天慢慢沉淀，收获酵存的希望，来年开春悄然质变为冬酒。

每逢父亲喝酒，我揭开发黄的叶片，把扑鼻的醇香和虔诚的孝心端上。借着酒劲，父亲打开话匣子，说："新酒最适合全家人共享，那是一种甜蜜、幸福的味道；陈年的冬酒适合与知心朋友把酒言欢，那是一种涩中带甜、回味无穷的味道，能经受风风雨雨的洗礼。"端起碗深喝一口后，脸色酡红的父亲越发兴奋。古时江南一带酿酒颇有说法，但凡谁家女儿出生，当年都要酿一坛好酒（不能兑水）埋入土中窖藏，待成年择得如意郎君出嫁时取出饮用，美其名曰"女儿红"；若女儿不幸夭折，取出的酒叫作"花雕"，寓意鲜花凋谢。一碗浅浅的酒，竟然包含深邃的世事沧桑、人生无常。姐弟认真地聆听，任由冬阳暖暖地包裹全身。冬酒独有的清香氤氲、升腾，醉了时间，醉了天地……

"浊酒一杯家万里。"永新冬酒，应该属于此类。通黄带浊的色泽，缺乏清澈见底的亮度；身份卑微，登不上大雅之堂；喜爱者，多为普通百姓。我愿意把它列入永新风味，不仅仅在于它那地道的酿造方法，还有它那适合永新人味蕾的独有味道。这种味道能进入记忆的最深处，长久地停留，直到多年后的某个时段，借助酒劲推开尘封的大门，贮藏已久的记忆都会唤醒，蜂拥而出、扑面而来，让你瞬间热泪盈眶。

前几天，堂弟兵兵回来"挂清明"（指清明节祭扫），返回深圳时特意带去一坛冬酒。他说："累了一天，喝上一碗，可以呼呼一觉到天亮。"永新冬酒，岂止浓缩了时间，还凝聚着乡愁。它承载了永新人童年的回忆，以及对家乡的牵挂。

扫码看视频

山里人的醋姜

永新古称楚尾吴头,地处罗霄山脉脚下,山区湿气重。因特殊的地理环境,从古至今,永新人爱吃辣椒,也爱吃姜。酱姜一骑绝尘,为地方小吃一绝。永新人擅长做酱姜,做醋姜、盐姜等也很拿手。醋姜可祛寒、祛湿、暖胃、加速血液循环等。

永新人把醋姜当小吃,早上起来吃一大把,闲了无事吃一大把,来了客人装一碟。

吃醋姜好在哪里?李时珍在《本草纲目》中记录了姜的功效:"姜,辛而不劳,可蔬,可和,可果,可药。"春秋时,孔子有一年四季不离姜的习惯。南宋朱熹在《论语集注》中说:"姜能通神明,去秽恶,帮不撤。"姜这么神奇,中华儿女都爱吃。永新人民更会吃,把醋姜纳入家常便饭的小吃里,融入日常生活中。

醋姜做法极为简单,子姜洗干净,刮皮,放置瓶中加醋和冰糖浸泡,充分展示食材的灵性和动感。等过了一定的时候,随吃随取,酸甜脆爽。醋姜选材很重要,要选子姜。当年刚出土的嫩姜叫子姜。子姜做出的醋姜酸脆可口。老姜丝多且沉，缺少那种嫩脆感，口感偏柴。

旧时做醋姜有季节限制，不像现在一年四季随时可以做一瓶。姜的根茎肥厚，芳香且辛辣。子姜一般在8月初即开始采收。永新人习惯在这个时候做酱姜、醋姜和盐姜。

醋姜还有一种做法——胡萝卜醋姜。胡萝卜和姜分别切成薄片，混合在一起用醋浸泡。胡萝卜性偏凉，姜的脾性辛温，多吃容易上火，二者恰好互补。胡萝卜的甜度稀释醋的酸和姜的辣，姜的辣和醋的酸又中和胡萝卜的甜度。二者携手涅槃，相互深入对方的灵魂，红配黄，色泽美得沉郁祥和，无端生出一种相濡以沫的民间喜庆。这样浸泡出的胡萝卜醋姜，酸辣适度，沁甜可口，汁液淋漓，脆脆生津，滋味天成，老少皆喜。俗话说"冬吃萝卜夏吃姜"。胡萝卜醋姜适合一年四季食用，是一道特色小吃，有保健功效，可谓药食同源。

做醋姜，首先得去姜皮。这个过程烦琐辛苦。将姜身的泥沙淘洗干净，然后把它们浸泡在一个大盆里，用刀片刮姜皮。很多人家不是买几斤姜，而是至少买十几斤甚至几十斤。大部分做成酱姜，剩下的做醋姜。酱姜的地位比醋姜要高，家有儿女婚娶，那户人家必定要做大量酱姜，留作回赠亲戚的"纸包"礼品。永新嫁女儿，新娘要带很多"碗茶"嫁过去，用来招待参加婚礼的亲朋好友。其中，酱姜是新婚点心之首选。醋姜是春节老少皆喜的开胃小吃，春

子姜　　　　　　　　　胡萝卜去皮　　　　　　　　　冰糖

节吃多了油腻食物，醋姜是消食健脾之物的首选。

　　无论是酱姜，还是醋姜，母亲每年都要做许多，子姜一买就是一大筐。每次帮母亲刮姜皮，在姜水里浸泡太久，手指会辣得通红，有热辣辣的灼烧感。到最后，辣得人想丢掉刀片暴跳逃走。当然，只是想想而已，不敢真的丢下刀片走人。那时父亲在外工作，家中有病弱的爷爷奶奶，还有三个孩子，母亲一人挑起全家重担，看着势单力薄的母亲孤军奋战在繁重的农事和家务里实在于心不忍。

　　每到做姜的季节，大街小巷，各个村庄，到处弥漫着高低起伏的浓郁姜香。几乎家家户户的晒台和围墙上，都是琳琅满目的各式团箕和姜钵。生姜、熟姜、酱姜，各种香气混合在一起，振奋人心，吸引着孩童积极参与刮姜皮这项热火朝天的伟大事业中去。可以说，在永新，没有刮过姜皮的童年，不足以论完美。我的童年，就是在每年八月热热闹闹地刮姜皮中流逝的。

那时烈日炎炎，蝉鸣如雷，蚊子苍蝇也凑热闹。看着母亲将一片片切得均匀的姜片倒进醋坛里，放入白砂糖或蜂蜜，口水从加盖密封的那一刻开始长流，一直流到醋姜大功告成。揭开盖子，迫不及待吃一片，味蕾瞬间开出花来，咯吱咯吱下肚。舌尖上流淌着醋的酸，姜的辣，糖的甜，三种味道混合着，发酵着，最终给予舌尖最爽口的口感，真真好吃极了！时光荏苒，慢慢发酵，那沁爽的酸甜，至今记忆犹新。醋姜的美味，对于不怕辣的永新人来说，是上等佳肴。那甜脆的口感，怎一个"爽"字了得！

胡萝卜醋姜

永新有句俗语"吃醋姜，保安康"。山区潮湿寒气重，梅雨季也长，沉闷黏稠。早上起床后吃几片醋姜，浑身爽利舒畅。据说，醋姜能保持脾胃功能正常。而脾胃功能正常，很多问题也都迎刃而解，女性吃姜还能抗衰老。醋姜是永新人必不可少的小吃。

食物的命运，和世间事一样，有其兴盛衰微，而醋姜永不退场，它早已融入永新人的日常生活，根深蒂固，代代相传。特色小吃是当地美食文化的载体，通过舌尖体验和领略当地风土人情，亦是一种亲切的融入。醋姜的颜色清新悦目，那娇嫩的淡黄，接近白，接近黄，介乎两者之间，鲜妍，美好，亦是这般沉郁祥和，浑然清嫩。这种最能过滤喧闹与燥热的颜色，令人食欲大开，神清气爽。宴请客人时，先来几碟醋姜开开胃，舌尖上流淌着醋的酸，姜的辣，糖的甜，外脆里嫩，多汁细腻，酸甜可口。那味道一齐涌入肺腑，好满足啊！热辣辣激荡着味蕾，是醋姜独特的上佳口感！

扫码看视频

旧时碗茶兰花根

在永新,每逢年关,家家户户会赶着手工自制年货。年货在永新方言里为"wancha",我没有去查过相关书籍,且认为是"碗茶"一词。乡民们辛苦一年,每至年关,会挑个好日子虔诚郑重地净手做"碗茶"。

儿时记忆里,每逢春节前,母亲会做兰花根、刨玉、玉兰片和煎豆等"碗茶"。其中,兰花根的数量最多,要做上好几坛。兰花根主要食料为糯米或面粉,最多加些葱花和糖,再无其他添加剂,简简单单,清清爽爽。相对玉兰片而言,兰花根的操作要简单些。

将糯米浸泡在一个木桶里,然后将泡发好的糯米沥干水,倒入一个深石臼里捣成粉。有石磨的人家,可以直接将其磨成粉,没有石磨的人家就用蛮力在石臼里用木槌反复捶打。糯米倒入前,得先在石盘底抹些油,防止捣碎糯米时沾底。然后开始用大锤使劲将糯米捣碎,反复捣,一下一下,直至汗流浃背,直至糯米捣成稀巴烂,烂成一团黏糊糊的软泥,胶黏韧弹。将糯米团取出,再抹些薄

兰花根

薄的油,搁置在洗干净的大团箕上面。抹油的作用当然还是为了防止沾黏。用刀将Q弹的糯米团切成匀称的长条状,再用擀面杖或酒瓶将长条擀得宽扁均匀。

我们家没有擀面杖,每次做"碗茶"时,母亲会找出好多旧酒瓶,一一洗干净,用来擀兰花根面团。将擀好的条状面团一条一条整齐摆开,然后用剪刀将它们剪成大小均匀的一小段,或用刀切成一根一根的。做兰花根那天,全家人一起参与,擀皮子的,切剪的,烧火热油的,热火朝天,一屋子热烘烘的。想要让兰花根好看又好吃,可以在食材里加葱、芝麻、红糖或白糖,一起捣碎,剪切时尽可能均匀。

将剪切好的兰花根放在团箕里。下锅热油,准备开煎。灶膛

糯米粉

加水揉粉

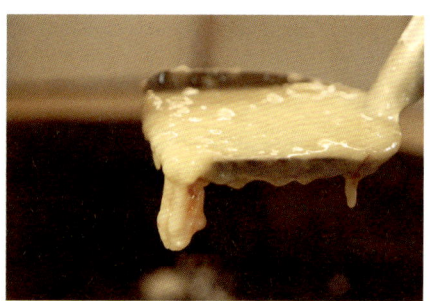
糯米糊

将糯米团擀得宽扁均匀

切成长条状

炸兰花根

里架着长长的干木柴，火烧得通旺通旺。一会儿，热油沸腾，发出滋滋的声响，阵阵香气随之而来。无数根黄澄澄的小身段从油锅里奋不顾身地钻出来，不断往上涌，交错跌撞着，碰击着，香气冲破瓦背缝隙，袭击每一户邻居家的味蕾和鼻息，势不可挡。待受热均衡，炸到恰到好处时，大小匀称的兰花根一根根从油锅里翘起来，整整齐齐，薄薄的澄黄或银白，晶莹剔透，宛若美人的兰花指。兰花根形如兰花的根茎，或白或微黄，多圆形，偶方状，粗则直，细略弯，长约三四厘米。加了白糖的兰花根色泽银白，晶莹剔透；掺了红糖的兰花根则橙黄，颜色偏暗沉。兰花根与中华国粹戏剧表演的兰花指颇有渊源。

在油锅里翻腾的兰花根，从糙米粗磨，谦卑低调，一路翻滚逆袭，在热油里大开大合，经典且霸气。天寒地冻，整个屋子却被热气腾腾、香气四溢的年味霸占，经久不息，年的味道，年的气氛，在一屋子煎炸里燃爆。手工做兰花根，这是村民们对过年的一种热烈的表达，亦是一种气象。刚炸好的兰花根松脆紧致，口感丰富。谷物的清香鲜明清爽，轻盈酥脆。"碗茶"做好后装进坛子里密封储存，这样不容易受潮，油炸的东西一旦受潮，就不香脆了，食之无味。母亲炸的兰花根脆而不碎，油而不腻，香甜味美，厚薄适度，色泽盈盈，是记忆里最好吃的"碗茶"。兰花根越嚼越有味，到末尾，粉末俱无，落入胃肠，香气犹存。

兰花根要多做些，既可待客，又可下酒，哪怕春节过去很久，从储存"碗茶"的坛子里掏出剩余的几根，也是回味无穷。很多个暮色沉沉的日子里，乌鸦在屋外苍老的李树枝丫间发出喑哑叫声，风刮过陈旧的瓦背和斑驳墙壁，桌上菜盘早已被我们"洗劫"一空，所剩无几。祖父一个人还在喝酒，菜没了，但不妨碍他劳累后品啜小酒的悠然闲情。老人家常常自坛子里摸出几根兰花根装在小碟子里，呷一口水酒，攥一根兰花根送进嘴里，反复咀嚼，有滋有味送酒。酒喝完了，倒点残汁拌饭，也算酒足饭饱。

永新包"纸包"赠新嫁娘，兰花根是必备"纸包"赠品。兰花根和玉兰片等"碗茶"相敬如宾，相濡以沫，安贫乐道。它们彼此独立，又相互依存，长时间成为旧时穷乡僻壤的永新人必不可少的年货点心，化为千般滋味，让生活拮据的乡人获得温饱的味蕾和精神的富足。

经年后，所有的旧时年货里，最怀念兰花根独特的松脆可口，那是独属于永新人的年货味道。英雄不问出处，美味不论尊卑。儿时不知兰花根之精髓美味，回过头去看那段亲手做"碗茶"的岁月，才知道，有些食物，其貌不扬，出身平凡，却终会等来绚烂时刻，经典不朽。岁月流逝，舌尖尝过无数美食点心，每至年关，心心念念的还是那手工兰花根。可惜如今很少有人会在春节前费心费力去做这种手工小吃。街市上有不少店铺卖兰花根，但基本上都是机器加工的。手工的食物，最接近天然，是机器替代不了的。中国几千年的农耕时代日渐被工业化的机器时代所代替，现代人的点心五花八门，昂贵的，奢侈的，比比皆是。进口的巧克力、车厘子、榴梿等高端零食极其丰富多样，可是我们这些童年放过牛、吃过野菜野果的胃，仍然属于那个缓慢的时代，留恋那些纯手工谷物美食。

兰花根、玉兰片、煎豆等"碗茶"，在年货的清单里，渐行渐远……

扫码看视频

烹牛熟熬牛膏

小时候,生产队宰牛,一户人家平均下来,分得牛肉不过两三斤。但令大人小孩最兴奋的不是分到的这点肉,而是烹牛熟(永新人称熟牛碎肉为牛熟)。

牛的头、尾、四蹄、肋骨上剔不尽的肉,是最好吃的,但要吃到嘴,却得费一番手脚。烹,是最妙的手段。

烹牛熟,就在祠堂的公共灶房内。烹,即用一个酿米酒的酒盆,把盆底板敲去,倒扣在注了一半清水的大铁锅内。把洗刮干净的牛头置于酒盆中间,然后如烧木炭装窑柴一般,把四个牛脚、蹄子、背脊骨、肋巴骨依次填充到牛头的四周。装好后,盖上锅盖,密缝加压。一切就绪,剩下烧火的事就交给老人小孩了。

烧火要烧一整夜。火候不到,牛骨头上的肉撕不下来,不但可惜,而且给后面熬牛膏的时候增添麻烦。所以烧火重任一般由老年人负责。老年人瞌睡少,办事稳重,能让灶中火彻夜不熄,还得不时往锅中添注清水。

烹牛熟

撕去肉的牛骨

小孩子的兴奋劲虽可以赛过大年三十的守岁，但是瞌睡来了也无法抵挡。熬到夜里九十点，一个个呵欠连天，揉着涩得张不开的眼睛，望了又望那开始冒白气的大酒盆，恋恋不舍地回家睡觉去了。他们心中，向往的是明天早上那一餐牛熟盛宴！

天蒙蒙亮，各家瓦缝里还未冒出早炊的青烟。刚睡醒的村民的鼻孔里为一股若有若无的肉香弥漫着。精明一点的孩子早就蹦下床，直往祠堂奔去。贪睡的孩子也被父母叫醒，等他带着睡意踩着地上铜钱厚的白霜赶到祠堂灶房时，那里早已是一片人欢狗叫的热闹场面了。

灶膛中明火已灭，红红的炭烬被铲出到三五个炭盆中，宽大的灶房中温暖如春。牛头牛脚牛肋骨已从锅中取出,分装在几个瓦盆中,老人小孩十来个一群,围着一个冒出白气、肉香浓郁的瓦盆,正把那已烹得烂熟的骨上筋肉用手撕扯下来,大的放到旁边的瓷脸盆中,小的则往嘴里塞。一个个吃得油水汪汪,笑得合不拢嘴。

牛骨头上的肉在长达十余个小时的猛火烹煮后,轻轻一撕,即成为软糯熟烂的碎块,筋中连肉,肉中有筋,晶莹透亮,拈在手里冒着丝丝热气,带着百草芳华的馥郁肉香直沁肺腑。尤其是牛的四蹄之肉,厚而韧,肥而不腻,带皮连筋,去骨剥下,恨不得一口吞下肚去。但在众目睽睽之下,只好万分不舍地把它放入瓷脸盆中。心中还存有一丝希望:等下按户分牛熟的时候,如果能分到这个牛蹄肉,该多美呀!

牛肉两三斤,一般用盐腌制后晒成牛肉干,用于正月招待贵客。能当即享用的是牛骨汤、牛骨和牛熟。三种食物平均分到各户,虽各有遗憾,但总的来说皆大欢喜。个个欢天喜地地领回家去,喝牛骨汤,啃尚存丝丝筋肉的牛骨头,是老人小孩的专利。牛熟呢,则用蒜苗、干辣椒回锅炒一炒,成为全家人共享的美味——挟一筷入嘴,筋肉连蒜苗同嚼,混合着干辣椒的焦香,又嫩又韧,加之蒜香肉香辣椒香,简直有说不出来的无上妙味。佐酒下饭,无出其右者。

养了十年以上的土黄牛,富含骨髓,熬之可得牛膏。牛膏乃温补之物,最为难得。生产队宰牛,牛骨头最终落入各家各户,要再

牛膏

收集起来熬牛膏,已不可能。单干之后,各家自养的牛,宰了之后就会把骨头用来熬牛膏。

大约二十年前,父亲不再种田,为我家辛勤耕耘了十五年的老黄牛也最终成了餐桌美味。烹完牛肉,父亲就开始熬牛膏,我打下手。事情过去这么久,具体细节已记不全,于是翻箱倒柜找出当年的日记,上面即兴记下的文字,大致清楚地记录了熬牛膏的全过程:

"熬牛膏须备好如下器具:大铁桶三个,漏勺、铁网漏箕、棕网、纱布。先在大锅内架好牛骨(头骨不能用),加开水,扣酒盆密缝后改中火烹煮。每半小时注入一热水瓶开水。人不能离开灶火门,须观察火候,不能大不能小;又须观察锅中水量,不能多不能少。柴火以油茶、棘楠等硬质山柴为上选,半干半湿更好,有利于控制火候,耐烧。第一锅汤最重要,须熬煮一天一夜二十四小时。从正月十三日下午三时熬煮到十四日下午起锅,一去酒盆,浓香扑鼻,汤色浓郁,呈咖啡色。以大铁桶盛过滤器具,一共三层过滤。一层棕网,二层纱布,三层网篮,务使骨末细屑不入汤内。我操作时,父亲在掌握火候、架叠牛骨、注水等程序上一再交代细节。到了出锅过滤时更亲自操作,以防差错。第一道汤得以顺利入桶,约二十来斤;第二道汤自十四日下午煮至十五日早上八点,得汤十余斤;第三道汤自上午九时熬至下午四时,得汤八九斤。三汤熬过,原本敲之得金属声的牛骨大棒,已酥烂得一捏即碎。骨内髓状胶质俱融入四十余斤浓汤内。撒去一应器具,洗净铁锅,倾入浓汤,大火烧沸,水尽蒸发,锅底留下半稀黑色牛膏,尚在冒着大气泡。撒入准备好的核桃仁、枣肉、碎冰糖、枸杞,搅匀,盛入阔口大碗,冷却后成型切块,可零食,也可泡酒。其味浓烈而带牛的异香,女人食之可补气活血。"

这段记述写于二十年前,几乎忘了。今天翻出,照录于此。

扫码看视频

三湾老酒

在著名的"三湾改编"的发生地江西省永新县三湾乡,有一种堪比玉液琼浆的美味老酒——三湾老酒。

三湾老酒,是江西省传统名酒,历史悠久,工艺独特,酒香浓郁,醇厚绵甜,是一种集营养与保健于一体的低度酒,千百年来备受百姓们的青睐,现在国内外正呈旺销之势。

三湾旧称小江山,原名汗江公社,是永新县域最大,而人口最少的一个乡,以客家人为主。其居民的先祖多为客家移民,是故三湾境内有两种方言并存,即客家话和永新土话。

三湾几乎家家户户都会酿老酒,三湾老酒的主要原料为本地产的优质糯米。每年入冬前后,是酿造老酒的黄金时节。酿造老酒是一项既神秘又庄重的技艺,有一套流传了千百年的避讳和仪式:蒸酒前,主人须沐浴净身、忌食狗肉等五大荤,而最大的忌讳则是丧事。若此时同村人家在办丧事,则须房前屋后燃烧檀香或柏木驱邪。如果不得已要去丧家，回家时也须以香烟熏身，沐浴换衣。虽然如此，此人也始终不得进入酒房，这在乡间称为"讳"（永新方言音 yu）。开蒸的第一天，还须在灶君前焚香献胙，仪式虽简短却庄重。此后每一道制作工序必须清洁卫生，丝毫不得马虎。

三湾老酒的制作流程是：先将泡好的糯米洗净后置入木甑中，经旺火蒸熟成糯饭；放凉后，冷水浇冲，并加入酒曲搅匀，复置入木质酒盆（或酒坛）中发酵；约半月后，糯米饭经发酵榨出"酒娘"（兑水后则成为水酒），加入某种原料勾兑成的一款既非白酒，又不同于"酒娘"的佳酿，它就是老酒。老酒的酒精含量不高不低，比冬酒稍浓，比白酒甘醇。它不温不火，略带甘甜，后劲却大。

旧时，三湾老酒本无名，只是极其普通的民间老酒。中华人民共和国成立后之所以被冠以"三湾"二字，与毛泽东、朱德有关。

1927年9月29日，一支神秘而疲惫的部队突然出现在永新县西南部最偏僻的小山村——三湾村。这是一支由共产党领导的革命武装。秋收起义受挫后，毛泽东率领部队来到了这里。针对队伍中出现的颓废情绪，毛泽东在这里对部队进行了改编，并做出了"支部建在连上"的伟大决策。

其时，队伍中有不少伤病员，囿于当时的医疗条件，别说药材，连可替代作消毒用的食盐也十分欠缺。面对伤员们日渐溃烂的伤口，除了敷上一点草药，卫生员实在拿不出什么好办法来。正在这时，三湾村一位钟姓的老表捧来一坛老酒，要卫生员用老酒为伤病员清洗伤口。卫生员欣喜异常,赶紧照办。果然,第二天伤员们伤口的愈合情况好多了,到第三天,伤员们伤口的红肿基本消失了,还慢慢地感觉到有些痒痒的,这代表伤口在愈合。

  毛泽东听到这条消息后十分高兴,便来到钟老表家。钟老表听说毛委员要看他的老酒,立即从酒坛内舀出一大碗,双手捧给毛委员,说道:"这老酒不仅好喝,还能消炎解毒。我们山里人没其他爱好,劳累一天,吃饭前喝上两口,那真是神仙过的日子。不信,你尝口试试。"毛委员虽不善饮,但盛情难却,接过酒碗抿了一口,连声赞道:"好酒!好酒!又甜又醇,馥香诱人。水好才能做出好酒,看来这里的水,不一般哟!"说完,毛委员禁不住又抿了一口,赞道:"老表,你这酒不仅好喝,还救了我们红军战士的命啰!"

  部队要开拔了,好客的三湾老表们通过几天的接触,深感这支军队是老百姓的子弟兵,为表诚意,给毛委员送上两坛老酒。毛委员深受感动,但坚守红军"不拿群众一个红薯"的纪律,无论老表怎么推脱,还是付了4块银圆。这天,毛委员将这两坛老酒,外加一百条枪,派专人送给了袁文才。亲朋好友间送酒,是永新、宁冈两县民间最高礼仪,而三湾老酒名声在外,恰逢其时。10月3日,改编后的队伍在毛委员的率领下,浩浩荡荡地向井冈山进发,开创了中国革命的新纪元。

  1958年,永新县在城东盛家坪成立了第一家国营酿酒厂。起

初,只生产黄酒和白酒,1962年,增加了一套老酒生产设备,并从汗江公社请来酿酒师,当年就生产出老酒5000多斤。面对黄澄澄、香喷喷的老酒,厂长却犯难了:酒好,得有一个好名字才能与之相匹配。为了集思广益,厂长在厂务会议上提出了这个问题。有人提议叫"永新老酒",也有人提议叫"汗江老酒"。这时,一位负责宣传的年轻人说:"毛主席当年在三湾领导了'三湾改编',不如叫'三湾老酒'。"年轻人的话,获得了大多数与会者的赞同,遂报请县领导批准。

1962年3月,朱德偕同夫人康克清从井冈山来到永新视察,住在县招待所。当时,朱委员长已是76岁高龄了,但他身体非常健壮,神采奕奕,也风趣随和。他生活简朴,用晚餐时,仅选了泥鳅和豆腐等几样小菜。当问到要喝点什么时,委员长说:"永新不是有老酒吗?苏区时我喝过,那味道至今没忘。"很快,服务员就拿来了老酒。委员长第一口就喝了小半杯,兴奋地说:"几十年没喝这种老酒了,还是这样香,还是这样醇甜!"接着,委员长详细询问了永新酒厂的生产状况,当他听说如今的酒厂已实现年产近1000吨的生产能力,又增加了啤酒、五加皮酒、白兰地酒和黄酒等生产工艺,禁不住连声说好,并鼓励县领导,要抓当地特色产业的生产和销售,改善老区人民的生活水平。这时,有人告诉委员长,这款老酒正打算取名为"三湾老酒",委员长又连声说:"好!好!三湾改编意义重大,值得纪念!"

听了委员长的这番话,永新酒厂遂将永新老酒正式冠名为"三湾老酒",并注册了商标。

三湾老酒是永新特色产业中一张闪亮的名片,也是在外的永新游子们心中永远挥不去的记忆和乡愁。也许没有人记得从哪一年起,只要来永新的客人一上桌,首先想到的必定是三湾老酒,它足足撑起了永新酿酒业的半边天。

三湾老酒虽比不上名酒的阔气排场,但味道纯正,物美价廉,货真价实,是地地道道的家乡味、家乡情。

改制后的永新酒厂虽不复存在,但三湾老酒的牌子还在,酒厂也还在。只是,它们已由国营转为民营。如今的三湾老酒仍然是市场上的抢手货,更可喜的是,近年在三湾乡,由高车坳畲族村开办的"三湾畲家酒",就是将原三湾老酒的生产工艺,加上畲族独有的配方生产出来的。由于三湾的水质、气温和湿度等得天独厚的自然条件,这款酒比原三湾老酒更加醇厚,更受百姓的青睐。

时代变了,三湾老酒也与时俱进,不断地完善和改进,使之更适合现代人的口味,像无数知名国酒一样,越老越醇厚,越老越回味无穷。

扫码看视频